U0560410

CHONGWENGUAN

读古人书　友天下士

百余年前，崇文书局于武昌正觉寺开馆刻书，成晚清四大书局之一。所刻经籍，镌工精雅，数量众多，流布甚广，影响巨大。为赓续前贤，昌明国学，弘扬文化，本社现致力于传统典籍的出版。既专事文献整理，效力学术，亦重文化普及，面向大众。或经学，或史论，或诸子，或诗词，各成系列，统一标识，名之为"崇文馆"。

崇文馆

中国古典诗词校注评丛书

诗　　　经 【汇校汇注汇评】

杨合鸣　编著

长江出版传媒 | 崇文书局

中国古典诗词校注评丛书
编撰委员会

前　言

　　《诗经》是我国最早的一部诗歌总集，共 305 首诗。它原名《诗》或《诗三百》，至汉代奉为经典，故称《诗经》，这一名称沿用至今。据史料记载，《诗经》属于乐歌。《墨子·公孟》篇说："诵诗三百，弦诗三百，歌诗三百，舞诗三百。"《史记·孔子世家》也说："三百五篇，孔子皆弦歌之。"这表明《诗经》除了用于吟诵外，还可配以乐舞演唱。《诗经》所反映的是距今二千五百年至三千年的上古社会生活。由于时代遥远，语言艰涩，是最难读的古书之一。汉代的学者就曾发出"诗无达诂"的浩叹。事实正是如此。无论是对《诗经》词语的解释，还是对《诗经》主题的说解，无不见仁见智，呈现出几千年纷纭无定解的局面，因而继续研读《诗经》很有必要。

　　《诗经》有"六义"，即风、雅、颂、赋、比、兴。风、雅、颂为《诗经》的体制，赋、比、兴为《诗经》的表现手法。风、雅、颂是音乐上的分类。风包括十五国风，是各地的土乐。雅包括"小雅""大雅"，是王都的正乐。"雅"含"正"意，上古"雅""夏"同音，西周王都在夏人旧地，故名"雅"。颂包括"周颂""鲁颂""商颂"，是宗庙的乐歌。上古"颂""镛（大钟）"通用，故名"颂"。因以大钟伴奏，故其声调舒缓。赋是"铺陈其事"，即直接地写景、叙事或抒情。比是"以彼物比此物"，即通过比喻来叙事抒情。兴是"先言他物以引起所咏之词"，兼有比喻、烘托、象征、协韵等作用。钟嵘《诗品序》说："若专用比兴,患在意深;但用赋体,患在意浮。若三者酌而用之,干之以风力,润之以丹彩",便可达到"味之者无极,闻之者动心"的艺术效果。在这方面,《诗经》是一个榜样。

《诗经》收诗所涉地域相当辽阔,大致包括陕西、山西、河南、河北、山东、湖北等地区。周南、召南均属风诗,为何称"南"不称"风"?一般认为,"南"是一种很古老的乐器,后来演变成为一种地方曲调名。因这种曲调产生于南方,故"南"又是方位之称。"二南"的大部分诗来自江汉之间的一些小国。有少数诗篇远及周公旦和召公奭(shì)分治的地区,即河南洛阳一带。这些诗因受"南音"的影响,故命名为"周南""召南"。邶、鄘、卫均是古国名。西周初年,邶与鄘就并入了卫国。因卫诗篇数过多,故将部分诗编入邶、鄘之下。其地旧说在今河南汤阴县东南、南汲县东北及南洪县附近。王即王畿(jī)的简称。所谓"王畿",就是周王朝直接统治的地区。诗称"王风"而不称"周风",这是因为周平王东迁洛邑,而洛邑也称"王城"之故。其地在今河南洛阳一带。郑是姬姓古国。西周灭亡,郑武公与周平王东迁,建都新郑。其地在河南中部。齐本是姜尚(姜太公)的封国,春秋时期,已发展成为一个大国。其地包括今山东中部、东北部及河北沧州的南部。魏是周初所封的姬姓小国,后为晋所灭。其地在今山西芮城一带。唐是传说中帝尧的旧都。周成王时,封弟叔虞为唐侯。因南有晋水,故改国号为晋。称"唐风"不称"晋风",是沿用始封的旧号。其地在今山西中部。秦本是周朝的附庸之国。秦襄公护送周平王东迁,建有功绩,始封为诸侯。其地包括陕西一带及甘肃东南部。陈是西周小国。周武王封妫满于陈,建都宛丘(今河南淮阳)。其地包括河南东部和安徽西北部。桧字又作"郐",西周小国。其地在河南中部。曹是西周小国。周武王封振铎于曹。其地在山东西南部。豳(bīn)字又作"邠",古都邑名。周始祖后稷本封于邰(tái),至公刘迁居于豳。其地在今陕西栒邑、邠县一带。西周灭亡后,其地为秦占有。雅诗产生于西周都城镐京(西安)和东周都城洛邑(洛阳)。周颂产生于西周都城镐京。鲁颂产生于鲁国的首都曲阜。商颂产生于商代的都城殷(今河南安阳小屯村)。商汤灭夏后,建都于亳(山东曹县南),曾多次迁移。后盘庚迁都于殷,故商也被称为殷。

《诗经》的内容极为丰富,它可以说是西周初年至春秋中叶五百多年社会生活的一面镜子。保存在国风和小雅中的民歌是最有价值的作品。有的揭露贵族统治者的腐朽本质,有的描写徭役和战争所造成的灾难,有的表现被弃妇女的悲惨遭遇,有的歌咏美好纯洁的爱情等等。另一部分出自贵族文人之手的宫廷诗、祭祀诗、颂祖诗,虽然有一定的认识价值和史料价值,但思想性和艺术性都不高。《诗经》的民歌具有很高的艺术水平。主要表现在以下几个方面:一是情景交融的艺术境界。诗人将主观之情与客观之景互渗融合,达到了情与景的完美统一。二是风格多样。或豪放,或婉曲;或庄重,或诙谐;或富丽,或质朴;或深沉,或飘逸;或柔曼,或愤激,真可谓千姿百态。三是重章复沓,反复吟唱,使诗意回环往复,韵味无穷。四是酌用赋、比、兴,使诗意丰厚而含蓄,使语言生动而形象。五是善用联绵词、重叠词写景状物,收到了"以少总多,情貌无遗"的效果。六是句法灵活,节奏明快,韵律和谐,读来觉得有一种悠远的情韵贯注于其间。因此,《诗经》在我国文学史上占有重要的地位。后世诗人无不从中汲取丰富的营养,其影响是非常深远而巨大的。

《诗经》大约结集于春秋中叶。自此以后,《诗经》在历代广为流传,一些名篇常诵不衰。它流传的历史大致可划分为五个时期。(一)春秋战国为"赋诗言志"的时期。当时,无论是宗庙祭祀,还是婚姻宴饮,都要演奏相应的乐歌。无论是诸侯相会,还是外交场合,也常"赋诗言志"。应当指出的是,这种"赋诗言志"实为断章取义，而非诗的本意。（二）汉唐由四家诗转到毛诗独尊的时期。《诗经》遭秦火以后，至汉代传授《诗经》的有四家。齐人辕固生传授的叫齐诗，鲁人申培传授的叫鲁诗，燕人韩婴传授的叫韩诗，鲁人毛亨传授的叫毛诗。东汉以后，毛诗渐盛，三家诗渐废。齐诗到三国时失传，鲁诗到西晋时失传，韩诗到西晋以后也无人传授，于是毛诗独尊而流传至今。（三）宋元明为怀疑《诗序》修正《毛传》的时期。旧说《诗序》是孔子弟子子夏所作，是"圣人"之言。所以很长一个时期，它对解说《诗经》的主题起着决定的作用。宋人怀疑《诗序》，对它的权威性提出了勇敢的挑战。郑樵作《诗辨妄》，攻击《诗序》是"村野妄人所作"；王质作《诗总闻》，主张"去序言诗"；朱熹作《诗序辨说》，说《诗序》是"后人杜撰"，实不可信。至此，《毛诗》才逐渐失去了权威，而朱熹《诗集传》在元明两代影响尤大。（四）清代为《诗经》研究的发展时期。其间名家辈出，著述如林。尊崇《毛诗》的"汉学"派，注重考据、训诂，说诗以《诗序》为准。如：陈启源《毛诗稽古编》、陈奂《诗毛氏传疏》、马瑞辰《毛诗传笺通释》等。尊奉朱熹《诗集传》的"宋学"派，注重发挥义理，力主三家诗而摒弃《诗序》。如：魏源《诗古微》等。独立思考派，能突破汉宋诸家旧说，力求从诗文本推求意旨，具有创新精神。如：崔述《读风偶识》、姚际恒《诗经通论》、方玉润《诗经原始》等。（五）现当代为《诗经》研究的繁盛时期。具有新思想、新精神的学者们，不再用"经学"的目光去看待《诗经》，而是用文学的、社会学的、民俗学的方法去透视这一古老的诗歌总集，并取得了辉煌的实绩。尤其在新中国成立以后，《诗经》研究出现了空前繁荣的局面。主要著作有：张西堂《诗经六论》、于省吾《诗经新证》、余冠英《诗经选》、陈子展《诗经直解》、金启华《诗经全译》、高亨《诗经今注》、黄焯《诗说》、向熹《诗经词典》、夏传才《诗经研究史概要》、王宗石《诗经分类诠释》等等。目前，《诗经》研究正方兴未艾。可以预料，在21世纪，《诗经》研究必将取得更加辉煌的成就。

为了帮助读者研读《诗经》，特编写了《诗经》（汇校汇注汇评）一书。每首诗包括四个部分：（一）原诗照录。依据可靠版本，对有些诗的章节作了适当调整。（二）题解。《诗经》的主题最难索解。着重揭示每首诗的主题，间或论及写作背景。因限于篇幅，只取一家之言，对诸多异说不作辨析。（三）注释。对每首诗的疑难词语作了较为详细的注释，并注意吸收新的研究成果。（四）汇评。《诗经》的主题，自古至今说解纷纭，莫衷一是。将古今有代表性的观点汇集一处，以便读者研读《诗经》参考。

此书出版得到崇文书局领导和编辑同志的大力支持，在此谨致谢忱。由于本人学殖荒落，书中缺点错误在所难免，尚祈方家及读者批评指正。

目　录

国　风

颂

周 颂

国　风

周　南

关　雎

关关雎鸠①,在河之洲②。
窈窕淑女③,君子好逑④。

参差荇菜⑤,左右流之⑥。
窈窕淑女,寤寐求之⑦。

求之不得,寤寐思服⑧。
悠哉悠哉⑨,辗转反侧⑩。

参差荇菜,左右采之。
窈窕淑女,琴瑟友之⑪。

参差荇菜,左右芼之⑫。
窈窕淑女,钟鼓乐之⑬。

【题解】

　　这是男子爱恋女子之诗。全诗五章。一章以河洲上对对和鸣的鱼鹰,兴比淑女是君子的好配偶。二章以采摘长短不齐的荇菜,兴比君子对淑女的追求。君子因求之不得,故日夜思念,备觉长夜难熬,卧躺床上,翻来覆去,彻夜难眠。其眷念之情,苦闷之状,可想而知。三、四、五章仍以采摘长短不齐的荇菜,兴比君子对淑女的追求。君子终于求而得之,欣喜无限。在婚礼之上,琴瑟并奏,钟鼓齐鸣。君子以悠扬的琴瑟亲爱淑女,以和美的钟鼓使淑女欢娱,气氛显得十分和谐而热烈。

【注释】

①关关:鸟的和鸣声。雎(jū)鸠:鱼鹰。栖息水边,善于捕鱼。

②河:特指黄河。洲:水中的陆地。

③窈窕(yǎo tiǎo):容貌美丽。淑:心地善良。

④好逑(qiú):理想的配偶。

⑤参差(cēn cī):长短不齐。荇(xìng)菜:又名"接余"。一种水草,浮在水上,其白茎、嫩叶可食。

⑥左右:向左边,向右边。流:通"摎(jiū)"。择取。

⑦寤寐(wù mèi):睡醒为"寤",睡着为"寐"。"寤"、"寐"连用,犹言日夜。

⑧思服:思念。

⑨悠:长。

⑩辗转反侧:翻来覆去。

⑪琴瑟:古代乐器名。琴有五弦或七弦;瑟有五十弦、二十弦、十五弦等种。友:亲爱。

⑫芼(mào):择取。

⑬乐之:使她快乐。"乐"用作使动。

【汇评】

《论语·泰伯》:"《关雎》之乱(乐曲的终了),洋洋乎盈耳哉!"

《史记·十二诸侯年表》:"周道缺,诗人本之衽席,《关雎》作。"

《论语·八佾》:"《关雎》,乐而不淫,哀而不伤。"

《毛诗序》(以下简称《诗序》):"《关雎》,后妃之德也,风之始也,所以风天下而正夫妇也。……是以《关雎》乐得淑女以配君子,忧在进贤,不淫其色;哀窈窕,思贤才,而无伤善之心焉,是《关雎》之义也。"

汉郑玄《毛诗传笺》(以下简称《郑笺》):"后妃觉寐则常求此贤女,欲与之共己职也。"

《汉书·杜钦传》:"是以佩玉晏鸣,《关雎》叹之。知好色之伐性短年,离制度之生无厌,天下将蒙化、陵夷而成俗也。故咏淑女,几以配上,忠孝之笃,仁厚之作也。"

唐孔颖达《毛诗正义》:"《关雎》之篇,说后妃心之所乐,乐得此贤善之女,以配己之君子;心之所忧,忧在进举贤女,不自淫恣其色;又哀伤处窈窕幽闲之女未得升进,思得贤才之人与之共事君子。劳神苦思,而无伤善害道之心,此是《关雎》诗篇之义也。"又曰:"此诗之作,主美后妃进贤。思贤才,谓思贤才之善女。"

宋朱熹《诗集传》:"淑,善也;女者,未嫁之称,盖指文王之妃太姒为处子时而言也。君子,则指文王也。……周之文王生有圣德,又得圣女姒氏以为之配。宫中之人,于其始至,见其有幽闲贞静之德,故作此诗。"

清姚际恒《诗经通论》:"此诗只是当时诗人美世子娶妃初昏之作,以见嘉偶之合初非偶然,为国家发祥之兆,自此可以正邦国,风天下,不必实指出太姒、文王。"

清崔述《读风偶识》:"细玩此篇,乃君子自求良配,而他人代写其哀乐之情耳。"

清方玉润《诗经原始》:"小序以为后妃之德,《集传》又谓宫人之咏太姒,皆无确证。……此诗盖周邑之咏初昏者,故以为房中乐,用之乡人,用之邦国,而无不宜焉。"

闻一多《风诗类抄》:"女子采荇于河滨,君子见而悦之。"

高亨《诗经今注》:"这首诗歌唱一个贵族爱上一个美丽的姑娘,最后和她结了婚。"

袁梅《诗经译注》:"这是古代的一首恋歌。一个青年爱上了那位温柔美丽的姑娘。他时刻思慕她,渴望和她结为情侣。"

葛 覃

葛之覃兮①,施于中谷②,
维叶萋萋③。黄鸟于飞④,
集于灌木⑤,其鸣喈喈⑥。

葛之覃兮,施于中谷,
维叶莫莫⑦。是刈是濩⑧,

为绤为绤⑨，服之无斁⑩。

言告师氏⑪，言告言归。
薄污我私⑫，薄浣我衣⑬。
害浣害否⑭？归宁父母⑮。

【题解】

这是作坊女奴思归之诗。全诗三章。首章描写初夏山间的景色。此章不仅点明了季节，渲染了气氛，而且还交代了作坊的生产原料，即"葛覃"。次章写作坊生产的全过程。首先是割葛煮葛；接着是织成细葛布、粗葛布；最后是裁制葛布衣。这种葛布衣穿在身上舒舒服服。此章生动地描绘出了女奴们在作坊紧张而忙碌的苦役生活。末章写女奴思归告假。紧张的劳动暂且告一段落，女奴们向"师氏"告假，准备洗完衣服回家探望父母。

【注释】

①葛：葛草。纤维可织葛布。覃（tān）：通"藤"。

②施（yì）：蔓延。

③维：代词。相当于"其"，指代"葛藤"。萋萋：茂盛的样子。

④黄鸟：黄鹂。于：语助词。无义，仅起凑足音节的作用。

⑤灌木：丛生的小树。

⑥喈喈（jiē）：鸟鸣声。

⑦莫莫：义同"萋萋"。

⑧刈（yì）：割。濩（huò）：通"镬"。煮。

⑨绤（chī）：细葛布。绤（xì）：粗葛布。

⑩斁（yì）：厌恶。

⑪言：语助词。无义。告：告假。师氏：工头或师傅。

⑫薄：语助词。无义。污：洗。私：内衣。

⑬浣（huàn）：洗。

⑭害：通"曷"。什么。否：不洗。

⑮归宁：回家探望父母。

【汇评】

《诗序》：“《葛覃》，后妃之本也。后妃在父母家，则志在于女功之事，躬俭节用，服澣濯之衣，尊敬师傅。则可以归安父母，化天下以妇道也。”

宋朱熹《诗集传》：“此诗后妃所自作，故无赞美之词。然于此可以见其已贵而能勤，已富而能俭，已长而敬不弛于师傅，已嫁而孝不衰于父母，是皆德之厚而人所难也。小序以为后妃之本，庶几近之。”

宋郑樵《诗辨妄》：“此妇人急于成妇功之诗也。”

清姚际恒《诗经通论》：“《集传》云‘此诗后妃所自作’，殊武断。此亦诗人指后妃治葛之事而咏之，以见后妃富贵不忘勤俭也。上二章言其勤，末章言其俭。……若作后妃自咏，则必谓绤绤既成而作，于是不得不以首章为追叙，既属迂折。且后处深宫，安得见葛之延于中谷以及此原野之间鸟鸣丛木景象乎？岂目想之而成乎？必说不去。”

清方玉润《诗经原始》：“小序以为后妃之本，《集传》遂以为后妃所自作，不知何所证据，以致驳之者云：‘后处深宫，安得见葛之延于谷中以及此原野之间鸟鸣丛木景象乎？’愚谓后纵勤劳，岂必亲手‘是刈是濩’？后即节俭，亦不至归宁尚服澣衣。纵或有之，亦属矫强，非情之正。岂得为一国母仪乎？盖此亦采自民间，与《关雎》同为房中乐，前咏初昏，此赋归宁耳。”

吴闿生《诗义会通》：“此诗止言归宁一事。因归宁而及绤绤，因绤而及葛覃，而其词乃从葛起，归宁之意止篇末一语明之，文家用逆之至奇者也。黄鸟三句，于事外起兴，与本旨无涉，而神理乃益妙远，故为文外曲致。”

余冠英《诗经选》：“这诗写一个贵族女子准备归宁的事。由归宁引出‘澣衣’，由‘衣’而及‘绤绤’，由‘绤绤’而及‘葛覃’。诗辞却以葛覃开头，直到最后才点明本旨。”

高亨《诗经今注》：“这首诗反映了贵族家中的女奴们给贵族割葛、煮葛、织布及告假洗衣回家等一段生活情况。”

邓荃《诗经国风译注》：“（此诗）写的是女奴在领主家服役，割葛、煮葛、纺纱、织布等等。时间久长渴念父母。她浣洗衣服，准备回家探问父母。”

卷　耳

采采卷耳①，不盈顷筐②。

嗟我怀人③,寘彼周行④。

陟彼崔嵬⑤,我马虺隤⑥。
我姑酌彼金罍⑦,维以不永怀⑧。

陟彼高冈,我马玄黄⑨。
我姑酌彼兕觥⑩,维以不永伤。

陟彼砠矣⑪,我马瘏矣⑫。
我仆痡矣⑬,云何吁矣⑭!

【题解】

　　这是妇人思念征夫之诗。全诗四章。一章正面写妇人思念丈夫。卷耳易得,顷筐易盈,但这妇人采了许久竟然装不满一浅筐。原来是因为思夫殷切,无心采摘所致。于是她索性停止劳作,将顷筐抛在大路旁边。后三章侧面写妇人思念丈夫。这三章不是写妇人如何思念丈夫,而是写丈夫如何思念妻子。这种"以他思写己思"的手法的确高明。妇人想象丈夫在征途中思念自己的种种苦状。丈夫长年在外,翻山越岭,艰辛备尝,致使马儿累坏了,仆人也累病了。他忧痛至极,多次驻马饮酒,想借以排遣"永怀"、"永伤"的愁绪。然而借酒岂能浇愁。万般无奈,他只好仰天长叹:"我是多么忧愁啊!"一股思亲怀归之情溢于言表。

【注释】

　　①采采:茂盛的样子。卷耳:又名"苍耳"、"苓耳"。嫩苗可食。
　　②盈:满。顷筐:浅口筐。
　　③嗟(jiē):叹词。相当于"唉"。
　　④寘(zhì):放置。周行(háng):大道。
　　⑤陟(zhì):登上。崔嵬(cuī wéi):高山。
　　⑥虺隤(huī tuí):腿软无力。
　　⑦姑:姑且。金罍(léi):饰金的壶形酒器。
　　⑧维:语助词。以:连词。表示目的,相当于"为了"。永:长。
　　⑨玄黄:疾病。

⑩兕觥(sì gōng)：犀牛角酒杯。

⑪砠(jū)：石山。

⑫瘏(tú)：病。

⑬痡(pū)：病。

⑭云：语助词。何：多么。吁(xū)：通"忓"。忧愁。

【汇评】

《诗序》："《卷耳》，后妃之志也。又当辅佐君子，求贤审官，知臣下之勤劳。内有进贤之志，而无险诐私谒之心，朝夕思念，至于忧勤也。"

宋朱熹《诗序辨说》(以下简称《辨说》)："此诗之序，首句得之，余皆附会之凿说。后妃虽知臣下之勤劳而忧之，然曰'嗟我怀人'则其言亲暱，非后妃之所得施于使臣者矣。且首章之'我'独为后妃，而后章之'我'皆为使臣，首尾冲决，不相承应，亦非文字之体也。"

宋朱熹《诗集传》："此亦后妃所自作，可以见其贞静专一之至矣。岂当文王朝会征伐之时，羑里拘幽之日而作欤？然不可考矣。"

明丰坊《子贡诗传》："文王遣使求贤而悯行役之艰也，劳之以《卷耳》。"

清崔述《读风偶识》："朱子以为妇人念其君子者，得之。……窃谓此六'我'字，仍当指行人而言，但非我其臣，乃我其夫耳。"

清方玉润《诗经原始》："此诗当是妇人念夫行役而闵其劳苦之作。"

清戴震《诗经补注》："《卷耳》，感念于君子行迈之忧劳而作。"

余冠英《诗经选》："这是女子怀念征夫的诗。她在采卷耳的时候想起了远行的丈夫，幻想他在上山了，过冈了，马病了，人疲了，又幻想他在饮酒自宽。第一章写思妇，二至四章写征夫。"

高亨《诗经今注》："这首诗的主题不易理解，作者似乎是个在外服役的小官吏，叙写他坐着车子，走着艰难的山路，怀念着家中的妻子。"

樛　木

南有樛木①，葛藟累之②。

乐只君子③，福履绥之④！

南有樛木,葛藟荒之⑤。
乐只君子,福履将之⑥!

南有樛木,葛藟萦之⑦。
乐只君子,福履成之⑧!

【题解】

这是祝贺新婚之诗。全诗三章。每章意思大体相同。诗以"葛藟"缠绕、覆盖、萦裹"樛木",兴比新娘对新郎的相倚以及新郎对新娘的护持,并反复祝愿快乐的新郎,幸福将会安养他、扶助他、成就他,从而表达了人们对美好生活的期待。

【注释】

①樛(jiū)木:弯曲的树木。

②葛藟(lěi):藤蔓植物。累:缠绕。

③只:叹词。相当于"哉"。

④履:禄。绥:安养。

⑤荒:覆盖。

⑥将:扶助。

⑦萦(yíng):缠绕。

⑧成:成就。

【汇评】

《诗序》:"《樛木》,后妃逮下也。言能逮下,而无嫉妒之心焉。"

宋朱熹《诗集传》:"后妃能逮下而无嫉妒之心,故众妾乐其德而称愿之。"

明丰坊《申培诗说》:"《樛木》,诸侯慕文王之德而归心焉,故作此诗。"

明何楷《诗经世本古义》:"《樛木》,南国诸侯归心文王也。"

清戴震《诗经补注》:"《樛木》,下美上之诗也。"

吴闿生《诗义会通》:"此诗但言君子盛德福履之厚,本与后妃无涉。'南有樛木葛藟累之'者,言木下曲则葛藟缘之以致其高;君子作人,则士依之以成其德。诗意止此。序所谓'后妃逮之,无嫉妒之心',乃拘牵傅会之

10

词,不足置信。"

闻一多《风诗类抄》:"贺新婚也。"

袁梅《诗经译注》:"这是古代剥削阶级互相涂脂抹粉,祈福求禄的靡靡之音。"

赵浩如《诗经选译》:"这是一首祝贺新婚的民歌。诗中虽有个别受贵族统治思想影响的词语(如'福履'),但主题是祝福,基调是健康的。"

螽　斯

螽斯羽①,诜诜兮②!
宜尔子孙③,振振兮④!

螽斯羽,薨薨兮⑤!
宜尔子孙,绳绳兮⑥!

螽斯羽,揖揖兮⑦!
宜尔子孙,蛰蛰兮⑧!

【题解】

这是祝贺子孙众多之诗。螽是一种蝗虫,传说它生子最多,有人说它一次产子达九十九个。诗以"螽"兴比子孙众多非常贴切。全诗三章。每章意思平列,各有侧重。首章重在祝颂子孙众多;次章重在祝颂子孙昌盛;末章重在祝颂子孙团聚。前人评价说:"诗只平说,难六字炼得甚新。"六组叠词的巧妙运用,造成了音韵铿锵悠长的审美效果。

【注释】

①螽(zhōng):蝗虫。产子多。斯:语助词。

②诜诜(shēn):众多的样子。

③宜:语助词。尔:代词。相当于"你"。

④振振:兴旺。

⑤薨薨(hōng)：虫群飞声。

⑥绳绳：绵绵不绝。

⑦揖揖：聚集的样子。

⑧蛰蛰(zhé)：繁盛。

【汇评】

《诗序》："《螽斯》，后妃子孙众多也。言若螽斯不妒忌，则子孙众多也。"唐孔颖达《毛诗正义》："以其不妒忌，则嫔妾俱进，所生亦后妃之子孙，故得众多也。"

宋朱熹《诗集传》："后妃不妒忌而子孙众多，故众妾以螽斯群处和集而子孙众多比之，言其有是德而宜有是福也。"

明丰坊《子贡诗传》："周人庆文王之多男而赋《螽斯》。"

吴闿生《诗义会通》："此但祝祷之词。以多男为祝，人之恒情，无与后妃，亦无不妒忌之意。"

高亨《诗经今注》："这是劳动人民讽刺剥削者的短歌。诗以蝗虫纷纷飞翔，吃尽庄稼，比喻剥削者子孙众多，夺尽劳动人民的粮谷，反映了阶级社会的阶级实质，表达了劳动人民的阶级仇恨。"

陈子展《诗经直解》："《螽斯》主题义与《樛木》同。所不同者，一颂多福禄，一颂多子孙。樛木曲木，螽斯害虫，以为比兴，实含刺意，不可被民间歌手瞒过。"

桃　夭

桃之夭夭①，灼灼其华②。

之子于归③，宜其室家④。

桃之夭夭，有蕡其实⑤。

之子于归，宜其家室⑥。

桃之夭夭，其叶蓁蓁⑦。

之子于归,宜其家人⑧。

【题解】

这是祝贺女子出嫁之诗。全诗三章。每章前二句皆为兴体,且具有象征的作用。每章后二句是对女子的祝愿与赞美。一章以桃树盛壮、桃花鲜艳,象征女子年轻貌美。这个女子出嫁,会使家庭和顺。二章以桃树盛壮、桃实圆大,象征女子体健多子。这个女子出嫁,会使家庭兴旺。三章以桃树盛壮、桃叶繁茂,象征女子品性笃厚。这个女子出嫁,会使家人幸福。由于前二句形象鲜明而生动,故而能引发出优美的联想,从而使得后二句的祝颂之词变得可感可触,给人以深刻的印象。此诗对后世影响很大。一些诗词中的"面如桃花"、"艳若桃李"以及"人面桃花"的传奇故事皆源于《桃夭》一诗。

【注释】

①夭夭:盛壮的样子。

②灼灼(zhuó):鲜艳的样子。华:花。

③之子:这个女子。于:语助词。无义。归:出嫁。

④宜:和顺。

⑤有蕡(fén):形容果实圆大。

⑥家室:义同"室家"。

⑦蓁蓁(zhēn):树叶繁盛的样子。

⑧家人:合家之人。

【汇评】

《诗序》:"《桃夭》,后妃之所致也。不妒忌,则男女以正,婚姻以时,国无鳏民也。"

宋朱熹《诗集传》:"文王之化,自家而国,男女以正,婚姻以时。故诗人因所见以起兴,而叹其女子之贤,知其必有以宜其室家也。"

明丰坊《申培诗说》:"周人美后妃终始妇道之诗,皆比而后赋也。"

清姚际恒《诗经通论》:"愚意此指王之公族之女而言,诗人于其如嫁而叹美之,谓其将来必能尽妇道也。"又曰:"桃花色最艳,故以取喻女子,开千古词赋咏美人之祖。"

清方玉润《诗经原始》:"此亦咏新婚诗。"

清魏源《诗古微》:"《桃夭》,美嫁娶及时也。"

吴闿生《诗义会通》:"因于归而以宜其室家为祝,诗意止于此矣。"

袁梅《诗经译注》:"这是祝贺新婚的歌。以嫩红的桃花、红白的桃实、青葱的桃叶比兴美满的新婚。"

兔 罝

肃肃兔罝①,椓之丁丁②。
赳赳武夫③,公侯干城④。

肃肃兔罝,施于中逵⑤。
赳赳武夫,公侯好仇⑥。

肃肃兔罝,施于中林。
赳赳武夫,公侯腹心⑦。

【题解】

　　这是赞美武士之诗。全诗三章。每章前二句均是兴而比。每章后三句是对武士由衷的赞美。首章以猎人敲牢木桩,张好虎网,比喻战士们做好了御敌的准备。这些勇武雄壮的战士,是国君的屏障。二章以猎人在九衢通道张好虎网,比喻战士们在交通路口设下防线。这些勇武雄壮的战士,是国君的栋梁。末章以猎人在密林中张好虎网,比喻战士们在山林中设下埋伏。这些勇武雄壮的战士,是国君的亲信。从这些"赳赳武夫"的身上,我们可以感受到爱国主义和英雄主义精神的闪光。

【注释】

　　①肃肃:细密的样子。兔罝(jū):捕兔的网。另说兔即"於菟(wū tú)"。楚地称虎为"於菟"。

　　②椓(zhuó):敲击。丁丁(zhēng):敲击声。

③赳赳:勇武雄壮。

④干城:盾牌和城墙。比喻武夫。

⑤施(yì):设置。逵:四通八达的道路。

⑥好仇(qiú):好助手。

⑦腹心:可依靠和信任的人。

【汇评】

《诗序》:"《兔罝》,后妃之化也。《关雎》之化行,则莫不好德,贤人众多也。"

宋朱熹《诗集传》:"化行俗美,贤才众多,虽罝兔之野人,而其才之可用犹如此。故诗人因其所事以起兴而美之,而文王德化之盛,因可见矣。"

明丰坊《子贡诗传》:"文王得良臣于野,周人美之,赋《兔罝》。"

宋王质《诗总闻》:"言武夫能捍外以护内也。"

清王先谦《诗三家义集疏》:"《韩》说曰:殷纣之贤人退处山林,网禽兽而食之。文王举闳夭、泰颠于罝之中。"

清姚际恒《诗经通论》:"小序谓'后妃之化'。武夫于后妃何与?益迂而无理。胡休仲曰:'诵此篇之义,必有人焉当之。如文王狩猎而得吕望之类也。'其说特为有见,可谓不随附和者也。按《墨子》曰:'文王举闳夭、太颠于罝网之中,西土服。'金仁山主其说,近是也。"

闻一多《风诗类抄》:"美猎士之英武也。"

高亨《诗经今注》:"这首诗咏唱国君的武士在野外打猎。"

陈子展《诗经直解》:"《兔罝》民谣,猎兔者之歌。劳者歌其事,当为猎兔武士自赞,否则为民间歌手刺时,盖奴隶制社会已有武士一阶层为奴隶主之爪牙矣。"

芣 苢

采采芣苢①,薄言采之②。
采采芣苢,薄言有之③。

采采芣苢,薄言掇之④。

采采苤苢，薄言捋之⑤。

采采苤苢，薄言袺之⑥。
采采苤苢，薄言襭之⑦。

【题解】

这是妇女们采摘苤苢之诗。苤苢，俗称车前子。关于苤苢的药用说法不一。一说"宜怀妊"，一说可"安胎"，一说可治妇女难产，一说可治男子"恶疾"。总之，苤苢是一种极有用的药草，无怪乎妇女们乐于去采摘。全诗三章。此诗描绘出妇女们采摘劳动的全过程。一章是劳动开始曲。"采之"、"有之"是说妇女们呼朋结伴去采摘苤苢，开始采得苤苢。二章是劳动进行曲。"掇之"、"捋之"是说妇女们一颗一颗地拾取苤苢，成把成把地采下苤苢。三章是劳动结束曲。"袺之"、"襭之"是妇女们手提衣襟兜着苤苢，掖起衣襟盛着苤苢。此诗层次井然，节奏明快，韵律和谐。情绪欢乐，意境优美，具有浓郁的生活气息。

【注释】

①采采：茂盛的样子。苤苢(fú yǐ)：植物名。即车前子。

②薄言：语助词。无义。

③有：取得。

④掇(duō)：拾取。

⑤捋(luō)：成把地顺着茎条采下。

⑥袺(jié)：手提衣襟兜着。

⑦襭(xié)：掖起衣襟盛着。

【汇评】

《诗序》："《苤苢》，后妃之美也。和平则妇人乐有子矣。"

《列女传·蔡人之妻传》："蔡人之妻者，宋人之女也。既嫁于蔡，而夫有恶疾，其母将改嫁之。女曰：'夫不幸，乃妾之不幸也。奈何去之？适人之道，一与之醮，终身不改。不幸遇恶疾，不改其意。且夫采采苤苢之草，虽其臭恶，犹始于捋采之，终于怀撷之，浸以益亲，况于夫妇之道乎！'……乃作《苤苢》之诗。"

《文选》卷五十四李善注:"《韩诗》曰:《芣苢》,伤夫有恶疾也。……诗人伤其君子有恶疾,人道不通,求已不得,发愤而作。以事兴芣苢虽臭恶乎,我犹采采而不已者,以兴君子虽有恶疾,我犹守而不离去也。"

宋朱熹《诗集传》:"化行俗美,家室和平,妇人无事,相与采此芣苢,而赋其事以相乐也。"

明丰坊《申培诗说》:"《芣苢》,童儿斗草嬉戏歌谣之词,赋也。"

清方玉润《诗经原始》:"读者试平心静气,涵咏此诗,恍听田家妇人三三五五,于平原绣野,风和日丽中,群歌互答,余音袅袅,若远若近,忽断忽续,不知其情之何以移,而神之何以旷,则此诗可不必细绎而自得其妙也。"

吴闿生《诗义会通》:"先大夫以为'夫有恶疾而求药以疗之',较之'乐有子'而津津道之者,于义为长。"

高亨《诗经今注》:"这是劳动妇女在采车轮菜的劳动中唱出的短歌。"

陈子展《诗经直解》:"《芣苢》,妇女采车前草之歌。'如后人之采菱则为《采菱》之诗,采藕则为《采藕》之诗,何它义哉?'(郑樵)劳者歌其事,此正事外无甚意义。"

汉　广

南有乔木^①,不可休思^②。
汉有游女^③,不可求思。
汉之广矣,不可泳思^④。
江之永矣^⑤,不可方思^⑥。

翘翘错薪^⑦,言刈其楚^⑧。
之子于归,言秣其马^⑨。
汉之广矣,不可泳思。
江之永矣,不可方思。

翘翘错薪,言刈其蒌^⑩。

之子于归,言秣其驹^⑪。
汉之广矣,不可泳思。
江之永矣,不可方思。

【题解】

　　这是男子求偶失望之诗。全诗三章。一章写女子不可追求。此章皆为兴体。诗以乔木不可休、神女不可求、汉广不可游、江永不可绕,兴比女子不可求。二、三章写幻想爱情实现。尽管求爱难得,但这男子并未放弃对女子的执着追求。每章首二句也为兴体。诗以层层错杂的草木,当割取其中的荆条与蒌蒿,兴比男子求偶就要选择最好的姑娘。此时男子想象爱情理想的实现:等到女子嫁给我时,我就喂饱马驹驾车去迎娶她。当然,这只是一种虚幻的梦想。于是他又只得发出"汉广不可游,江永不可绕"的悲叹。

【注释】

①乔木:高大的树木。

②休:休息。思:语助词。

③游女:神女。

④泳:游泳渡水或潜水而行。

⑤江:指长江。永:长。

⑥方:筏子。指乘筏子渡河。

⑦翘翘(qiáo):突起的样子。错薪:错杂的木柴。

⑧言:语助词。无义。刈(yì):割。楚:丛木。一名"荆"。

⑨秣(mò):喂养。

⑩蒌(lóu):蒿。

⑪驹(jū):六尺高的马。

【汇评】

　　《诗序》:"《汉广》,德广所及也。文王之道,被于南国,美化行乎江汉之域,无思犯礼,求而不可得也。"

　　《韩诗序》:"《汉广》,悦人也。"

18

汉薛汉《韩诗薛君章句》:"游女,汉神也。言汉神时见,不可求而得之。"

宋朱熹《诗集传》:"文王之化自近及远,先及于江汉之间,而有以变其淫乱之俗,故其出游之女,人望见之,而知其端庄静一,非复前日之可求矣。因以乔木起兴,江汉为比,而反复咏叹之也。"

清姚际恒《诗经通论》:"一章借言乔木本可休而不可休,以况游女本可求而不可求,不必实泥谓乔木不可休也。二章、三章上四句言其女子有夫,彼将刈楚刈蒌以秣马,待其归而亲迎矣,不可得矣,犹乐府所谓'罗敷自有夫'也。"

清方玉润《诗经原始》:"此诗即为刈楚刈蒌而作,所谓樵唱是也。近世楚、粤、滇、黔间,樵子入山多唱山讴,响应林谷,盖劳者善歌,所以忘劳耳。其词大抵男女相赠答,私心爱慕之情,有近乎淫者,亦有以礼自持者。文在雅俗之间,而音节则自然天籁也。当其佳处,往往入神,有学士大夫所不能及者。"

闻一多《风诗类抄》:"求女也。终篇叠咏江汉烟水茫茫、浩渺无际,徘徊瞻望,长歌浩叹而已。借神女之不可求以喻彼人之不可得,已开《洛神赋》之先声。""汉女,汉之女神,借以喻彼女。""乔木,男子自喻。言乔木之荫非不可休,人自不来耳。"后四句"设言婚礼之事,明己欲得彼以成家室。"

陈子展《诗经直解》:"《汉广》,当为江汉流域民间流传男女相悦之诗。"

汝　坟

遵彼汝坟①,伐其条枚②。
未见君子,惄如调饥③。

遵彼汝坟,伐其条肄④。
既见君子,不我遐弃⑤。

鲂鱼赪尾⑥,王室如毁⑦。
虽则如毁,父母孔迩⑧。

19

这是妻子怀念丈夫之诗。全诗三章。一章写妻子未见丈夫归来的忧念之情。妻子沿着汝水大堤,正在砍伐那茂密的树枝,她未见丈夫归来,满腹的忧思如同早饥思食一样急切难耐。二章写妻子见到丈夫归来的喜悦之情。妻子沿着汝水大堤,正在砍伐那茂密的树枝。她突然见到丈夫归来,心里无限惊喜,情不自禁地脱口而出:原来丈夫没有把我远远抛弃。三章写夫妻互倾情愫。丈夫慨叹地说:鲂鱼尾红是由于过度劳累,我久役不归是因为暴政如火。妻子则深情地说:虽然暴政如火,但是现在父母就在身边。这段对话,字里行间充溢着夫妻久别的思念与重逢的欣慰。

【注释】

①遵:沿着。汝:水名。坟:大堤。

②条枚:树木的枝条。

③惄(nì):忧思。调:通"朝"。早晨。

④肄(yì):砍后再生的枝条。

⑤遐(xiá):远。

⑥鲂:鳊鱼。赪(chēng)尾:赤尾。

⑦王室:王朝;朝廷。毁(huǐ):烈火。

⑧孔:副词。相当于"很"。迩(ěr):近。

【汇评】

《诗序》:"《汝坟》,道化行也。文王之化行乎汝坟之国,妇人能闵其君子,犹勉之以正也。"

《列女传·周南之妻》:"周南之妻者,周南大夫之妻也。大夫受命平治水土,过时不来,妻恐其惰于王事,盖与其邻人陈素所与生于乱世,不得道理,而迫于暴虐,不得行义。然而仕者,为父母在故也。乃作诗曰:'鲂鱼赪尾……父母孔迩。'盖不得已也。君子以是知周南之妻而能匡夫也。"

《诗集传》:"汝旁之国,亦先被文王之化者,故妇人喜其君子行役而归,而记其未归之时思望之情如此,而追赋之也。"

明丰坊《申培诗说》:"《汝坟》,商人苦纣之虐,归心文王,而作是诗。首二章赋也,末章兴也。"

闻一多《诗经通义》:"《国风》中凡言鱼,皆两性间互称其对方之庾语,无一实指鱼者。……本篇曰'鲂鱼赪尾',义当与《左传》同。诗为女子所作,则鱼指男言也。"

孙作云《诗经恋歌发微》:"《周南·汝坟》是汝水附近的青年男女在汝水滨聚会时所唱的恋歌。"

高亨《诗经今注》:"西周末年,周幽王无道,犬戎入寇,攻破镐京。周南地区一个在王朝做小官的人逃难回到家中,他的妻子很喜欢,作此安慰他。"

袁梅《诗经译注》:"这是古代劳动妇女思念被奴隶主阶级强征远役的丈夫而唱的歌。一面苦苦怀念服役远行的丈夫,一面控诉'如毁'的奴隶制度。"

蓝菊荪《诗经国风今译》:"这是写一个女人在堤上打柴,一天她的征夫忽然回来了,欢晤之余,仍对其征夫勉慰有加的一首叙事诗。"

麟之趾

麟之趾①,振振公子②。于嗟麟兮③!
麟之定④,振振公姓⑤。于嗟麟兮!
麟之角,振振公族⑥。于嗟麟兮!

【题解】

这是歌颂仁厚公子之诗。相传麒麟是一种仁兽,说它"含仁怀义","不履生虫,不折生草"。全诗三章。每章意思相类似。诗以麒麟有蹄不踢人,有额不抵人,有角不触人,兴比仁厚公子不欺人、不损人、不害人。用这种人格化的神兽来象征和赞美古代的贤者,可谓恰如其分。

【注释】

①麒:麒麟。
②振振:诚实,厚道。
③于嗟(jiē):叹词。表示赞美。

④定:额头。

⑤公姓:同姓子孙。

⑥公族:同祖子孙。

【汇评】

《诗序》:"《麟之趾》,《关雎》之应也。《关雎》之化行,则天下无犯非礼,虽衰世之公子皆信厚如麟趾之时也。"

《韩诗序》:"《麟趾》,美公族之盛也。"

宋朱熹《诗集传》:"文王后妃德修于身,而子孙宗族皆化于善,故诗人以麟之趾兴公之子。言麟性仁厚,故其趾亦仁厚。文王后妃仁厚,故其子亦仁厚。"

清姚际恒《诗经通论》:"此诗只以麟比王之子孙族人。盖麟为神兽,世不常出,王之子孙亦各非常人,所以兴比而叹美之耳。"

清戴震《诗经补注》:"《麟趾》,美公子之贤比于麟也,麟之仪表见于趾、额、角矣,公子之贤则见其振振矣。"

吴闿生《诗义会通》:"'衰世'不知何谓,殆以纣在位为衰世邪?程子则以'衰世'以下为《序》之误。又谓《麟趾》之时为不成辞。"

高亨《诗经今注》:"鲁哀公十四年,鲁人去西郊打猎,猎获一支麒麟,而不识为何兽。孔子见了,说道:'这是麒麟呀!'获麟一事对于孔子刺激很大,他记在他所作的《春秋》上,而且停笔不再往下写了。并又作了一首《获麟歌》。这首诗很象是孔子的《获麟歌》。诗三章,其首句描写麒麟,次句描写贵族,末句慨叹不幸的麒麟,意在以贵族打死麒麟比喻统治者迫害贤人(包括孔子自己)。"

袁梅《诗经译注》:"这是奴隶主贵族的阿谀逢迎之词。"

召　南

鹊　巢

维鹊有巢①,维鸠居之②。
之子于归,百两御之③。

维鹊有巢,维鸠方之④。
之子于归,百两将之⑤。

维鹊有巢,维鸠盈之⑥。
之子于归,百两成之⑦。

【题解】

这是贵族女子出嫁之诗。全诗三章。每章首二句皆为兴体。诗以鹊有巢鸠占有兴比女子出嫁后居住夫家。后世演变为"鸠占鹊巢"这一成语,并流传至今。每章后二句写婚礼隆盛。这个女子出嫁,夫家用一百辆车子迎娶她,娘家用一百辆车子护送她,男女双方各用一百辆车子迎送,写出了婚礼的隆重。

【注释】

①鹊:喜鹊。

②鸠:斑鸠。

③两:即"辆"。车有两轮,故称为两。御(yù):迎。

④方:有,占有。

⑤将:送。

⑥盈：满。

⑦成：此处指举行礼仪成婚。

【汇评】

《诗序》："《鹊巢》，夫人之德也。国君积行累功以致爵位，夫人起家而居有之，德如鸤鸠乃可以配焉。"

宋朱熹《诗序辨说》："文王之时，《关雎》之化行于闺门之内，而诸侯蒙化以成德者。其道亦始于家人，故其妇人之德如是，而诗人美之也。不言所美之人者，世远而不可知也。"

明丰坊《申培诗说》："《鹊巢》，诸侯嫁女，其民观焉，即其事而赋之也。"

清方玉润《诗经原始》："《鹊巢》，婚礼告庙词也。"

清姚际恒《诗经通论》："此篇孔氏谓太姒归文王，《毛传》谓诸侯之子嫁于诸侯，《伪传》谓公子归于诸侯，意指文王女也，其说不一。愚意大抵为文王公族之女，往嫁于诸大夫之家，诗人见而美之，与《桃夭》篇略同，然均之不可考矣。"

吴闿生《诗义会通》："鄙意止是嫁女之乐歌，并无他义。"

高亨《诗经今注》："召南的一个国君废了原配夫人，另娶一个新夫人。作者写这首诗叙其事，有讽刺的意味。"

袁梅《诗经译注》："这是古代嫁女之乐歌，表现了古代的奴隶主贵族婚礼之奢华。"

采　蘩

于以采蘩①？于沼于沚②。
于以用之？公侯之事③。

于以采蘩？于涧之中④。
于以用之？公侯之宫⑤。

被之僮僮⑥，夙夜在公⑦。

被之祁祁⑧，薄言还归⑨。

【题解】

这是女子采蘩劳动之诗。蘩即白蒿，为养蚕所用之物。全诗三章。一、二章采用问答体的形式，描绘出采蘩劳动的情景以及劳动的性质。三章写大规模采蘩劳动的场面。全诗组成了一幅完整的劳动图景。从诗意来看，其性质与《葛覃》相同，它当是写公侯养蚕作坊里女奴生活的诗篇。

【注释】

①于：介词。相当于"在"。以：何，何处。蘩：白蒿。

②沼：水池。沚：小洲。

③事：祭祀。

④涧：夹在两山之间的水沟。

⑤宫：宗庙。

⑥被（bèi）：遮盖。僮僮（tóng）：众多。

⑦夙夜：早晚。公：公家。

⑧祁祁（qí）：众多。

⑨薄言：语气助词。无义。还归：返回。

【汇评】

《诗序》："《采蘩》，夫人不失职也。夫人可以奉祭祀，则不失职也。"

宋朱熹《诗集传》："南国被文王之化，诸侯夫人能尽诚敬以奉祭祀，而其家人叙其事以美之也。或曰：蘩所以生蚕。盖古者后夫人有亲蚕之礼，此诗亦犹《周南》之有《葛覃》也。"

明丰坊《申培诗说》："《采蘩》，美夫人亲蚕之诗，赋也。"

高亨《诗经今注》："这首诗的作者是诸侯的宫女，叙写她们为诸侯采蘩，以供祭祀之用。"

袁梅《诗经译注》："古代奴隶主阶级要举行祭祀或宴飨宾客，便须置备醇酒芳羹，大事铺张。而女奴们则要奉命出去采集蘩菜，日夜操持，不堪劳瘁。在无限怨怼之中，便冲口喊出了人间的不平。"

草　虫

喓喓草虫①,趯趯阜螽②。
未见君子,忧心忡忡③。
亦既见止④,亦既觏止⑤,
我心则降⑥。

陟彼南山,言采其蕨⑦。
未见君子,忧心惙惙⑧。
亦既见止,亦既觏止,
我心则说⑨。

陟彼南山,言采其薇⑩。
未见君子,我心伤悲。
亦既见止,亦既觏止,
我心则夷⑪。

【题解】

　　这是妻子思念丈夫之诗。全诗三章。一章写秋天思念丈夫。诗以草虫、阜螽兴起悲秋之感。二章写春天思念丈夫。诗以采蕨兴起思念之情。三章写夏天思念丈夫。诗以采薇兴起感伤之怀。此诗写了两年的事情。由秋天写到春天,又由春天写到夏天。随着时序的推移、景物的变换,妻子对丈夫的思念之情更加强烈,更加浓厚。读罢此诗,令人感动。

【注释】

　　①喓喓(yāo):虫鸣声。草虫:蝗类昆虫。也叫蝈蝈。
　　②趯趯(tì):跳跃的样子。阜螽(zhōng):蝗虫。也叫蚱蜢。
　　③忡忡(chōng):忧思的样子。

④止：语助词。

⑤觏（gòu）：通"遘"。遇见。

⑥降（jiàng）：放下。

⑦蕨（jué）：野菜名。也叫蕨菜。嫩叶初生时卷曲如拳，可供食用。

⑧惙惙（chuò）：忧愁的样子。

⑨说（yuè）：同"悦"。高兴。

⑩薇（wēi）：野菜名。茎叶似豆，后世称野豌豆。

⑪夷：平静。

【汇评】

《诗序》："《草虫》，大夫妻能以礼自防也。"

唐孔颖达《毛诗正义》："在室则夫唱乃随，既嫁则忧不当其礼，皆是以礼自防之事。"

宋朱熹《诗集传》："南国被文王之化，诸侯大夫行役在外，其妻独居，感时物之变，而思其君子如此，亦若《周南》之《卷耳》也。"

明丰坊《子贡诗传》："南国之大夫聘于京师，睹召公而归心焉，赋《草虫》。"

清方玉润《诗经原始》："《草虫》，盖诗人托男女情以写君臣念也。"

清姚际恒《诗经通论》："小序谓'大夫妻能以礼自防'。按为大夫妻，岂尚虑其有非礼相犯而不自防者乎？此不通之论也。……《毛传》以嫁时在途言之，夫方嫁在途之女，而即以未见、既见君为忧、喜，可乎？欧阳氏以为'召南之大夫出而行役，其妻所咏'，庶几近之。"

清吴肃公《诗问》："两年事尔。君子行役当春夏间，涉秋未归，故感虫鸣而思。至来年春夏犹未归，故复有后二章。"

吴闿生《诗义会通》："诗固无以礼自防之义，亦未见其为夫人诗也。"

高亨《诗经今注》："这首诗是妇人所作，抒写她在丈夫远出的时候，怀着深切的忧念。当丈夫归来的时候，为之无限喜悦。"

采　蘋

于以采蘋①？南涧之滨。

于以采藻^②？于彼行潦^③。

于以盛之？维筐及筥^④。
于以湘之^⑤？维锜及釜^⑥。

于以奠之^⑦？宗室牖下^⑧。
谁其尸之^⑨？有齐季女^⑩。

【题解】

这是女子采摘蘋藻之诗。蘋藻这两种水草，均为祭祀所用。全诗三章。每章采用问答的形式，描绘了采摘劳动的情景以及准备祭祀的活动。此诗具有浓郁的民歌气息。其用语活泼多变。水草蘋藻以两地分咏；盛菜器物以方筐圆筥并列；煮菜炊具以有脚锅无脚锅对举。这些都显示出民间歌手的机智与幽默。

【注释】

①蘋：一种水生蕨类植物，又叫"田字草"。

②藻：水底藻类。

③行潦(háng lǎo)：水沟。

④筐：方形竹器。筥(jǔ)：圆形竹器。

⑤湘：煮。

⑥锜(qí)：似锅，有足。釜：似锅，无足。

⑦奠：放置。

⑧宗室：指祖庙。牖(yǒu)：窗。

⑨尸：主祭。

⑩齐：通"斋"。诚敬。季女：少女。

【汇评】

《诗序》："《采蘋》，大夫妻能循法度也。能循法度，则可以承先祖，共祭祀矣。"

《礼记·昏义》："是以古之妇人，先祭三月，祖庙未毁，教于公宫；祖庙既毁，教于宗室。教以妇德、妇言、妇容、妇功。教成嫁之，牲用鱼，芼之以蘋藻,所以成妇顺也。"

宋朱熹《诗集传》:"南国被文王之化,大夫妻能奉祭,而其家人叙其事以美之也。"

明何楷《诗经世本古义》:"《采蘋》,为诗人美武王元妃邑姜教成,能修此礼而作。"

清方玉润《诗经原始》:"《采蘋》,女将嫁而教之,以告于其先也。"

高亨《诗经今注》:"这首诗是贵族家里的女奴所作。古代贵族的女儿临出嫁前,要祭祀她家的宗庙,由女奴们给她办置菜蔬类的祭品。这首诗正是叙写女奴们办置祭品的劳动。"

甘　棠

蔽芾甘棠①,勿翦勿伐,
召伯所茇②。

蔽芾甘棠,勿翦勿败③,
召伯所憩④。

蔽芾甘棠,勿翦勿拜⑤,
召伯所说⑥。

【题解】

这是怀念召伯之诗。召伯当指召康公(名奭)。武王灭纣后,封召公于北燕,为燕的始祖。成王时为太保,与周公分陕(今河南陕县)而治。据《史记·燕召公世家》记载:"召公巡行乡邑,有棠树,决狱政事其下。"俗话说:"爱屋及乌。"此诗所写则是"爱人及物"。这棵甘棠树非同一般,它可说是召伯显赫政绩的见证。全诗三章。每章意思基本相同。诗中反复唱道:不要毁坏甘棠树,因为这是召伯曾歇息的地方。人们由爱人而及物,诗人则由咏物而怀人。借爱惜甘棠树以抒发对召伯敬仰、怀念、追思之情,是此诗在艺术上的鲜明特点。

【注释】

①蔽芾(fèi):茂盛的样子。甘棠:棠梨树。

②召伯:召康公,名奭(shì)。茇(bá):通"废"。居住。

③败:折毁。

④憩(qì):休息。

⑤拜:攀折。

⑥说(shuì):止息。

【汇评】

《诗序》:"《甘棠》,美召伯也。召伯之教,明于南国。"

《左传·襄公十四年》:"周人之思召公焉,爱其甘棠。"

《史记·燕召公世家》:"召公之治四方,甚得兆民。召公巡行乡邑,有棠树,决狱政事其下,自侯伯至庶人,各得其所,无失其职。召公卒,而民人思召公之政,怀棠树不敢伐,作《甘棠》之诗。"

汉郑玄《毛诗传笺》:"召伯听男女之讼,不重烦劳百姓,止舍小棠之下而听断焉。"

《说苑·贵德》:"召公述职,当桑蚕之时,不欲变民事,故不入邑中,舍于甘棠之下而听断焉。……百姓叹其美而致其敬,甘棠之不伐也。"

宋朱熹《诗集传》:"召伯循行南国,以布文王之政,或舍甘棠之下。其后人思其德,故爱其树不忍伤也。"

明王夫之《诗经稗疏》:"此盖召公所税驾之馆,阶除之侧偶有此木,政闲游衍,聊尔眄赏。后人因为禁约,以寓去思耳。"

吴闿生《诗义会通》:"此诗美召公而作,最为有据。旧评云:千古去思之祖。"

高亨《诗经今注》:"周宣王封他的母舅于召南域内,命召伯虎到召南给申伯筑城盖房,划定土田,规定租税。召伯作这件事很卖力气。他当时的住处有一棵甘棠树。他离去后,申伯或申伯的子孙或其他有关的人,追思他的劳绩,保护这棵甘棠树以资纪念,因作这首诗。"

行　露

厌浥行露①,岂不夙夜②,
谓行多露③。

谁谓雀无角④,何以穿我屋⑤?
谁谓女无家⑥,何以速我狱⑦?
虽速我狱,室家不足⑧!

谁谓鼠无牙,何以穿我墉⑨?
谁谓女无家,何以速我讼⑩?
虽速我讼,亦不女从⑪!

【题解】

这是女子争取婚姻自主而勇敢抗争之诗。全诗三章。一章全为兴体,二、三章首二句也为兴体。一章以谁不想早点赶路程,只怕道上露水湿淋淋,兴比女子谁不想早点就成亲,只怕所嫁不是意中人。二、三章以鸟雀有嘴可穿屋,老鼠有牙可穿墙,兴比男子已有妻室。但这男子还想娶一位未婚女子为妻,并要挟说如不顺从就要让她吃官司。这种蛮横的举动遭到女子的断然拒绝。这女子理直气壮地斥责道:即使让我吃官司,要想成婚理不足;即使让我吃官司,我也决不屈从你。不难看出,这是一位性格刚毅的女子。她面对威胁,毫不畏惧,而是勇敢地迎接挑战,实在难能可贵。

【注释】

①厌浥(yì):潮湿。行:道路。
②岂:副词。难道。夙(sù):早。
③谓:通“畏”。害怕。
④角:鸟嘴。
⑤何以:即“以何”,凭什么。

⑥女：代词。相当于"汝"，你。家：指妻室。

⑦速：招致。狱：诉讼，打官司。

⑧不足：指成婚的理由不充足。

⑨墉（yōng）：墙。

⑩讼：义同"狱"。

⑪亦：也。不女从：即"不从女"，不顺从你。

【汇评】

《诗序》："《行露》，召伯听讼也。衰乱之俗微，贞信之教兴，强暴之男不能侵陵贞女也。"

《列女传·召南申女传》："夫家轻礼违制，不可以行，遂不可往。夫家讼之于理，致之于狱，女终以一物不具，一礼不备，守节持义，必死不往。而作诗曰：'虽速我狱，室家不足'，言未家之礼不备足也。"

宋朱熹《诗集传》："南国之人遵召伯之教，服文王之化，有以革其前日淫乱之俗。故女子有能以礼自守而不为强暴所污者，自述己志，作此诗以绝其人。"

明朱谋㙔《诗故》："嫠妇执节不贰之词也。"

吴闿生《诗义会通》："此诗见女子以贞节自守，不可干以非礼，详其词气，当是女子自作。《列女传》《韩诗外传》以为'申女许嫁于酆，以礼不备，必死不往，而作此诗'，是也。序以为'召伯听讼'者，牵涉上《甘棠》篇而为之说，非诗旨。"

闻一多《风诗类抄》："男以为女无夫家，遂往求之，而陷于法，男报以此词。"

余冠英《诗经选》："一个强横的男子硬要聘娶一个已有夫家的女子，并且以打官司作为压迫女方的手段。女子的家长并不屈服，这诗就是他给对方的答复。"

陈子展《诗经直解》："《行露》，为一女子拒绝与一已有室家的男子重婚而作。"

羔　羊

羔羊之皮①，素丝五紽②。

退食自公③，委蛇委蛇④！

羔羊之革⑤，素丝五緎⑥。
委蛇委蛇，自公退食。

羔羊之缝⑦，素丝五总⑧。
委蛇委蛇，退食自公。

【题解】

这是讽刺官吏悠闲安逸之诗。全诗三章。每章意思大体相同。此诗犹如一幅漫画，寥寥几笔，便将这位官吏饱食终日、悠闲自得的神态勾勒了出来。这位官吏身着一件羔裘。这羔裘非常讲究，上面绣有白丝花纹，所缝丝数由"五紽"而"五緎"，由"五緎"而"五总"，渐次加密，华丽美观。他吃得酒醉饭饱，从官府踱着方步退了出来，行走在回家的路上，摇摇晃晃，悠闲自得，真是丑态百出。

【注释】

①羔羊：小羊。皮：此指皮袄。
②素：白色。紽(tuó)：丝数。五紽，即二十五丝。
③退食：就食而退。自公：从公府。
④委蛇(yí)：摇摇晃晃、悠闲自得的样子。
⑤革：兽皮。此指皮袄。
⑥緎(yù)：丝数。五緎，即一百丝。
⑦缝：通"韝"。皮革。此指皮袄。
⑧总：丝数。五总，即四百丝。

【汇评】

《诗序》："《羔羊》，《鹊巢》之功致也。召南之国，化文王之政，在位皆节俭正直，德如羔羊也。"

宋朱熹《诗序辨说》："此序得之，但'德如羔羊'一句为衍说耳。"

宋朱熹《诗集传》："南国化文王之政，在位皆节俭正直，故诗人美其衣服有常，而从容自得如此也。"

宋严粲《诗缉》："此诗言服饰有常，俯仰无愧，节俭正直之意隐然可见。"

清姚际恒《诗经通论》："此篇美大夫之诗，诗人适见其羔裘而退食，即其服饰、步履之间以叹美之。而大夫之贤不益一字，自可于言外想见。此风人之妙致也。"

清崔述《读风偶识》："此篇特言国家无事，大臣得以优游暇豫，无王事靡盬，政事遗我之忧耳。初无美其节俭正直之意，不得遂以为文王之化也。"

闻一多《风诗类抄》："大夫受享于诸侯毕，以其所受赐之皮币退而归于家。《公食大夫礼》有乘皮束帛以侑宾，羔羊即乘皮，素丝犹束也。"

高亨《诗经今注》："衙门中的官吏都是剥削压迫、凌践残害人民，蟠在人民身上，吸食人民血液以自肥的毒蛇。人民看到他们穿着羔羊皮袄从衙门里出来，就唱出这首歌咒骂他们，揭出他们是害人毒蛇的本质。"

殷其雷

殷其雷[1]，在南山之阳[2]。
何斯违斯[3]，莫敢或遑[4]？
振振君子[5]，归哉归哉！

殷其雷，在南山之侧[6]。
何斯违斯，莫敢遑息[7]？
振振君子，归哉归哉！

殷其雷，在南山之下[8]。
何斯违斯，莫或遑处[9]？
振振君子，归哉归哉！

这是夫妻离别难舍之诗。全诗三章。每章首二句描写丈夫外出时的自然环境。轰隆隆的雷声由远而近,预示着一场暴雨就要来临。丈夫在此时外出,岂不让妻子揪心!每章三、四句点明丈夫此时外出之因。在风雨欲来之时离家外出,是因为公务在身,不敢偷闲。每章五、六句写妻子的心愿。妻子深知丈夫为人忠厚,办事认真,只盼丈夫快点办完公事早日回来。此诗选景典型,情景交融,语意恳切,感人至深。

【注释】

①殷:通"隐",雷声。

②阳:山的南面。

③何斯违斯:为何此时离开这里。

④或:有。遑:空闲。

⑤振振:忠厚。

⑥侧:山的旁边。

⑦息:休息。

⑧下:山脚。

⑨处:安居。

【汇评】

《诗序》:"《殷其雷》,劝以义也。召南之大夫远行从政,不遑宁处,其室家能闵其勤劳,劝以义也。"

唐孔颖达《毛诗正义》:"召南之大夫远行从政,施王命于天下,不得遑暇而安处,其室家见其如此,能悯念其夫之勤劳,而劝以为臣之义。"

宋朱熹《诗集传》:"南国被文王之化,妇人以其君子从役在外而思念之,故作此诗。言殷殷然雷声则在南山之阳矣,何此君子独此去而不敢少暇乎!于是又美其德,且冀其早毕事而还归也。"

明丰坊《申培诗说》:"《殷其雷》,武王克商,诸侯受命于周庙,出就终南之馆,故作此诗。皆比而后赋也。"

吴闿生《诗义会通》:"诗意但怀人之作,未见'劝以义'之意。但序说自善。东莱《读诗记》引朱子旧说,谓闵之深而无怨辞,所谓'劝以义'也。得序之旨矣。"

闻一多《风诗类抄》："妇人孤居,闻雷惊怖,望其夫速归,有以慰己也。"

高亨《诗经译注》："古代远役者的妻子,由于丈夫终年在外服役,与家人违离,不得相聚,她便唱出这只怨歌。渴慕之情,溢于言表。"

摽有梅

摽有梅①,其实七分②。
求我庶士③,迨其吉兮④!

摽有梅,其实三分⑤。
求我庶士,迨其今兮⑥!

摽有梅,顷筐塈之⑦。
求我庶士,迨其谓之⑧!

【题解】

这是女子亟待婚嫁之诗。全诗三章。每章意思并非平列,而是层层递进。每章首二句为兴体。梅子纷纷坠落,树上还有七成,树上只有三成,树上全都落光。诗以此兴比女子的青春由盛而渐渐转衰。每章三、四句为赋体。正因为女子深感青春易逝,故而求爱之心才更为急切。她大胆地表白道:追求我的小伙子,就趁着吉日,就趁着今天,就趁着开口之时,表明你的心迹吧!诗先说"其吉",又说"其今",再说"谓之",恰似紧锣密鼓,敲响了女子急切求爱的心音。

【注释】

①摽(biào):坠落。有:名词词头。梅:落叶乔木,能开花结果。
②其:代词。指代"梅"。实:梅子。七:指梅子还剩十分之七。
③庶士:众多男子。
④迨(dài):趁着。吉:吉日良辰。
⑤三:指梅子还剩十分之三。

⑥今:今日,即日。

⑦顷筐:浅口筐。塈(xì):取。

⑧谓:说。

【汇评】

《诗序》:"《摽有梅》,男女及时也。召南之国被文王之化,男女得以及时也。"

唐孔颖达《毛诗正义》:"谓纣时俗衰政乱,男女丧其配偶,嫁娶多不以时。今被文王之化,故男女皆得以及时。"

宋朱熹《诗集传》:"南国被文王之化,女子知以贞信自守,惧其嫁不及时,而有强暴之辱也。故言梅落而在树者少,以见时过而太晚矣,求我之众士,其必有及此吉日而来者乎?"

明丰坊《申培诗说》:"《摽有梅》,女父择婿之诗,兴也。"

清姚际恒《诗经通论》:"愚意此篇乃卿、大夫为君求庶士之诗。……庶士为周家众职之通称,则庶士者乃国家之所宜亟求者也。"

闻一多《风诗类抄》:"在某种节令的聚会里,女子用新熟的果子,掷向她所属意的男子。对方如果同意,并在一定期间里送上礼物来,二人便可结为夫妇。这里正是一首掷果时女子们唱的歌。"

余冠英《诗经选译》:"女子求偶,盼望求婚的男子及时而来,别等到青春消逝。"

高亨《诗经今注》:"周代有的地区,民间每年开一次舞会,会中由男女自由订婚或结婚。这首诗就是舞会中女子们共同唱出的歌。"

小　星

嘒彼小星①,三五在东②。

肃肃宵征③,夙夜在公④。

寔命不同⑤!

嘒彼小星,维参与昴⑥。

肃肃宵征，抱衾与裯⑦。

寔命不犹⑧！

【题解】

　　这是小吏自叹劳苦之诗。全诗二章。每章首二句描写夜景。那明亮的小星，稀稀疏疏挂在东方；那明亮的小星，就是参星和昴星。通过描写夜景巧妙地点明小吏远行的时间。每章后二句描写小吏行役之苦。就在明星高悬的夜晚，小吏匆匆地远行，还抱着被子和帐子赶路，日夜为公府奔忙。难怪他悲叹自己不如人。寥寥几笔的勾勒，就揭示出当时社会的不公。

【注释】

　　①嘒(huì)：明亮。

　　②三五：形容星稀少。一说分指参星和昴星。

　　③肃肃：疾行的样子。宵：夜晚。征：远行。

　　④夙夜：早晚。在公：在公府。

　　⑤寔(shí)：指示代词。此；这。

　　⑥参(shēn)：参星。二十八星宿之一。昴(mǎo)：昴星。二十八星宿之一。

　　⑦衾(qīn)：被子。裯(chóu)：帐子。

　　⑧犹：如。

【汇评】

　　《诗序》："《小星》，惠及下也。夫人无妒忌之行，惠及贱妾，进御于君。知其命有贵贱，能尽其心矣。"

　　宋洪迈《容斋随笔》："《小星》'肃肃宵征，抱衾与裯'，是咏使者远适，夙夜征行，不敢慢君命之意。《笺》释此两句谓妾'肃肃然而行，或早或夜在于君所，以次序进御'。又云：'裯，床帐也。诸妾夜行，抱被与床帐，待进御之次序。'且诸侯有一国，其宫中嫔御虽云至下，固非闾阎微贱之比，何至于抱衾裯而行？……其说可谓陋矣。"

　　明丰坊《子贡诗说》："小臣奉使而勤劳于公，赋《小星》。"

　　清方玉润《诗经原始》："小臣行役自甘也。"

清姚际恒《诗经通论》:"此篇章俊卿以为'小臣行役之作',是也。今推广其意言之:山川原隰之间,仰头见星,东西历历可指,所谓'戴星而行'也,若宫闱永巷之地,不类一也。'肃'、'速'同,疾行貌,若为妇人步屧之貌,不类二也。'宵征'云者,奔驰道路之辞,若为来往宫闱之辞,不类三也。"

胡适《谈谈诗经》:"'嘒彼小星'是写妓女生活的最古记载。我们试看《老残游记》,可见黄河流域的妓女送铺盖上店陪客人的情形。"

陈子展余冠英《诗经选译》:"小臣出差,连夜赶路,想到尊卑之间劳逸不均,自怨命不如人。"

陈子展《诗经直解》:"《小星》,当是小臣行役自伤劳苦之诗。"

江有汜

江有汜①,之子归,
不我以②。不我以,
其后也悔!

江有渚③,之子归,
不我与④。不我与,
其后也处⑤!

江有沱⑥,之子归,
不我过⑦。不我过,
其啸也歌⑧!

【题解】

这是男子失恋之诗。全诗三章。每章首句为兴体。诗以长江出现汉道支流,兴比女子情意不专,别有所爱。每章后四句写男子惆怅之情。这个女子出嫁了,再也不爱我了,这岂不令人惆怅满怀?然而这男子毕竟是一个自信而又善于自解的人。他坦诚地表白道:你不爱我了,将定会后悔莫及。如此反复咏唱,将其缠绵悱恻而又自我慰藉的心理表现得淋漓尽致。

【注释】

①汜(sì):自干流分出又回到干流的河流。

②不我以:即"不以我",不要我。

③渚(zhǔ):水中小洲。

④不我与:即"不与我",不爱我。

⑤处:通"癙"。忧愁。

⑥沱(tuó):水的支流。

⑦不我过:即"不过我",不理我。

⑧啸(xiào)也歌:边哭边唱。

【汇评】

《诗序》:"《江有汜》,美媵也。勤而无怨,嫡能悔过也。文王之时,江沱之间有嫡不以其媵备数,媵遇劳而无怨,嫡亦自悔也。"

宋朱熹《诗序辨说》:"诗中未见勤劳无怨之意。"

清方玉润《诗经原始》:"《江有汜》,商妇为夫所弃而无怼也。"

闻一多《诗经新义》:"此诗本以江有别流,喻夫之情不专一。"

高亨《诗经今注》:"一个官吏或商人在他做客的地方娶了一个妻子。他回本乡时,把她抛弃了。她唱出这首歌以自慰。"

袁梅《诗经译注》:"一个女子被遗弃,她爱过的人已另有新欢,且已结婚。她内心的怨艾悲愤难以抑制,便唱出了这只歌。"

蓝菊荪《诗经国风今译》:"(本诗)作者可能是贫家小子,婚姻遭受折挫,眼见对方即将出嫁他姓,因而发出的哀歌。"

野有死麇

野有死麇①,白茅包之②。
有女怀春③,吉士诱之④。

林有朴樕⑤,野有死鹿。
白茅纯束⑥,有女如玉⑦。

舒而脱脱兮⑧,无感我帨兮⑨,
无使尨也吠⑩!

【题解】

　　这是青年男女恋爱之诗。此诗描写了一个饶有兴味的爱情故事。全诗三章。一章写爱情的萌生。一位猎人在郊野打死一只獐子,正在用茅草将獐子包裹起来。这时一位少女从这儿经过,目睹了猎人高超的射艺,顿时萌生了爱慕之情。这猎人也心领神会,于是用多情的话语挑逗少女。就这样两人一见钟情。二章写爱情的发展。第二天。猎人在林中砍了一些小树,又在郊野打死一只鹿,正在用茅草将小树和鹿捆束起来。这时少女又来到郊野。猎人这时端详少女,不禁暗自赞叹道:她的容貌真美,像白玉一般光彩照人。就这样两人更加相互爱慕。三章写约会的情景。傍晚时分,猎人主动上门邀约少女幽会。少女悄悄地走了出来,小声叮嘱说:"你要慢一点,轻一点,别触动我的佩巾,别使我家的长毛狗汪汪叫。"幽会自然是幸福的,但少女心存顾虑却给这幸福掺杂了一丝苦涩味。

【注释】

①麇(jūn):獐子。
②白茅:丝茅草。
③怀春:向往爱情。
④吉士:男子的美称。此指猎人。诱:引诱。
⑤朴樕(sù):小树。
⑥纯束:包捆。
⑦如玉:比喻貌美。
⑧舒:徐缓。脱脱(tuì):轻轻。
⑨感(hàn):同"撼"。触动。帨(shuì):佩巾。
⑩尨(máng):长毛狗。

《诗序》:"《野有死麕》,恶无礼也。天下大乱,强暴相陵,遂成淫风。被文王之化,虽当世乱,犹恶无礼也。"

唐孔颖达《毛诗正义》:"《野有死麕》诗者,言恶无礼。谓当纣之世,天下大乱,强暴相陵,遂成淫风之俗。被文王之化,虽当乱世,其贞女犹恶其无礼。经三章,皆恶无礼之辞也。"

宋朱熹《诗序辨说》:"此序得之。但所谓无礼者,言淫乱之非礼耳,不谓无聘币之礼也。"

明丰坊《子贡诗说》:"野人求昏而不能其礼,女氏拒之,赋《野有死麕》。"

唐孔颖达《诗经通论》:"此篇若以为刺淫之诗,则何为称'吉士',女称'如玉'?若以为贞女不为强暴所污,则何为女称'怀春',男称'吉士'?且末章之辞无以见其贞意也。……愚意此篇是山野之民相与及时为昏姻之诗。"

清王先谦《集疏》:"《韩》说曰:平王东迁,诸侯侮法,男女失冠昏之节,《野麕》之刺兴焉。"

高亨《诗经今注》:"这首诗写一个打猎的男人引诱一个漂亮的姑娘。她也爱上了他,引他到家中相会。"

何彼秾矣

何彼秾矣①,唐棣之华②!
曷不肃雝③,王姬之车④!

何彼秾矣,华如桃李!
平王之孙⑤,齐侯之子⑥。

其钓维何⑦?维丝伊缗⑧。
齐侯之子,平王之孙。

这是周王之女下嫁齐侯之诗。全诗三章。前二章以棠棣和桃李的芳华象征王姬的青春貌美；以庄重和谐描写王姬的车服之盛；又以"平王之孙，齐侯之子"点明他俩身份的高贵。三章以钓线是由丝纠合而成，象征男女婚姻之事。诗的结尾再次点明这对新婚夫妻地位的高贵。

【注释】

①秾(nóng)：繁盛。

②唐棣(dì)：即棠棣。形似白杨，能开花结果。

③肃雍(yōng)：庄重和谐。

④王姬：即公主。周王的女儿。

⑤平王之孙：周平王的孙女。

⑥齐侯之子：齐侯的儿子。即齐桓公。

⑦钓：钓鱼。这里用作名词，意为"钓线"。

⑧维丝伊缗(mín)：是丝线合成的钓线。维、伊，皆语助词。无义。

【汇评】

《诗序》："《何彼秾矣》，美王姬也。虽则王姬，亦下嫁于诸侯，车服不系其夫，下王后一等，犹执妇道以成肃雍之德。"

唐贾公彦《仪礼疏》："齐侯嫁女，以其母王姬治嫁之车远送之。"

宋朱熹《诗集传》："王姬下嫁于诸侯，车服之盛如此，而不敢挟贵以骄其夫家。故见其车者，知其能敬且和以执妇道，于是作诗美之。……此乃武王以后之诗，不可的知其何王之世。然文王太姒之教久而不衰，亦可见矣。"

清姚际恒《诗经通论》："此篇或谓平王指文王，或谓即春秋时平王。凡主一说者，必坚其辞，是此而非彼。然愚按主春秋时平王说者居多，亦可见人心之同然。……若是则为东周之时，何以在《二南》乎？章俊卿曰：'为诗之时则东周也，采诗之地则召南也。'亦为有见。"

清陈启源《毛诗稽古编》引宋章俊卿《山堂考索》云："王姬有容色之盛，而无肃雍之德。"

清方玉润《诗经原始》："《何彼秾矣》，讽王姬车服渐侈也。"

吴闿生《诗义会通》："此止是王姬下嫁之诗，而气象之雍和可见。"

高亨《诗经今注》："周平王的孙女嫁于齐襄公或齐桓公,求召南域内诸侯之女做陪嫁的媵妾,而其父不肯,召南人因作此诗。"

袁梅《诗经译注》："这是男女求爱的情歌。从诗中口吻来看,应是男子所唱。他把心爱的姑娘比作当时最尊贵的女子。"

袁愈荌、唐莫尧《诗经全译》："刺王姬出游,车服奢侈。"

驺　虞

彼茁者葭^①,壹发五豝^②。
于嗟乎驺虞^③!

彼茁者蓬^④,壹发五豵^⑤。
于嗟乎驺虞!

【题解】

这是赞美诸侯田猎之诗。周代春秋时期,诸侯也辟有苑囿。据《孟子·梁惠王下》记载,梁惠王的苑囿方圆有四十里,可见诸侯苑囿范围之广。国君经常前往苑囿观赏娱乐,并追逐野兽,以显身手。全诗二章。每章首二句赞美国君精湛的射艺。在繁茂的芦苇中,在繁茂的蓬蒿中,潜藏着许多野兽。国君拉满弓弦,只发一箭,就射中五头大野猪,就射中五头小野猪。每章末二句赞美"驺虞"的配合之功。国君田猎须有"驺虞"相助。"驺"即"趣马","虞"即"虞人"。国君在田猎时,趣马御车,技艺娴熟;虞人驱兽,动作敏捷。由于配合默契,故而国君能"壹发五豝"、"壹发五豵"。

【注释】

①茁:繁茂。葭(jiā):芦苇。
②壹:即一。发:射箭。豝(bā):二岁的野猪。
③于嗟乎:叹词。表示赞美。驺(zōu):为王公贵族养马并管驾车的人。虞:管理苑囿的小官。
④蓬:蓬蒿。

⑤豵(zōng)：一岁的野猪。

【汇评】

《周礼·春官·乐师》："凡射，王以《驺虞》为节。"

《诗序》："《驺虞》，《鹊巢》之应也。《鹊巢》之化行，人伦既正，朝廷既治，天下纯被文王之化。则庶类蕃殖，蒐田以时。仁如驺虞，则王道成也。"

汉贾谊《新书》："驺者文王之囿，虞者囿之司兽者。虞人翼五豝以待一发，所以复中也。"

宋朱熹《诗集传》："南国诸侯承文王之化，修身齐家以治其国，而其仁民之余恩又有以及于庶类。故其春田之际，草木之茂，禽兽之多至于如此。而诗人述其事以美之，且叹之曰：此其仁心自然，不由勉强，是即真所谓驺虞矣！"

清姚际恒《诗经通论》："小序谓'《鹊巢》之应'，《毛传》以驺虞为义兽，谬并同。……此为诗人美驺虞之官克称其职也。若为美文王仁心之至，一发五豝，何以见其仁心之至耶！"

高亨《诗经今注》："贵族强迫奴隶中的儿童给他牧猪，并派小官监视牧童的劳动，对牧童常常打骂。牧童唱出这首歌。"

陈子展《诗经直解》："《驺虞》，为有关春日田猎驱除害兽，举行一种仪式之诗。戴震云：'《驺虞》，言春蒐之礼也，除田豕也。……春蒐以除田豕，为其害稼也'。"

邶 风

柏 舟

泛彼柏舟^①,亦泛其流^②。
耿耿不寐^③,如有隐忧^④。
微我无酒^⑤,以敖以游^⑥。

我心匪鉴^⑦,不可以茹^⑧。
亦有兄弟,不可以据^⑨。
薄言往愬^⑩,逢彼之怒。

我心匪石,不可转也。
我心匪席,不可卷也。
威仪棣棣^⑪,不可选也^⑫。

忧心悄悄^⑬,愠于群小^⑭。
觏闵既多^⑮,受侮不少。
静言思之,寤辟有摽^⑯。

日居月诸^⑰,胡迭而微^⑱?
心之忧矣,如匪澣衣^⑲。
静言思之,不能奋飞^⑳!

【题解】

　　这是卫国同姓贤臣忧谗悯乱之诗。此诗当作于卫顷公之时。顷公在位期间,政治混乱,小人当权,贤臣遭祸,国势衰败。卫国同姓贤臣,目睹国

46

事之非,心存危亡之虑,于是作此诗以抒泄满腔的幽愤。全诗五章。一章写忧愁深重,无法排除。二章写满腔幽愤,无处倾诉。三章写矢志不渝,威仪不变。四章写为群小侵侮,捶胸自伤。五章写身处困境,不能奋飞。此诗情深辞婉,细密工整。至今读到"耿耿不寐,如有隐忧"、"我心匪鉴,不可以茹"、"我心匪石,不可转也"、"忧心悄悄,愠于群小"、"静言思之,不能奋飞"等诗句,还能体会到它震撼心灵的艺术感染力。

【注释】

①泛:漂浮的样子。柏舟:用柏木制作的船。

②流:指河流。

③耿耿:忧烦焦灼的样子。寐(mèi):入睡。

④如:而。隐:通"殷"。大,深。

⑤微:非,不是。

⑥敖:通"遨",游玩。

⑦匪:非,不是。鉴:镜子。

⑧茹:容纳。

⑨据:依靠。

⑩愬(sù):同"诉",诉说。

⑪威仪:仪表。棣棣(dì):庄重的样子。

⑫选:通"巽"。退让。

⑬悄悄:忧愁的样子。

⑭愠(yùn):怒;恨。于:介词。表示被动。群小:指众多小人。

⑮觏(gòu):遭遇。闵:忧患。

⑯辟:用手抚心。有:通"又"。摽(biào):用手捶胸。

⑰居、诸:皆语助词。

⑱胡:何,为什么。迭:更迭。微:昏暗不明。

⑲匪:同"筐"。竹器。澣衣:通"翰音"。鸡的代称。

⑳奋飞:展翅高飞。

【汇评】

《诗序》:"《柏舟》,言仁而不遇也。卫顷公之时,仁人不遇,小人在侧。"
《列女传》:"(卫寡)夫人者,齐侯之女也。嫁于卫,至城门而卫君死。

保母曰：'可以还矣。'女不听，遂入，持三年之丧。毕，弟立，请曰：'卫小国也，不容二庖，愿请同庖。'夫人曰：'唯夫妇同庖。'终不听。卫君使人愬于齐兄弟，齐兄弟皆欲与后君，使人告女。女终不听，乃作诗曰：'我心匪石……不可卷也。'……君子美其贞壹，故举而列之于《诗》也。"

汉焦赣《易林·屯之乾》："泛泛柏舟，流行不休。耿耿痞痞，心怀大忧。仁不逢时，复隐穷居。"

宋朱熹《诗集传》："妇人不得于其夫，故以柏舟自比。……《列女传》以此为妇人之诗，今考其辞气卑顺柔弱，且居变风之首，而与下篇相类，岂亦庄姜之诗也软？"

清方玉润《诗经原始》："贤臣忧谗悯乱而莫能自远也。……邶既为卫所并，其未亡也。……（贤人君子）作为是诗以写其一腔忠愤，不能弃君，不能远祸之心。"

清顾广誉《学诗详说》："自来宗臣疏废，托缱绻之辞以抒无聊之感，往往有类于柔顺卑弱者，亦爱君之至情所郁积而发也。屈原之《离骚》是已。足见作于同姓臣为允。"

吴闿生《诗义会通》："朱子之说，于词气为惬。"

闻一多《风诗类抄》："嫡见侮于众妾也。"

余冠英《诗经选》："这诗的作者被群小所制，不能奋飞，又不甘退让，怀着满腔幽愤，无可告语。……从诗中用语，象'如匪澣衣'这样的比喻看来，口吻似较适合于女子。"

高亨《诗经今注》："作者是卫国朝廷的一个官吏，抒写他在黑暗势力打击下的忧愁和痛苦。"

蓝菊荪《诗经国风今译》："细玩本诗完全系妇人口吻，满腔幽愤，无从抒发，词意缠绵，感人最深。……我看简直是一篇妇人寡居的怨词。"

绿 衣

绿兮衣兮①，绿衣黄里②。
心之忧矣，曷维其已③。

绿兮衣兮,绿衣黄裳④。
心之忧矣,曷维其亡⑤。

绿兮丝兮,女所治兮⑥,
我思古人⑦,俾无讹兮⑧。

绤兮绤兮⑨,凄其以风⑩。
我思古人,实获我心⑪。

【题解】

这是悼亡之诗。一对夫妻非常恩爱,然而天有不测风云,妻子先丈夫
而去,致使梧桐半死,鸳鸯分飞,这给丈夫在心灵上造成极大的痛苦。全诗
四章。前二章写睹物怀人。丈夫每当看到亡妻的遗物绿色的外衣和黄色
的内衣,心中便涌起无限的悲伤。这悲伤之情何时才能停止!后二章写情
意难忘。亡妻勤俭而贤惠。绿色丝线是她亲手梳理,还常以善言相劝。我
想起亡妻,就会使我无有过错。亡妻还心灵手巧。葛布衣裳是她亲手裁
制,穿在身上凉爽如风。我想起亡妻,实在合我心意。此诗写得极为沉痛,
令人不忍卒读。

【注释】

①绿兮衣:即绿衣。兮:语助词。

②里:内衣。

③曷:何时。维其:语助词。已:停止。

④裳:下衣。

⑤亡:通"忘"。遗忘。

⑥治:梳理而编织。

⑦古人:即故人。指亡妻。

⑧俾(bǐ):使。讹(yóu):过错。

⑨绤(chī):细葛布。绤(xì):粗葛布。

⑩凄:寒凉。以:犹似,如。

⑪获:得,合。

【汇评】

《诗序》：“《绿衣》，卫庄姜伤己也。妾上僭，夫人失位，而作是诗也。”

宋朱熹《诗集传》：“庄公惑于嬖妾，夫人庄姜贤而失位，故作此诗。言绿衣黄里，以比贱妾尊显而正嫡幽微，使我忧之不能自己也。”

清姚际恒《诗经通论》：“小序谓‘庄姜伤己’。按《左传》，‘卫庄姜美而无子。公子州吁，嬖人之子也，有宠而好兵。公弗禁，庄姜恶之’。详味自此至后数篇皆妇人语气，又皆怨而不怒，是为贤妇，则以为庄姜作，宜也。”

闻一多《风诗类抄》：“感旧也。妇人无过被出，非其夫所愿。他日夫因衣妇旧所制衣，感而思之，遂作此诗。……古诗‘新人虽言好，未若故人殊’，谓已出之前妻。此古人即故人，义同。”

余冠英《诗经选》：“这是男子睹物怀人，思念故妻的诗。‘绿衣黄裳’是‘故人’亲手所制，衣裳还穿在身上，做衣裳的人已经见不着（生离或死别）了。”

燕　燕

燕燕于飞[①]，差池其羽[②]。
之子于归[③]，远送于野。
瞻望弗及[④]，泣涕如雨。

燕燕于飞，颉之颃之[⑤]。
之子于归，远于将之[⑥]。
瞻望弗及，伫立以泣[⑦]。

燕燕于飞，下上其音。
之子于归，远送于南。
瞻望弗及，实劳我心[⑧]。

仲氏任只[⑨]，其心塞渊[⑩]。

终温且惠⑪,淑慎其身⑫。
先君之思⑬,以勖寡人⑭。

【题解】

这是国君送妹远嫁之诗。全诗四章。前三章写送别的情景。每章首二句以燕子飞翔忽上忽下,兴比国君与妹妹出行于道,或前或后相互倾谈,依依不舍。妹妹出嫁,他送了一程又一程,一直送到郊外,送到南边。迎亲的车队渐渐远去,再也见不到妹妹的身影,他不禁潸然泪下,久立饮泣,劳念伤心。四章写妹妹的品德。这位妹妹心地诚实厚道,为人既温和又谦恭,既贤淑又谨慎。临行前夕,她还以要思念先君的遗训来勉励自己。

【注释】

①燕燕:燕子。

②差(cī)池:参差不齐的样子。

③之子:这个女子。归:出嫁。

④弗:不。

⑤颉(xié):向上飞。颃(háng):向下飞。

⑥将:送。

⑦伫立:久立。

⑧劳:忧伤;愁苦。

⑨仲氏:次女。任:诚实。

⑩塞渊:厚道。

⑪终:既。惠:恭顺。

⑫淑:善良。

⑬先君:先父,前辈国君。

⑭勖(xù):勉励。寡人:国君自称。

【汇评】

《诗序》:"《燕燕》,卫庄姜送归妾也。"

《礼记·坊记》注:"此卫夫人定姜之诗也。定姜无子,立庶子衎,是为献公畜孝也。献公无礼于定姜,定姜作诗,言献公当思先君定公,以孝于寡人。"

宋朱熹《诗集传》："庄姜无子,以陈女戴妫之子完为己子。庄公卒,完即位,嬖人之子州吁弑之。故戴妫大归于陈,而庄姜送之,作此诗也。"

清陈澧《东塾读诗日录》："塞、渊、温、惠、淑、慎六字,妇人当勉学之。"

吴闿生《诗义会通》："序但云'卫庄姜送归妾'而《传》则明著为戴妫。……顾梦麟、钱澄之并云:'戴妫既归,未几石碏令其子从州吁朝陈,因使人涖杀州吁。盖妫归陈,而碏之计始定。庄姜称叹不已,其同仇报国之意,隐然言外。'能发明诗人微旨,兼补史家所未及。"

余冠英《诗经选》："这篇是卫君送别女弟远嫁的诗。前三章是送别时情景,末章写女弟的美德和别时共相勉励的话。"

高亨《诗经今注》："此诗作者当是年轻的卫君。他和一个女子原是一对情侣,但迫于环境,不能结婚。当她出嫁旁人时,他去送她,因作此诗。"

袁梅《诗经译注》："这是薛国国君(姓任)送妹妹远嫁卫国时所唱的骊歌。"

蓝菊荪《诗经国风今译》："(此诗)主人公当是农村的贫家小子,见他的情人出嫁他姓是作是诗。至于他们婚姻之所以遭受挫折,从诗上看来大概是由于名叫仲氏的妇人在暗中刁唆的缘故。"

日 月

日居月诸①,照临下土②。
乃如之人兮③,逝不古处④。
胡能有定⑤? 宁不我顾⑥!

日居月诸,下土是冒⑦。
乃如之人兮,逝不相好。
胡能有定? 宁不我报⑧!

日居月诸,出自东方。
乃如之人兮,德音无良⑨。

胡能有定？俾也可忘⑩。

日居月诸，东方自出。
父兮母兮，畜我不卒⑪。
胡能有定？报我不述⑫！

【题解】

这是弃妇之诗。全诗四章。前二章以日月照耀大地兴比丈夫应该呵护自己。然而丈夫变了心肠，没有定准，竟然把我忘记，把我抛弃。后二章以日月从东方升起兴比丈夫应该遵循常理。然而丈夫背离道义，没有定准，竟然把我忘记，把我抛弃。每当想到这些，她就禁不住内心忧伤，甚至埋怨父母抚养不终，致使自己遭受这种折磨与痛楚。

【注释】

①居、诸：语助词。

②照临：照耀。下土：大地。

③乃：语助词。如之人：像这个人。指丈夫。

④逝：语助词。不古处：不像往日那样相处。

⑤胡：何。定：止。指不再变化。

⑥宁：副词。竟然。顾：眷念。

⑦冒：覆盖。

⑧报：报答；酬答。

⑨德音无良：品行不好。

⑩俾(bǐ)：使。

⑪畜：养育。卒：终。

⑫述：通"术"。道。不述，即不以道。

【汇评】

《诗序》："《日月》，卫庄姜伤己也。遭州吁之难，伤己不见答于先君，以至困穷之诗也。"

宋朱熹《诗集传》："庄姜不见答于庄公，故呼日月而诉之。言日月之照临下土久矣，今乃有如是之人而不以古道相处，是其心志回惑，亦何能有定哉！而何为其独不我顾也？见弃如此，而犹有望之之意焉，此诗之所以为厚也。"

宋吕祖谦《吕氏家塾读诗记》："夫人见薄，则冢嗣之位望亦轻，国本所以倾摇也。庄姜既不见答，则桓公（完）之位何能有定乎？"

清崔述《读风偶识》："或是妇人不得志于夫者所作。"

闻一多《风诗类抄》："妻不见答也。"

高亨《诗经今注》："这是妇人受丈夫虐待唱出的沉痛歌声。"

袁梅《诗经译注》："这个女子的丈夫冷酷无情，经常虐待妻子。她受尽辛酸，心肝欲摧，呼告天地父母，哭诉哀怨。"

陈子展《诗经直解》："《日月》，为卫庄姜伤己抒情之作，作在不见答于庄公之时。"

终　风

终风且暴①，顾我则笑。
谑浪笑敖②，中心是悼③。

终风且霾④，惠然肯来⑤。
莫往莫来，悠悠我思⑥。

终风且曀⑦，不日有曀⑧。
寤言不寐，愿言则嚏⑨。

曀曀其阴，虺虺其雷⑩。
寤言不寐，愿言则怀⑪。

【题解】

这是女子斥责男友之诗。每章皆以气象起兴。诗以狂风暴雨、阴沉的天空和轰轰的雷声，兴比男子性情暴躁，反复无常，鲁莽无礼。这男子对爱情很不严肃,对女友极不尊重。他一见到女友就嬉皮笑脸,而且对女友表现出戏谑、放荡、调笑、傲慢的态度。为此,女子的内心无比悲伤。这男子也偶尔前来相会,但离去之后又多日不来,使得女子思绪绵绵,难以入睡,忧思萦怀,感伤不已。这女子既恨男友,又爱男友,不忍遽然割舍,因而陷入一种矛盾和痛苦之中。

【注释】

①终:既。风:刮风。用作动词。暴:猛烈。

②谑(xuè):调戏。浪:放荡。笑:调笑。敖:傲慢。

③悼:悲伤。

④霾(mái):阴沉。

⑤惠然:和顺。

⑥悠悠:久长。

⑦曀:阴暗。

⑧不日:不几天。有:通"又"。

⑨愿:望。嚏(tì):打喷嚏。

⑩虺虺(huī):雷声。

⑪怀:伤怀,感怀。

【汇评】

《诗序》:"《终风》,卫庄姜伤己也。遭州吁之暴,见侮慢而不能正也。"

宋朱熹《诗序辨说》:"详味此诗,有夫妇之情,无母子之意。若果庄姜之诗,则亦当在庄公之世,而列于《燕燕》之前,序说误也。"

宋朱熹《诗集传》:"庄公之为人狂荡暴疾,庄姜实不忍斥言之,故但以'终风且暴'为比。言虽其狂暴如此,然亦有顾我而笑之时。但皆出于戏慢之意,而无爱敬之诚,则又使我不敢言而心独伤之耳。盖庄公暴慢无常,而庄姜正静自守,所以忤其意而不见答也。"

清牟庭《诗切》:"《终风》,贤妇人嫁狂夫也。……此妇人端庄有礼,而其夫轻薄,不能相敬如宾,所以伤悼也。"

清崔述《读风偶识》:"州吁,弑君之贼也。庄姜妇人,不能讨则已耳,岂当爱之而复望其爱己!……朱子《集传》固已觉其不合,乃以《终风》为指庄公。然比之以'终风且暴',斥之以'谑浪笑敖',皆非庄姜所当施之于庄公者。且既谓庄姜不见答于庄公矣，又何以有顾我则笑之语？详其词意绝与庄姜之事不类。是以施之于州吁不合，施之于庄公亦不合也。"

高亨《诗经今注》："一个妇女受强暴男子的调戏欺侮而无法抗拒或避开，因作此诗。"

袁梅《诗经译注》："这个女子对狂放不羁的丈夫又是气又是爱。相聚时，他的戏谑无礼使她烦恼；分离时，又想他想得愁绪牵肠。这首诗诉出了她这种矛盾心情。"

陈子展《诗经直解》："《终风》，盖采自民俗歌谣，关于打情骂俏一类调戏之言，实与庄姜无关。"

击　鼓

击鼓其镗[①]，踊跃用兵[②]。
土国城漕[③]，我独南行。

从孙子仲[④]，平陈与宋[⑤]。
不我以归[⑥]，忧心有忡！

爰居爰处[⑦]，爰丧其马[⑧]。
于以求之[⑨]？于林之下。

死生契阔[⑩]，与子成说[⑪]。
执子之手，与子偕老。

于嗟阔兮[⑫]，不我活兮[⑬]。
于嗟洵兮[⑭]，不我信兮[⑮]。

【题解】

这是士兵厌战思归之诗。春秋时期，诸侯之间战争频仍。据《左传》记载,鲁宣公十二年,宋国攻打陈国,卫国出兵救援陈国。十三年,晋国不满意卫国救援陈国而出兵讨伐卫国。这可能就是此诗产生的历史背景。全诗五章。一章写应征入伍。二章写随帅出征。三章写驻守待命。四章写夫妻离别。五章写厌战思归。此诗全篇用赋。它从各个角度描写从军士兵的行为、心理和语言。文笔简练,形象传神,抒情真切动人。字里行间,充溢着对统治者的怨愤之情。

【注释】

①镗(táng):鼓声。

②踊跃:跳跃。用兵:操练兵器。

③土国:在国都兴建土木。城漕:在漕邑修筑城墙。

④孙子仲:军队统帅名。

⑤平:平定。陈、宋:皆国名。

⑥以:犹"使"。

⑦爰:语气助词。于何,在哪里。居、处:住下来。

⑧丧:丢失。

⑨于以:在何处。

⑩契阔:聚合。

⑪成说:订约。

⑫于嗟:叹词。叹息声。阔:遥远。

⑬不我活:不让我活。

⑭洵:久远。

⑮不我信:不让我守信用。

【汇评】

《诗序》:"《击鼓》,怨州吁也。卫州吁用兵暴乱,使公孙文仲将而平陈与宋,国人怨其勇而无礼也。"

宋朱熹《诗集传》:首章,"卫人从军者自言其所为,因言卫国之民或役土功于国,或筑城于漕,而我独南行,有锋镝死亡之忧,危苦尤甚也。"二章,"日说以此为春秋隐公四年州吁自立之时,宋卫陈蔡伐郑之事,恐或然也。"三章,"于是居、于是处、于是丧其马,而求之于林下,见其失伍离次,无斗志也。"四章,"从役者念其室家,因言始为室家之时期以死生契阔,不相忘弃,又相与执手而期以偕老也。"五章,"言昔者契阔之约如此,而今不得活;偕老之信如此,而今不得伸。意必死亡,不复得与其室家遂前约之信也。"

清方玉润《诗经原始》:"《击鼓》,卫戍卒思归不得也。"

清姚际恒《诗经通论》:"按此乃卫穆公背清丘之盟救陈,为宋所伐,平陈、宋之难,数兴军旅,其下怨之而作此诗也。"

余冠英《诗经选》:"这是卫国远戍陈宋的兵士嗟怨想家的诗。据《左传》,鲁宣公十二年,宋伐陈,卫穆公出兵救陈。十三年,晋国不满意卫国援陈,出师讨卫。卫国屈服。本诗可能和这段史事有关。揣想当时留守陈宋的军士可能因晋国的干涉和卫国的屈服,处境非常狼狈,所以诗里有'爰丧其马'这类的话。第三章和末章都是悲观绝望的口气,和普通征人念乡的诗不尽同。"

陈子展《诗经选译》:"这是最古的一篇以兵写兵的短诗杰作。"

凯　风

凯风自南①,吹彼棘心②。
棘心夭夭③,母氏劬劳④。

凯风自南,吹彼棘薪。
母氏圣善⑤,我无令人⑥。

爰有寒泉,在浚之下⑦。
有子七人,母氏劳苦。

睍睆黄鸟⑧,载好其音⑨。
有子七人,莫慰母心。

【题解】

这是感戴母恩之诗。全诗四章。前二章写母亲辛勤抚养子女。诗以

58

温暖的南风吹拂"棘心"、"棘薪",兴比母亲把幼子抚养成人。母亲抚养子女该是多么辛劳!母亲为人又是多么圣明善良!而我们子女则不争气,都是些没有才德之人。后二章写子女自愧不能报答母恩。诗以浚邑之下的寒泉能滋润大地、美丽的黄鸟能唱出悦耳动听的歌声,反兴我们七个子女连"寒泉"、"黄鸟"也不如。从而致使母亲辛劳,还不能安慰母亲的心,深感愧疚。

【注释】

①凯风:温和的风。

②棘心:小枣树。

③夭夭:柔屈的样子。

④劬(qú):辛劳。

⑤圣善:圣明善良。

⑥令:善。

⑦浚(xùn):邑名。

⑧睍睆(xiàn huǎn):美好的样子。

⑨载:则。载好其音:即"其音则好"。

【汇评】

《孟子·告子下》:"公孙丑问曰:'《凯风》何以不怨?'曰:'《凯风》亲之过小者也'。"

《诗序》:"《凯风》,美孝子也。卫之淫风流行,虽有七子之母,犹不能安其室。故美七子能尽其孝道,以慰其母心而成其志尔。"

宋朱熹《诗集传》:"凯风比母,棘心比子之幼时。盖曰:母生众子,幼而育之,其劬劳甚矣。""棘可以为薪则成矣,然非美材,故以兴子之壮大而无善也,复以圣善称其母,而自谓无令人,其自责也深矣。""诸子自责,言寒泉在浚之下,犹能有所滋益于浚,而有子七人反不能事母,而使母至于劳苦乎!……婉词几谏,不显其亲之恶,可谓孝矣。"

清姚际恒《诗经通论》:"小序谓'美孝子'。此孝子自作,岂他人作乎?大序谓'母不能安其室家',是也。……古妇人改适亦为常事,故曰'过小'。"

吴闿生《诗义会通》:"管世铭云:'母生七子,又皆能赋诗,母之齿亦长矣,必无不安其室之理。'汉章帝赐东平琅邪二王诏云:'可时奉瞻,以慰凯风寒泉之思。'其引义必不失伦。"

闻一多《风诗类抄》:"凯风,大风也,风喻男,棘喻女。……大风吹棘,夭夭欲折,喻父不能善待母而使之忧劳也。……寒泉浸薪,使之湿腐,亦喻父之虐待母。"

高亨《诗经今注》:"卫国一个妇人生了七个儿子,因家境贫困想要改嫁。她的儿子们唱出这首歌以自责。"

袁梅《诗经译注》:"歌者的母亲受尽劳瘁,可能又受到父亲虐待。他同情母亲,并表示自己兄弟'莫慰母心'的遗憾。实为婉辞谏父之作,亦是七子自责之辞。"

蓝菊荪《诗经国风今译》:"这是一篇叙述母亲辛勤抚育儿子,儿子已经长大成人,自责当如何奋勉,以安慰母心的诗篇。"

雄　雉

雄雉于飞①,泄泄其羽②。
我之怀矣,自诒伊阻③。

雄雉于飞,下上其音。
展矣君子④,实劳我心。

瞻彼日月⑤,悠悠我思。
道之云远,曷云能来⑥?

百尔君子⑦,不知德行⑧?
不忮不求⑨,何用不臧⑩!

【题解】

这是妻子怀念丈夫之诗。全诗四章。前三章写妻子怀念丈夫。一章写野鸡在天空飞翔,它的翅膀非常舒展。见此情景,她心中便泛起一层愁思。二章写野鸡在天空飞翔,它的叫声忽下忽上。见此情景,她不禁想起诚实的丈夫,心里又荡起忧伤之情。三章写岁月绵绵,情思悠悠,道路遥远,丈夫何时才能回来?诗至此,写离别之情已达极点。末章写妻子对丈夫的祝愿。她希望丈夫保持美好的德行,只要不害人不贪求,干什么都吉祥。这就突破了一般思妇诗的境界,而达到新的思想高度。

【注释】

①雄雉:雄山鸡。有冠,尾巴很长,羽毛十分美丽。

②泄泄(yì):舒散的样子。

③诒(yí):遗留,留下。伊:代词。相当于"那"。阻:忧愁。

④展:诚实。

⑤日月:比喻丈夫。

⑥曷:何时。云:语助词。

⑦百尔:所有的。

⑧德行:品德。

⑨忮(zhì):害人。求:贪求。

⑩何用:干什么。臧:善,吉祥。

【汇评】

《诗序》:"《雄雉》,刺卫宣公也。淫乱不恤国事,军旅数起。大夫久役,男女怨旷。国人患之,而作是诗。"

宋朱熹《诗序辨说》:"序所谓大夫久役,男女怨旷者得之,但未有以见其为宣公之时与淫乱不恤国事之意耳。"

宋朱熹《诗集传》:"妇人以其君子从役于外,故言雄雉之飞舒缓自得如此,而我之所思者乃从役于外,而自遗阻隔也。"末章"言凡尔君子,岂不知德行乎?若能不忮害又不贪求,则何所为而不善哉!忧其远行之犯患,冀其善处而得全也。"

清朱鹤龄《诗经通义》:"《郑笺》以上二章为男旷,下二章为女怨,而雄雉乃喻宣公淫乱,牵经配序,殊觉支离。不思序所云'淫乱不恤国事,军旅数起'者,乃推久役之由。久役而妇思其苦,即是男女怨旷,岂必章各异词,分配其说耶?朱子统作妇人之诗,其义始贯,盖本之曾南丰。"

吴闿生《诗义会通》：“详味诗旨，当是征士思归，以道自慰之词。'展矣君子'，引古贤者以自证也。末章归本德行，而结以'不忮不求'，其意尤高。”

闻一多《风诗类抄》：“怀远人也。”

高亨《诗经今注》：“统治阶级的一个妇人怀念远出的丈夫，因作此诗。”

匏有苦叶

匏有苦叶①，济有深涉②。
深则厉③，浅则揭④。

有弥济盈⑤，有鷕雉鸣⑥。
济盈不濡轨⑦，雉鸣求其牡⑧。

雝雝鸣雁⑨，旭日始旦。
士如归妻⑩，迨冰未泮⑪。

招招舟子⑫，人涉卬否⑬。
人涉卬否，卬须我友⑭。

【题解】

这是姑娘等待男友之诗。全诗四章。此诗想象瑰丽，构思奇妙，言短意长，令人回味无穷。前二章意象朦胧，飘忽不定。姑娘徘徊河边，看到葫芦的叶子已经枯黄，济水的渡口已经涨满。于是她产生联想：如果水深就系着葫芦过河，如果水浅就举着葫芦过河。这就好比婚事，也要顺应时节把它办成。她看到河水茫茫，她听见野鸡鸣叫，心中又泛起层层涟漪。济水虽满，但不濡车轨，男友完全可以蹚过河来；雌鸡尚且飞鸣求偶，男友岂不日夜想我。短短几句，写得真切而含蓄。后二章意象明朗，表达直白。姑娘听见鸿雁鸣叫，看到红日始升，心中充满着希望。这时她思念之情更为殷切,迫不及待地呼唤道:"男友如果要迎妻,就趁着河水没结冰。"她正想得出神,一只渡船出现在河边。船夫问姑娘过不过河？姑娘连声答道:"别人渡河我不渡,我在等待我男友。"诗至末尾,才点明主人公为谁。这种写法,在《诗经》中是很特出的。

【注释】

①匏(páo):葫芦。苦叶:枯叶。

②济:水名。涉:渡口。

③厉:连衣下水渡河。

④揭:提着衣裳。

⑤有弥:水势浩大的样子。济盈:济水涨满。

⑥鷕(yǎo):雌雉鸣声。

⑦濡(rú)轨:水淹至车轴。

⑧牡:雄性的鸟。

⑨雝雝(yōng):雁鸣声。

⑩归妻:娶妻。

⑪迨(dài):趁着。泮(pàn):融化。

⑫招招:身体摇动的样子。舟子:船夫。

⑬卬(áng):我,妇女的自称。否:不。

⑭须:等待。

【汇评】

《诗序》:"《匏有苦叶》,刺卫宣公也。公与夫人并为淫乱。"

宋朱熹《诗集传》:"此刺淫乱之诗。……(首章)以比男女之际,言当量度礼义而行也。""(二章)以比淫乱之人不度礼义,非其配偶而犯礼以相求也。""(三章)言古人之于婚姻,其求之不暴而节之以礼如此,以深刺淫乱之人也。""(末章)以比男女必待其配偶而相从,而刺此人之不然也。"

吴闿生《诗义会通》:"此诗序以为'刺宣公淫乱',固误矣。朱子仍以淫乱释之,亦非也。当以《论语》荷蒉所引为其正义。味其词,盖隐君子所作。徐璈云:此士之审于自处,而讽进以道者。得其指矣。若以为刺淫乱之诗,则语意不符,而神理胥失。"

闻一多《风诗类抄》:"候归人也。""(末章)舟子招招然鼓楫而去,人皆

63

渡而我独留，以待我友之归。"

高亨《诗经今注》："这首诗写一个男子去看望已经订婚的女友。"

袁梅《诗经译注》："这姑娘在秋天的早晨，呆住在河边等候爱人到来，等得焦灼不安。她周围的事物又强烈地刺激着她。济河水涨，引起了她思绪如潮；山鸡鸣叫，勾起了她爱欲如火。此时，她竟大胆直率地唱道：'你快快来娶我吧！'她久久地坐在河边，眼看着人家渡河，自己却失神落魄，如梦如痴。"

陈子展《诗经直解》："诗写此女一大侵早至济待涉，不厉不揭。已至旭旦有舟，亦不肯涉，留待其友人。并纪其顷间所见所闻，极写细致曲折，歌谣体杰作也。"

谷　风

习习谷风①，以阴以雨②。
黾勉同心③，不宜有怒。
采葑采菲④，无以下体⑤。
德音莫违⑥，及尔同死。

行道迟迟⑦，中心有违⑧。
不远伊迩⑨，薄送我畿⑩。
谁谓荼苦⑪，其甘如荠⑫。
宴尔新昏，如兄如弟。

泾以渭浊⑬，湜湜其沚⑭。
宴尔新昏，不我屑以⑮。
毋逝我梁⑯，毋发我笱⑰。
我躬不阅⑱，遑恤我后⑲！

就其深矣，方之舟之⑳。

就其浅矣,泳之游之。
何有何亡㉑,黾勉求之。
凡民有丧㉒,匍匐救之㉓。

能不我慉㉔,反以我为雠㉕。
既阻我德㉖,贾用不售㉗。
昔育恐育鞫㉘,及尔颠覆㉙。
既生既育,比予于毒㉚。

我有旨蓄㉛,亦以御冬㉜。
宴尔新昏,以我御穷。
有洸有溃㉝,既诒我肄㉞。
不念昔者,伊余来墍㉟。

【题解】

这是弃妇之诗。全诗六章。一章写妇人斥夫变心。二章写妇人被遣返家。三章写妇人被弃之因。四章写妇人勤俭持家。五章写妇人斥夫负恩。六章写回忆过去。此诗讲述了一个悲剧性的婚姻故事。全诗以弃妇的口吻道来,哀婉缠绵,读后令人心碎。

【注释】

①习习:风声。谷风:山谷狂风。

②以:连词。连接词或词组。

③黾(mǐn)勉:竭力自勉。

④葑(fēng):蔓菁。菲:萝卜。

⑤以:动词。用。下体:指根。

⑥德音:好听的话。

⑦迟迟:犹豫徘徊的样子。

⑧有违:足欲进而心不忍。

⑨伊:语助词。迩:近。

⑩礽(jǐ):门槛;门口。

⑪荼:苦菜。

⑫荠(jì):甜菜。

⑬泾:水名。泾水清,比喻新人。以:使。渭:水名。渭水浊,比喻自己。

⑭湜湜(shí):水清的样子。其:代词。指代"渭"。沚:当作"止"。指止水。

⑮屑:洁。以:语助词。

⑯梁:捕鱼的石堰。

⑰筍(gǒu):捕鱼的竹器。

⑱躬:自己。阅:容纳。

⑲遑:闲暇。恤:担忧。后:指后事。

⑳方:小筏。舟:船。

㉑亡:通"无"。没有。

㉒丧:灾难。

㉓匍匐:爬行。这里形容尽力。

㉔能:犹"而"。乃。"能"当在"不"字前,转写误倒。慉(xù):养,爱怜。

㉕雠:同"仇",仇人。

㉖阻:拒绝。

㉗贾(gǔ):卖物。用:因。不售:卖不出去。

㉘育:生计。鞠(jū):穷困。

㉙颠覆:指艰难困苦的日子。

㉚毒:毒虫。

㉛蓄:咸菜。

㉜御:防备。

㉝有洸,即"洸洸"。水波动荡闪光的样子。有溃:即"溃溃"。河水满溢的样子。

㉞诒(yí):送给。肄(yì):嫩枝。

㉟塈(xì):通"愾"。爱。

【汇评】

《诗序》:"《谷风》,刺夫妇失道也。卫人化其上,淫于新昏而弃其旧室,

66

夫妇离绝,国俗伤败焉。"

《列女传》:"夫得宠而忘旧,舍义;好新而嫚故,无恩;与人勤于隘厄,富贵而不顾,无礼。……《诗》不云乎:'采葑采菲……及尔同死。'与人同寒苦,虽有小过,犹与之同死而不去,况于安新忘旧乎?"

宋朱熹《诗集传》:"妇人为夫所弃,故作此诗以叙其悲怨之情。"

宋朱熹《诗序辨说》:"亦未有以见化其上之意。"

清方玉润《诗经原始》:"此诗通篇皆弃妇辞,自无异议。然'凡民有丧,匍匐救之',非急公向义,胞与为怀之士,未可与言。……又'昔育恐育鞠,及尔颠覆',亦非有扶危济倾,患难相恤之人,未能自任,而岂一弃妇所能任哉?是语虽巾帼,而志则丈夫。故知其为托词耳。"

吴闿生《诗义会通》:"窃疑此人臣不得志于君,而托为弃妇之词以自伤,未必果妇人之作也。"

闻一多《风诗类抄》:"弃妇不忍自决也。"

高亨《诗经今注》:"这首诗的主人是一个劳动妇女。她和她丈夫起初家境很穷,后来稍微富裕。她的丈夫另娶了一个妻子,而把她赶走。通篇是写她对丈夫的诉苦、愤恨和责难。"

式　微

式微式微①,胡不归?
微君之故②,胡为乎中露③!

式微式微,胡不归?
微君之躬④,胡为乎泥中⑤!

【题解】

这是黎国臣子劝黎侯归国之诗。春秋时期,在今山西境内有一个小国黎。因遭受邻国赤狄潞氏的侵犯,黎侯放弃了故国,逃奔到卫国。卫国让黎国君民在两个城邑暂时寄住下来。随着时间的流逝,黎侯复国的念头逐渐淡忘了。于是黎臣便写下这首"劝归之作"。全诗二章。诗的大意是：国势衰微国势衰微，为何还不回归故国？臣民要不是为了您啊，怎么会宿于露中，怎么会宿于泥中。很显然，创作此诗的目的是为了激励黎侯的复国之志。

【注释】

①式：语助词。微：衰微。

②微：非，若不是。

③中露：即露中。

④躬：身。

⑤泥中：泥水中。

【汇评】

《诗序》："《式微》，黎侯寓于卫，其臣劝以归也。"

宋朱熹《诗集传》："旧说以为黎侯失国而寓于卫，其臣劝之曰：'衰微甚矣，何不归哉？我若非以君之故，则亦胡为而辱于此哉！'"

清牟庭《诗切》："《式微》，傅母悯黎庄夫人不得志也。"

余冠英《诗经选》："这是苦于劳役的人所发的怨声。他到天黑时还不得回家，为主子干活，在夜露里、泥水里受罪。"

陈子展《诗经直解》："《式微》一诗，毛序以为黎侯避狄失国，流寓于卫，其臣劝归之作。鲁说以为黎庄夫人不见答于其夫，又不肯大归于母家，与其傅母倡和联句，以明己志之作。后人谓此为联句之始。"

旄　丘

旄丘之葛兮①，何诞之节兮②！

叔兮伯兮③，何多日也④？

何其处也⑤？必有与也⑥。

何其久也？必有以也⑦。

狐裘蒙戎⑧，匪车不东⑨。

叔兮伯兮,靡所与同⑩!

琐兮尾兮⑪,流离之子⑫!
叔兮伯兮,褎如充耳⑬!

【题解】

这是黎国求援无效之诗。上篇已经介绍,赤狄潞氏入侵,黎侯寄寓卫国。黎国的一些爱国之臣便积极活动,图谋复国。他们向大国求救,希望得到支持与援助。然而许多时日不见救兵车来。为此,他们感到失望,于是便唱出了这首悲歌。全诗四章。首章写大国久久不来救援。二章写大国久久不来救援必有原因,想必是在观望等盟军。三章写大国久久不来救援是因为跟我们不同心。四章写大国对我们的求救充耳不闻。诗中始而望之,继而疑之,更感伤之,终怨责之,正是流寓异国者的心情。后来晋国终于出兵打败赤狄潞氏,重立黎侯。

【注释】

①旄(máo)丘:前高后低的土丘。
②诞:长。节:藤蔓的节疤。
③叔伯:指大国君臣。
④多日:拖延了很多日子。
⑤处:安居。
⑥与:指盟国。
⑦以:原因。
⑧狐裘:狐皮袍子。蒙戎:乱蓬蓬的样子。
⑨匪:彼。不东:不向东来。
⑩靡:不。所:语助词。与同:与我同心。
⑪琐:猥琐。尾:微小。
⑫流离:流转离散。
⑬褎(xiù):耳聋。充耳:塞耳。耳旁饰物。

【汇评】

《诗序》:"《旄丘》,责卫伯也。狄人迫逐黎侯,黎侯寓于卫。卫不能修方伯连率之职,黎之臣子以责于卫也。"

宋朱熹《诗集传》:"旧说黎之臣子自言久寓于卫,时物变矣。故登旄丘之上,见其葛长大而节疏阔,因托以起兴。"

宋朱熹《诗序辨说》:"序见诗有伯兮二字,而以为责卫伯之词,误矣。"

宋王安石《诗义》:"诗人之意,谓黎侯穷困如此,琐细而尾末矣,流离而失职矣,而卫之诸臣不能救。盖责之深也。"

清魏源《诗古微》:"《旄丘》亦闵黎庄夫人不见答之诗。"

清陈启源《毛诗稽古编》:"《式微》劝其君归,《旄丘》责卫伯之不救,旨各不同者,意狄人破黎之后,必是弃而不守。黎侯若能自振,则遗民犹有存也。归而生聚之,教诲之,尚可复兴,此《式微》劝归之意也。然此时狄虽去,而国已破,且日惧狄之再至也。必得贤方伯资以车甲,送之返国,为之戍守,如齐桓之于邢、卫,方可转危为安,此《旄丘》之诗所以望之深而责之至也。始则勉其君,继则望其邻,然终莫之从,亦可慭矣。"

吴闿生《诗义会通》:"前篇劝黎侯,此篇责卫伯,合观之其义乃备。"

袁梅《诗经译注》:"这是女子思念爱人的歌。首章开头二句,以葛节曼长比况与爱人分别日久,并兴寄情意绵绵。紧接着,女歌者便以娇憨泼辣的话语数落爱人为何这么久不来?又猜度他可能另有新欢了。……接着便是怨慕不已的诉说衷情,并极力夸美爱人,表现了少女的纯洁热烈的爱情,以及在热恋中微妙细致的情思变化。"

陈子展《诗经直解》:"《旄丘》,责卫伯之不能救黎,黎臣所作。《诗序》不误。"

简　兮

简兮简兮①,方将万舞②。
日之方中,在前上处③。

硕人俣俣④,公庭万舞⑤。
有力如虎,执辔如组⑥。

左手执籥⑦,右手秉翟⑧。
赫如渥赭⑨,公言锡爵⑩。

山有榛⑪,隰有苓⑫。
云谁之思？西方美人⑬。
彼美人兮,西方之人兮！

【题解】

这是女子爱慕舞师之诗。全诗四章。首章写舞师出场。这位舞师威武雄壮。一场大型"万舞"表演即将开始。此时一轮红日当空高悬,舞师站在队列前方领头的位置之上。二章写表演武舞。这位舞师壮美英武。他的动作苍劲有力犹如猛虎,手执缰绳,挥动自如。三章写表演文舞。这位舞师左手握着籥管,右手持着雉羽,动作雍容和谐。表演完毕,他面部赤红若丹。卫君十分欣喜他的舞技,吩咐赐酒嘉奖。四章写女子思念舞师。这位女子观看了这场"万舞"表演,舞师的形象及精湛的舞技给她留下了难忘的印象,并使她萌生了爱慕之情。难怪她脱口而出:"我思念谁呢？ 就是那西方的美男子。那个美男子,是西方之人。"不用说,这"美人"就是指的那位舞师。女子凝目西眺,穷情思远的神态仿佛可见,其意境圆美而情思隽永。

【注释】

①简:勇武的样子。

②方将:即将。万舞:大舞。包括武舞和文舞。武舞手持干戚,文舞手持籥翟。

③在前上处:在队列的前头。

④硕人:高大的人。这里指舞师。俣俣(yǔ):雄壮英武的样子。

⑤公庭:公堂前的庭院。

⑥执辔:手持马缰。组:编织的丝绳。

⑦籥(yuè):古乐器。

⑧秉翟(dí):手执山雉尾羽。

⑨赫:红色。渥(wò):润湿。赭(zhě):赤土。

71

⑩公：指卫君。锡：赐。爵：酒器。

⑪榛（zhēn）：树名。即榛栗。

⑫隰（xí）：低湿地。苓：草名。即卷耳。

⑬西方：指西周王室。美人：指舞师。

【汇评】

《诗序》："《简兮》，刺不用贤也。卫之贤者仕于伶官，皆可以承事王者也。"

宋朱熹《诗集传》："贤者不得志而仕于伶官，有轻世肆志之心焉，故其言如此。若自誉而实自嘲也。"

清姚际恒《诗经通论》："小序谓'刺不用贤'，似可从。盖以当时贤者为伶官，故赞美其人，叹其为卑贱之职，而终思周盛王如此之贤，自必见用也。《集传》谓此诗贤者自言，皆不似。"

吴闿生《诗义会通》："今案诗义，当以序说为是。未必为伶官自作。欧阳公云：惜此贤者才力皆可任用，而反使执篪秉翟为伶官也。"

闻一多《风诗类抄》："慕舞师也。"

余冠英《诗经选》："这诗写卫国公庭的一场万舞，着重在赞美那高大雄壮的舞师。这些赞美似出于一位热爱那舞师的女性。"

袁梅《诗经译注》："这是一个女子赞美私爱的舞师的情歌。她赞美舞师英武勇健，凛凛一躯，多才多艺，风度翩翩，并反复陈诉深切的相思之情。"

泉　水

毖彼泉水①，亦流于淇②。

有怀于卫③，靡日不思④。

娈彼诸姬⑤，聊与之谋⑥。

出宿于泲⑦，饮饯于祢⑧。

女子有行⑨，远父母兄弟。

问我诸姑，遂及伯姊。

出宿于干⑩，饮饯于言⑪。
载脂载辖⑫，还车言迈。
遄臻于卫⑬，不瑕有害⑭。

我思肥泉⑮，兹之永叹⑯。
思须与漕⑰，我心悠悠。
驾言出游，以写我忧⑱。

【题解】

这是卫女思归之诗。诗中的主人公想必是一位诸侯夫人。她思归的原因，恐怕与卫国的政局有关。据史书记载，卫懿公在位时，狄人进攻卫国。卫师与狄人战于荥泽，结果卫国大败，卫懿公也战死。在宋国的帮助下，卫国流散的臣民暂时安顿在漕邑，并立新君卫戴公。她出于忧国之情，想回卫国去探问亲人。全诗四章。一章写商量回国。卫女的爱国深情就像那涌流的泉水注入淇河，她没有一天不在思念祖国。为此，她与贤惠的众姐妹商量，并决定回国。二、三章写回国受阻。她乘坐马车，朝卫国的方向行进。为了尽快赶路，于是给车轴涂上油脂。就在此时回国受阻。万般无奈，她只得掉转车头而行。四章写出游泄忧。她虽然不能回到卫国，但她的心却早已飞回卫国。她思念卫国的肥泉，不禁一串长叹；她思念卫国的须邑和漕邑，悲伤更是绵绵不断。这满腔的忧思无法排遣，她只得驾车出游以泄忧思。

【注释】

①毖：泉水涌流的样子。

②淇：水名。古为黄河支流。

③有：语助词。

④靡：无。

⑤娈(luán)：美好的样子。诸姬：指从嫁的侄娣。

⑥聊：姑且。

⑦沜(jǐ):地名。

⑧饮饯:设酒宴送行。祢(nǐ):地名。

⑨有行:出嫁。

⑩干:地名。

⑪言:地名。

⑫载:语助词。脂:油脂。这里用作动词,用油脂涂抹。舝(xiá):同"辖"。车轴两端的铁键。

⑬遄(chuán):迅速。臻:至,到。

⑭不:语助词。瑕:胡,何。

⑮肥泉:水名。

⑯兹:通"滋"。增加。永叹:长叹。

⑰须、漕:皆邑名。

⑱写(xiè):宣泄。

【汇评】

《诗序》:"《泉水》,卫女思归也。嫁于诸侯,父母终,思归宁而不得,故作是诗以见志。"

唐孔颖达《毛诗正义》:"卫女思归,虽非礼,而思之至极也。君子善其思,故录之也。"

清姚际恒《诗经通论》:"此卫女媵于诸侯,思归宁而不得之诗。于何知之?于诗中'诸姑'、'伯姊'而知之也。诸侯娶妻,嫡长有以侄娣从者。此称姑,则为侄也;称姊,则为娣也。其时宫中有为之姑者,有为之姊者,欲归不得,与之谋而问之也。"

吴闿生《诗义会通》:"此为卫女思归不得,而以礼自抑之作。出宿二章,纯为设想之词。……旧评:亦流句,悲咽。靡日不思,本旨也。以下俱极其思,海市蜃楼,凭空结撰,都非实境。驾言二句,无聊极思。"

高亨《诗经今注》:"这首诗是许穆夫人所作。……狄人攻破卫国,卫懿公战死,卫人立戴公于漕邑。她要到卫国去探问,走出不远,被许国大夫追回。她因作《泉水》和《载驰》。"

袁梅《诗经译注》:"卫国女子嫁给诸侯,婚姻不如人意,想要回到卫国的娘家,却达不到目的。所以,便唱出了这首歌。"

北　门

出自北门,忧心殷殷①。
终窭且贫②,莫知我艰。
已焉哉! 天实为之,
谓之何哉③!

王事适我④,政事一埤益我⑤。
我入自外,室人交遍谪我⑥。
已焉哉! 天实为之,
谓之何哉!

王事敦我⑦,政事一埤遗我⑧。
我入自外,室人交遍摧我⑨。
已焉哉! 天实为之,
谓之何哉!

【题解】

　　这是小吏自叹贫困辛劳之诗。全诗三章。一章前四句写小吏生活困
顿。他从北门外出,忧心无比沉重。他愁家里不仅房屋简陋而且经济拮
据。更为可叹的是,竟没有人了解他的艰辛。二、三章前四句写小吏公务
繁重。劳役之事推给他,赋税之事也全都留给他。这样一来,家庭的生计
他全然顾不上。每当他从外面回来,一家老小交相责备他,还纷纷讥讽他,
使他心力交瘁,苦不堪言。每章后三句写小吏命苦。无论是生活困顿,还
是公务繁重,这一切都是老天爷注定的命运。既然如此,那就算了吧,说它
又有何用? 这是一种无可奈何、听天由命的悲叹。

【注释】

①殷殷:忧愁深重的样子。

②终:既,已。窭(jù):住宅简陋。

③谓之何哉:还说什么呢。

④王事:指劳役之事。适(zhé):推给。

⑤政事:指赋税之事。一:全部。埤(pí)益:加给。

⑥交:更迭。谪(zhé):责备。

⑦敦:逼迫;催促。

⑧埤遗:留给。

⑨摧:讥讽。

【汇评】

《诗序》:"《北门》,刺仕不得志也。言卫之忠臣不得其志尔。"

宋朱熹《诗集传》:"卫之贤者处乱世,事暗君,不得其志,故因出北门而赋以自比。又叹其贫窭,人莫知之,而归于天也。"

明丰坊《子贡诗传》:"管叔以殷畔,仕者苦之,赋《北门》。"

清刘沅《诗经恒解》:"邶之贤者勤劳奉职,忧其国之将危而作。"

吴闿生《诗义会通》:"然味诗意,自是仕者所自作。序谓之刺者,存此诗所以风刺当时也。"

闻一多《风诗类抄》:"王事责之于外,室人责之于内,言公私交迫也。"

余冠英《诗经选》:"这诗作者的身份似是在职的小官,位卑多劳,生活贫困。因为公私交迫,忧苦无告,所以怨天尤人。"

北　风

北风其凉,雨雪其雱①。

惠而好我②,携手同行。

其虚其邪③,既亟只且④!

北风其喈⑤,雨雪其霏⑥。

惠而好我,携手同归。

其虚其邪,既亟只且!

莫赤匪狐⑦,莫黑匪乌⑧。

惠而好我,携手同车。

其虚其邪,既亟只且!

【题解】

　　这是刺虐之诗。全诗三章。诗以北风寒凉而猛烈、雨雪浓密而纷飞,比喻卫国政治黑暗、时局动荡;诗以没有红的不是狐狸、没有黑的不是乌鸦,比喻统治者都是一样残酷暴虐。在这种肃杀的氛围之中,诗人号召相互友爱的人们携手同行,逃离家乡,去寻找自己的生路;不要犹豫,不要徘徊,形势危殆,急不可待。读着此诗,我们仿佛看到在苛政下民众大批出逃的景象。

【注释】

　　①雨雪:下雪。雱(páng):雪盛的样子。

　　②惠:友爱。好:友好。

　　③虚:从容不迫。邪:通"徐"。徐缓。

　　④亟(jí):急迫。只且(jū):语气助词。

　　⑤喈(jiē):猛烈。

　　⑥霏:纷飞的样子。

　　⑦莫赤匪狐:没有红的不是狐狸。

　　⑧莫黑匪乌:没有黑的不是乌鸦。

【汇评】

　　《诗序》:"《北风》,刺虐也。卫国并为威虐,百姓不亲,莫不相携持而去焉。"

　　宋朱熹《诗集传》:"言北风雨雪,以比国家危乱将至,而气象愁惨也。故欲与其相好之人去而避之,且曰:是尚可以宽徐乎?彼其祸乱之迫已甚,而去不可不速矣。"

　　明何楷《诗经世本古义》:"《北风》,贤者去国也。"

清牟庭《诗切》:"贤者见乱萌,相招避去也。"

清姚际恒《诗经通论》:"此篇自是贤者见几之作,不必说及百姓。"

余冠英《诗经选》:"这是刺虐的诗。卫国行威虐之政,诗人号召他的朋友相携同去。"

袁梅《诗经译注》:"一二章首句均以风雪起兴,构成一种肃杀冷寞的氛围,以比况卫国气象愁惨,危乱将至,民不聊生。三章又把剥削统治者比作狐狸、乌鸦,骂得痛快淋漓。有力地反映了周代黑暗的社会现实,也表现了古代劳动人民对剥削阶级的切齿憎恨。"

静 女

静女其姝①,俟我于城隅②。
爱而不见③,搔首踟蹰④。

静女其娈⑤,贻我彤管⑥。
彤管有炜⑦,说怿女美⑧。

自牧归荑⑨,洵美且异⑩。
匪女之为美,美人之贻。

【题解】

这是情人幽会之诗。全诗三章。一章写按时赴约。一对青年男女按时来到城角。姑娘为了逗乐,故意躲了起来,害得男友焦灼不安,抓着头皮来回走动。这"爱而不见,搔首踟蹰"二句写得极为传神。二、三章写幽会乐趣。姑娘突然露面了,男友顿时转忧为喜。姑娘赠给男友一件礼物——红管茅草。这礼物非同一般,它红光闪闪,鲜艳明丽。男友接过礼物,觉得它美丽无比。这件礼物极其珍贵,因为它是姑娘从野外亲手采摘而来特意赠给男友的。所以男友深情地赞美道:它的确美丽而奇异!并不是礼物有多美,因为它是美人所赠予。这里用否定的形式深化了诗意,使得此诗波澜起伏而又婉转多趣。

【注释】

①静女:淑女,善良的姑娘。姝(shū):美丽。

②俟(sì):等候。城隅:城角。

③爱:通"薆",隐藏。

④搔首:抓头。踟蹰(chí chú):徘徊不定。

⑤娈(luán):美丽。

⑥贻:赠送。彤管:红管茅草。即下文的"荑"。

⑦炜(wěi):红而有光的样子。

⑧说怿(yuè yì):喜悦。女:代词。指代"彤管"。

⑨牧:野外。归:通"馈",赠送。荑(tí):初生的丹茅。

⑩洵(xún):实在,的确。异:奇异。

【汇评】

《诗序》:"《静女》,刺时也。卫君无道,夫人无德。"

汉刘向《说苑·辨物篇》:"(贤者)伤时之不可遇也,不见道端,乃陈情欲以歌。诗曰:'静女其姝……'"

唐孔颖达《毛诗正义》:"三章皆是陈静女之美,欲以易今夫人也,庶辅赞于君,使之有道也。"

宋朱熹《诗集传》:"此淫奔期会之诗也。""彤管,未详何物,盖相赠以结殷勤之意耳。""(末章)言静女又赠我以荑。……特以美人之所赠,故其物亦美耳。"

清姚际恒《诗经通论》:"此刺淫之诗也。毛、郑必反之,牵强为说,不知何意。"

清方玉润《诗经原始》:"城隅,即新台地也。静女,即宣姜也。……宣姜初来,未始不静而且姝,亦未始不执彤管以为法,不料事变至于无礼,虽欲守彤管之诚而不能,即欲不俟诸城隅而亦不得也。……当其初来,止于城隅之新台以相俟。宣公只闻其美而未之见,已不胜其'搔首踟蹰'之思。及其既见,果静而且娈,则不惟色可取,性亦可悦。而女方执彤管以相贻,煌煌乎其不可以非礼犯,则此心亦自止耳。无如世间尤物殊难自舍,则未免有'佳人难再得'之意,竟不顾惜廉耻,自取而自纳之,亦'悦怿女美'一念陷之也。”

吴闿生《诗义会通》：“《郑笺》云：‘以君及夫人无道，故陈静女遗我以彤管之法。’此古义也。欧阳公朱子皆以为淫奔之诗，不如古义为长。”

高亨《诗经今注》：“诗中的主人公是个男子，抒写他和一个姑娘甜蜜的爱情。”

袁梅《诗经译注》：“一对年轻的恋人，在日暮黄昏时分于城角幽会。美而娇艳、聪明活泼的姑娘，故意藏起来捉弄那小伙子，惹得他转来转去，抓耳挠腮。姑娘所送的平常礼物，他却视同异珍。”

陈子展《诗经直解》：“《静女》，诗人热爱卫官女史之作。”

新　台

新台有泚①，河水弥弥②。
燕婉之求③，籧篨不鲜④。

新台有洒⑤，河水浼浼⑥。
燕婉之求，籧篨不殄⑦。

鱼网之设，鸿则离之⑧。
燕婉之求，得此戚施⑨。

【题解】

这是讽刺卫宣公之诗。此诗包含着一个真实的故事。卫宣公一向荒淫无耻。他同庶母私通，生有一子名伋。太子伋长大后，准备娶齐女为妻。宣公听说儿媳很漂亮，就起了坏心思，想将儿媳占为己有。他恐怕齐女不顺从自己，就在河边修筑了一座新楼台，强行邀集相会，造成既成事实。国人憎恨宣公这一丑行，于是便写了《新台》这首诗来讽刺他。全诗三章。一、二章意思相同。前二句既是赋体，也是兴体。新台鲜明，河水弥漫，相互掩映，环境优美。这两句还是一种反兴，“将物之有，兴起自家之所无”。

诗正是以新台鲜明,河水弥漫,反兴自己本想找一个年轻貌美的好配偶,不料却嫁给了一个类似蛤蟆的丑老头。三章前二句也是兴体。诗以"所得过所望"反兴"所得非所求"。诗言"人家设网为捕鱼,竟网得一只大鸿雁"。这是"所得过所望";诗言"本想找一个年轻貌美的好配偶,不料却得到一个好似蛤蟆的丑老头"。这是"所得非所求"。两相对照,形成一种极大的情感反差,从而表达了诗人所嫁非所愿的怨愤之情。

【注释】

①新台:新修的楼台。泚(cǐ):鲜明的样子。

②弥弥(mí):水盛的样子。

③燕婉:指容貌美好的爱人。

④籧篨(qú chú):蛤蟆。不鲜:不美。

⑤洒(cuǐ):义同"泚"。

⑥浼浼(měi):水大的样子。

⑦不殄(tiǎn):义同"不鲜"。

⑧鸿:鸿雁。离:通"罹"。网得。

⑨戚施:驼背。

【汇评】

《诗序》:"《新台》,刺卫宣公也。纳伋之妻,作新台于河上而要之。国人恶之而作是诗也。"

宋朱熹《诗集传》:"旧说以为卫宣公为其子伋娶于齐,而闻其美,欲自娶之,乃作新台于河上而要之。国人恶之,而作此诗以刺之。言齐女本求伋为燕婉之好,而反得宣公丑恶之人也。"

宋王质《诗总闻》:"寻诗当是此地之人娶妻不如始者,故下有不悦之辞,本求燕婉乃得恶疾者,为可恨也。"

清姚际恒《诗经通论》:"籧篨、戚施,借以丑诋宣公。《国语》谓'籧篨不能俯,戚施不能仰',是也。解者当知其为借意,不可实泥宣公身上求解。"

吴闿生《诗义会通》:"又案:欧公文学大家,其驳毛、郑多通达之见。独此诗以籧篨戚施为'国人恶宣公之淫,多仰面视之,又俯而不欲视',迂曲难通,不如旧说远甚。至谓一人之身岂容兼此二疾,则不知诗人疾恶之词,特以形容其丑耳,固非必真有是疾,不可以辞害义也。"

余冠英《诗经选》:"这首诗是卫国人民对于卫宣公的讽刺。卫宣公娶了他儿子的新娘,人民憎恶这件丑事,将他比作癞蛤蟆。"

蓝菊荪《诗经国风今译》:"卫宣公劫夺他的儿媳妇,史有明文,恐怕是事实。但如一定要说本篇就是说的此事,则不免于穿凿傅会。我仔细揣摩原诗,倒好象是一位妇人遭了媒婆的欺骗,所嫁非人,因而发出的怨词。"

二子乘舟

二子乘舟①,泛泛其景②。
愿言思子③,中心养养④。

二子乘舟,泛泛其逝⑤。
愿言思子,不瑕有害⑥。

【题解】

这是感伤之诗。据刘向《新序·节士》记载,卫宣公有三个儿子,太子伋为前母夷姜所生,公子寿和公子朔为后母宣姜所生。寿之母与朔密谋,想杀太子伋而立公子寿,便派人与伋乘船于河中,然后将船弄翻杀死伋。寿得知此事,坚决与伋同船前往。这可作为此诗的本事读。全诗二章。诗言两位公子乘着小船,他俩的背影飘向远方。每当思念兄弟俩,心中就充满了忧伤。在艺术上,此诗言简意丰。它好似一段轻云,一泓绿水,可以激起人们的想象,勾起人们的思念,因而具有浓郁的抒情色调。

【注释】

①二子:指太子伋和公子寿。

②泛泛:漂浮的样子。景:同"影"。身影。

③愿:每,每每。言:语助词。

④养养:忧愁。

⑤逝:指远去的身影。

⑥不瑕(xiá)有害:因何有害。不,语助词。瑕:胡,何。

【汇评】

汉刘向《诗序》："《二子乘舟》,思伋、寿也。卫宣公之二子争相为死,国人伤而思之,作是诗也。"

汉刘向《新序·节士》："宣公之子伋也、寿也、朔也。伋,前母子也;寿与朔,后母子也。寿之母与朔谋,欲杀太子而立寿也。使人与伋乘舟于河中,将沈而杀之。寿知不能止也,固与之同舟,舟人不能杀。伋方乘舟时,伋傅母恐其死也,闵而作诗,《二子乘舟》之诗也。"

宋朱熹《诗集传》："二子谓伋、寿也。乘舟,渡河如齐也。""旧说……公令伋之齐,使贼先待于隘而杀之。寿知之,以告伋。伋曰:'君命也,不可以逃。'寿窃其节而先往,贼杀之。伋至,曰:'君命杀我,寿有何罪?'贼又杀之。国人伤之而作是诗也。"

清姚际恒《诗经通论》:"小序谓'思伋寿',此有可疑。……夫杀二子于莘,当乘车往,不当乘舟。且寿先行,伋后至,二子亦未尝并行也。又卫未渡河,莘为卫地,渡河则齐地矣。皆不相合。《毛传》则谓'待于隘而杀之',亦与乘舟不合。……故此诗当用阙疑。"

吴闿生《诗义会通》:"今案,《新序》说非。盖伋尚未死,忧念之而为此诗,则其意甚浅,若明知二子已死,悼伤之作,而其词乃若未死忧念之言,则诗人之所为微至也。《八帖》云:'诗人已知二了之见杀矣,然直言遇害,岂不索然无味,今不言其死,但想其去时之光景,而设为忧疑之言,则其情无限。含蓄悲伤,寥寥数言,有千万言不能尽者。此风人之致也。'取得此诗深处。"

袁梅《诗经译注》:"卫宣公派亲信杀害了他的儿子,当时人们同情被害者,憎恨卫宣公谋杀亲子的兽行,就发出这不平之鸣。"

蓝菊荪《诗经国风今译》:"一个普通卫国人民因他的两个儿子遭了冤枉避难他乡,哀思之余,并祝其平安无事。"

鄘 风

柏 舟

泛彼柏舟①,在彼中河②。
髧彼两髦③,实维我仪④。
之死矢靡它⑤。
母也天只⑥,不谅人只!

泛彼柏舟,在彼河侧。
髧彼两髦,实维我特⑦。
之死矢靡慝⑧。
母也天只,不谅人只!

【题解】

　　这是女子忠于爱情至死不渝之诗。全诗二章。诗中的女子在爱情上
遇到了巨大的阻力。诗正是以漂浮的柏舟兴比爱情生活的波澜起伏。从
诗意来看,这种阻力来自她的父母。这个女孩背着父母,自由恋爱,私订终
身。她公开地声言:那个头发分披的小伙子,就是我理想的对象。尽管父
母极力反对,但她发誓至死无有二心。可见,她对爱情是何等专一,何等忠
贞。正因为她热烈地追求理想的爱情,所以她才敢于责怪父母不体谅自己
的心思。不难看出,这是一位性格刚强的女子。她的爱情因遭到父母的极
力阻挠而显得异常强烈,就像溪水因受山石的阻挡而激起浪花一样。

【注释】

①泛:漂浮。
②中河:即河中。

84

③髧(dàn):发垂貌。两髦(máo):男子未成年时头发梳成双髻。
④维:相当于"是"。仪:配偶。
⑤之死:到死。矢:通"誓";发誓。靡它:无二心。
⑥天:指父亲。只:语助词。
⑦特:配偶。
⑧靡慝(tè):不变心。

【汇评】

《诗序》:"《柏舟》,共姜自誓也。卫世子共伯蚤死,其妻守义,父母欲夺而嫁之,誓而弗许,故作是诗以绝之。"

清姚际恒《诗经通论》:"(诗序)皆谬也。孔氏曰,'《世家》:武公和纂共伯而立,五十五年卒。《楚语》曰:昔卫武公年九十有五矣,犹箴儆于国。则未必有死年九十五年以后也。则武公即位四十一二以上,共伯是兄,则长矣。'吕氏见此疏,因而曰,'共伯见弑之时,其齿又加长于武公,安得谓之蚤死乎?髦者,子事父母之饰。⋯⋯是时共伯已脱髦矣,诗安得谓之髧彼两髦乎?是共伯未尝有见弑之事,武公未尝有纂弑之事也。'愚按⋯⋯安可信《诗序》而疑《史记》耶?⋯⋯序谓'共姜自誓',共伯已四十五、六岁,共姜为之妻,岂有父母欲其改嫁之理。⋯⋯谓共伯为'世子'及'蚤死'之言尤悖矣。故此诗不可以事实之。当是贞妇有夫蚤死,其母欲嫁之,而誓死不愿之作也。"

清牟庭《诗切》:"柏之言迫也,以喻其夫被父母逼迫与己中道相弃也。"

余冠英《诗经选》:"一个少女自己找好了结婚对象,誓死不改变主意,恨阿母不亮察她的心。"

陈子展《诗经直解》:"《柏舟》,贞女寡妇矢志不嫁之词。"

墙有茨

墙有茨①,不可埽也②。
中冓之言③,不可道也。
所可道也,言之丑也。

墙有茨,不可襄也④。
中冓之言,不可详也。
所可详也,言之长也。

墙有茨,不可束也⑤。
中冓之言,不可读也⑥。
所可读也,言之辱也。

【题解】

这是揭露卫国宫廷生活腐朽糜乱之诗。全诗三章。此诗在艺术上有两个显著特点:一是以蒺藜隐喻宫中丑事,形象鲜明而又寓意深长。蒺藜满墙,不可除光;宫中丑事,无法细讲。蒺藜满墙,不可捆束;宫中丑事,道来污口。这些揭露真是痛快淋漓,入木三分。二是不言之言,让读者去想象。诗中反复陈说:"中冓之言""不可道也"、"不可详也"、"不可读也"。这虽未实指其丑事,但却自然而巧妙地揭露了宫中污浊至极、淫秽不堪的实质。

【注释】

①茨(cí):蒺藜。

②埽:义同"扫"。

③中冓(gòu):宫中密室。

④襄:通"攘"。除去。

⑤束:捆束。

⑥读:诵说。

【汇评】

《诗序》:"《墙有茨》,卫人刺其上也。公子顽通乎君母,国人疾之,而不可道也。"

宋朱熹《诗集传》:"旧说以为宣公卒,惠公幼,其庶兄顽烝于宣姜,故诗人作此诗以刺之。言其闺中之事皆丑恶而不可言。理或然也。"

宋戴溪《续吕氏家塾读诗记》:"《墙有茨》,国人作也。当时必有以中冓之事形于咏言,如后世俚语歌行者,故诗人曰不可道、不可详、不可读也。怒其上而犹有掩覆之意,故圣人取焉。"

闻一多《风诗类抄》:"刺人不能防闲其妻也。""茨,蒺藜。墙上有茨,所以防闲也,故不可扫除。"

袁梅《诗经译注》:"卫宣公死后,惠公年幼,他的庶兄公子顽与惠公母私通,生了五个孩子。当时人们厌恶这种禽兽之行,便以这首歌讽刺他们。"

陈子展《诗经直解》:"《墙有茨》,卫人刺其统治阶级荒淫无耻之诗,序首句是也。不论所刺为宣姜,为宣公,为其长庶公子顽,要之,卫公室男女生活腐化,淫昏之恶不堪言说。虽然墙宇高峻,若可自防,而内冓之室,中夜闇昧之言,举无逃于人民之耳目。"

君子偕老

君子偕老,副笄六珈①。
委委佗佗②,如山如河,
象服是宜③。
子之不淑④,云如之何!

玼兮玼兮⑤,其之翟也⑥。
鬒发如云⑦,不屑髢也⑧。
玉之瑱也⑨,象之揥也⑩。
扬且之晳也⑪,胡然而天也⑫,
胡然而帝也⑬。

瑳兮瑳兮⑭,其之展也⑮。
蒙彼绉绤⑯,是绁袢也⑰。
子之清扬⑱,扬且之颜也⑲。

展如之人兮[20]，邦之媛也[21]。

【题解】

　　这是讽刺国君夫人之诗。全诗三章。首章重在写国君夫人仪态之美。因是新婚，所以说她将与国君白头偕老。接着写她头上戴着许多首饰，显得很华美。她举止雍容不迫，显得很尊贵。她穿着彩绘礼服，也正好相配。可是这个美女品行不端，又把她怎么样？二章重在写国君夫人容貌之美。她穿着绣有雉羽的礼服，是多么灿烂鲜明！她的乌发如云，呈现出天然的秀姿。耳边的玉坠、头上的牙簪，耀眼夺目。她的额头晶莹洁白，宛若天仙降世，神女下凡。三章着重写国君夫人衣着之美。她身上穿着三层华装。外面是一层绛色礼服，中间是一层纤细葛衣，里面是一层白色内衣，都非常精致。在三层华装的映衬下，她显得更加晶莹白皙，眉清目秀。诗的结尾赞叹道：这样的人呀，的确是国内罕见的美女。诗的通篇都在描写国君夫人的仪态之美、容貌之美和衣着之美。唯首章末二句"子之不淑，云如之何"透露出诗人的讽刺之意，真可谓"辞益婉而意益深矣"。这位国君夫人是谁可不必深究。古今学者多认为是讽刺宣姜当也可信。宣姜本是卫宣公之子伋的未婚妻，后被宣公霸占。宣公死后，宣姜又与其庶子顽私通。可见，宣姜是个品行有污的女子。于是诗人写此诗对她加以讽刺。

【注释】

　　①副：首饰。类似后世的步摇。笄（jī）：簪子。用以绾发。六珈（jiā）：六种玉饰。

　　②委委佗佗：雍容自得的样子。

　　③象服：饰有翟羽之象的衣服。宜：合身。

　　④不淑：不善。

　　⑤玼（cǐ）：绚丽鲜明。

　　⑥翟（dí）：指绣在象服上的山鸡彩羽。

　　⑦鬒（zhěn）：发黑而稠。

　　⑧髢（dì）：假发。

　　⑨瑱（tiàn）：帽子两侧用以塞耳的玉。

　　⑩象之挮（tì）：象牙制成的发针之类。

⑪扬:前额。皙(xī):洁白。

⑫胡然:怎么这样。

⑬帝:天神。

⑭瑳(cuō):色彩鲜艳。

⑮展:用绛色或白色的绉纱做成的礼服。

⑯蒙:罩着。绉绨:极细的葛布。

⑰绁袢(xiè fán):贴身的内衣。

⑱清扬:眉清目秀。

⑲颜:指前额丰满。

⑳展:副词。的确。

㉑媛:美女。

【汇评】

《诗序》:"《君子偕老》,刺卫夫人也。夫人淫乱,失事君子之道,故陈人君之德,服饰之盛,宜与君子偕老也。"

宋朱熹《诗集传》:"吕祖谦曰:首章之末云'子之不淑,云如之何',责之也;二章之末云'胡然而天也,胡然而帝也',问之也;三章之末云'展如之人兮,邦之媛也',惜之也。辞益婉而意益深矣。""(首章)言夫人当与君子偕老,故其服饰之盛如此,而雍容自得,安重宽广,又有以宜其象服。今宣姜之不善乃如此,虽有是服,亦将如之何哉?言不称也。""(二章)言其服饰容貌之美,见者惊犹鬼神也。""(三章)见其徒有美色,而无人君之德也。"

吴闿生《诗义会通》:"(序)诠释诗意,语约而尽。不言宣姜者,承上篇而言之也。"

闻一多《风诗类抄》:"美卫夫人也。"

陆侃如、冯沅君《中国诗史》:"《卫风》(包括《邶》《鄘》)……其中有写女性美的,如《君子偕老》及《硕人》是。"

袁梅《诗经译注》:"这是古人讽刺一位贵妇人的诗。全诗主要夸美她的服饰之华丽,容貌之妖冶,只在首章末二句'子之不淑,云如之何'点破了真谛。这首诗的本旨是以美为刺,欲刺之故美之。"

陈子展《诗经直解》:"'君子偕老'者,君子本义,君之子,谓公子伋也;偕老,谓其与伋长为夫妻也。'子之不淑'者,谓其不幸为卫宣公要诸新台强娶之,而不得拒也。……明此诗为宣姜初至时作矣。"

桑　中

爰采唐矣^①？沫之乡矣^②。
云谁之思？美孟姜矣^③。
期我乎桑中^④，要我乎上宫^⑤，
送我乎淇之上矣^⑥。

爰采麦矣？沫之北矣。
云谁之思？美孟弋矣^⑦。
期我乎桑中，要我乎上宫，
送我乎淇之上矣。

爰采葑矣^⑧？沫之东矣。
云谁之思？美孟庸矣^⑨。
期我乎桑中，要我乎上宫，
送我乎淇之上矣。

【题解】

　　这是青年男女幽会之诗。全诗三章。每章前四句写男子思念女子。从"采唐"、"采麦"、"采葑"等词语来看，这是民间的男女无疑。每章的后三句写甜蜜的幽会。女子约我在桑中见面，又邀我去上宫玩赏，最后送我到淇水边上。须得说明的是，诗中出现三种植物，出现三个地点，出现三个女子。乍一看，这似乎不近情理，但这正是风诗的艺术特点。方玉润《诗经原始》说："三人、三地、三物，各章所咏不同，而所期、所要、所送之地则一，章法板中寓活。"这就告诉我们，阅读风诗不可过于拘泥，否则就会以辞害意。

【注释】

　　①爰：语助词。唐：菟丝草。

②沫(mèi):邑名。

③孟姜:姜家的大姑娘。

④期:等候。桑中:桑林之中。

⑤要:通"邀"。邀约。上宫:地名。

⑥淇:水名。

⑦孟弋(yì):弋家的大姑娘。

⑧葑:芜菁。

⑨孟庸:庸家的大姑娘。

【汇评】

《诗序》:"《桑中》,刺奔也。卫之公室淫乱,男女相奔。至于世族在位,相窃妻妾,期于幽远。政散民流,而不可止。"

宋朱熹《诗集传》:"此人自言将采唐于沫,而与其所思之人相期会迎送如此也。"

清崔述《读风偶识》:"但有叹美之意,绝无规戒之言。若如是而可以为刺,则曹植之《洛神赋》,李商隐之《无题》诗,韩偓之《香奁集》,莫非刺淫者矣。"

吴闿生《诗义会通》:"序推原治本,以为卫俗荡弛,由于公室先乱,世族在位相与效之,遂至政散民流,至于亡国而不救。……有《新台》《鹑奔》之乱,而遂有《桑中》淫奔之化,鉴戒昭然。"

朱自清《中国歌谣》:"我以为这三个女子的名字,确实只是为了押韵的关系。……那三个名字,或者只有一个是真的,或者全不是真的。他用了三个理想的大家小姐的名字,许只是'代表'他心目中的一个女子。"

闻一多《风诗类抄》:"思会时也。"

高亨《诗经今注》:"这是一首民歌,劳动人民(男子们)的集体口头创作,歌唱他们的恋爱生活。并不是真有这样的一男三女或三对男女恋爱的故事。"

袁梅《诗经译注》:"它可能是古代歌者在田野劳动中随口编唱的。诗中的美孟姜、美孟弋、美孟庸,实乃一人。也许实有所指,也许只是歌者想象中之美女而已。"

陈子展《诗经直解》:"《桑中》,揭露卫之统治阶级贵族男女淫乱成风之作。……盖出自民间歌手。"

鹑之奔奔

鹑之奔奔①,鹊之彊彊②。
人之无良,我以为兄③。

鹊之彊彊,鹑之奔奔。
人之无良,我以为君④。

【题解】

　　这是讽刺卫国统治者争权夺利之诗。在卫国历史上,统治者内部的倾轧斗争一度表现得异常尖锐激烈。此诗真实地再现了当时统治者同室操戈、自相残杀的情状。全诗二章。传说鹑鹌好斗,鹊性狂躁,它们之间经常互相啄咬,斗得不可开交。诗以"鹑之奔奔,鹊之彊彊"比喻公室内部相互残杀是很贴切的。争斗的结果往往是:谁凶狠狡猾,手段卑鄙,谁就取胜得势,成为君主。无怪乎诗人反复感叹道:这样一个暴虐之人,我却要以他为兄;这样一个暴虐之人,我却要以他为君。依据诗意,作者是国君之弟无疑。但有人进一步指明作者是谁,那就只能是推测之词了。

【注释】

　　①鹑(chún):鹌鹑。奔奔:争斗恶视的样子。
　　②彊彊(jiāng):拼命相斗的样子。
　　③兄:兄长。
　　④君:国君。

【汇评】

　　《诗序》:"《鹑之奔奔》,刺卫宣姜也。卫人以为宣姜鹑鹊之不若也。"
　　宋朱熹《诗集传》:"卫人刺宣姜与顽非匹偶而相从也,故为惠公之言以刺之。"
　　清范家相《三家诗拾遗》:"贲贲、彊彊,《毛传》无解。《集传》以为非匹偶而相从者,依韩说也。鲁但云'以恶人为君',意鹑好斗,鹊性躁,皆非淫鸟,故以争斗取义耳。"

清姚际恒《诗经通论》:"毛郑以'我以为兄'谓'我君以为兄','君'谓惠公,'兄'谓顽;以'我以为君'为'小君','小君'谓宣姜。皆迂。上章'我'字谓'我君',下章'我'字'国人自我',亦未允。……大抵'人'即一人,'我'皆自哦。而'为兄''为君'乃国君之弟所言耳,盖刺宣公也。"

闻一多《风诗类抄》:"刺人君有秽行也。"

高亨《诗经今注》:"这首诗是顽的弟弟所作,讽刺顽与宣姜的淫秽行为。"

袁愈荌《诗经全译》:"卫宣公上烝母夷姜,下纳媳伋妻,复杀子肆虐。国人讽之,以为鸟兽之不若。"

陈子展《诗经直解》:"今文三家遗说以为刺卫宣公,覈与诗旨合。魏源《诗序集义》云:'《鹑之奔奔》,刺卫宣公也。左右公子怨宣公之诗。……初,宣公属急(太子伋)于右公子职,属寿于左公子洩。后以公子朔之谮,使盗杀之。故二公子怨惠公(朔)以及宣公'。"

定之方中

定之方中①,作于楚宫②。
揆之以日③,作于楚室④。
树之榛栗⑤,椅桐梓漆⑥,
爰伐琴瑟⑦。

升彼虚矣⑧,以望楚矣。
望楚与堂⑨,景山与京⑩,
降观于桑⑪。
卜云其吉,终焉允臧⑫。

灵雨既零⑬,命彼倌人⑭:
"星言夙驾⑮,说于桑田⑯!"

匪直也人^⑰,秉心塞渊^⑱,
骐牝三千^⑲。

【题解】

这是歌颂卫文公振兴国家之诗。卫文公继位之后,发愤图强,振兴卫国。此诗正形象地再现了当时卫文公身体力行,重建家园的情景。全诗三章。首章写营建宫室。定星高悬天空,在楚丘兴建新宫。按照日影测定方向,在楚丘建造新房。还在四周栽种了各种树木,以便将来用以制作琴瑟。二章写规划城邑。卫文公登上丘陵,眺望楚丘、堂邑以及大山与高丘。接着他走下山来,察看桑林。他再卜上一卦,卜语吉祥,最终确信这是兴建城邑的好地方。三章写察看农牧。这天一场好雨纷纷降落。当晚卫文公命令馆人备好车马。他说:"明日天晴就早早出发,到桑园农田停车止息。"卫文公不是一位平庸之君,他操心国事,谋略深远。正因如此,卫国良马众多,蕃繁富盛。此诗全用赋体。语言质朴无华,平实自然。诗中没有虚伪的阿谀奉承,没有肉麻的歌功颂德,有的只是对卫文公政绩的具体描写。透过此诗,我们仿佛看到了一位精明务实的古代政治家的形象。

【注释】

①定:星名。又名营室星。夏正十月,定星在正中。可依据它定方位,建宫室。

②作:建造。楚宫:楚丘之宫。

③揆(kuí):测量。

④楚室:楚丘之室。

⑤树:栽种。榛、栗:皆树名。

⑥椅、桐、梓、漆:皆树名。

⑦爰:语助词。伐:砍伐。

⑧升:登。虚:同"墟"。大丘。

⑨堂:堂邑。

⑩景山:大山。京:高丘。

⑪于桑:在桑树林。

⑫允臧:确实很好。

⑬灵雨:好雨。零:降落。

⑭倌人:掌管车马的小臣。

⑮星:雨止星现。夙:早。

⑯说(shuì):停车止息。

⑰匪:同"非"。不。直:特,只。

⑱秉心:操心。塞渊:深远。

⑲骒牝(lái pìn):健壮的母马。三千:极言多。

【汇评】

《诗序》:"《定之方中》,美卫文公也。卫为狄所灭,东徙渡河,野处漕邑,齐桓公攘戎狄而封之。文公徙居楚丘,始建城市而营宫室,得其时制。百姓悦之,国家殷富焉。"

宋朱熹《诗集传》:"卫为狄所灭,文公徙居楚丘,营立宫室,国人悦之而作是诗以美之。"

清姚际恒《诗经通论》:"小序谓'美卫文公',是。《伪传》以为鲁僖公城楚丘以备戎,史克颂之。……不可从。"

吴闿生《诗义会通》:"《折中》曰:《定中》再造卫也。立国之初,日不暇给,然规模宏远矣。因天之时,辨方正位;察地之利,体国经野。养之农桑,卫之以戎马,教之以礼乐,而归本于心之塞渊。天德工道,灿然可观矣。"

高亨《诗经今注》:"这首诗就是叙写文公迁都于楚丘后建筑宫室,经营桑田等事。"

蝃蝀

蝃蝀在东①,莫之敢指②。
女子有行,远父母兄弟。

朝隮于西③,崇朝其雨④。
女子有行,远兄弟父母。

乃如之人也^⑤,怀昏姻也^⑥,
大无信也^⑦,不知命也^⑧。

【题解】

这是批评女子婚姻自主之诗。全诗三章。上古之时,人们认为彩虹是阳性的象征,而围绕虹状似龙的云霓则是阴性的象征。天上如果出现虹霓,那就是阴阳交接之气的显现。于是人们就用虹霓象征人间男女婚姻之事。前二章正是"彩虹出现在东方,没有谁敢用手去指",兴比女子不能自己去寻找配偶;以"云霓清晨升起在西方,整个早上就雨不停",兴比女子一定要依礼而成婚。三章批评像这个女子,心里只想着婚姻,而不顾媒妁之言,不听父母之命。不难看出,诗中的女子是一个坚强且有主见的人。她敢于自己选择配偶,一旦以身相许,就不顾社会的嘲讽,勇敢地同她所爱的男子结合。诗中批评她"大无信"、"不知命"显属平庸之见。

【注释】

①蝃蝀(dì dòng):虹。

②莫:没有谁。之:指代"蝃蝀"。

③朝:清晨。隮(jī):升起。

④崇朝:即终朝。整个早上。

⑤乃:语助词。如之人:像这个人。

⑥怀:思。

⑦无信:无媒妁之言。

⑧命:指父母之命。

【汇评】

《诗序》:"《蝃蝀》,止奔也。卫文公能以道化其民,淫奔之耻,国人不齿也。"

《毛诗正义》:"(首章)此恶淫奔之辞也。言虹气见于东方,为夫妇过礼之戒。君子之人尚莫之敢指而视之,况今淫奔之女见为过恶,我谁敢视之也。既恶淫奔之女,因即就而责之。言女子有适人之道,当自远其父母兄弟,于理当嫁。何忧于不嫁而为淫奔之过恶乎?""(二章)言朝有升气于西方,终朝其必有雨。……以兴女子生则必当嫁,亦性自然矣。故又责之言……何患于不嫁而为淫奔乎?""(三章)言其淫奔之过恶之大。"

宋朱熹《诗集传》:"此刺淫奔之诗。"

明丰坊《子贡诗传》:"卫灵公召子都于宋,国人讥之,赋《蝃蝀》。"

清方玉润《诗经原始》:"其人心怀叵测,只恋新婚之美。……是无信也。是不知天缘自有命在也。"

闻一多《风诗类抄》:"刺奔女也。"

高亨《诗经今注》:"这首诗讽刺一个贵族女子的私奔行为。"

陈子展《诗经译注》:"这首诗是一个富有反抗性的姑娘争取婚姻自由而发出的呼声。重言无人敢指彩虹,正是讽刺当时人们以伪善面孔讳谈爱情问题。"

袁愈荌《诗经全译》:"女子找爱人,却遭毁谤。"

相　鼠

相鼠有皮①,人而无仪②。
人而无仪,不死何为③!

相鼠有齿,人而无止④。
人而无止,不死何俟⑤!

相鼠有体,人而无礼。
人而无礼,胡不遄死⑥!

【题解】

这是讽刺统治者毫无廉耻之诗。老鼠是一种害人的动物。它不仅肮脏猥琐,而且窃粮毁物,行为丑恶,因而为人厌恶,受人诅咒。俗话说:"老鼠过街,人人喊打。"这表达了人们对老鼠的切齿之恨。此诗借鼠讽刺不顾礼义廉耻之人,是再恰当不过了。全诗三章。每章均运用反衬手法,将所刺之人与老鼠对比,大有人不如鼠之感。看老鼠还有皮、齿和体,而人却没有礼义。既然如此,还不如早点死去。诗中变换词语,斥责再三,一针见血,从而表达了人们对统治者强烈的憎恨之情。

【注释】

①相:看。

②仪:仪表。

③何为:做什么。

④止:容止。

⑤俟(sì):等待。

⑥遄(chuán):快。

【汇评】

《诗序》:"《相鼠》,刺无礼也。卫文公能正其群臣,而刺在位承先君之化,无礼义也。"

《白虎通·谏诤》:"妻得谏夫者,夫妇一体,荣耻共之。……此妻谏夫之诗也。"

宋苏辙《诗集传》:"《相鼠》,视鼠之所以为鼠者,岂以其无皮故邪?亦有皮而无礼耳。人之所以为人者,岂以其面,亦以礼也。苟无礼,则亦鼠矣。"

宋戴溪《续吕氏家塾读诗记》:"《相鼠》之恶无礼,何其如是之甚!盖溺于淫乱之俗,不如是不足以自拔也。疾恶不深,则迁善不力。"

闻一多《风诗类抄》:"刺无礼也。《白虎通》以为妻谏夫之诗。"

余冠英《诗经选》:"这首诗是对于丧失廉耻,不成体统的反动统治阶级人物的痛骂,说他连耗子也不如。"

高亨《诗经今注》:"卫国贵族统治阶级荒淫无耻,不守礼法。卫人作这首诗讽刺他们。"

干 旄

子子干旄①,在浚之郊②。
素丝纰之③,良马四之。

彼姝者子④,何以畀之⑤?

孑孑干旟⑥,在浚之都⑦。
素丝组之⑧,良马五之。
彼姝者子,何以予之?

孑孑干旌⑨,在浚之城⑩。
素丝祝之⑪,良马六之。
彼姝者子,何以告之?

【题解】

这是召贤之诗。全诗三章。此诗描写的是贤者应召进宫途中的盛大场面。旗杆高高,锦旗飘飘,高头大马清一色,根根缰绳素丝编,显得非常华盛。到达浚邑近郊之后,君主又接二连三地派来迎接的使者,车队显得更荣耀、更气派。人们对这位贤者寄予着厚望,心想那贤良的君子,我们用什么礼物赠送他呢?用什么话语忠告他呢?此诗文笔活泼。同一旌旗,分别用"干旄"、"干旟"与"干旌"来描写,气象显得热烈而华盛。首章言"郊",二章言"都",三章言"城",点明车队由远及近,由郊野至浚邑。首章言"良马四之",二章言"良马五之",三章言"良马六之",暗示迎接的使者络绎不绝,车队愈益盛大。君主的期待、国人的厚望,都通过这热烈的场面显现出来。

【注释】

①孑孑(jié):高高特出的样子。干旄(máo):以旄牛尾为装饰的彩旗。
②浚:邑名。
③纰(pí):编织。
④姝:美好。
⑤畀(bì):赠给。
⑥干旟(yú):一种画有鹰隼的彩旗。
⑦都:城四周用作公卿大夫采邑的地区。
⑧组:编织。

⑨干旄(jīng)：用五色鸟羽装饰的彩旗。

⑩城：邑内。

⑪祝：义同"组"。

【汇评】

《诗序》："《干旄》，美好善也。卫文公臣子多好善，贤者乐告以善道也。"

宋朱熹《诗集传》："言卫大夫乘此车马，建此旌旄，以见贤者。彼其所见之贤者，将何以畀之，而答其礼意之勤乎？"

明丰坊《子贡诗传》："武公好贤乐善，国人美之，赋《干旄》。"

宋严粲《诗缉》："'彼姝者子'乃自他国至卫之贤，如季札聘郑，子产如晋之类，季札告子产以谨礼，子产告叔向以实沈台骀，所谓'畀之'、'告之'也。"

清王先谦《诗三家义集疏》："序言卫臣好善，即使招聘出于君意，干旄本以求贤，而将命往招亦是臣子之职，无妨是大夫建此旌旄，备此车马也。盖卫文草创于丧败之余，授方任能，励精为国，其臣如宁庄子辈皆能宣扬德化，留意人才。故岩穴之儒闻风兴起，思以善道告之。中兴气象固不伜矣。"

吴闿生《诗义会通》："案诗辞，自是大夫礼贤之义。惟无以见其为文公诗。或谓'辞气与星言凤驾相类，亦于敬教劝学授方任能之意有合'，亦从而为之辞耳。"

高亨《诗经今注》："卫国一个贵族乘车去看他的情人，作此诗以写此事。"

袁梅《诗经译注》："本诗反映的是古代上层社会行聘礼的铺张豪华情景。"

载　驰

载驰载驱①，归唁卫侯②。

驱马悠悠③，言至于漕④。

大夫跋涉⑤,我心则忧。

既不我嘉⑥,不能旋反⑦。
视尔不臧⑧,我思不远⑨。
既不我嘉,不能旋济⑩。
视尔不臧,我思不閟⑪。

陟彼阿丘,言采其蝱⑫。
女子善怀⑬,亦各有行⑭。
许人尤之⑮,众稚且狂⑯。

我行其野,芃芃其麦⑰。
控于大邦⑱,谁因谁极⑲?
大夫君子,无我有尤⑳。
百尔所思,不如我所之㉑。

【题解】

这是许穆夫人回卫国吊问卫文公之诗。许穆夫人是我国历史上第一位有姓名可考的爱国女诗人。她是卫国国君的女儿,嫁给许国穆公为夫人。卫文公刚继位时,国势大衰。她激于爱国之情,决定回卫吊问其兄文公,并出谋划策,为振兴卫国献出自己的力量。全诗四章。一章写她不顾许国大夫的劝阻,毅然长驱返回卫国。二章写她批评许国大夫阻止归国,实为不善之举,并坚信自己的考虑不迂阔,不闭塞。三章写她斥责许国大夫埋怨自己,真是幼稚无知,狂妄自大。四章写她的救国方略是赴告大国,争取外援。不难看出,诗中的爱国情思是深沉的,情与景的结合是自然的,所表现出的政治见识是卓绝的。

【注释】

①载:语助词。驰、驱:策马飞奔。
②唁:吊问诸侯失国。卫侯:指卫文公。

③悠悠:道路漫长。

④漕:卫国邑名。

⑤大夫:指许国大夫。

⑥嘉:赞同。

⑦旋反:返回许国。

⑧臧:善。

⑨思:考虑。远:迂阔。

⑩旋济:渡河回去。

⑪閟(bì):闭塞。

⑫蝱(máng):药名。贝母。据说可治郁闷病。

⑬善怀:容易动情。

⑭行:道理。

⑮尤:责难。

⑯穉:不明事理。

⑰芃芃(péng):茂盛。

⑱控:赴告,陈述。

⑲谁因:谁可依靠。谁极:谁来救援。

⑳尤:过失。

㉑所之:指所选择的方向。

【汇评】

《左传·闵公二年》:"及败,宋桓公逆诸河,宵济。卫之遗民男女七百有三十人,益之以共、滕之民为五千人,立戴公以庐于曹。许穆夫人赋《载驰》。"

《诗序》:"《载驰》,许穆夫人作也。闵其宗国颠覆,自伤不能救也。卫懿公为狄人所灭,国人分散,露于漕邑。许穆夫人闵卫之亡,伤许之小,力不能救;思归唁其兄,又义不得,故赋是诗也。"

宋朱熹《诗集传》:"宣姜之女为许穆公夫人,闵卫之亡,驰驱而归,将以唁卫侯于漕邑。未至,而许之大夫有奔走跋涉而来者。夫人知其必将以不可归之义来告,故心以为忧也。既而终不果归,乃作此诗以自言其意耳。"

清姚际恒《诗经通论》:"严氏说此诗最善,曰:'味诗之意'夫人盖欲越诉于方伯,以图救卫,而托归唁为辞耳'。"

吴闿生《诗义会通》："诗云'驱马悠悠,言至于漕'及'大夫跋涉''不能旋济',皆托为之辞,以自抒其忧愤。姚姬传云:通篇皆写悲思迫切之意,非实事也。"

　　林庚、冯沅君主编《中国历代诗歌选》："这首诗写许穆夫人不顾许国大夫的阻挠而毅然回国,并且主张卫国应立即向大国求援。"

　　蒋立甫《诗经选注》："诗首章假想自己在卫国大夫来告难之后,驱马前去慰问卫侯;第二章埋怨许国君臣不支持自己的想法;第三章指斥许国君臣见解幼稚而态度狂妄;末章进而设想按照自己的主张去做。诗的开头与结尾虽然都是想象词,但给人的印象却非常真实,悲切郁愤,感人肺腑。"

卫 风

淇 奥

瞻彼淇奥①,绿竹猗猗②。
有匪君子③,如切如磋,
如琢如磨。
瑟兮僩兮④,赫兮咺兮⑤。
有匪君子,终不可谖兮⑥!

瞻彼淇奥,绿竹青青。
有匪君子,充耳琇莹⑦,
会弁如星⑧。
瑟兮僩兮,赫兮咺兮。
有匪君子,终不可谖兮!

瞻彼淇奥,绿竹如箦⑨。
有匪君子,如金如锡⑩,
如圭如璧⑪。
宽兮绰兮,猗重较兮⑫。
善戏谑兮⑬,不为虐兮⑭。

【题解】

这是赞美卫武公之诗。卫武公名和,他在周宣王十六年始为卫侯,曾
做过周平王的卿士。传说他立身谨慎,年当九十五岁的高龄,还欢迎朝臣
的规谏,并作《懿戒》以自警。全诗三章。每章前二句以淇水岸边的绿竹起

兴。一章以绿竹茂盛象征武公学问日进;二章以绿竹青翠象征武公服饰隆盛;三章以绿竹密集象征武公品德成就。每章中五句具体赞美武公。他的学问精湛,犹如牛骨象牙经过切磋,宛若美玉宝石经过琢磨。他服饰美盛,两耳旁边悬系着晶莹的宝石,皮帽上装饰的珠玉像星星般闪闪发光。他道德纯粹,像金、锡一样精纯,像圭、璧一般可贵。他态度庄重而又心胸宽阔、光明磊落而又仪表堂堂。这位文采斐然的君子,终究不会被人忘怀。他背靠车子,显得宽厚轻松,怡然自得。他说话幽默风趣。态度和蔼可亲,绝无粗暴无礼之举。由此可见,武公不失为当时贵族官僚中一位斐然杰出的人物。

【注释】

①淇奥(qí yù):淇水弯曲处。

②猗猗:茂盛。

③匪:通"斐"。有文采的样子。

④瑟:态度庄重。僴(xiàn):胸襟开阔。

⑤赫:光明正大。咺(xuǎn):仪表堂堂。

⑥谖(xuán):忘。

⑦琇莹:晶莹的宝石。

⑧会弁(biàn)如星:皮帽缝中饰以珠玉,闪烁如星。

⑨箦(zé):密集。

⑩如金如锡:比喻精纯。

⑪如圭如璧:比喻可贵。

⑫猗:通"倚"。依靠。重较:卿士所乘之车。

⑬戏谑:开玩笑。

⑭虐:粗暴无礼。

【汇评】

《诗序》:"《淇奥》,美武公之德也。有文章,又能听其规谏,以礼自防,故能入相于周。美而作是诗也。"

汉徐干《中论·虚道篇》:"昔卫武公过九十,犹夙夜不怠,思闻训道。命其群臣曰:无谓我老耄而舍我,必朝夕交戒。又作《抑》诗以自儆也。卫人颂其德为赋《淇奥》。"

宋朱熹《诗集传》：“《国语》，武公年九十有五，犹箴儆于国。……则其有文章而能听规谏，以礼自防也可知矣。卫之他君，盖无足以及此者。故序以此诗为美武公，而今从之也。”

清姚际恒《诗经通论》：“小序谓‘美武公之德’，未有据。姑依之。”

清王先谦《诗三家义集疏》：“据诗‘终不可谖兮’及‘猗重较兮’，是公入为卿士时国人思慕而作。”

高亨《诗经今注》：“这是一首歌颂卫国统治贵族的诗。《毛诗序》说是歌颂卫武公，古书无确证。”

袁梅《诗经译注》：“这是古代贵族女子与丈夫分别后的思夫夸夫之歌，流露出剥削阶级庸俗的道德标准与审美观点。”

孙作云《诗经与周代社会研究·诗经恋歌发微》：“《卫风·淇奥》是女子赞美男子之歌。”

考 槃

考槃在涧①，硕人之宽②。
独寐寤言，永矢弗谖③。

考槃在阿④，硕人之薖⑤。
独寐寤歌，永矢弗过⑥。

考槃在陆⑦，硕人之轴⑧。
独寐寤宿，永矢弗告⑨。

【题解】

这是隐士之诗。全诗三章。每章意思基本相同。这位隐士居在山林一间草棚之中。他的心胸无限宽阔，虽居陋室，但他感到无比快乐。他每天独睡、独醒、独言、独歌又独宿，并发誓永远不忘此乐，永远不离这山窝，永远不将此乐跟人说。他遁迹山林，独善其身，虽然是一种消极的办法，但是也曲折地透露出他对现实的不满与抗争。

【注释】

①考槃(pán)：陋室落成。考，成。槃，架木为屋。涧：溪涧。

②硕人：指贤者。宽：宽厚旷达。

③矢：通"誓"。发誓。弗谖：不忘。

④阿(ē)：山阿。

⑤薖(kē)：义同"宽"。

⑥过：他往。

⑦陆：高平的山野。

⑧轴：义同"宽"。

⑨弗告：不告诉他人。

【汇评】

《诗序》："《考槃》，刺庄公也。不能继先公之业，使贤者退而穷处。"

《孔丛子》："孔子曰：'吾于《考槃》见士之遁世而不闷也'。"

宋欧阳修《诗本义》："《考槃》本述贤者退而穷处。……谓硕人居于山涧之间不以为狭，而独言自谓不忘此乐也。"

宋朱熹《诗序辨说》："此为美贤者穷处而能安其乐之诗，……未有见弃于君之意，则亦不得为刺庄公矣。"

宋朱熹《诗集传》："（首章）诗人美贤者隐处涧谷之间而硕大宽广，无戚戚之意。虽独寐而寤言，犹自誓不忘此乐也。""（二章）'永矢弗过'，自誓所愿不踰于此，若将终身之意也。""（三章）弗告者，不以此乐告人也。"

明丰坊《子贡诗传》："鄘人美其君子不仕乱邦，赋《考槃》。"

吴闿生《诗义会通》："贤者退处深藏，则时君之无道可知。此序诗者之微意也。……序谓刺君上之失贤，朱谓美隐居之得所，美在此则刺在彼矣。二说本一致也。"

闻一多《风诗类抄》："记梦也。"

高亨《诗经今注》："这首诗是赞美一个隐居山林的贤士。"

袁梅《诗经译注》："一个沉湎于爱情的女子辗转相思，独自唱歌以抒情愫。她先是在独眠的梦中与爱人互言、互歌；醒来重温美梦，倍感难堪，所以又发而为歌。觉寐之际，思绪相牵。"

鲍昌《风诗名篇新解》:"本诗非但不是什么贤者避世之诗,正相反,它是一首逃亡的奴隶之歌。"

硕　人

硕人其颀①,衣锦褧衣②。
齐侯之子③,卫侯之妻④。
东宫之妹⑤,邢侯之姨⑥,
谭公维私⑦。

手如柔荑⑧,肤如凝脂⑨。
领如蝤蛴⑩,齿如瓠犀⑪,
螓首蛾眉⑫。
巧笑倩兮⑬,美目盼兮⑭。

硕人敖敖⑮,说于农郊。
四牡有骄,朱幩镳镳⑯,
翟茀以朝⑰。
大夫夙退,无使君劳。

河水洋洋,北流活活⑱。
施罛濊濊⑲,鱣鲔发发⑳。
葭菼揭揭㉑。
庶姜孽孽㉒,庶士有朅㉓。

【题解】

这是庄姜初嫁之诗。全诗四章。一章写她身材高大、服饰美盛以及出身高贵。二章写她美丽的容貌。诗中一连运用六个比喻,生动地刻画出她

108

的手、肤、颈、齿、额、眉的美态。尤其是描写她一笑现出的两个酒窝,加之美目流转,波光闪动,则更加妩媚动人。三章写结婚仪式。她在城郊整妆,然后乘坐华丽的车子进入卫宫。各位大夫早早退朝,为的是不使国君过于劳累。四章写送嫁的盛况。诗以黄河水势茫茫,象征送嫁的车队浩浩荡荡;诗以撒网捕得鲜活肥壮的大鱼,象征卫侯夫妇婚姻幸福,欢乐无疆;诗以高大茂密的翠竹青荻,象征随嫁的众多齐女亭亭玉立,送嫁的众多武士英武雄壮。此诗描写女性之美十分出色。二章描写庄姜容貌美丽,宛若一幅美人图。其中"巧笑倩兮,美目盼兮"二句,化静为动,尤为传神。此外,叠字运用也富于特色。四章七句中就有六句连用叠字,这不仅描摹极工,而且音韵和谐,气势生动,情趣洋溢。

【注释】

①硕:高大。颀(qí):长大的样子。

②褧(jiǒng):麻布外衣。

③齐侯:指齐庄公。

④卫侯:指卫庄公。

⑤东宫:指齐太子得臣。

⑥邢侯:邢国的君主。

⑦谭公:谭国的君主。私:指庄姜姊妹的丈夫。

⑧荑:初生茅芽。

⑨凝脂:凝固的脂膏。

⑩蝤蛴(qiú qí):天牛的幼虫。

⑪瓠犀(hù xī):瓠瓜的子。

⑫螓(qín):蝉的一种。螓首,形容女子额头广而方。蛾:蚕蛾。蛾眉,形容女子眉毛弯长而秀美。

⑬巧笑:轻巧俏丽的笑。倩(qiàn):笑时面颊上露出酒窝。

⑭盼:眼珠黑白分明。

⑮敖敖:长大的样子。

⑯朱幩(fén):以红绸缠马嚼作扇汗之用。镳镳(biāo):装饰美盛。

⑰翟茀(dí fú):饰有雉羽的彩车。

⑱活活(guō):流水声。

⑲施罛(gū):没网。濊濊(huò):鱼网入水声。

⑳鳣鲔(zhān wěi)：鲤鱼、鲟鱼。发发(bō)：鱼摆尾击水声。

㉑蒹葭(jiān jiā)：芦荻。揭揭：高出的样子。

㉒庶姜：随从的众多齐女。孽孽(niè)：盛饰的样子。

㉓庶士：随从的众多武士。朅(jiē)：威武的样子。

【汇评】

《左传·隐公三年》："卫庄公娶于齐东宫得臣之妹，曰庄姜，美而无子，卫人所为赋《硕人》也。"

《诗序》："《硕人》，闵庄姜也。庄公惑于嬖妾，使骄上僭。庄姜贤而不见答，终以无子，国人闵而忧之。"

汉刘向《列女传》："卫庄公夫人号曰庄姜。姜交好，始往，操行衰惰，有冶容之行、淫佚之心。傅母见其妇道不正，谕之曰：'子之家世世尊荣，当为民法则。子之质聪达于事，当为人表式。仪貌壮丽，不可不自修整。衣锦绷裳，饰在舆马，是不贵德也。'乃作诗曰：'……'。"

宋朱熹《诗集传》："首章极称其族类之贵，以见其为正嫡小君，所宜亲厚，而重叹庄公之昏惑也。""（二章）言其容貌之美。""（三章）言庄姜自齐来嫁，舍止近郊，乘是车马之盛，以入君之朝。国人乐得以为庄公之配，故谓诸大夫朝于君者宜早退，无使君劳于政事，不得与夫人相亲，而叹今之不然也。""（末章）言齐地广饶，而夫人之来，士女佼好，礼仪盛备如此。亦首章之意也。"

清方玉润《诗经原始》："《硕人》，颂卫庄姜美而贤也。……诗盖咏其新昏时耳。"

清姚际恒《诗经通论》："小序谓'闵庄姜'。诗中无闵意，此徒以庄姜后事论耳。安知庄姜初嫁时何尝不盛，何尝不美！又安知庄公何尝不相得而谓之闵乎？……《伪传》曰：'卫庄公取于齐，国人美之，赋《硕人》。'孙文融亦曰：'此当是庄姜初至卫时，国人美之而作者。'所见皆与予合。"

清崔述《读风偶识》："此篇凡四章：首章言其贵，次章言其美，三章言其婚盛，四章言其媵众。毫不见有刺庄公之意。"

袁梅《诗经今注》："卫庄公娶齐庄公的女儿庄姜为妻。当她出嫁初到卫国的时候，卫人唱出这个歌来赞扬她的美丽华贵。"

氓

氓之蚩蚩①，抱布贸丝②。
匪来贸丝，来即我谋③。
送子涉淇，至于顿丘④。
匪我愆期⑤，子无良媒。
将子无怒⑥，秋以为期。

乘彼垝垣⑦，以望复关⑧。
不见复关，泣涕涟涟⑨。
既见复关，载笑载言。
尔卜尔筮⑩，体无咎言⑪。
以尔车来，以我贿迁⑫。

桑之未落，其叶沃若⑬。
于嗟鸠兮，无食桑葚⑭。
于嗟女兮，无与士耽⑮。
士之耽兮，犹可说也⑯。
女之耽兮，不可说也。

桑之落矣，其黄而陨⑰。
自我徂尔⑱，三岁食贫⑲。
淇水汤汤⑳，渐车帷裳㉑。
女也不爽㉒，士贰其行㉓。
士也罔极㉔，二三其德㉕。

三岁为妇，靡室劳矣㉖。

夙兴夜寐,靡有朝矣㉗。
言既遂矣㉘,至于暴矣。
兄弟不知,咥其笑矣㉙。
静言思之,躬自悼矣㉚。

及尔偕老,老使我怨。
淇则有岸,隰则有泮㉛。
总角之宴㉜,言笑晏晏㉝。
信誓旦旦㉞,不思其反㉟。
反是不思㊱,亦已焉哉㊲。

【题解】

这是弃妇之诗。全诗六章。一章写甜蜜恋爱。二章写如期结婚。三章写自陷情网。四章写被弃之因。五章写受夫虐待。六章写痛苦决绝。此诗以弃妇的口吻,讲述了一个哀婉动人的婚姻悲剧故事。这位女子因是始爱终弃,故诗人从两人的恋爱、订婚、结婚一直写到男子变心自己被弃,故事情节比较完整而复杂。诗中的女子性格坚强,她一旦意识到丈夫已经变心,便决心不再回想,并与之一刀两断。更可贵的是,她还总结出这样深刻的教训:"于嗟女兮,无与士耽。士之耽兮,犹可说也。女之耽兮,不可说也。"这是多么沉痛又令人悲伤的心声啊!

【注释】

①氓(méng):民。此指女子的丈夫。蚩蚩(chī):嬉笑的样子。
②布:布匹。一说古人以布匹为货币。贸:购买。
③即:就。
④顿丘:地名。
⑤愆(qiān)期:拖延婚期。
⑥将:请。怒:性急。
⑦垝垣(guǐ yuán):断墙。
⑧复关:地名。氓所居之地。此代氓。

⑨涟涟:泪流不断的样子。

⑩卜:用龟甲占卜。筮(shì):用蓍草占卜。

⑪体:卜辞,卜象。无咎言:无凶辞。

⑫贿:指嫁妆。

⑬沃若:光泽的样子。

⑭桑葚(shèn):桑枣。

⑮耽(dān):沉溺,迷恋。

⑯说:通"脱"。解脱。

⑰陨(yǔn):坠落。

⑱徂(cú):往,出嫁。

⑲食贫:过贫苦的生活。

⑳汤汤(shāng):水盛的样子。

㉑渐:浸湿。帷裳:车的布幔。

㉒爽:差错。

㉓贰:不专一。

㉔罔极:没有准则。

㉕二三其德:三心二意,反复无常。

㉖靡室劳:不仅是室内劳动。

㉗靡有朝:不止一天。

㉘遂:心愿得到满足。

㉙咥(xì):大笑的样子。

㉚躬:自己。悼:悲伤。

㉛泮:通"畔"。水边。

㉜总角:束发。指童年。宴:欢乐。

㉝晏晏:温和。

㉞信誓:发誓。信,通"申"。旦旦:诚恳。

㉟反:违反。

㊱不思:不念旧情。

㊲已:罢了。焉哉:语气词。

【汇评】

《诗序》:"《氓》,刺时也。宣公之时,礼义消亡,淫风大行,男女无别,遂

113

相奔诱，华落色衰，复相弃背。或乃困而自悔，丧其妃偶，故序其事以风焉。美反正，刺淫泆也。"

宋朱熹《诗序辨说》："此非刺诗。宣公未有考，故'序其事'以下亦非是。其曰'美反正'者，尤无理。"

宋朱熹《诗集传》："此淫妇为人所弃，而自叙其事以道其悔恨之意也。"

清方玉润《诗经原始》："《氓》，为弃妇作也。……女殆痴于情焉者耳。故其自叹，则以桑之荣落喻色之盛衰，以见氓之所重在色不在情。已又未免为情所累，以至一误再误，至于不可说。转欲援情以自戒，则其情愈可矜已。李白诗云：'以色事他人，能得几时好！'况所事者又蚩蚩氓乎！……此女始终总为情误，固非私奔失节者比。"

明朱朝瑛《读诗略记》："按此诗皆寓言也。枉己以徇人者，必有斥辱之患，故借弃妇以深儆之。"

余冠英《诗经选译》："一个离了婚的女子诉述她的错误的爱情，不幸的婚姻，她的悔，她的恨和她的决绝。"

高亨《诗经今注》："这首诗的主人是一个劳动妇女。她的丈夫原是农民。他们由恋爱而结婚，过了几年穷苦的日子，以后家境逐渐宽裕。到她年老色衰的时候，竟被她的丈夫遗弃。诗的主要内容是回忆已往、诅咒现在、怨恨丈夫、慨叹自己的遭遇。"

竹 竿

籊籊竹竿①，以钓于淇。
岂不尔思？远莫致之②。

泉源在左③，淇水在右。
女子有行，远兄弟父母。

淇水在右，泉源在左。
巧笑之瑳④，佩玉之傩⑤。

淇水滺滺⑥,桧楫松舟⑦。

驾言出游,以写我忧⑧。

【题解】

这是男子失恋之诗。全诗四章。一章以垂钓于淇兴比往日的恋事。男子遥对女子说:难道我不想你吗? 只是两地相距遥远,不能前往相见。二章说:百泉在左边,淇水在右边。这里正是他俩昔日游赏之地。如今她已出嫁,远离了父母兄弟,岂不令人触景伤情。三章说:淇水在右边,百泉在左边。这次他旧地重游,眼前又仿佛浮现出她那轻巧的笑容,多姿的情影。四章说:淇水悠悠不停地流,似乎又在同她荡桨划舟。然而现在这只是一个梦。万般无奈,他只好驾车出游,借以排遣内心的忧愁。此诗叙事抒情含而不露,意境优美,做到了情景交融,令人读后觉得情味别致,余意无穷。

【注释】

①籊籊(tī):细长的样子。

②致:达到。

③泉源:水名。即百泉。

④瑳(cuō):笑时露齿的样子。

⑤傩(nuó):行有节度。

⑥滺滺:水流的样子。

⑦桧(guì)楫:桧木制的桨。

⑧写:同"泻"。消除。

【汇评】

《诗序》:"《竹竿》,卫女思归也。适异国而不见答,思而能以礼者也。"

宋朱熹《诗序辨说》:"未有不见答之意。"

宋朱熹《诗集传》:"卫女嫁于诸侯,思归宁而不可得,故作此诗。"

明丰坊《子贡诗传》:"宋桓姬之媵和其小君之赋,赋《竹竿》。"

清姚际恒《诗经通论》:"小序谓'卫女思归',是。……此或许穆夫人之媵——亦卫女——而思归,和其嫡夫人之作。"

清方玉润《诗经原始》:"小序谓'卫女思归',大序增以'不见答';何氏楷则谓《泉水》及此篇皆许穆夫人作；姚氏际恒以其语多重复，非一人笔，疑为媵和夫人之词。均未尝细味诗辞也。《载驰》《泉水》与此篇虽皆思卫之作，一则遭乱以思归，一则无端而念旧，词意迥乎不同。此不惟非许穆夫人作，亦无所谓不见答意。盖其局度雍容，音节圆畅，而造语之工，风致嫣然，自足以擅美一时，不必定求其人以实之也。”

闻一多《风诗类抄》："女子出适，失恋者见而自伤也。"

高亨《诗经今注》："卫国一个贵族妇人离开父母家很远，不能回去探问，因作此诗。"

袁梅《诗经译注》："一个女子备受思夫之苦，思绪万千，如白云流水悠忽远逝。"

孙作云《诗经与周代社会研究·诗经恋歌发微》："《卫风·竹竿》是一位失恋男子之作。……他当初和这位女子恋爱，也就在这淇水边。那时候他们相亲相爱，言笑晏晏，是何等的快乐！后来，这位女子出嫁了。这次，他又来到淇水，山川依旧，人物都非，因此他只好'驾言出游，以写我忧'了！"

芄 兰

芄兰之支①，童子佩觽②。
虽则佩觽，能不我知③？
容兮遂兮④，垂带悸兮⑤。

芄兰之叶，童子佩韘⑥。
虽则佩韘，能不我甲⑦？
容兮遂兮，垂带悸兮。

【题解】

这是少女埋怨少男之诗。全诗二章。诗以芄兰的枝叶幼嫩，兴比这位少男还很幼稚。他虽然佩戴了锥子和扳指，俨然像个大人样，但是他竟然不爱恋我，竟然不亲昵我，真够轻狂与懵懂。看他容仪美盛，下垂的带子在抖动，这又勾起了少女的思念之情。诗以少女的口吻道来，显得别有风趣。

【注释】

①芄(wán)兰：一种草本蔓生植物。支：通"枝"。

②觿(xī)：用象牙或兽骨制成的饰物。形状似锥。

③能：乃，竟。知：爱恋。

④容：容仪。遂：美盛。

⑤悸：衣带下垂轻轻抖动的样子。

⑥韘(shè)：扳指。射箭时戴在右手大拇指上用以钩弦的象骨套。

⑦甲：通"狎"。亲昵。

【汇评】

《诗序》："《芄兰》，刺惠公也。骄而无礼，大夫刺之。"

汉刘向《说苑·修文》："故君子衣服中而容貌得，接其服而象其德，故望玉貌而行能有所定矣。诗曰：'芄兰之枝……'说行能者也。"

宋朱熹《诗集传》："此诗不知所谓，不敢强解。"

宋朱熹《诗序辨说》："此诗不可考，当阙。"

吴闿生《诗义会通》："案：此诗难解者，独'能不我知''能不我甲'二语耳。详诗意，谓其君虽则佩觿，而实不足自知。我者，我其君也。故《传》以为'不自谓无知，以骄慢人'。……'不我狎'即'不我知'，变词以协韵耳。王怀祖以'能'为语词，最是。能，犹曾也。乃也。……钱澄之引刘向曰：'能治烦决乱者，佩觿。能射御者，佩韘。觿所以解结，以象智也。智不足，则虚佩觿矣。韘所以发矢，以象武也。武不足，则虚佩韘矣。'盖得诗指。"

高亨《诗经今注》："周代统治阶级有男子早婚的习惯。这是一个成年的女子嫁给约十二三岁的儿童，因作此诗表示不满。"

袁梅《诗经译注》："这个女子私爱的青年将和别人成婚，她心中交织着爱与恨。她先是大胆地提出质问，后又挖苦那青年：'休在我面前装假斯文！'娇憨之态可掬。"

蒋立甫《诗经选注》："这是一首很有趣的短小情诗。写一位姑娘有意于一位小伙子，他们本是青梅竹马，两小无猜。可是当男的成人以后，不知什么原因，也许是不好意思吧，小伙子渐渐和她疏远了，甚至碰面也装着不

117

认识,大摇大摆地走过去。姑娘瞧见他那样子,又好笑又好气,心里想:你长大了,就不认识我啦,瞧你那假正经的样子!"

袁愈荌《诗经全译》:"人民对统治者骄横幼稚、装腔作势、不称其服的讽刺。"

程俊英《诗经译注》:"这是人民讽刺贵族童子的诗。这位童子,徒有佩觿、佩韘的外表装饰,惯于摆出贵族的架势,实际是一个幼稚无能的纨袴子弟。"

河　广

谁谓河广?一苇杭之①。
谁谓宋远?跂予望之②。

谁谓河广?曾不容刀③。
谁谓宋远?曾不崇朝④。

【题解】

这是思乡之诗。全诗二章。此人想必是一个流浪者。他是宋国人,长期侨居卫国。由于思乡心切,于是唱出了这首悲歌。谁说黄河宽广?一叶扁舟就可以横渡过去。谁说宋国遥远?只要跂起脚尖就可以望见。谁说黄河宽广?竟然容不下一只小船。谁说宋国遥远,一个早上就可以回到家园。黄河波涛翻滚,这能说不宽?所谓"一苇杭之"、"曾不容刀",只是极力夸张黄河狭窄。宋国千里迢迢,这能说不远?所谓"跂予望之"、"曾不崇朝",只是极力夸张宋国很近。此诗不写难归,反而极言其易,正是为了反衬其难,发人深思。

【注释】

①苇:扁舟。杭:通"航"。渡。
②跂(qǐ):踮起脚尖。予:而。
③曾:副词。竟。刀:同"舠"。小船。

118

④崇朝:一个早上。

【汇评】

《诗序》:"《河广》,宋襄公母归于卫,思而不止,故作是诗也。"

唐孔颖达《毛诗正义》:"《河广》诗者,宋襄公母本为夫所出而归于卫,及襄公即位,思欲向宋而不能止,以义不可往,故作《河广》之诗以自止也。"

明丰坊《子贡诗传》:"宋桓姬归于卫,思襄公,赋《河广》。"

清陈奂《诗毛氏传疏》(以下简称《传疏》):"宋襄公母归于卫,其义与宋当绝。……当时卫有狄人之难,宋襄母归在卫,见其宗国颠覆,君灭国破,忧思不已。故篇内皆叙其望宋渡河救卫,辞甚急也。未几而宋桓公逆诸河,立戴公以处曹。则此诗之作自在逆河之前。《河广》作,而宋立戴公矣;《载驰》赋,而齐立文公矣。《载驰》许诗,《河广》宋诗,而系列于庸卫之风,以二夫人于宗国皆有存亡继绝之思,故录之。"

吴闿生《诗义会通》:"以《河广》与《载驰》同恉,虽无确证,其说亦佳。然此诗即为思子而作,发情止义,其词亦至工,固孔子之所宜取也。"

余冠英《诗经选译》:"这是宋国人侨居卫国者思乡之作。诗中只说黄河不广,宋国不远,而盼望的意思见于言外。"

袁梅《诗经译注》:"这是流浪在卫国的宋人所唱的思乡曲。"

陈子展《诗经直解》:"《河广》一诗,当为流行卫、宋民间,言两国相去不远、水陆密迩之歌谣,无他要义。"

伯 兮

伯兮朅兮①,邦之杰兮。
伯也执殳②,为王前驱③。

自伯之东④,首如飞蓬⑤。
岂无膏沐⑥,谁适为容⑦?

其雨其雨,杲杲出日⑧。

愿言思伯^⑨,甘心首疾^⑩。

焉得谖草^⑪？言树之背^⑫。

愿言思伯,使我心痗^⑬。

【题解】

这是征妇之诗。全诗四章。一章写丈夫奉命出征。她的丈夫非常勇武,而且是卫国的俊杰。他手持武器,威风凛凛,站在队伍的前列,为国君担当先锋。二章写妇人刻骨思念。自从丈夫出征东方,她的头发乱如飞蓬。难道是没有发油洗头？是因为丈夫不在身边,为谁而修容打扮？三章写妇人盼夫早归。下雨吧,下雨吧,可是偏偏升起一轮红日。诗以此兴比妇人原本盼夫早归,然而至今杳无音信。每当她思念丈夫,便觉得心苦而头痛。四章写妇人忧思难除。哪里可得到忘忧草？把它种在北堂上。每当她思念丈夫,就使她心头疼痛。此诗取材典型。诗中写妇人无心修容的细节,就具有代表性和概括性。比喻也很新奇。诗以"飞蓬"比喻妇人头发纷乱,以"其雨"而"出日"比喻妇人盼夫而不归,就非常生动而贴切。

【注释】

①朅(jié):勇武的样子。

②殳(shū):似矛的兵器。

③王:指国君。前驱:先锋。

④之:往。

⑤首:代指头发。

⑥膏:油脂。此指润发油。沐:洗头。

⑦谁适为:即"为谁适"的倒序。适,语助词。容:修容打扮。

⑧杲杲(gǎo):明亮。

⑨愿:每。

⑩首疾:头痛。

⑪焉得:怎么得到。谖(xuān)草:又名萱草。忘忧草。

⑫树:栽种。背:北堂。

⑬痗(mèi):病。

【汇评】

《诗序》:"《伯兮》,刺时也。言君子行役,为王前驱,过时而不反焉。"

宋朱熹《诗序辨说》:"旧说以诗有'为王前驱'之文,遂以此为《春秋》所书'从王伐郑'之事,然诗又言'自伯之东',则郑在卫西,不得为此行矣!"

宋朱熹《诗集传》:"妇人以夫久从征役而作是诗。"

清姚际恒《诗经通论》:"小序谓'刺时',混。郑氏曰:'卫宣公之时,蔡人、卫人、陈人从王伐郑,桓五年经也。'此说是。何也? 据诗,'王'字也。不然,卫人何以为王前驱乎?'自伯之东',从王而东也。郑在王国之东。"

清方玉润《诗经原始》:"此诗不特为妇人思夫之词,且寄远作也。观次章辞意可见。"

吴闿生《诗义会通》:"春秋事《左传》不载者甚多,何必定指一事为证。要之,诗义重在征役之困,见在上者之不恤民。义不系乎从王。究为何役,经传本无明文,可毋庸深论也。"

陆侃如《中国诗史》:"《伯兮》的女子因夫出征,竟至不施膏沐,首如飞蓬。此即司马迁'女为悦己者容'的意思。亦是别诗中之别开生面者。"

余冠英《诗经选译》:"一个女子思念从军远征的丈夫。她想象丈夫执殳前驱,气概英武,颇有一些骄傲之感,但别后刻骨的相思却是够受的。"

袁梅《诗经译注》:"这是一位爱国妇女所唱的思夫曲。她为金戈铁马、英勇卫国的丈夫而自豪,但又被无尽的思念所折磨。"

有　狐

有狐绥绥①,在彼淇梁②。
心之忧矣,之子无裳。

有狐绥绥,在彼淇厉③。
心之忧矣,之子无带。

有狐绥绥,在彼淇侧。
心之忧矣,之子无服。

这是青年男女求偶之诗。全诗三章。诗以"有狐"在石桥、在渡口、在水边徘徊,兴比男子正在求偶。这个男子因为太穷,虽四处寻觅,但至今尚未如愿。可是这个女子却对他很有情意。看见他既无衣裳,又无衣带,她心里充满忧伤。此诗婉转含蓄,富于情趣。这个女子不直说对男子关心与思念,而是托喻于狐;不明说愿意嫁给那男子,而只说"忧其无裳"。因而此诗显得诗意醇厚而又富于形象。

【注释】

①绥绥:求偶的样子。

②梁:石桥。

③厉:渡口。

【汇评】

《诗序》:"《有狐》,刺时也。卫之男女失时,丧其妃耦焉。古者国有凶荒,则杀礼而多昏,会男女之无家者,所以育人民也。"

宋朱熹《诗集传》:"国乱民散,丧其妃耦。有寡妇见鳏夫而欲嫁之,故托言有狐独行而忧其无裳也。"

明丰坊《子贡诗传》:"国乱民贫,君子伤之,赋《有狐》。"

清姚际恒《诗经通论》:"此诗是妇人以夫从役于外,而忧其无衣之作。自小序以'刺时'解,悉不可用。"

清方玉润《诗经原始》:"妇人忧夫久役无衣也。""夫曰'之子',则明明指其夫矣。曰'无裳'、'无带'、'无服',则明明忧其夫无裳、无带、无服矣。以有狐作比者,狐性善疑,虽曰在淇梁、淇厉、淇侧,而终迟疑不渡,故曰绥绥也。此必其夫久役在外,淹滞不归,或有所恋而忘返,故夫人忧之。"

吴闿生《诗义会通》:"鄙意'有狐绥绥',喻狄之入卫。'之子无裳',喻戴、文初立,资用之不给也。"

高亨《诗经今注》:"贫苦的妇人看到剥削者穿着华贵衣裳,在水边逍遥散步,而自己的丈夫光着身子在田野劳动,满怀忧愤,因作此诗。"

袁梅《诗经译注》:"一个年轻的寡妇爱上了一个青年,想嫁给他,但又被旧礼俗所束缚,难以如愿,使她愁苦不已。"

陈子展《诗经直解》:"《有狐》,民间旷男怨女之作。作者用女人语气,疑为男子嘲弄女人之词,当采自歌谣。"

　　孙作云《诗经与周代社会研究·诗经恋歌发微》:"这首歌是女子所唱,她把她想亲近的那位男子比作小狐狸。她说:小狐狸儿,你在淇水岸上徘徊什么呢?我心里正为你发愁,没有人给你缝衣裳呢!言外之意,我能给你缝衣裳呢!一种妞妮作态之状,宛如在目。"

木　瓜

投我以木瓜①,报之以琼琚②。
匪报也,永以为好也③。

投我以木桃④,报之以琼瑶⑤。
匪报也,永以为好也。

投我以木李⑥,报之以琼玖⑦。
匪报也,永以为好也。

【题解】

　　这是青年男女互赠礼物之诗。全诗三章。青年男女互赠礼物,作为定情的信物,以表永结同心之好。此诗为男子所唱。她送给我香甜的木瓜、新鲜的木桃、鲜美的李子,我用美丽的佩玉来回报。这不是什么回报,而是为了与她永远相好。须得说明的是,风诗的主题常在首章。二、三章写女子送给男子"木桃"、"木李",男子回赠女子"琼瑶"、"琼玖",只是为了便于吟唱的需要,而并不是说女子赠送男子三物,男子回赠女子三物。对此,不必过于拘泥。此诗语言珠圆玉润,音韵和谐,诗情精粹要约,便于吟诵。所以千古以来流传不衰。

【注释】

　　①投:赠送。木瓜:果类。
　　②报:回赠。琼:美丽。琚:佩玉。

③好:爱。

④木桃:桃子。

⑤瑶:玉。

⑥木李:李子。

⑦玖:黑玉。

【汇评】

《诗序》:"《木瓜》,美齐桓公也。卫国有狄人之败,出处于漕。齐桓公救而封之,遗之车马器服焉。卫人思之,欲厚报之,而作是诗也。"

宋朱熹《诗集传》:"言人有赠我以微物,我当报之以重宝,而忧未足以为报也,但欲其长以为好而不忘耳。疑亦男女相赠答之词。"

清方玉润《诗经原始》:"此诗本朋友寻常馈遗之词。"

吴闿生《诗义会通》:"顾广誉云:'齐桓之于卫,德至厚也。至厚者无可言。借施之薄者言之,谓人有薄施于我,虽厚以报之,犹若不足为报,而愿永以为好,而况德之至厚者乎?虽不及感恩一语,而感恩无已之意,毕见于言下。此诗之善言情也。'顾氏此言,善于阐发诗义者。"

闻一多《风诗类钞》:"《木瓜》,定情也。"

余冠英《诗经选》:"这是情人赠答的诗,作者似是男性。他说:她送我木瓜桃李,我用佩玉来报答。其实这点东西哪里就算报答呢,不过表示长久相爱的意思罢了。"

袁梅《诗经译注》:"一个男子正与钟爱的女子互赠信物以订同心之约。"

王 风

黍 离

彼黍离离①，彼稷之苗②。
行迈靡靡③，中心摇摇④。
知我者谓我心忧；
不知我者谓我何求。
悠悠苍天，此何人哉⑤！

彼黍离离，彼稷之穗。
行迈靡靡，中心如醉。
知我者谓我心忧；
不知我者谓我何求。
悠悠苍天，此何人哉！

彼黍离离，彼稷之实。
行迈靡靡，中心如噎⑥。
知我者谓我心忧；
不知我者谓我何求。
悠悠苍天，此何人哉！

【题解】

这是忧国之诗。西周末年，犬戎攻入镐京，周幽王被杀，西周从此灭亡。周平王在诸侯援助下迁都洛邑,建立了东周。周大夫行役途经宗周故都,看见宫殿毁坏,长满庄稼,不胜古今之慨。全诗三章。每章前二句写途中所见之景。小米长得整整齐齐,高粱已经出苗,高粱已经抽穗,高粱已经结果。诗人见此荒凉景象,心中充满凄凉之情。每章后六句写满腹忧国之情。诗人徘徊于西京旧址,心里恍惚不定,心里如同酒醉,喉中如同哽塞,久久不忍离去。他边走边想,了解自己的人说是因为内心忧伤,不了解自己的人说是在寻找什么。诗最后对天呼问:遥遥的苍天啊,这种结局究竟是何人造成的呢? 此诗每章开端借景抒情,景中含情;中间摹写忧心情态,极为传神;最后直呼苍天,含蓄蕴藉。

【注释】

①黍(shǔ):小米。离离:行列的样子。

②稷(jì):高粱。

③行迈:行走。靡靡:迟缓的样子。

④中心:心中。摇摇:心神不定。

⑤此何人:这是什么人。

⑥噎(yē):咽喉哽塞。

【汇评】

《诗序》:"《黍离》,闵宗周也。周大夫行役至于宗周,过故宗庙宫室,尽为禾黍。闵周室之颠覆,彷徨不忍去,而作是诗也。"

汉《新序・节士》:"卫宣公子寿,闵其兄伋之且见害,作忧思之诗,《黍离》是也。"

魏曹植《令鸟恶禽论》:"昔尹吉甫信后妻之谗,而杀孝子伯奇。其弟伯封求而不得,作《黍离》之诗。"

宋朱熹《诗集传》:"周既东迁,大夫行役至于宗周,过故宗庙宫室,尽为禾黍。闵周室之颠覆,彷徨不忍去,故赋其所见黍之离离与稷之苗,以兴行之靡靡,心之摇摇。既叹时人莫识己意,又伤所以致此者,果何人哉! 追怨之深也。"

清崔述《读风偶识》:"此诗乃未乱而预忧之;非已乱而追伤之也。……《黍离》忧周室之将陨,亦犹《园桃》忧魏国之将亡耳。"

清方玉润《诗经原始》:"闵宗周也。……周辙既东,无复西幸。文、武、成、康之旧,一旦灰烬,荡然无存。有心斯世者所为目击心伤,不能无慨于其际焉。……然当时情事,则必有难言焉者。故不得已而形诸歌咏,以寄其凄怆无已之心。"

吴闿生《诗义会通》:"今考诗词,壹似重有忧者。至三家异义,究宜何从,今无由断定之矣。"

余冠英《诗经选》:"《毛诗序》……在旧说之中最为通行,但从诗的本身体味,只见出这是一个流浪者诉忧之辞,是否有关周室播迁的事却很难说。所以'闵周'之说只可供参考而不必拘泥。"

蓝菊荪《诗经国风今译》"(本诗)可能是周大夫闵周之作,更可能是一位有正义感的爱国志士忧时忧国的怨战之作,痛恨战争的情绪也流露于节奏之间。"

君子于役

君子于役①,不知其期。
曷至哉②?鸡栖于埘③,
日之夕矣,羊牛下来。
君子于役,如之何勿思④!

君子于役,不日不月⑤。
曷其有佸⑥?鸡栖于桀⑦,
日之夕矣,羊牛下括⑧。
君子于役,苟无饥渴⑨!

【题解】

这是妇人思念征夫之诗。全诗二章。每章前三句写役期之久。丈夫在外服役,不知役期多长,何时才能回家乡?丈夫在外服役,不能用日月计算,何时才能回家团圆?每章中三句写黄昏之景。黄昏时分,落日的余晖

127

映照着山村。这时,鸡子已回了窝,羊牛已进了圈。这是妇人眼中之景,景中含情。鸡、羊、牛尚能按时回窝进圈,而自己的丈夫却久久不能回家。这黄昏之景与妇人盼夫不归的愁绪恰成鲜明的对比。每章末二句写思夫之切。丈夫在外服役这叫她怎能不思念? 丈夫在外服役,但愿他无饥无渴。这几句充分表达了妇人对丈夫的深切思念与无限关爱。

【注释】

①君子:指丈夫。于:语助词。役:服兵役或劳役。

②曷至:何时回。

③埘(shí):凿墙做成的鸡窝。

④如之何:怎么。

⑤不日不月:不能用日月计算。

⑥佸(huó):相会。

⑦桀:木栅栏的鸡舍。

⑧括:会聚。

⑨苟:尚,或许。

【汇评】

《诗序》:"《君子于役》,刺平王也。君子行役无期度,大夫思其危难以风焉。"

宋朱熹《诗集传》:"大夫久役于外,其室家思而赋之曰:君子行役,不知其反还之期,且今亦何所至哉? 鸡则栖于埘矣,日则夕矣,羊牛则下来矣。是则畜禽出入尚有旦暮之节,而行役之君子乃无休息之时。使我如何而不思也哉?"

清姚际恒《诗经通论》:"此妇人思夫行役之作。《伪说》谓'戍申者之妻所作',虽凿而亦略近。"

吴闿生《诗义会通》:"马其昶曰:'或是申甫之戍,大夫作此诗以刺王。其词托为室家之忧念,非室家所自为也。'调停《序》说,亦尚言之成理。"

闻一多《风诗类抄》:"怀人也。""不日不月,不可以日月计,兼以喻夫之未归。"

余冠英《诗经选》:"这诗写丈夫久戍,妻在家怀念之情。每当家禽和牛羊归来的时候便是她想念最切的时候。"

君子阳阳

君子阳阳^①,左执簧^②,
右招我由房^③。其乐只且^④!

君子陶陶^⑤,左执翿^⑥,
右招我由敖^⑦。其乐只且!

【题解】

这是乐师约友出游之诗。此诗当为乐师之友所唱。全诗二章。这位乐师喜气洋洋,他左手拿着笙簧和羽毛,右手招我一同去游逛,真是欢乐无疆! 此诗写乐师生活中的一个小镜头。

【注释】

①君子:指乐师。阳阳:喜洋洋。
②簧:乐器名。
③由房:通"游放"。游乐。
④只且:语气助词。
⑤陶陶:乐陶陶。
⑥翿(dào):鸟羽之类的舞具。
⑦由敖:通"游遨"。游玩。

【汇评】

《诗序》:"《君子阳阳》,闵周也。君子遭乱,相招为禄仕,全身远害而已。"

宋苏辙《诗集传》:"君子以贱为业,则其贵者不可居也。虽有贵位而君子不居,则周不可辅矣。此所以闵周也。"

宋朱熹《诗集传》:"此诗疑亦前篇妇人所作。盖其夫既归,不以行役为苦,而安于贫贱以自乐,其家人又识其意而深叹美之,皆可谓贤矣。"

伪《诗传》:"王好音,大夫风之,赋《君子阳阳》。"

《诗经通论》："大序谓'君子遭乱,相招为禄仕',此据'招'之一字为说,臆测也。《集传》谓'疑亦前篇妇人所作',此据'房'之一字为说,更鄙而稚。大抵乐必用诗,故作乐者亦作诗以摹写之。然其人其事不可考矣。"

《诗经原始》："贤者自乐仕于伶官也。"

《诗经今注》："这是写统治阶级奏乐跳舞的诗。"

《诗经译注》："这女子看到了身为舞师的爱人,聚首言欢,心花怒放,其乐无极。"

《诗经全译》："情人相约出游,感到乐趣无穷。"

扬之水

扬之水①,不流束薪②。
彼其之子③,不与我戍申④。
怀哉怀哉,曷月予还归哉⑤?

扬之水,不流束楚⑥。
彼其之子,不与我戍甫⑦。
怀哉怀哉,曷月予还归哉?

扬之水,不流束蒲⑧。
彼其之子,不与我戍许⑨。
怀哉怀哉,曷月予还归哉?

【题解】

这是征夫思妻之诗。全诗三章。每章前四句写戍卒与妻分离。激扬之水,不能流走"束薪"、"束楚"、"束蒲"。这可能是当时的俗语,隐喻夫妻间阻,不能团圆。所以诗接着说:那家中的妻子不能与我一同"戍申"、"戍甫"、"戍许"。这"申"、"甫"、"许"虽确有其国,但不必理解为这个戍卒转徙三地。这样写,只是为了重章换韵的需要。每章末二句写戍卒急盼归家。

这个戍卒远离亲人,长期驻守,深感孤寂。他深深地叹息道:思念啊,思念啊,我何时才能返回家乡与亲人团聚呢? 这说明战争给人民带来的痛苦是多么深重!

【注释】

①扬:激扬。

②束:捆。薪:柴。

③彼其之子:那个女子。此指戍卒之妻。

④戍:驻守。申:国名。姜姓。周平王的母家。在今河南唐河县境。

⑤曷:何。

⑥楚:荆条。

⑦甫:国名。即吕国。姜姓。在今河南南阳市境。

⑧蒲:蒲柳。

⑨许:国名。姜姓。在今河南许昌。

【汇评】

《诗序》:"《扬之水》,刺平王也。不抚其民,而远屯戍于母家,周人怨思焉。"

宋朱熹《诗集传》:"平王以申国近楚,数被侵伐,故遣畿内之民戍之。而戍者怨思,作此诗也。"

宋欧阳修《诗本义》:"激扬之水,其力弱不能流移束薪。犹东周政衰,不能号发诸侯,独使周人远戍,久而不能代耳。'彼其之子',周人谓其他诸侯国人之当戍者。'曷月予还归哉',久而不能代也。"

清姚际恒《诗经通论》:"申侯为平王母舅,甫、许则非。安得实指为平王及谓戍母家乎?……'彼其之子',郑氏谓'处乡里者',欧阳氏谓'国人怨诸侯不戍申',皆可通。《集传》谓'指室家',则谬矣!"

闻一多《风诗类抄》:"戍士思归也。"

袁愈荌《诗经全译》:"周平王母家申国邻楚,数被侵伐。因遣戍守申,使人民家室离散,国人作诗讽之。"

陈子展《诗经直解》:"《扬之水》,周平王遣戍于母家申国之士卒所作。诗义自明。当采自歌谣。……序与诗与史(《史记·周本纪》)皆合。"

中谷有蓷

中谷有蓷①,暵其干矣②。
有女仳离③,嘅其叹矣④。
嘅其叹矣,遇人之艰难矣⑤。

中谷有蓷,暵其脩矣⑥。
有女仳离,条其歗矣⑦。
条其歗矣,遇人之不淑矣⑧。
中谷有蓷,暵其湿矣⑨。

有女仳离,啜其泣矣⑩。
啜其泣矣,何嗟及矣⑪!

【题解】

　　这是弃妇之诗。全诗三章。每章首二句为兴体。诗以山中益母草之枯萎,兴比妇人被弃的不幸遭遇。每章中二句写妇人怨恨之情。妇人被弃,悲叹不已。首章言"叹",二章言"歗",三章言"泣",妇人怨恨一节急似一节。这表明妇人的情感随着诗意的推进而愈益强烈。每章末三句写妇人被弃之因。一章"遇人之艰难"是突出识人之难。二章"遇人之不淑"是突出男子缺德。三章"嗟何及"是突出追悔莫及。诗人把弃妇的遭遇仅仅归结为错嫁的偶然的原因,而没有认识到这是男尊女卑的不合理社会造成的,这是时代的局限。

【注释】

　　①蓷(tuī):益母草。

　　②暵(hàn):干枯。

　　③仳(pǐ)离:分离。特指妻子被弃。

④嘅(kǎi):叹息的样子。

⑤艰难:指识人不易。

⑥脩:干枯。

⑦条:长。歗(xiào):同"啸",叹息。

⑧淑:善。

⑨湿:通"㬤"。干枯。

⑩啜(chuò):哭泣的样子。

⑪何嗟及:即"嗟何及"。悲叹已经来不及。

【汇评】

《诗序》:"《中谷有蓷》,闵周也。夫妇日以衰薄,凶年饥馑,室家相弃耳。"

宋朱熹《诗集传》:"凶年饥馑,室家相弃。妇人览物起兴,而自述其悲叹之词也。"

清姚际恒《诗经通论》:"此诗闵妇人遭饥馑而作,故云'有女'。《集传》谓妇人自作,绝不类。"

清方玉润《诗经原始》:"闵嫠妇也。"

高亨《诗经今注》:"妇人被丈夫遗弃,作此诗以自悼,或是有人作此诗以悼之。"

袁愈荌《诗经全译》:"写凶年饥馑,室家相弃,弃妇无告的悲苦。"

蓝菊荪《诗经国风今译》:"这是妇人自悲身世之作。丈夫行役,灾患频仍,弄得求死不能,求生不得。……要说是闵周,那又是转了大弯子了。"

蒋立甫《诗经选注》:"这首诗是悲叹一个女子被遗弃后孤苦无告。……首章说识人之难,次章说嫁了个坏人,末章说追悔无及。"

兔　爰

有兔爰爰①,雉离于罗②。

我生之初,尚无为③。

我生之后,逢此百罹④。

133

尚寐无吪⑤！

有兔爰爰，雉离于罦⑥。
我生之初，尚无造⑦。
我生之后，逢此百忧。
尚寐无觉！

有兔爰爰，雉离于罿⑧。
我生之初，尚无庸⑨。
我生之后，逢此百凶。
尚寐无聪⑩！

【题解】

这是百姓苦于劳役而思死之诗。全诗三章。每章首二句为兴体。形象鲜明，寓意深刻，发人深思。诗以狡兔逍遥自在，兴比统治者骄奢淫逸；诗以野鸡陷入罗网，兴比老百姓惨遭不幸。每章中三句写怀旧情绪。这是一个动荡而黑暗的时代，百姓在苦难中挣扎呻吟。面对这一切，诗人心里便产生一种怀旧的情绪。他感叹道：往日天下还算无事，可如今却遭到多种忧患。思前想后，这怎么不令人悲伤。每章末句写厌世思死。他继而一想，即使愁思满怀，这又有何用？还不如酣然长睡，不要动，不要醒，不要听。说白了，逃脱苦难的方法只有一条：唯有一死。这是多么令人寒心的事啊！

【注释】

①爰爰（yuǎn）：逍遥自在的样子。

②雉（zhì）：野鸡。离：遭到。罗：网。

③为：指徭役。

④百罹（lí）：多种忧患。

⑤吪（é）：动。

⑥罦（fú）：带有机轮的罗网。古名覆车。

⑦造：义同"为"。

⑧罿(chōng)：捕鸟的网。

⑨庸：劳役。

⑩聪：听觉。

【汇评】

《诗序》："《兔爰》，闵周也。桓王失信，诸侯背叛，构怨连祸，王师伤败，君子不乐其生焉。"

宋朱熹《诗集传》："周室衰微，诸侯背叛，君子不乐其生，而作此诗。言张罗本以取兔，今兔狡得脱，而雉以耿介反离于罗。以比小人致乱，而以巧计幸免；君子无辜，而以忠直受祸也。为此诗者，盖犹及见西周之盛。故曰：方我生之初，天下尚无事；及我生之后，而逢时之多难如此。然既无如之何，则但庶几寐而不动以死耳。"

清姚际恒《诗经通论》："繻葛之战以前，周室尚无事；自是而桓、文迭兴，霸升王降，天下大乱矣。诗人以我生初、后为言，此诗史也。"

清方玉润《诗经原始》："所谓无吪、无觉、无聪者，亦不过不欲言、不欲见、不欲闻已耳。天下汹汹，时事日非。……以致贤者退处下位，不欲居高以听政。小人幸逃法网，反得肆志而横行，于是狡者脱而介者烹，奸者生而良者死，所谓百凶并见，百忧俱集时也。诗人不幸遭此乱离，不能不回忆生初犹及见西京盛世法制虽衰，纪纲未坏，其时尚幸无事也。迫东都既迁，而后桓、文继起，霸业频兴，王纲愈坠，天下乃从此多敌。彼梦苍苍，有如聋瞆，人又何言！不惟无言，且并不欲耳闻而目见之，故不如长睡不醒之为愈耳！迫至长睡不醒，一无闻见而思愈苦，古之伤心人能无为我同声一痛哭哉！"

闻一多《风诗类抄》："苦于劳役而思死也。"

余冠英《诗经选》："这诗是小民在徭役重压之下的痛苦呻吟。诗人觉得他从生到这世上来就落在统治者的罗网里，天天做牛马，处处是灾难，逃脱的办法唯有一死。"

高亨《诗经今注》："周王朝东迁以后，社会进入战争变乱的时代。……有的统治者失去爵位土地而没落。这首诗就是一个没落贵族的哀吟。"

马持盈《诗经今注今译》："这是乱世人民，自伤生命毫无保障，苦痛百端，而消极无聊，不乐其生之诗。"

葛藟

绵绵葛藟①，在河之浒②。
终远兄弟③，谓他人父④。
谓他人父，亦莫我顾⑤。

绵绵葛藟，在河之涘⑥。
终远兄弟，谓他人母。
谓他人母，亦莫我有⑦。

绵绵葛藟，在河之漘⑧。
终远兄弟，谓他人昆⑨。
谓他人昆，亦莫我闻⑩。

【题解】

　　这是流浪者自我悲叹之诗。全诗三章。每章首二句为兴体。诗以绕根而生的葛藤在那河边，反兴流浪者犹如水面浮萍四处漂泊。每章后四句写流浪生活。他为了生存，不得不远离兄弟，到处乞食。虽称他人为父、为母、为兄，但他人对自己并不照顾，并不亲爱，并不怜悯。不难想象，这个流浪者一定是每天都在忍饥挨饿。读罢此诗，真令人心酸。此诗语言质朴无华，情感真挚沉痛。它是流浪者出自肺腑的呼喊，也是对黑暗社会的控诉与抗争。诗人若不是亲身体验，不可能写得如此生动逼真、感人肺腑。

【注释】

①绵绵：长而不绝的样子。葛藟(lěi)：葛藤。
②浒：水边。
③终：既，已。

④谓:称呼。

⑤顾:照顾。

⑥涘(sì):水边。

⑦有:通"友"。友爱。

⑧漘(chún):水边。

⑨昆:兄。

⑩闻:通"问"。恤问。

【汇评】

《诗序》:"《葛藟》,王族刺平王也。周室道衰,弃其九族焉。"

宋朱熹《诗集传》:"世衰民散,有去其乡里家族而流离失所者,作此诗以自叹。言绵绵葛藟,则在河之浒矣,今乃终远兄弟,而谓他人为己父。已虽谓彼为父,而彼亦不我顾,则其穷也甚矣。"

清姚际恒《诗经通论》:"序必谓'刺平王弃其九族',甚无据。且如郑氏谓平王以他人之父为父,固觉突然。严氏为之解曰,'言王终远我兄弟者,谓父是他人之父乎? 不然,胡为不顾我也?'于'亦'字亦不协。不若以《集传》……,较可。"

清方玉润《诗经原始》:"民穷无所依也。"

吴闿生《诗义会通》:"《左氏传》称'葛藟犹能庇其本根,故君子以为比',正与序意相近。当为古义之仅存者。顾广誉谓:'葛藟,犹王室也。其本根以喻王,而枝叶以喻宗族。枝叶之茂,即根本茂之,而还以自庇其本根。王能敦厚其宗族,而王亦藉以安固,亦犹是尔。'诠诗意甚的。"

高亨《诗经今注》:"这是一首流浪他乡的乞人歌。"

袁愈荌《诗经全译》:"父母兄弟离散,流离失所,寄人篱下的青年痛苦的呼声。"

蒋立甫《诗经选注》:"这首是一个流浪者诉述自己流落他乡之苦的诗。他在行途中目睹葛藤环绕本根生长,不由得想到自己流离失所,与亲人隔绝。为了生活,他不得不在人家面前求爹告娘,而人家却不肯给一点照顾。"

采 葛

彼采葛兮^①,一日不见,
如三月兮!

彼采萧兮^②,一日不见,
如三秋兮^③!

彼采艾兮^④,一日不见,
如三岁兮!

【题解】

这是男子相思之诗。全诗三章。他所爱恋的那个女子,采葛去了,采萧去了,采艾去了。他一天不见面,好像分别了三个月,三个季度,三个年头。此诗抓住因离别相思而感觉时间特别久长这一典型心理,用率真的语言反复咏唱。时间由"三月"到"三秋",由"三秋"到"三岁",情感的发展也愈益浓烈。诗意单纯明朗而又情致绵长,是典型的民歌风调。"一日三秋"已成为一句成语,至今还经常为人们所运用。

【注释】

①彼:她。
②萧:香蒿。又名荻。
③三秋:三个季节。
④艾:菊科植物。制成艾绒,可以灸病。

【汇评】

宋朱熹《诗序》:"《采葛》,惧谗也。"

宋朱熹《诗序辨说》:"此淫奔之诗。其篇与《大车》相属,其事与采唐、采蓻、采麦相似,其词与《郑·子衿》正同。序说误矣。"

清姚际恒《诗经通论》:"小序谓'惧谗',无据。且谓'一日不见于君,便

如三月以至三岁',夫人君远处深宫,而人臣各有职事,不得常见君者多矣。必欲日日见君方免于谗,则人臣之不被谗者几何!岂为通论?《集传》谓'淫奔',尤可恨。即谓妇人思夫,亦奚不可,何必'淫奔'?然终非义之正,当作怀友之诗可也。"

清方玉润《诗经原始》:"怀友也。"

吴闿生《诗义会通》:"诗以采葛起兴,不类君臣之辞。或以《采苓》为比,彼诗明斥无信人言,此未有也。朱子以为淫奔,亦不足据。宜但据其词以为忆远之作耳。"

闻一多《风诗类抄》:"怀人也。采集皆女子事,此所怀者女,则怀之者男。"

高亨《诗经今注》:"这是一首劳动人民的恋歌,它写男子对于采葛、采萧、采艾的女子,怀着无限的热爱。"

余冠英《诗经选译》:"诗人想象他的心上人正在采葛或萧艾,虽然离开她才一天,这一天却抵得三月到三年那么长。"

陈子展《诗经直解》:"《采葛》,只是极言相思迫切一种情绪之比喻诗。徒具概念,羌无故实。"

大　车

大车槛槛①,毳衣如菼②。
岂不尔思,畏子不敢!

大车啍啍③,毳衣如璊④。
岂不尔思,畏子不奔!

穀则异室⑤,死则同穴⑥。
谓予不信⑦,有如皦日⑧。

【题解】

这是女子劝男子出奔之诗。全诗三章。一、二章写女子劝男子出奔。大车行进隆隆响,你身着毛衣颜色亮。难道我不把你想,只怕你出奔没胆量。诗言"畏子不敢"、"畏子不奔",正是为了激励男子鼓起勇气,冲破阻力,一同出奔异乡。三章写女子表白忠贞的爱情。咱俩活着不能成夫妻,死后也要同葬在一起。如说我的誓言不诚信,有日月可作证。诗中"穀则异室,死则同穴"是我国最早的爱情誓言。它鼓舞着后世青年为争取婚姻自由而斗争。

【注释】

①大车:牛车。槛槛:车行声。

②毳(cuì)衣:古代冕服。毛织衣。菼(tǎn):初生的芦荻,其色淡青。

③啍啍(tūn):车行声。

④璊(mún):红色的玉。

⑤穀:活着。

⑥穴:墓穴。

⑦谓:说。信:诚实。

⑧曒(jiǎo)日:白日。

【汇评】

《诗序》:"《大车》,刺周大夫也。礼义陵迟,男女淫奔。故陈古以刺今,大夫不能听男女之讼焉。"

汉刘向《列女传》:"夫人者,息君之夫人也。楚伐息破之,虏其君使守门,将娶其夫人而纳之于宫。楚王出游,夫人遂见息君,谓之曰:'人生要一死而已,何至自苦!妾无须臾而忘君也,终不以身更贰醮。生离于地上,何如死归于地下乎!'乃作诗曰:'穀则……曒日。'息君止之,夫人不听,遂自杀。息君亦自杀,同日俱死。"

宋朱熹《诗集传》:"周衰,大夫犹有能以刑政治其私邑者,故淫奔者畏而歌之如此。"

明丰坊《申培诗说》:"《大车》,周人从军,寓其室家之诗。赋也。"

清方玉润《诗经原始》:"周衰世乱,征伐不一。周人从军,迄无宁岁。恐此生永无团聚之期,故念其室家而与诀绝如此。然其情亦可惨矣。"

吴闿生《诗义会通》:"末章沈郁切至,杜公《三吏》《三别》所本。"

闻一多《风诗类抄》:"《列女传·贞顺篇》以为息夫人作,不可信。以为女子之辞则是。"

高亨《诗经今注》:"这首诗的主人公是个妇女。他们夫妻被迫离异。诗中写她和丈夫同车而行,她鼓励丈夫同她逃往别处,并自誓决不改嫁。"

蓝菊荪《诗经国风今译》:"仔细揣摩诗意,确实有位及笄的姑娘想出走去会晤她的情人的。为什么不敢出走? 就是怕的那位'大车槛槛'、'大车啍啍'、'毳衣如菼'、'毳衣如璊'的大夫的出巡而不敢冒犯,不敢出奔的。"

蒋立甫《诗经选注》:"这是一首表示爱情生死不渝的诗。似是一个姑娘爱上了一个驾大车的小伙子。……她坚定地要求情人和她一块逃走。也许是这个小伙子还在犹豫,因而她指日为证,向他表示愿同生死的决心。"

丘中有麻

丘中有麻,彼留子嗟①。
彼留子嗟,将其来施施②。

丘中有麦,彼留子国③。
彼留子国,将其来食④。

丘中有李,彼留之子。
彼留之子,贻我佩玖⑤。

【题解】

这是男女幽会之诗。全诗三章。幽会的地点是"丘中"。诗中的"留子嗟"、"留子国"、"留之子"并非三人,而实指一人。从诗意来看,是一位女子正在"丘中"等候情人前来幽会。全诗写了三个画面,画面与画面之间转换自然,能为读者提供想象的空间。一章写女子先来到丘中,她举目远眺,远远看见情人面带笑容朝自己走来。二章写男子来到她的身边，两人互倾情愫，亲热了一番。三章写两人将要分别，男子赠给她一个佩玖，以作为相爱的信物。可见,这的确是一首绝妙的爱情短诗。

【注释】

①留:通"刘"。姓。子嗟:人名。

②将:语气助词。施施:喜悦的样子。

③子国:人名。

④食:幽会合欢的隐语。

⑤贻(yí):赠。玖:美玉。

【汇评】

《诗序》:"《丘中有麻》,思贤也。庄王不明,贤人放逐,国人思之,而作是诗也。"

宋朱熹《诗序辨说》:"此亦淫奔者之词。其篇上属《大车》,而语意不庄,非望贤之意。序亦误矣。"

明丰坊《子贡诗传》:"留子贤而退隐,周人慕之,赋《丘中》。"

清方玉润《诗经原始》:"招贤偕隐也。"

吴闿生《诗义会通》:"管世铭曰:子嗟、子国,自是贤者之名。'将其来施'、'将其来食',与《杕杜》之饮食、《白驹》之縶维正同。小序思贤之说,不可废也。"

高亨《诗经今注》:"一个没落贵族因生活贫困,向有亲友关系的贵族刘氏求助,得到一点小惠,因作此诗述其事。"

袁梅《诗经译注》:"这个性格泼辣的女子,满怀痴情,热切盼望与爱人相会。她希望与所爱的人结为良缘。"

蓝菊荪《诗经国风今译》:"一位姑娘等待她的情人在山坡上麻林中,并且她还带了些点心,准备和情人谈心时一块儿吃的吧!"

陈子展《诗经直解》:"《丘中有麻》,指有麻及有麦有李之丘野,彼刘子嗟与刘子国,刘氏之子,祖孙父子三世耕种于其间,其人可思可敬已。"

郑　风

缁　衣

缁衣之宜兮^①,敝予又改为兮^②。
适子之馆兮^③,还予授子之粲兮^④。

缁衣之好兮^⑤,敝予又改造兮^⑥。
适子之馆兮,还予授子之粲兮。

缁衣之蓆兮^⑦,敝予又改作兮。
适子之馆兮,还予授子之粲兮。

【题解】

　　这是赞美郑武公好贤之诗。全诗三章。每章意思大体相同。黑色的衣服穿在身上是多么合身,多么美观,多么舒适,如果破旧了,我为你再做一套新的。你先到客舍去歇息,回来后我还要为你摆上精美的宴席。全诗反复吐露的是厚待贤士的一片殷勤之意。在古代,人们把《缁衣》当作好贤的代表作。如《礼记·缁衣》说:"好贤如《缁衣》,恶恶如《巷伯》。"这就明确地道出了《缁衣》的主题是"好贤"。

【注释】

　　①缁(zī)衣:黑色的衣服。宜:合身。

　　②敝:破旧。改为:再做。

　　③适:往,到。

　　④授:供给。粲:精米。

　　⑤好:合体。

143

⑥改造:义同"改为"。

⑦莆:宽大。

【汇评】

《礼记·缁衣》:"好贤如《缁衣》。"

《诗序》:"《缁衣》,美武公也。父子并为周司徒,善于其职,国人宜之。故美其德,以明有国善善之功焉。"

宋朱熹《诗集传》:"旧说郑桓公、武公相继为周司徒,善于其职,用人爱之,故作是诗,言子之服缁衣也甚宜,敝则我将为子更为之,且将适子之馆,既还而又授子以粲,言好之无已也。"

明丰坊《子贡诗传》:"郑武公养贤,而赋《缁衣》。子曰:于《缁衣》见好贤之至也。"

清姚际恒《诗经通论》:"序、传皆谓'国人美武公',《集传》、《诗缉》皆从之,无异说。自季明德始以为'武公好贤之诗',则'改衣'、'适馆'、'授粲'皆合。不然,此岂国人所宜施于君上者哉?说不去矣。何玄子又以为'武公有功周室,平王爱之而作此诗。'若是,第以其德己也,私也。岂得谓之好贤乎!"

高亨《诗经今注》:"郑国某一统治贵族遇有贤士来归,则为他安排馆舍、供给衣食,并亲自去看他。这首诗就是叙写此事。"

袁梅《诗经译注》:"这女歌者对爱人衣著的关怀体贴,正反映出她的一片至情。'适于之馆',难道仅是为了送件新衣吗?"

将仲子

将仲子兮①,无逾我里②,无折我树杞③。

岂敢爱之?畏我父母。

仲可怀也④,父母之言,亦可畏也。

将仲子兮,无逾我墙,无折我树桑。

岂敢爱之? 畏我诸兄。

仲可怀也,诸兄之言,亦可畏也。

将仲子兮,先逾我园⑤,无折我树檀⑥。

岂敢爱之? 畏人之多言。

仲可怀也,人之多言,亦可畏也。

【题解】

这是女子劝告男友之诗。全诗三章。诗中的女子性格柔弱。她的男友冒失地翻越院墙,前来与她幽会。面对男友的这一举动,她非常害怕。于是她劝告男友说:希望你今后不要翻越院墙,不要折断树枝。我岂敢爱惜这些小树,实在是害怕父母诸兄及外人发现。你虽然令人怀念,但是父母、诸兄及外人之言也很可怕。此诗表现的是一种矛盾的情思,一方面怀念男友仲子,另一方面又不赞同他越墙幽会的鲁莽做法。父母、诸兄的责难,社会舆论的压力,像一片乌云笼罩在她的心头。此诗将这种复杂的情感表现得恰到好处。它意脉婉转曲折,反复回环,显得真实自然而又蕴藉动人。

【注释】

①将(qiāng):请求,希望。仲子:男子名。

②逾:翻越。里:里墙。

③树杞(qǐ):杞树,杞柳。

④仲:仲子的省称。

⑤园:园墙。

⑥树檀(tán):檀树。

【汇评】

《诗序》:"《将仲子》,刺庄公也。不胜其母以害其弟,弟叔失道而公弗制,祭仲谏而公弗听,小不忍以致大乱焉。"

145

汉郑云《郑笺》："庄公之母谓武姜,生庄公及弟叔段。段好勇而无礼。公不早为之所而使骄慢。""祭仲骤谏,庄公不能用其言。故言请,固距之。'无踰我里',喻言无干我亲戚也;'无折我树杞',喻言无伤我兄弟也。"

宋郑樵《诗辨妄》："此实淫奔之诗,无与于庄公、叔段之事。"

宋朱熹《诗序辨说》："事见《春秋传》。然甫田郑氏谓此实淫奔之诗,无与于庄公、叔段之事。序盖失之。而说者又从而巧为之说,以实其事,误益甚矣。"

清姚际恒《诗经通论》："女子为此婉转之辞以谢男子,而以父母诸兄及人言为可畏,大有廉耻,又岂得为淫者哉!"

吴闿生《诗义会通》："此诗序以为'刺庄公'。……朱子易为男女赠答之辞,当矣,惟诗意乃拒绝强暴之词,则不得径目为淫奔耳。"

余冠英《诗经选》："这是写男女私情的诗。女劝男别爬过墙头到她的家里来,为的是怕父兄知道了不依,又怕别人说闲话。"

袁梅《诗经译注》："这个热情坦率的姑娘,切望与爱人幽情密约,却又惟恐别人觉察,交织着矛盾心理。"

叔于田

叔于田①,巷无居人。
岂无居人? 不如叔也,
洵美且仁②。

叔于狩,巷无饮酒。
岂无饮酒? 不如叔也,
洵美且好。

叔适野,巷无服马③。
岂无服马? 不如叔也,
洵美且武④。

【题解】

这是赞美猎人之诗。全诗三章。一章说:叔去野外打猎,闾巷之中便空无一人。难道是真的空无一人? 不是的,是因为其他人都不如叔俊美而温和。二章说:叔去野外打猎,闾巷之中便无饮酒之人。难道是真的无饮酒之人? 不是的,是因为其他人都不如叔俊美而豪爽。三章说:叔去野外打猎,闾巷之中便无驾车之人。难道是真的无驾车之人? 不是的,是因为其他人都不如叔俊美而勇武。诗以"巷无居人"、"巷无饮酒","巷无服马"极力形容叔的举止超凡出众。运用这种烘托法,比直接叙述或描写要高明得多。

【注释】

①叔:代称男子。田:打猎。

②洵(xún):副词。的确,实在。仁:指态度温和。

③服马:驾驭马车。

④武:刚健英武。

【汇评】

《诗序》:"《叔于田》,刺庄公也。叔处于京,缮甲治兵,以出于田,国人说而归之。"

宋朱熹《诗序辨说》:"国人之心贰于叔,而歌其田狩适野之事。初非以刺庄公,亦非说其出于田而后归之也。或曰:段以国君贵弟,受封大邑,有人民兵甲之众,不得出居闾巷、下杂民伍。此诗恐其民间男女相悦之词耳。"

宋朱熹《诗集传》:"段不义而得众,国人爱之,故作此诗。"

清姚际恒《诗经通论》:"小序谓'刺庄公',篇中绝无刺庄公之意。……《集传》……以为'不义得众,国人爱之而作'。按庄公于京,京人即叛叔,《左传》曰'京叛大叔段'是也。是必其多行不义,民久怨之,可知。乃云得众人爱,可乎?"

清崔述《读风偶识》:"大抵《毛诗》专事附会。仲与叔皆男子之字。郑国之人不啻数万,其字仲与叔者不知几何也。乃称叔即以为共叔,称仲即以为祭仲,情势之合与否皆不复问。然则郑有共叔,他人即不得复字叔,郑有祭仲,他人即不得复字仲乎?"

高亨《诗经今注》:"郑庄公的弟弟太叔段,勇敢有才能。庄公封他于京。他要进攻庄公,夺取统治宝座。庄公发兵讨伐。他战败后逃往别国。段的拥护者作此诗赞诔他。"

袁梅《诗经译注》:"这只歌表现了女子对爱人真纯的爱慕。在她心目中,只有'叔'一人是举世无双的。"

陈子展《诗经直解》:"《叔于田》,赞美猎人之歌。其人好饮酒乘马,方在盛年。其在当时社会明为武士,属于士之一阶层。"

大叔于田

叔于田①,乘乘马②。

执辔如组,两骖如舞③。

叔在薮④,火烈具举⑤。

袒裼暴虎⑥,献于公所。

将叔无狃⑦,戒其伤女!

叔于田,乘乘黄⑧。

两服上襄⑨,两骖雁行⑩。

叔在薮,火烈具扬。

叔善射忌,又良御忌。

抑磬控忌⑪,抑纵送忌⑫。

叔于田,乘乘鸨⑬。

两服齐首⑭,两骖如手。

叔在薮,火烈具阜⑮。

叔马慢忌,叔发罕忌。

抑释掤忌⑯,抑鬯弓忌⑰。

这也是赞美猎人之诗。《叔于田》与此诗是属于同一题材的姊妹篇。上篇重在抒情,概略抽象,单纯短小。此诗重在叙事,描写入微,辞藻繁富,篇幅较长。为了以示区别,故此篇名之为《大叔于田》。全诗三章。首章写大叔徒手搏虎。二章写大叔车上逐射。三章写大叔猎毕还归。此诗描写了大叔出猎的全过程。全诗用笔细腻,刻画入微,使读者仿佛可见大叔超绝的技艺和无畏的英姿。后世写田猎的诗赋,多受它的影响。

【注释】

①大叔:代称男子。

②乘(shèng)马:四匹马。

③两骖(cān):两旁驾车的马。

④薮(sǒu):草泽之地。

⑤具举:同时举起。

⑥袒裼(tǎn xī):赤膊。暴虎:空手搏虎。

⑦狃(niǔ):习以为常,粗心大意。

⑧黄:指黄马。

⑨两服:中间驾辕的两匹马。上襄:在前面驾车。

⑩雁行:像飞雁的行列。

⑪抑、忌:语助词。磬控:掌握马速,控制其快慢。磬:纵马驰骋。控:止马不前。

⑫纵送:开弓射箭。

⑬鸨(bǎo):黑白间杂的乌骢马。

⑭齐首:齐头并进。

⑮阜:火势旺盛。

⑯释掤(bīng):解下箭筒的盖子。

⑰鬯(chàng)弓:把弓装在囊中。

【汇评】

《诗序》:"《大叔于田》,刺庄公也。叔多才而好勇,不义而得众也。"

汉班固《汉书·匡衡传》:"郑伯好勇,而国人暴虎。"

宋朱熹《诗序辨说》:"此篇与上篇意同,非刺庄公也。"

宋朱熹《诗集传》:"盖叔多材好勇,而郑人爱之如此。""苏辙曰:二诗皆曰《叔于田》,故加大以别之。不知者乃以段有'大叔'之号,而读曰'泰',又加'大'于首章,失之矣。"

余冠英《诗经选》:"这诗赞美一个贵族勇猛善猎,精于射箭和御车。第一章写初猎搏虎,表现他的勇壮;第二章写驱车逐兽,表现他的善御;第三章写猎的收场,表现他的从容。"

高亨《诗经今注》:"这是太叔段的拥护者赞谀段打猎的诗。"

陈子展《诗经直解》:"《大叔于田》,亦为赞美猎人之歌。似是改写之《叔于田》,或是二者同出于一母题之歌谣。倘说诗题《大叔于田》,明大叔指京城太叔,即指共叔段;望文生义,说近可笑,而亦有趣。《叔于田》其人为闾巷之士,一人单猎;《大叔于田》其人为大夫一流人物,率众围猎,且与郑君亲近,故诗云'袒裼暴虎,献于公所'。顾亦无以证其必为叔段。"

清　人

清人在彭①,驷介旁旁②。
二矛重英③,河上乎翱翔。

清人在消④,驷介麃麃⑤。
二矛重乔⑥,河上乎逍遥。

清人在轴⑦,驷介陶陶⑧。
左旋右抽⑨,中军作好⑩。

【题解】

这是讽刺高克治军懈怠之诗。高克是郑国的大夫。此人贪财好利,与国君产生了矛盾。当时赤狄侵扰卫国,郑文公趁此机会,派高克率兵于黄河之滨戍守,以防备赤狄。后来赤狄退兵而去,郑文公不让高克班师回朝。年长日久,这支军队纪律涣散,有的开了小差,有的终日嬉游,最终导致崩溃瓦解。这可能就是此诗产生的历史背景。全诗三章。一、二章说:高克率领的军队驻守在彭地,驻守在消地,四匹披甲的战马显得格外强壮。然而全军将士都在河边逍遥游逛。三章说:高克率领的军队驻守在轴地,四匹披甲的战马显得格外清闲。此诗所展现的正是高克的军队溃散前的情状。

【注释】

①清人:指清地的军人。清,邑名。彭:地名。

②驷介:驾车的四马披甲。旁旁:强壮雄健。

③重英:数层红羽。

④消:地名。

⑤麃麃(biāo):威武的样子。

⑥重乔:数层鹬羽。乔,通"鹬"。

⑦轴:地名。

⑧陶陶:悠闲的样子。

⑨左旋:左转车。右抽:右抽刀。

⑩中军:古代三军为上军、中军、下军,这里以中军代指全军。作好:作乐。

【汇评】

《左传·闵公二年》:"郑人恶高克,使帅师次于河上,久而弗招,师溃而归,高克奔陈。郑人为之赋《清人》。"

《诗序》:"《清人》,刺文公也。高克好利而不顾其君,文公恶而欲远之,不能。使高克将兵,而御狄于境。陈其师旅,翱翔河上,久而不召,众散而归,高克奔陈。公子素恶高克进之不以礼,文公退之不以道,危国亡师之本,故作是诗也。"

宋朱熹《诗集传》:"郑文公恶高克,使将清邑之兵御狄于河上。久而不召,师散而归,郑人为之赋此诗。"

吴闿生《诗义会通》:"顾广誉云:《春秋》'弃师',史之法直而严;郑诗陈将溃,风之意微而婉。"

闻一多《风诗类抄》:"高克者,郑大夫也。文公恶而欲远之。适狄侵卫,卫在河北,郑在河南。文公恐其渡河来侵,乃使高克将兵境上以御之。

狄退,高克次师河上,久不见召。公子素忧之,而作是诗焉。"

高亨《诗经今注》:"狄人攻破卫国。郑文公憎恶他的大臣高克,以防备狄寇为名,命高克领兵驻扎黄河边上。经过很长时间,不调军队回来。士兵们整天无事,玩乐遨游,乃唱出这首歌,来讽刺统治者。"

蒋立甫《诗经选注》:"这首诗是描写郑国清邑的士兵军事训练的,赞扬其军容严整、战术精熟,充满着勇武的精神。"

羔 裘

羔裘如濡①,洵直且侯②。
彼其之子,舍命不渝③。

羔裘豹饰④,孔武有力⑤。
彼其之子,邦之司直⑥。

羔裘晏兮⑦,三英粲兮⑧。
彼其之子,邦之彦兮⑨。

【题解】

这是赞美正直大夫之诗。这位大夫身穿一件羊皮袍子。这件羊皮袍子显得润泽、平展而光洁。在羊皮袍子的袖口上饰以豹纹,袍上还缀以三缨,光彩闪耀。他忠于职守,坚贞不渝;他威武有力,主持正义;他秉公办事,才华出众。总之,这是一位有德有才有力的清官。但此人究竟是谁,则无法确指。

【注释】

①羔裘:羊皮袄。濡(rú):润泽。
②洵:的确。直:平展。侯:美。
③舍命:舍弃生命。不渝:不改变操守。
④豹饰:袖口上镶以豹皮。

⑤孔武:非常勇猛威武。

⑥邦:国家。司直:主持正直公道的人。

⑦晏:鲜美。

⑧三英:指皮衣上的装饰物。英,即"缨"。粲:鲜明艳丽。

⑨彦:杰出的美男子。

【汇评】

《诗序》:"《羔裘》,刺朝也。言古之君子,以风其朝焉。"

唐孔颖达《毛诗正义》:"庄公之朝无正直之臣,故作此诗,道古之在朝君子有德有力,故以风刺其今朝廷之人焉。经之所陈,皆古之君子之事也。此主刺朝廷之臣。朝无贤臣,是君之不明,亦所以刺君也。"

宋朱熹《诗序辨说》:"序以变风不应有美,故以此为言古以刺今之诗。今详诗意,恐未必然。且当时郑之大夫,如子皮子产之徒,岂无可以当此诗者? 但今不可考耳。"

宋朱熹《诗集传》:"言此羔裘润泽,毛顺而美,彼服此者当生死之际,又能以身居其所受之理而不可夺。盖美其大夫之词,然不知其所指矣。"

明丰坊《子贡诗传》:"子皮为政忠直文武。子产美之,赋《羔裘》。"

清姚际恒《诗经通论》:"此郑人美其大夫之诗,不知何指也。"

吴闿生《诗义会通》:"诗意陈古刺今,于义为长。若誉美当时,其义俭矣。……旧评云:通篇止思古,意在言外。"

高亨《诗经今注》:"这是赞诵贵族统治者的诗。"

袁梅《诗经译注》:"这是郑人美其大夫之诗。以羔裘之美托兴,颂美朝臣多为忠直敢谏、为国效死不渝的英士。"

陈子展《诗经直解》:"《羔裘》,陈古刺今,以讽在朝君臣不称其服之诗。"

遵大路

遵大路兮①,掺执子之祛兮②。

无我恶兮③,不寁故也④,

遵大路兮,掺执子之手兮。

无我魗兮⑤,不寁好也⑥。

【题解】

这是弃妇之诗。全诗二章。她沿着大路旁边,拉着丈夫的袖子,拉着丈夫的大手,苦苦地哀求道:不要嫌我丑,不要弃故旧。诗中虽听不到那男子的反应,但不难看出,那男子是执意要抛妻而去。这是一个不幸女子的痛苦的呼声。此诗用语简练传神。每章前二句写形,每章后二句写言,而那男子的薄情,女子的哀苦,无不从这寥寥数语中显现出来,使人如见其人,如闻其声。

【注释】

①遵:沿着。

②掺(shǎn)执:拉住。祛(qū):袖子。

③无我恶:即"无恶我",不要以为我丑。恶,丑。这里作意动。

④不寁(jié):不要立即断绝。故:故人。

⑤魗(chǒu):同"丑"。

⑥好:旧好。

【汇评】

《诗序》:"《遵大路》,思君子也。庄公失道,君子去之,国人思望焉。"

宋朱熹《诗集传》:"淫妇为人所弃,故于其去,揽其祛而留之曰:子无恶我而不留,故旧不可以遽绝也。宋玉赋有'遵大路兮揽子祛'之句,亦男女相悦之词也。"

元刘瑾《诗传通释》:"宋玉《登徒子好色赋》曰:郑、卫、溱、洧之间,群女出桑。臣观其丽者,因称诗曰:遵大路兮揽子祛,赠以芳华辞甚妙。《集传》援此为证者,盖宋玉去此诗之时未远,其所引用当得诗人之本旨。彼为男语女之词,犹此诗为女语男之词也。"

清姚际恒《诗经通论》:"此只是故旧于道左言情,相和好之辞。今不可考,不得强以事实之。"

高亨《诗经今注》:"这是一首恋歌。男子(或女子)请求女子(或男子)不要与他(或她)绝交。"

袁梅《诗经译注》:"这是一个多情而忠诚的女子对三心二意的丈夫的规劝。"

女曰鸡鸣

女曰"鸡鸣"。士曰"昧旦^①"。
"子兴视夜,明星有烂^②。"
"将翱将翔,弋凫与雁^③。"

"弋言加之^④,与子宜之^⑤。
宜言饮酒,与子偕老。
琴瑟在御^⑥,莫不静好^⑦。"

"知子之来之^⑧,杂佩以赠之^⑨。
知子之顺之^⑩,杂佩以问之^⑪。
知子之好之,杂佩以报之。"

【题解】

这是反映夫妻和美生活之诗。全诗三章。诗中写的是凌晨时猎人夫妻间一场精彩对话。妻子说:"鸡已叫了。"丈夫则说:"天刚破晓。"妻子又催促说:"你起来看看夜空,启明星已经很亮了。"丈夫接着说:"我就起来,到四处去游猎,射那野鸭和大雁。"妻子听罢,便温情脉脉地说:"你射中野禽,我来做成美味菜肴。咱俩一边品尝野味,一边尽兴饮酒,与你白头偕老。愿你我之情如同琴瑟之音那样和谐,永远生活得宁静而美好。"丈夫听到这番甜言柔语,深受感动。他不禁深情地说:"知道你对我盛意相爱,我才赠杂佩以表情怀;知道你对我情挚柔顺,我才赠杂佩以表慰问;知道你对我真心相好,我才赠杂佩以作回报。"此诗采用人物对话的形式,由事入情,浮想联翩,将这对夫妻和谐融洽的生活、情挚意永的恩爱,表现得惟妙惟肖。

【注释】

①昧旦：天色将明未明时。

②明星：启明星。有烂：明亮。

③弋(yì)：用箭射猎。凫(fú)：野鸭。

④言：语助词。加之：射中野禽。

⑤宜之：将野禽做成美味食物。

⑥御：调理。

⑦静好：平静美好。

⑧来：通"勑"。殷勤。

⑨杂佩：各种佩饰之物。

⑩顺：和顺。

⑪问：赠送。

【汇评】

《诗序》："《女曰鸡鸣》，刺不说德也。陈古义以刺今，不说德而好色也。"

唐孔颖达《毛诗正义》："庄公之时，朝廷之士不悦有德之君子，故作此诗。陈古之贤士好德不好色之义，以刺今之朝廷之人有不悦宾客有德而爱好美色者也。……首章先言古人不好美色，下章乃言爱好有德。但主为不悦有德而作，故序指言刺不悦德也。"

宋朱熹《诗序辨说》："此亦未有以见其陈古刺今之意。"

宋朱熹《诗集传》："此诗人述贤夫妇相警戒之词。"

宋严粲《诗缉》："古者夫妇相警以勤生，又能同心以取友，其好德而不淫于色也。"

清姚际恒《诗经通论》："只是夫妇帏房之诗，然而见此士、女之贤矣。"

闻一多《风诗类抄》："乐新婚也。"

余冠英《诗经选译》："这诗以诗中人物的对话写出一对夫妇分担劳动，互相恩爱，和谐温暖的共同生活。"

高亨《诗经今注》："这首诗叙写士大夫阶层中一对夫妇的生活。通篇用对话形式。"

袁梅《诗经译注》："这是妻子与丈夫的枕边絮语，情感朴素真挚。"

陈子展《诗经直解》:"《女曰鸡鸣》,叙一家弋人(猎鸟者)夫妇向晨问答有关家常生活之诗。"

有女同车

有女同车,颜如舜华①。
将翱将翔,佩玉琼琚②。
彼美孟姜③,洵美且都④!

有女同行,颜如舜英⑤。
将翱将翔,佩玉将将⑥。
彼美孟姜,德音不忘⑦!

【题解】

这是男子对同车女子回忆赞美之诗。全诗二章。一个男子与一个女子曾一道同车而行,在车上还有过亲热的交谈。时间虽然短暂,但是那女子如花的容貌、华丽的佩饰、娴雅的风度、美好的言谈却给他留下难忘的印象。过后他回忆起来,还在为那女子赞美不已。至于女子乘车去干什么,诗中未明言,也许是赴幽期密约吧。如此看来,这男子似乎在害单相思。

【注释】

①颜:容貌。舜华:木槿花。
②琼琚:佩玉之名。
③孟姜:美女之共名。
④都:娴雅,有风度。
⑤舜英:义同"舜华"。
⑥将将(qiāng):金石撞击声。
⑦德音:美好的言辞。

《诗序》："《有女同车》，刺忽也。郑人刺忽之不昏于齐。太子忽尝有功于齐，齐侯请妻之。齐女贤而不取，卒以无大国之助，至于见逐。故国人刺之。"

宋朱熹《诗集传》："此疑亦淫奔之诗。言所与同车之女其美如此。而又叹之曰：彼美色之孟姜，信美矣而又都也。"

宋严粲《诗缉》："忽以弱见逐，国人恨其不取齐女。言忽所取他国之女，行亲迎之礼，而与之同车者，特取其色尔。此言色如木槿之华，朝生暮落，不足恃也。而今也且朝且翔于此，佩其琼琚之玉，徒有威严服饰之可观，而无益于事也。曷若彼美好齐国之长女，信美而且闲雅？向也忽若取之，则有大国为援，而不至于见逐矣。"

清姚际恒《诗经通论》："小序谓刺忽，必不是。解者因以同车为亲迎，然亲迎岂是同车乎？明系曲解。"

闻一多《风诗类抄》："记亲迎也。昭十六《左传》子旗赋《有女同车》，宣子以为昵燕好之词。"

高亨《诗经今注》："一个贵族男子与一个姓姜的贵族美女同车而行，作这首诗来赞扬她。"

袁梅《诗经译注》："一个男子娶了美丽贞静的妻子，便赞叹不绝。"

蓝菊荪《诗经国风今译》："这是叙述那个男子同那个姑娘一道乘车的过程的诗歌。姑娘在那男子的心目中容貌是如何漂亮，佩戴是如何庄严，风态是如何高尚，以至于'德音不忘'了。看来他似乎在害单相思呢！"

山有扶苏

山有扶苏[①]，隰有荷华[②]。
不见子都[③]，乃见狂且[④]！

山有乔松[⑤]，隰有游龙[⑥]。
不见子充[⑦]，乃见狡童[⑧]！

【题解】

这是女子戏谑男子之诗。全诗二章。每章首二句为兴体。诗以"扶苏"、"乔松"与"荷华"、"游龙"对举,隐喻男女成双成对。每章后二句为女子戏谑男子之词。诗中的女子也许是前去与男子约会的。见面时不料这男子行为不够检点,言语也不够文雅,于是她半娇半嗔,连戏带骂将男子嘲笑了一番。这女子说道:"不见子都美男子,却碰上个轻狂的坏娃娃!""不见子充美男子,却碰上个狡猾的坏少年!"这"狂且"、"狂童"均为戏谑之语,而并非贬词。当时戏称情人为"狂且"、"狂童"似乎是一种习俗。

【注释】

①扶苏:青桑。

②荷华:荷花。

③子都:美男子通称。

④乃:连词。却。狂且(jū):狂徒。且,通"狙"。猴子。

⑤乔松:高松。

⑥游龙:马蓼。

⑦子充:义同"子都"。

⑧狡童:狡猾的少年。

【汇评】

《诗序》:"《山有扶苏》,刺忽也。所美非美然。"

宋朱熹《诗序辨说》:"以下四诗及《扬子水》,皆男女戏谑之词。序之者不得其说,而例以为刺忽,殊无情理。"

明丰坊《申培诗说》:"《扶胥》,郑灵公弃其世臣而任嬖人狂狡,子良谏之,而作是诗。兴也。"

清姚际恒《诗经通论》:"小序谓'刺忽',大序谓'所美非美然',皆影响之辞。大序意以若不类忽辞昏事,因云'所美非美',则用人亦可通之,故后人多作用人解。然则以上篇为辞昏者,其非确亦可知矣。"

《诗义会通》:"郑《笺》释之曰:'人之好美色,不往睹子都,乃反往睹狂丑之人,以兴忽不任用贤者,反任用小人。'此得序意。"

余冠英《诗经选》:"这诗写一个女子对爱人的俏骂。"

高亨《诗经今注》:"一个姑娘到野外去,没见到自己的恋人,却遇着一个恶少来调戏她。又解:此乃女子戏弄她的恋人的短歌,笑骂之中含蕴着爱。"

陈子展《诗经直解》:"《山有扶苏》,疑是巧妻恨嫁拙夫之歌谣。'不见子都,乃见狂且',犹云'燕婉之求,得此戚施'也。"

萚 兮

萚兮萚兮①,风其吹女②。
叔兮伯兮③,倡予和女④!

萚兮萚兮,风其漂女⑤。
叔兮伯兮,倡予要女⑥!

【题解】

这是女子邀请男子唱和之诗。全诗二章。秋风吹起的落叶,在空中回旋飘荡。这种情景,足以使人产生心动神摇之感。诗借这一形象兴比女子春心萌动。诗中的女子,她那渴望得到爱情的心,宛若翻飞的落叶上下飘扬,久久不能平静。感情的闸门一经打开,她便主动地邀请意中人与自己同歌。她深情地唱道:叔啊伯啊,如果你来领唱,我就随唱。一唱一和,表达了女子对美好爱情的期待以及缔结良缘的愿望。寥寥几笔,便形象地刻画出了这位女子在追求爱情中热情、主动、率直的性格。

【注释】

①萚(tuò):脱落的树叶。
②女:同"汝"。指落叶。
③叔、伯:对青年男子的称呼。
④倡:领唱。和(hè):随唱。
⑤漂:同"飘"。
⑥要(yāo):义同"和"。

《诗序》:"《萚兮》,刺忽也。君弱臣强,不倡而和也。"

《毛传》:"叔伯,言群臣长幼也。君倡臣和。"

宋朱熹《诗集传》:"此淫女之辞。言萚兮萚兮,则风将吹女矣;叔兮伯兮,则盍倡予而女将和汝矣。"

清陈奂《传疏》:"倡予,予倡。予,我,我君也。故传以君倡释倡予,和女,女和。女,尔,尔叔伯群臣也。故传以臣和释和女。"

吴闿生《诗义会通》:"予倡则女其和之,望其同心以助君也。"

余冠英《诗经选》:"这诗写女子要求爱人同歌。她说风把树叶儿吹得飘起来了,你领头唱罢,我来和你。全诗的情调是欢快的。"

蒋立甫《诗经选注》:"男女唱答,本是民歌常见的形式。这首诗可能是一组对唱歌词的开头一节,其后还有男的唱词。"

高亨《诗经今注》:"诗的主人公是女子,她要求男人们在一起唱歌。青年人常有这种事情,不一定有恋爱的意味。"

狡 童

彼狡童兮^①,不与我言兮。
维子之故^②,使我不能餐兮。

彼狡童兮,不与我食兮。
维子之故,使我不能息兮^③。

【题解】

这是女子失恋之诗。全诗二章。此诗虽然短小,但是诗意丰厚,韵味无穷。诗中的一对情人原本情投意合,成天有说有笑,还经常一同进餐,好不亲热。但后来不知何故,那"狡童"一反常态,再也不跟她谈笑了,也不跟她一同吃饭了。为了这个缘故,使她饭也吃不下,觉也睡不好。相思之苦,幽怨之情,便从这"不能餐"、"不能息"中流露出来。另有"谑词"说值得一提。那"狡童"并非真的"不与我言","不与我餐",这只不过是假托男子如此罢了。因此,这"不能餐"、"不能息",只是女子故作娇态,纯属调谑之语。似乎不如此,就不足以表达她对那"狡童"的挚爱之情。此说很富情趣。郑国的女子在爱情上多热情大胆。为了表达爱情,她们有时故意撒娇,忸怩作态。因而谑词的可能性也是存在的。

【注释】

①狡:狡猾。

②维:连词。因为。子:代狡童。

③息:安睡。

【汇评】

《诗序》:"《狡童》,刺忽也。不能与贤人图事,权臣擅命也。"

宋朱熹《诗集传》:"此亦淫女见绝,而戏其人之词。言悦己者众,子虽见绝,未至于使我不能餐也。"

清姚际恒《诗经通论》:"小序谓'刺忽',呼君为'狡童',似未安。或谓刺祭仲,祭仲此时非童也,前人已辨之。此篇与上篇皆有深于忧时之意,大抵在郑之乱朝。其所指何人何事,不可知矣。"

吴闿生《诗义会通》:"朱子云:'昭公不幸失国,非有大恶,岂可遽以狡童目之?且昭公之为人,不可谓狡;年已壮大,不可谓童。以是名之,殊不相似。'案箕子《麦秀之歌》,亦曰'彼狡童兮,不与我好兮',是古人盖有此称。此诗之所本也。"

孙作云《诗经与周代社会研究·诗经恋歌发微》:"这是女子向男子挑逗之语,也是谑词。"

高亨《诗经今注》:"一对恋人偶而产生矛盾,女方为之寝食不安。"

袁愈荌《诗经全译》:"女子对爱人的责怨。"

褰 裳

子惠思我①,褰裳涉溱②。

子不我思,岂无他人?

狂童之狂也且③！

子惠思我,褰裳涉洧④。
子不我思,岂无他士⑤?
狂童之狂也且!

【题解】

这是情人相会之诗。全诗二章。诗中写的是一对情人相会的动人情景:脚下清清的河水,将他俩隔在两岸。女子对她的情人说:你要是爱我,就提起裤腿蹚过河来。你如果不想我,难道我就没有他人可爱?你这个头号的大傻瓜。"子不我思,岂无他人"不单是开玩笑,其中还有挑战的意味。这是勇敢而热情的试探,其意是要男子当机立断,明确表态。结尾的"狂童之狂"则是明显的戏谑之语。不难看出,这是一个性格活泼、热情大胆而又诙谐多趣的女子。

【注释】

①惠:爱。

②褰(qiān):提起。溱(zhēn):水名。

③狂童:傻小子。也且:语助词。

④洧(wěi):水名。

⑤士:男子的通称。

【汇评】

《诗序》:"《褰裳》,思见正也。狂童恣行,国人思大国之正己也。"

宋朱熹《诗集传》:"淫女语其所私者曰……,亦谑之之辞。"

宋王安石《诗义钩沉》:"欧阳以谓:'大国有惠然思念我郑国之乱,欲来为我讨正之者,非道远而难至,但褰其裳而行溱、洧水而来,则至矣。言甚易而不来尔。'"又曰:"王氏谓:'子不我思,岂无他人',盖望乎大国之君大夫。既不可望,则又思其微者。"

清姚际恒《诗经通论》:"旧解皆谓忽、突争国,国人思大国正己。'狂童'指突。其不指忽者,以忽为世子嗣位,其立也正,国人初不怨之。且年长于突,不得为'童',又国人不得称君为'狂童'也。后人以《集传》言淫诗之妄也,故多从之,然其实不然。《春秋》,突以桓十五年奔蔡;其年冬,公会宋公、卫侯、陈侯、蔡侯伐郑。《左传》曰,'谋伐郑,将纳厉公也'。是诸侯皆助突伐忽,今乃谓国人怨突篡国而望他国来见正,岂非梦语耶!"

吴闿生《诗义会通》:"察其词,与上篇意旨相近,当为人臣刺君之辞。"

余冠英《诗经选》:"这是女子戏谑情人的诗。"

高亨《诗经今注》:"一个女子告诫她的恋人说,你不爱我,我就爱别人。这是情人之间的戏谑之词。"

陈子展《诗经直解》:"《褰裳》,疑是采自民间打情骂俏一类之歌谣。《朱传》谓此淫女戏谑其所私者之词,近是。但谓女将褰裳涉溱、洧以从男,则误。"

丰

子之丰兮①,俟我乎巷兮②,
悔予不送兮③!

子之昌兮④,俟我乎堂兮⑤,
悔予不将兮⑥!

衣锦褧衣⑦,裳锦褧裳。
叔兮伯兮,驾予与行。

裳锦褧裳,衣锦褧衣。
叔兮伯兮,驾予与归。

【题解】

这是男子迎亲而女未随之诗。全诗四章。首二章写女子的悔恨。这对青年男女本来是有情的。这个男子不仅体魄健壮,而且相貌堂堂。这"丰"、"昌"二字从女子口中唱出,说明她很爱这个男子。然而临到男子亲迎时,女方却反悔了这门亲事。引起婚姻变故的原因,当是由于女子父母变心。就这样,一场美满的婚姻竟被破坏了。女子为此而痛苦,为自己的软弱不能自主而悔恨。她想到男子亲迎时"俟乎巷"、"俟乎堂"的情景,十分懊悔自己未能与他同去。末二章写女子急盼男子再来迎娶。自从男子失望而去之后,这女子成天闷闷不乐。她在闺房里还时不时穿着锦绣的嫁衣。她几乎是向男子呼喊道:"只要你驾车来,我就与你一同归去!"这女子能否如愿,就很难说了。

【注释】

①丰:丰满。

②俟(sì):等候。巷:门外。

③送:送行。

④昌:健壮。

⑤堂:堂前。

⑥将:义同"送"。

⑦褧(jiǒng):罩衣。

【汇评】

《诗序》:"《丰》,刺乱也。婚姻之道缺,阳倡而阴不和,男行而女不随。"

宋朱熹《诗集传》:"妇人所期之男子,已俟乎巷,而妇人以有异志不从,既则悔之,而作是诗也。……妇人既悔其始之不送,而失此人也,则曰:我之服饰,既盛备矣,岂无驾车以迎我而偕行者乎?"

清姚际恒《诗经通论》:"此女子于归自咏之诗。……何玄子曰:朱子谓'妇人与男子失配,既乃悔之而作',则是奔也。岂有奔其人而乃具其礼服、待车马者乎?且堂上非所私之地。"

闻一多《风诗类钞》:"亲迎不行,既而悔之。"

吴闿生《诗义会通》:"朱子云:此淫奔之诗。序说误矣。按诗旨,但初未从行,后悔而欲往,未见淫奔之意。姜炳章谓天下无有淫奔而俟于堂者,亦无衣锦褧衣驾车而行者,其说允矣。"

高亨《诗经今注》:"一个男子向女子求婚,她不理睬。不久,她后悔了,表示愿意嫁他。"

陈子展《诗经直解》:"《丰篇》,盖男亲迎而女不得行,父母变志,女自悔恨之诗。戴震云：'此《坊记》所谓亲迎，妇犹有不至者也。盖言俗之衰薄，昏姻而卒有变志，非男女之情，乃其父母之惑也；故托为女子自怨之词以刺之。悔不送，以明己之不得自主，而意终欲随之也。……凡后世昏姻变志，皆出于父母，不出于女子。诗言迎者之美，固所愿嫁也，必无自主不嫁者也。此托为女子之词，正以见惑由父母尔。使父母知男女之情如此，惑亦可解矣。'……可为此诗定论。"

东门之墠

东门之墠①，茹藘在阪②。
其室则迩③，其人甚远。

东门之栗，有践家室④。
岂不尔思？子不我即⑤。

【题解】

这是女思男之诗。全诗二章。此诗写得深沉而含蓄。诗中的女子与一个男子相邻近，能经常见到他，并暗暗地爱上了他。她将那男子房屋及其周围环境，看得那么的清，记得那么的深。他住房的前面是一片平坦之地，平地之外有一道斜坡，斜坡上长满茜草，房屋的周围还栽满栗树，这确是一个美好的人家。可是那男子对于她的爱慕之情，毫未觉察。两人虽近在咫尺，却如同万里之遥。"其室则迩，其人甚远"，这深切的感受，非亲身体验者不能道出。首章虽不露出一个"思"字，但思情仍无处不在。下章正面点出"思"字。"岂不尔思"，直抒胸臆，思之深切可见；"子不我即"，正释"人远"，幽怨之情溢于言表。这几句，表明女子希望男子前来相会、共结良缘的愿望。

【注释】

①墠（shàn）：平坦之地。
②茹藘（lú）：茜草。阪（bǎn）：斜坡。

③迩(ěr)：近。

④有践：美好。

⑤即：接近。

【汇评】

《诗序》："《东门之墠》，刺乱也。男女有不待礼而相奔者也。"

宋朱熹《诗集传》："门之旁有墠，墠之外有阪，阪之上有草，识其所与淫者之居也。室迩人远者，思之而未得见之词也。"

清姚际恒《诗经通论》："此诗自序、传以来，无不目为淫诗者。吾以为贞诗亦奚不可。男子欲求此女，此女贞洁自守，不肯苟从，故男子有'室迩人远'之叹。下章'不我即'者，所以写其人远也。女子贞矣，然则男子虽萌其心而遂之，亦不得为淫矣。"

吴闿生《诗义会通》："诗盖疾时俗之淫乱，男女有不待礼而奔者，因就东门以起兴。'东门之墠'，言地之易行也。'其室则迩，其人甚远'，不以礼，则易行之中有难行者焉，'东门之栗'，言物之易取也。'岂不尔思？子不我即'，不以礼，则易取之中有难取者焉。以见男女之皆当待礼耳。……今按，此诗若以为隐居求志之词，不以为男女之作，则其意尤佳。"

余冠英《诗经选》："这首是爱情诗，女子词。她和所思住屋很近，两人却很疏远。她在想着他，怨他不来。"

陈子展《诗经直解》："《东门之墠》，盖男女求爱、赠答唱和之歌。歌二章，一云'其室则迩，其人甚远'，意谓咫尺天涯，莫能相近，极言相思之甚，明男求女之赠言也。一云'岂不尔思？子不我即'，意谓子以礼即之则可矣，明女思男之答言也。此男女一赠一答、一倡一和之歌，明甚。"

风　雨

风雨凄凄①，鸡鸣喈喈②。

既见君子，云胡不夷③？

风雨潇潇④，鸡鸣胶胶⑤。

既见君子,云胡不瘳⑥?

风雨如晦⑦,鸡鸣不已⑧。
既见君子,云胡不喜?

【题解】

这是女子期待情人前来相会之诗。全诗三章。每章意思基本相同,只是意有轻重之别罢了。这次相会约定在晚间。不料刮起了凄风,下起了苦雨。这潇潇的风雨声灌进女子的耳中,真是"别有一番滋味在心头"了。随着沉沉黑夜中风雨的加剧,她在焦灼的期待中又滋生了一些担忧的情绪。她从傍晚一直等到半夜鸡叫,又一直等到天快发亮。就在鸡叫三遍,黑夜将逝的当儿,她突然看见久久盼望的情人来了。刹那间她眼前的愁云消散了,翻滚的思潮平静了,萦回的忧虑解除了,幸福的笑影飞上了眉梢。诗中"云胡不夷"、"云胡不瘳"、"云胡不喜"三句,便将这个女子刹那间的心理变化、感情起伏表达了出来。诗先用"凄凄"、"潇潇"的风雨,"喈喈"、"胶胶"的鸡鸣,渲染出凄苦缠绵的心理氛围,寄托女子的愁思;既而用这种愁思来反衬"既见君子"的欣喜之情,收到了强烈的艺术效果。

【注释】

①凄凄:寒凉。

②喈喈(jiē):鸡叫声。

③云:语助词。胡:何。夷:平。

④潇潇:风雨声。

⑤胶胶:鸡叫声。

⑥瘳(chōu):病愈。

⑦晦:昏暗。

⑧不已:不止。

【汇评】

《诗序》:"《风雨》,思君子也。乱世则思君子不改其度焉。"

《毛传》:"风且雨凄凄然,鸡犹守时而鸣喈喈然。"

唐孔颖达《毛诗正义》:"今日时世无复有此人,若既得见,云何而得不悦。"

宋朱熹《诗集传》:"君子,指所期之男子也。淫奔之女,言当此时见其所期之人而心悦也。"

宋严粲《诗缉》:"世乱俗败,士之怀于利害,随势变迁,失其常度者多矣。故诗人思见君子焉。陆机《连珠》云:'贞乎期者,时累不能淫,是以迅风陵雨,不谬晨禽之察。'正用序意。"

吴闿生《诗义会通》:"顾广誉云:不言世无君子,而自陈其愿见君子,则主文谲谏之义。居乱思治,欲得贤才以移易之,嗟叹再三,为此诗者亦君子也。"

余冠英《诗经选》:"这诗所写的是:在风雨交加、天色昏暗,群鸡乱叫的时候,一个女子正想念她的'君子',如饥如渴,像久病望愈似的。就在这时候,她所盼的人来到了。这怎能不高兴呢?"

高亨《诗经今注》:"在一个风雨如晦、鸡鸣不已的早晨,妻子与丈夫久别重逢,不禁流露出无限喜悦的心情。又解:这是写女子与情人夜间幽会的诗。"

蓝菊荪《诗经国风今译》:"通篇寥寥三节,把那个女子当凄风苦雨、寒鸡啼夜忽然会见她的情人的欢乐状态活绘纸上,使我们如身历其境,亲见其人。"

子　衿

青青子衿①,悠悠我心②。
纵我不往,子宁不嗣音③?

青青子佩④,悠悠我思。
纵我不往,子宁不来?

挑兮达兮⑤,在城阙兮⑥。
一日不见,如三月兮!

【题解】

这是女子焦灼地等候情人之诗。全诗三章。一、二章写女子思望之情。她在城阙上等了一会儿，但不见情人的身影。她的眼前浮现出情人青青的衣领、青青的绶带，一腔忧思之情不禁油然而生。她心里不免埋怨起情人来了。她想：纵然我没有去，难道你就不能主动捎个信来？纵然我没有去，难道你就不能亲自前来？末章写女子思望之态。她久等情人，还不见来，急得在"城阙"上来回动。"挑兮达兮"一句，生动地表现了她急切期待、焦躁不安的心情。结尾两句，用夸张的笔墨，抒发了女子深沉的思念之情。一天没见着情人，好似隔了三月之久。这正是欢娱觉时短，忧思恨时长。在表达女子相思之苦上，此诗是很真切自然的。

【注释】

①子：你。衿(jīn)：衣领。

②悠悠：忧思深长的样子。

③宁：副词。难道。嗣音：寄信；捎信。

④佩：佩玉的绶带。

⑤挑、达(tà)：来回走动的样子。

⑥城阙：城门楼。

【汇评】

《诗序》："《子衿》，刺学校废也。乱世则学校不修焉。"

唐孔颖达《毛诗正义》："郑国衰乱不修校，学者分散，或去或留。故陈其留者恨责去者之辞，以刺学校之废也。"

宋王安石《诗义钩沉》："王氏曰：世之乱，生于上之人不学，莫知反本以救之。顾颠沛于末流以纾目前之患，而以学不切于世务，此学校所以废也。""'嗣音'，王氏亦谓：嗣弦歌之声。……'在城阙'者，学校废于乡党也。'一日不见，如三月兮'，毛氏曰：言礼乐不可一日而废。"

宋朱熹《诗集传》："此亦淫奔之诗。"

清姚际恒《诗经通论》："小序谓'刺学校废'，无据。此疑亦思友之诗。玩'纵我不往'之言，当是师之于弟子也。"

吴闿生《诗义会通》："《笺》云：'学子俱在学校之中，已留彼去，故思之。'程子则谓'世乱弃业，贤者念之而悲伤，'直以为师儒念学者之词。不往者,不往教也。顾广誉曰:'疏曰:言学校废者,谓国人废于学问,非谓废毁学官。良是。学设而不讲,犹不设也。是时犹承先王教士之遗法,为之师者,见废学即引为忧。'旧评:前二章回环入妙,缠绵婉曲。"

余冠英《诗经选》:"这诗写一个女子在城阙等候她的情人。"

高亨《诗经今注》:"这是一首女子思念恋人的短歌。"

杨公骥《中国文学》:"从诗中看来,这双恋人之间似乎发生了误会。少女的矜持和羞怯使她羞于先去迁就他,但她却又偷偷地想念着他。"

陈子展《诗经直解》:"《子衿》,盖严师益友相责相勉之诗。学校废,师友之道穷矣。"

扬之水

扬之水①,不流束楚②。
终鲜兄弟③,维予与女。
无信人之言,人实迋女④。

扬之水,不流束薪⑤。
终鲜兄弟,维予二人。
无信人之言,人实不信。

【题解】

这是妻子希望丈夫不要轻信人言之诗。全诗二章。每章首二句为兴体。诗以激扬之水不能流走"束楚"、"束薪",兴比夫妻关系受到阻碍。此诗中的夫妻关系就发生了破裂,其原因是丈夫听信了外人的谗言。每章后四句是写妻子劝丈夫之词。她动之以情,晓之以理,耐心地劝说丈夫。她深情地说:"我没兄来没有弟,只有咱俩在一起。"这言词是何等恳切,这感情是何等真挚!她是多么希望能和丈夫同舟共济,白头偕老啊!接着她又坦诚地说:"千万莫信他人言,他人是在哄骗你!"这番话入情入理,既戳穿了谗言的欺骗性,同时也表白了她对丈夫的忠贞。如此火热的话语,丈夫听了也许会为之动情。至于后来如何,就只好留待读者自己去想象了。

【注释】

①扬:激扬。

②流:载、负托。束楚:一束荆条。

③鲜:少。

④迋(kuāng):通"诳"。欺骗。

⑤束薪:一束柴草。

【汇评】

《诗序》:"《扬之水》,闵无臣也。君子闵忽之无忠臣良士,终以死亡,而作是诗也。"

唐孔颖达《毛诗正义》:"忽既不能诛除逆乱,又复兄弟争国,亲戚相疑,终竟寡于兄弟之恩。唯我与汝二人而已!忽既无贤臣,多被欺诳,故又诚之:汝无信他人之言,他人之言实欺诳于汝!臣皆诳之,将至亡灭,故闵之。"

宋朱熹《诗序辨说》:"此男女要结之词,序说误矣。"

清姚际恒《诗经通论》:"曹氏曰,'左传庄十四年,忽与子仪、子亹皆已死,而原繁谓厉公曰,庄公之子犹有八人,'不得谓'鲜',然则非闵忽诗明矣。"

吴闿生《诗义会通》:"《扶苏》、《萚兮》、《狡童》、《褰裳》各篇,虽皆为君臣之词,而不能定其为刺忽。此篇尤不相似。庄公之子至多,而诗称'终鲜兄弟',其为非忽固至明矣。"

高亨《诗经今注》:"兄弟二人,弟听信别人挑拨离间的谎言,与兄发生冲突,兄作此诗来劝告他(或作者是弟)。"

陈子展《诗经直解》:"《扬之水》,盖诗人见人有间于其兄弟二人者,作此诗以自儆,并期兄弟共儆之。"

出其东门

出其东门①,有女如云。

虽则如云,匪我思存②。
缟衣綦巾③,聊乐我员④。
出其闉阇⑤,有女如荼⑥。
虽则如荼,匪我思且⑦。
缟衣茹藘⑧,聊可与娱⑨。

【题解】

这是男子钟情一位女子之诗。全诗二章。此诗所写是诗人春天出游时的所见所感。诗人走出东门一看,出游的女子多极了,宛若天上的云朵。"如云"二字正是形容游女众多。再仔细一瞧,游女岂止是众多,而且如同遍野的白茅花。"如荼"二字正是形容女子貌美。诗人如此运笔,是别有用意的。所以接下去笔锋一转,一个"虽"字便道出了正意。游女虽多且美,但都不是他所思念的人。他在众多的游女之中,只看中了一位衣着朴素的贫女。那位白衣青巾的姑娘,才是他所爱的人,因愿与她一同游乐。诗用"如云"与"一位"对比,表明他对爱情的专一;用"如荼"与"缟衣綦巾"对比,表明他在爱情选择上的坚贞。运用这种对比手法,使全诗显得形象鲜明,情感真挚。

【注释】

①东门:郑国城门。

②匪:非,不是。思存:想念。

③缟(gǎo):白色。綦(qí):暗绿色。

④聊:姑且。员:语助词。

⑤闉阇(yīn dū):外城的城门。

⑥荼(tú):茅花。

⑦思且:同"思存"。

⑧茹藘(rú lú):茜草。

⑨娱:欢娱。

【汇评】

《诗序》:"《出其东门》,闵乱也。公子五争,兵革不息,男女相弃,民人

173

思保其室家焉。"

唐孔颖达《毛诗正义》："作《出其东门》诗者，闵乱也。以忽立之后，公子五度争国，兵革不得休息，下民穷困，男女相弃，民人迫于兵革，室家相离，思得保其室家也。"

宋朱熹《诗集传》："人见淫奔之女，而作此诗。……是时淫风大行，而其间乃有如此之人，亦可谓能自好，而不为习俗所移矣。"

清姚际恒《诗经通论》："小序谓'闵乱'，诗绝无此意。按郑国春月，士女出游，士人见之，自言无所系思，而室家聊足与娱乐也。男固贞矣，女不必淫。"

吴闿生《诗义会通》："刘辰翁云：聊乐我员、聊可与娱，非兵革不息、男女相弃时语。《汇纂》曰：'经文词意从容，无干戈扰攘、男女奔窜景象。'朱子谓郑俗淫乱，此人能不染污俗，安其室家之贫陋，以礼义自娱，得风人之正解矣。"

余冠英《诗经选》："大意说：东门游女虽则'如云''如荼'，都不是我所属意的，我的心里只有那一位'缟衣綦巾'、装饰朴陋的人儿罢了。"

陈子展《诗经直解》："《出其东门》，诗人自述安于其耐勤守俭之室家，而不二三其德之作。……东门之外，如云如荼之女，自是往来闹市之众女，未见其必皆为淫奔之女。"

野有蔓草

野有蔓草①，零露漙兮②。
有美一人，清扬婉兮③。
邂逅相遇④，适我愿兮⑤！

野有蔓草，零露瀼瀼⑥。
有美一人，婉如清扬⑦。
邂逅相遇，与子偕臧⑧。

【题解】

这是男女不期而遇之诗。全诗二章。每章首二句写景。田野里长满蔓草，草上挂满了晶莹的露珠，在旭日拂照下闪闪发光，耀眼夺目。这既是赋，又是兴，以秀美的景色兴比女子貌美。每章中二句写人。这个女子有一对水汪汪的大眼睛，那眼珠儿滴溜溜的，很有神采，如同草尖上的露珠儿，晶莹闪动，漂亮极了。诗仅用"清扬婉"三字便将她的美貌活灵活现地勾勒了出来，真是"以少总多"的传神之笔。每章末二句抒情。这男子一见钟情。偶然相遇，在他的心里就播下了爱情的种子。他暗自想道："这女子真合我的心愿！"之后，这种爱慕之情愈益浓烈。他便直截了当地向女子表白道："我们相爱吧！"多么大胆，多么率直！这种求爱方式的原始性，反映了当时郑国的婚姻习俗。

【注释】

①蔓草：细长的蔓生草。

②零：落。漙(tuán)：露水结成珠。

③清扬：眼珠灵活有神。婉：美好。

④邂逅(xiè hòu)：偶然碰见。

⑤适：合。

⑥瀼瀼(ráng)：露多的样子。

⑦如：然。

⑧偕臧：相好，相爱。

【汇评】

《诗序》："《野有蔓草》，思遇时也。君之泽不下流，民穷于兵革，男女失时，思不期而会焉。"

唐孔颖达《毛诗正义》："毛以为郊外野中有蔓延之草。草之所以能延蔓者，由天有陨落之露。漙然，露润之兮，以兴民所以得蕃息者，由君有恩泽之化养育之兮。今君之恩泽不流于下，男女失时，不得婚娶。故于时之民乃思得有美好之一人，其清扬眉目之间，婉然而美兮。不设期约，邂逅得与相与，适我心之所愿兮。由不得早婚，故思相逢遇。是君政使然，故陈以刺君。"

宋朱熹《诗序辨说》："田野草露之间，男女邂逅，心许目成，以苟合为偕臧。"

宋朱熹《诗集传》:"男女相遇于田野草露之间,故赋其所在以起兴。"

清姚际恒《诗经通论》:"小序谓'思遇时',绝无意。或以为邂逅贤者作,然则贤其'清扬婉兮'之美耶?"

吴闿生《诗义会通》:"此序亦仅首句为当。以下衍说,皆失其义。……苏子由曰:郑人思得君子,以被其膏泽。庶几邂逅见之,以适我愿。《汇纂》申之曰:此诗两见于《左传》宴享之际,一见于《韩诗外传》孔子遭程子于郊,皆取士君子邂逅相遇为义。又《说苑》引此诗,以'有美一人'为天下之贤,其非淫诗审矣。若如朱子及续序所说,岂古贤士大夫赋诗之本义哉!"

高亨《诗经今注》:"一个男子在野外遇到一个思慕已久的姑娘,就唱出这支歌。"

陈子展《诗经直解》:"《野有蔓草》,《序》谓男女失时,思不期而会焉。……若谓思贤者而托诸男女之词,则诗云'有美一人,清扬婉兮',施于贤者实欠庄重,施之龙阳君、安陵君与董贤一流人物乃可。有据《左传》、《说苑》、《韩诗外传》,以谓鲁、韩诗说皆以此为思遇贤人者,不知是亦引诗以就己说之义,不足据信也。"

溱　洧

溱与洧,方涣涣兮①。
士与女,方秉蕑兮②。
女曰:"观乎?"士曰:"既且。③"
"且往观乎④?洧之外,洵訏且乐!⑤"
维士与女,伊其相谑⑥,
赠之以勺药⑦。

溱与洧,浏其清矣⑧。
士与女,殷其盈矣⑨。
女曰:"观乎?"士曰:"既且。"

176

"且往观乎？洧之外,洵讦且乐!"
维士与女,伊其将谑⑩,
赠之以勺药。

【题解】

　　这是女子邀约男友春游之诗。全诗二章。每章前四句写环境之美与场面之大。那溱、洧二水,一到春天就碧绿澄清,浩浩荡荡。这不仅点明了三月桃花水涨的节令,还为春日的盛会添加了壮美的背景。每当此时,青年男女就手持兰草,纷纷从各地赶来。顿时溱洧岸边汇成了一片欢乐的海洋,与"涣涣"、"浏清"的春水交相辉映,好不壮观!中五句写女邀男同往赴会。这是一场精彩的对话。女的说:"去游吧!"男的说:"已游过了。"女的又说:"再去游游吧!洧水边场面大,人多又欢乐!"经女子这么一劝,男子便欣然同往了。每章末三句写男女欢聚的情景。这次游乐,密切了他们的关系,缔结了爱情。他们相互调笑,彼此赠送芍药以作定情的信物。这一结尾,巧妙地揭示了此诗的主题。

【注释】

①涣涣:水流弥漫的样子。

②秉:手持。蕑(jiān):泽兰。

③且:同"徂"。往,去。

④且:再。

⑤洵(xún):副词。的确。讦(xū):大。

⑥伊:语助词。谑(xuè):调笑。

⑦勺药:香草名。

⑧浏:水清的样子。

⑨殷:众多。

⑩将:相互。

【汇评】

《诗序》:"《溱洧》,刺乱也。兵革不息,男女相弃,淫风大行,莫之能救焉。"

唐孔颖达《毛诗正义》:"郑国淫风大行,述其为淫之事。言溱水与洧水,春冰既泮,方欲涣涣然流盛兮。于此之时,有士与女方适野田,执芳香之兰草兮,既感春气,托采香草,期于田野共为淫泆。士既与女相见,女谓士曰:'观于宽闲之处乎?'意愿与男俱行。士曰:'已观乎。'止其欲观之事,未从女言。女情急,又劝男云:'且复更往观乎?我闻洧水之外,信宽大而且乐,可相与观之。'士于是从之。维士与女,因即其相与戏谑,行夫妇之事。及其别也,士爱此女,赠送之以芍药之草,结其恩情,以为信约。男女当以礼相配,今淫泆如是,故陈之以刺乱。"

宋朱熹《诗集传》:"此诗淫奔者自叙之辞。"

清姚际恒《诗经通论》:"序谓淫诗,以刺淫诗也。篇中士、女字甚多,非士与女所自作明矣。……第以出诸讽刺之口,其要旨归于'思无邪'而已。"

高亨《诗经今注》:"郑国风俗,每逢春季的一个节日(旧说是夏历三月初三日的上巳节),在溱洧二河的边上,举行一个盛大的集会,男男女女人山人海地来游玩。这首诗正是叙写这个集会。"

袁愈荌《诗经全译》:"青年男女春游之乐。一说夫妇同游之乐。"

陈子展《诗经直解》:"《溱洧》,描述郑俗清明佳日,男女相悦,相约郊游之作。今文《韩诗》一说为善。其言曰:'溱与洧,说人也。郑国之俗,三月上巳之日,于两水上招魂续魄,拂除不祥。故诗人愿与所说者俱往观也。'(《御览》八百八十六、《艺文类聚》四)今文鲁、齐说与古文毛说皆谓刺淫,而不及上巳节日风俗一义,所见偏矣。"

齐　风

鸡　鸣

"鸡既鸣矣①,朝既盈矣。②"
"匪鸡则鸣③,苍蝇之声。"

"东方明矣,朝既昌矣。④"
"匪东方则明,月出之光。"

"虫飞薨薨⑤,甘与子同梦。"
"会且归矣⑥,无庶予子憎⑦。"

【题解】

这是男女幽会之诗。全诗三章。写的是一对恋人幽会将终时窃窃私语,表达了燕尔亲昵难舍难分的热恋之情。一章重在写听觉。女子说:"鸡已叫了,天快亮了。"男子说:"不是鸡的叫声,而是苍蝇的声音。"二章重在写视觉。女子说:"东方发白,天已大亮。"男子说:"不是东方发白,而是月亮的光华。"这些对白,道出了这对恋人害怕天明的复杂心理。三章写幽会将终难舍难分。男子说:"虫子群飞薨薨响,愿与你一同入梦乡。"女子说:"幽会期限已到,我该马上回家,希望你不要恨我。"足见这对恋人情笃意厚,如胶似漆。但女子心有顾忌,又不得不即将分离。

【注释】

①既:副词。已经。
②朝:早晨。盈:指日光圆满。
②则:犹"之"。

④昌:指日光明亮。

⑤薨薨(hōng):虫子群飞的声音。

⑥会:幽会。且:将要。

⑦无庶:即"庶无"的倒文。希望不要。子:疑为衍字。

【汇评】

《诗序》:"《鸡鸣》,思贤妃也。哀公荒淫怠慢,故陈贤妃贞女,夙夜警戒相成之道焉。"

唐孔颖达《毛诗正义》:"作《鸡鸣》诗者,思贤妃也。所以思之者,以哀公荒淫女色,怠慢朝政,此由内无贤妃以相警戒故也。君子见其如此,故作此诗,陈古之贤妃贞女,夙夜警戒于夫,以相成益之道焉。"

宋朱熹《诗集传》:"言古之贤妃御于君所,至于将旦之时,必告君曰:'鸡既鸣矣,会朝之臣既已盈矣。'欲令君早起而视朝也。然其实非鸡之鸣也,乃苍蝇之声也。盖贤妃当夙兴之时,心常恐晚,故闻其似者而以为真。非其心存警畏、而不留于逸欲,何以能此? 故诗人叙其事而美之也。"

清姚际恒《诗经通论》:"此诗大指,予从严氏(即严粲)。若夫严氏曰,旧说以为古之贤妃警其夫,欲令早起,误以蝇声为鸡声。"

陆侃如《中国诗史》:"此诗所写,乃是幽会将终,男女二人临别时的对话。"

杨公骥《中国文学》:"在周代情歌中,有的采用对唱手法,如《齐风·鸡鸣》。"

周锡馥《诗经选》:"这是夫妻对答之辞。男的大概是个当官的,经妻子几次催促,仍然贪睡不起,结果误了早朝。"

高亨《诗经今注》:"这首诗写国君的妻子在早晨劝促国君早去上朝,而国君恋床不肯起来。"

钱钟书《管锥编》:"窃意作男女对答之词,更饶情致。女促男起,男则淹恋;女曰鸡鸣,男辟之曰蝇声;女曰东方明,男阐之曰月光。亦如《女曰鸡鸣》之士女对答耳……莎士比亚剧中写情人欢会,女曰:'天尚未明,此夜莺啼,非云雀鸣也。'男曰:'云雀报曙,东方云开透日矣。'女曰:'此非晨光,乃流星耳。'可以比勘。"

还

子之还兮①,遭我乎猱之间兮②。
并驱从两肩兮③,揖我谓我儇兮④。

子之茂兮⑤,遭我乎猱之道兮。
并驱从两牡兮⑥,揖我谓我好兮。

子之昌兮⑦,遭我乎猱之阳兮⑧。
并驱从两狼兮,揖我谓我臧兮⑨。

【题解】

这是歌咏猎人之诗。全诗三章。诗中写了两个猎人。甲猎人称赞乙猎人为"还",为"茂",为"昌"。仅此三字便将乙猎人敏捷、健美、强壮的英姿再现了出来。他俩在猱山相遇,并马追逐野兽。打猎结束时,乙猎人拱手作揖,称赞甲猎人为"儇",为"好",为"臧"。也仅此三字,便将甲猎人利落、壮美、善射的雄姿勾勒了出来。须得说明的是,类似的场面诗中出现了三次:一次是相逢于"猱之间",并马追逐"两肩";一次是相逢于"猱之道",并马追逐"两牡";一次是相逢于"猱之阳",并马追逐"两狼"。如此变换词语,只是为了便于吟唱的需要,并非是说他俩相逢三次,共猎三场。

【注释】

①还(xuán):敏捷。

②遭:相遇。猱(náo):山名。

③肩:通"豜(jiān)"。三岁的兽。泛指大兽。

④揖:拱手作揖。儇(xuān):利落。

⑤茂:健美。

⑥牡(mǔ):雄兽。

⑦昌:强壮。

⑧阳：山的南面。

⑨臧：射艺好。

【汇评】

《诗序》：“《还》，刺荒也。哀公好田猎，从禽兽而无厌。国人化之，遂成风俗。习于田猎谓之贤，闲于驰逐谓之好焉。”

汉郑玄《郑笺》：“子也，我也，皆士大夫也。俱出田猎而相遭也。”

唐孔颖达《毛诗正义》：“君上以善田猎为贤好，则下民皆慕之。政事荒废，化之使然。故作此诗以刺之。经三章，皆士大夫相答之辞。”

宋朱熹《诗集传》：“猎者交错于道路，且以便捷轻利相称誉如此，而不自知其非也。则其俗之不美可见，而其来亦必有所自矣。”

清方玉润《诗经原始》：“至其用笔之妙，则章氏潢云：‘子之还兮，己誉人也；谓我儇兮，人誉己也；并驱，则人己皆与有能也。’寥寥数语，自具分合变化之妙。猎固便捷，诗亦轻利，神乎技矣。”

清姚际恒《诗经通论》：“《序》谓‘刺哀公’，无据。按田猎亦男子所有事……安在其为‘荒’哉？且此无‘君’、‘公’字，乃民庶耳，则尤不当刺。第诗之赠答处若有矜夸之意，以为见齐俗之尚功利则可，若必曰‘不自知其非’，曰‘其俗不美’，无乃矮人观场之见乎！”

高亨《诗经今注》：“这一首诗叙写两个猎人相遇于山间，共同逐兽，互相赞扬。”

陈子展《诗经直解》：“《还篇》，当是猎人之歌。此用粗犷愉快之调子，歌咏二人之出猎活动，表现一种壮健美好之劳动生活。”

著

侯我于著乎而①，充耳以素乎而②，
尚之以琼华乎而③。

侯我于庭乎而④，充耳以青乎而⑤，
尚之以琼莹乎而⑥。

俟我于堂乎而⑦，充耳以黄乎而⑧，

尚之以琼英乎而⑨。

【题解】

这是贵族男子迎亲之诗。全诗三章。此诗描写了一位光彩照人的新郎形象。这位新郎的形象，是通过新娘的眼睛打量出来的，是通过新娘的口吻歌咏出来的。因而话语之中饱含叹赏之情，称美之意，读来别有风味。这位新郎帽子两旁垂着彩色丝带，还缀有一种晶莹的红玉。新郎迎亲由门槛至前庭，又由前庭至堂上，愈来愈近，新娘的视线也随之而转移，愈看愈真。通过仔细端详，一位服饰鲜丽、气度华贵的新郎形象就浮现在新娘眼前，难怪她惊喜不已，反复赞美。

【注释】

①俟(sì)：等候。著：大门和屏风之间的地方。乎而：语助词。

②充耳：帽子两旁的玉制饰物，下垂至耳。素：系玉的白色丝带。

③尚：加。琼：赤玉。华：光彩。

④庭：堂前的平地。

⑤青：系玉的青色丝带。

⑥莹：晶莹。

⑦堂：正房，堂屋。

⑧黄：系玉的黄色丝带。

⑨英：明亮。

【汇评】

《诗序》："《著》，刺时也，时不亲迎也。"

唐孔颖达《毛诗正义》："作《著》诗者，刺时也。所以刺之者，以时不亲迎，故陈亲迎之礼以刺之也。毛以为首章言士亲迎，二章言卿大夫亲迎，卒章言人君亲迎。俱是受女于堂，出而至庭、至著，各举其一以相互见。郑以为三章共述人臣亲迎之礼。虽所据有异，俱是陈亲迎之礼以刺今之不亲迎也。"

宋朱熹《诗集传》："东莱吕氏曰：婚礼婿往妇家亲迎，既奠雁御轮而先归，俟于门外，妇至则揖以入。时齐俗不亲迎，故女至婿门，始见其俟己也。”

宋严粲《诗缉》:“礼,惟天子不亲迎,诸侯以下皆行之。此诗言卿大夫、士之事,举其中以明上下也。”

清姚际恒《诗经通论》:“《序》谓'刺时不亲迎'。按此本言亲迎,必欲反之为刺,何据? 若是,则凡美者皆可为刺矣。”

袁愈荌《诗经全译》:“姑娘见到亲迎时的未婚夫。”

陈子展《诗经直解》:“《著篇》诗人为一贵族女子自述于归,想望其婿亲迎之词。……倘视为歌谣,则疑为贵族女子出嫁,女伴相随歌唱之词。有如后世新妇伴娘之歌词赞颂然。”

东方之日

东方之日兮!
彼姝者子①,在我室兮。
在我室兮,履我即兮②!

东方之月兮!
彼姝者子,在我闼兮③。
在我闼兮,履我发兮④!

【题解】

这是新婚夫妻同室欢娱之诗。全诗二章。每章首句分别以日、月比喻新娘貌美。诗中的日、月,不仅比喻新娘貌美,而且还点明了时间。暗示出小两口朝夕相处,恩爱无比。每章后三句写小两口尽情欢娱之状。在新房之中,新郎在前面走,新娘在后面跟,真可谓是夫走妻随,形影不离。这里写的虽只是生活中的一个细节,但新婚的和谐幸福也就不言而喻了。

【注释】

①姝(shū):美丽。
②履:踏。即:脚印。

③阃(tà):门内。

④发:通"跋"。脚跟。

【汇评】

《诗序》:"《东方之日》,刺衰也。君臣失道,男女淫奔,不能以礼化之。"

唐孔颖达《毛诗正义》:"作《东方之日》诗者,刺衰也。哀公君臣失道,至使男女淫奔,谓男女不待以礼配合,君臣皆失其道,不能以礼化之,是其时政之衰,故刺之也。毛以为陈君臣盛明、化民以礼之事,以刺当时之衰。郑则指陈当时君臣不能化民以礼,……下四句为男女淫奔,不能以礼化之之事。"

宋朱熹《诗序辨说》:"此男女淫奔者所自作,非有刺也。其曰君臣失道者,尤无所谓。"

宋朱熹《诗集传》:"言此女蹑我之迹而相就。"

清姚际恒《诗经通论》:"小序谓'刺衰'孔氏谓刺哀公,《伪传》、《说》谓刺庄公,何玄子谓刺襄公,说诗者果可以群呈臆见如是乎? 此刺淫之诗,以日月为兴,作两章韵头耳。执泥日月求解,皆非是。"

高亨《诗经今注》:"这是一首男女幽会的诗。诗主人公是男子,写他的情人到他家来,在他家留宿。"

袁愈荌《诗经全译》:"写新婚夫妇恩爱,形影不离。"

陈子展《诗经直解》:"《东方之日》,确为贵族淫奔之诗。……《桑中》男奔女,此诗则女奔男。"

东方未明

东方未明,颠倒衣裳。
颠之倒之,自公召之①。

东方未晞②,颠倒裳衣。
倒之颠之,自公令之③。

折柳樊圃④,狂夫瞿瞿⑤。

不能辰夜⑥,不夙则莫⑦。

【题解】

这是农奴怨恨官差频繁之诗。全诗三章。一、二章写农奴出工很早。天还未亮,监工就催促农奴起床。他如狼似虎地呼叫,使得农奴一片慌乱,竟连衣服也穿颠倒了。诗人抓住这一典型细节,把官府压榨下农奴夜不安寝的辛劳表现得生动而形象。三章写农奴收工很晚。农奴们紧张地折断柳枝,编扎菜园的篱笆,而监工站在一旁怒目监视,凶神恶煞。直到很晚,监工还不让农奴收工。统治者有意混淆日夜界限,不是失之早,就是失之晚。"不能辰夜,不夙则莫"正是农奴向官府发出的怨恨与控诉的呼声。

【注释】

①公:指王公贵族。召:传令当差。

②晞(xī):天刚发亮。

③令:号令。

④樊:篱笆。此作动词,编篱笆。圃:菜园。

⑤狂夫:监工。瞿瞿(jù):怒视的样子。

⑥辰:司,掌握。

⑦夙:早。莫:同"暮"。晚。

【汇评】

《诗序》:"《东方未明》,刺无节也。朝廷兴居无节,号令不时,挈壶氏不能掌其职焉。"

唐孔颖达《毛诗正义》:"(首二章)言朝廷起居无节度,于东方未明之时,群臣皆颠倒衣裳而著之。方始倒之颠之著衣未往,已有使者从君而来召之。起之早晚,礼有常法,而今漏刻失节,促遽若此,故刺之。""(三章)言折柳木以为藩莱果之圃,则柳木柔脆,无益于圃之禁;以喻用狂夫以为挈壶之官,则狂夫瞿瞿然,不任于官之职,由不任其事,恒失节度,不能时节此夜之漏刻,不太早则太晚,常失其宜,故令起居无节。以君任非其人,故刺之。"

宋朱熹《诗序辨说》:"夏官:挈壶氏下士六人。挈,县挈之名;壶,盛水器,盖置壶浮箭,以为昼夜之节也。漏刻不明,故可以见其无政。然所以兴居无节,号令不时,则未必皆挈壶氏之罪也。"

宋朱熹《诗集传》:"(首章)此诗人刺其君兴居无节、号令不时";"(末章)折柳樊圃,虽不足恃,然狂夫见之,犹惊顾而不敢越。以比辰夜之限甚明,人所易知,今乃不能知,而不失之早,则失之莫也。"

高亨《诗经今注》:"这是一首农奴们唱出的歌,叙述他们给奴隶主服徭役的情况。"

袁愈荌《诗经全译》:"穷苦人民,当官差,应徭役,受监视,忙得早晚不宁的情况。"

南 山

南山崔崔①,雄狐绥绥②。
鲁道有荡③,齐子由归④。
既曰归止⑤,曷又怀止⑥?

葛屦五两⑦,冠绥双止⑧。
鲁道有荡,齐子庸止⑩。
既曰庸止,曷又从止?

艺麻如之何⑩? 衡从其亩⑪。
取妻如之何? 必告父母。
既曰告止,曷又鞠止⑫?

析薪如之何⑬? 匪斧不克。
取妻如之何? 匪媒不得。
既曰得止,曷又极止⑭?

这是讽刺齐襄公淫妹文姜之诗。全诗四章。一章以南山高大比喻襄公地位显赫,以雄狐求偶比喻襄公淫行丑恶。文姜既已出嫁,但襄公依然怀念文姜。二章以葛鞋成对,帽带成双,比喻男女各有配偶,不容紊乱。文姜既已出嫁,但襄公依然跟从文姜。三、四章以种麻要依田亩、劈柴需用斧子,比喻鲁桓公娶妻已告父母,已聘媒人,符合礼仪。鲁桓公发现文姜与襄公私通,斥责文姜几句也理属当然。然而襄公听了文姜的诉说之后,顿生歹心,竟下毒手,指使公子彭生杀害了鲁桓公。此事见于《左传·桓公十八年》载。这一骇人的历史事件,也在此诗中得到了反映。"曷又鞠止"之"鞠"、"曷又极止"之"极",正揭露了襄公穷凶极恶的面目。

【注释】

①崔崔:高大。

②绥绥:求偶的样子。

③鲁道:由齐至鲁的道路。荡:平坦。

④齐子:指文姜。归:出嫁。

⑤曰、止:语助词。

⑥曷:何,为何。

⑦葛屦(jù):用葛制成的鞋。五:通"伍"。行列。两:二屦。意为陈鞋必以两为一列。

⑧绥(ruí):系帽子的带子。

⑨庸:由。

⑩艺:种植。

⑪衡从:即横纵。

⑫鞠(jū):穷。

⑬析薪:劈柴。

⑭极:同"鞠"。

【汇评】

《诗序》:"《南山》刺襄公也。鸟兽之行,淫乎其妹。大夫遇是恶,作诗而去之。"

汉郑玄《郑笺》:"襄公之妹,鲁桓公夫人文姜也。襄公素与淫通,及嫁,公谪之。公与夫人如齐,夫人愬之襄公,襄公使公子彭生乘公而搚杀之。夫人久留于齐,庄公即位后乃来。犹复会齐侯于禚、于祝丘,又如齐师。齐大夫见襄公行恶如是,作诗以刺之。又非鲁桓公不能禁制夫人而去之。"

宋朱熹《诗集传》:"前二章刺齐襄,后二章刺鲁桓。"

清姚际恒《诗经通论》:"季明德谓'通篇刺文姜',然则'雄狐'之说为何? 何玄子谓'惟首章首二句刺齐襄,首章'怀'字刺文姜,二章'从'字刺鲁桓,下二章又追原其夫妇成昏之始',尤凿。惟严氏谓'通篇刺鲁桓',似得之。"

清方玉润《诗经原始》:"首章言襄公纵淫,不当自淫其妹。妹既归人而有夫矣,则亦可以已矣,而又曷怀之有乎? 次章言文姜即淫,亦不当顺从其兄。今既归鲁而成耦矣,则亦可以已矣,而又曷返齐而从兄乎? 后二章言鲁桓以父母命,凭媒灼言,而成此婚配,非苟合者比,岂有不闻其兄妹之事乎? 既取而得之,则当以礼闲之,俾勿归齐,则亦可以已矣。而又曷从其入齐,至令得穷所欲而无止极、自取杀身祸乎?"

陈子展《诗经直解》:"(首章)以南山雄狐发兴,隐喻齐襄公淫妹有鸟兽行。""(二章)言冠履上下各自成双,以喻男女成双亦当有别。""(三章)言虽告父母,无补夫道之穷。""(四章)言虽有媒妁,无救妻恶之极。"

蓝菊荪《诗经国风今译》:"《诗序》说:……这是《诗序》傅会史实的说法。朱子仍从序说,均不取。这恐怕是属于民间婚姻方面的诗,是叙述那个男的看见那个女的出嫁发出的感想的过程的,他和那个女的大概过去中间曾有过一段关系吧。"

甫　田

无田甫田[①],维莠骄骄[②]。
无思远人,劳心忉忉[③]。

无田甫田,维莠桀桀[④]。
无思远人,劳心怛怛[⑤]。

婉兮娈兮⑥,总角丱兮⑦。
未几见兮⑧,突而弁兮⑨。

【题解】

　　此诗可当作哲理诗来读。它寓哲理于形象之中,趣味别致而耐人深思。全诗三章。首二章以种田、思人为喻。不要耕种大田,如果耕种大田而力量不济,田中就会长出高大的杂草;不要思念远人,如果思念远人而人不至,心中就会生出无限的忧伤。这两个比喻,充分说明应从小事做起,从近处着眼,切莫厌小务大,忽近图远。末章以小孩为喻。一位年少而貌美的儿童,头上扎着两个辫髻,可是过不多时再见,他头上忽然戴上成人的帽子。这一比喻,进一步说明小可以长大,只要循序渐进就可以达到预期的目的。

【注释】

　　①田(tián):耕种。甫田:大田。

　　②维:代词。相当于"其"。指代"甫田"。莠(yǒu):杂草。骄骄:高大的样子。

　　③劳心:忧愁的心。忉忉(dāo):忧愁的样子。

　　④桀桀(jié):挺拔的样子。

　　⑤怛怛(dá):悲伤的样子。

　　⑥婉娈(wǎn luán):年少而貌美的样子。

　　⑦总角:把两鬓的头发扎成两髻,状如两角。丱(guàn):儿童束发如两角的样子。

　　⑧未几:过不多时。

　　⑨突而:副词。忽然。弁(biàn):成人的帽子。

【汇评】

　　《诗序》:"《甫田》,大夫刺襄公也。无礼义而求大功,不修德而求诸侯,志大心劳,所以求者非其道也。"

　　宋朱熹《诗集传》:"言无田甫田也,田甫田而力不给,则草盛矣;无思远人也,思远人而人不至,则心劳矣。以戒时人厌小而务大,忽近而图远,将徒劳而无功也。"

闻一多《风诗类抄》："弁,冠也。男子二十而冠,亦二十而娶。突然看见人家戴弁了,不免有哑然自失之感。"

高亨《诗经今注》："农家的儿子,尚未成年,竟被统治者抓去当兵派往远方。他的亲人想念他,唱出这首歌。"

袁愈荌《诗经全译》："一说少女怀念少年,久不相见,及相见,已由小孩变为成人。"

陈子展《诗经直解》："《甫田》,诗人思念远人,其人忽见,惊喜而作。……倘以诗之言外之意求之,则似为母远思其子,终得相见,热泪夺眶,喜极而作。"

程俊英《诗经译注》："这是一首思念远人的诗。后人对这首诗的主题,多不得其解。从诗中所写的看,大概是一个流亡的农民,想起以前种领主大田的辛苦,现在虽然离开了它,却不免思念那里的一个可爱的孩子。多时不见,他该长大了吧?"

卢　令

卢令令①,其人美且仁②。

卢重环③,其人美且鬈④。

卢重鋂⑤,其人美且偲⑥。

【题解】

这是赞美猎人之诗。全诗三章。每章首句描写猎犬。猎犬颈上套着双环、三环,奔跑起来发出"令令"的声响。写猎犬装饰之盛,是为了衬托猎人的英武。每章末句赞美猎人。这位猎人不仅容貌英俊,而且品德高尚、体态勇壮、技艺高超。寥寥几笔,便将这位猎人的形象勾勒了出来。

【注释】

①卢:猎犬。令令:环铃声。

②仁:仁爱。

③重环:子母环,大环贯小环。

④鬈(quán):通"拳"。勇壮的样子。

⑤重鋂(méi):一大环贯二小环。

⑥偲(cāi):多才。

【汇评】

《诗序》:"《卢令》,刺荒也。襄公好田猎毕弋,而不修民事。百姓苦之,故陈古以风焉。"

唐孔颖达《毛诗正义》:"言古者有德之君,顺时田猎,与百姓共乐同获,百姓闻而悦之。言吾君之卢犬,其环铃铃然为声;又美其君,言吾君其为人也,美好且有仁恩。言古者贤君田猎,百姓爱之,刺今君田猎,则百姓苦之。"

宋王质《诗总闻》:"此当为旁观而为之夸誉者也。能以仁为首辞,则作诗者必有识者也。"

宋朱熹《诗集传》:"此诗大意与《还》略同。"

清姚际恒《诗经通论》:"序谓刺襄公。何玄子曰:'《公羊传》载:庄四年,公与齐侯狩于禚。《左传》载:庄八年,齐侯田于贝丘,见大豕,从者曰:公子彭生也。公怒,射之。豕人立而啼。公惧,坠于车,因遂为无知所弑。此足为襄公好田之证。'"

余冠英《诗经选》:"这首诗赞美一个英武的猎人。"

陈子展《诗经直解》:"《卢令》,亦咏猎人之歌,与《还》篇同。所不同者,彼二人并驱出猎,此一人携犬出猎。又诗速写此人仪容,卷发美髯,具有威严,似较彼诗二人年长位尊耳。"

敝 笱

敝笱在梁①,其鱼鲂鳏②。

齐子归止③,其从如云。

敝笱在梁,其鱼鲂鱮④。

齐子归止,其从如雨。

敝笱在梁,其鱼唯唯⑤。
齐子归止,其从如水。

【题解】

这是文姜出嫁盛况之诗。全诗三章。每章前二句为兴体。诗以破鱼
篓中的鱼儿自由穿行,兴比文姜任性放纵之状。每章后二句写文姜出嫁的
盛况。文姜出嫁,随从"如云"、"如雨"、"如水"。这三个比喻极言随从之
多,气势之大,巧妙地烘托出文姜放荡不羁、骄逸难制的情态。不难看出,
文姜出嫁后仍与襄公私通,就绝非偶然了。

【注释】

①敝笱(gǒu):破旧的捕鱼竹器。梁:鱼梁,拦鱼的堰。

②鲂:鳊鱼。鳏(guān):鲲鱼。

③齐子:指文姜。归:出嫁。

④鲂:鲢鱼。

⑤唯唯:鱼相随行、无拘无束的样子。

【汇评】

《诗序》:"《敝笱》,刺文姜也。齐人恶鲁桓公微弱,不能防闲文姜,使至
淫乱,为二国患焉。"

唐孔颖达《毛诗正义》:"毛以为笱者捕鱼之器。弊败之笱在于鱼梁,其
鱼乃是鲂鳏之大鱼,非弊败之笱所能制。以喻微弱之君为其夫婿,其妻乃
是强盛之齐女,非微弱之夫所能制。刺鲁桓之微弱不能制文姜也。又言文
姜难制之意,齐子文姜初归于鲁国,止其从者庶姜、庶士其数众多如云然,
以此强盛,故鲁桓不能禁也。"

宋朱熹《诗集传》:"齐人以敝笱不能制大鱼,比鲁桓不能防闲文姜,故
归齐而从者众也。"

清姚际恒《诗经通论》:"此指文姜诗。'归'指于归,'从'指从嫁,
自顺。"

清陈启源《毛诗稽古编》:"文姜如齐始于桓末年耳,时僖公已卒,不得

言归宁。又非见出,不得云大归。则诗言齐子归止,定指于归无疑。于归时文姜淫行未著也,末年如齐桓即毙于彭生之手,诗何得责其防闲以为刺哉?"

黄焯《毛诗郑笺平议》:"诗意特形容文姜嫁时扈从之盛,以见其骄逸难制耳。"

高亨《诗经今注》:"鲁桓公在齐国被杀以后,鲁国立文姜生的儿子为君,是为庄公。文姜做了寡妇,时时由鲁国到齐国去,和齐襄公幽会。齐人唱出这首歌,加以讽刺。"

程俊英《诗经译注》:"这是齐人讽刺鲁庄公不能制止母亲文姜,让她回国和襄公相会的诗。……庄公的父亲桓公,被齐襄公暗杀。桓公死后,庄公仍让母亲继续回齐和襄公来往。在文姜回齐的时候,还明目张胆、大张旗鼓地派很多随从跟着她,这更引起了人民的不满,所以作了这首讽刺诗。"

载　驱

载驱薄薄①,簟茀朱鞹②。
鲁道有荡,齐子发夕③。

四骊济济④,垂辔沵沵⑤。
鲁道有荡,齐子岂弟⑥。

汶水汤汤⑦,行人彭彭⑧。
鲁道有荡,齐子翱翔。

汶水滔滔,行人儦儦⑨。
鲁道有荡,齐子游敖。

这是讽刺文姜回齐国与襄公私通之诗。全诗四章。每章前二句写文姜车马之盛和随从之众。车是华贵之车,马是高头大马。文姜乘坐马车,在通往齐国的大道上奔驰,车轮发出"薄薄"的声响。文姜随从之多,如同汶水弥漫,滚滚流淌。在光天化日之下,文姜乘坐马车,带着众多随从回齐私会襄公,真是毫无忌惮的非礼行为。每章末二句讽刺文姜淫秽行为。"发夕"即"旦夕",它与"岂弟"、"翱翔"、"游敖"可互为补充。"岂弟"同"恺悌",意为欢乐和易,这里用作贬词。这几句是说,文姜在通往齐国的大道上,日夜兼程赶回齐国,寻欢作乐,而无一点惭愧羞耻之色。此诗形容巧妙,含蕴深邃,堪称一首著名的讽刺诗。

【注释】

①载:语助词。薄薄:驱车之声。

②簟(diàn):方纹竹席。茀(fú):车帘。朱鞹(kuò):红色兽皮。

③齐子:指文姜。发夕:旦夕。

④骊(lí):黑马。济济:肥壮的样子。

⑤垂辔:下垂的缰绳。沵沵(nǐ):柔和的样子。

⑥岂弟:欢乐和易。此用于贬义。

⑦汶水:水名。流经齐鲁之地。汤汤(shāng):水盛的样子。

⑧彭彭(páng):人众多的样子。

⑨儦儦(biāo):义同"彭彭"。

【汇评】

《诗序》:"《载驱》,齐人刺襄公也。无礼义,故盛其车服,疾驱于通道大都,与文姜淫,播其恶于万民焉。"

唐孔颖达《毛诗正义》:"言襄公将与妹淫,则驱驰其马,使之疾行,其车之声薄薄然,用方文竹簟以为车蔽,又有朱色之革为车之饰。公乘此车马,往就文姜。鲁之道路有荡然平易,齐子文姜乃由此道,发夕至旦来与公会。……故刺之。"

宋朱熹《诗集传》:"齐人刺文姜乘此车而来会襄公也。"

宋戴溪《续吕氏家塾读诗记》:"刺文姜所以刺庄公也。"

清姚际恒《诗经通论》:"小序谓'刺齐襄',因以前二章上二句指襄公。

《集传》皆以为指文姜,意亦贯。"

闻一多《风诗类抄》:"齐女归于鲁(无刺意)。"

陈子展《诗经直解》:"《载驱》,齐人为刺襄公、文姜兄妹,公然驱车通道
大都,相会淫乱而作。古文《序》说与诗义合。"

程俊英《诗经译注》:"这是一首写齐女嫁鲁的诗。齐襄公的小女儿哀
姜嫁给鲁庄公,哀姜在途中迟迟不入鲁境,一定要鲁庄公答应她'远媵妾'
的条件才去。这首诗写的就是这件事。"

猗 嗟

猗嗟昌兮①,颀而长兮②。
抑若扬兮③,美目扬兮④。
巧趋跄兮⑤,射则臧兮⑥。

猗嗟名兮⑦,美目清兮⑧。
仪既成兮⑨,终日射侯⑩。
不出正兮⑪,展我甥兮⑫!

猗嗟娈兮⑬,清扬婉兮⑭。
舞则选兮⑮,射则贯兮⑯。
四矢反兮⑰,以御乱兮⑱!

【题解】

这是赞美青年射手之诗。全诗三章。每章前几句赞美这个青年的外
貌与风度。他身材高大,体魄健壮,额角宽广,一双眼睛炯炯有神。他还很
有风度。你看他,步履轻盈,矫若飞燕,好一个风度翩翩的美男子!每章后
几句赞美这个青年精湛的射技。由于他射技纯熟,因此他整天射箭,箭箭
都能命中靶心。在表演之前,他的舞姿与乐曲完全合拍,这是射箭的准备
阶段。他的射技的确高超,不仅能将靶子射穿,而且连射四箭,箭箭从同一

孔中射出。此情此景，令人惊叹。无怪乎诗中赞叹道："他真可以防御战乱！"至于这个青年射手是谁？因诗中只有"展我甥兮"一句，故难以详考，可不必深究。

【注释】

①猗嗟(yī jiē)：叹词。表示赞叹。昌：健壮。

②颀(qí)：高大的样子。

③抑若：美丽的样子。扬：额头宽阔。

④扬：目动。

⑤巧趋：脚步敏捷。跄(qiāng)：行走有节奏。

⑥臧：善，射艺好。

⑦名：通"明"。面色明净。

⑧清：形容目光敏锐、澄清。

⑨仪：射箭的方法。成：完备。

⑩侯：靶。

⑪正：靶心。

⑫展：的确。

⑬娈：俊俏。

⑭清扬：眉清目秀。婉：秀美。

⑮选：才华出众。

⑯贯：穿透。

⑰反：复。指箭先后重复射中原处。

⑱御乱：防御战乱。

【汇评】

《诗序》："《猗嗟》，刺鲁庄公也。齐人伤鲁庄公有威仪技艺，然而不能以礼防闲其母，失子之道，人以为齐侯之子焉。"

宋朱熹《诗集传》："齐人极道鲁庄公威仪技艺之美如此，所以刺其不能以礼防闲其母，若曰'惜乎其独少此耳'。""东莱吕氏曰：此诗三章，讥刺之意皆在言外，嗟叹再三，则庄公所大阙者，不言可见矣。"

惠周惕《诗说》："《猗嗟》之咏鲁庄也，先辨其长短，次审其眉目，终得其趋跄步武、弯弓执矢之状。非亲见而环观之，不能详悉如是。是为鲁庄适齐时所作可知也。……以意求之，当在纳弊之年，盖文姜薨之明年也。公以嘉礼往，齐国人聚观，固其恒情。而又亲见文姜昔年淫乱，疑其类于襄公。于是注目谛观，知其非是，而始恍然曰：'展我甥兮'！……"

清姚际恒《诗经通论》："小序谓'刺庄公'，是。……三章皆言射，极有条理，而叙法错综入妙。"

闻一多《风诗类抄》："美少年善射也。或曰：齐人美鲁庄公。庄公，齐之甥也。"

程俊英《诗经译注》："这是赞美一位健美艺高的射手的诗。历来都相信《猗嗟》诗中所描写的主人公是鲁庄公。……有人说，诗人用'展我甥兮'及'以御乱兮'二句微词讽刺，讽刺他样样都好，只是忘记报父之仇，不能制止母亲与襄公私通。那么，诗就以美为刺了。"

蓝菊荪《诗经国风今译》："我看这首诗还是作为民间诗歌处理好了，这是歌颂他的外甥的诗篇。他外甥正是射击中的能手，保卫乡土的健儿。"

蒋立甫《诗经选注》："这首诗赞美一个善射者。以'展我甥兮'句推测，作者可能是被称赞者的舅父或岳丈。"

魏　风

葛　屦

纠纠葛屦①,可以履霜②。
掺掺女手③,可以缝裳。
要之襋之④,好人服之⑤。

好人提提⑥,宛然左辟⑦,
佩其象揥⑧。
维是褊心⑨,是以为刺⑩。

【题解】

　　这是婢妾讽刺贵族夫人之诗。全诗二章。诗意紧相承接,一气呵成。这位婢妾勤劳手巧。她制作的葛布鞋,可以践踏寒霜,可见其手工是何等精细。她生就一双纤纤细手,可以缝制各种衣裳。她缝了腰身又缝衣领,一件漂亮的新衣终于缝制完毕。她将新衣送到贵夫人面前,而这个贵夫人不理不睬,先是斜眼而视,然后将身子朝左一扭,悠闲地把一根象牙发簪插在头上,显得非常傲慢。这个婢妾见此情状,内心激起了无比的怨忿。她再也无法忍受,便喊出了"维是褊心,是以为刺"的呼声。

【注释】

　　①纠纠:纠结缠绕的样子。葛屦(jù):葛布鞋。

　　②履:踏。

　　③掺掺(xiān):纤细。

　　④要:缝衣服的腰身。襋(jí):缝衣领。

⑤好人：指贵妇人。

⑥提提：斜目而视的样子。

⑦宛然：回转的样子。辟：同"避"。躲闪。

⑧佩：插。象掦(tì)：象牙发簪。

⑨维：因。褊心：心地狭窄。

⑩是以：因此。刺：讽刺。

【汇评】

《诗序》："《葛屦》，刺褊也。魏地狭隘，其民机巧趋利，其君俭啬褊急，而无德以将之。"

宋朱熹《诗集传》："魏地狭隘，其俗俭啬而褊急，故以葛屦履霜起兴，而刺其使女缝裳，又使治其要襋而遂服之也。此诗疑即缝裳之女所作。"

清姚际恒《诗经通论》："大序因'纠纠葛屦'二句，併为刺'俭啬'，非也。俭为美德，'与其奢也宁俭'，夫子不云乎！序之以为'俭啬'者，误泥首章首二句，以为赋也，不知此是兴。……《集传》既以为兴，是已，乃亦依序谓'刺俭啬'，何耶？"又云："此诗疑其夫人之妾媵所作，以刺夫人者。"

清崔述《读风偶识》："玩其词，并不似刺俭者。'象掦左辟'……皆就仪容修饰之美言之，似讥其华而不实者。"

闻一多《风诗类抄》："屦裳皆妾手所制，夫持以授嫡，嫡宛然而走避之。"又曰："屦夏用葛，冬用皮。此曰葛屦可以履霜，言其工致也。……一手挈领，一手挈襈，奉裳于好人，请就而服之。彼好人乃瞑目视我，宛然回身，避我而去。"

高亨《诗经今注》："女奴不甘受主人的虐待，唱出这首歌予以讽刺。"

陈子展《诗经直解》："《葛屦》，最古之一篇缝衣曲。寄予缝裳女以无限之同情，盖民间诗人所作，采自歌谣。"

汾沮洳

彼汾沮洳①，言采其莫②。

彼其之子③，美无度④。

美无度,殊异乎公路⑤。

彼汾一方,言采其桑。
彼其之子,美如英⑥。
美如英,殊异乎公行⑦。

彼汾一曲⑧,言采其荬⑨。
彼其之子,美如玉。
美如玉,殊异乎公族⑩。

【题解】

这是女子赞美情人之诗。全诗三章。这是一位农家女子,她正在汾水边采摘莫菜、桑叶和荬菜。突然她想起自己所思慕的男子,就情不自禁地赞颂起来。她心中的那个男子,不仅相貌美得像鲜艳的花,而且品德美得像洁白的玉,真是美得无法形容。诗的最后说这个男子与"公路"、"公行"、"公族"大不相同。这既是对心上男子的赞美,也是对贵族官吏的嘲讽。

【注释】

①汾:水名。沮洳(jù rú):河滩地湿处。
②莫(mù):野菜名。可食。
③彼其(jì):那个。
④无度:无比。
⑤公路:官名。掌管国君之路车。
⑥英:花。
⑦公行:官名。掌管国君卫兵的行伍。
⑧曲:河湾。
⑨荬(xù):药草名。即水酉菜。
⑩公族:官名。掌管国君宗族的事务。

【汇评】

《诗序》:"《汾沮洳》,刺俭也。其君俭以能勤,刺不得礼也。"

唐孔颖达《毛诗正义》:"于彼汾水渐洳之中,我魏君亲往采其莫以为菜，是俭而能勤也。彼其采莫之子能勤俭如是，其美信无限度矣，非尺寸可量也。美虽无度，其采莫之士殊异于公路。贱官尚不为之，君何故亲采莫乎？刺其不得礼也。”

宋朱熹《诗集传》："此亦刺俭不中礼之诗。言若此人者，美则美矣，然其俭啬褊急之态，殊不似贵人也。"

宋朱熹《诗序辨说》："此未必为其君而作。崔灵恩集注，'其君'作'君子'。义虽稍通，然未必序者之本意也。"

清姚际恒《诗经通论》："此篇不惟绝不见刺意，且亦无俭意。乃谓魏君亲采莫与桑与藚以合'刺俭'之说，岂不稚甚可笑乎！且诗亦无咏人采莫、又采桑、又采藚者，其为兴义甚明。彼盖直以每章上二句为赋也。……又毛、郑诸解以'美无度'为美辞，以'殊异乎公路'为刺辞。方美而忽刺，亦无此理。"

清魏源《诗古微》："《韩诗外传》，盖叹汩沮之间，有贤者隐居在下，采疏自给，然其才德实高出乎在位公族、公行、公路之上。故曰虽在下位而自尊，超然其有以殊乎世。盖春秋时，晋官公族、公行、公路皆贵族之子，无材世禄，贤者不得用、用者不必贤也。"

闻一多《风诗类抄》："这是女子思慕男子的诗。"

高亨《诗经今注》："这是一首妇女赞美男子的诗。她是他的妻子或恋人，无从论定。"

程俊英《诗经译注》："这是一首赞美劳动人民才德的诗。"

陈子展《诗经直解》："言采莫、采藚、采姜一类之劳动人民具有美材，殊异于公路、公行、公族一类之贵族世禄子弟。"

园有桃

园有桃，其实之殽①。
心之忧矣，我歌且谣。
不知我者，谓我士也骄②。
彼人是哉③，子曰何其④？

心之忧矣，其谁知之！
其谁知之，盖亦勿思。

园有棘⑤，其实之食。
心之忧矣，聊以行国⑥。
不知我者，谓我士也罔极⑦。
彼人是哉，子曰何其？
心之忧矣，其谁知之！
其谁知之，盖亦勿思。

【题解】

这是贤士忧时伤己之诗。全诗二章。每章首二句为兴体。诗以园中的桃子、枣子可供人食用，反兴自己有德有才而无所用。每章三、四句写诗人心忧。当时魏国政治黑暗，小人当道，贤良被逐，国家的前途不堪设想。诗人为此而忧伤。这满腔的忧愁无法排遣，只得长歌当哭，且歌且谣。然而，歌谣又岂能泄忧？他又只好遍游国中以泄忧愤。每章后六句写知音难得。心中有忧，别人如果理解，还可得到一点宽慰。然而那些"不知我者"，竟说我骄傲，说我无常。对此，诗人表示愤慨。他问道："那人说得对吗？你说怎么样呢？"最后他完全失望了，只好无可奈何地感叹道："我的忧心有谁知，干脆再别去想吧！"不想怎么行呢？这不过是忧思难遣时的自慰自解罢了。

【注释】

①殽(yáo)：通"肴"，吃。

②士：诗人自称。

③彼人：那人。是：对。

④何其：怎么样。

⑤棘：枣树。

⑥聊：姑且。行国：周游于国中。

⑦罔极：无常。

【汇评】

《诗序》：“《园有桃》，刺时也。大夫忧其君，国小而迫，而俭以啬，不能用其民，而无德教，日以侵削，故作是诗也。”

汉郑玄《郑笺》：“魏君薄公税，省国用，不取于民，食园桃而已。不施德教，民无以战，其侵削之由由是也。”

宋朱熹《诗集传》：“诗人忧其国小而无政，故作是诗。”

清姚际恒《诗经通论》：“此贤者忧时之诗。‘园有桃’二句，《毛传》、《集传》皆以为兴，是已。然《毛传》谓‘园有桃，其实之殽，国有民，得其力’，非是。《集传》谓‘园有桃，则其实之殽；心之忧，则我歌且谣矣’，亦无意义。此盖谓桃棘，果实之贱者，园有之，犹可以为食，兴国之无人也，故直接‘心之忧矣’云云。诗之兴体不一，在乎善会之而已。”

清汪梧凤《诗学女为》：“桃为果之下品，棘则枣之小者，均非美材，而实殽登俎，喻所用之非人也。魏小而偪于晋，又以下材当国，危亡在旦夕。君相不知忧，而士忧之，忽而歌谣，忽而行国，悲歌往复，冀闻者之少勤其思。其犹《离骚》之意也与？”

闻一多《风诗类抄》：“食桃棘喻已成家屋”，“伤家室之无乐也。”

余冠英《诗经选》：“这是忧时的诗，和《黍离》相类。”

郭沫若《中国古代社会研究》：“这首诗的诗人自己称自己为士，这当然是一位作官的了。这位作官的人大概是穷得连饭都没有吃的，只是吃园里的桃子和棘实，所以他便大大地感伤起来。”

陈子展《诗经直解》：“《园有桃》，一骄慢躁进之大夫，好议论当世，而遭遇挫折，忧谗畏讥，心灰意懒，而作是诗也。”

陟　岵

陟彼岵兮^①，瞻望父兮。
父曰：“嗟^②，予子行役，夙夜无已^③。
上慎旃哉^④，犹来无止^⑤！”

陟彼屺兮⑥,瞻望母兮。

母曰:"嗟,予季⑦行役,夙夜无寐。

上慎旃哉,犹来无弃⑧!"

陟彼冈兮,瞻望兄兮。

兄曰:"嗟,予弟行役,夙夜必偕⑨。

上慎旃哉,犹来无死!"

【题解】

这是服役青年怀念亲人之诗。全诗三章。每章首二句写他遥望亲人。他登上山顶,极目远眺,瞻望亲人。尽管山重水复,千里迢迢,肉眼无法看见亲人的身影,但他的心却早已飞到亲人的身边。每章后四句是设想亲人念己之词。他的耳畔响起亲人深情的话语。他设想父亲说:"唉,我的孩子!你行役在外,日夜辛劳不止。你要小心谨慎,还是快点回来,不要久滞异乡。"他设想母亲说:"唉,我的小儿子!你行役在外,早晚不得安睡。你要小心谨慎,还是快点回来,不要弃家不归。"他设想哥哥说:"唉,我的弟弟!你行役在外,日夜勤勉不倦。你要小心谨慎,还是快点回来,不要死在外面。"此诗手法曲致巧妙,委婉动人。诗以设想对方念己,来映衬自己对亲人的思念,要比直接倾吐深沉得多。

【注释】

①陟(zhì):登上。岵(hù):多草木的山。

②嗟:叹息。相当于"唉"。

③夙夜:早晚。无已:不止。

④上:犹"尚"。表示希望的意思。旃(zhān):之。

⑤犹:还。无止:不要久留在外。

⑥屺(qí):光秃的山。

⑦季:小儿子。

⑧无弃:不要弃家无归。

⑨偕:共同,在一起。

《诗序》:"《陟岵》,孝子行役思念父母也。国迫而数侵削,役乎大国,父母兄弟离散,而作是诗也。"

唐孔颖达《毛诗正义》:"言己登彼岵山之上兮,瞻望我父所在之处兮,我本欲行之时,而父教戒我曰:'嗟汝我子也,汝从军行役在道之时,当早起夜寐无得已止!'又言:'若至军中,在部列之上,当慎之哉! 可来乃来,无止军事而来。若止军事,当有刑诛,故深戒之。"

宋朱熹《诗集传》:"孝子行役,不忘其亲。"

清沈德潜《说诗晬语》:"《陟岵》,孝子之思亲也。三段中但念父、母、兄之思己,而不言己之思父、母与兄。盖一说出,情便浅也。情到极深,每说不出。"

闻一多《风诗类抄》:"役夫思家也。登高望其家之所在,因想象其家人念己之言云云。"

钱钟书《管锥编》:"古乐府《西洲曲》写男'下西洲',拟想女在'江北'之念己望己……。据实构虚,以想象与怀忆融会而造诗境,无异乎《陟岵》焉。分身以自省,推己以忖他;写心行则我思人乃想人必思我,如《陟岵》是;写景状则我视人乃见人适视我,例亦不乏。"

十亩之间

十亩之间兮①,桑者闲闲兮②。
行与子还兮③!

十亩之外兮,桑者泄泄兮④。
行与子逝兮⑤!

【题解】

这是采桑女子之诗。全诗二章。诗中展现的是这样一幅劳动情景:十亩桑园内外,一群采桑女子来来往往,从容不迫。将要收工时,她们以歌声相互召唤:"将与你一同回去!"诗中的景象是明朗的,诗意是轻松愉快的。全诗运用白描手法,短短几句就勾勒出一幅清新的劳动图景,使人觉得声情并茂,有着浓郁的田园民歌风味。

【注释】

①十亩:形容桑园之大。

②桑者:采桑女子。闲闲:从容不迫的样子。

③行:副词。行将,将要。

④泄泄:义同"闲闲"。

⑤逝:还,回去。

【汇评】

《诗序》:"《十亩之间》,刺时也。言其国削小,民无所居焉。"

唐孔颖达《毛诗正义》:"魏地狭隘,一夫不能百亩,今才在十亩之间。采桑者闲闲然,或男或女,共在其间,往来无别也。又叙其往者之辞,乃相谓曰:'行与子俱回还兮!'虽则异家,得往来俱行,是其削小之甚也。"

宋朱熹《诗集传》:"政乱国危,贤者不乐仕于其朝,而思与其友归于农圃,故其词如此。"

清姚际恒《诗经通论》:"此类刺淫之诗,盖以'桑者'为妇人古称。采桑皆妇人,无称男子者。若为君子思隐,则何及于妇人耶?……曹植诗云:'美女妖且闲,采桑歧路间',亦得此意。……不然,则夫之呼其妻,亦未可知也。"

闻一多《风诗类抄》:"期再会也。"

袁梅《诗经译注》:"这是表现劳动与爱情的歌。在劳动结束时,……有的姑娘便唱歌招呼自己的情侣一起走。"

程俊英《诗经译注》:"一群采桑女子,在辛勤紧张的劳动后,轻松悠闲,三五成群,结伴同归途中所唱的歌。"

陈子展《诗经直解》:"《十亩之间》,采桑者之歌。妇女采桑,且劳且歌,自是《韩说》'劳者歌其事'之一例。采自歌谣,于以见其热爱劳动与乐群生活之外,实无深义。"

伐　檀

坎坎伐檀兮①，
寘之河之干兮②，河水清且涟漪③。
不稼不穑④，胡取禾三百廛兮⑤？
不狩不猎，胡瞻尔庭有县貆兮⑥？
彼君子兮，不素餐兮⑦！

坎坎伐辐兮⑧，
寘之河之侧兮，河水清且直猗⑨。
不稼不穑，胡取禾三百亿兮⑩？
不狩不猎，胡瞻尔庭有县特兮⑪？
彼君子兮，不素食兮！

坎坎伐轮兮，
寘之河之漘兮⑫，河水清且沦漪⑬。
不稼不穑，胡取禾三百囷兮⑭？
不狩不猎，胡瞻尔庭有县鹑兮⑮？
彼君子兮，不素飧兮⑯！

【题解】

　　这是工匠控诉统治者不劳而获之诗。全诗三章。可分三层来理解。第一层写工匠的劳动。他们正在砍伐檀树，做辐做轮，制成车子，然后放置河边，从水路运到宫中，以供统治者之需。他们的劳作显得紧张而繁忙。第二层写工匠的思考。统治者一不种田，二不打猎，为何粮食堆满仓？为何野味挂满庭？这既是思考，也是质问。经过思考，他们终于觉醒了。原来他们的劳动成果全被统治者剥夺去了。第三层揭露统治者寄生虫本质。结尾"彼君子兮,不素餐兮"显然是一句反话。意思是说:"那些君子们,都是尸位素餐的寄生虫!"这既是辛辣的讽刺,也是强烈的抗议。

【注释】

①坎坎:伐木声。檀:树名。

②寘:同"置"。放置。干:河岸。

③涟:水的波纹。猗:语助词。相当于"啊"。

④稼:种植庄稼。穑(sè):收割庄稼。

⑤胡:为什么。三百:极言多。廛(chán):捆,束。

⑥县:同"悬"。貆(huán):猪獾子。

⑦素餐:白吃饭。

⑧辐:车轮的辐条。

⑨直:水流平直。

⑩亿:同"繶"。捆,束。

⑪特:大野兽。

⑫漘(chún):水边。

⑬沦:水纹。

⑭囷(qūn):义同"廛"、"亿"。

⑮鹑(chún):鹌鹑。

⑯飧(sūn):熟食。此指吃饭。

【汇评】

《诗序》:"《伐檀》,刺贪也。在位贪鄙,无功而受禄,君子不得进仕尔。"

宋朱熹《诗序辨说》:"此诗专美君子不素餐。序言刺贪,失其旨。"

宋朱熹《诗集传》:"诗人言有人如此,用力伐檀,将以为车而行陆也,今乃寘之河干,则河水清涟,而无所用。虽欲自食其力,而不可得矣。然其志则以为不耕则不可以得禾,不猎则不可以得兽,是以甘心穷饿而不悔也。诗人述其事以叹之。"

清姚际恒《诗经通论》:"此诗美君子不素餐。'不稼'四句只是借小人以形君子,亦借君子以骂小人,乃反衬'不素餐'之义耳。末二句始露其旨。若以为'刺贪',失之矣。"

陈子展《诗经直解》:"《伐檀》,伐木者之歌。此亦《韩说》'劳者歌其事'之一例。伐木者诗人刺贪,刺剥削阶级之君子,非自称君子,更非美彼君子不素餐也。"

程俊英《诗经译注》:"这是一首魏国劳动人民讽刺剥削阶级不劳而获的诗。一群工匠,在河边伐木,给剥削者造车。这时,唱起了这首劳动即兴诗歌。"

硕　鼠

硕鼠硕鼠①,无食我黍②!
三岁贯女③,莫我肯顾④。
逝将去女⑤,适彼乐土⑥。
乐土乐土,爰得我所⑦!

硕鼠硕鼠,无食我麦!
三岁贯女,莫我肯德⑧。
逝将去女,适彼乐国。
乐国乐国,爰得我直⑨!

硕鼠硕鼠,无食我苗!
三岁贯女,莫我肯劳⑩。
逝将去女,适彼乐郊。
乐郊乐郊,谁之永号⑪!

【题解】

这是讽刺统治者横征暴敛之诗。全诗三章。可分两层来理解。第一层揭露统治者贪婪残酷的本性。诗中将统治者比作大老鼠生动而贴切。诗中说:大老鼠啊大老鼠,不要吃我们的粮食。我们侍奉了你多年,而你却不肯照顾我们。这种揭露真是一针见血。第二层抒写农民美好的心愿。

农民辛勤劳动,不得温饱,发誓逃奔他乡,去寻找安乐之地,充分表达了农民对理想社会的向往与追求。由于此诗运用了比兴手法,感情强烈而又不直露,意思深厚而又不晦涩,确是一首好作品。

【注释】

①硕:大。

②黍:小米。

③三岁:多年。贯:侍养,养活。

④顾:顾念。

⑤逝:通"誓"。发誓。去:离开。

⑥适:往。

⑦乐土:安乐之地。爰:语助词。所:处所。

⑧德:恩德,恩惠。

⑨直:同"值"。报酬。

⑩劳:慰劳,抚恤。

⑪之:犹"其"。永号:长叹。

【汇评】

《诗序》:"《硕鼠》,刺重敛也。国人刺其君重敛,蚕食于民,不修其政,贪而畏人,若大鼠也。"

汉王符《潜夫论·班禄篇》:"履亩税而《硕鼠》作。"

汉桓宽《盐铁论·取下篇》:"周之末涂,德惠塞而耆欲众,君奢侈而上求多。民困于下,怠于公事,是以有履亩之税,《硕鼠》之诗是也。"

宋朱熹《诗序辨说》:"此亦托于硕鼠,以刺其有司之辞,未必直以硕鼠比其君。"

宋朱熹《诗集传》:"民困于贪残之政,故托言大鼠害己而去之也。"

清姚际恒《诗经通论》:"此诗刺重敛苛政,特为明显。"

陈子展《诗经直解》:"《硕鼠》,刺重敛,即刺剥削无厌之诗。作者何等人?疑为当时新兴之地主阶级或自由农民,多少有私田者。"

程俊英《诗经译注》:"所谓履亩税,是指原来农民每年要出劳役为公田耕种,私田百亩可不纳税;现在除了服役公田,私田还要纳实物的十分之一为税。《硕鼠》一诗就是在这种双重剥削的制度下产生的。农民负担太重,实在难以忍受,就幻想到美好的理想国去。"

唐 风

蟋 蟀

蟋蟀在堂①,岁聿其莫②。
今我不乐,日月其除③,
无已大康④,职思其居⑤。
好乐无荒⑥,良士瞿瞿⑦。

蟋蟀在堂,岁聿其逝⑧。
今我不乐,日月其迈⑨。
无已大康,职思其外⑩。
好乐无荒,良士蹶蹶⑪。

蟋蟀在堂,役车其休⑫。
今我不乐,日月其慆⑬。
无已大康,职思其忧。
好乐无荒,良士休休⑭。

【题解】

　　这是岁暮抒怀之诗。全诗三章。诗的主人公可能是一位大夫。每章前四句写及时行乐。蟋蟀在堂,预示时序已进入寒冬,岁暮时节已经到来。如果不及时行乐,那么岁月就会像流水一样逝去。每章后四句写好乐无荒。欢乐还是应该的,但不要过度沉醉,要有所节制。应当想想自己的职责,想想本职以外的事务,想想忧患的事情。要像"良士"那样,爱好欢乐而不荒废事务,要百倍警惕,要奋发勤快,要时刻惊惧。只有如此,才能成为一个"好乐无荒"的贤良之士。

【注释】

①蟋蟀:促织。堂:屋内。

②聿:语助词。其:将。莫:同"暮"。晚。

③除:逝去。

④已:甚。大:同"太"。康:安乐。

⑤职:应当。居:处,所处的职责。

⑥好乐:喜好安乐。荒:过度享乐。

⑦良士:贤良之士。瞿瞿:警惕的样子。

⑧逝:逝去。

⑨迈:义同"逝"。

⑩外:本职以外的事务。

⑪蹶蹶(guì):勤快的样子。

⑫役车:服役的车子。休:停止。

⑬慆(tāo):逝去。

⑭休休:惊惧的样子。

【汇评】

《诗序》:"《蟋蟀》,刺晋僖公也。俭不中礼,故作是诗以闵之,欲其及时以礼自虞乐也。此晋也,而谓之唐,本其风俗。忧深思远,俭而用礼,乃有尧之遗风焉。"

汉郑玄《郑笺》:"我,我僖公也。蟋在堂,岁时之候。是时农功毕,君可以自乐矣。今不自乐,日月且过去,不复暇为之。""君虽当自乐,亦无甚大乐,欲其用礼为节也。又当主思于所居之事,谓国中政令。""君之好义,不当至于废乱政事,当如善士瞿瞿然顾礼义也。"

宋朱熹《诗序辨说》:"河东地瘠民贫,风俗勤俭,乃其风土气习有以使之,至今犹然,则在三代之时可知矣。序所谓俭不中礼,固当有之。但所谓刺僖公者,盖特以谥得之。而所谓欲其及时以礼自娱乐者,又与诗意正相反耳。况古今风俗之变,常必由俭以入奢;而其变之渐,又必由上以及下。今谓君之俭反过于初,而民之俗犹知用礼,则尤恐其无是理也。"

宋朱熹《诗集传》："唐俗勤俭,故其民间终岁劳苦,不敢少休,及其岁晚务闲之时,乃敢相与燕饮为乐。"

清姚际恒《诗经通论》："小序谓刺晋僖公,《集传》谓'民间终岁劳苦之诗'。观诗中'良士'二字,既非君上,亦不必尽是细民,乃士大夫之诗也。"又曰："每章八句,上四句一意,下四句一意。上四句言及时行乐,下四句又戒无过甚也。苏氏以其前后不类,作君臣告语之辞,凿矣。"

余冠英《诗经选》："这篇是感时之作。诗人因岁暮而感到时光易逝,因时光易逝的感觉而生出及时行乐的想法,又因乐字而想到'无已'、'无荒',以警戒自己,因而以'思居'、'思外'、'思忧'和效法'良士'自勉。"

高亨《诗经今注》："这是统治阶级的作品,宣扬人生及时行乐的思想,但又自警不要享受太过,以免自取灭亡。"

蒋立甫《诗经选注》："这是一首劝人勤勉的诗。全诗以两人的对话形式展开,可能是长者教导后生的。"

山有枢

山有枢①,隰有榆②。
子有衣裳,弗曳弗娄③。
子有车马,弗驰弗驱④。
宛其死矣⑤,他人是愉⑥。

山有栲⑦,隰有杻⑧。
子有廷内,弗洒弗扫。
子有钟鼓,弗鼓弗考⑨。
宛其死矣,他人是保⑩。

山有漆,隰有栗。
子有酒食,何不日鼓瑟?
且以喜乐,且以永日⑪。

宛其死矣,他人入室。

【题解】

这是讽刺守财奴之诗。全诗三章。诗以山上和洼地有各种树木,兴比富人占有大量资财。但这个富人非常吝啬。他有衣裳不穿不着,有车马不驰不驱,有庭室不洒不扫,有钟鼓不打不敲,有酒食不饮不吃,有琴瑟不弹不奏。这些铺叙,将这个贪婪的守财奴形象刻画得活灵活现。人们极端厌恶这个守财奴,嘲笑地说道:"等你死了,这万贯家财就会全让别人占有享用。"

【注释】

①枢(shū):刺榆。

②隰(xí):低湿之地。榆:白榆。

③弗:不。曳(yè):拖。娄:通"搂"。拢起。

④驰、驱:马快跑。

⑤宛其:死的样子。

⑥愉:取。

⑦栲(kǎo):臭椿树。

⑧杻(niǔ):菩提树。

⑨考:敲击。

⑩保:居有。

⑪且:姑且。永日:消遣岁月。

【汇评】

《诗序》:"《山有枢》,刺晋昭公也。不能修道,以正其国。有财不能用,有钟鼓不能以自乐,有朝廷不能洒扫,政荒民散,将以危亡,四邻谋取其国家而不知,国人作诗以刺之也。"

宋朱熹《诗序辨说》:"此诗盖以答《蟋蟀》之意,而宽其忧,非臣子所得施于君父者,序说大误。"

宋朱熹《诗集传》:"此诗盖亦答前篇之意而解其忧。……盖言不可不及时行乐,然其忧愈深而意愈蹙矣。"

清姚际恒《诗经通论》:"小序谓'刺晋昭公',无据。《集传》谓'答前篇之意而解其忧',亦谬。……季明德谓'刺俭不中礼之诗',差可通。然未有以见其必然也。"

吴闿生《诗义会通》:"案诗词有危亡之惧,而欲荡佚以娱忧,乃无聊之极思。"

高亨《诗经今注》:"这首诗是贵族作品。作者劝告贵族们活一天就享乐一天,不要吝惜财物;否则,你死后,财物就被别人占有了。"

陈子展《诗经直解》:"《山有枢》,盖写行将没落之奴隶主贵族颓废自放之诗。"

程俊英《诗经译注》:"这是一首讥刺嘲笑守财奴的诗。唐地的剥削者剥削了许多东西,他们吃的、穿的、住的、用的、玩的,样样都有,却舍不得享用。人民极端厌恶这些守财奴,嘲笑说:'等你死了,什么东西都要供别人享用了。'"

扬之水

扬之水①,白石凿凿②。
素衣朱襮③,从子于沃④。
既见君子,云何不乐?

扬之水,白石皓皓⑤。
素衣朱绣⑥,从子于鹄⑦。
既见君子,云何其忧?

扬之水,白石粼粼⑧。
我闻有命⑨,不敢以告人。

【题解】

这是忠臣警诫昭公之诗。此诗涉及晋国的一场权力之争。据《史记·晋世家》记载,晋昭公封他的叔父桓叔于曲沃。桓叔老谋深算,颇得民心,

216

晋国民众多愿依附于他。晋大夫潘父杀了昭公,想迎立曲沃桓叔。此诗所写正是桓叔篡逆前的这一史实。全诗三章。每章首二句为兴体。诗以激扬之水无转石之力,只是使石鲜明洁白,兴比昭公虽居君位但无力钳制桓叔之权,只得坐视其强盛。每章后四句写忠臣警诫昭公。那些身着白绸衣、镶着红花领的士大夫,投奔桓叔到达曲沃。他们见到了"君子"桓叔,一个个欢乐融融,无忧无虑。这表明桓叔已笼络了一些人心。这既暗示潘父之流将叛而归沃,同时也是对昭公的提醒。桓叔得势之后,更加野心勃勃。他在曲沃策划篡晋行动,准备要动手了。在这关键时刻,这位忠臣巧妙地以歌泄密。他唱道:"我闻有命,不敢以告人。"这里的"有命",就是桓叔阴谋篡晋的密令;"不敢以告人",正是委婉地通报昭公加以戒备。"不敢"二字是以反语以见正意,并非真的不敢,只是事涉机密,在当时不容明言罢了。

【注释】

①扬:激扬。

②凿凿:鲜明。

③襮(bó):衣领。

④沃:曲沃。

⑤皓皓:洁白。

⑥绣:绣花的衣袖。

⑦鹄(gǔ):曲沃邑名。

⑧粼粼:水清石净。

⑨命:倾晋之谋。

【汇评】

《诗序》:"《扬之水》,刺晋昭公也。昭公分国以封沃,沃盛强,昭公微弱,国人将叛而归沃焉。"

唐孔颖达《毛诗正义》:"桓叔既有善政,其国日以盛强,晋国之民皆欲叛而从之。以素为衣,丹朱为缘,绡黼为领,此诸侯之中衣也,国人欲得造制此素衣朱襮之服进之,以从子桓叔于沃国也。国人惟欲归于沃,惟恐不见桓叔,皆云我既得见此君子桓叔,则云何乎而得不乐?言其实乐也。桓叔之得民心如是。民将叛而从之,而昭公不知,故刺之。"

宋朱熹《诗序辨说》："诗文明白,序说不误。"

宋严粲《诗缉》："命谓桓叔篡政之谋已定,命其徒以举事,祸将作矣。我闻其事,而不敢以告也。言有命者,迫切之辞。言不敢告人,乃所深告昭公也。"

清姚际恒《诗经通论》："严(粲)氏曰:'将叛者潘父之徒而已,国人拳拳于昭公,无叛心也。彼序言过矣。异时潘父弑昭公,迎桓叔,晋人发兵攻桓叔,桓叔败还,归曲沃,皆可以见国人之心矣。'严氏此说得此诗之正意。"又曰:"严氏曰,'若真欲从沃,则是潘父之党,决不作此诗以泄漏其事,且自取败也。'"

高亨《诗经今注》："这首诗作者是昭侯一系的贵族。他到曲沃去,投靠桓叔一系,作这首诗表示对桓叔一系的忠诚。"

陈子展《诗经直解》："《扬之水》,揭露桓叔既得封于曲沃,而阴谋叛乱之作。诗人既叛从桓叔,又欲以危言耸动昭公,故作首鼠两端之词。"

程俊英《诗经译注》："这是一首揭发、告密晋大夫潘父和曲沃桓叔勾结搞政变阴谋的诗。"

椒　聊

椒聊之实①,蕃衍盈升②。
彼其之子,硕大无朋③。
椒聊且,远条且④!

椒聊之实,蕃衍盈匊⑤。
彼其之子,硕大且笃⑥。
椒聊且,远条且!

【题解】

这是赞美女子之诗。全诗二章。每章首二句写花椒结子繁多。花椒结子成球成串,一球之内繁殖的果实可装满一升,可装满一捧。每章中二句写赞美女子。那个女子不仅身材高大无比，而且品性敦厚。每章末二句写花椒香气四溢。花椒的果实香气浓烈，香气远扬。此诗在艺术上很有特点，每章首尾皆为兴体，中间皆为本体。诗以花椒结子繁多，兴比女子体健多子；诗以花椒香气四溢，兴比女子声名远播。诗以花椒比喻女子新奇而贴切。

【注释】

①椒：花椒。聊：结子成串。

②蕃衍：繁殖。盈：满。

③彼其：那个。子：指女子。

④朋：比。

⑤远条：指香气远扬。

⑥匊：同"掬"。两手合捧。

⑦笃：忠厚。

【汇评】

《诗序》："《椒聊》，刺晋昭公也。君子见沃之盛强，能修其政，知其蕃衍盛大，子孙将有晋国焉。"

唐孔颖达《毛诗正义》："椒之性芬香而少实。今椒聊一捒之实，乃蕃衍满于一升甚多，非其常。以兴桓叔晋君之支别，今子孙众多，亦非其常也。桓叔子孙既多，又有美德，彼已是子谓桓叔。其人形貌盛壮，德美广大，无朋党阿比之恶行也。椒之香气日益长远，以兴桓叔之德弥益广博。桓叔子孙既多，德益广博，必将并有晋国，而昭公不知，故刺之。"

宋朱熹《诗序辨说》："此诗未见其必为沃而作也。"

清姚际恒《诗经通论》："观诗曰'蕃衍'，曰'硕大'，曰'远'，似指桓公，放无疑也。"

闻一多《风诗类抄》："椒聊喻多子，欣妇人之宜子也。"

余冠英《诗经选译》："这是赞美妇人的诗。既赞美她腰粗身大，又赞美她多养儿子。"

高亨《诗经今注》："这首诗是赞美一个男子。"

陈子展《诗经直解》："《椒聊》，诗人以椒聊之蕃衍喻桓之盛强，国大而得众。"

绸　缪

绸缪束薪^①,三星在天^②。
今夕何夕,见此良人^③!
子兮子兮^④,如此良人何!

绸缪束刍^⑤,三星在隅^⑥。
今夕何夕,见此邂逅^⑦!
子兮子兮,如此邂逅何!

绸缪束楚^⑧,三星在户^⑨。
今夕何夕,见此粲者^⑩!
子兮子兮,如此粲者何!

【题解】

这是贺新婚、闹新房之诗。全诗三章。每章首句为兴体。诗以紧紧缠绕的"束薪"、"束刍"、"束楚",兴比男女婚姻之事。每章次句点明时间。参星由高高的天上转到天边,又由天边转到窗户之上。这表明贺新婚、闹新房的人们由黄昏一直到夜深还未散去。每章三、四句是对新娘的赞美。意思是说:"今夜是什么时光呀,遇上了这么个漂亮的新娘!"这是闹房者模拟新郎的话语,因而带有戏谑的意味。每章末二句是闹房者的话语。他们对新郎喊道:"新郎啊,新郎啊,你把这个漂亮的新娘怎么办呢?"话语之中,既含有庆贺新郎之情,也含有戏谑新郎之意。活泼风趣的话语,将新房内欢乐热闹的场景都表现出来了。

【注释】

①绸缪(chóu móu):缠绕。束薪:一束柴薪。
②三星:参星。

③良人:指新娘。

④子:指代新郎。

⑤束刍(chú):一束饲草。

⑥隅:角落。

⑦邂逅(xiè gòu):通"解觏"。爱悦。此作名词,指心爱者。

⑧束楚:一束荆条。

⑨户:门窗。

⑩粲者:美人。

【汇评】

《诗序》:"《绸缪》,刺晋乱也。国乱则昏姻不得其时焉。"

唐孔颖达《毛诗正义》:"毛以为不得初冬、冬末、开春之时,故陈婚姻之正时以刺之;郑以为不得仲春之正时,四月、五月乃成婚,故直举失时之事以刺之。"

宋朱熹《诗序辨说》:"此但为昏姻者相得而喜之词,未必为刺晋国之乱也。"

清龚橙《诗本谊》:"《绸缪》,不期之遇也。"

清方玉润《诗经原始》:"此贺新昏诗耳。……此诗无甚深义,只描摹男女初遇,神情逼真,自是绝作。"

清姚际恒《诗经通论》:"序谓'国乱,昏姻不得其时',恐亦臆测。如今人贺人作花烛诗,亦无不可也。"

陆侃如《中国诗史》:"这是一首描写野合的诗。'绸缪束薪'示其地,'三星在天'示其时。在这种境地得与意中人畅叙,当如何的欣幸呢?……喜悦之意,溢于言表。"

闻一多《风诗类抄》:"'良人'谓夫,'子兮'诗人感动自呼之词,'邂逅'谓夫妇之会合,'粲者'谓女。"

陈子展《诗经直解》:"《绸缪》,盖戏弄新夫妇通用之歌。此后世闹新房歌曲之祖。"

程俊英《诗经译注》:"这是一首祝贺新婚的诗。……带有戏谑、开玩笑的味道,大约是民间闹新房的口头歌唱。"

杕　杜

有杕之杜①,其叶湑湑②。
独行踽踽③,岂无他人?
不如我同父④。
嗟行之人⑤,胡不比焉⑥?
人无兄弟,胡不佽焉⑦?

有杕之杜,其叶菁菁⑧。
独行睘睘⑨,岂无他人?
不如我同姓⑩。
嗟行之人,胡不比焉?
人无兄弟,胡不佽焉?

【题解】

　　这是流浪者之诗。全诗二章。他走在路上,看见一棵独特的赤棠树,
心里便涌起一阵感叹。这棵赤棠树叶叶相覆,枝枝相依,充满了生机。然
而,他失去家庭,失去兄弟,连这棵赤棠树也不如,显得孤独而凄凉。"独行
踽踽"、"独行睘睘",正是他在流浪途中孤独无依形象的真实写照。不知经
受了多少折磨,不知体味了多少辛酸,流浪的经历使他体会到:外人毕竟是
外人,终究不如自己的兄弟。于是他发出了"岂无他人,不如我同姓"的感
叹。在诗的结尾,他更是沉痛地问道:"那路上的行人啊,为什么不肯拉我
一把呢? 人无兄弟,为什么不肯帮忙呢?"这里所表达的,正是"凡今之人,
莫如兄弟"之意。

【注释】

　　①杕(dì):独特的样子。杜:赤棠树。
　　②湑湑(xǔ):茂盛的样子。

③踽踽(jǔ):孤独的样子。

④同父:同父的兄弟。

⑤嗟:叹词。行:行路。

⑥胡:何。比:帮助。

⑦佽(cì):帮助。

⑧菁菁:树叶茂盛。

⑨睘睘(qióng):孤独无依的样子。

⑩同姓:同生。同母所生的兄弟。

【汇评】

《诗序》:"《杕杜》,刺时也。君不能亲其宗族,骨肉离散,独居而无兄弟,将为沃所并尔。"

唐孔颖达《毛诗正义》:"有杕然特生之杜,其叶湑湑然而盛,但柯条稀疏、不相比次,以兴晋君疏其宗族,不与相亲,至使骨肉离散,君乃独行于国内,踽踽然无所亲昵者也。岂无他人、异姓之臣乎?顾其恩亲不如我同父之人耳。君既不亲同姓之人,与之为治,则异姓之臣又不肯尽忠辅君,将为沃国所并。"

宋朱熹《诗序辨说》:"此乃人无兄弟而自叹之词,未必如序之说也。况曲沃实晋之同姓,其服属又未远乎!"

宋朱熹《诗集传》:"此无兄弟者,自伤其孤特,而求助于人之辞。"

清姚际恒《诗经通论》:"此诗之意,似不得于兄弟而终望兄弟比助之辞。"

高亨《诗经今注》:"一个孤独无靠的人,处境穷困,希望得到别人的援助,因此唱出这首诗。"

陈子展《诗经直解》:"《杕杜》,乞食者之歌。……犹之后世乞食者之莲花落、顺口溜、唱快板、告地状。"

程俊英《诗经译注》:"这是一个孤独的流浪者求助不得的感伤诗。他自伤失去了兄弟,路上虽有很多和他同走的人,但谁也不愿亲近他,援助他。"

223

羔　裘

羔裘豹袪①,自我人居居②。
岂无他人? 维子之故③。

羔裘豹褎④,自我人究究⑤。
岂无他人? 维子之好⑥。

【题解】

这是女子谴责贵族男子之诗。全诗二章。这个贵族男子穿着华贵的羊皮袄,皮袄的袖口上镶着豹皮花边。这个贵族男子与诗中的女子有过一段情缘。可是后来他对这个女子日渐疏远,总摆出一副不理不睬、傲慢无礼的神情。这个女子虽想与他一刀两断,但又念记旧情,不忍猝然分手。"岂无他人,维子之故"正是这种复杂矛盾心情的自白。言下之意,还是希望那贵族男子能回心转意,重和"故好"。

【注释】

①羔裘:羊皮袄。豹袪(qū):镶着豹皮的袖口。
②自:对于。居居:通"倨倨"。傲慢无礼。
③故:故旧。
④褎(xiù):同"袖"。
⑤究究:通"仇仇"。义同"居居"。
⑥好:情好。

【汇评】

《诗序》:"《羔裘》,刺时也。晋人刺其在位不恤其民也。"

汉郑玄《郑笺》:"羔裘豹袪,在位卿大夫之服也。其役使我之民人,其意居居然有悖恶之心,不恤我之困苦。""此民,卿大夫采邑之民也。故云:岂无他人可归往者乎? 我不去者,乃念子故旧之人。"

宋朱熹《诗序辨说》:"诗中未见此意。"

清姚际恒《诗经通论》:"序谓刺在位之诗。《毛传》释'居居'曰:'怀恶不相亲比之貌'。释'究究'曰:'犹居居也。'《尔雅》曰:'居居、究究,恶也。'合二者之言,序说或是。"

闻一多《风诗类抄》:"你羔裘豹袖的人,自是对我们傲慢。难道没有别人,非同你好不可?"

高亨《诗经今注》:"这是统治阶级作品。作者和一个贵族原是好朋友,但是由于他的地位卑贱,处境贫困,贵族看不起他了。他作这首诗,讽刺贵族。"

袁梅《诗经译注》:"这是一个失恋的女子对爱人表白心迹的歌。"

陈子展《诗经直解》:"《羔裘》,盖奴隶刺其小奴隶主贵族凶恶之诗。"

程俊英《诗经译注》:"这大约是一个贵族婢妾反抗主人的诗。"

鸨 羽

肃肃鸨羽①,集于苞栩②。
王事靡盬③,不能艺稷黍④。
父母何怙⑤? 悠悠苍天,
曷其有所⑥!

肃肃鸨翼⑦,集于苞棘⑧。
王事靡盬,不能艺黍稷。
父母何食? 悠悠苍天,
曷其有极⑨!

肃肃鸨行⑩,集于苞桑。
王事靡盬,不能艺稻粱。
父母何尝? 悠悠苍天,
曷其有常⑪!

　　这是农民控诉沉重徭役之诗。全诗三章。每章开头为兴体。诗以鸨鸟栖息树上站立不稳之苦状,兴比农民生活之痛苦,十分耐人寻味。诗接着写造成农民生活痛苦的原因。这个农民长期在外服役,而"王事"又没完没了,因而庄稼不能种,年迈的父母靠什么来供养? 最后他悲愤地质问苍天:"何时才有个安身之所? 这沉重的徭役何时才是尽头? 何时才能过上正常的生活?"三句问语,既是农民对统治者的强烈抗议,也反映了他们对自由生活的渴望。此诗所揭示的现象具有典型性和普遍性,因而能得到后人的同情与共鸣。

【注释】

　　①肃肃:鸟飞声。鸨(bǎo):一种似雁而大的鸟。

　　②苞栩(xǔ):丛生的柞树。

　　③王事:泛指官差徭役。靡盬(gǔ):没有停息。

　　④艺:种植。稷黍:泛指庄稼。

　　⑤怙(hù):依靠。

　　⑥曷:何时。所:处所,安息之所。

　　⑦翼:翅膀。

　　⑧棘:枣树。

　　⑨极:尽头,止尽。

　　⑩行(háng):即"翮"。羽茎。

　　⑪常:正常。

【汇评】

　　《诗序》:"《鸨羽》,刺时也。昭公之后,大乱五世,君子下从征役,不得养其父母,而作是诗也。"

　　宋王安石《诗义钩沈》:"王氏又曰:木欲静而风不停,子欲养而亲不待,此皆孝子之心。……今以征役之故,不特废其温清定省之礼,又且无以为卒岁奉养之备,其情岂不伤哉?"

　　宋朱熹《诗序辨说》:"序意得之,但其时世则未可知耳。"

　　余冠英《诗经选》:"这诗是农民在徭役重压下的呻吟。农民因为劳于'王事',不能兼顾耕种,使父母的生活失掉保障。而所谓王事又是永远没有完的。什么时候才能安居乐业,只能去问那'悠悠苍天'。"

高亨《诗经今注》:"劳动人民长期在外为统治者担任徭役,唱出这首诗,抒发他们的痛苦心情。"

无 衣

岂曰无衣七兮①。
不如子之衣,
安且吉兮②!

岂曰无衣六兮③。
不如子之衣,
安且燠兮④!

【题解】

这是晋武公请命之诗。据《史记·晋世家》记载,晋武公夺取晋室政权,自立为君之后,心里还不安稳。于是他以各种各样的宝器贿赂周釐王,想以此求得周王朝的正式封命。由于周釐王贪其宝玩,不仅不追究武公篡国之罪,反而封命武公为晋君,列于诸侯。全诗二章。此诗所写正是武公请命一事。按照周朝的礼制,天子的卿士在朝穿六章之衣,出使侯国则加一等穿七章之衣;诸侯在封国穿七章之衣,入朝则减一等,穿六章之衣。所谓"七章"、"六章",是古代官服纹饰的区别。武公夺取了晋室政权,自然拥有七章、六章之衣。但是不经请命便自登国君宝座,就是名不正言不顺。即使穿上七章、六章之衣,也会觉得有刺,只能算是一种僭越。因此,周天子的卿士一来到晋国,武公就开始请命了。他说:"我难道没有七章之衣?只是不如你的七章之衣那样舒适而吉祥啊!难道我没有六章之衣?只是不如你的六章之衣那样舒适而温暖啊!"这样说的意思,是希望得到周王朝的正式封命。"不如"二句正含有请命之意。

①七:指七章之衣。

②安:舒适。吉:吉利。

③六:指六章之衣。

④燠(yù):温暖。

【汇评】

《诗序》:"《无衣》,美晋武公也。武公始并晋国,其大夫为之请命乎天子之使,而作是诗。"

汉郑玄《郑笺》:"我岂无是七章之衣乎? 晋旧有之,非新命之服。"又曰:"武公初并晋国,心未自安,故以得命服为安。"

唐孔颖达《毛诗正义》:"此皆请命之辞。晋大夫美武公能并晋国而未得服,故为之请于天子之使曰:'我晋国之中岂无此衣之七章兮? 晋旧有之矣。但不如天子之衣,我若得之,则心安而且又吉兮。天子命诸侯,必赐之以服,故请其衣。"

宋朱熹《诗序辨说》:"此诗若非武公自作以述其赂王请命之意,则诗人所作以著其事而阴刺耳。序乃以为美之,失其诗旨。且武公弑君篡国,大逆不道,乃王法之所必诛而不赦者……是以为美,吾恐其奖奸诲盗,而非所以为教也。"

清姚际恒《诗经通论》:"小序谓'美晋武公',是美者其诗人美之。传之于世,人则以为刺,互不相妨。"

闻一多《风诗类抄》:"此感旧或伤逝之作。"

高亨《诗经今注》:"这是统治阶级作品。有人赏赐或赠送作者一件衣服,作者作这首诗,表示感谢。"

袁梅《诗经译注》:"古代的小官吏,对奴隶主阶级官场的钩心斗角十分不满,想弃官而去。他开始感到,布衣蔬食,作个平民,倒比穿着七章衣作公侯好些。"

蓝菊苏《诗经国风今译》:"细味诗意,我怀疑是青年男女恋爱期中亲昵之词。"

程俊英《诗经译注》:"这是一首览衣感旧或伤逝的诗。这位被称为'子'的制衣者,当是一位女性。"

有杕之杜

有杕之杜^①,生于道左^②。
彼君子兮,噬肯适我^③?
中心好之,曷饮食之^④?

有杕之杜,生于道周^⑤。
彼君子兮,噬肯来游?
中心好之,曷饮食之?

【题解】

这是女子期待男友前来相会之诗。全诗二章。每章首二句以孤生的赤棠树兴比一个还未出嫁的姑娘。每章中二句写女子期待男友到来。不知何因,她的男友有好些天没来聚会了。她自然有些焦急,于是发问道:"我那男友啊,愿意来到我身旁吗?愿意同我游玩吗?"这是忧虑,也是热情的期待。每章末二句写女子的心愿。我真心地喜爱着他,他何时才能前来共进饮食呢。这美好的心愿能否实现就不得而知了。

【注释】

①杕(dì):独特孤立的样子。杜:赤棠树。
②道左:道路之东。
③噬(shì):语助词。适:往,到。
④曷:何。
⑤道周:道路之西。

【汇评】

《诗序》:"《有杕之杜》,刺晋武公也。武公寡特,兼其宗族,而不求贤以自辅焉。"

宋朱熹《诗集传》:"此人好贤而恐不足以致之,故言此杕然之杜生于道左,其荫不足以休息,如己之寡弱不足恃赖,则彼君子者亦安肯顾而适我哉? 然其中心好之,则不已也,但无自而得饮食之耳。夫以好贤之心如此,则贤者安有不至,何寡弱之足患哉?"

清姚际恒《诗经通论》:"贤者初不望人饮食,而好贤之人则惟思以饮食申其殷勤之意。《缁衣》'改衣'、'授餐'亦然。此真善体人情以为言也。"

袁梅《诗经译注》:"这是女子唱的一首恋歌,藉以向意中人倾诉款曲。"

高亨《诗经今注》:"这是统治阶级欢迎客人的短歌。"

陈子展《诗经直解》:"《有杕之杜》,亦为乞食者之歌。疑自《杕杜篇》分化而来,可视为同一母题之歌谣。"

蓝菊荪《诗经国风今译》:"我仔细推敲原诗,应该是妇人思念征夫之作。"

程俊英《诗经译注》:"这是一首恋歌,一个女子看中了对象,希望他来到身旁,招待他吃喝。"

葛　生

葛生蒙楚①,蔹蔓于野②。
予美亡此③,谁与独处?

葛生蒙棘,蔹蔓于域④。
予美亡此,谁与独息?

角枕粲兮⑤,锦衾烂兮⑥。
予美亡此,谁与独旦?

夏之日,冬之夜。
百岁之后,归于其居⑦。

冬之夜,夏之日。
百岁之后,归于其室⑧。

【题解】

这是妻子哀悼亡夫之诗。据史书记载,晋献公是一位好战的国君。他不断地发动战争,致使无数家庭夫妻分离,许多征人甚至抛尸荒野。此诗中妇人的丈夫很可能就是在战乱中不幸丧生。全诗五章。前三章写妻子在郊野哀悼亡夫的情景。她来到郊野举目一望,葛藤盖满了荆树,野草爬遍了原野。见此荒凉景象,她不禁发出"予美亡此,谁与独处"的哀叹。接着她来到坟地,低头一看,葛藤盖满枣树,野草爬满墓地。见此悲凉景况,她不禁发出"予美亡此,谁与独息"的哀叹。此时,她想到家中漂亮的角枕和灿烂的锦被依然还在,又不禁发出"予美亡此,谁与独旦"的哀叹。后两章写妻子思念亡夫。夏日悠悠,冬夜漫漫。这么漫长的岁月,怎么熬得到头啊!她只望百年之后,与亡夫同眠黄泉之下。妻子忠贞纯洁之爱,悲切沉痛之情,显得凄婉感人。

【注释】

①蒙楚:覆盖在荆树上。

②蔹(liǎn):一种野草。蔓:蔓延。

③予美:我的爱人。此指丈夫。

④域:墓地。

⑤角枕:用兽角装饰的枕头。粲:鲜明。

⑥锦衾(qīn):锦面的被子。烂:色彩鲜明。

⑦居:指坟墓。

⑧室:指墓室。

【汇评】

《诗序》:"《葛生》,刺晋献公也。好攻战,则国人多丧矣。"

宋朱熹《诗集传》:"妇人以其夫久从征役而不归,故言葛生而蒙于楚,蔹生而蔓于野,各有所依托,而予之所美者,独不在是,则谁与而独处于此乎?"

清姚际恒《诗经通论》:"小序谓'刺献公',是。曹氏数献公二十三年之间凡十一战,则妇人于夫征而思之者多矣。此诗或谓'思存',或谓'悼亡',据'思存'为是。"

吴闿生《诗义会通》:"其词则当螯妇悼夫之作。"

231

闻一多《风诗类抄》:"悼亡也。"

余冠英《诗经选》:"这是女子悼念或哭亡夫的诗。诗人一面悲悼死者,想象他枕着角枕,盖着锦衾,在荒野蔓草之下独自长眠;一面自己伤感,想着未来漫长的岁月都是可悲的,惟有待百年之后和良人同穴,才是归宿。"

高亨《诗经今注》:"这是男子追悼亡妻的诗篇。"

陈子展《诗经直解》:"《葛生》,夫从军未还,未知死生,其妻居家而怨思之作。"

程俊英《诗经译注》:"这是一位妇人悼念丈夫的诗。诗句悱恻伤痛,感人至深,不愧为悼亡诗之祖。"

采 苓

采苓采苓①,首阳之颠②。
人之为言③,苟亦无信④。
舍旃舍旃⑤,苟亦无然⑥。
人之为言,胡得焉⑦?

采苦采苦⑧,首阳之下。
人之为言,苟亦无与⑨。
舍旃舍旃,苟亦无然。
人之为言,胡得焉?

采葑采葑⑩,首阳之东。
人之为言,苟亦无从⑪。
舍旃舍旃,苟亦无然。
人之为言,胡得焉?

【题解】

这是劝人不要听信谗言之诗。全诗三章。每章首二句为兴体。甘草生于湿地而说生在"首阳之巅",苦菜生于田中而说生在"首阳之下",萝卜生于园圃而说生在"首阳之东"。诗以此兴比谗言不可相信。每章中二句劝人不要听信谗言。小人的假话,千万不要相信,不要采纳。每章末四句指出制止谗言的方法。大抵进谗言者,不怕别人不相信,而是怕别人能审察。开初别人虽不大相信,但他日益浸润,久而久之,别人就不得不信了。如果认真地审察一番,谗言的虚假便立即暴露出来。这样就能做到舍弃谗言,而那些爱进谗言的人就捞不到什么油水,不得不停止造假了。"人之为言,胡得焉",正是说的这个意思。

【注释】

①苓:甘草。

②首阳:山名。颠:同"巅",山顶。

③为言:伪言,谗言。

④苟:确实。

⑤舍:弃。旃(zhān):之。指代谗言。

⑥无然:不要以为是。

⑦胡得:得到什么。

⑧苦:苦菜名。即荼。

⑨无与:不要信从。

⑩葑:萝卜。

⑪无从:不要听从。

【汇评】

《诗序》:"《采苓》,刺晋献公也。献公好听谗焉。"

唐孔颖达《毛诗正义》:"采苓者细小之事,以喻君求细小之行也;首阳者幽辟之山,以喻小人是无征验之人也。言献公多问小行于小人、言语无征之人,故所以谗言兴也。因教君止谗之法:人之诈伪之言,有妄相称荐、欲令君进用之者,君诚亦勿得信之;若有言人罪过,令君舍之舍者,诚亦无得答然。君但能如此不受伪言,则人之伪言者复何所得焉? 既无所得,自然谗止也。"

宋朱熹《诗集传》:"此刺听谗之诗。言子欲采苓于首阳之巅乎,然人之为是言以告子者,未可遽以为信也。姑舍置之,而无遽以为然,徐察而审听之,则造言者无所得,而谗止矣。"

清姚际恒《诗经通论》:"序谓'刺晋献公听谗',是。首二句是兴,以为比,非。"

高亨《诗经今注》:"这是劳动人民的作品,劝告伙伴不要听信别人的谎话,走错了路。"

陈子展《诗经直解》:"《采苓》,刺听谗之诗。《序》说指实为刺晋献公好听谗言,亦未为不是。有《左传》、《国语》可据,又详《史记·晋世家》。"

程俊英《诗经译注》:"这是劝人不要听信谗言的诗。旧说刺晋献公,从诗的本身看不出一定是刺晋献公的。"

秦　风

车　邻

有车邻邻①，有马白颠②。
未见君子，寺人之令③。

阪有漆④，隰有栗⑤。
既见君子，并坐鼓瑟。
今者不乐，逝者其耋⑥。

阪有桑，隰有杨。
既见君子，并坐鼓簧。
今者不乐，逝者其亡⑦。

【题解】

　　这是赞美秦仲之诗。在秦的建国史上，秦仲是一个著名的人物。在他以前，秦作为周的附庸，地盘很小。自秦仲开始，秦的国土逐渐扩大，有了车马、礼乐，还有寺人之官，实际上已有诸侯的气派。因此秦人写了这首诗赞美秦仲的创建之功。全诗三章。首章写秦仲车马之盛和威仪之隆。一位大臣来拜会秦仲，他耳旁听到的是辚辚的车声，眼前见到的是白额的良马。车多而声壮，马多而色齐，足以显示出秦仲气势的显赫。这位大臣来到宫门还不能直入会见秦仲，必由内侍之官传令方可入见。可见，秦仲这时已经俨然以诸侯自居了。二、三章写秦仲与大臣共同行乐之况。每章首二句以地所有之物，兴比秦仲无所不有，富贵豪华。每章后四句写秦仲与大臣一同行乐的情形。他们"并坐鼓瑟"、"并坐鼓簧",尽情享乐。因为人生易老,一晃就到衰暮之年,如果现在不及时行乐,到那时就享乐不成了。这种"今朝有酒今朝醉"的思想,也是一时上层风尚使然,不足为怪。

【注释】

①邻邻:车行声。

②白颠:白额。

③寺人:内小臣。

④阪:山坡。漆:漆树。

⑤隰(xī):低湿之地。

⑥耋(dié):八十岁曰耋。泛指老。

⑦亡:老死,死亡。

【汇评】

《诗序》:"《车邻》,美秦仲也。秦仲始大,有车马、礼乐、侍御之好焉。"

唐孔颖达《毛诗正义》:"秦仲始大者,秦自非子以来,世为附庸,其国仍小,至今秦仲而国土大矣。由国始大,而得有此车马、礼乐。"又曰:"秦仲有车众多,其声鄰鄰然;有马众多,其中有白颠之马。车马既多,又有侍御之臣。未见君子秦仲之时,若欲见之,必先有寺人之官令请之,使寺人传告秦仲,然后人得见之。"

宋朱熹《诗序辨说》:"未见其必为秦仲之诗。大率秦风唯《黄鸟》、《渭阳》为有据,其它诸诗皆不可考。"

清姚际恒《诗经通论》:"小序谓'美秦仲',刘公瑾疑为'美襄公',无有定也。《伪说》谓'襄公为诸侯,周大夫与燕,美之而作',以诗中有'并坐'字,谓臣不当与君并坐也。然亦武断。……意或谓革创之时,君臣习狎,容有之耶?"

高亨《诗经今注》:"这是贵族妇人所作的诗,咏唱她们夫妻的享乐生活。"

陈子展《诗经直解》:"《车邻》,美秦仲始大,有车马、礼乐、侍御之好,并其君臣以闲暇燕饮相安乐而作。"

蓝菊荪《诗经国风今译》:"(此诗)可能是妇人喜见其征夫回还时欢乐之词。征夫家里有瑟、有簧、也许是没落的贵族出身。"

程俊英《诗经译注》:"诗是用一个女性的口吻写的,她可能是秦君宫中的一位婢妾。从她的嘴里,反映了秦君生活、思想的一个片断。"

驷 驖

驷驖孔阜①,六辔在手②。
公之媚子③,从公于狩。

奉时辰牡④,辰牡孔硕⑤。
公曰左之⑥,舍拔则获⑦。

游于北园⑧,四马既闲⑨。
辀车鸾镳⑩,载猃歇骄⑪。

【题解】

这是赞美秦襄公狩猎之诗。全诗三章。首章写狩猎阵势之盛。驾车的四匹马,毛色如铁,肥壮剽悍。车把式手握六根缰绳,得心应手,熟练自如。陪同前往狩猎的是襄公的宠爱之臣。次章写狩猎场面。襄公一行来到苑囿,虞人便将藏在草木丛中的母鹿、公鹿驱赶出来,以便襄公射获。这些野兽一匹匹长得膘肥体壮。这时襄公命令车把式将车朝左一拐。他射出去的箭,就射中了野兽的躯体。一场紧张的、扣人心弦的狩猎场面就这样展开了。末章写猎后游园。狩猎完毕之后,襄公一行在"北园"游览了一阵。此时四匹马显得悠闲而轻松。系在马嚼子上的铃铛随着马的行进发出清脆悦耳的声响。那名叫"猃"和"歇骄"的猎犬也载在轻车之上。此诗层次分明,结构紧凑。首章写猎队进发,次章写入园射获,末章写猎后游园,头绪清楚,环环相扣。

【注释】

①驷驖(tiě):四匹黑色如铁的马。孔阜:很肥大。
②辔:马缰绳。

③媚子:宠爱的臣子。

④奉:驱赶。时:是,此。辰:通"麎"(chén)。母鹿。牡:公鹿。

⑤孔硕:很肥大。

⑥左之:车向左。

⑦舍:放。拔:箭末。此代指箭。获:射中。

⑧北园:秦国囿名。

⑨闲:轻松的样子。

⑩辀(yóu)车:轻车。鸾:车铃。镳(biāo):马嚼子。

⑪猃(xiǎn):长嘴猎犬。歇骄:短嘴猎犬。

【汇评】

《诗序》:"《驷驖》,美襄公也。始命,有田狩之事,园囿之乐焉。"

唐孔颖达《毛诗正义》:"秦自非子以来,世为附庸,未得王命。今襄公始受王命为诸侯,有游田狩猎之事、园囿之乐焉,故美之也。"

明丰坊《子贡诗传》:"襄公始有田园之事,秦人喜之,赋《驷驖》。"

清姚际恒《诗经通论》:"小序谓'美襄公',然未知为何公。其曰媚子从狩,恐亦未必为美也。"

吴闿生《诗义会通》:"姜炳章曰:《小戎》言出兵,见强敌有必摧之势。此篇言平时讲武完备整暇,见在我为习练之师。惟其豫习平时,故临敌勇往,是《驷驖》正《小戎》之张本也。"

闻一多《风诗类抄》:"纪猎也。"

余冠英《诗经选》:"这是记秦君田猎的诗。第一章写车马和从者,第二章写射猎,第三章写猎后。"

高亨《诗经今注》:"这是统治阶级的作品,叙写秦君带着儿子去打猎。"

小 戎

小戎俴收①,五楘梁辀②。

游环胁驱③,阴靷鋈续④。

文茵畅毂⑤,驾我骐馵⑥。

言念君子,温其如玉⑦。
在其板屋⑧,乱我心曲!

四牡孔阜⑨,六辔在手。
骐骝是中⑩,騧骊是骖⑪。
龙盾之合⑫,鋈以觼軜⑬。
言念君子,温其在邑⑭。
方何为期?胡然我念之⑮!

俴驷孔群⑯,厹矛鋈錞⑰。
蒙伐有苑⑱,虎韔镂膺⑲。
交韔二弓⑳,竹闭绲縢㉑。
言念君子,载寝载兴㉒。
厌厌良人㉓,秩秩德音㉔。

【题解】

　　这是妇人思念征夫之诗。全诗三章。每章前六句写车容之盛。首章写兵车之美之固。车辕用皮革紧紧缠绕,阴板用白铜为饰,褥垫以虎皮制作,好不气派!次章写战马之美之壮。四马高大肥壮,毛色五彩斑斓,车上配以画龙之盾,好不威武!末章写兵器之利之坚。戈矛以白铜为饰,盾牌绘以五色花纹,弓袋也装饰一新,两弓交叉以绳捆束,好不威风!妇人思念丈夫,眼前自然就会浮现这出征的一幕。每章后四句写妇人思念征夫之情。首章写妇人思绪之乱;次章写妇人盼望丈夫早日归来;末章写妇人起居不宁。这些足见她思念至深。此诗每章前半截咏物,古奥艰涩,以作抒情之发端;每章后半截抒情,含意蕴藉,以为咏物之归宿。从诗本身来看,它很可能是带兵贵族的夫人所作。

　　【注释】

　　①小戎:一种轻小的兵车。俴(jiàn):浅。收:车斗。
　　②五楘(mù):用皮革缠束五圈。梁辀(zhōu):弯曲的车辕。

③游环:活动的环。以皮革为环,套在两匹服马背上,并连贯两骖马之外辔,以禁其出。胁驱:用皮革前面系在车衡木的两端,后面系在车厢板的两端,在服马的胁外,使骖马不得入内。

④阴:车轼前之板。靷(yǐn):引车前行的皮带。两匹骖马在旁挽靷助服马。鋈(wù)续:以白铜镀的环紧扣皮带。

⑤文茵:虎皮褥垫。畅毂(gǔ):长长的车轴。

⑥骐:青黑色而有花纹的马。骐(zhù):白蹄的马。

⑦温其如玉:性情温和,如同纯洁润泽的美玉。

⑧板屋:陇西一带,山多林木,民以板为室屋。此处以板屋代指西戎。

⑨四牡:四匹雄马。孔阜:很肥壮。

⑩骝(liú):赤色黑鬣的红马。中:中间的服马。

⑪騧(guā):黑嘴巴的黄马。骊:纯黑的马。

⑫龙盾:画着龙纹的大盾。合:两两扣连在一起。

⑬觼(jué):有舌的环。軜(nà):骖马的内辔。

⑭在邑:在西戎之邑。

⑮胡然:为何这样。

⑯俴驷:四马皆以薄金为甲。孔群:很和谐。

⑰厹(qiú)矛:锋刃为三棱状的长矛。鋈镦(duì):矛柄下端以白金套为饰。

⑱蒙:杂。伐:盾的别名。苑:花纹美好。

⑲虎韔(chàng):用虎皮做的弓套。镂膺:以金镂做弓袋正面的装饰。

⑳交韔:将弓交叉放在弓袋之中。

㉑竹闭:竹制的弓架,用以正弓。绲滕(gǔn téng):用绳捆束。

㉒载:再,又。兴:醒。

㉓厌厌:安详。良人:指丈夫。

㉔秩秩:聪明多智,通达事理。德音:好名誉。

【汇评】

《诗序》:"《小戎》,美襄公也。备其兵甲,以讨西戎。西戎方强,而征伐不休。国人则矜其车甲,妇人能闵其君子焉。"

宋朱熹《诗集传》:"西戎者,秦之臣子,所与不共戴天之仇也。襄公上承天子之命,率其国人往而征之,故其从役者之家人,先夸车甲之盛,而后及其私情。盖以义兴师，则虽妇人，亦知勇于赴敌，而无所怨也。"

清姚际恒《诗经通论》："序谓'美襄公'，'国人则矜其车甲，妇人能闵其君子焉'。一诗作两义，非也。伪《说》谓'襄公遣大夫征戎而劳之'，意近是。"

清方玉润《诗经原始》："怀西征将士也。"

闻一多《风诗类抄》："怀人也。"

高亨《诗经今注》："秦君或其他贵族坐着车，带着兵到外地去了（或者出征）。他的夫人思念他，因作这些诗。"

袁愈荽《诗经全译》："妇人思念征夫，从回忆车马、武器到赞扬他的美德。"

陈子展《诗经直解》："《小戎》，美秦襄公讨伐西戎之诗，《序》说为是。"

程俊英《诗经译注》："这是一位妇女思念她丈夫远征西戎的诗。诗当产生于秦襄公十二年（前766年）襄公伐戎之时。"

蒹 葭

蒹葭苍苍①，白露为霜。
所谓伊人②，在水一方。
遡洄从之③，道阻且长。
遡游从之④，宛在水中央。

蒹葭萋萋⑤，白露未晞⑥。
所谓伊人，在水之湄⑦。
遡洄从之，道阻且跻⑧。
遡游从之，宛在水中坻⑨。

蒹葭采采⑩，白露未已⑪。
所谓伊人，在水之涘⑫。
遡洄从之，道阻且右⑬。

溯游从之,宛在水中沚⑭。

【题解】

　　这是男子追求女子之诗。全诗三章。每章首二句描写景物。深秋时节,芦苇非常茂盛,清晨白露凝结成霜。时至上午白露还未干,时至中午白露还未收。这凄清的秋景,正好烘托出男子求而不得的惆怅之情。每章后六句写男子执着追求。由于思念"伊人",他从清晨至中午一直在河边寻求。尽管道路险阻而且遥远,道路险阻而且渐高,道路险阻而且弯曲,但他依然沿着河边逆流而上、顺流而下来回寻求。而"伊人"呢,却神奇莫测,来去无踪,变幻不定,时而"宛在水中央",时而"宛在水中坻",时而又"宛在水中沚"。一个"宛"字,便将"伊人"闪烁缥缈,难以寻求之状渲染了出来,真是点睛欲飞之笔。在秦风剽悍的时尚中,《蒹葭》以其潇洒的风姿与飘逸的辞采,显出特别的格调,成为《诗经》的名篇。

【注释】

　　①蒹葭(jiān jiā):芦苇。苍苍:茂盛的样子。

　　②伊人:那个人。

　　③溯(sù)洄:逆流而上。

　　④溯游:顺流而上。

　　⑤萋萋:茂盛的样子。

　　⑥晞(xī):干。

　　⑦湄:岸边。

　　⑧跻(jī):地势渐高。

　　⑨坻(chí):水中小块陆地。

　　⑩采采:义同"苍苍"、"萋萋"。

　　⑪未已:未干、未收。

　　⑫涘(sì):水边。

　　⑬右:弯曲。

　　⑭沚:水中小沙滩。

【汇评】

《诗序》:"《蒹葭》,刺襄公也。未能用周礼,将无以固其国焉。"

宋朱熹《诗集传》:"言秋水方盛之时,所谓彼人者,乃在水之一方,上下求之而皆不可得。然不知其何所指也。"

清范家相《诗沈》:"葭苍露白,秋水澄明,伊人之高洁可想矣。……士之在秦者,道虽阻长而可致也。而置之弗求,则周官之旧,不可复见矣。"

清崔述《读风偶识》:"《蒹葭》,亦好贤诗也。……平王东迁,地没于戎,秦虽得而有之,而所听信者寺人,所经营者甲兵,征战而不复以崇礼乐、敦教化为务。人材风俗,于是大变,然以地为周之旧也,故犹有守道之君子、能服习先王之教者,见其政变于上,俗移于下,是以深自韬晦,入山惟恐不深。诗人虽知其贤,然亦知其不适于当世之用,是以反复叹美而不胜其惋惜之情。"

清方玉润《诗经原始》:"《蒹葭》,惜招贤难致也。"

清姚际恒《诗经通论》:"此自是贤人隐居水滨,而人慕而思见之诗。"

清王照圆《诗问》:"《蒹葭》是一篇最好之诗,却解作刺襄公不用周礼等语,此前儒之陋,而《小序》之误也。"

陆侃如《中国诗史》:"秦风中的杰作却是《蒹葭》。这是一首'诗人之诗'。……他的意义究竟是招隐或是怀春,我们不能断定。"

余冠英《诗经选》:"这篇似是情诗。男或女词。"

高亨《诗经今译》:"这篇似是爱情诗。诗的主人公是男是女,看不出来。叙写他(或她)在大河边追寻恋人,但未得会面。"

袁愈荌《诗经全译》:"这是一篇美丽的情歌。想望伊人,可望而不可即,饱含无限情意。"

终　南

终南何有①? 有条有梅②。
君子至止③,锦衣狐裘④。
颜如渥丹⑤,其君也哉⑥!

终南何有? 有纪有堂⑦。

君子至止，黻衣绣裳⑧。

佩玉将将⑨，寿考不忘⑩。

【题解】

这是女子爱慕贵族青年之诗。全诗二章。这个女子家住终南山，这里树木繁多，浓阴覆盖，风景非常优美。一天，有位漂亮的贵族青年突然来到终南山。他身着彩衣，面色红润，腰系佩玉，随着行进的步履发出锵锵的声响。女子不禁脱口夸道："他的仪貌是多么端庄啊！"并祝他"长寿而安康"。首章的称赞还只是内心的独白，末章的祝福则是当面的颂美了。

【注释】

①终南：山名。在秦国境内。

②条：山楸树。

③君子：指情人。止：语助词。

④锦衣：彩衣。狐裘：狐皮袍子。

⑤颜：容貌。渥(wò)丹：红润而有光泽的样子。

⑥君：这里指仪貌端庄。

⑦纪：通"杞"。杞树。堂：通"棠"。棠树。

⑧黻(fú)：黑与青相间的花纹。

⑨将将：佩玉之声。

⑩寿考：长寿。不忘：不已。

【汇评】

《诗序》："《终南》，戒襄公也。能取周地，始为诸侯，受显服。大夫美之，故作是诗以戒劝之。"

唐孔颖达《毛诗正义》："彼终南大山之上，何所有乎？乃有条有梅之木。以兴彼盛德人君之身，何所有乎？乃宜有荣显之服然。山以高大之故，宜有茂木；人君以盛德之故，宜有显服。若无盛德，则不宜矣。……言其宜以戒其不宜也。"

宋朱熹《诗集传》："此秦人美其君之词。"

宋苏辙《诗集传》："此诗美襄公耳，未见所以为戒者。"

清姚际恒《诗经通论》："小序谓'戒襄公'。按此乃美耳，无戒意。"

清方玉润《诗经原始》："祝襄公以收民望也。""曰：崇隆者终南,其何有乎? 条与梅耳,所以成此山之高也。君子至止,衣服之盛,容貌之美,固不待言。非将以君临一邦乎? 君此邦则必德此民,如山之有木而后成山之高,乃无负山之名耳。然终南形势尊严宏敞,为天下冠,君此者可以雄视六合,不独号令一方也。君其修德以副民望,百世毋忘周天子之赐也可。"

袁愈荽《诗经全译》："终南山的姑娘,对进山青年表示热烈爱慕。"

陈子展《诗经直解》："《终南》,亦美秦襄公之诗。秦大夫从襄公入朝而得赐服西归,途经终南山有作。"

黄 鸟

交交黄鸟,止于棘。
谁从穆公①? 子车奄息②。
维此奄息,百夫之特③。
临其穴,惴惴其栗④。
彼苍者天,歼我良人⑤!
如可赎兮,人百其身⑥。

交交黄鸟,止于桑。
谁从穆公? 子车仲行。
维此仲行,百夫之防⑦。
临其穴,惴惴其栗。
彼苍者天,歼我良人!
如可赎兮,人百其身。

交交黄鸟,止于楚。
谁从穆公? 子车鍼虎。
维此鍼虎,百夫之御⑧。

临其穴,惴惴其栗。

彼苍者天,歼我良人!

如可赎兮,人百其身。

【题解】

这是控诉以人殉葬之诗。据《史记·秦本纪》记载,秦穆公死后,竟以177人陪葬,其中就包括"三良",即子车奄息、子车仲行、子车鍼虎三兄弟。人们哀悼他们,于是就写有《黄鸟》之诗。全诗三章。诗以黄鸟止于树上各得其所,反兴"三良"从穆公殉葬而命归黄泉,大有人命不如黄鸟之感。这"三良"乃国中的俊杰,可与"百夫"相比。这表现出国人对失去"三良"无限惋惜之情。"三良"殉葬之时,下看墓穴,恐惧战栗,显得十分痛苦,使人惨不忍睹。国人亲见"三良"被活埋殉葬,悲苦无告,只好呼天抢地,疾声喊道:"老天爷啊,你为何要杀我良人? 如可替换,我们愿以百人赎回他们的生命。"这表现了国人对"三良"的同情和对统治者的愤恨。

【注释】

①从:从死,殉葬。穆公:秦国国君。

②子车奄息:人名。子车为姓,奄息为名。下文"子车仲行"、"子车鍼虎"同此。

③特:匹敌。

④惴惴(zhuì):恐惧的样子。

⑤歼:杀害。良人:好人,善人。

⑥人百其身:以一百人赎代其身。

⑦防:比,相当。

⑧御:义同"防"。

【汇评】

《左传·文公六年》:"秦伯任好卒,以子车氏之三子奄息、仲行、鍼虎为殉,皆秦之良也。国人哀之,为之赋《黄鸟》。"

《诗序》:"《黄鸟》,哀三良也。国人刺穆公以人从死,而作是诗也。"

汉司马迁《史记·秦本纪》:"缪公(即穆公)卒……从死者百七十七人。

秦之良臣子舆氏三人名曰奄息、仲行、鍼虎,亦在从死之中。秦人哀之,为作歌《黄鸟》之诗。"

唐孔颖达《毛诗正义》:"此不刺康公而刺穆公者,是穆公命从己死,此臣自杀从之,非后主之过。"

宋朱熹《诗集传》:"今观临穴惴惴之言,则是康公从父之乱命,迫而纳之于圹,其罪有所归矣。"

清方玉润《诗经原始》:"此诗事见《左传》,凿凿有据。或以三良从死,命出穆公,或以为康公迫死,或又以为秦俗如此,非关君之贤否。总之,古人封建国君,得以专制一方,生杀予夺,惟意所欲。似此苛政恶俗,天子不能黜,国人不敢违,哀哉良善,其何以堪!"

程俊英《诗经译注》:"这是一首秦国人民挽'三良'的诗。……它是古代挽歌之祖。"

晨 风

軟彼晨风①,郁彼北林②。
未见君子,犹心钦钦③。
如何如何,忘我实多!

山有苞栎④,隰有六驳⑤。
未见君子,忧心靡乐⑥。
如何如何,忘我实多!

山有苞棣⑦,隰有树檖⑧。
未见君子,忧心如醉⑨。
如何如何,忘我实多!

【题解】

这是妇人思念丈夫之诗。全诗三章。首章以飞鸟归林起兴,引起妇人对丈夫的思念。丈夫久不归家,她感到孤单凄苦。她不禁暗自思忖:莫非丈夫把自己忘记了! 这正表达了她的忧虑之情。二、三章以山上洼地树木对举,兴比男女或夫妻情事。妇人每当想起丈夫久出未归,内心就觉得没有一点乐趣,甚至于神魂颠倒,昏昏沉沉。一个"醉"字,便见妇人百感交集,忧苦万状。

【注释】

①鴥(yù):疾飞的样子。晨风:猛禽名。即"鹯(zhān)"。

②郁:茂盛的样子。北林:北山之林。

③钦钦:忧思难忘的样子。

④苞栎:丛生的柞树。

⑤六驳:梓榆。

⑥靡:无。

⑦苞棣(dì):丛生的棠梨。

⑧檖(suì):山梨树。

⑨醉:神魂颠倒,昏昏沉沉。

【汇评】

《诗序》:"《晨风》,刺康公也。忘穆公之业,始弃其贤臣焉。"

《毛传》:"先君招贤人,贤人往之,驶疾如晨风之飞入北林,今则忘之矣。"

宋朱熹《诗集传》:"妇人以夫不在,而言鴥彼晨风,则归于郁然之北林矣,故我未见君子,而忧心钦钦也。彼君子者,如之何忘我之多乎!"

清姚际恒《诗经通论》:"序谓刺康公弃其贤臣,此臆测语。《集传》属之妇人,亦无谓。《伪说》谓'秦君遇贤,始勤终怠',稍近之。"

闻一多《风诗类抄》:"怀人也。"

高亨《诗经今注》:"这是女子被男子抛弃后所作的诗。"(也可能是臣见弃于君,士见弃于友,因作这首诗。)

陈子展《诗经直解》:"《晨风》,刺秦康公忘父业、弃贤臣之诗。"

程俊英《诗经译注》:"这是一位妇女疑心丈夫遗弃她的诗。"

248

无 衣

岂曰无衣？与子同袍①。
王于兴师②,修我戈矛,
与子同仇③。

岂曰无衣？与子同泽④。
王于兴师,修我矛戟,
与子偕作⑤。

岂曰无衣？与子同裳。
王于兴师,修我甲兵⑥,
与子偕行⑦。

【题解】

这是秦国的军歌。全诗三章。每章首二句采用问答的形式。一章说:
"难道说没有衣裳,与你同穿一件战袍。"二章说:"难道说没有衣裳？与你
同穿一件内衣。"三章说:"难道说没有衣裳？与你同穿一条裤子。"先言
"袍",次言"泽",再言"裳",是说内外、上下衣物都可以与战友共用。这表
现士兵们同甘共苦,团结一致的战斗意志和乐观精神。每章后三句写国君
一旦起兵,士兵们便修理各种武器,同赴战场,英勇杀敌。这表现了士兵们
同仇敌忾,慷慨从军的爱国热情。此诗今天读来仍给人以鼓舞的力量。

【注释】

①袍:战袍。
②于:语助词。同"曰"。兴师:起兵。
③同仇:共同对敌。
④泽:贴身的内衣。

249

⑤偕作:共同行动。

⑥甲兵:战甲、兵器。

⑦偕行:一起前往。

【汇评】

《诗序》:"《无衣》,刺用兵也。秦人刺其君好攻战,亟用兵,而不与民同欲焉。"

汉郑玄《郑笺》:"(首二句)此责康公之言也。君岂尝曰'女无衣,我与女共袍'乎? 言不与民同欲。""(下三句)君不与我同欲,而于王兴师,则云'修我戈矛,与子同仇',往伐之,刺其好攻战。"

宋朱熹《诗序辨说》:"序意与诗情不协。"

宋朱熹《诗集传》:"秦人之俗,大抵尚气概,先勇力,忘生轻死,故其见于诗如此。"

明王夫之《诗经稗疏》:"《春秋》:申包胥乞师,秦哀公为之赋《无衣》。刘向《新序》亦云然。《吴越春秋》亦曰桓公(当作哀公)为赋《无衣》之诗。……则此诗哀公为申胥作也。若所赋为古诗,如子展赋《草虫》之类,但言赋,不言为之赋也。其言王者,因楚之僭号,对其臣而王之也。子者,斥指申胥也。于,曰也。言楚王命我兴师也。与子偕行,言随申胥而往也。其为答申胥而救楚之诗明矣。"

清姚际恒《诗经通论》:"小序谓'刺用兵',无刺意。《集传》仿之,谓'秦俗强悍,乐于战斗'。诗明有'王于兴师'之语,岂可徒责之秦俗哉? 观其诗词,谓秦俗强悍,乐于用命,则可矣。"

清方玉润《诗经原始》:"秦人乐为王复仇也。"

余冠英《诗经选》:"这诗是兵士相语的口吻,当是军中的歌谣。"

高亨《诗经今注》:"这是秦国劳动人民的参军歌。"

陈子展《诗经直解》:"《无衣》,秦哀公应楚臣申包胥之请,出兵救楚拒吴而作,托为秦民应王征召、相约从军之歌。"

渭　阳

我送舅氏①,曰至渭阳②。

何以赠之？路车乘黄③。

我送舅氏，悠悠我思④。
何以赠之？琼瑰玉佩⑤。

【题解】

这是秦太子䓨送舅念母之诗。秦穆公的夫人是晋献公的女儿，生太子名䓨。晋献公有个儿子叫重耳，因遭骊姬之难，先后在齐、楚、秦国流亡多年。周襄王十五年（公元前635），秦穆公派兵护送重耳回到晋国，立为晋君，是为晋文公。当时䓨是秦国的太子。重耳临行时，太子䓨去送他，并作此诗。全诗二章。首章写䓨送舅至渭阳。当时秦国的都城在雍地，而渭阳地当咸阳附近，两地相距甚远。千里送别，依依不舍，流露出甥舅惜别之情。临别时，太子䓨以华美的路车和四匹黄毛大马赠给舅舅，祝愿他回国后立为国君。末章写䓨送舅念母的深情。这时太子䓨的母亲（重耳的妹妹）已经去世。太子䓨送舅舅，自然想起了母亲。今见舅舅，好像母亲就在身边。"悠悠我思"一句，正道出了太子䓨这种缠绵悱恻之情。临别之时，太子䓨又以美玉赠给舅舅，再次表达了他对舅舅的一片深情。

【注释】

①舅氏：指晋公子重耳。他是秦太子䓨（即后来的秦康公）之舅。

②渭阳：渭水北边。

③路车：诸侯所乘之车。乘黄：四匹黄马。

④悠悠：思绪绵长。

⑤琼瑰（guī）：美玉。

【汇评】

《诗序》："《渭阳》，康公念母也。康公之母，晋献公之女。文公遭丽姬之难，未反，而秦姬卒。穆公纳文公，康公时为太子，赠送文公于渭之阳，念母之不见也。我见舅氏，如母存焉。及其即位，思而作是诗也。"

宋朱熹《诗序辨说》："此序得之。但'我见舅氏，如母存焉'两句，若为康公之辞者，其情哀矣。然无所系属，不成文理。盖此以下又别一手所为也。及其即位而作是诗，盖亦但见首句云康公，而下云时为太子，故生此说。"

清姚际恒《诗经通论》:"秦康公为太子,送母舅晋重耳归国之诗。小序谓'念母',以'悠悠我思'句也,未知果然否?大序谓即位后思而作,尤迂。"

程俊英《诗经译注》:"这是写外甥送舅父的送别诗。诗中写外甥送舅的礼物,有'路车、乘黄',这是当时诸侯所用的车马。因此有人说,这是秦穆公的儿子康公送晋文公重耳回国时所作(康公的母亲,是重耳的姊姊,她嫁给秦穆公,时人称她为秦穆夫人)。未知确否。"

权　舆

於我乎①,夏屋渠渠②。
今也每食无余。
于嗟乎③！ 不承权舆④。

於我乎,每食四簋⑤。
今也每食不饱。
于嗟乎！ 不承权舆。

【题解】

这是没落贵族哀叹今不如昔之诗。每章前二句写过去的住食。过去这个贵族住的是高大宽敞的房屋,吃的是四簋盛装的美味佳肴。多么气派,多么富裕。每章后三句主要写如今之食。这个贵族由于日趋破产,几乎到了将要断炊的地步。由以前的"每食四簋"到如今"每食无余"、"每食不饱",正是他日趋破产的真实写照。难怪他感伤自己不能继续当初的盛况。全诗用今昔对照的手法,表现了没落贵族留恋过去,感伤眼前的颓唐苦楚的心境。

【注释】

①於(wū):叹词。
②夏屋:大屋。渠渠:深广的样子。

③于嗟：悲叹声。

④承：继承。权舆：当初。

⑤簋（guǐ）：古代食器。

【汇评】

《诗序》："《权舆》，刺康公也。忘先君之旧臣与贤者，有始而无终也。"

唐孔颖达《毛诗正义》："作《权舆》诗者，刺康公也。康公遗忘其先君穆公之旧臣，不加礼饩。与贤者交接有始而无终，初时殷勤，后则疏薄，故刺之。"

宋朱熹《诗集传》："此言其君始有渠渠之夏屋，以待贤者，而其后礼意寝衰，供亿寝薄，至于贤者每食而无余，于是叹之，言不能继其始也。"

清姚际恒《诗经通论》："此贤者叹君礼意寝衰之意。一章先言居，再言食，即'适馆、授餐'意。二章单承食言，由'无余'而至'不饱'，条理井然。……又'夏屋渠渠'即藏'食有余'在内，故是妙笔。"

袁梅《诗经译注》："这是古代大奴隶主的一个旧僚，换了新主子，受到冷遇，心怀不满。他怀念旧主子，便唱歌宣泄内心的感触，从中看出奴隶主阶级内部的矛盾。"

高亨《诗经今注》："这是没落阶级自悲自叹的诗。"

程俊英《诗经译注》："这是一首没落贵族回想当年生活而自伤的诗。"

陈　风

宛　丘

子之汤兮^①,宛丘之上兮^②。
洵有情兮^③,而无望兮^④。

坎其击鼓^⑤,宛丘之下。
无冬无夏,值其鹭羽^⑥。

坎其击缶^⑦,宛丘之道。
无冬无夏,值其鹭翿^⑧。

【题解】

　　这是男子爱慕巫女之诗。陈国巫风颇为盛行。国中有一部分女子专门从事巫术,以舞蹈祭祀神灵。此诗正是写男子钟情一位巫女。全诗三章。首章写男子观望巫女舞蹈的情景。在宛丘之上,一位巫女正在纵情起舞。"子之汤兮"之"汤"极为传神。它将巫女轻盈飘荡的舞姿描摹得活灵活现。男子见到这天仙般的巫女,的确萌生了无限爱慕之情。但继而一想,与她相爱实无指望。这两句正道出了男子既爱慕又失望的复杂心情。二、三章写男子追求巫女的痴情。虽说求之"无望",但男子终不甘心。巫女手执"鹭羽"、"鹭翿",合着"坎坎"的鼓缶之声,无冬无夏地在宛丘上下舞蹈。这既表明此女子确是以祀神为职业的巫女,同时也可见出这男子一直都在观看巫女舞蹈,追求的情思未减分毫。不难看出,这确是一首单相思的情歌。

①汤:通"荡"。形容舞姿轻盈飘荡。

②宛丘:四周高中间低的场所。

③洵:副词。的确。

④望:指望。

⑤坎:象声词。

⑥值:持。鹭羽:用白鹭羽毛制作的舞具。

⑦缶(fǒu):瓦罐。

⑧鹭翿(dào):义同"鹭羽"。

【汇评】

《诗序》:"《宛丘》,刺幽公也。淫荒昏乱,游荡无度焉。"

汉班固《汉书·地理志》:"周武王封舜后妫满于陈,是为胡公。妻以元女大姬。妇人尊贵,好祭祀,用史巫,故其俗巫鬼。《陈诗》曰,坎其击鼓,云云。又曰,东门之枌,云云。此其《风》也。"

宋朱熹《诗序辨说》:"陈国小,无事实,幽公但以谥恶,故得游荡无度之诗,未敢信也。"

宋朱熹《诗集传》:"国人见此人常游荡于宛邱之上,故叙其事以刺之。"

清范家相《二家诗拾遗》:"按李札闻歌陈而叹曰:'国无主,其能久乎!'国之无主者,民皆淫祀,忘其本业,而上不禁止之谓,非必以宛邱之子即为陈主也。班氏故以是诗与《东门之枌》并举,夫民化其上,而上与下如出一心,非刺其君而何!"

清姚际恒《诗经通论》:"此诗刺游荡之意昭然。小序谓'刺幽公',恐'子'字未安。毛传谓'子'为大夫,不与序同。然具此乐舞,自属君大夫之列。"

清魏源《诗古微》:"刺臣民习俗,非刺幽公游荡之诗。"

清方玉润《诗经原始》:"此必陈君与其臣下不务政治,相与游乐,君击鼓而臣舞翿,无冬无夏,威仪尽失。"

高亨《诗经今注》:"陈国巫风盛行。这是一篇讽刺女巫的诗。"

袁愈荌《诗经全译》:"讽刺游荡、荒淫无度者。"

陈子展《诗经直解》:"《宛丘》,刺陈国统治阶级游荡歌舞之诗,当出自民间歌手。"

　　袁梅《诗经译注》："这是古代的一个青年为自己钟爱的姑娘所唱的歌。那位姑娘是以舞蹈为业的舞女(也是巫女)。"

　　张西堂《诗经六论》："《宛丘》的'洵有情兮,而无望兮',林义光《诗经通解》说'望'读若'忘'。有情而无忘,应是两人情感已合。"

　　余冠英《诗经选译》："诗人倾吐他对手一位巫女的爱慕。那巫女常常跳舞祭神,舞时戴着鹭鸶的羽。"

东门之枌

　　东门之枌①,宛丘之栩②。
　　子仲之子③,婆娑其下④。

　　谷旦于差⑤,南方之原。
　　不绩其麻,市也婆娑⑥。

　　谷旦于逝⑦,越以鬷迈⑧。
　　视尔如荍⑨,贻我握椒⑩。

【题解】

　　这是男女相互爱悦之诗。全诗三章。首章点明歌舞之地。东门之外,宛丘之上,榆树、栎树浓阴覆盖,枝条飘拂,风景异常幽美。这正是青年男女聚会歌舞的好地方。一位姓"子仲"的姑娘,正在这天然的舞台上翩翩起舞。这分明是她的情人目中之所见。二章写这对情人邀约同赴舞会。他俩选定一个吉日良辰,同往"南方之原"去聚会歌舞。姑娘放下手中的"绩麻"活计,欢快地舞蹈着通过集市,与情人一道前往南方。舞台由"东门"移到南方之"原",这暗示出舞台更广阔,歌舞之会更盛大。三章写男女相悦之情。在一个美好的日子,许多对情人偕同前往南方。这对情人来到"原"地,一边纵情歌舞,一边互吐爱悦之情。男子赞美"子仲"姑娘容颜娇美,宛如一朵鲜艳的荆葵花,"子仲"姑娘也一往情深,赠给男子一把花椒,用以作为定情的信物。从诗中"不绩其麻"一语看来,这是一首平民青年男女的恋歌。

【注释】

①枌(fén):白榆树。

②栩(xǔ):栎树。

③子仲:姓氏。

④婆娑:舞蹈。

⑤谷旦:吉日良辰。差:选择。

⑥市:集市。

⑦逝:往。

⑧越以:语助词。鬷(zōng):众,会聚。迈:行。

⑨荍(qiáo):荆葵花。

⑩贻(yí):赠送。握:一把。椒:花椒。

【汇评】

《诗序》:"《东门之枌》,疾乱也。幽公淫荒,风化之所行。男女弃其旧业,亟会于道路,歌舞于市井尔。"

宋朱熹《诗集传》:"此男女聚会歌舞,而赋其事以相乐也。"

清姚际恒《诗经通论》:"大序谓'男女淫荒',是宽泛语。何玄子谓'陈风巫觋盛行',似近之。盖以旧传大姬好巫,而陈俗化之。……汉王符《潜夫论》曰:'诗刺不绩其麻,女也婆娑。今多不修中馈,休其蚕织,而起学巫觋,鼓舞事神,以欺诳细民'云云,足证诗意。"

清方玉润《诗经原始》:"此诗分明刺陈俗尚巫觋。……然岂必尽学巫觋事哉?亦不过巫觋盛行,男女聚观,举国若狂耳。……视如荍而贻之椒,则又观者互相爱悦也。此与《郑·溱洧》之采兰赠勺大约相类,而鄙俗荒乱,则尤过之,在诸国中又一俗也,故可以观也。"

高亨《诗经今注》:"这篇也是讽刺女巫的诗。"

陈子展《诗经直解》:"《东门之枌》描述陈国大夫之家男女歌舞淫荒之诗。与《宛丘》一诗主题相同。"

余冠英《诗经选译》:"男女在良晨会舞于市井,男子对他所爱的女子唱出热恋的歌。"

衡 门

衡门之下①,可以栖迟②。
泌之洋洋③,可以乐饥④。

岂其食鱼,必河之鲂。
岂其取妻,必齐之姜。

岂其食鱼,必河之鲤。
岂其取妻,必宋之子。

【题解】

    这是男子追求女子之诗。全诗三章。每章均用比兴手法,新鲜而奇特。首章用"衡门"、"泌"作比。横木简陋,本难安身而偏说可以游息;洋洋泉水,本难饱肚而偏说可以疗饥。诗以此兴比自己所求不高。二、三章用"食鱼"、"娶妻"作比。"鲂"、"鲤"之鱼,体肥味美,谁不爱吃?但这男子却不奢求,即使小鱼他也爱吃;"齐姜"、"宋子",容貌娇美,谁不乐娶,但这男子却不过望,即使小姓女子他也乐娶。"岂其……必……"句,正是说的这个意思。诗人一连打了六个比方,无外乎是为了向情人表白:贵族女子我不要,唯有你才是我的心上人。这正是"小家碧玉赛过名门闺秀"。这种恋爱观无疑是健康的。此诗笔调轻松活泼,诙谐风趣。读着它,仿佛看到一位男子在面对情人倾吐心曲,谈吐中还带有一种戏谑的意味。

【注释】

①衡门:横木为门。
②栖迟:游息。
③泌(bì):泉水名。
④乐:通"疗"。治疗。

【汇评】

《诗序》:"《衡门》,诱僖公也。愿而无立志,故作是诗以诱掖其君也。"

汉韩婴《韩诗外传》:"贤者不用世而隐处也。"

宋朱熹《诗集传》:"此隐者自乐而无求者之辞。"

清姚际恒《诗经通论》:"此贤者隐居甘贫而无求于外之诗。……犹孔子'蔬食饮水,曲肱而枕,乐在其中'之意。"

吴闿生《诗义会通》:"诗为隐居自乐,词义甚明。然后二章乃譬晓之词,似有为而发者。"

陈子展《国风选译》:"这是从来认为是歌咏安贫乐道的名篇。从班固、蔡邕以来的无数文人诗家,常把'衡门''泌水乐饥'作为安贫乐道的典故,作为自欺欺人的词藻,用得太熟太滥了。"

余冠英《诗经选译》:"这诗说居处、饮食不嫌简陋,娶妻也不必大家名族。表现安贫寡欲的思想。"

袁梅《诗经译注》:"这是古代青年男女相互悦慕之辞。"

孙作云《诗经与周代社会研究·诗经恋歌发微》:"《陈风·衡门》也是一首带戏谑性的恋歌。……此诗是男子之词。"

郭沫若《中国古代社会研究》:"这首诗也是一位饿饭的破落贵族作的,他食鱼本来有吃河鲂河鲤的资格,但是贫穷了,吃不起了。他娶妻本来有娶齐姜宋子的条件,但是贫穷了,娶不起了。娶不起,吃不起,偏偏要说几句漂亮话,这正是破落贵族的根性。我们在现代也随时可以看见。"

东门之池

东门之池①,可以沤麻②。
彼美淑姬③,可与晤歌④。

东门之池,可以沤纻⑤。
彼美淑姬,可与晤语⑥。

东门之池,可以沤菅⑦。

彼美淑姬,可与晤言⑧。

【题解】

这是男子爱慕女子之诗。此诗的意境与《衡门》相似,并可作为《衡门》的注脚,故可参互阅读。全诗三章。每章前二句以"东门之池"便可浸泡"麻"、"纻"与"菅",兴比男子所求不高。每章后二句写男子的择偶标准。那美丽善良的姑娘,便可与她对歌、对语、对言。细玩"可以"、"可与"之词,即是《衡门》"可以"、"岂其……必……"之意。这男子也是说娶妻只要"美淑"即可,不必齐姜宋子,阆门闺秀。这"美淑"二字,又恰好给《衡门》中男子所爱慕的女子做了最好的注脚。我们猜想,这两首诗可能是一人所作。

【注释】

①池:池塘。

②沤:浸泡。

③美淑:美丽善良。姬:指姑娘。

④晤歌:聚会唱歌。

⑤纻(zhù):麻类。

⑥晤语:相互谈心。

⑦菅(jiān):茅属。

⑧晤言:义同"晤语"。

【汇评】

《诗序》:"《东门之池》,刺时也。疾其君之淫昏,而思贤女以配君子焉。"

宋朱熹《诗序辨说》:"此淫奔之诗,序说盖误。"

宋朱熹《诗集传》:"此亦男女会遇之辞,盖因其会遇之地、所见之物以起兴也。"

清姚际恒《诗经通论》:"玩'可以''可与'字法,疑即上篇之意。取妻不必齐姜、宋子,即此淑姬,可与晤对,咏歌耳。"

吴闿生《诗义会通》:"苏子由曰,陈君荒淫不可告语,故思得淑女以化之,庶可渐革其暴。如池之沤麻,渐渍而不自知也。然此诗不必深求,但以其所媲非人,故虚设一淑姬为可共处。言彼美淑姬,正以见其所共处者之不淑不美耳，此所谓意在言外也。若以为真欲为其君得一淑姬，则泥矣。"

张西堂《诗经六论》："《东门之池》是男子沤麻之歌。……一章沤麻，二章沤纻，三章沤菅，所写的都是一件事，看起来一定是沤麻的歌。"

高亨《诗经今注》："这是一首情歌，表达了男子对女方的爱慕之情。"

袁愈荌《诗经全译》："男女恋爱诗，彼此约会摆谈，唱歌。"

陈子展《诗经直解》："直寻本义，视为此池边沤麻之劳动妇女见彼不劳而食之贵族女子不可近前，而疾其时社会阶级之不平发为歌谣者乎？"

东门之杨

东门之杨，其叶牂牂①。
昏以为期②，明星煌煌③。

东门之杨，其叶肺肺④。
昏以为期，明星晢晢⑤。

【题解】

这是等候情人之诗。此诗虽短小，但一句一意，言简而意丰。全诗二章。每章前二句点明幽会之地。东门之外，白杨成排，树叶苍郁茂盛，环境异常幽静。在这个地方谈情说爱，该多有诗情画意。每章二句点明幽会之时。约定黄昏为幽会之期。时至黄昏，夜幕已经降临，一层层黑纱笼罩着大地，笼罩着"东门"。在这个时辰幽会密语，更是别有一番滋味。每章末句暗示一方负约不至。一方守信，按时来到幽会之地"东门"，可另一方不知何故却迟迟未来。他（或她）等呵等呵，心中万分焦灼。但又不忍遽然离去，于是从黄昏一直等到夜深人静，"明星煌煌"，爱情之执着于此可见。此诗语言精粹，意境幽美，含蕴深邃。全诗虽重在写景，但诗中"昏以"、"明星"等字眼，却给读者留下了一个广阔的想象的天地。就在景象的变换、时序的推移之中，巧妙地将这个情人焦灼惆怅之情披露了出来，堪称一首抒情佳作。

【注释】

①牂牂(zāng)：茂盛的样子。

②昏：黄昏。"昏以"即"以昏"的倒文。为期：作为约会之期。

③明星：启明星。煌煌：明亮的样子。

④肺肺：义同"牂牂"。

⑤哲哲(zhì)：义同"煌煌"。

【汇评】

《诗序》："《东门之杨》，刺时也。昏姻失时，男女多违。亲迎，女犹有不至者也。"

《毛传》："言男女失时，不逮秋冬。"

汉郑玄《郑笺》："杨叶牂牂，三月中也。兴者喻时晚也，失仲春之月。……亲迎之礼以昏时，女留他色，不肯时行，乃至大星煌煌然。"

唐孔颖达《毛诗正义》："毛以秋冬为昏之正时，故云男女失时，不逮秋冬也。"

宋朱熹《诗集传》："此亦男女相会，而有负约不至者。"

清黄中松《诗疑辨证》："此疑朋友之间负约不至，故刺之。"

吴闿生《诗义会通》："顾广誉曰：此与《丰》皆亲迎女不至。彼陈女子追悔之情，此述男子守候之状，所从言不同，皆以极其刺。"

余冠英《诗经选译》："男女约会，约在黄昏后长庚星亮起来的时候。"

高亨《诗经今注》："二人约定黄昏时相会于东门，而对方久久不来，作者唱出这首情歌。"

陈子展《诗经直解》："近世王闿运《补笺》，谓此诗'刺侈于昏礼者'。新昏之夕，狂欢达旦。……盛其仪物，缛其文饰，因以聚会宾客，竞相夸炫。故皆以迟昏为侈，虽贫家不能异。辛亥革命以前，愚见吾湘社会风尚确是如此，第未知是否合乎二三千年前之中原社会情况也。"

墓　门

墓门有棘①，斧以斯之②。

夫也不良③,国人知之。
知而不已④,谁昔然矣⑤。

墓门有梅,有鸮萃止⑥。
夫也不良,歌以讯之⑦。
讯予不顾,颠倒思予。

【题解】

这是忠臣规劝陈桓公提防陈佗篡逆之诗。陈佗是陈桓公之弟。此人向有篡逆之心,而其师傅也居心不良,非但不加规劝,反而助之为恶。想必诗人是一位忠臣。他熟知陈佗之为人,深感政局之危殆,于是以诗的方式告诫桓公应及早提防。全诗二章。首章以"墓门有棘"须用斧砍掉,比喻国有不良应该铲除。诗言"夫也不良"之"夫"正是指代陈佗。陈佗不良,"国人知之",然而桓公不加以制止,昔日谁像这样呢? 责怨桓公之意不言而喻。末章以猫头鹰止于梅,比喻陈佗作恶于国。于是诗人将"夫也不良"的实情以歌的方式告诫桓公。但桓公不听忠告,不予理睬,恐怕要到狼狈不堪之时才会想起我来。正像诗人所预料的那样,由于桓公毫无戒备,就在他病危之时,陈佗果然下了毒手,杀死太子,自立为君,最后桓公只落得一个可悲的下场。总之,此诗意在告诫桓公"早为谕教",消除后患,否则后果将不堪设想。

【注释】

①墓门:凶僻之地。棘:荆棘。

②斯:砍。

③夫:指陈佗。

④已:制止。

⑤昔:往日。然:这样。

⑥鸮(xiāo):猫头鹰。萃(cuì):聚集。

⑦讯:通"谇(suì)"。警告。

【汇评】

《诗序》:"《墓门》,刺陈佗也。陈佗无良师傅,以至于不义,恶加于万民焉。"

唐孔颖达《毛诗正义》:"(陈佗)既立为君,此师傅犹在,陈佗仍用其言,必将至于诛绝,故作此诗以刺佗。欲其去恶傅而就良师也。"

宋朱熹《诗序辨说》:"陈国君臣,事无可纪,独陈佗以乱贼被讨,见书于《春秋》。故以无良之诗与之。序之作大抵类此,不知其信然否也。"

清姚际恒《诗经通论》:"小序谓'刺陈佗',是。观诗中云'夫'云'国人'则为君国之事而非民间之事矣。苏氏曰:'陈佗,陈文公之子而桓公之弟也。桓公疾病,佗杀太子免而代之。桓公之世,陈人知佗之不臣矣,而桓公不去,以及于乱。是国人追咎桓公,以为智不及其后,故以《墓门》刺焉。夫指陈佗也。佗之不良,国人莫不知之,知之而不去,昔者谁为此乎?'可谓善说此诗矣。"

吴闿生《诗义会通》:"(《序》云)无良师傅云者,特穷其极恶之由,与诗'夫也不良'句初不相蒙,而拘者遂以'夫'为斥傅相,此陋儒之妄解误屬入《毛传》中,毛公必不尔也。诗既刺佗,'夫也不良'自指佗言,岂有以斥师傅之理?子由正之,是矣。"

高亨《诗经今注》:"这是陈国人民讽刺一个品行恶劣的统治者的诗。"

余冠英《诗经选译》:"这诗是对于不良执政者的讥刺。"

防有鹊巢

防有鹊巢①,邛有旨苕②。
谁侜予美③?心焉忉忉④。

中唐有甓⑤,邛有旨鹝⑥。
谁侜予美?心焉惕惕⑦。

【题解】

这是女子忧虑爱人听信谗言之诗。全诗二章。此诗技巧不凡,颇能曲尽其妙。尤其是诗中的兴体,堪称奇绝,它令人回味,发人深思。鹊巢筑在树上,甓砖盖在屋上,苕、鹢之草长在湿地,这是尽人皆知的常理。然而有人竟说堤上筑有鹊巢,路上垫有甓砖,山丘长有苕、鹢之草,这全是一派胡言。诗以此兴比无根浮词不可轻信,真是再恰切不过了。诗中的女子与其爱人原本情感融洽,相爱甚笃。如今女子觉得爱人对她突然变得冷淡起来,于是她暗自思忖,顿起疑心:这是谁在挑拨离间间呢? 这一问语含蕴丰厚,既含有对爱人的深深关切,也含有对挑拨者的严厉斥责。她唯恐爱人因受欺诳而致使两人离异,因而内心十分焦灼,无比忧伤。"心焉忉忉"、"心焉惕惕",正传达出这种隐忧。

【注释】

①防:堤岸。

②邛(qióng):山丘。苕(tiáo):草名。

③侜(zhōu):欺诳。

④忉忉:忧愁的样子。

⑤中唐:朝堂前和宗庙门内的大路。甓(pì):古代的砖,用作屋瓦。

⑥鹢(yì):通"鷊"。绶草。

⑦惕惕:忧惧的样子。

【汇评】

《诗序》:"《防有鹊巢》,忧谗贼也。宣公多信谗,君子'忧惧焉'。"

宋朱熹《诗序辨说》:"此非刺其君之诗。"

宋朱熹《诗集传》:"此男女之有私,而忧或间之之辞。"

清姚际恒《诗经通论》:"小序谓'忧谗贼',大序以陈宣公实之,不知是否。朱郁仪解每章首二句曰:'水隈曰防;陵霄曰苕。鹊巢于木,不于防;苕生于下湿,不于丘。唐中,非甓所也。鹢谓绶草,亦生下湿,非邛之所产也。'此说似通。"

清方玉润《诗经原始》:"程子曰:'予美,心所贤者。一言下之,诳君以谗人;一言奸之,诬善以害人,皆作诗者忧患之意。'可谓深得风人义旨矣。"

吴闿生《诗义会通》:"王质《总闻》据《史记》宣公嬖姬生子款,欲立之,而杀其太子御寇。公子完惧祸奔齐。以此为宣公信谗之证。如王说,则'予美'盖谓御寇也。旧评:非必真有侜之者,写柔肠曲尽。按:此评从朱子男女之私为说。"

265

袁愈荌《诗经全译》:"因爱人受人欺诳而感心忧。"

袁梅《诗经译注》:"一个女子的爱人听了别人的谗言,对她的感情变得冷淡,使她焦灼忧伤。"

陈子展《诗经直解》:"《防有鹊巢》,诗人忧惧谗间于其所爱者之作。未知其为有关君臣之词欤?抑为有关男女之词欤?愚谓两说皆可通,而以后说为胜。"

高亨《诗经今注》:"此诗作者是个男子,因为丢失爱妻,寻找不着,心情十分忧惧。"

月　出

月出皎兮①,佼人僚兮②。
舒窈纠兮③,劳心悄兮④。

月出皓兮⑤,佼人懰兮⑥。
舒忧受兮⑦,劳心慅兮⑧。

月出照兮,佼人燎兮⑨。
舒夭绍兮⑩,劳心惨兮⑪。

【题解】

这是男子怀念情人之诗。全诗三章。此诗写得相当优美,简直是一幅素洁淡雅的月下美人图。每章首句描写明月。明月刚一露面,便洒下万道银光。这皎洁的月色,更映衬出姑娘貌美。每章二、三句描摹美女。这姑娘眉清目秀,妩媚无比,脸上闪出来的青春光彩,与银色的月光交相辉映更显得艳丽动人。这姑娘还很有风度。她个儿高高,身段苗条,走起路来,步履轻盈,婀娜多姿,宛若天仙一般。一个"舒"字,尽见其态。每章末句抒发情怀。诗人遥对夜空,见月伤怀,愁苦无限。此诗采用亦虚亦实的手法,将明月与美女相互映衬,又将诗人的相思之情融入其间,从而构成一种空蒙飘忽的意境,使人更觉姑娘摇曳多姿,娇美动人。

【注释】

①皎:清澈明亮。

②佼:通"姣"。美人。僚:娇美。

③舒:步履轻盈。窈纠:身段苗条。

④劳:思念。悄:忧愁的样子。

⑤皓:义同"皎"。

⑥懰(liú):美好。

⑦忧受:义同"窈纠"。

⑧慅(cǎo):心神不安。

⑨燎:明亮。

⑩夭绍:义同"窈纠"。

⑪惨:同"慅"。心神不宁。

【汇评】

《诗序》:"《月出》,刺好色也。在位不好德而说美色焉。"

宋朱熹《诗序辨说》:"此不得为刺诗。"

宋朱熹《诗集传》:"此亦男女相悦而相念之辞。"

宋王安石《诗义钩沉》:"《读诗记》王氏(王安石)曰:'诗所言者,说美色而已。然序知其不好德者,子夏曰:贤贤易色。盖说色如此,丧其志矣,未有能好德者也'。"

清姚际恒《诗经通论》:"自小序以来,皆作男女之诗,而未有以事实之者。朱郁仪以为刺灵公之诗。何玄子因以三章'舒'字为夏征舒,意更巧妙,存之。"

清方玉润《诗经原始》:"此诗虽男女词,而一种幽思牢愁之意,固结莫解。情念虽深,心非淫荡。且从男意虚想,活现出一月下美人。并非实有所遇,盖巫山、洛水之滥觞也。"

吴闿生《诗义会通》:"案在位不好德而说色,与夏姬之事近矣。而不径付之灵公,以此见序之不妄为臆断也。然则其实指为某公某事而作者,当必有所据无疑矣。"

陈子展《诗经直解》:"《月出》,盖诗人期会月下美人,自道其相慕之诚,相思之劳而作。”

高亨《诗经今注》：“陈国的统治者，杀害了一位英俊人物。作者目睹这幕惨剧，唱出这首短歌，来哀悼被害者。”

王迺扬《读高亨先生〈诗经引论〉》：“对于《陈风·月出》，高先生理解为‘反映领主杀害农民的诗’，说什么‘这一篇抒写在月色惨白的杀人场，一位英俊的人民，身被五花大绑，被领主杀死了，尸体被领主焚烧了，这时枝干盘曲的老橡树，在怒吼，在颤摇，作者的心灵，在忧愁，在跳动，在悲痛。这是凄惨壮烈的一幕悲剧。’其实这首诗分明是一首恋歌。在形式上是采用民歌中常见的反复讽诵的格式，三章差不多是一个意思。我们在这里只能看出‘一种浑然的怀念情绪’（巴人《文学论稿》），根本感不到是一幕‘凄惨壮烈’的悲剧；我们只能意识到一个恋人在皎洁的月光底下怀恋着意中的美人，根本看不到一位‘身被五花大绑’的‘英雄的人民’被杀死。”（见《诗经研究论文集》）

株 林

胡为乎株林①，从夏南兮②？
匪适株林③，从夏南兮！

驾我乘马④，说于株野⑤！
乘我乘驹，朝食于株！

【题解】

这是讽刺陈灵公淫于夏姬之诗。据史书记载，夏姬是郑穆公之女，嫁给陈大夫夏御叔为妻。陈灵公与大夫孔宁、仪行父皆与夏姬私通。此诗正是讽刺陈灵公这一秽行。全诗二章。首章以问答的方式，表示将信将疑。灵公为何到株林去追夏南呢？这一设问，语意深婉。因为夏南是夏姬之子，所以“从夏南”即是“从夏姬”。这种言在此而意在彼的写法，比直接披露要诙谐有力得多。诗接着又加以否定：灵公不是到株林去从夏南。这一笔也极妙。不是"从夏南",那是从谁呢？不用说，就是去"从夏姬"就在不言之中了。末章写灵公在株林住了一宿。灵公乘坐马车，果然到了株林。他还在株林住了一宿。直到第二天吃过早饭才离去。这"说于"、"朝食"二语，正表明灵公在株林确实待了一天一夜。这里再不露"夏南"字样，而"从夏姬"之意由此就已大明。此诗篇幅虽短，但诗意浑厚，写得一波三折，确是一首优秀的讽刺诗。

【注释】

①胡为：为什么。株林：夏邑郊野。

②夏南：夏征舒，字子南，故称夏南。

③匪：不是。适：往。

④我：犹"其"。相当于"他的"。

⑤说(shuì)：停车歇息。

⑥乘驹：四匹马。

⑦朝食：吃早饭。

【汇评】

《诗序》：《株林》，刺灵公也。淫乎夏姬，驰驱而往，朝夕不休息焉。"

汉郑玄《郑笺》："言我非之株林从夏氏子南之母为淫泆之行，自之他耳，觓拒之辞。"

唐孔颖达《毛诗正义》："王肃云：'言非欲适株林从夏南之母，反复言之，疾之也'。"

宋吕祖谦《吕氏家塾读诗记》："灵公君臣相戏于朝，犹不知耻，亦何觓拒之有。"

宋朱熹《诗集传》："灵公淫于夏征舒之母，朝夕而往夏氏之邑。故其民相语曰：'君胡为乎株林乎？曰从夏南耳。然则非适株林也，特以从夏南故耳。盖淫乎夏姬不可言，故以从其子言之。"

清姚际恒《诗经通论》："刺陈灵公淫夏姬之诗。……二章一意，意若在疑信之间，辞已在隐耀之际，诗人之忠厚也，亦诗人之善言也。"

清方玉润《诗经原始》："此诗故作疑信之谓，非特诗人忠厚，不肯直道人隐，抑亦善摹人情，如见怩怩之态。"

陈子展《诗经直解》："《株林》，刺陈灵公淫乎夏姬之诗。"

泽　陂

彼泽之陂^①,有蒲与荷^②。
有美一人,伤如之何^③!
寤寐无为^④,涕泗滂沱^⑤。

彼泽之陂,有蒲与蕑^⑥。
有美一人,硕大且卷^⑦。
寤寐无为,中心悁悁^⑧。

彼泽之陂,有蒲菡萏^⑨。
有美一人,硕大且俨^⑩。
寤寐无为,辗转伏枕。

【题解】

这是女子思念男子之诗。全诗三章。每章一、二句为兴体。诗以泽畔长有碧绿的水草、青翠的荷叶、鲜艳的荷花,反兴自己尚未得到那美男子的爱情。每章三、四句描写男子的形象。这位男子不仅身材魁伟,体魄勇壮,而且面颊丰满,神采奕奕,难怪这女子日夜想他,想得无可奈何。每章五、六句抒写女子愁怀。这女子始而涕泗涌流,继而忧闷无限,终乃辗转伏枕,相思之苦于此可见。

【注释】

①陂(bēi):水边。

②蒲:水草。

③伤:一作"阳"。女性第一人称代词,相当于"我"。

④无为:无法可想。

⑤涕泗:眼泪鼻涕。滂沱:形容涕泪涌流。

⑥蕳:莲。

⑦卷:勇壮。

⑧悁悁(juān):忧闷的样子。

⑨菡萏(hàn dàn):荷花。

⑩俨(yǎn):双下巴。

【汇评】

《诗序》:"《泽陂》,刺时也。言灵公君臣淫于其国,男女相悦,忧思感伤焉。"

宋朱熹《诗集传》:"此诗之旨,与《月出》相类。"

清姚际恒《诗经通论》:"《序》谓'刺时男女相悦',《集传》谓'与《月出》相类'。但诗云'伤如之何',云'涕泗滂沱'苟男女相念,奚至于此?是必伤逝之作。或谓伤泄冶之见杀,则兴意不合。未详此诗之旨也。"

清方玉润《诗经原始》:"盖起极幽艳,继乃伤感,故知为思存作,非悼亡篇也。"

吴闿生《诗义会通》:"后儒多以为忧思感伤为作诗之恉,以灵公君臣淫乱,男女相悦而忧伤也。此说最善,合于毛《传》'伤无礼'之旨。……顾广誉似为'有美一人'即指公而言,'硕大且卷'、'硕大且俨',言公之仪容矜庄,如汉成帝尊严若神,而湛于酒色之比。此说亦佳。当详玩之。"

袁梅《诗经译注》:"这是男子追求爱人的歌。"

高亨《诗经今注》:"一个男子暗暗爱上一个美女,但是不得亲近,因作此诗以抒忧思。"

余冠英《诗经选译》:"女诗人在荷塘上遇见一个丰满高大的美男子。默默地爱他,热烈地歌颂他,哀伤地想念他。"

袁愈荌《诗经全译》:"女子在荷塘泽畔恋那碰到的青年。"

陈子展《诗经直解》:"王先谦云:'《孔疏》,毛于伤如之何下,《传》曰,伤无礼。是君子伤陈有美一人之无礼也。《笺》易《传》,伤,思也。以为思美人不得见之而忧伤。陈奂云,有美一人,谓有礼者也。言有美一人见陈君臣淫说无礼之甚,而为之感伤也。三说并通。'其实,试以三说分别串讲全诗,并不可通。愚疑此诗悯伤夏姬,盖其女奴所作。"

271

桧　风

羔　裘

羔裘逍遥^①,狐裘以朝^②。
岂不尔思^③？劳心忉忉^④。

羔裘翱翔,狐裘在堂^⑤。
岂不尔思？我心忧伤。

羔裘如膏^⑥,日出有曜^⑦。
岂不尔思？中心是悼^⑧。

【题解】

这是贵妇人因失宠而忧伤之诗。全诗三章。每章前二句写丈夫骄纵之状。这位达官贵人对服饰非常讲究。他所穿的羔裘,质地柔软洁白如同脂膏,太阳出来一照便闪烁着耀眼的光芒。羔裘如此,狐裘想必亦然。平素他穿着羔裘四处"逍遥"与"翱翔",只是待有政事才穿着狐裘上朝。这"逍遥"、"翱翔"二语,正勾画出这位官人骄奢而放荡的情状。每章后二句抒发忧思。这贵妇人可能是因为失宠而独处异室。丈夫如此薄情,若是一个性格刚强的女子,便会与之决绝,一刀两断。然而这贵妇人却柔情似水,还依然难舍。每当见到丈夫外出"逍遥"或上朝,她总是暗自思念不已,同时又忧伤至极。"岂不尔思？我心忧伤",正抒发了这种既眷恋又忧伤的复杂情怀。

【注释】

①逍遥:游逛。

②朝：上朝。

③岂：副词。难道。尔：你。

④切切：忧念的样子。

⑤堂：公堂。

⑥膏：油脂。

⑦曜：同"耀"。发光。

⑧悼：哀伤。

【汇评】

《诗序》："《羔裘》，大夫以道去其君也。国小而迫，君不用道，好洁其衣服，逍遥游燕，而不能自强于政治，故作是诗也。"

宋朱熹《诗集传》："旧说桧君好洁其衣服，逍遥游宴，而不能自强于政治，故诗人忧之。"

清姚际恒《诗经通论》："小序谓'大夫以道去其君'，以诗中'岂不尔思'句也。大序谓'君好洁其衣服'，则执泥矣。《郑语》，史伯谓郑桓公曰，'郐仲恃险，有骄侈怠慢之心，而加之以贪冒'，此诗云'逍遥'、'翱翔'，意近之矣。"

清方玉润《诗经原始》："夫国君好洁其衣服，过之小者也，何必去？即云国小而迫，正臣子相助为理之秋，更不必去。此必国势将危，其君不知，犹以宝货为奇，终日游宴，边幅是修，臣下忧之，谏而不听，夫然后去。去之而又不忍遽绝其君，乃形诸歌咏以见志也。"

吴闿生《诗义会通》："苏子由曰，'桧君好盛服，此非大恶也，而大夫以是去之，何哉？盖讳其大恶而以微罪行，犹孔子膰肉不至，所谓以道去其君也。'今案诗不见去君之意，必古昔相传如此。旧评：通篇止写衣服之美，而不强政治意自在言外。"

袁愈荌《诗经全译》："贵族女子追念她的爱人。"

高亨《诗经今注》："一个贵族妇女因失宠而独处。她思念丈夫，黯然自伤，因作此诗，献给丈夫，希望他回心转意。"

素 冠

庶见素冠兮①，棘人栾栾兮②。

劳心怓怓兮^③。

庶见素衣兮，我心伤悲兮。
聊与予同归兮^④。

庶见素韠兮^⑤，我心蕴结兮^⑥。
聊与子如一兮^⑦。

【题解】

这是女子庆幸丈夫归来之诗。全诗三章。诗中的男子，头戴白色之帽，身穿白色之衣，腿缠白色护膝。这男子出外谋生多年，眼下竟成了一个瘦削不堪的"棘人"了。妇人突然见到丈夫归来，真是悲喜交集。夫妻长久分离今团圆，这怎不叫她欣喜无限！丈夫昔日强壮今枯瘦，这又怎不叫她悲痛万分！尽管丈夫成了一个"棘人"，然而她不但不嫌弃丈夫，反而更加怜悯丈夫。她无限深情地说道："走吧，与你一道回家，与你同心到老。"情真意切，溢于言表，真令人感动。

【注释】

①庶：幸。
②棘：通"瘠"。瘦弱。栾栾(luán)：瘦弱的样子。
③怓怓(tuán)：忧愁的样子。
④聊：姑且。
⑤韠(bì)：护膝。
⑥蕴结：思不解。
⑦如一：同心。

【汇评】

《诗序》："《素冠》，刺不能三年也。"

宋朱熹《诗集传》："今人皆不能行三年之丧矣。安得见此服乎？当时贤者庶几见之，至于忧劳也。"

清姚际恒《诗经通论》："小序谓'刺不能三年'，旧皆从之，无异说。今按之，其不信者十。……此诗本不知指何事何人，但'劳心'、'伤悲'之词，

'同归','如一'之语，或如诸篇以为思君子可，以为妇人思男亦可；何必泥'素'之一字，遂迁其说以为'刺不能三年'乎！'素冠'者，指所见其人而言，因素冠而及衣，韠，即承上'素'字，以'衣'，'韠'为换韵；不必泥也。'棘人'，其人当罪之时。《易·坎》六爻曰，'系用徽纆，寘于丛棘'，是也。'栾栾'，拘栾之意。若如旧解，以'棘'训急，孔氏谓'急于哀戚'，甚牵强。至以'栾栾'为瘠貌，尤不切合。"

清方玉润《诗经原始》："然律以首篇之义，或桧君国破被执，拘于丛棘，其臣见之不胜悲痛，愿与同归就戮，亦未可知。"

吴闿生《诗义会通》："郑《笺》云：'时人皆解缓，无三年之恩于其父母，而废其丧礼。故觊幸一见素冠哀戚之人。且与同归如一也，'旧评云：庶见二字传神。"

高亨《诗经今注》："周王朝的礼制，父母死，其子服丧三年，穿孝服，吃粗食，悲哀哭泣，甚至扶杖才能行走。但是统治阶级多不遵行。桧国统治阶级中有一人独能守此古礼。他的朋友或亲戚乃作这首诗，对他的丧亲表示哀悼，对他的守礼表示赞同。可以说这是一首赞美孝子的诗。"

袁愈荌《诗经全译》："对家遭不幸事者的同情。"

邓荃《诗经国风译注》："这是一首女恋男的情诗。这位女子想跟她的情人——戴白麻孝帽的'孝子'一同出走，同心永结，偕老终身。"

袁梅《诗经译注》："这是一个年轻丧偶的寡妇，思念亡夫的悼歌。"

隰有苌楚

隰有苌楚^①，猗傩其枝^②。
夭之沃沃^③，乐子之无知^④。

隰有苌楚，猗傩其华^⑤。
夭之沃沃，乐子之无家。

隰有苌楚，猗傩其实。
夭之沃沃，乐子之无室。

这是乱离之世的愁苦之诗。全诗三章。诗人也许正"挈妻抱子",在逃难的人潮中艰难地行进着。一见到沿途欣欣向荣的羊桃,便触景伤怀,感慨万端,悲叹自己的飘零身世远不如羊桃。首章写羡慕羊桃之"无知"。羊桃"无知"则无忧虑,因而枝繁叶茂,生机盎然。而人有知则有忧愁,因而身心憔悴,日见衰老。两相对照,一荣一枯,难怪诗人要羡慕羊桃之"无知"了。二、三章写羡慕羊桃之"无家"、"无室"。羊桃"无家"、"无室"则无拖累,因而花艳果硕,快乐自在。而人有家有室则有拖累。尤其在国破之秋,就更感拖累之重。由于颠沛流离,难以栖身,根本无法养活妻室儿女,因而成天要为家人的命运而担忧。两相对照,一乐一悲,难怪诗人要羡慕羊桃之"无家"、"无室"了。正是因为诗人忧愁之深,拖累之重,所以一看到羊桃,就能抓住"无知"、"无家"的特征,反复咏叹人不如羊桃,从而羡慕羊桃。这是多么凄苦的事啊!

【注释】

①苌(cháng)楚:羊桃。

②猗傩(ē nuó):柔美的样子。

③夭:苗壮。沃沃:光泽。

④乐:羡慕。子:指代羊桃。无知:无知觉。

⑤华:花。

【汇评】

《诗序》:"《隰有苌楚》,疾恣也。国人疾其君之淫恣,而思无情欲者。"

宋朱熹《诗集传》:"政繁,赋重,人不堪其苦。叹其不如草木之无知面无忧也。"

清姚际恒《诗经通论》:"此篇为遭乱而贫窭,不能瞻其妻子之诗。"

清方玉润《诗经原始》:"此必桧破民逃,自公族子姓以及小民之有室家者,莫不扶老携幼,挈妻抱子,相与号泣路歧,故有家不如无家之好,有知不如无知之安也。而公族子姓之为室家累者则尤甚。"

余冠英《诗经选译》:"这是乱离之世的忧苦之音。诗人因为不能从忧患中解脱出来,便觉得草木无知无觉无室无家都是可羡慕的了。"

金启华《国风今译》:"对羊桃伤身世。"

陆侃如《中国诗史》:"至于《隰有苌楚》,那是篇写乱离的诗。……它可与《小雅·苕之华》及《王风·兔爰》对看,这三篇是异曲同工的。它大约是桧国将亡之诗,已在厉幽的时候了。"

高亨《诗经今注》:"这是女子对男子表示爱情的短歌。"

周锡𬤇《诗经选》:"实际上,这首诗的情调,是开朗的,喜悦的,并没有什么'愁苦'的味道。……所以,我们认为这首诗的内容,只有龚橙一人说对了,这是:'男女之思也'。"

匪　风

匪风发兮①,匪车偈兮②。
顾瞻周道③,中心怛兮④。

匪风飘兮,匪车嘌兮⑤。
顾瞻周道,中心吊兮⑥。

谁能亨鱼⑦? 溉之釜𬭁⑧。
谁将西归? 怀之好音⑨。

【题解】

这是征夫思归之诗。全诗三章。一、二章写思乡之情。一天,狂风大作,这征夫乘坐马车正在大道上飞驰。他也许是从别处刚到桧国,因离西方的家乡愈远而思情愈浓,所以回头望见这条漫长的大道,心中便悲伤不已。一种怀归思乡之情,便从这"顾瞻"二字中含蓄地流露了出来。三章写想托人捎信回家。这次来到桧国,还不知何时能回家与亲人团聚。万般无奈,只好托人捎封家书,聊以宽慰自己。"谁会烹鱼? 我愿为他洗锅。"这一表白含有乐于助人之意。他讲这话,其目的无非是为了求得他人也能帮助自己。他询问道:"谁将回归西方? 请为我捎封家书向亲人报个平安。"一种强烈的思亲之情由此可见。

【注释】

①匪:彼,那。发:飘扬的样子。

②偈(jié):疾驰的样子。

③周道:大道。

④怛(dá):忧伤。

⑤嘌(piāo):疾速的样子。

⑥吊:忧伤。

⑦亨:同"烹"。

⑧溉(gài):洗。鬵(xín):大锅。

⑨怀:捎。好音:指书信。

【汇评】

《诗序》:"《匪风》,思周道也。国小政乱,忧及祸难,而思周道焉。"

宋朱熹《诗序辨说》:"诗言周道,但谓适周之路,如《四牡》所谓周道逶迟耳,《序》言思周道者,盖不达此意也。"

宋朱熹《诗集传》:"周室衰微,贤者忧叹,而作此诗。"

清姚际恒《诗经通论》:"小序谓'思周道',是。《辨说》谓'周道但谓适周之路,如《四牡》所谓周道逶迟耳',然'西归''好音'之说为何?"

清方玉润《诗经原始》:"此桧臣自伤周道之不能兴复其国也。不料诸儒但以为思周道之陵迟,则岂诗人意旨哉?"

金启华《国风今译》:"游子怀乡。"

余冠英《诗经选译》:"诗人旅游外乡,西望故国,道路漫长,引起满怀的乡愁。希望遇着一个西归的故人,好托他捎个平安家报。"

高亨《诗经今注》:"此诗的作者当是桧人,而有亲友在西方。他目睹官道上车马往来奔驰,引起对亲友的怀念,因作此诗。"

孙作云《诗经与周代社会研究·〈小雅·大东〉篇释义》:"这首诗是周人驻桧国士兵所唱的一首歌。"

曹　风

蜉　蝣

蜉蝣之羽①，衣裳楚楚②。
心之忧矣，于我归处③。

蜉蝣之翼，采采衣服④。
心之忧矣，于我归息。

蜉蝣掘阅⑤，麻衣如雪。
心之忧矣，于我归说⑥。

【题解】

这是女子爱悦男子之诗。全诗三章。诗以蜉蝣细薄润泽的羽翼，兴比男子华丽鲜洁的衣裳。诗中的女子爱上了这个衣裳楚楚的男子。她由于尚未得到这个男子的爱情，因此内心非常忧伤。于是她呼喊道："快同我住宿吧！"这种坦直、大胆的态度，完全暴露了这种诗歌的原始性。

【注释】

①蜉蝣：昆虫名。又名渠略，传说它寿命极短，朝生暮死。

②楚楚：鲜明。

③处：住宿。

④采采：鲜艳。

⑤掘：通"厥"。犹"之"。阅：通"娧"。润泽。

⑥说（shuì）：止息。

【汇评】

《诗序》："《蜉蝣》,刺奢也。昭公国小而迫,无法以自守,好奢而任小人,将无所依焉。"

宋朱熹《诗集传》："此诗盖以时人有玩细娱而忘远虑者,故以蜉蝣为比而刺之。"

清姚际恒《诗经通论》："大抵是刺曹君奢慢,忧国之词也。"

吴闿生《诗义会通》："于我归处,诗人自谓之词,犹后世之言归去来耳。解者多误释之。"

闻一多《风诗类抄》："(每章末句之)处、患、说,都有住宿之意。这三句等于说:'来同我住宿吧!'这样坦直、粗率的态度,完全暴露了这等诗歌的原始性。"

陆侃如《中国诗史》："此处作者用以比喻人生,表面上虽可爱,其实却很短促。"

高亨《诗经今注》："诗的作者咒骂曹国统治贵族死在眼前而依然奢侈享乐,并慨叹自己将来不知何所归宿。"

袁梅《诗经译注》："在黑暗腐朽的奴隶制社会,战乱、饥馑、疫疠、死亡,时刻威胁着劳苦大众。他们痛感自己的悲苦生活,竟不如朝生暮死的渺小的蜉蝣,流露出古代劳动人民对奴隶主阶级的痛恨怨怒。"

陈子展《诗经直解》："《蜉蝣》,盖曹之破落贵族公子大夫之流,忧伤其君臣徒好衣裳楚楚,不知国亡将在旦夕而作。《序》说刺曹昭公之奢,亦不为误。"

程俊英《诗经译注》："这是一首没落贵族叹息人生短促的诗。"

候　人

彼候人兮[①],何戈与祋[②]。
彼其之子,三百赤芾[③]。

维鹈在梁[④],不濡其翼[⑤]。

彼其之子,不称其服⑥。

维鹈在梁,不濡其咮⑦。
彼其之子,不遂其媾⑧。

荟兮蔚兮⑨,南山朝隮⑩。
婉兮娈兮⑪,季女斯饥⑫。

【题解】

这是少女爱慕青年武官之诗。全诗四章。首章写"候人"穿着赤芾的盛服,手持武器来回巡逻,迎送宾客,显得十分神气而威武。一位少女暗暗地爱上了他。二、三章写"候人"对少女的爱情毫无觉察。诗以鹈鹕不下水捕鱼,兴比"候人"不主动向少女求爱。他虽然身穿盛服,宛然像个大人,但他的行为不称其服,这哪能成就这门婚事呢? 末章以缭绕的云雾、丰茂的草木、灿烂的朝霞兴比少女容貌娇美。这个美丽可爱的少女,她对爱情的向往简直是如饥似渴。一个"饥"字,点出了少女对爱情热切期待之情。

【注释】

①候人:掌管迎送宾客、巡守道路的小武官。

②何:同"荷"。持,扛。祋(duì):即殳(shū)。古兵器。

③三百:形容服饰美盛。赤芾(fú):红色的皮蔽膝。

④鹈(tí):鹈鹕。喜食鱼的水鸟。梁:鱼坝。

⑤濡:沾湿。

⑥不称:不相称。

⑦咮(zhòu):鸟嘴。

⑧遂:成全,成功。媾:婚姻。

⑨荟、蔚:云雾缭绕,草木丰茂。

⑩隮(jī):云霞升起。

⑪婉、娈:美好的样子。

⑫季女:少女。饥:隐语。比喻对爱情的追求如饥似渴。

【汇评】

《诗序》:"《候人》,刺近小人也。共公远君子而好近小人焉。"

唐孔颖达《毛诗正义》:"曹之君子,正为彼候迎宾客之人兮,荷揭戈与祋在于道路之上,言贤者之官不过候人,是远君子也。又亲近小人,彼曹朝上之子三百人皆服赤芾,是其近小人也。诸侯之制,大夫五人,今有三百赤芾,爱小人过度也。"

宋朱熹《诗集传》:"此刺其君远君子而近小人之辞。……晋文公入曹,数其不用僖负羁,而乘轩者三百人。其谓是欤?"

清方玉润《诗经原始》:"刺曹君远君子而近小人也。""曰荟、蔚、'朝陈',言小人众多而气焰盛也。曰婉、娈、'斯饥',言贤者守贞而反困穷也。"

闻一多《风诗类抄》:"刺曹女也,""所候者终不来,故曰不遂其媾。"

高亨《诗经今注》:"这是一首同情下级小吏,谴责贵族官僚的讽刺诗。"

袁梅《诗经译注》:"这女歌者爱上了一位青年武士,渴望得到那人的垂青,永结同心。但那武士却不解风月,她便感到如饥如渴,情急难堪。"

孙作云《诗经与周代社会研究》:"这一首表示女子渴望男子的欢爱。"

程俊英《诗经译注》:"这是曹国没落贵族讥刺新兴人物的诗。……但诗对候人小官却是同情的,说他荷戈和祋,努力工作,而他的小女儿仍不免挨饿。对那些穿红皮绑腿的高官,则深为嫉妒,加以讥刺。"

鸤　鸠

鸤鸠在桑①,其子七兮。
淑人君子②,其仪一兮③,
其仪一兮,心如结兮④。

鸤鸠在桑,其子在梅。
淑人君子,其带伊丝⑤。
其带伊丝,其弁伊骐⑥。

鸤鸠在桑，其子在棘。

淑人君子，其仪不忒⑦。

其仪不忒，正是四国⑧。

鸤鸠在桑，其子在榛⑨。

淑人君子，正是国人。

正是国人，胡不万年！

【题解】

这是赞美君子之诗。全诗四章。诗以鸤鸠起兴。鸤鸠，又名布谷鸟。传说这种鸟哺育幼鸟，同样看待，平均如一，真可以说是鸟中的"君子"。人间的君子其品性与鸤鸠很相似。他腰系白丝织成的大带，头戴青黑绸制作的帽子，仪表端庄。他公正无私，用心均平；他坚定不移，用心专一；他不改常度，不出差错。只有这样的君子，才能成为各国的榜样，成为国人的楷模。这样的君子，怎不健康长寿。不用说，这是诗人理想中的君子形象。

【注释】

①鸤鸠：布谷鸟。

②淑人：善人。

③仪：言行，态度。

④心如结：比喻用心专一。

⑤带：一种服饰。丝：指素丝。

⑥弁（biàn）：一种帽子。骐：青黑色。

⑦忒（tè）：差错。

⑧正：法则，榜样。四国：四方之国。

⑨榛：榛树。

【汇评】

《诗序》："鸤鸠，刺不一也。在位无君子，用心之不一也。"

汉刘向《说苑》："传曰鸤鸠之所以养七子者，一心也；君子所以理万物者，一仪也。"

唐孔颖达《毛诗正义》："有鸤鸠之鸟，在于桑木之上为巢，而其子有七兮。鸤鸠养之能平均、用心如壹。以兴人君之德，养其国人，亦当平均如壹。彼善人君子在民上，其执义均平、用心如壹。既如壹兮，其心坚固不变如襄结之兮。言善人君子能如此均壹，刺曹君用心不均也。"

宋朱熹《诗序辨说》："此美诗，非刺诗。"

宋朱熹《诗集传》："诗人美君子之用心均平专一。"

明何楷《诗经古义》："此诗之作，盖在曹国复国之后。其取兴于'鸤鸠'者，以鸤鸠养子均平，颂文王之待曹国与他国无异也。……其曰'正是四国'，则亦唯晋为盟主，始足当之。周王策命中所谓'以绥四国'是也。"

清姚际恒《诗经通论》："小序谓'刺不一'，诗中纯美，无刺意。或谓美振铎，或谓美公子臧，皆无据。唯何玄子谓曹人美晋文公，意虽凿，颇有似处。……'正是四国'及'胡不万年'等句，皆近颂天子语。曹君安得有此？……盖其时小国于霸主尊之若天子欤？"

吴闿生《诗义会通》："朱子云：此美诗，非刺诗。今以其次考之，于时不应有淑人君子可美之如此者。当为陈古以刺今，旧说为胜也。"

袁梅《诗经译注》："这首诗，从表面看，是赞美'淑人君子'公正宽厚，法有常度的。实际上，是借反语讽刺奴隶主阶级的政治代表——昏君的。"

高亨《诗经今注》："这是歌颂贵族统治者的诗，是统治阶级文人的作品。"

下　泉

冽彼下泉①，浸彼苞稂②。
忾我寤叹③，念彼周京④。

冽彼下泉，浸彼苞萧⑤。
忾我寤叹，念彼京周。

冽彼下泉，浸彼苞蓍⑥。
忾我寤叹，念彼京师⑦。

芃芃黍苗⑧,阴雨膏之⑨。
四国有王⑩,郇伯劳之⑪。

【题解】

这是乱世思治之诗。据史书记载,重耳流亡至曹,曹共公对他很不礼貌。共公听说重耳腋下肋骨相连如一骨,觉得有趣,很想观赏。待重耳沐浴时,他就靠近偷偷地观看。重耳发觉后从此怀恨在心。后来重耳回到晋国做了国君,为泄私愤,出兵攻入曹国。这可能就是此诗产生的历史背景。全诗四章。前三章写曹人怀念"周京"之明王。诗以旱草遭受寒泉浸湿而被渍死,兴比曹国遭到晋国侵犯而被灭亡。在这亡国之秋,诗人见周室衰微,不能拯救曹国,故而叹息不已,不禁怀念起"周京"之治来。在西周盛世,有明王执政,天下有道,诸侯各国未有敢擅自攻伐他国的。可如今周室没有明王统理诸侯,天下无道,故晋国才敢擅自侵犯曹国。末章写曹人怀念"周京"之贤伯。诗言黍苗茂盛是雨霖滋润的结果,"四国有王"则是郇伯安抚的结果。"郇伯"为文王之子,曾做过州伯,治理一方诸侯颇有功绩。而现在则没有贤伯治理诸侯,致使曹国蒙受如此巨大的灾难。细玩诗意,我们仿佛听到诗人热切怀念明王贤伯的心声。

【注释】

①冽:寒冷。下泉:泉水下流。

②苞稂(láng):丛生的狼尾草。

③忾(xì):叹息。

④周京:周王朝的京城。

⑤萧:香蒿。

⑥蓍(shī):筮草。古用以占筮。

⑦京师:犹"周京"。

⑧芃芃(péng):茂盛的样子。

⑨膏:润泽。

⑩四国:四方之国。有王:朝聘于天子。

⑪郇(xún)伯:文王之子。为州伯,有治诸侯之功。劳:安抚,慰劳。

【汇评】

《诗序》:"《下泉》,思治也。曹人疾共公侵刻下民,不得其所,忧而思明王贤伯也。"

宋朱熹《诗序辨说》:"曹无他事可考。序因《候人》而遂以为共公。然此乃天下之大势,非共公之罪也。"

宋朱熹《诗集传》:"王室陵夷,而小国困弊,故以寒泉下流,而苞稂见伤为比,遂兴其忾然以念周京也。……四国既有王矣,而又有郇伯以劳之,伤今之不然也。"

清姚际恒《诗经通论》:"此曹人思治之诗。大序必谓共公时,无据。……郇伯为文王之子,曹人必不远及之;是必其后人亦为郇伯者,然不可考其世矣。"

清马瑞辰《毛诗传笺通释》:"何楷据《易林》'十年无王,荀伯遇时',此诗当为曹人美晋荀砾纳敬王于成周而作。"

清方玉润《诗经原始》:"此与《匪风》同被大国之伐,而伤周王之不能救己也。夫天下有道,则礼乐征伐自天子出;天下无道,则礼乐征伐自诸侯出。今晋文入曹,执其君,分其田,以释私憾,宁能使曹人帖然心服乎?此诗之作,所以念周衰伤晋霸也。使周而不衰,则'四国有王',彼晋虽强,敢擅征伐?"

吴闿生《诗义会通》:"四国有王,郇伯劳之,必为晋文而发也。"

高亨《诗经今注》:"曹人怀念东周王朝,慨叹王朝的战乱,赞许荀跞的功劳,因作这首诗。"

陈子展《诗经直解》:"《下泉》,盖衰周乱世,曹人思明王,颂贤伯之作。"

豳 风

七 月

七月流火①,九月授衣②。
一之日觱发③,二之日栗烈④。
无衣无褐⑤,何以卒岁?
三之日于耜⑥,四之日举趾⑦。
同我妇子,馌彼南亩⑧,田畯至喜⑨。

七月流火,九月授衣。
春日载阳⑩,有鸣仓庚⑪。
女执懿筐⑫,遵彼微行⑬,爰求柔桑⑭。
春日迟迟,采蘩祁祁⑮。
女心伤悲,殆及公子同归⑯。

七月流火,八月萑苇⑰。
蚕月条桑⑱,取彼斧斨⑲,
以伐远扬⑳,猗彼女桑㉑。
七月鸣鵙㉒,八月载绩㉓。
载玄载黄㉔,我朱孔阳㉕,为公子裳。

四月秀葽㉖,五月鸣蜩。
八月其获㉗,十月陨萚㉘。

287

一之日于貉㉙，取彼狐狸，为公子裘。
二之日其同㉚，载缵武功㉛。
言私其豵㉜，献豜于公㉝。
五月斯螽动股㉞，六月莎鸡振羽㉟。
七月在野，八月在宇。
九月在户，十月蟋蟀入我床下。
穹室熏鼠㊱，塞向墐户㊲。
嗟我妇子，曰为改岁㊳，入此室处！

六月食郁及薁㊴，七月亨葵及菽㊵。
八月剥枣㊶，十月获稻。
为此春酒，以介眉寿㊷。
七月食瓜，八月断壶㊸。
九月叔苴㊹，采荼薪樗㊺，食我农夫㊻。

九月筑场圃㊼，十月纳禾稼㊽。
黍稷重穋㊾，禾麻菽麦。
嗟我农夫，我稼既同㊿，上入执宫功(51)！
昼尔于茅(52)，宵尔索绹(53)。
亟其乘屋(54)，其始播百谷。

二之日凿冰冲冲(55)，三之日纳于凌阴(56)。
四之日其蚤(57)，献羔祭韭(58)。
九月肃霜(59)，十月涤场(60)。
朋酒斯飨(61)，曰杀羔羊。
跻彼公堂(62)，称彼兕觥(63)，万寿无疆！

【题解】

这是反映农奴生活苦状之诗。此诗在国风中篇幅最长,展现的社会生活画面最为广阔,它可以说是那个时代农村社会的一个缩影。全诗八章。一章总写农奴一年的生活苦状。二章写女奴采桑、采蒿,唯恐被公子抢去,不禁暗自悲伤。三章写女奴养蚕、纺绩、漂染,一句"为公子裳"寄寓着女奴的辛酸。四章写农奴的打猎活动。农奴将捕获的野兽"为公子裘",并将大野兽全部献给王公,再次揭示了人间的不公平。五章写农奴居住的恶劣。寒冬来临,他们赶紧堵空洞,熏老鼠,涂门缝,塞窗户,以便"入此室处",聊以"改岁"。六章写农奴食物的缺乏。他们只能靠瓜果野菜充饥,而收获的粮食则要为贵族酿酒,以供宴饮取乐。七章写农事完毕,农奴还要替贵族干家务杂活。八章写天寒地冻时,农奴还得为贵族凿冰、储冰。年终还要备酒杀羊,祝福贵族老爷万寿无疆。此诗虽不像《伐檀》《硕鼠》那样具有强烈的反抗性,但全诗贯穿着一个线索,就是鲜明的阶级对立关系。诗中有意识地将农奴与贵族生活加以对照,从而揭示了那个社会不合理的实质。

【注释】

①流火:火星向下降落。

②授衣:叫女工裁寒衣。

③一之日:相当于周历正月、夏历十一月。觱发(bì bō):寒风呼号,触物之声。

④二之日:相当于周历二月、夏历十二月。栗烈:寒冷。

⑤褐(hè):粗布短衣。

⑥三之日:相当于周历三月、夏历正月。于:修理。耜(sì):农具。

⑦四之日:相当于周历四月、夏历二月。举趾:举步下地耕种。

⑧馌(yì):带饭下地。

⑨田畯(jùn):农官。至喜:非常高兴。

⑩载:开始。阳:暖和。

⑪有:又。仓庚:黄鹂。

⑫懿(yì)筐:深筐。

⑬遵:顺着。微行:小路。

289

⑭爰:于是。柔桑:嫩桑叶。

⑮蘩:白蒿。祁祁:众多貌。

⑯殆:恐怕。及公子同归:意为被公子强行带走。

⑰萑(huán)苇:芦苇。割芦苇,为养蚕之用。

⑱蚕月:养蚕的月份。指周历五月,夏历三月。条桑:修剪桑枝。

⑲斨(qiāng):一种方孔的斧。

⑳远扬:远而高扬的桑枝。

㉑猗:攀引。女桑:嫩叶。

㉒鵙(jú):伯劳鸟。

㉓载:则,就。绩:纺织。

㉔载:又。玄:黑红色。

㉕孔阳:颜色很鲜明。

㉖秀:生穗结子。葽:远志草。

㉗其获:农作物收获的季节。

㉘陨萚:草木叶子脱落。

㉙于:捕取。貉:似狐的兽。

㉚同:会集在一起。

㉛缵(zuǎn):继续。武功:指打猎。

㉜言:语助词。私其豵:小兽可归自己。豵(zōng):一岁的小猪,泛指
小兽。

㉝豜(jiān):三岁的大猪,泛指大兽。

㉞斯螽:蝗蚱。动股:两股摩擦发声。指鸣叫。

㉟莎(suō)鸡:虫名,纺织娘。振羽:振翅而鸣。

㊱穹窒(zhì):堵塞空隙。

㊲向:朝北的窗子。墐(jìn):涂泥。

㊳曰:语助词。改岁:除旧岁,迎新年。

㊴郁:植物名。薁(yù):野葡萄。

㊵亨:同"烹"。葵:冬葵,可食。菽:豆子。

㊶剥:扑,打。

㊷介:求。眉寿:长寿。

㊸壶:葫芦。

㊹叔:拾取。苴(jū):麻子。可食。

㊺荼:苦菜。樗(shū):臭椿树。

㊻食(sì):养活。

㊼场圃:晒粮食的场地。

㊽纳禾稼:把谷物收进仓库。

㊾稷:高粱。重:即"穜",晚熟的作物。穋(lù):早熟的作物。

㊿同:收齐,集中。

(51)上:通"尚"。还。执:执行,指服役。宫功:室内的劳务。

(52)于茅:去割茅草。

(53)宵:夜晚。索绹(táo):搓绳子。

(54)亟:急忙,赶快。乘屋:上房修理屋顶。

(55)冲冲:凿冰声。

(56)纳:藏。凌阴:冰窖。

(57)蚤:通"早"。早是一种祭祀仪式。

(58)羔:小羊。羔和韭菜都是祭品。

(59)肃霜:天高气爽。

(60)涤场:打扫场地。

(61)朋酒:两坛酒,两壶酒。飨:同"享"。享用。

(62)跻:登上。

(63)称:双手举起。兕觥:古代的酒器。

【汇评】

《诗序》:"《七月》,陈王业也。周公遭变,故陈后稷先公风化之所由,致王业之艰难也。"

宋王安石《诗义钩沈》:"王氏曰:仰观星日霜露之变,俯察昆虫草木之化,以知天时,以授民事。女服事乎内,男服事乎外。上以诚爱下,下以忠利上。父父子子,夫夫妇妇。养老而慈幼,食力而助弱。其祭祀也时,其燕飨也节。此《七月》之义也。"

宋朱熹《诗集传》:"武王崩,成王立,年幼不能莅阼。周公旦以冢宰摄政,乃述后稷、公刘之化,作诗一篇,以戒成王。"

清范家相《诗沈》:"首章前六句,二三四章之纲也;后五句,六七章之纲也。'斯螽'一章篇之纽,'凿冰'一章篇之结。"

清崔述《丰镐考信录》："读《七月》，如入桃源之中，衣冠朴古，天真烂漫，熙熙乎太古也。然则诗当为太王以前豳之旧诗，盖周公述之以戒成王，而后世因误为周公所作耳。"

清姚际恒《诗经通论》："小序谓'陈王业'，大序谓'周公遭变，故陈后稷、先公风化之所由'，皆非也。……篇中无言后稷事，大序及之，尤无谓。《集传》皆误承之。"

陆侃如《中国诗史》："《七月》是描写农家生活的。我们知道周民族是务农的民族，豳又是他们的发祥地，故这些也带着农业的地方色彩。……我推测这位作者大约是西周中叶一个无名氏，他大约是一个受过文学训练的农家子。"

鸱鸮

鸱鸮鸱鸮①，既取我子，
无毁我室②。
恩斯勤斯③，鬻子之闵斯④。

迨天之未阴雨⑤，彻彼桑土⑥，
绸缪牖户⑦。
今女下民⑧，或敢侮予！

予手拮据⑨，予所捋荼⑩，
予所蓄租⑪，予口卒瘏⑫，
曰予未有室家⑬。

予羽谯谯⑭，予尾翛翛⑮，
予室翘翘⑯。
风雨所漂摇，予维音哓哓⑰。

292

这是首禽言诗。所谓禽言诗,就是模拟鸟禽的语言而成诗,用以表达感情,反映现实。全诗四章。首章写母鸟指责猫头鹰。猫头鹰啊猫头鹰,你已抓走了我的幼子,别再毁坏了我的巢!我为了辛勤哺育幼子,已经操劳致病了。二、三章写母鸟自述辛劳。趁着天晴未雨的时节,剥取桑树皮缠扎好门窗。如今你们树下的人,可能还会欺侮我。为了筑巢,抹取杂草,积蓄茅草,劳累不堪,以致手口皆病,而巢还未修好。末章写母鸟自叹处境艰难。我的羽毛稀少,我的羽毛凋零,我的窝巢非常危险,正处在风雨飘摇之中,因而发出凄切而恐惧的呼号。从诗中忧惧危苦之词来看,诗人的寄托是很明显的。诗以母鸟比喻贫苦的妇人,以鸱鸮比喻残暴的统治者。这正是当时人民痛苦生活的形象反映。

【注释】

①鸱鸮(chī xiāo):猫头鹰。

②室:指鸟巢。

③恩、勤:殷勤、辛劳。斯:语助词。

④鬻(yù):养育。子:指小鸟。闵(mǐn):病。

⑤迨(dài):趁着。

⑥彻:通"撤"。取。桑土:指桑树根上的皮。土,同"杜"。

⑦绸缪:缠扎。牖(yǒu):窗。

⑧女:汝,你。下民:树下的人。

⑨拮(jié)据:因劳累手爪不能屈伸自如。

⑩所:还。捋荼(luō tú):捋取茅草。

⑪蓄:积聚。租:同"苴"。茅草。

⑫卒瘏(tú):患病。卒,同"悴"。

⑬未有室家:巢还没有修好。

⑭谯谯(qiáo):羽毛焦枯脱落。

⑮翛翛(xiāo):羽毛干枯无润泽。

⑯翘翘:危险之貌。

⑰哓哓(xiāo):恐惧的叫声。

【汇评】

《尚书·金縢》:"武王既丧,管叔及群弟乃流言于国曰:'公将不利于孺子!'周公乃告二公曰:'我之弗辟,我无以告我先王。'周公居东二年,则罪人斯得。于后,公乃为诗以贻王,命之曰《鸱鸮》,王亦未敢诮公。"

汉司马迁《史记·鲁周公世家》:"管、蔡,武庚等果率淮夷而反。周公乃奉成王命,兴师东伐,……东土以集,周公归报成王,乃为诗贻王,命之曰《鸱鸮》。"

《诗序》:"《鸱鸮》,周公救乱也。成王未知周公之志,公乃为诗以遗王,名之曰《鸱鸮》焉。"

清崔述《丰镐考信录》:"诗云:'曰予未有室家',又云:'予室翘翘,风雨所漂摇'。则是王室不安,诸侯携贰,而尚未知其所定也。细玩通篇,惓惓虑患之心,溢于语言之表。然则此诗作于东征之前明矣。若以为在东征之后,则王室已安,天下已靖,而为岌岌忧危、不保终日之言,于事为不切、于人为不情矣。"

清方玉润《诗经原始》:"《鸱鸮》,周公悔过以儆成王也。"又曰:"首章悔以往之过。次章戒未来之祸。以下极言缔造平乱之难。"

余冠英《诗经选》:"这是一首禽言诗。全篇作一只母鸟的哀诉,诉说她过去遭受的迫害,经营巢窠的辛劳和目前处境的艰苦危殆。……旧说以为是周公贻成王的诗,不足信。"

程俊英《诗经译注》:"《尚书·金縢》经近人考证,已定为伪作;司马迁《史记·鲁世家》的记载当也是以《金縢》为据的。所以周公作《鸱鸮》之说,未必可信。"

东 山

我徂东山①,慆慆不归②。
我来自东,零雨其濛③。
我东曰归,我心西悲④。
制彼裳衣,勿士行枚⑤。

蜎蜎者蠋⑥，烝在桑野⑦。
敦彼独宿⑧，亦在车下。

我徂东山，慆慆不归。
我来自东，零雨其濛。
果臝之实⑨，亦施于宇⑩。
伊威在室⑪，蟏蛸在户⑫。
町畽鹿场⑬，熠耀宵行⑭。
不可畏也，伊可怀也！

我徂东山，慆慆不归。
我来自东，零雨其濛。
鹳鸣于垤⑮，妇叹于室。
洒扫穹窒⑯，我征聿至⑰。
有敦瓜苦⑱，烝在栗薪⑲。
自我不见，于今三年！

我徂东山，慆慆不归。
我来自东，零雨其濛。
仓庚于飞⑳，熠耀其羽。
之子于归，皇驳其马㉑。
亲结其缡㉒，九十其仪㉓。
其新孔嘉㉔，其旧如之何？

【题解】

这是士兵庆幸生还之诗。全诗四章。每章前四句完全相同。这个士兵出征"东山"，久久不归。如今从东方归来，正碰上细雨蒙蒙。这几句反复咏唱，给全诗染上一层浓郁的抒情色彩。每章后八句全是想象之词。一章是对从军艰辛的回想。二章是对家园荒凉的遥想。三章是对妻子念己的想象。四章是对当年婚礼的追忆。全诗层层深入,将这个士兵归途中的心理活动惟妙惟肖地揭示了出来。

【注释】

①徂(cú):往。东山:东方山名,战地。

②慆慆(tāo):久久。

③零雨:细雨。濛:细雨貌。

④西悲:西向怀念家乡而悲。

⑤勿士:无事,不用。行枚:古代行军,口衔一短而细的木棒以禁止出声。

⑥蜎蜎(xuān):虫子卷曲爬行貌。蠋(zhú):野蚕。

⑦烝(zhēng):乃。

⑧敦:身体缩成团。

⑨果臝(luǒ):一种植物,又名栝楼。

⑩施:蔓延。宇:檐下。

⑪伊威:土鳖虫。

⑫蟏蛸(xiāo shāo):长脚蜘蛛。

⑬町疃(tīng tuǎn):院旁空地。鹿场:野鹿践踏的地方。

⑭熠(yì)耀:闪烁貌。宵行:一种萤火虫。

⑮鹳(guàn):水鸟名,形似白鹤。垤(dié):土堆。

⑯穹窒:堵塞墙缝和破洞。

⑰聿(yù):语助词。

⑱有敦:团团。瓜苦:即葫芦。

⑲栗薪:即“束薪”。古代举行婚礼永结同心的象征物。

⑳仓庚:黄莺。

㉑皇:黄白色。驳:青白色。

㉒亲:指女子的母亲。缡(lí):佩巾。

㉓九、十:形容繁多。仪:指仪节。

㉔孔嘉:很美,很好。

【汇评】

《诗序》:"《东山》,周公东征也。周公东征,三年而归,劳归士。大夫美之,故作是诗也。一章言其完也,二章言其思也,三章言其室家之望女也,四章乐男女之得及时也。君子之于人,序其情而闵其劳,所以说也。说以使民,民忘其死,其唯《东山》乎!"

宋朱熹《诗集传》:"成王既得《鸱鸮》之诗,又感雷风之变,始悟而迎周公。于是周公东征已三年矣。既归,因作诗以劳归士。"又曰:"完谓全师而归,无死伤之苦。思谓未至而思,有怆恨之怀。至于室家望女、男女及时,亦皆其心之所愿而不敢言者。上之人乃先其未发而歌咏以劳苦之,则其欢欣感激之情为如何哉?盖古之劳诗皆如此。"

清崔述《丰镐考信录》:"细玩其词,乃归士自叙其离合之情耳。"

清龚橙《诗本谊》:"豳人从公东征归也。"

清方玉润《诗经原始》:"周公劳归士也。"

吴闿生《诗义会通》:"此诗文词至高,与《七月》、《鸱鸮》相伯仲,当为周公所作。其词往复委折,曲尽人情之私,虽家人父子之相慰语无以过之,宜乎沦肌浃髓,使人乐为之尽私也。"

余冠英《诗经选》:"这是征人还乡途中念家的诗。在细雨濛濛的路上,他想象到家后恢复平民身份的可喜(第一章),想象那可能已经荒废的家园,觉得又可怕,又可怀(第二章),想象自己的妻正在为思念他而悲叹(第三章),回忆三年前新婚光景,设想久别重逢的情况(第四章)。"

破 斧

既破我斧,又缺我斨①。
周公东征,四国是皇②。
哀我人斯③,亦孔之将④。

既破我斧,又缺我锜⑤。
周公东征,四国是吪⑥。

哀我人斯,亦孔之嘉⑦。

既破我斧,又缺我锜⑧。
周公东征,四国是遒⑨。
哀我人斯,亦孔之休⑩。

【题解】

这是士兵庆幸生还之诗。全诗三章。每章首二句写从军日久,致使斧头破损,又使锯、凿之类的工具残缺。由此可知,诗人当是在军中担任开路建房一类差事的工兵。每章中二句写周公东征的目的。当时,东方的一些属国相继叛乱,周王室受到严重的威胁。周公兴师东征,就是为了匡正、感化、稳定"四国",使之坚定顺从周王室。每章末二句写士兵庆幸生还。这次战争历时既久,伤亡必多,而自己能死里逃生,那当然是万幸的美事了。从诗中,可以体会到人民对战争的厌烦情绪以及对和平生活的热望。

【注释】

①斨(qiāng):方孔的斧头。

②四国:泛指叛周各国。皇:匡正。

③哀:可怜。斯:语助词。

④孔:很。将:大,美。

⑤锜(qí):锯、凿类工具。

⑥吪(é):感化。

⑦嘉:美好。

⑧銶(qiú):斧、凿类工具。

⑨遒(qiú):稳定。

⑩休:美好。

【汇评】

《诗序》:"《破斧》,美周公也。周大夫以恶四国焉。"

汉郑玄《郑笺》:"(首二句)四国流言,既破毁我周公,又损伤我成王,以此二者为大罪。""(三、四句)周公既反摄政,东伐此四国,诛其君罪,正其民人而已。""(末二句)周公之哀我民人,其德亦甚大也。"

宋朱熹《诗序辨说》："此归士美周公之词，非大夫恶四国之诗也。且诗所谓四国，犹言斩伐四国耳。序说以为管、蔡、商、奄，尤无理也。"

宋朱熹《诗集传》："从军之士，以前篇周公劳己之勤，故言此以答其意。"

清姚际恒《诗经通论》："此四国之民美周公之诗。中有'哀我人斯'句，明是民矣。大序谓'周大夫'，非也。《集传》谓'军士答周公前篇'，尤武断。"

吴闿生《诗义会通》："此言四国为乱，周公征讨凡三年，至于破斧、缺斨，然后克之，其难如此。然所以必往者，以哀此四国之人陷入逆乱耳。""案：欧、朱训释文义至明，一洗旧注拘牵缪绕之说。惟此诗亦慰劳征士之作……'哀我人斯'，乃作者慰闵征士之词，非谓周公哀四国之人也。言东征之劳可哀闵矣，而功亦大矣，往复委婉，用意深至，令人低徊不尽。"

闻一多《风诗类抄》："东征士卒，喜生还也。"

陈子展《诗经直解》："《破斧》，周公东征胜利以后，兵卒庆幸生还之作。……似为民间歌谣，作者当为兵卒一流歌手，属于庶民阶级。"

程俊英《诗经译注》："《破斧》一诗，旧说是赞美周公之作。就诗论诗，并不足信。它只是东征士卒喜获生还而已。此诗作于公元前一一一三年以后。"

伐　柯

伐柯如何①？匪斧不克②。
取妻如何③？匪媒不得。

伐柯伐柯，其则不远④。
我觏之子⑤，笾豆有践⑥。

【题解】

这是婚姻礼俗之诗。全诗二章。首章以伐柯需用斧，比娶妻需聘媒。

后世称做媒为"伐柯",就是由此而来。末章以伐柯需有法则,比婚姻需备礼仪。砍伐新斧柄,手中所持的斧柄就是榜样。要成就婚姻之事,也要有一定的规矩。我娶这姑娘,将盛满佳肴的食具陈列得整整齐齐,就合乎礼法。这首诗生动地反映了当时的婚姻礼俗。

【注释】

①伐:砍。柯:斧柄。

②匪:通"非"。克:能,成。

③取:通"娶"。

④则:法则,榜样。不远:指手中所持的斧柄。

⑤觏(gòu):见。之子:这个人。

⑥笾(biān):竹制食具。豆:木制食具。践:陈列整齐的样子。

【汇评】

《诗序》:"《伐柯》,美周公也。周大夫刺朝廷之不知也。"

汉郑玄《郑笺》:"成王既得雷雨大风之变,欲迎周公,而朝廷群臣犹惑于管蔡之言,不知周公之圣德,疑于王迎之礼,是以刺之。"

宋朱熹《诗集传》:"(首章)周公居东之时,东人言此以比平日欲见周公之难。""(二章)东人言此以比今日得见周公之易,深喜之辞也。"

清姚际恒《诗经通论》:"周人喜迎周公还归之诗。……'之子'指周公也。'笾豆有践',言周公归,其待之之礼如此也。通篇正旨在此二句。"

清方玉润《诗经原始》:"此诗未详,不敢强解。《序》以为'美周公,周大夫刺朝廷之不知也'。夫周公之德之美,他人不知,姜、召二公岂未之知乎?况东征三年,罪人斯得,心已大白于天下。……独于朝廷乃多疑议,恐无是理,断不可信。且当日公虽东征,权犹在手。一朝凯撤,朝廷奉迎之不暇,何至迟留未归,犹烦周大夫之作诗以刺朝廷耶?……"

吴闿生《诗义会通》:"先大夫以为此诗与下《九罭》本一篇而误分之。当合读,其义乃见。"

高亨《诗经今注》:"这是男人请媒人吃饭委托他介绍对象的诗。"

袁梅《诗经译注》:"这是男子新婚时唱的歌。"

金启华《国风今译》:"写婚姻之道。"

陈子展《诗经直解》:"《伐柯》,大夫愿望成王以礼迎归周公而作。"

九罭

九罭之鱼①，鳟、鲂②。
我觏之子③，衮衣绣裳④。

鸿飞遵渚⑤，公归无所⑥，
于女信处⑦。

鸿飞遵陆⑧，公归不复，
于女信宿⑨。

是以有衮衣兮⑩，无以我公归兮⑪，
无使我心悲兮。

【题解】

这是女子爱上男子之诗。全诗四章。首章以细网捕得大鱼，兴比女子找到好对象。她的对象是谁？就是那位身穿华丽礼服的美男子。二、三章以大雁沿着沙洲、河岸飞翔，兴比男子就要离去。女子心想：他要归向何方？他何时能够再来？于是她深情地挽留道："请你再多住几天吧！"四章写女子为了挽留男子，因此把他的礼服藏了起来，并说不要让她的情郎归去，不要使我的心儿悲伤。此诗的语言亲昵，男女情爱的味道很浓，故可断定它是一首情歌。

【注释】

①九罭(yù)：一种捕小鱼的细网。
②鳟：鲤鱼。鲂：鳊鱼。
③觏：遇见。
④衮(gǔn)衣：画着花纹的衣裳。衮衣绣裳，是贵族的礼服。
⑤鸿：大雁。遵：沿着。渚(zhǔ)：小洲。

⑥公:对贵族男子的尊称。

⑦女:同"汝"。信处:再住两天。

⑧陆:高平之地。此指河岸。

⑨信宿:再过两夜。

⑩有:藏。

⑪无以:勿使。

【汇评】

《诗序》:"《九罭》,美周公也。周大夫刺朝廷之不知也。"

唐孔颖达《毛诗正义》:"周公既摄政,而东征至三年,罪人尽得。但成王惑于流言,不悦周公所为。周公且止东方,以待成王之召。成王未悟,不欲迎之,故周大夫作此诗以刺王。"

宋朱熹《诗序辨说》:"东人喜周公之至而愿留之词。序说皆非。"

宋朱熹《诗集传》:"(首章)此亦周公居东之时,东人喜得见之……则见其衮衣绣裳之服矣。""(末三章)言周公信处、信宿于此,是以东方有此服衮衣之人。又愿其且留于此,无遽迎公以归。归则将不复来,而使我心悲也。"

清姚际恒《诗经通论》:"此诗东人以周公将西归,留之不得,心悲而作。首章以九罭、鳟鲂为兴,追忆其始见也。二章、三章以鸿遵渚陆为兴,见公归将不复矣,暂时信处、信宿于女耳。……末章乃道其情焉。"

闻一多《风诗类抄》:"这是燕饮时主人所赋留客的诗。"

袁梅《诗经译注》:"一个真挚多情的女子,正热恋着新婚的丈夫,难舍难分。可是,对方却不解其衷情,想离她而去,使她心中凄凄。"

高亨《诗经今注》:"这首诗当作于西周国人暴动赶跑厉王的时候,或犬戎入侵杀死幽王、镐京正在大乱的时候。豳邑某公在这样的时候往镐京去,路上在一家吃饭留宿。主人认为镐京危险,作这首诗劝告他不要去。"

狼　跋

狼跋其胡①,载疐其尾②。

公孙硕肤③，赤舄几几④。

狼疐其尾，载跋其胡。
公孙硕肤，德音不瑕⑤。

【题解】

这是讽刺公子王孙之诗。全诗二章。每章首二句以老狼作比。狼是一种凶残贪婪的野兽。它向前走踩着了下巴上的肉团，它向后退又踏着了长长的尾巴，真是前后为难，狼狈不堪。诗以老狼比喻"公孙"是再形象不过了。每章后二句直接讽刺"公孙"。这个"公孙"身体肥胖，挺着个大肚皮，脚上穿的是一双红色饰金的鞋子，鞋头尖尖而上翘，显示出身份的高贵。他走起路来，迈着方步，摇摇晃晃，举止迟缓，很像一只老狼。别看他如此斯文，但他品性名声不好。此诗以幽默风趣的笔调，给公子王孙勾画了一个可笑的形象，简直就是一幅绝妙的漫画。

【注释】

①跋(bá)：践踏。胡：颔下垂的肉团。
②载：则，又。疐(zhǐ)：踩，绊。
③公孙：指公子王孙。硕肤：肥胖，大肚皮。
④赤舄(xì)：红鞋。几几：鞋头尖尖而上翘。
⑤德音。指名声。瑕：通"嘉"。美。

【汇评】

《诗序》："《狼跋》，美周公也。周公摄政，远则四国流言，近则王不知，周大夫美其不失其圣也。"

唐孔颖达《毛诗正义》："郑以为老狼进则躐其胡，退则跆其尾，进退有难，不失其猛。喻周公将欲摄政，遭四国流言；归政成王，王复留为太师。进退有难，能不失其圣。又美周公不失其圣之事，言周公既致太平，乃逊遁避，此成功之大美。复留在王朝为太师之官，履其赤舄，其舄之饰几几然。美其圣德，故悦其衣服也。"

宋朱熹《诗集传》："周公虽遭疑谤，然所以处之不失其常，故诗人美之。"

清姚际恒《诗经通论》："此美周公之诗。"

吴闿生《诗义会通》："周公之避流言而居东，进退狼狈矣。而诗曰'公孙硕肤，赤舄几几'，写圣人遭难而不失其度，春容大雅，千载而下，如见其人。固周公盛德之形容，抑诗人之工于立言也。至矣！"

闻一多《风诗类抄》："美公孙也。"

袁梅《诗经译注》："这是讽刺公孙的诗（公孙是公爵之孙或其后裔）。本诗表现了古代人民对剥削统治阶级的强烈仇恨与极度蔑视。"

高亨《诗经今注》："这首诗当是西周末期的作品。周幽王是个暴君，又信任一个名叫虢石甫的奸臣，所以对劳动人民的剥削与压迫更残酷了。幽王当时可能封虢石甫于齮地，齮地劳动人民唱出这首歌来讽刺他。"

陈子展《诗经直解》："《狼跋》，美周公当四国流言之际、幼主致疑之日，而能进退得宜、身名俱泰之诗。"

程俊英《诗经译注》："这是讽刺贵族公孙的诗。这位公孙，到底是谁，不得而知，只得存疑。他吃得胖胖的，穿着华丽的礼服，实际上品德名誉都不好，因而到处碰壁，处境狼狈。"

雅

小　雅

鹿　鸣

呦呦鹿鸣①,食野之苹②。

我有嘉宾,鼓瑟吹笙。

吹笙鼓簧,承筐是将③。

人之好我,示我周行④。

呦呦鹿鸣,食野之蒿。

我有嘉宾,德音孔昭⑤。

视民不恌⑥,君子是则是效⑦。

我有旨酒,嘉宾式燕以敖⑧。

呦呦鹿鸣,食野之芩⑨。

我有嘉宾,鼓瑟鼓琴。

鼓瑟鼓琴,和乐且湛⑩。

我有旨酒,以燕乐嘉宾之心⑪。

【题解】

　　这是君王宴饮群臣之诗。全诗三章。每章首二句以鹿鸣呼朋食蒿,兴比君王宴饮群臣。每章后六句内容各有侧重。首章重在写君王厚待群臣。群臣刚到,君主便吩咐演奏优美的音乐,以示欢迎。随之捧出盛满币帛的竹筐赠给群臣,以示厚爱。君王如此厚待群臣,意在群臣能指出一条康庄大道。次章写君王盛赞群臣。群臣的道德都很光明,能指示百姓不苟且偷安,因此君子都应效法群臣。宴会伊始,君王举起酒杯,热情地说道:我有甜美的醇酒,让群臣痛饮,心情舒畅。末章写君王燕乐群臣。此时宴会达到了高潮,优美的音乐再次奏起,主宾尽欢,十分融洽。君王又举起酒杯,深情地说道:我有甜美的醇酒,用以宴乐群臣之心。此诗对后世影响很大。无论是外交场合,还是宴请宾客,往往歌《鹿鸣》之诗。

【注释】

①呦呦(yōu):鹿鸣声。

②苹:藾蒿。

③承:捧。筐:盛币帛的竹器。将:赠送。

④周行:大道。

⑤德音:品德。孔昭:很光明。

⑥视:示。不恌(tiāo):不轻佻。

⑦是:指示代词。指代"嘉宾"。则、法:效法。

⑧式:语助词。燕:宴饮。敖:快乐。

⑨芩(qín):蒿类。

⑩湛:尽兴。

⑪燕:安。

【汇评】

汉司马迁《史记·十二诸侯年表》:"仁义陵迟,《鹿鸣》刺焉。"

《诗序》:"《鹿鸣》,燕群臣嘉宾也。既饮食之,又实币帛筐筐以将其厚意,然后忠臣嘉宾得尽其心矣。"

唐孔颖达《毛诗正义》:"作《鹿鸣》诗者,燕群臣嘉宾也。言人君之于群臣嘉宾,既设飨以饮之,陈馈以食之,又实币帛于筐而酬侑之,以行其厚意。然后忠臣嘉宾佩荷恩德,皆待尽其忠诚之心以事上焉。明上隆下报,君臣尽诚,所以为政之美也。"

宋朱熹《诗集传》:"《序》以此为燕群臣嘉宾之诗,而燕礼亦云工歌《鹿鸣》、《四牡》、《皇皇者华》,即谓此也……岂本为燕群臣嘉宾而作,其后乃推而用之乡人也欤?然于朝曰君臣焉,于燕曰宾主焉,先王以礼使臣之厚,于此见矣。"

清姚际恒《诗经通论》:"此燕群臣之诗。小序谓'燕群臣、嘉宾。'按'嘉宾',诗之言之。实则'嘉宾'即'群臣'耳。"

清胡承珙《毛诗后笺》:"陈氏《稽古编》曰,序云,燕群臣嘉宾也。此言作诗之本意,与《四牡》之劳使臣,《皇华》之遣使一例也。若夫升歌合乐之类,则就诗之用于乐而言,非作诗之本意也。"

清马瑞辰《毛诗传笺通释》:"此诗三章,文法参差,而义实相承。首章前六句言我之敬宾,后二句言宾之善我。二章前六句即承首章人之好我言,后二句乃言我之乐宾。三章即接言宾之乐,后二句又申我之乐宾,以明宾之乐实我有以致之也。"

清陈奂《诗毛氏传疏》:"《鹿鸣》虽是文王燕群臣之乐,而雅、颂之作,实皆在成王之世。周公制礼,以《鹿鸣》列于升歌之诗。……然则《鹿鸣》、《四牡》、《皇皇者华》三章皆周公本文王之道以为乐歌,传有明文也。"

清方玉润《诗经原始》:"文、武之待群臣如待大宾,情意既洽而节文又敬,故能成一时盛治也。"

四　牡

四牡骓骓①,周道倭迟②。
岂不怀归?
王事靡盬③,我心伤悲。

四牡骓骓,嘽嘽骆马④。
岂不怀归?
王事靡盬,不遑启处⑤。

翩翩者雏⑥,载飞载下,
集于苞栩⑦。
王事靡盬,不遑将父⑧。

翩翩者雏,载飞载止,
集于苞杞⑨。

王事靡盬,不遑将母。

驾彼四骆,载骤骎骎⑩。
岂不怀归?
是用作歌,将母来谂⑪。

【题解】

这是小吏行役思归之诗。全诗五章。首二章写小吏行役奔波。他驾着四匹公马拉的车子,在迂回曲折的大道上飞驰,马儿跑得气喘吁吁。难道不想早点回家?只因王事没完没了,没有空闲歇息,因而内心感到无比悲伤。次二章写小吏所见所感。那翩翩飞翔的鹁鸠,时而飞上去,时而又飞下来,纷纷落在柞树上、杞树上。他见此情景,感慨万端。由于王事没完没了,因此没有空闲回家奉养父母。对比之下,人的命运不如小鸟。末章写小吏作诗之由。他驾着那四匹黑鬣的白马,在大道上不停地飞驰。成年累月在外奔波,他感到身心疲惫。难道不想早点回家?于是他写下这首诗,借以思念自己的母亲。此诗有情有景,有起有结。"岂不怀归"在诗中多次出现,构成了贯穿全诗的主旋律。阅读它,可以感受到这位小吏内心深沉的郁愤和忧怨。

【注释】

①四牡:四匹公马。骓(fēi):马行不止的样子。

②周道:大道。倭(wēi)迟:迂回曲折的样子。

③靡盬(gǔ):没有停息。

④啴啴(tān):喘息的样子。骆(luò):黑鬣的白马。

⑤遑:闲暇。启:跪。处:坐。

⑥骓(zhuī):鹁鸠。

⑦苞:丛生。栩(xǔ):柞树。

⑧将:养。

⑨杞(qǐ):枸杞。

⑩骤:奔驰。骎骎(qīn):急驰的样子。

⑪谂(shěn):思念。

【汇评】

《左传·襄公四年》:"《四牡》,君所以劳使臣也。"

《国语·鲁语》:"《四牡》,君所以章使臣之勤也。"

唐孔颖达《毛诗正义》:"作《四牡》诗者,谓文王为西伯之时,令其臣以王事出使,于其所职之国事毕来归,而王劳来之也。"

《诗序》:"《四牡》,劳使臣之来也。有功而见知,则说矣。"

宋朱熹《诗集传》:"此劳使臣之诗也……臣劳于事而不自言,君探其情而代之言,上下之间可谓各尽其道矣。"

清姚际恒《诗经通论》:"此使臣自咏之诗,王者采之,后或因以为劳使臣之诗焉。……小序但据《左传》谓'劳使臣'之来。后之解诗者,因作'君探其情而代之言'。试将此诗平心读去,作使臣自咏极顺,作代使臣咏极不顺。解诗何不取顺而偏取逆乎?"

清方玉润《诗经原始》:"序谓劳使臣之来。……故后世解诗者,因作君探其情而代之言。然诗云是用作歌,则明明使臣自咏,非探情之所宜言矣。"

陈子展陈子展《诗经直解》:"自述出使思归之词耳。"

高亨《诗经今注》:"这首诗描述为统治者在外服役的人的辛勤与思家情绪。"

皇皇者华

皇皇者华①,于彼原隰②。
駪駪征夫③,每怀靡及④。

我马维驹⑤,六辔如濡⑥。
载驰载驱,周爰咨诹⑦。

我马维骐⑧,六辔如丝⑨。
载驰载驱,周爰咨谋。

我马维骆⑩，六辔沃若⑪。
载驰载驱，周爰咨度⑫。

我马维骃⑬，六辔既均⑭。
载驰载驱，周爰咨询⑮。

【题解】

　　这是使臣博访之诗。全诗五章。首章写使臣忠于职守。鲜艳的花朵，盛开在平原低地。然而因使命在身，他无暇观赏，只顾急急忙忙地赶路。尽管如此，还常常担心完不成使命。后四章写使臣的具体使命。这四章内容基本相同，只是变换了少许词语。他驾着马车，手中的缰绳光洁柔和。他策马急驰，到各地咨询访问。须得说明的是，这个使臣不可能同时驾驹、骐、骆、骃等四种马，这显然是学习民歌叠章易字、反复咏叹的写作技巧。

【注释】

①皇皇：犹"煌煌"。鲜艳貌。华：同"花"。

②原：广平之地。隰(xí)：低湿之地。

③駪駪(shēn)：急行的样子。征夫：指使臣。

④每怀：常常担心。靡及：不能完成使命。

⑤驹：本作"骄"。高六尺的大马。

⑥辔：缰绳。濡：光洁。

⑦周：各地。爰：于。咨诹(zōu)：咨询访问。

⑧骐：青色有黑纹的马。

⑨如丝：像丝一样柔和。

⑩骆：黑鬣的白马。

⑪沃若：润泽。

⑫咨度(duó)：咨询商量。

⑬骃(yīn)：浅黑带白的马。

⑭均：谐和。

⑮询：究问。

【汇评】

《左传·襄公四年》:"《皇皇者华》,君教使臣。"

《诗序》:"《皇皇者华》,君遣使臣也。送之以礼乐,言远而有光华也。"

唐孔颖达《毛诗正义》:"此述文王勅使臣之辞。"

宋朱熹《诗集传》:"此遣使臣之诗也。……先王之遣使臣也,美其行道之勤,而述其心之所怀曰:彼煌煌之华,则于彼原隰矣;此骁骁然之征夫,则其所怀思,常若有所不及矣。盖亦因以为戒。"

清方玉润《诗经原始》:"此遣使臣之诗。上章臣知尽瘁,此故可以使也。然而使臣一人,知识有限,故又戒以每怀靡及之心。于是周谘博访,乃无负职,庶可副朝廷望耳。"

陈子展《诗经直解》:"《皇皇者华》,与《四牡》同是使臣在途自咏之作。后乃作为乐章,一用之于君劳使臣之来,一用之于君遣使臣之往。一云王事靡盬、似为军事出使,一云周爱咨诹、似为聘问出使。"

袁梅《诗经译注》:"这可能是周王朝或诸侯国的使臣劳于王事之歌。"

程俊英《诗经译注》:"这是一个使者出外调查民间情况的诗。旧说是送征夫之词,并非诗的本意。所以会有这个误解,是因为《鹿鸣》、《四牡》、《皇皇者华》这三首诗,后来被周统治者谱了乐调在宴会上弹奏,劳使臣时演奏《四牡》遣使臣时演奏《皇皇者华》,其实和诗的内容并不相合。"

常　棣

常棣之华①,鄂不韡韡②,
凡今之人,莫如兄弟。

死丧之威③,兄弟孔怀④。
原隰裒矣⑤,兄弟求矣。

脊令在原⑥,兄弟急难。
每有良朋⑦,况也永叹⑧。

兄弟阋于墙⑨，外御其务⑩。
每有良朋，烝也无戎⑪。

丧乱既平，既安且宁。
虽有兄弟，不如友生？

傧尔笾豆⑫，饮酒之饫⑬。
兄弟既具⑭，和乐且孺⑮。

妻子好合⑯，如鼓琴瑟。
兄弟既翕⑰，和乐且湛⑱。

宜尔室家，乐尔妻帑⑲。
是究是图⑳，亶其然乎㉑！

【题解】

　　这是诉说兄弟情谊之诗。全诗八章。首章总写兄弟情谊。常棣的花朵，其花萼、花蒂繁盛，故承受花朵甚力。诗以比兴比骨肉兄弟不可分离，应相互救助。诗接着提出"凡今之人，莫如兄弟"作为一篇之主旨。二至五章具体写兄弟情谊。二章写死丧之可畏，唯有兄弟最关怀，山川之变迁，也只有兄弟来寻求。三章以鹡鸰鸟在高岸相依相护，兴比兄弟如有祸难也会相互急救。当此之时，虽有一些好朋友，只是添加一声长叹而已。四章写尽管兄弟不免同室争斗，但抵御外侮则是一致的。当此之际，虽有一些好朋友，都不肯前来相助。五章写丧乱平定了，生活安宁了，虽有兄弟，但不如朋友。讲这番话语，意在说明在危难之时方见兄弟情谊之可贵。六章写家宴之乐。装满水果，菜肴的食具已摆设成行，兄弟们都已到齐，大家欢聚一堂，开怀畅饮，其乐融融。末二章写美好的祝愿。希望兄弟们要同妻子情投意合，就像弹奏琴瑟一样和谐。兄弟们既已聚集在一起，就该和乐又愉快。还要使你的家庭和睦，使你的妻儿快乐。你们要深思此理，考虑此事，兄弟情谊的确应该如此。

314

【注释】

①常棣:即棠棣。

②鄂:通"萼"。花苞。不:花蒂。韡(wéi):繁盛。

③威:畏。

④孔怀:很关心。

⑤裒(póu):变迁。

⑥脊令:即鹡鸰。

⑦每:虽。

⑧况:增加。永叹:长叹。

⑨阋(xì):怨恨,争斗。

⑩务:通"侮"。外侮。

⑪烝:语助词。戎:相助。

⑫傧:陈列,摆好。笾(biān)豆:盛水果、菜肴的食器。

⑬之:语助词,无实义。饫(yù):吃得满足。

⑭具:俱,都已到齐。

⑮孺:相亲,欢愉。

⑯好合:情投意合。

⑰翕(xì):聚集。

⑱湛:快乐之甚。

⑲妻帑(nú):妻与子。

⑳究:深思。图:考虑。

㉑亶(dǎn):确实,诚然。其:指兄弟亲近之理。

【汇评】

《左传·僖公二十四年》:"召穆公思周德之不类,故纠合亲族于成周,而作诗曰:'常棣之华,鄂不韡韡。凡今之人,莫如兄弟。'其四章曰:'兄弟阋于墙,外御其侮。'如是则兄弟虽有小忿,不废懿亲。"

《诗序》:"《常棣》,燕兄弟也。闵管、蔡之失道,故作常棣焉。"

唐孔颖达《毛诗正义》:"作《常棣》诗者,言燕兄弟也。谓王者以兄弟至亲,宜加恩惠,以时燕而乐之。周公述其事而作此诗焉。"

宋朱熹《诗集传》:"此燕兄弟之乐歌。"

清姚际恒《诗经通论》:"《集传》于首章谓'此燕兄弟之乐歌',于次章谓'此诗盖周公既诛管、蔡而作',分两义说,甚失注诗之体。盖于首章切合小序,于次章切合大序也。不知大、小序出于两人,故属两义,今一人之作岂可如此！当并合而云,'此周公既诛管、蔡而作,后固以为燕兄弟之乐歌',如此乃明耳。"

清胡承珙《毛诗后笺》:"范氏《补传》曰,周公遭管蔡之变,因思文武能燕乐兄弟如此,故作是诗,盖闵之也。然则文武燕兄弟于当时,周公追咏其事于后,其理亦可信。"

清魏源《诗古微》:"《常棣》,燕兄弟也。闵管蔡者周公之情,而燕兄弟者文武之政,故列于文武之诗。"

清方玉润《诗经原始》:"且诗云丧乱既平,则明是诛管、蔡后语,非周公境地则不合,断断不可移于他人兄弟上去。召穆公为周族歌之,尚可曰诵先芬以戒后哲;若他兄弟歌此,岂能切乎？……周公深有悔于管、蔡之祸,恐弟情由此疏,故不厌委曲详尽,极言异形同气之恩以申告,使其反复穷究而验其信然,不得以管、蔡故遂自损其天伦之乐,其用心亦可谓苦矣！"

高亨《诗经今注》:"这是一首申述兄弟应该互相友爱的诗。"

程俊英《诗经译注》:"这是一首宴请兄弟的诗。诗的作者旧有两说,《国语》记为成王时周公所作,《左传》记为厉王时召穆公虎作。据考,以《左传》说较可靠。"

伐　木

伐木丁丁①,鸟鸣嘤嘤②。
出自幽谷,迁于乔木③。
嘤其鸣矣④,求其友声。
相彼鸟矣,犹求友声。
矧伊人矣⑤,不求友生⑥？
神之听之⑦,终和且平⑧。

伐木许许⑨，酾酒有藇⑩。
既有肥羜⑪，以速诸父⑫。
宁适不来⑬，微我弗顾⑭？
於粲洒扫⑮，陈馈八簋⑯。
既有肥牡⑰，以速诸舅⑱。
宁适不来，微我有咎⑲？

伐木于阪⑳，酾酒有衍㉑。
笾豆有践㉒，兄弟无远。
民之失德㉓，干糇以愆㉔。
有酒湑我㉕，无酒酤我㉖。
坎坎鼓我㉗，蹲蹲舞我㉘。
迨我暇矣，饮此湑矣。

【题解】

这是宴请朋友之诗。全诗三章。首章写人当求友。鸟鸣嘤嘤是为了寻找伴侣，何况是人，岂不寻求朋友？天神得知此情，也会降下和平之福。次章写盛情待客。既筛好醇厚的美酒，又备好鲜嫩的肥羊，还摆出八大盘食品，并将屋子打扫得干干净净。一切准备停当，就去邀请"诸父"、"诸舅"前来做客。主人心想，宁可客人恰巧有故不能前来，不要以为我不予顾念，也不要以为我有什么过错。末章写宴饮之乐。杯中斟满美酒，食器摆放整齐。主人深情地说道：兄弟要和睦相处，千万不要疏远。普通人不讲友情，为了干粮不肯分人而获罪过。大家尽情地喝吧，有酒则澄滤，无酒则购买；大家尽情地乐吧，坎坎地击鼓，翩翩地起舞。等到闲暇之时，请大家再来畅饮美酒。主人好客于此可见。

【注释】

①丁丁（zhēng）：伐木声。

②嘤嘤：鸟惊惧声。

③迁:上升。乔木:高木。

④嘤其:嘤嘤。

⑤矧(shěn):何况。

⑥友生:朋友。生:语助词。

⑦神听:神听到。

⑧终:既。

⑨许许:锯木声。

⑩酾(shī):滤酒。藇(xù):酒味美。

⑪羜(zhù):五个月的小羊羔。

⑫速:召请,邀至。诸父:同姓的长者。

⑬适:恰巧。

⑭微:无。顾:顾念。

⑮於:叹词。粲:明洁,干净。

⑯馈:食物。簋(guǐ):食器。

⑰牡:公羊。

⑱诸舅:异姓的长者。

⑲咎:过错。

⑳阪:山坡。

㉑衍:酒满杯的样子。

㉒践:陈列整齐的样子。

㉓失德:特指失去友谊。

㉔干糇:干粮,代指粗陋简单的食物。愆:过错。

㉕湑(xǔ):澄滤。我:语助词。

㉖酤:买酒。

㉗坎坎:击鼓声。

㉘蹲蹲:舞貌。

【汇评】

《诗序》:"《伐木》,燕朋友故旧也。自天子至于庶人,未有不须友以成者。亲亲以睦,友贤不弃,不遗故旧,则民德归厚矣。"

宋朱熹《诗集传》:"此燕朋友故旧之乐歌。故以伐木之丁丁兴鸟鸣之嘤嘤,而言鸟之求友,遂以鸟之求友喻人之不可无友也。"

宋王柏《诗疑》："细玩此诗，专言友生之不可求，求字乃一篇大主脑。"

清姚际恒《诗经通论》："此燕朋友、亲戚、兄弟之乐歌。一章言朋友也。二章言诸父，亲也；诸舅，戚也。三章言兄弟也。解者唯以朋友为言，非也。下二章言燕飨之事。……篇中曰'八簋者'曰'民之失德'自是天子之诗。"

清魏源《诗古微》："《伐木》，文王敬故也。言昔日未居位，在农之时，与友生于山岩伐木为勤苦之事，犹以道德相切正。君子迁于高位，不可以忘朋友。文王旧劳于外，友贤人隐士。及即位，而举闳夭泰颠于置网伐木之中，以道谊相师友。武王帅而行之，又以文王之臣为友。故周公作乐歌之，而列于文武诗。"

清王先谦《诗三家义集疏》："《韩序》曰，伐木废，朋友之道缺。劳者歌其事，诗人伐木自苦其事，故以为文。《鲁说》曰，周德始衰，伐木有鸟鸣之刺。"又说："文王未履位之时，亲自伐木，容有其事。其志在求贤，不惮艰险，登山伐木，特其借端。迨后身为国君，怀周行而陟崔嵬，求干城而举置网，皆出自少年物色之人。昔日之朋友，已为今日之故旧，此所为宴饮作歌，或即此诗之本义欤？"

高亨《诗经今注》："这是贵族宴会亲友所奏的乐歌。"

程俊英《诗经译注》："这是一首宴享亲友故旧的诗歌，此诗可能出自民间，后为贵族所修改、采用，也可能是贵族文人仿民歌的作品。从诗的语言技巧和表现手法看来，它可能是西周后期的作品。旧说是文王所作，是没有根据的。"

天　保

天保定尔^①，亦孔之固^②。
俾尔单厚^③，何福不除^④。
俾尔多益，以莫不庶^⑤。

天保定尔，俾尔戬谷^⑥。
罄无不宜^⑦，受天百禄^⑧。

降尔遐福⑨,维日不足⑩。

天保定尔,以莫不兴。
如山如阜⑪,如冈如陵,
如川之方至,以莫不增。

吉蠲为饎⑫,是用孝享⑬。
禴祠烝尝⑭,于公先王⑮。
君曰卜尔⑯,万寿无疆。

神之吊矣⑰,诒尔多福⑱。
民之质矣⑲,日用饮食。
群黎百姓⑳,遍为尔德㉑。

如月之恒㉒,如日之升。
如南山之寿,不骞不崩㉓。
如松柏之茂,无不尔或承㉔。

【题解】

这是尸祝向主人祝福之诗。全诗六章。前三章写上天赐福主人。首章写上天保佑你洪福牢固,使你非常富有。二章写上天保佑你万事顺心,使你享受长远的福禄。三章写上天使你的事业兴旺发达,像大山一样隆起,像江河一样奔流。四、五章写对主人提出的要求。一是要求主人诚心敬事鬼神,四季祭祀祖先的食物要清洁。二是要求主人要立德保民,牢记日用饮食为民之本。这敬事鬼神、立德保民正是上天赐福的条件。末章写尸祝再向主人祝福。祝福主人事业发达,如月上弦,如日东升;祝福主人身体安康,如南山之寿,如松柏繁茂。如此,后人无不继承你的美德和事业。此诗用多重比喻渲染气氛。诗中反复祝愿主人"如山如阜,如冈如陵,如川之方至","如月之恒,如日之升,如南山之寿……如松柏之茂",一共用了九个"如"字,所以又称"天保九如"。

①保定:保佑,安定。

②孔:很。固:巩固,牢固。

③俾(bǐ):使。单厚:强大,富有。

④除:通"涂"。多。

⑤庶:富庶,众多。

⑥戬(jiǎn)谷:福禄,幸福。

⑦罄:无。

⑧百禄:众多之福。

⑨遐:长远。

⑩维:只。

⑪阜(fù父):高大的土山。

⑫吉蠲(juān):清洁。饎:酒食。

⑬孝享:祭祀祖先。

⑭禴(yuè):夏祭。祠:春祭。烝:冬祭。尝:秋祭。

⑮公:公侯。

⑯君:先君,指被祭的祖先。卜:赐予。

⑰吊:至,指神灵降临。

⑱诒:通"贻"。给予。

⑲质:根本。

⑳群黎:群众,人民。

㉑为:受。一说感化。

㉒恒:月上弦。

㉓骞:亏损。崩:毁坏。

㉔或:语助词。承:继承,承受。

【汇评】

《诗序》:"《天保》,下报上也。君能下下以成其政,臣能归美以报其上焉。"

唐孔颖达《毛诗正义》:"作《天保》诗者,言下报上也。谓臣下作诗歌君之美,言天保神祐,福禄所钟,……君能下其臣下,燕飨遣劳,谓《鹿鸣》至

《伐木》之歌,以成其国之政教,故臣亦宜归美於君,作《天保》之歌以报答其上焉。"

宋朱熹《诗集传》:"人君以《鹿鸣》以下五诗燕其臣,臣受赐者歌此诗以答其君。言天之安定我君,使之获福如此也。"

宋严粲《诗缉》:"诗人祝君,必本之于德。曰'单厚',曰'多益',曰'戬穀',以'俾尔'言之,皆谓德也。曰除,曰庶,曰兴,曰增,以'莫不'言之,皆为福也。有是德乃有是福,归美之中有责难者焉。否则全篇皆容悦之词矣。"

清姚际恒《诗经通论》:"此臣致祝于君之词。郑氏因小序云'下报上',遂谓'鹿鸣至伐木,皆君所以下臣也;臣亦宜归美于王,以崇君之尊而福禄之,以答其歌。'如此说诗,固执已甚。"

清方玉润《诗经原始》:"郑氏、《集传》遂谓前五章皆君下臣,此章乃臣报君。殊知五章中非尽君下臣也,且臣必待君赐而后报,则所报者亦伪,岂尚有爱君之诚哉? 此不过编诗次第应如是耳,不可泥以说诗也。全诗大意,前三章皆天之福君,后三章皆神之福君。"

高亨《诗经今注》:"这是一首给贵族祝福的诗。"

程俊英《诗经译注》:"这是一首臣子祝颂君主的诗,反映了当时统治阶级敬天保民的思想。"

采 薇

采薇采薇①,薇亦作止②。
曰归曰归,岁亦莫止③。
靡室靡家④,玁狁之故⑤。
不遑启居⑥,玁狁之故。

采薇采薇,薇亦柔止。
曰归曰归,心亦忧止。
忧心烈烈⑦,载饥载渴。

我戍未定⑧，靡使归聘⑨。

采薇采薇，薇亦刚止⑩。
曰归曰归，岁亦阳止⑪。
王事靡盬⑫，不遑启处⑬。
忧心孔疚⑭，我行不来⑮。

彼尔维何⑯？维常之华⑰。
彼路斯何⑱？君子之车。
戎车既驾⑲，四牡业业⑳。
岂敢定居？一月三捷㉑。

驾彼四牡，四牡骙骙㉒。
君子所依㉓，小人所腓㉔。
四牡翼翼㉕，象弭鱼服㉖。
岂不日戒㉗？玁狁孔棘㉘。

昔我往矣，杨柳依依。
今我来思㉙，雨雪霏霏㉚。
行道迟迟，载渴载饥。
我心伤悲，莫知我哀！

【题解】

这是士兵出征还归之诗。全诗六章。首三章写士兵思归。在出征的日子里，士兵们无时无刻不在思归。他们无室无家，每天出征，又饥又渴，无暇休息，是因为玁狁入侵的缘故。为此，他们内心充满了忧伤和痛苦。更为可叹的是，他们出征日久，竟没有谁来慰问一声。中二章写战斗场面。战车已经出动，四匹公马高大。主帅乘坐在战车上指挥战斗，士兵们则尾随其后隐藏身躯。士兵们全副武装，日夜戒备，随时准备迎击玁狁的侵犯。

末章写士兵返家。当年出征之时,正值杨柳依依的春日;现在回家之时,却是雨雪纷纷的冬天。归路漫漫,行走迟缓,还要忍受饥渴,又不禁沉浸在一种深沉的感伤之中。此章"昔我往矣,杨柳依依,今我来思,雨雪霏霏。"被奉为千古写景抒情的佳句。以"依依"形容杨柳,以"霏霏"形容雨雪,得物态之神韵;以杨柳代春天,以雨雪代冬天,正暗示时序之推移;"依依"显别离之难舍,"霏霏"状思绪之纷乱,真可谓景中蕴涵人情。

【注释】

①薇:野豆苗,可食。

②作:出生。止:语助词。

③莫:即"暮"。

④靡室靡家:远离家室,犹如无家室。

⑤玁狁(xiǎn yǔn):西周时北方的一个游牧民族。

⑥不遑:没有工夫。启居:正常生活。

⑦烈烈:火势很盛貌。

⑧定:安定,定处。

⑨使:使者。聘:探问。

⑩刚:坚硬。

⑪阳:十月。

⑫靡盬:没有停息。

⑬启处:同启居。

⑭疚:病痛。

⑮来:慰勉。

⑯尔:一作"荣",指花盛的样子。

⑰常:棠棣树。华:花。

⑱路:大。

⑲戎车:兵车,战车。

⑳业业:强壮高大貌。

㉑三捷:多次取胜。

㉒骙骙(kuí):马壮健的样子。

㉓依:立乘,靠车站着。

㉔腓(féi):掩蔽。

㉕翼翼:排列严整。

㉖象弭(mǐ):以象骨镶饰的弓梢。鱼服:鱼皮制成的箭袋。

㉗日戒:每日都戒备着。

㉘孔棘:指战事很紧急。

㉙思:语助词。

㉚霏霏:雨雪纷飞的样子。

【汇评】

《诗序》:"《采薇》,遣戍役也。文王之时,西有昆夷之患,北有狲狁之难。以天子之命,命将率,遣戍役,以守卫中国,故歌《采薇》以遣之。《出车》以劳还,《杕杜》以勤归也。"

汉郑玄《郑笺》:"西伯以殷王之命,命其属为将,率将戍役御西戎及北狄之难,歌《采薇》以遣之。"

唐孔颖达《毛诗正义》:"文王之时,西方有昆夷之患,北方有狲狁之难,来侵犯中国。文王乃以天子殷王之命,命其属为将率,遣屯戍之,役人北攘狲狁,西伐西戎,以防守捍卫中国,故歌《采薇》以遣之。"

宋朱熹《诗集传》:"此遣戍役之诗。以其出戍之时采薇以食,而念归期之远也,故为其自言而以采薇起兴。"

宋朱熹《诗序辨说》:"此未必文王之诗,以天子之命者衍说也。"

清姚际恒《诗经通论》:"此戍役还归之诗。小序谓'遣戍役',非。诗明言'曰归曰归,岁亦莫止','今我来思,雨雪罪霏'等语,皆既归之词;岂方遣既已逆料其归时乎?又'一日三捷,亦言实事,非逆料之词也。"

清方玉润《诗经原始》:"《小序》、《集传》皆以为遣戍役而代其自言之作……愚谓曰归、岁暮可以预计,而柳往雪来,断非逆睹。使当前好景亦可代言,则景必不真;景不真,诗亦何能动人乎?"

陈子展《诗经直解》:"采薇,描述边防军士服役思归,爱国恋家,情绪矛盾苦闷之作。"

程俊英《诗经译注》:"这是一位守边兵士在归途中赋的诗。旧说是文王时遣送守边兵士出征的乐歌,但从诗的语言艺术和风格看来,很像国风中的民歌,不像周初的作品。"

出　车

我出我车,于彼牧矣①。
自天子所,谓我来矣②。
召彼仆夫,谓之载矣③。
王事多难,维其棘矣④。

我出我车,于彼郊矣。
设此旐矣⑤,建彼旄矣⑥。
彼旟旐斯⑦,胡不旆旆⑧!
忧心悄悄⑨,仆夫况瘁⑩。

王命南仲⑪,往城于方⑫。
出车彭彭⑬,旂旐央央⑭。
天子命我,城彼朔方⑮。
赫赫南仲,狁犹于襄⑯。

昔我往矣,黍稷方华⑰。
今我来思,雨雪载途⑱。
王事多难,不遑启居⑲。
岂不怀归?畏此简书⑳。

喓喓草虫㉑,趯趯阜螽㉒。
未见君子,忧心忡忡。
既见君子,我心则降㉓。
赫赫南仲,薄伐西戎㉔。

春日迟迟,卉木萋萋。

仓庚喈喈㉕,采蘩祁祁㉖。

执讯获丑㉗,薄言还归。

赫赫南仲,猃狁于夷㉘。

【题解】

这是平定猃狁之诗。全诗六章。此诗完整地记述了这场战争的全过程。首二章写奉命出征。中三章写南仲率军讨伐猃狁和西戎的情景。末章写班师回朝的情景。此诗结构宏大而完整。方玉润《诗经原始》评述说:"此诗以伐猃狁为主脑,西戎为余波,凯还为正意,出征为追述,征夫往来所见为实景,室家思念为虚怀。"诗中三次提到南仲,一是筑城御敌,二是讨平西戎,三是归献俘虏,有格局完整而又自然和谐之妙。在语言上,它大量引用融化当时的熟语成句入诗。四章"昔我往矣"四句与《采薇》六章前四句略同。五章"喓喓草虫"六句引用《召南·草虫》中的现存诗句。六章"春日迟迟"四句的景色在《豳风·七月》中也出现过。诗人在运用这些诗语时,将它们加以陶铸,使之完全融为一体了。

【注释】

①于:往。牧:郊外。

②谓:使。来:指出征。

③谓之载:使之载物载人以行。

④维:语助词。棘:急,军务紧急。

⑤旐(zhào):绘有龙蛇的旗。

⑥旄:以牦牛尾为饰物的旗。

⑦旟(yú):绘有鹰隼的旗。

⑧胡:何。旆旆:旌旗飞扬。

⑨悄悄:心情忧伤。

⑩况瘁:劳瘁,憔悴。

⑪南仲:周宣王之大臣,一作南中。

⑫城:修筑城防工事。方:地名。

327

⑬彭彭:形容马壮盛。

⑭旂:绘龙的旗。央央:鲜明的样子。

⑮朔方:北方。

⑯襄:通"攘"。除去,消灭。

⑰华:花,开花。

⑱载涂:满途,满道路。

⑲启居:安居、正常的生活。

⑳简书:军中之法纪、号令。

㉑喓喓:草虫鸣声。

㉒趯趯(tì):跳跃状。阜螽:蚱蜢。

㉓降:放下。

㉔薄:语助词。西戎:西北一游牧民族。一说为狁的一部。

㉕仓庚:黄莺。喈喈:鸟鸣声。

㉖祁祁:众多。

㉗讯:通消息的人,指间谍、探子。丑:指敌人。

㉘夷:平定,讨平。

【汇评】

《诗序》:"《出车》,劳还率也。"

唐孔颖达《毛诗正义》:"劳还帅也。谓文王所遣伐狁西戎之将帅以四年春行,五年春反,于其反也,述其行事之苦以慰劳之。"

清姚际恒《诗经通论》:"《小序》谓'劳还率',非。此与上篇亦同为还归之作。"

清方玉润《诗经原始》:"《序》谓劳还率,《集传》因之,以为追言其始受命出征之时而为歌以劳之。其言似是而实非也。盖赫赫南仲等语,乃下颂上,非君劳臣之词。……大略此诗作于当时征夫,后世王者采以入乐,用劳还率以酬其庸,盖将以南仲勋业望之而已。又曰:此诗以伐狁为主脑,西戎为余波,凯还为正意,出征为追述,征夫往来所见为实景,室家思念为虚怀。"

王国维《鬼方昆夷狁考》:"《出车》,咏南仲伐狁之事。……南仲自是宣王时人,《出车》亦宣王时诗也。"

高亨《诗经今注》:"周宣王时代,北方狁侵犯周国。宣王派大将南仲领兵出征，击退猃狁，胜利回朝。这首诗就是叙写这次战役的。"

程俊英《诗经译注》："这是一位出征的武士凯旋归来赋的诗。旧说是慰劳南仲还师之作，不确。"

杕　杜

有杕之杜^①，有睆其实^②。
王事靡盬，继嗣我日^③。
日月阳止^④，女心伤止，
征夫遑止^⑤。

有杕之杜，其叶萋萋。
王事靡盬，我心伤悲。
卉木萋止^⑥，女心悲止，
征夫归止。

陟彼北山，言采其杞^⑦。
王事靡盬，忧我父母。
檀车幝幝^⑧，四牡痯痯^⑨。
征夫不远。

匪载匪来^⑩，忧心孔疚^⑪。
期逝不至^⑫，而多为恤^⑬。
卜筮偕止^⑭，会言近止^⑮，
征夫迩止^⑯。

【题解】

这是妇人思念征夫之诗。全诗四章。前三章写思念之苦。孤独的棠

梨树，它的果实浑圆。这表明时序已进入秋天。因为王事没完没了，时间一天天延长。现在已至十月，她的心中充满悲伤。她希望丈夫空闲之时，能回家与亲人团聚。孤独的棠梨树，它的叶子繁茂；各种草木生机盎然，郁郁葱葱。这暗示时序已进入春天。因为王事没完没了，丈夫依然没有回来，因而她的内心非常痛苦。她登上北山，采摘枸杞。她举目远眺，企盼丈夫归来。因为王事没完没了，致使父母非常担忧。她想象丈夫车破马疲，归期该不会远吧！末章写卜问归期。她不见丈夫装车归来，心中更加悲苦。她又是占卜又是算卦，卜辞卦辞都说归期就要到了，丈夫很快就要回来了。妇人卜筮兼问，盼夫归来情切可知。

【注释】

①杕(dì)：树木孤生的样子。杜：棠梨树。

②睆(huǎn)：果实浑圆的样子。

③继嗣：延长，继续。

④阳：农历十月。止：语助词。

⑤遑：闲暇。

⑥卉木：各类草木。

⑦言：语助词。杞：枸杞。

⑧檀车：檀木所制的车。幝幝(chǎn)：破旧。

⑨痯痯(guǎn)：疲劳。

⑩匪载匪来：(丈夫)没有坐车归来。

⑪孔疚：很痛苦。

⑫期逝：预定的归期已过。

⑬恤：忧愁。

⑭卜：以龟甲占吉凶。筮：以蓍草占吉凶。

⑮会：合，都。

⑯迩：近。

【汇评】

《诗序》："《杕杜》，劳还役也。"

汉桓宽《盐铁论·繇役》："古者无过年之繇，无逾期之役。今近者数千里，远者过万里，历二期不还。父母愁忧，妻子咏叹，愤懑之恨，发动于心。……此《杕杜》、《采薇》之诗所为作也。"

唐孔颖达《毛诗正义》:"文王劳还役,言汝等在外,妻皆思汝:言有杕然特生之杜,犹得其时,有晥然其实,蕃滋得所。我君子独行役劳苦,不得安于室家。"

宋朱熹《诗集传》:"此劳还役之诗。故追述其未还之时,室家感于时物之变而思之。"

清姚际恒《诗经通论》:"此室家思其夫归之诗。小序谓'劳还役',亦非。劳之而代其妻思夫,岂不甚迂乎!"

清方玉润《诗经原始》:"《小序》谓劳还役。劳之而不慰其心、酬其力,乃故作此妇人思夫之词以媚之,天下有是酬人法乎?圣王纵曲体人情,亦不代人妻子作悲泣状也!即使为之,何益劳者,而谓劳者受之耶?大抵儒者说诗,非迂即腐,而又故曲其说以文所短,则诗旨愈晦。此诗本室家思其夫归而未即归之词。……然期望虽殷,而终以王事为重,不敢以私情废公义也。"

陈子展《诗经直解》:"杕杜,征夫逾时不归,妇人思怨之作。此与后世诗人所谓闺思、闺怨之作同类。"

高亨《诗经今注》:"这是在外担任徭役的人们思念父母妻子而唱出的一首歌。"

鱼　丽

鱼丽于罶①,鱨鲨②。
君子有酒,旨且多③。

鱼丽于罶,鲂鳢④。
君子有酒,多且旨。

鱼丽于罶,鰋鲤⑤。
君子有酒,旨且有⑥。

物其多矣，维其嘉矣。

物其旨矣，维其偕矣⑦。

物其有矣，维其时矣⑧。

【题解】

这是赞美君子富有之诗。全诗六章。前三章写君子鱼多而鲜，酒多而甜。后三章写君子食物应有尽有。君子的食物不仅丰富，而且还香甜；食物不仅香甜，而且还齐全；食物不仅齐全，而且还时鲜。正如朱熹《诗集传》引苏辙的话说："多而能嘉，旨而能齐，有而能时，言曲全也。"总之是尽善尽美，宾客十分满意。

【注释】

①丽于罶(liǔ)：鱼进入捕鱼的竹笼。

②鲿、鲨：鱼名。

③旨：味美。

④鲂、鳢：鱼名。

⑤鰋、鲤：鱼名。

⑥有：多。

⑦偕：齐备。

⑧时：时鲜，应时的菜肴。

【汇评】

《诗序》："《鱼丽》，美万物盛多，能备礼也。文武以《天保》以上治内，《采薇》以下治外，始于忧勤，终于逸乐。故美万物盛多，可以告于神明矣。"

唐孔颖达《毛诗正义》："武王之时，天下万物草木盛多，鸟兽五谷鱼鳖皆得所，盛大而众多，故能备礼也。"

宋朱熹《诗集传》："此燕飨通用之乐歌。即燕飨所荐之羞，而极道其美且多，见主人礼意之勤，以优宾也。"

清姚际恒《诗经通论》："此王者燕飨臣工之乐歌。大序谓'文、武始于忧勤，终于逸乐'，赘说失理，前人已辨之。《集传》谓'燕飨通用之乐歌'，谬。彼见燕礼，乡饮酒礼皆用之，故之。然岂作者预立其程，使上下通用乎?"

清方玉润《诗经原始》:"然此诗本无义意,不过极言肴馔之多且美,故宴飨可以通用。"

清李光地《诗所》:"此必荐鱼宗庙之后燕饮之诗,后乃通用为燕享之乐歌。"

陈子展《诗经直解》:"鱼丽,妒羡君子鱼酒旨多,生活美富之诗。盖为用罶捕鱼之小人所作。"

程俊英《诗经译注》:"这是写贵族宴飨宾客的诗。诗中描写了贵族所用的鱼和酒,不但又美又多,而且常有不缺,反映了当时贵族生活的豪华。仪礼中的乡饮酒和燕礼都唱这首诗,可见它后来成为燕飨通用的乐歌。"

南有嘉鱼

南有嘉鱼①,烝然罩罩②。
君子有酒,嘉宾式燕以乐③。

南有嘉鱼,烝然汕汕④。
君子有酒,嘉宾式燕以衎⑤。

南有樛木⑥,甘瓠累之⑦。
君子有酒,嘉宾式燕绥之⑧。

翩翩者鵻⑨,烝然来思⑩。
君子有酒,嘉宾式燕又思⑪。

【题解】

这是宴饮嘉宾之诗。全诗四章。每章首二句皆为兴体。或既有兴体又有本体,或只有兴体而无本体,但本体可据兴象而补出。一章以南方有好鱼,好鱼众多而悠闲,兴比主人有美酒,嘉宾宴饮而欢乐。二章以南方有好鱼,好鱼众多而逍遥,兴比主人有美酒,嘉宾宴饮而舒畅。三章以南方有樛木,葫芦蔓缠绕着它,兴比主客之间关系亲密,感情深厚。主人有美酒,嘉宾宴饮而安乐。末章以翩翩的鹁鸠鸟,成群地飞过来,兴比尊贵的众嘉宾,纷纷来赴宴。主人有美酒,嘉宾宴饮而尽兴。从诗意来看,它当是宴会上的劝酒歌。

【注释】

①南:指江汉流域。嘉鱼:好鱼。

②烝然:众多。罩罩:悠闲。

③式:语助词。燕:宴饮。

④汕汕(shàn):逍遥。

⑤衎(kàn):舒畅。

⑥樛(jiū)木:向下弯曲的树木。

⑦甘瓠(hù):葫芦。累:蔓延。

⑧绥(suí):安乐。

⑨雏(zhuī):鹁鸠。

⑩思:语助语。

⑪又:通"侑"。劝。

【汇评】

《诗序》:"《南有嘉鱼》,乐与贤也。太平之君子至诚,乐与贤者共之也。"

唐孔颖达《毛诗正义》:"当周公成王太平之时,君子之人已在位,有职禄,皆有至诚笃实之心,乐与在野有贤德者共立于朝,而有之愿,俱得禄位,共相燕乐。"

宋朱熹《诗集传》:"此亦燕飨通用之乐。……因所荐之物,而道达主人乐宾之意也。"

宋朱熹《诗序辨说》:"《序》得诗意,而不明其用。其曰太平之君子者,本无谓,而说者又以专指成王,皆失之矣。"

清方玉润《诗经原始》:"此与《鱼丽》意略同。但彼专言肴酒之美,此兼叙宾主绸缪之情。"

陈子展《诗经直解》:"《南有嘉鱼》,君子以鱼酒燕乐嘉宾之诗。……疑此采自西周民风,亦为彼时奴隶制社会中与君子阶级对立之小人阶级所作,刺诗也。"

程俊英《诗经译注》:"这也是一首描写贵族宴会宾客的诗。它和《鱼丽》性质略同,《鱼丽》多写招待宾客的酒菜之美,这首诗则兼写宾主宴饮之情。"

南山有台

南山有台^①,北山有莱^②。
乐只君子,邦家之基。
乐只君子,万寿无期!

南山有桑,北山有杨。
乐只君子,邦家之光^③。
乐只君子,万寿无疆!

南山有杞,北山有李。
乐只君子,民之父母。
乐只君子,德音不已^④!

南山有栲^⑤,北山有杻^⑥。
乐只君子,遐不眉寿^⑦?
乐只君子,德音是茂!

南山有枸^⑧,北山有楰^⑨。
乐只君子,遐不黄耇^⑩?
乐只君子,保艾尔后^⑪!

【题解】

这是赞美君子之诗。全诗五章。每章首二句以南山、北山有各种草

335

木,兴比朝廷有众多贤臣。每章后四句盛赞君子。诗中赞美他是国家的根基,是国家的荣光;赞美他爱护百姓,美德传扬不已;赞美他勤修美德,养育后代。并祝愿他健康长寿。《左传·襄公二十四年》说:"德,国家之基也。……有德则乐,乐则久,诗云:'乐只君子,邦家之基。'有令德也夫!"德是乐的基础,乐是德的结果。可知此诗确是赞美君子之诗。

【注释】

①台:草名。即莎草,可制蓑衣。

②莱:灰菜。嫩叶可食。

③光:光荣。

④德音:好声誉,好名气。

⑤栲:一种乔木,木质坚密。

⑥杻(niǔ):菩提树。木材可做弓、棺。

⑦遐:何。眉寿:长寿。

⑧枸(jǔ):拐枣。味甜可食。

⑨楰(yú):楸树。

⑩黄耇(gǒu):长寿老人。

⑪艾:养育。

【汇评】

《诗序》:"《南山有臺》,乐得贤也。得贤,则能为邦家立太平之基矣。"

宋朱熹《诗集传》:"此亦燕飨通用之乐。……所以道达主人尊宾之意,美其德而祝其寿也。"

清王先谦《诗三家义集疏》:"《仪礼·乡饮酒》郑注:《南山有臺》,言太平之治,以贤者为本。爱友贤者,为邦家之基。民之父母,既欲其身之寿考,又欲其民德之长也。"

清方玉润《诗经原始》:"祝宾也。"

陈子展《诗经直解》:"《南山有臺》,臣工祝颂天子之诗。……诗称君子,当与前篇《鱼丽》、《南有嘉鱼》一例,同指王者,非必指贤臣嘉宾。"

程俊英《诗经译注》:"这是祝祷周王得贤人的诗。诗人采用民歌习语作为每章的发端,增强了诗的音乐性。"

蓼 萧

蓼彼萧斯①,零露湑兮②。
既见君子,我心写兮③。
燕笑语兮④,是以有誉处兮⑤。

蓼彼萧斯,零露瀼瀼⑥。
既见君子,为龙为光⑦。
其德不爽⑧,寿考不忘⑨。

蓼彼萧斯,零露泥泥⑩。
既见君子,孔燕岂弟⑪。
宜兄宜弟,令德寿岂⑫。

蓼彼萧斯,零露浓浓。
既见君子,鞗革忡忡⑬。
和鸾雝雝⑭,万福攸同⑮。

【题解】

这是赞美君子之诗。全诗四章。每章首二句以艾蒿上的晶莹露珠,兴
比君子仪态优美。每章后四句直接赞美君子。首章写与君子相处的欢悦。
已经见到君子,我的心情舒畅。在宴会上有说有笑,喜气洋洋。二、三章写
君子的美德。已经见到君子,他真像飞龙真像太阳。他品德高尚,欢乐安
详,如同兄如同弟,并祝他长寿安康。末章写君子车马之盛。已经见到君
子,他乘坐着华美的车子,马勒、马辔上的饰物下垂,轻轻飘动,铃声悦耳。
最后祝愿各种幸福都降临到君子身上。

【注释】

①蓼(lù):高大。萧:艾蒿,有香气。

②零露:露水滴落。湑(xǔ):露水晶莹之貌。

③写:泻,心情舒展、欢畅。

④燕:饮宴。

⑤誉处:欢乐、安适。

⑥瀼瀼(ráng):露多的样子。

⑦龙:飞龙。光:日光。

⑧不爽:不差,无差错。

⑨忘:亡,中断。

⑩泥泥:露重沾湿的样子。

⑪孔燕:很欢乐。岂弟:恺悌,平易、和乐。

⑫令德:美好的德行。寿岂:长寿、快乐。

⑬鞗(tiáo)革:马勒,马辔。冲冲:饰物下垂的样子。

⑭和鸾:车铃。雝雝:和美之声。

⑮攸同:一起来到,同聚。

【汇评】

《诗序》:"《蓼萧》,泽及四海也。"

唐孔颖达《毛诗正义》:"作《蓼萧》诗者,谓时王者恩泽被及四海之国也,使四海无侵伐之忧,得风雨之节。"

宋朱熹《诗集传》:"诸侯朝于天子,天子与之燕以示慈惠,故歌此诗。"

宋朱熹《诗序辨说》:"《序》不知此为燕诸侯之诗,但见零露云云,即以为泽及四海,其失与《野有蔓草》同。臆说浅妄类如此云。"

清姚际恒《诗经通论》:"此诸侯朝天子,天子美之之词。"

明郭之奇《稽古编》:"周之王业虽成于文武,然兴礼乐、致太平,实在周公辅成王时。……孔疏引越裳来朝事,以为此诗之作,当在周公摄政之六年,良有以也。"

清方玉润《诗经原始》:"此盖天子燕诸侯而美之之词耳。然美中寓戒,而因以劝导之。曰德,曰寿,有是德乃有是寿,固也。诸侯之易于失德,则尤在兄弟争夺之间与邻国侵伐之际。故又从令德中特言宜兄宜弟。……

以上颂下,当以此种为得体。"

高亨《诗经今注》:"这首诗的作者受到贵族的恩惠,因写此诗向贵族表示感谢,并为贵族颂德祝福。"

程俊英《诗经译注》:"这是诸侯在宴会中祝颂周王的诗。"

吴闿生《诗义会通》:"据词当是诸侯颂美天子之作。"

陈子展《诗经直解》:"《蓼萧》,《序》说'泽及四海',盖谓此为燕远国之君之乐歌。"

湛 露

湛湛露斯①,匪阳不晞②。
厌厌夜饮③,不醉无归。

湛湛露斯,在彼丰草。
厌厌夜饮,在宗载考④。

湛湛露斯,在彼杞棘⑤。
显允君子⑥,莫不令德。

其桐其椅⑦,其实离离⑧。
岂弟君子⑨,莫不令仪⑩。

【题解】

这是贵族夜宴之诗。全诗四章。前二章写夜宴的情景。首章以浓浓的露水,不得阳光就不干,兴比欢乐的夜宴,不喝醉就不归。次章以浓浓的露水,落在那丰草上,兴比欢乐的夜宴,在那宗室里举行。后二章写参宴者的道德与举止。三章以浓浓的露水,在那枸杞上,兴比显贵的君子,都有高尚的德行。末章以那桐椅之树,它的果实累累,兴比和乐的君子,都有美好的举止。有的学者认为这是天子设宴款待诸侯之诗,因此"湛露恩"、"湛露

339

泽"，也就成了参与天子宴会所受恩宠的代名词。

【注释】

①湛湛:露浓的样子。

②晞:干。

③厌厌:安乐。

④宗:宗室。考:孝。

⑤杞棘:枸杞、酸枣树。

⑥显:显贵。

⑦椅:山桐子树。

⑧离离:繁多的样子。

⑨岂弟:和乐平易。

⑩令仪:美好的举止仪容。

【汇评】

《诗序》:"《湛露》,天子燕诸侯也。"

汉郑玄《郑笺》:"诸侯朝观会同,天子与之燕所以示慈惠。"

宋朱熹《诗集传》:"此亦天子燕诸侯之诗。"

清王先谦《诗三家义集疏》:"《易林·屯之鼎》云,湛露之欢,三爵毕恩。……又《讼之既济》云,白雉群雊,慕德贡朝。湛露之恩,使我得欢。是天子燕诸侯之说,《三家》与毛同也。左文四年《传》,诸侯朝正于王,王宴乐之,于是乎赋《湛露》。尤为天子燕诸侯之塙证。"

陈子展《诗经直解》:"《湛露》,西周王室盛时,夜宴同姓诸侯之诗。"

高亨《诗经今注》:"贵族举行宫庙落成之礼,宴请宾客,宾客作此诗来阿谀主人,并表示感恩之意。"

彤 弓

彤弓弨兮①,受言藏之②,
我有嘉宾,中心贶之③。
钟鼓既设,一朝飨之④。

彤弓弨兮,受言载之⑤。
我有嘉宾,中心喜之。
钟鼓既设,一朝右之⑥。

彤弓弨兮,受言櫜之⑦。
我有嘉宾,中心好之。
钟鼓既设,一朝酬之⑧。

【题解】

这是天子赏赐有功诸侯之诗。全诗三章。每章意思基本相同,只是意有轻重之别罢了。前二句指受弓诸侯而言。天子所赐的彤弓已经松弛,嘉宾接受后就将它收藏起来,将它置于弓檠,就将它装进弓袋。后四句指授弓天子而言。天子对这位嘉宾极为赞赏。他深情地说道:我有嘉宾,心中喜欢他,厚爱他,钟爱他。此时,朝堂上钟鼓已陈设,宴席已摆好,天子在整个早上大宴嘉宾,劝嘉宾畅饮,再次向嘉宾敬酒,宴会气氛显得热烈而隆重。《尚书·文侯之命》《左传·僖公二十八年》都载有天子赐有功诸侯彤弓之事,可见在周代是一件很重大的举措。

【注释】

①彤(tóng)弓:红色的弓。弨(zhāo):弓弦松弛的样子。
②言:语助词。
③中心:心中。贶(kuàng):喜爱。
④飨(xiǎng):设酒大宴宾客。
⑤载:置于弓檠。
⑥右:通"侑"。主人劝酒。
⑦櫜(gāo):装进弓袋。
⑧酬(chóu):主人再次敬酒。

【汇评】

《诗序》:"《彤弓》,天子锡有功诸侯也。"
宋朱熹《诗集传》:"此天子燕有功诸侯,而锡以弓矢之乐歌也。"

341

清方玉润《诗经原始》："范氏曰：先王知诸侯不可无长，故为方伯连帅以统之。有功则锡之弓矢以正诸夏，此王室所以尊也。不然，强凌弱，大并小，天子之令有所不行。故曰彤弓废则诸夏衰矣。黄氏櫄曰：周平王东迁，晋文侯有功焉。王赐之以彤弓一，彤矢百。其后襄王以文公有献楚俘之功，而命之宥，亦赐之彤弓一，彤矢百。夫以周室既衰，赏罚无章，而彤弓之赐必待有功，况盛时乎？此彤弓之锡，先王所以维持百世而不可废，亦不可轻以畀人者也。是诗之作，当是周初制礼时所定。"

陈子展《诗经直解》："《彤弓》，言天子以彤弓赐有功诸侯之诗，通用为天子锡有功诸侯之乐歌。"

程俊英《诗经译注》："这是周王举行宴会赏赐有功诸侯时君臣合唱的诗。据《左传》记载，周王曾多次将弓矢等物赐有功诸侯，这可能是周代的一种制度。"

菁菁者莪

菁菁者莪①，在彼中阿②。
既见君子，乐且有仪。

菁菁者莪，在彼中沚③。
既见君子，我心则喜。

菁菁者莪，在彼中陵④。
既见君子，锡我百朋⑤。

泛泛杨舟⑥，载沉载浮⑦。
既见君子，我心则休⑧。

【题解】

这是女子爱恋男子之诗。全诗四章。前三章以"莪"起兴。诗以"菁菁者莪"兴比男子青春貌美。首章说:茂盛的萝蒿,生长在山湾里。既已见到情人,他面带笑容而且彬彬有礼。二章说:茂盛的萝蒿,生长在水中小洲。既已见到情人,她的心里乐悠悠。三章说:茂盛的萝蒿,生长在山谷中。既已见到情人,他赠给的钱币多贵重。末章以"杨舟"起兴。诗以漂浮的杨舟时伏时起,兴比女子的心情激动不已。既已见到君子,她的心里无比欣喜。将《召南·草虫》"亦既见止……我心则说(悦)"、《郑风·风雨》"既见君子,云胡不喜"与此诗"既见君子,我心则喜"加以对比,可见这确是一首情诗。

【注释】

①菁菁(jīng):茂盛的样子。莪:萝蒿。

②阿:山阿。

③沚:水中小洲。

④陵:土山。

⑤锡:通"赐"。赠。百朋:百串贝钱。形容钱币之多。

⑥泛泛:漂荡的样子。

⑦沉、浮:时起时伏。

⑧休:欣喜。

【汇评】

《诗序》:"《菁菁者莪》,乐育材也。君子能长育人材,则天下喜乐之矣。"

唐孔颖达《毛诗正义》:"作《菁菁者莪》诗者,乐育材也。言君子之为人君,能教学而长育其国人,使有材而成秀进之士,至于官爵之。君能如此,则为天下喜乐矣,故作诗以美之。"

宋朱熹《诗集传》:"此亦燕饮宾客之诗,言菁菁者莪,则在彼中阿矣。既见君子,则我心喜乐而有礼仪矣。"

清姚际恒《诗经通论》:"《小序》谓'乐育材',不切。集传谓'亦燕饮宾客之诗',篇中无燕饮字面,尤不切。大抵是人君喜得见贤之诗,其余则不可以臆断也。"

清方玉润《诗经原始》:"故此诗当是君临辟雍,见学校人材之盛,喜而作此。或即以燕飨群材,亦未可知。总之,不离育材者近是。"

高亨《诗经今注》:"作者深受贵族的扶植与恩赐,写此诗来表示感激和喜悦的心情。"

袁梅《诗经译注》："这是古代女子喜逢爱人之歌。"

程俊英《诗经译注》："这是写学士乐见君子的诗,说的是关于教育人才的事。所以后来人提到教育,常用它作典故。"

六　月

六月栖栖①,戎车既饬②。
四牡骙骙③,载是常服④。
猃狁孔炽⑤,我是用急⑥。
王于出征⑦,以匡王国⑧。

比物四骊⑨,闲之维则⑩。
维此六月,既成我服⑪。
我服既成,于三十里⑫。
王于出征,以佐天子。

四牡修广⑬,其大有颙⑭。
薄伐猃狁,以奏肤公⑮。
有严有翼⑯,共武之服⑰。
共武之服,以定王国。

猃狁匪茹⑱,整居焦获⑲。
侵镐及方⑳,至于泾阳㉑。
织文鸟章㉒,白旆央央㉓。
元戎十乘㉔,以先启行。

戎车既安,如轾如轩㉕。

四牡既佶㉖，既佶且闲㉗。
薄伐狁，至于大原㉘。
文武吉甫㉙，万邦为宪㉚。

吉甫燕喜㉛，既多受祉㉜。
来归自镐，我行永久。
饮御诸友㉝，炰鳖脍鲤。
侯谁在矣，张仲孝友㉞。

【题解】

这是尹吉甫辅佐周宣王征伐狁之诗。全诗六章。前三章写宣王率师亲征。兵车已准备妥当，战马威武雄壮，军旗插在车上。狁来势凶猛，我们因此及早提防。宣王率师出征，保卫周的国防。次章写选择的黑色战马齐整，这些战马训练有素。士兵们穿上戎装，急速开赴前线。宣王率师出征，辅佐天子安邦。三章写四匹公马高大肥壮，它的头硕大高昂。士兵们讨伐狁，决心建立大功。将帅威武严肃，大家共赴国难，使周的天下安定。中二章写交战经过。四章写狁不自量力，胆敢占领焦获，进而侵犯镐、丰，一直深入到泾阳。周师战旗飘扬，以十辆大型战车发起冲锋，终于冲破敌阵。五章写乘胜追击。战车时起时伏，行进安稳，奔驰的战马既健壮又熟练，一直追赶敌人到了大原。指挥这次战斗的就是能文能武、堪称万国楷模的大将尹吉甫。末章写班师回朝。尹吉甫在镐京受赏后回到了驻地。他特地举行家宴款待朋友。这次宴会还很丰富。那位以孝著称的张仲，他也在宴席之中。

【注释】

①栖栖(xī)：往来忙碌的样子。
②饬(chì)：整治。
③骙骙：马壮健的样子。
④常服：军旗。
⑤孔炽：指势力大，军情紧急。

⑥是用：因此。急：紧急行动。

⑦王：指周宣王。于：语助词。

⑧匡：保卫，救助。

⑨比：选择。骊：毛色纯黑的马。

⑩闲：娴熟。则：法则。

⑪服：军衣，戎服。

⑫于：往。

⑬修广：又长大、又肥壮。

⑭有颙（yóng）：头大的样子。

⑮奏：成。肤公：大功劳。

⑯有严：威武，严整。有翼：谨慎、恭敬。

⑰武之服：用兵征伐之事。

⑱匪茹：不自量力。

⑲整居：以大军占据。焦获：周之地名，在今陕西泾阳境内。

⑳镐（hào）：镐京，武王建都之地。方：丰京，文王建都之地。

㉑泾阳：周之地名。

㉒织文：旗上有图案花纹。鸟章：鸟类的图案。

㉓旆：旌旗下垂的飘带。央央：英英，鲜明。

㉔元戎：大型战车。

㉕轾：车前部低，呈下俯之势。轩：车前部高，呈上仰之势。

㉖佶：健壮。

㉗闲：训练有素，技巧娴熟。

㉘大原：高平之地，指今甘肃固原市北一带。

㉙文武：能文能武。吉甫：尹吉甫，周宣王时之大将。

㉚万邦：天下。宪：榜样、法则。

㉛燕喜：庆贺的宴会。

㉜受祉：受福，指得到周王的奖赏。

㉝饮御：招待、邀请赴宴。

㉞张仲：周大臣，尹吉甫之友。孝友：孝敬父母，友爱兄弟。

【汇评】

《诗序》："《六月》，宣王北伐也。《鹿鸣》废，则和乐缺矣。《四牡》废，则

346

君臣缺矣。《皇皇者华》废,则忠信缺矣。《常棣》废,则兄弟缺矣。《伐木》废,则朋友缺矣。《天保》废,则福禄缺矣。《采薇》废,则征伐缺矣。《出车》废,则功力缺矣。《杕杜》废,则师众缺矣。《鱼丽》废,则法度缺矣。《南陔》废,则孝友缺矣。《白华》废,则廉耻缺矣。《华黍》废,则蓄积缺矣。《由庚》废,则阴阳失其道理矣。《南有嘉鱼》废,则贤者不安,下不得其所矣。《崇丘》废,则万物不遂矣。《南山有台》废,则为国之基队矣。《由仪》废,则万物失其道理矣。《蓼萧》废,则恩泽乖矣。《湛露》废,则万国离矣。《彤弓》废,则诸夏衰矣。《菁菁者莪》废,则无礼仪矣。《小雅》尽废,则四夷交侵,中国微矣。”

汉郑玄《郑笺》:“《六月》言周室微而复兴,美宣王之北伐也。”

宋朱熹《诗集传》:“猃狁内侵,逼近京邑……宣王靖即位,命尹吉甫帅师伐之,有功而归,诗人作歌以叙其事如此。”

清方玉润《诗经原始》:“美吉甫佐命北伐有功,归宴私第也。”又曰:“盖事本北伐,而诗则作自私燕;王本亲征,而将则佐以吉甫;战本同临,追奔则止命元戎。”

高亨《诗经今注》:“这首诗叙写尹吉甫奉周宣王的命令,北伐猃狁,获致胜利的事迹。”

采 芑

薄言采芑①,于彼新田②,于此菑亩③。
方叔莅止④,其车三千,师干之试⑤。
方叔率止⑥,乘其四骐。
四骐翼翼⑦,路车有奭⑧。
簟茀鱼服⑨,钩膺鞗革⑩。

薄言采芑,于彼新田,于此中乡⑪。
方叔莅止,其车三千,旂旐央央⑫。
方叔率止,约𫐐错衡⑬。

八鸾玱玱^⑭,服其命服^⑮。
朱芾斯皇^⑯,有玱葱珩^⑰。

鴥彼飞隼^⑱,其飞戾天^⑲,亦集爰止^⑳。
方叔莅止,其车三千,师干之试。
方叔率止,钲人伐鼓^㉑,陈师鞠旅^㉒。
显允方叔^㉓,伐鼓渊渊^㉔,振旅阗阗^㉕。

蠢尔蛮荆^㉖,大邦为仇^㉗。
方叔元老,克壮其犹^㉘。
方叔率止,执讯获丑^㉙。
戎车啴啴^㉚,啴啴焞焞^㉛,如霆如雷。
显允方叔,征伐玁狁,蛮荆来威^㉜。

【题解】

　　这是赞美方叔率军讨伐蛮荆之诗。全诗四章。前二章写军容之盛。主将方叔亲临前线,他统率的战车有三千辆,军队正在操练着武器。方叔率领军队,乘坐在四匹骐马驾驭的高车之上。那马步伐整齐,那车红光闪耀。车上有遮挡车门的纹席,有绘饰鱼纹的车厢,马鞅、马勒鲜明闪亮。车轴包裹着红皮革,车辕雕饰着花纹图案,还有那旌旗飘飘,车铃玱玱。方叔身着官服,红色蔽膝格外耀眼,绿色的佩玉发出悦耳的和鸣之声。主将如此威武,军队如此强盛,这次南征荆楚,一定会大功告成。后二章写伐楚获胜。方叔率领军队,在行进中以鸣金伐鼓指挥大军,列队陈师传达命令。那深沉浑厚的鼓声,那雄壮整齐的脚步声,正是周师南征的进行曲。蛮荆敢与周王朝为仇,真是愚蠢而狂妄!方叔乃朝中元老,又有用兵的雄才大略,因而率领大军,一下子抓获俘虏无数,终于战胜了敌人。战车隆隆,军势浩大,方叔的声威如雷如霆。这位英明而伟大的统帅方叔,他曾经讨伐过玁狁,现在又使蛮荆畏服而归顺朝廷。

【注释】

①薄言:语助词,无实义。芑(qǐ):一种野菜。

②于:在。新田:新垦两年的田。

③菑(zī):开垦才一年的田。

④方叔:周宣王的卿士。莅(lì):亲临。

⑤师:军队。干:盾牌,代指武器。试:操练。

⑥率:带领,统率。

⑦翼翼:排列严整的样子。

⑧路车:大车。奭(shì):红色。

⑨簟(diàn)茀:竹织车帘。鱼服:绘饰鱼纹的车厢。

⑩钩膺:马腹前的钩带。鞗(tiáo)革:马辔,马勒。

⑪中乡:乡野。

⑫旐旟:绘有龙蛇的军旗。央央:鲜明。

⑬约𫐉(qí):车毂两端缠上皮革并涂成红色。错衡:车前的横木饰以花纹。

⑭鸾:车马铃。玱玱:金石和美之声。

⑮命服:朝廷赐给的官服。

⑯芾(fú):皮制的蔽膝。斯皇:辉煌。

⑰有玱:玱玱。葱珩(héng):一种绿色的佩玉。

⑱䎀(yù):鸟疾飞的样子。隼:鹰类的猛禽。

⑲戾:止。

⑳集:众鸟落在树上。

㉑钲:一种金属乐器。军中以鸣钲为停止的号令。本句为"钲人鸣钲,鼓人伐鼓"之省。

㉒鞠旅:向军旅宣布、传达命令。

㉓显:英明。允:伟大。

㉔渊渊:鼓声。

㉕振旅:指挥、调动军队进进。阗阗(tián):步伐整齐、宏大声。

㉖蛮荆:对楚人鄙视的称呼。

349

㉗大邦:指周王朝。

㉘克:能。壮:宏大。犹:通"猷"。计谋。

㉙执讯获丑:俘虏敌人。

㉚啴啴(tān):车行声。

㉛焞焞(tūn):盛大的样子。

㉜威:畏,畏服。

【汇评】

《诗序》:"《采芑》,宣王南征也。"

宋朱熹《诗集传》:"宣王之时,蛮荆背叛,王命方叔南征。……言其车马之美,以见军容之盛也。"

宋朱熹《朱子语类》:"南征蛮荆,想不甚费力,不曾大段战斗,故只极称其军容之盛而已。"

清方玉润《诗经原始》:"南人美方叔威服蛮荆也。"又曰:"此诗非当局人作,且非王朝人语,乃南方诗人从旁得睹方叔军容之盛,知其克成大功,歌以志喜。"

高亨《诗经今注》:"西周宣王时代,大臣方叔领兵征伐楚国。这首诗便是叙写此事。"

袁梅《诗经译注》:"这首诗,是记叙周宣王时期,方叔率领军队南伐蛮荆之武功的。"

车　攻

我车既攻①,我马既同②。
四牡庞庞③,驾言徂东④。

田车既好⑤,四牡孔阜⑥。
东有甫草⑦,驾言行狩。

之子于苗⑧,选徒嚣嚣⑨。
建旐设旄⑩,搏兽于敖⑪。

驾彼四牡,四牡奕奕⑫。
赤芾金舄⑬,会同有绎⑭。

决拾既佽⑮,弓矢既调⑯。
射夫既同,助我举柴⑰。

四黄既驾⑱,两骖不猗⑲。
不失其驰⑳,舍矢如破㉑。

萧萧马鸣,悠悠旆旌㉒。
徒御不惊㉓,大庖不盈㉔。

之子于征㉕,有闻无声。
允矣君子㉖,展也大成㉗。

【题解】

这是宣王田猎之诗。全诗八章。首二章写田猎车马之盛。猎车已经修好,马儿已经选齐。车是好车,马是壮马,现在就要驾着车马前往东都狩猎了。次二章写诸侯会同。出发之前清点随从,人声喧嚷。各种旗帜都已竖起,随风飘扬。队伍出发,前往东都敖山一带狩猎。随驾的诸侯,身着红色蔽膝,脚穿金色靴子,接连不断依次而来。五、六章写狩猎场面。扳指、护臂都已具备,弓矢也已调配适宜,大家齐心协力,猎获了许多禽兽。追逐猎物时,四匹黄马驾驭得很好,两匹骖马也不偏不倚。猎车跑得顺畅,箭也射得很准。末二章写猎毕回归。在回归的路上,但听马儿萧萧地鸣叫,只见旗帜悠悠地飘扬。步卒车夫都很机警,庖厨野味多样充盈。宣王率领猎队归来,纪律严明,只听到行军之声而听不到其他喧哗声。最后诗人赞叹道:宣王真是圣明天子,他确实获得了很大的成功!

【注释】

①攻：整治,修理。

②同：选齐。

③庞庞：强健有力。

④言：语助词。徂东：向东方去。东,指东都。

⑤田车：田猎的车。

⑥孔阜：很强壮。

⑦甫草：甫田之草。甫田为地名。

⑧之子：指周宣王。苗：打猎。夏猎为苗。

⑨选徒：清点随从。嚣嚣：嘈杂,喧嚷。

⑩建：设置。旟、旐：各类旗帜。

⑪搏兽：薄狩。敖：地名。古有敖山。

⑫奕奕：接连不断。

⑬赤芾：红色蔽膝。金舄(xì)：黄红色的厚底鞋。赤芾金舄,均为诸侯穿用。

⑭会同：诸侯朝会天子。有绎：络绎不绝。

⑮决：拉箭弦的扳指。拾：射箭用的皮制护臂。佽(cì)：具备,齐备。

⑯调：调试。

⑰举柴(zǐ)：即举呰,相助猎取禽兽。

⑱四黄：四匹黄马。

⑲两骖：两边的骖马。不猗：不偏斜。

⑳驰：指驾车驰逐之法则。

㉑舍矢：射箭。破：被射中。

㉒施旌：旌旗之类。

㉓徒：步行者。御：驾车者。不：语助词。惊：很机警。

㉔大庖：国君的厨房。盈：很满。

㉕征：指狩猎归来。

㉖允：真是。

㉗展：真乃、确实。大成：很成功。

《诗序》:"《车攻》,宣王复古也。宣王能内修政事,外攘夷狄,复文武之竟土。修车马,备器械,复会诸侯于东都,因田猎而选车徒焉。"

唐孔颖达《毛诗正义》:"以会为主,因会而猎也。王者能使诸侯朝会,是事之美者,故以会诸侯为主焉。"

宋朱熹《诗集传》:"周公相成王,营洛邑,为东都以朝诸侯。周室既衰,久废其礼。至于宣王……复会诸侯于东都,因田猎而选车徒焉。故诗人作此以美之。"

清方玉润《诗经原始》:"盖此举重在会诸侯,而不重在事田猎。不过藉田猎以会诸侯,修复先王旧典耳。昔周公相成王,营洛邑为东都以朝诸侯。周室既衰,久废其礼。迫宣王始举行古制,非假狩猎不足慑服列邦。故诗前后虽言猎事,其实归重'会同有绎'及'展也大成'二句。其余车徒之盛,射御之能,固是当时美观,抑亦诗中丽藻,其所系不在此也。"

高亨《诗经今注》:"这是一首叙写周王到东方打猎的诗。西周都镐京,又有洛邑为东都,所以周王常到东方去。"

程俊英《诗经译注》:"这是一首写周宣王会同诸侯举行田猎的诗。据前人分析,宣王会猎诸侯含有示威慑服的意义。"

吉 日

吉日维戊①,既伯既祷②。

田车既好,四牡孔阜。

升彼大阜,从其群丑③。

吉日庚午,既差我马④。

兽之所同⑤,麀鹿麌麌⑥。

漆沮之从⑦,天子之所。

瞻彼中原,其祁孔有⑧。

儦儦俟俟⑨，或群或友⑩。
悉率左右⑪，以燕天子⑫。

既张我弓，既挟我矢。
发彼小豝⑬，殪此大兕⑭。
以御宾客，且以酌醴⑮。

【题解】

　　这也是宣王田猎之诗。全诗四章。选择吉日"戊辰"去郊野打猎。已经祭过马祖，祈求神灵保佑。田车已修好，猎马也选齐，然后就要驱车登上山坡，追逐猎取野兽。宣王带着随从，来到野兽出没的地方。这里有多种野兽，其中有麋鹿，有野猪，有野牛。有的慢走，有的疾驰，有的成群，有的为友。随从从两侧将它们赶出来，沿着漆水、沮水驱赶，以待宣王亲自射猎。随从也拉开了弓，将箭拿在手中连连发射，一箭射中那小野猪，又一箭射死这大野牛。宣王命令将这些野味烹制好，以招待宾客。这鲜美的野味正好下酒哩！

【注释】

①吉日：吉祥的日子。戊：指戊辰。

②既伯：指祭过马祖。天驷星称马祖。

③从：追逐。群丑：指各种野兽。

④差：选择。

⑤同：聚集。

⑥麀(yōu)鹿：母鹿。麌麌(yǔ)：兽群聚的样子。

⑦漆、沮：水名。

⑧祁：大，广大。

⑨儦儦(biāo)：奔跑的样子。俟俟：行走的样子。

⑩群：三兽为群。友：二兽为友。

⑪悉率左右：全部从两旁驱赶而来。

⑫燕：待。

⑬豝：野猪。

⑭殪：射死。兕(sì)：野牛之类。

⑮醴：甜酒。

【汇评】

《诗序》："《吉日》，美宣王田也。能慎微、接下，无不自尽以奉其上焉。"

唐孔颖达《毛诗正义》："美宣王田猎也。以宣王能慎于微事，又以恩意接及群下，王之田猎能如是，则群下无不自尽诚心以奉事其君上焉。"

宋朱熹《诗集传》："东莱吕氏曰：《车攻》《吉日》所以为复古者，何也？盖蒐狩之礼，可以见王赋之复焉，可以见军实之盛焉，可以见师律之严焉，可以见上下之情焉，可以见综理之周焉，欲明文武之功业者，此亦足以观矣。"

清姚际恒《诗经通论》："此宣王猎于西都之诗。"

清方玉润《诗经原始》："此宣王猎于西都之诗，不过畿内岁时举行之典，与《车攻》之复古制大不相侔。"

陈子展《诗经直解》："《吉日》，亦为关于宣王田猎纪事之诗。观其首先记日、记祭，当为史巫之流所作。"

鸿　雁

鸿雁于飞①，肃肃其羽②。
之子于征③，劬劳于野④。
爰及矜人⑤，哀此鳏寡⑥。

鸿雁于飞，集于中泽⑦。
之子于垣⑧，百堵皆作⑨。
虽则劬劳，其究安宅⑩。

鸿雁于飞，哀鸣嗷嗷⑪。
维此哲人⑫，谓我劬劳。
维彼愚人⑬，谓我宣骄⑭。

这是使臣安抚流民之诗。全诗三章。每章前二句写流民。一章以大雁急速飞翔，双翅籁籁作响，兴比流民逃往他乡。二章以大雁急速飞翔，聚于水泽中央，兴比流民寄寓荒野。三章以大雁急速飞翔，悲鸣之声嗷嗷，兴比流民急盼救助。每章后四句写使臣。一章写他出使四方，在野外奔波劳累，救济那些受苦之人，同情那些无依无靠的鳏寡孤独之人。二章写他巡视工地，指挥筑墙盖屋。虽然他很辛苦，但是流民终于有了安居之所。末章写他的心理活动。只有通晓事理的"哲人"才说我真辛劳；只有昏聩无知的"愚人"，才说我太骄傲。这四句是使臣的表白，与《魏风·园有桃》"不知我者，谓我士也骄"诗意正同。

【注释】

①鸿雁：大雁。于：语助词。

②肃肃：鸟拍羽翼之声。

③之子：指使臣。征：远行。

④劬(qú)劳：辛苦劳累。

⑤爰：语助词。矜人：受苦人。

⑥鳏(guān)：老而无妻者。

⑦中泽：水泽之中。

⑧垣(yuán)：筑墙，盖房。

⑨堵：一面墙。

⑩究：终于。安宅：安居之所。

⑪嗷嗷：哀鸣之声。

⑫哲人：指贤明的统治者。

⑬愚人：指昏聩无知的统治者。

⑭宣骄：骄傲。

【汇评】

《诗序》："《鸿雁》，美宣王也。万民离散，不安其居，而能劳来、还定、安集之，至于矜寡无不得其所焉。"

汉郑玄《郑笺》："宣王承厉王衰乱之敝而起，兴复先王之道，以安集众

356

民为始也。《书》曰：'天将有立父母，民之有政有居。'宣王之为是务。"

唐孔颖达《毛诗正义》："作《鸿雁》诗者，美宣王也。由厉王衰乱，万民离散，皆不安止其居处。今宣王始立，能遣侯伯卿士之使，皆就而劳来。今还归本宅安止，安慰而集聚之，使复其居业，为筑官室。又至于矜寡孤独，皆蒙赒赡，无不得其所者，由是故美之也。"

宋朱熹《诗集传》："今亦未有以见其为宣王之诗。"

清姚际恒《诗经通论》："此诗为宣王命使臣安集流民而作。'之子'指使臣也，篇中三'劬劳'皆属使臣言。"

明王夫之《诗经稗疏》："百堵皆作，集传以为筑室以自居，安有乍还复业之流民而能筑此广袤之室乎？……国已毁灭，则城郭颓圮。百堵之作，其为筑城明矣。"

清方玉润《诗经原始》："使者承命安民，费尽辛苦，民不能知，颇有烦言，感而作此。"

陈子展《诗经直解》："《鸿雁》，自是关于政府救济流民之诗。"

高亨《诗经今注》："此篇当是一首民歌。一个奴隶主下令征集他的农奴、工匠来给他建筑城邑或庄园。劳动人民在徭役中唱出这首歌。"

程俊英《诗经译注》："这是写周王派遣使臣救济难民的诗，周厉王的时候，万民离散，不安其居。宣王中兴，派使臣四出招抚难民，叫他们回到故土，鳏寡都各得其所。"

庭　燎

夜如何其①？夜未央②，
庭燎之光③。
君子至止④，鸾声将将⑤。

夜如何其？夜未艾⑥，
庭燎晣晣⑦。
君子至止，鸾声哕哕⑧。

夜如何其？夜乡晨⑨，

庭燎有辉⑩。

君子至止，言观其旂⑪。

【题解】

这是颂美宣王勤政早朝之诗。全诗三章。每章意思虽基本相同，但有递进之势。宣王问道："夜怎么样了？"侍者答道："未到半夜。"宣王见到庭烛之光，想到诸侯就要来了，仿佛听到车铃锵锵之声。宣王睡了一会，又问道："夜怎么样了？"侍者答道："夜未尽。"宣王见到庭烛之光明亮。想到诸侯就要来了，仿佛听到车铃之声渐近而有节奏。过了一阵，宣王又问道："夜怎么样了？"侍者答道："天快亮了。"宣王见到庭烛闪着最后的烟光，想到诸侯就要来了，仿佛看到那飘扬的旌旗。此诗在艺术上显得细腻而精美。由"夜未央"到"夜未艾"再到"夜乡晨"，写出了时间的推移。由"庭燎之光"到"庭燎晰晰"再到"庭燎有辉"，写出天色逐渐明亮。由"鸾声将将"到"鸾声哕哕"再到"言观其旂"，写出诸侯之车由远及近。这些均刻画生动，层次井然。

【注释】

①如何：怎么样。

②未央：未到半夜。

③庭燎：庭中大烛。

④君子：指诸侯。

⑤鸾：车铃。将将：车铃声。

⑥未艾：未尽。

⑦晰晰(zhé)：明亮。

⑧哕哕(huì)：铃声渐近而有节奏。

⑨乡晨：向晨，天快亮了。

⑩有辉：烟光相杂的样子。

⑪旂(qí)：绘有龙蛇的旗。

《诗序》:"《庭燎》,美宣王也,因以箴之。"

唐孔颖达《毛诗正义》:"诸侯将朝,宣王以夜未央之时问夜早晚。美者,美其能自勤以政事。"

宋朱熹《诗集传》:"王将起视朝,不安于寝,而问夜之早晚曰:'夜如何哉?'夜虽未央,而庭燎光矣。朝者至而闻其鸾声矣。"

清方玉润《诗经原始》:"此乃王者自警急于视朝,故词气雍容和缓……但不知其为何王所作耳。然诗既叙于此,考之宣王前后,幽、厉皆无道主,岂尚有勤于视朝事哉?……即以为宣王诗也,亦奚不宜?"

陈子展《诗经直解》:"《庭燎》,盖为宣王中年怠政,早朝晏起,姜后脱簪待罪,宣王纳谏改过而作。"

高亨《诗经今注》:"这是一首赞美官僚早晨乘车上朝的诗。"

袁梅《诗经译注》:"这是一首宫廷乐歌。写周天子早朝的情形。在夜末尽、天将晓之时,王、侯、公、卿就已陆续会同。本诗写景状物,生动逼真,雍容庄穆。"

沔 水

沔彼流水①,朝宗于海②。
鴥彼飞隼③,载飞载止。
嗟我兄弟,邦人诸友,
莫肯念乱④,谁无父母?

沔彼流水,其流汤汤⑤。
鴥彼飞隼,载飞载扬。
念彼不迹⑥,载起载行。
心之忧矣,不可弭忘⑦。

鴥彼飞隼,率彼中陵⑧。

民之讹言⑨,宁莫之惩⑩。
我友敬矣⑪,谗言其兴!

【题解】

这是悯乱忧谗之诗。周幽王继位之后,宠爱褒姒,政治更加黑暗,王室完全失去了作为天下宗主的号召力和凝聚力。加之獯狁入侵,内乱迭生,使西周迅速地走向灭亡。这可能是此诗产生的历史背景。全诗三章。诗以江河流向大海兴比诸侯朝见天子,以江河横溢兴比诸侯强盛纵恣。诗又以疾飞的猛禽时飞时止,时飞时游,沿着山陵中飞翔兴比军事征讨,战争动乱。诗人面对这种政局,忧心如焚。他感叹兄弟、诸友不肯平定动乱。谁无父母,怎能忍心让他们遭殃。他想起那些诸侯不循正道,图谋不轨,更是使他坐立不安,满腹的忧伤不可消除。与此同时,各种谗言四起,竟然没有谁制止它。最后诗人告诫说:我的朋友,你要警惕谗言兴起啊!

【注释】

①沔(miǎn):江河流水很大很满的样子。
②朝宗:诸侯朝见天子,春为朝,夏为宗。借指百川汇聚入海。
③鴥(yù):鸟疾飞的样子。隼(sǔn):一种猛禽。
④念乱:止息、平定动乱。
⑤汤汤(shāng):水流盛大的样子。
⑥不迹:不遵循正道。
⑦弭(mǐ)忘:消除,忘怀。
⑧中陵:陵中。
⑨讹言:谣言,谣言。
⑩宁:竟。惩:止息。
⑪敬:警惕。

【汇评】

《诗序》:“《沔水》,规宣王也。”

汉郑玄《郑笺》:“水流而入海,小就大也,喻诸侯朝天子亦犹是也。诸侯春见天子曰朝,夏见曰宗。”

唐孔颖达《毛诗正义》:“沔然而满者,彼流水也。此水之流汤汤然,波流漫溢,无所入,既不注于海,复不入大川,以兴强盛者彼诸侯也。此诸侯奢僭故恣无所事,既不朝天子,又不事侯伯。鳏然而疾飞者,彼飞隼则已飞而不息,则又加之游扬,妄相击害,以兴彼自恣之诸侯,则已不朝天子,则又加以出兵,妄相侵伐。故我念彼不循道之诸侯,为此则起则行妄出兵之事者,心为之忧矣,不可止而忘之。"

明何楷《诗经古义》:"作此诗者,其父母必有身遭谗言,而将罹凶祸之事。……愚所以疑为隰叔之作者以此。以宣王末年有杀杜伯一事,而其子隰叔因之以奔晋也。"

清姚际恒《诗经通论》:"谓规宣王者,以诗中'谗言其兴'也。谓忧乱者,以诗中'莫肯念乱'也。不知作何归著。其余诸解纷纷,悉属猜摹,更不能详悉也。"

清方玉润《诗经原始》:"然诗前云念乱,后言谗兴,分明乱世多谗,贤臣遭祸景象,而岂宣王世乎?此诗必有所指,特错简耳。"

高亨《诗经今注》:"这首诗似作于东周初年。平王东迁以后,王朝衰弱,诸侯不再拥护。镐京一带,危机四状。作者忧之,因作此诗。"

袁梅《诗经译注》:"这是一首悯乱忧谗之诗。"

程俊英《诗经译注》:"这是一首忧乱畏谗而戒友的诗。旧说是规劝宣王的,已被后人指出并无根据。"

鹤 鸣

鹤鸣于九皋①,声闻于野。
鱼潜在渊②,或在于渚③。
乐彼之园④,爰有树檀⑤,
其下维萚⑥。他山之石,
可以为错⑦。

鹤鸣于九皋,声闻于天。
鱼在于渚,或潜在渊。

乐彼之园，爰有树檀，

其下维榖⑧。他山之石，

可以攻玉⑨。

【题解】

这是招贤纳士之诗。全诗二章。此诗全用比体。每章首二句以"鹤"设喻。白鹤在深远的水泽边鸣叫，它的叫声传遍四野，响彻云天。诗以此比喻那些身隐名显的贤才。每章三、四句以"鱼"设喻。鱼儿时而沉入深渊，时而又浮出水面。诗以此比喻那些去就无常的奇才。每章中三句以"树"设喻。在美丽的园林中，有各种各样的树木，其中有檀树，有枣树，有楮树等等。高大的檀树可以制轮制车，低矮的枣树可以制橛制桩。诗以此比喻那些可担重任的大才和不可缺少的小才。每章末二句以"石"设喻。其他山上的石头，可制作玉器。诗以此比喻那些为我所用的异国之才。治理国家需要有各种各样的人才。国君若能招贤纳士，让他们各尽其才，就有望治理好国家。

【注释】

①九皋(gāo)：深远的水泽。

②渊：深潭。

③渚(zhǔ)：此指小洲边的浅水。

④乐：通"铄"。美丽。

⑤树檀：檀树。一种贵重木材。

⑥萚(tuò)：软枣树。

⑦错：磨石。

⑧榖(gǔ)：楮树。

⑨攻：磨制玉器。

【汇评】

《诗序》："《鹤鸣》，诲宣王也。"

汉郑玄《郑笺》："教宣王求贤人之未仕者。"

汉焦赣《易林》："鹤鸣九皋，避世隐居，抱道守贞，竟不随时。"

宋朱熹《诗集传》：“此诗之作，不可知其所由，然必陈善纳诲之词也。盖鹤鸣于九皋，而声闻于野，言诚之不可掩也；鱼潜在渊，而或在于渚，言理之无定在也；园有树檀，而其下维萚，言爱当知其恶也；他山之石，而可以为错，言憎当知其善也。由是四者引而伸之，触类而长之，天下之理其庶几乎。”

明王夫之《姜斋诗话》：“《小雅·鹤鸣》之诗全用比体，不道破一句，三百篇中创调也。要以俯仰物理而咏叹之，用见理随物显，惟人所感，皆可类通。而非有所指斥一人一事，不敢明言而姑为隐语也。”

清沈德潜《说诗晬语》：“《鹤鸣》本以诲宣王，而拉杂咏物，意义若各不相缀，难于显陈，故以隐语为开导也。”

清陈奂《诗毛氏传疏》：“诗全篇皆兴也。鹤鱼檀石，皆以喻贤人。”

清方玉润《诗经原始》：“讽宣王求贤山林也。”又曰：“诗人平居，必有一贤人在其意中，不肯明荐朝廷，故第即所居之园实赋其景。使王读之，觉其中禽鱼之飞跃，树木之葱蒨，水石之明瑟，在在可以自乐。即园中人令闻之清远，出处之高超，德谊之粹然，亦一一可以并见。则即景以思其人，因人而慕其景，不必更言其贤，而贤已跃然纸上矣。”

陈子展《诗经直解》：“《鹤鸣》，似是一篇小园赋，为后世田园山水一派诗之滥觞。”

高亨《诗经今注》：“这首诗的主旨是劝告王朝最高统治者应该任用在野的贤人。”

程俊英《诗经译注》：“这是一首通篇用借喻的手法，抒发招致人才为国所用的主张的诗，亦可称为‘招隐诗’。”

祈　父

祈父①，予王之爪牙②。
胡转予于恤③，靡所止居④？

祈父，予王之爪士。
胡转予于恤，靡所厎止⑤？

祈父,亶不聪⑥。
胡转予于恤,有母之尸饔⑦?

【题解】

　　这是斥责祈父之诗。全诗三章。前两章说:祈父,我是周王的武将,你为何使我们陷于困境?使我不能安居?末章说:祈父,你真昏庸,为何使我陷于困境?使我家有老母不得奉养?由此可知,这位祈父不修其职,致使下属受困苦之忧。

【注释】

①祈父:官名。即司马,掌管兵马。

②爪牙:武将,武士。

③胡:何,为何。转予于恤:陷我于忧苦之境。

④靡:无。所:住所。止居:安居。

⑤厎(zhǐ)止:义同"止居"。

⑥亶(dǎn):确实。不聪:糊涂。

⑦尸饔(yōng):不能奉养。

【汇评】

《诗序》:"《祈父》,刺宣王也。"

汉郑玄《郑笺》:"刺其用祈父,不得其人也。官非其人则职废。"

汉焦赣《易林》:"爪牙之士,怨毒祈父,转忧与己,伤不及母。"

宋朱熹《诗集传》:"军士怨于久役,故呼祈父而告之曰:'予乃王之爪牙,汝何转我于忧恤之地,使我无所止居乎?'"

清方玉润《诗经原始》:"禁旅责司马征调失常也。"

高亨《诗经今注》:"此篇是西周王朝的武士所作。作者受到上司迫害,弄得流离失所,因而唱出这首诗,表示反抗。"

程俊英《诗经译注》:"这是一位王都卫士斥责司马的诗。原来卫士是保卫都城王宫,现在让他出征抵抗戎人,所以怨愤而作此诗。"

白 驹

皎皎白驹①,食我场苗。

絷之维之②,以永今朝③。
所谓伊人④,于焉逍遥⑤?

皎皎白驹,食我场藿⑥。
絷之维之,以永今夕。
所谓伊人,于焉嘉客?

皎皎白驹,贲然来思⑦。
尔公尔侯⑧,逸豫无期⑨。
慎尔优游⑩,勉尔遁思⑪。

皎皎白驹,在彼空谷⑫。
生刍一束⑬,其人如玉。
毋金玉尔音⑭,而有遐心⑮。

【题解】

　　这是女子怀念男子之诗。全诗四章。前两章写女子的希望。她希望白马少年到自己家里来做客,自己要喂他的白驹,拴住马的缰绳,留客人多住一些时间,在一起度过欢乐的白天和黑夜。然而这位白马少年,他在哪里游玩呢? 他在哪里做客? 后两章写女子的情思。这位白马少年终于被盼到了。他骑着白驹,由远至近,疾驰而来。女子欣喜地说道:你是尊贵的公侯般的贵宾,你的欢乐没有止境。望你不要游乐无度,不要老想着离开这里。然而在一起的日子总是短暂的。他终于要离开了。他骑着白驹到了空谷之中,还扯了一把青草喂着白驹。男子纯洁如玉的形象,引起女子无穷的怀念。她暗自想道:"你要经常以书信传递消息,不要有疏远之心啊!"

【注释】

①皎皎:洁白,光亮。驹:两岁的小马。一说五尺以上的马。
②絷(zhí):捆住马足。维:拴住马缰绳。
②永:长,多留一些时间。

365

④伊人:那人,指白驹的主人。

⑤于焉:于何,在何处。

⑥藿:豆叶,豆苗。

⑦贲(bēn)然:奔驰之状。

⑧尔公尔侯:对伊人的尊称。

⑨逸豫:安乐。无期:无极。

⑩优游:逍遥,自由自在。

⑪勉:免。劝止语。遁思:遁世,隐居。

⑫空谷:穹谷,深谷。

⑬生刍:青草,马饲料。

⑭金玉尔音:以尔音为金玉,吝惜你的音讯。

⑮遐心:疏远之心。

【汇评】

《诗序》:"《白驹》,大夫刺宣王也。"

《毛传》:"宣王之末,不能用贤,贤者有乘白驹而去者。"

宋朱熹《诗集传》:"为此诗者以贤者之去而不可留也,故托以其所乘之驹食我场苗而系维之,庶几以永今朝,使其人得以于此逍遥而不去,若后人留客而投其辖于井中也。"

清姚际恒《诗经通论》:"《小序》必谓'刺宣王',未见其确。郑氏谓'不能留贤'以合序意,诸家从之。观此诗所以留贤者亦至矣,岂不能留乎?或必欲以为刺王,则谓大夫欲留之,以见王之不能留,庶可耳。"

清方玉润《诗经原始》:"此王者欲留贤士不得,因放归山林而赐以诗也。"

高亨《诗经今注》:"这是一首贵族挽留客人的诗。"

袁梅《诗经译注》:"这是古代女子怀念爱人之歌。她独处空闺,寂寞无主,自思自叹,时劳长想。她想象爱人回到身边团聚了,她要挽留他,使幸福的重逢时日更永长。但是,她终又从幻梦中被唤回到现实的空虚孤独的境地。于是,反复地唱道:'我的好人啊,你到何处逍遥去了?'最后,她自言自语地希望爱人不要断绝音讯,不要有'远我之心'。"

程俊英《诗经译注》:"这是一首别友思贤的诗。可能是厉王、幽王时代的作品。旧有'刺宣王'之说,恐不可从。"

黄　鸟

黄鸟黄鸟①，无集于穀②，
无啄我粟。
此邦之人，不我肯穀③。
言旋言归④，复我邦族⑤。

黄鸟黄鸟，无集于桑，
无啄我粱。
此邦之人，不可与明⑥。
言旋言归，复我诸兄。

黄鸟黄鸟，无集于栩⑦，
无啄我黍。
此邦之人，不可与处。
言旋言归，复我诸父⑧。

【题解】

　　这是弃妇之诗。诗中的女子离开故乡，远嫁异国，结果遭到遗弃。她被弃之因，是因为丈夫变心、另娶新人。全诗三章。每章前三句写弃妇激愤之情。诗以黄鸟不要落在我的树上，不要啄食我的粮食，兴比新人不要占据我的家室，不要侵吞我的家产。每章中二句写丈夫薄情。丈夫变心之后，就一反常态，再也不肯善待自己。夫妻之间本应互敬互爱，白头偕老，然而他喜新厌旧，无故将自己抛弃。像他这种人简直不可理喻，无法讲明夫妇之道。她渐渐觉得再也不能跟他生活在一起。每章末二句写弃妇决心返归。既然丈夫如此薄情，她不愿也不能这样维持下去了。于是她决心返回故乡，回到诸兄、诸父的身边去。

【注释】

①黄鸟:黄雀。

②榖(gǔ):楮树。

③榖:善待。

④旋:还。

⑤复:回到。

⑥明:同"盟"。结盟。

⑦栩(xǔ):柞树。

⑧诸父:各位长辈。

【汇评】

《诗序》:"《黄鸟》,刺宣王也。"

《毛传》:"宣王之末,天下室家离散,妃匹相去,有不以礼者。"

宋朱熹《诗集传》:"东莱吕氏曰:宣王之末,民有失所者,意它国之可居也。及其至彼,则又不若故乡焉,故思而欲归。使民如此,亦异于还定安集之时矣。今按诗文,未见其为宣王之世。"

《稽古编》:"《黄鸟》,《我行其野》,此二诗皆弃妇之词也。室家相弃,由王失教而然,所以为刺也。"

清胡承珙《毛诗后笺》:"此诗自传笺以后,人人说殊。王氏苏氏以为贤者不得志而去;吕记严缉以为民适异国,不得其所之诗。然以经文证之,此言'复我邦族',与《我行其野》之'复我邦家'正同。彼明言昏姻之故,而与此诗相次,则此诗自亦为室家相弃而作,毛郑之说不可易矣。"

清方玉润《诗经原始》:"此篇与下篇《我行其野》大略相类,亦同出于一时。此不过泛言邦人之不可与处,下章则并昏姻亦不肯相恤。总以见人心浇漓,日趋愈下,有滔滔难返之势。"

袁梅《诗经译注》:"这是西周时代的奴隶,流亡到异国谋求生路,但是,到哪里都是同样受压榨受苦难。于是,他们又打算再回本国去。从诗中可以看出古代奴隶们走投无路、流离失所的悲惨遭遇。"

程俊英《诗经译注》:"这是一个流亡到周都镐京的人思归的诗。"

我行其野

我行其野,蔽芾其樗①。
昏姻之故②,言就尔居③。
尔不我畜④,复我邦家⑤。

我行其野,言采其蓫⑥。
昏姻之故,言就尔宿。
尔不我畜,言归斯复⑦。

我行其野,言采其葍⑧。
不思旧姻,求尔新特⑨。
成不以富⑩,亦祇以异⑪。

【题解】

　　这是弃妇之诗。全诗三章。这个女子行走在野外,所见非嘉木,所采也非嘉菜。它暗示这场婚姻从一开始就是不幸的。果然,成家以后,这男子就起异心,不念旧情,另求新欢。婚姻破裂的原因不在于新人嫁妆多,而在于新人相貌美。女子容忍不了男子这种无情无义的行为,于是她决定返回自己的家乡去。这就是她最后的抉择。

【注释】

　　①蔽芾:枝叶茂盛。樗(chū):臭椿。
　　②昏:同"婚"。
　　③就:前来相从。
　　④畜:爱。
　　⑤邦家:父母之家。
　　⑥蓫(zhú):羊蹄菜。

⑦复:回老家。

⑧菔(fú):野菜。

⑨新特:新配偶。

⑩成:的确。富:因为嫁妆多。

⑪祗:只是。以异:因为相貌美。

【汇评】

《诗序》:"《我行其野》,刺宣王也。"

汉郑玄《郑笺》:"刺其不正嫁娶之数,而有荒政,多淫昏之俗。"

宋朱熹《诗集传》:"民适异国,依其婚姻而不见收恤,故作此诗。"

清姚际恒《诗经通论》:"苏氏因谓'甥舅之诸侯,求入为王卿士而不获者所作',似臆测。且呼王为'尔'亦不似。《集传》谓'民适异国,依其昏姻而不见收恤',于此诗固类,然无所关系也。"

高亨《诗经今注》:"一个贫苦汉子投靠(或出赘)在他的岳家,而他的妻子嫌贫爱富,想另嫁人,把他逐出。这首诗乃抒写他的愤懑。"

袁梅《诗经译注》:"这是古代的一首弃妇诗。这女歌者对于喜新厌旧的丈夫,严词痛斥,并表示决绝态度。"

斯 干

秩秩斯干①,幽幽南山②。

如竹苞矣③,如松茂矣。

兄及弟矣,式相好矣④,

无相犹矣⑤。

似续妣祖⑥,筑室百堵⑦,

西南其户⑧。

爰居爰处⑨,爰笑爰语。

约之阁阁⑩,椓之橐橐⑪。

风雨攸除⑫，鸟鼠攸去，
君子攸芋⑬。

如跂斯翼⑭，如矢斯棘⑮，
如鸟斯革⑯，如翚斯飞⑰，
君子攸跻⑱。

殖殖其庭⑲，有觉其楹⑳。
哙哙其正㉑，哕哕其冥㉒。
君子攸宁。

下莞上簟㉓，乃安斯寝。
乃寝乃兴㉔，乃占我梦。
吉梦维何？维熊维罴，
维虺维蛇㉕。

大人占之㉖：
维熊维罴，男子之祥；
维虺维蛇，女子之祥。

乃生男子，载寝之床，
载衣之裳，载弄之璋㉗。
其泣喤喤㉘，朱芾斯皇㉙，
室家君王㉚。

乃生女子，载寝之地，
载衣之裼㉛，载弄之瓦㉜。
无非无仪㉝，唯酒食是议，
无父母诒罹㉞。

　　这是庆贺宣王宫室落成之诗。全诗九章。首章写宫室的地理环境。这座宫室,有山有水,有竹有松,环境幽雅,景色宜人。二、三章写宫室落成。这二章描写了宫室恢宏的规模,门户的朝向以及建筑工地一片繁忙的景象。四、五章写宫室的外貌与内形。宫室像巨人一般巍然耸立,屋角像弓箭一般棱角分明,屋檐像大鸟一般奋力振翅,屋顶像锦鸡一般翩翩起舞。这里一连运用四个比喻,将宫室宏伟气势及其建筑风格描写无遗。前厅平平正正,立柱高大粗壮,正寝宽敞明亮,内房深邃宽广。这是王室成员安居的地方。后四章祝贺周王人丁兴旺。周王做了一场美梦。他梦见熊和罴,这是生儿子的吉兆;他梦见虺和蛇,这是生女儿的吉兆。如果生了儿子,就让他睡在床上,给他穿上衣裳,再给他一块玉璋玩。孩子的哭声洪亮,将来长大了,他穿上礼服,做国家的君王。如果生了女儿,就让她睡在地上,给她裹着裸衣,再给她一枚纺锤玩。希望她长大后行为端正,没有过失,操持好酒食等家务,不要让父母担忧。从中可以了解到重男轻女思想的萌芽。

【注释】

①秩秩:水清的样子。干:涧溪。

②幽幽:深远。南山:终南山。

③如:有。竹苞:丛生之竹。

④式:语助词。

⑤犹:欺诈。

⑥似续:继续、继承。妣祖:祖先。

⑦百堵:百间宫室,形容多。

⑧西南其户:向南是正门,东西开侧门。因句式所限,省"东"字。

⑨爰:于是。

⑩约之阁阁:用土筑板墙时,先将筑板捆紧。阁阁:象声词。

⑪椓(zhuó):捣筑土墙。橐橐:象声词。

⑫攸:所。除:去掉祸患。

⑬芋:宇,住所。

⑭跂:踮起脚跟,耸立。翼:端正。

⑮矢:箭。棘:直而棱角分明。

⑯革：翅膀。

⑰翚(hūn)：羽毛华美的山鸡。

⑱跻(jī)：登堂。

⑲殖殖：平正。

⑳有觉：高大。楹：柱子。

㉑哙哙(kuài)：宽敞明亮。正：正堂。

㉒哕哕(huì)：熠熠，宽明之貌。冥：侧室。

㉓莞(guān)：蒲席。簟(diàn)：竹席。

㉔寝：夜眠。兴：早起。

㉕虺(huǐ)：一种毒蛇。

㉖大人：指太卜官，掌管占卜之事。

㉗弄璋：让孩子玩玉璋。

㉘喤喤：哭声洪亮。

㉙朱芾(fú)：红蔽膝。一种礼服。皇：辉煌。

㉚室家：王室，国家。

㉛裼(tì)：婴儿的褓衣。

㉜瓦：纺锤。

㉝无非：不要有过失。无仪：无邪。

㉞诒：贻，给。罹：忧虑。

【汇评】

《诗序》：“《斯干》，宣王考室也。”

汉郑玄《郑笺》：“考，成也。德行国富，人民殷众而皆佼好，骨肉和亲。宣王于是筑宫庙，群寝既成而衅之，歌《斯干》之诗以落之，此之谓成室。”

宋朱熹《诗集传》：“旧说：厉王既流于彘，宫室圮坏，故宣王即位，更作宫室，既成而落之。今亦未有以见其必为是时之诗也。”又曰：“此筑室既成，而燕饮以落之，因歌其事。”

清沈德潜《说诗晬语》：“《斯干》考室，《无羊》考牧，何等正大事，而忽然各幻出占梦。本支百世、人物富庶，俱于梦中得之。恍恍惚惚，怪怪奇奇，作诗要得此段虚景。”

清王先谦《诗三家义集疏》：“《鲁说》曰，周德既衰而奢侈。宣王贤而中兴，更为俭宫室，小寝庙，诗人美之，《斯干》之诗是也。上章道宫室之如制，下章言子孙之众多也。"

清方玉润《诗经原始》："此诗似卜筑初成,祀祷屋神之词,非落成宴饮诗也。然自是皇家语,非士庶所宜言。"

程俊英《诗经译注》："这是歌颂周王室落成的诗。诗的最后两章,反映了西周封建社会男尊女卑的意识形态。"

无 羊

谁谓尔无羊?三百维群①。
谁谓尔无牛?九十其犉②。
尔羊来思,其角濈濈③。
尔牛来思,其耳湿湿④。

或降于阿⑤,或饮于池,
或寝或讹⑥。尔牧来思⑦,
何蓑何笠⑧,或负其餱⑨。
三十维物⑩,尔牲则具⑪。

尔牧来思,以薪以蒸⑫,
以雌以雄。尔羊来思,
矜矜兢兢⑬,不骞不崩⑭。
麾之以肱⑮,毕来既升⑯。

牧人乃梦,众维鱼矣⑰。
旐维旟矣⑱。大人占之⑲:
众维鱼矣,实维丰年。
旐维旟矣,室家溱溱⑳。

374

【题解】

这是歌咏牧主牛羊蕃盛之诗。全诗四章。首章写牧主牛羊众多以及牛羊的情态。中二章写放牧的情景。那漫山遍野的牛羊,有的下山,有的饮水,有的睡觉,有的嬉戏。牧人穿蓑戴笠,背着干粮。牧主的牛羊品种齐备,足够祭祀及别的需要。牧人放牧的技术高超,他懂得将草料粗细搭配,并注意区别牛羊的性别,以便适时交配繁殖。在牧人精心管理和调驯下,牛羊都很健壮。它们奔逐竞走,不会走失,不会离群。那牧人一挥手臂,牛羊全都回到圈牢之中。这幅放牧的景象生动活泼,充满了生活情趣。末章写牧人的梦境。他梦见了蝗和鱼,这是丰年的先兆。他梦见了龟旗和鹰旗,这是家庭兴旺的先兆。此章表现了古代人民淳朴的习俗及对美好生活的向往。

【注释】

①三百:形容多,非实数。维:其。

②九十:形容多。犉(chún):大牛。

③濈濈(jí):聚集的样子。

④湿湿(qì):牛耳摇动的样子。

⑤或:有的。阿:山坡。

⑥讹:通"吪"。跳动,走动。

⑦牧:牧人。

⑧何:荷,背或戴。

⑨餱(hóu):干粮。

⑩三十:形容多。物:毛色,种类。

⑪牲:祭祀用的牲畜。具,齐备。

⑫薪:粗草。蒸:细草。

⑬矜矜:众多。兢兢:竞相奔逐。

⑭骞:指牛羊走失。崩:指牛羊散群。

⑮麾:挥。肱(gōng):手臂。

⑯毕:全部。升:指进入羊圈、牛圈。

⑰众:同"螽"。蝗虫。维:和。

⑱旐:龟旗。旟:鹰旗。

⑲大人：对占卜人的尊称。

⑳溱溱：众多。此指人丁兴旺。

【汇评】

《诗序》："《无羊》，宣王考牧也。"

汉郑玄《郑笺》："厉王之时，牧人之职废，宣王始兴而复之，至此而成，谓复先王牛羊之数。"

宋朱熹《诗集传》："此诗言牧事有成，而牛羊众多也。"

清方玉润《诗经原始》："宣王当板荡之余，牧养之政久废，何有乎牛羊？至是乃修而复之，亦中兴所恒有事。……但曰美司牧，而天子自在其中矣。"

袁梅《诗经译注》："这是一首畜牧歌。十分巧妙而生动地描写了牛羊的蕃盛、放牧的情景以及牧人对美好未来的追求与憧憬。作者以白描手法勾勒出一幅美妙动人的群牧图。"

节南山

节彼南山①，维石岩岩②。
赫赫师尹③，民具尔瞻④，
忧心如惔⑤，不敢戏谈⑥。
国既卒斩⑦，何用不监⑧？

节彼南山，有实其猗⑨。
赫赫师尹，不平谓何？
天方荐瘥⑩，丧乱弘多⑪。
民言无嘉⑫，憯莫惩嗟⑬。

尹氏大师，维周之氐⑭。
秉国之均⑮，四方是维⑯。
天子是毗⑰，俾民不迷⑱。

不吊昊天⑲,不宜空我师⑳。

弗躬弗亲,庶民弗信。
弗问弗仕㉑,勿罔君子㉒。
式夷式已㉓,无小人殆㉔。
琐琐姻亚㉕,则无膴仕㉖。

昊天不傭㉗,降此鞠讻㉘。
昊天不惠㉙,降此大戾㉚。
君子如届㉛,俾民心阕㉜。
君子如夷,恶怒是违㉝。

不吊昊天,乱靡有定。
式月斯生㉞,俾民不宁。
忧心如酲㉟,谁秉国成㊱?
不自为政,卒劳百姓。

驾彼四牡,四牡项领㊲。
我瞻四方,蹙蹙靡所骋㊳。
方茂尔恶㊴,相尔矛矣㊵。
既夷既怿㊶,如相酬矣㊷。

昊天不平,我王不宁。
不惩其心,覆怨其正㊸。

家父作诵㊹,以究王讻㊺。
式讹尔心㊻,以畜万邦㊼。

【题解】

这是讽刺周幽王重用奸佞师尹之诗。全诗九章。首二章写师尹造成的灾祸。由于师尹为政不公,而且采用高压政策,导致国家的命运完全断绝,致使上天屡次降下灾难。次四章写师尹的弊端。太师是国家的基石,地位显赫,作用重大。但这位师尹却倒行逆施,不亲理国政,排斥贤臣,重用小人,从而给国家造成极大的祸患。下一章写诗人走投无路。当时祸乱频生,使百姓不得安宁。诗人想骑着马儿远走高飞,脱离这动乱纷扰的世道。然而他举目望去,四方都一样动乱,没有可去的地方,这怎不令人悲哀。八章写师尹性情无常。当他怨恶正盛之时,他就看着长矛;当他心平高兴之时,就像宾主相互劝酒一样和气。上天不公平,致使我王不安宁。这位师尹还不警戒自己的心,反而怨恨别人对他的纠正。末章写作诗之由。周大夫家父作这首诗,是为追究周王的凶德,借以改变周王的心肠,从而治理好天下。在诗末自注姓名,表示了诗人光昭日月的志向和无所畏惧的批判精神。

【注释】

①节:高峻。南山:终南山。

②岩岩:山石堆积的样子。

③师尹:指太师尹氏。

④具:俱。瞻:看。

⑤惔(tán):火烧。

⑥戏谈:放言议论。

⑦卒:完全。斩:断绝。

⑧何用:何以,为何。监:察。

⑨有实:实实,广大。猗:通"阿"。山坡。

⑩荐:屡次。瘥:灾难。

⑪弘多:很多。

⑫民言:指民众的议论。无嘉:不好。

⑬憯(cǎn):乃,竟。惩:儆戒。嗟:语助词。

⑭氐:根本,基石。

⑮秉:掌握。均:陶钧,国家大权。

⑯维:维持,维系。

⑰毗(pí):辅佐。

⑱俾:使。

⑲不吊:不淑,不体恤。昊(hào)天:上天。

⑳空:穷,困乏。师:众民。

㉑问:咨询。仕:任用。

㉒勿:不要。罔:欺罔,蒙骗。

㉓夷:消除。已:制止。

㉔殆:亲近。

㉕琐琐:卑微,凡庸。姻亚:亲戚之属。

㉖膴仕:高官厚爵。

㉗備:公正,均平。

㉘鞫讻:极大的祸乱。

㉙惠:爱护,关怀。

㉚戾:灾难。

㉛届:到、临,指主持政事。

㉜俾:使。阕:平息。

㉝违:清除。

㉞式月斯生:指祸乱每月发生。

㉟酲(chéng):酒醉致病。

㊱国成:国政。

㊲项领:颈脖肥大,形容健壮。

㊳蹙蹙:局缩,难以舒展。靡所骋:无可驰骋之地。

㊴方尔恶:当你怨恶正盛时。尔,指尹氏之流。

㊵相尔矛:目视着你的兵器,指以戈矛相加。

㊶夷:指心气平和。怿:和悦。

㊷酬:互劝饮酒。

㊸覆:反而。正:纠正。

㊹家父:诗人名。又作嘉父、嘉甫。作诵:作诗。

㊺讻:凶德。

㊻讹:感化,改变。

㊼畜:安抚。万邦:天下。

【汇评】

《诗序》:"《节南山》,家父刺幽王也。"

汉郑玄《郑笺》:"大夫家父作此诗而为王诵也,以穷极王之政所以致多讼之本意。"

宋朱熹《诗集传》:"此诗家父所作,刺王用尹氏以致乱。"

清胡承珙《毛诗后笺》:"许白云《诗钞》曰,此诗刺王用尹氏,前九章惟极言尹氏之罪,而卒章以言归之王心,则轻重本末自见,此家父之善于辞也。其所以刺尹氏者,大要有二事,为政不平,而委任小人也。"

清王先谦《诗三家义集疏》:"《齐说》曰,周室之衰,其卿大夫缓於谊而急于利,亡推让之风,而有争田之讼,故诗人疾而刺之。"

清方玉润《诗经原始》:"尹氏为政,失在委任小人,且多姻亚;而又弗躬弗亲,政出私门。故多不平,以致召乱。天人交怒,灾异迭兴,流言四起,而犹不知自惩。偶有规而正者,反以为怨。此家父之深以为忧也。然其人声势赫赫,举朝畏威,莫敢戏谈;况悔之乎? 唯家父,周朝世臣,义与国同休戚。故不惮诛罚,直刺其非,无或稍隐。"

高亨《诗经今注》:"这首诗是家父所作,讽刺周王朝执政大官尹氏,似作于西周亡后不久。西周亡后,平王东迁,镐京仍有统治机构。尹氏当是这个机构的执政者。"

袁梅《诗经译注》:"这是周王朝的一个大夫所作的政治讽刺诗。诗中直刺的是乱政殃民的'赫赫师尹',实则同时委婉地讽刺了暴虐昏庸、委政佞人的周幽王,通过作者对腐朽政治的愤慨与抗议,表现出忧国忧时、直言敢谏的精神。"

正 月

正月繁霜①,我心忧伤。
民之讹言②,亦孔之将③。
念我独兮,忧心京京④。

哀我小心⑤,瘨忧以痒⑥。

父母生我,胡俾我瘉⑦。
不自我先,不自我后。
好言自口,莠言自口⑧。
忧心愈愈⑨,是以有侮⑩。

忧心惸惸⑪,念我无禄⑫。
民之无辜,并其臣仆⑬。
哀我人斯,于何从禄⑭?
瞻乌爰止⑮,于谁之屋?

瞻彼中林,侯薪侯蒸⑯。
民今方殆,视天梦梦⑰。
既克有定⑱,靡人弗胜。
有皇上帝⑲,伊谁云憎⑳?

谓山盖卑㉑,为冈为陵。
民之讹言,宁莫之惩㉒!
召彼故老㉓,讯之占梦㉔。
具曰予圣㉕,谁知乌之雌雄?

谓天盖高,不敢不局㉖。
谓地盖厚,不敢不蹐㉗。
维号斯言㉘,有伦有脊㉙。
哀今之人,胡为虺蜴㉚!

瞻彼阪田,有菀其特㉛。
天之扤我㉜,如不我克㉝。

381

彼求我则㉞，如不我得。
执我仇仇㉟，亦不我力㊱。

心之忧矣，如或结之㊲。
今兹之正㊳，胡然厉矣㊴！
燎之方扬㊵，宁或灭之㊶？
赫赫宗周㊷，褒姒威之㊸。

终其永怀㊹，又窘阴雨。
其车既载，乃弃尔辅㊺。
载输尔载㊻，将伯助予㊼。

无弃尔辅，员于尔辐㊽，
屡顾尔仆，不输尔载。
终逾绝险㊾，曾是不意㊿！

鱼在于沼，亦匪克乐(51)。
潜虽伏矣，亦孔之炤(52)。
忧心惨惨，念国之为虐。

彼有旨酒，又有嘉肴。
洽比其邻(53)，昏姻孔云(54)。
念我独兮，忧心殷殷(55)。

佌佌彼有屋(56)，蔌蔌方有谷(57)。
民今之无禄，天夭是椓(58)。
哿矣富人(59)，哀此茕独(60)。

【题解】

这是周大夫忧时哀民之诗。周幽王是一个昏君。他的罪过主要有两条：一是重用奸佞，二是宠爱褒姒。结果导致政局动荡，国家濒于灭亡。这就是此诗产生的时代背景。全诗十三章。首二章写生不逢时。当时政治混乱，天时不正，使得谣言四起。为此诗人忧心如焚。他埋怨道：父母生我，为何使我如此痛苦？祸难之来不早不晚恰好让自己碰上。三至七章写忧国哀民。三章言国之将亡。传说周朝将兴之时，一只"大赤乌"口衔谷种降临在周王宫室之上。如今那大赤乌还不知落在谁的屋上，可见周朝就要灭亡。四章言朝中无贤。那林中只有薪柴，没有大树，隐喻朝中只有奸佞，没有贤臣。百姓将要遭难，上天却昏昏不明。五章言是非颠倒。有人说山为何如此低，其实它仍是高冈，仍是大陵。可见当时讹言纷纷，是非混淆。六章言处境艰难。天地虽说高厚，但百姓不敢不低头，不敢不轻走，因为社会环境太险恶。七章言不受重用。当天子求我之时唯恐得不到我，可是得到之后只是随便对待，根本就不重用。八至十章斥责时政。八章言亡国之因。熊熊大火竟可被水浇灭，兴盛的周朝竟被褒姒灭亡。国势如此危殆，原来是褒姒干政所致。九、十章言补救之方。诗把周朝比作一辆车子。诗人规劝道：不要抛弃车板(喻贤臣)，要加固车轴(喻根基)，要照顾车夫(喻百姓)，不要让车上的物品失落(喻火亡)。如果能够这样，那么最危险的关隘也能顺利通过。十一章写畏惧遭祸。此章以鱼自比。想到国家虐政太多，不禁惶恐不安。末二章写贫富不均。富人在享福，穷人在遭罪，这就是当时社会广泛存在的不平现象。

【注释】

①正月：正阳之月，指夏历四月。

②讹言：谣言。

③孔：很。将：盛。

④京京：深重。

⑤小心：指忧思细密而缠绵。

⑥癙(shǔ)忧：深忧。痒：病。

⑦俾：使。瘉(yǔ)：病痛。

⑧莠(yǒu)：坏话。

383

⑨愈愈：忧惧。

⑩是以：所以。有侮：受欺侮。

⑪惸惸(qióng)：忧苦的样子。

⑫无禄：不幸。

⑬并：皆。臣仆：奴隶。

⑭从禄：得到幸福。

⑮乌：大赤乌。爰止：落在何处。

⑯侯：语助词。薪、蒸：柴草之类。

⑰梦梦：暗昧不明。

⑱克：能够。有定：安定人间。

⑲有皇：皇皇，伟大。上帝：天帝。

⑳伊、云：语助词。

㉑盖：通"盍"。何。

㉒宁：乃，竟。惩：制止。

㉓故老：元老大臣。

㉔占梦：掌占梦的官。

㉕具：俱。予圣：自以为是，自命为圣贤。

㉖局：曲身，弯腰。

㉗蹐：轻步，小心地走。

㉘斯言：指"谓天盖高"以下四句。

㉙有伦有脊：有道理。

㉚虺(huǐ)蜴：蜥蜴。见人则畏走逃避。

㉛有菀：菀菀，茂盛貌。特：突出之苗。

㉜扤(wù)：摧残。

㉝如：唯恐。克：制服，压制。

㉞彼：指周王。则：语助词。

㉟执：握，指使用。仇仇：同"扐扐"。持物不力，比喻不受重用。

㊱不我力：不重用我。

㊲结：打结。

㊳正：政治。

㊴胡然：为何如此。厉：暴虐。

㊵燎：山野之火。方扬：正旺盛。

㊶宁：乃。或：有。

㊷宗周：周王朝为天下所宗，故称宗周。

㊸褒姒：周幽王的宠妃，后来立为皇后。

㊹终：既。永怀：忧思深长。

㊺辅：车两旁的厢板。

㊻载：语助词。输尔载：掉下所装载之物。

㊼将：请求。伯：对人的敬称。

㊽员：加固。辐：车轴。

㊾逾：顺利越过。绝险：十分危险的关隘。

㊿曾：岂可。不意：不以为意。

(51)匪：非，不。克：能。

(52)孔：很。炤(zhāo)：明。

(53)洽比：协和，亲近。

(54)昏姻：指有亲戚关系的人。孔云：往来周旋，关系密切。

(55)殷殷：痛心之状。

(56)佌佌(cǐ)：卑琐渺小。

(57)蔌蔌(sù)：鄙陋。

(58)夭夭：天上的妖魔，指统治贵族。椓(zhuó)：打击，摧残剥削。

(59)哿(kě)：快活，享乐。

(60)茕(qióng)独：孤独无助。

【汇评】

《诗序》："《正月》，大夫刺幽王也。"

《毛传》："有褒国之女，幽王惑焉，而以为后，诗人知其必灭周也。"

宋朱熹《诗集传》："此诗亦大夫所作，言霜降失节，不以其时，即使我心忧伤矣。而造为奸伪之言，以惑群听者，又方甚大，然众人莫以为忧，故我独忧之，以至于病也。"

清姚际恒《诗经通论》："《小序》谓大夫刺幽王，是诗中明有褒姒，而《集传》犹疑之，以为东迁以后诗，谓时宗周已灭矣。不知此诗刺时也，非感旧也。若褒姒已往，镐京已亡，言之亦复何益？与前后文意皆不类矣。"

清阮元《补笺》："此下四诗皆侍御大夫独劳王事，刺幽王嬖褒姒，举烽燧，弃旧臣，旧臣亦相率去王都，自彻其屋，保有私室，侍御独伤忧勤也。数诗皆一人所作。”

清方玉润《诗经原始》：“此自幽王时诗。然序以为刺幽王，则非诗人语气。……此周大夫感时伤遇之作，非躬亲其害，不能言之痛切如此。”

高亨《诗经今注》：“作者是西周王朝的官吏。他指责统治贵族的昏庸腐朽与残暴，悲悼王朝的沦亡，怨恨上天给人民带来灾难，忧伤自己的遭受谗毁，处于孤立无援的境地。”

程俊英《诗经译注》：“这是一位失意官吏忧国哀民、愤世疾邪的诗，大约产生于西周末年幽王时期。作者用愤慨的笔触写出了当时政治的黑暗、贫富的对立和统治阶级内部的矛盾。”

十月之交

十月之交①，朔月辛卯②。
日有食之，亦孔之丑③。
彼月而微④，此日而微⑤。
今此下民，亦孔之哀。

日月告凶⑥，不用其行。
四国无政⑦，不用其良。
彼月而食，则维其常⑧。
此日而食，于何不臧⑨！

烨烨震电⑩，不宁不令⑪。
百川沸腾，山冢崒崩⑫。
高岸为谷，深谷为陵。
哀今之人，胡憯莫惩⑬！

皇父卿士⑭，番维司徒⑮，

家伯维宰⑯,仲允膳夫⑰,
聚子内史⑱,蹶维趣马⑲,
楀维师氏⑳,艳妻煽方处㉑。

抑此皇父,岂曰不时㉒。
胡为我作㉓,不即我谋㉔?
彻我墙屋㉕,田卒汙莱㉖。
曰予不戕㉗,礼则然矣。

皇父孔圣㉘,作都于向㉙。
择三有事㉚,亶侯多藏㉛。
不慭遗一老㉜,俾守我王㉝。
择有车马,以居徂向㉞。

黾勉从事㉟,不敢告劳。
无罪无辜,谗口嚣嚣㊱。
下民之孽,匪降自天。
噂沓背憎㊲,职竞由人㊳。

悠悠我里㊴,亦孔之痗㊵。
四方有羡㊶,我独居忧。
民莫不逸,我独不敢休。
天命不彻㊷,我不敢效我友自逸㊸。

【题解】

　　这是讽刺群小乱政之诗。全诗八章。首三章写种种灾异。幽王时期,不仅出现月食,而且还出现日食,这是非常丑恶的事情。日月显示凶兆,是它失去常度的结果;四方没有善政,正是不用贤良所致。与此同时,在镐京一带还发生强烈的地震。当时洪水暴涨,激浪翻腾,山峰崩裂,高岸下陷为

387

谷地,深谷上升为丘陵。这是上天在警告世人。中三章追究朝政。四章写群小用事。此章一共列举了七个小人。这些小人都因褒姒得宠并列于朝。他们以褒姒为中心,结成帮伙,将天下搞得动乱不止。五、六章言皇父之恶。七个小人中危害最大的是皇父。他干了两件坏事:一是毁人房屋,荒芜田地。二是逃往向地,不顾天子。他的行动,给王室造成极大的危害。末二章写诗人为国事尽心竭力。他勤勉工作,不敢贪图安逸。可见诗人确是一位忧国忧民的士大夫。

【注释】

①十月之交:刚进入十月。

②朔日:初一日。辛卯:辛卯日,正是十月初一。

③孔:很。丑:恶,不祥。

④月微:月昏暗无光,指月食。

⑤日微:即日食。

⑥告凶:显示不祥之凶兆。

⑦无政:政治昏暗而混乱。

⑧常:常事,不足为怪。

⑨不臧:不善,不吉利。

⑩烨烨(yè):闪电发光的样子。

⑪不宁:不安。不令:不善。

⑫山冢(zhǒng):山顶。崒(cù)崩:崩裂,崩塌。

⑬胡憯(cǎn):怎么。憯:警戒。

⑭皇父:人名。卿士:周官名,掌朝政。

⑮番:姓氏,人名。司徒:周官名,掌天下土地及人民。

⑯家伯:人名。宰:周官名,掌王室日常事务。

⑰仲允:人名。膳夫:周官名,掌王之饮食。

⑱棸(zōu)子:人名。内史:周官名,掌爵禄废置诸事。

⑲蹶(guì):姓氏,人名。趣马:周官名,掌王之马匹。

⑳楀(jǔ):姓氏,人名。师氏:周官名,掌监察。

㉑艳妻:指褒姒。煽:得势,炙手可热。方处:并处,同在。

㉒时:善。

㉓作:指拆房搬家。

㉔即：就。谋：商量。

㉕彻：撤，拆毁。

㉖卒：完全。汙：指低处积水。莱：荒芜，长了野草。

㉗戕：残害。

㉘孔圣：很圣明。讽刺语。

㉙都：封地内的城邑。向：地名。

㉚有事：有司。

㉛亶（dǎn）：的确，实在。侯：是。多藏：富有。

㉜不慭（yìn）：不肯。遗一老：保留一个老臣。

㉝俾：使。守：保卫。

㉞以居徂向：即"徂向以居"。徂向：往向地。

㉟黾勉：努力。

㊱谗口：谗言。嚣嚣：众口喧嚷的样子。

㊲噂沓：当面投合。背憎：背后憎恨。

㊳职：但。竞：皆，并。

㊴里：悝，忧思。

㊵瘇（mèi）：病。

㊶羡：指安逸，欢乐。

㊷不彻：难知。

㊸效：模仿。自逸：贪图享乐。

【汇评】

《诗序》："《十月之交》，大夫刺幽王也。"

汉郑玄《郑笺》："《节》刺师尹不平，乱靡有定。此篇讥皇父擅恣，日月告凶。《正月》恶褒姒灭周，此篇疾艳妻煽方处。"

宋王安石《诗义钩沈》："此诗前三章，言灾异之变。四章，言致灾由于小人。而皇父，小人之魁也，故五、六章专言皇父之恶。七章，言小人在位，天降之灾，则天变生于人妖也。八章，言己之忧劳，而一篇之义终矣。"

清顾炎武《日知录》："王室方骚，人心危惧。皇父以柄国之大臣而营邑于向，于是三有事之多藏者随之而去矣，庶民之有车马者随之而去矣。盖亦知西戎之已逼，而王室之将倾也。……然不顾君臣之义而先去，以为民望，则皇父实为之首。"

清方玉润《诗经原始》:"皇父援党布置要枢,窃权固宠,罔上营私,以致灾异,曾莫自惩。……诗人刺之,开口直书天变时日于上,以著其罪。诗史家法严哉!"

高亨《诗经今注》:"这首诗作于周幽王六年,当是周王朝一个大官所作,讽刺掌权贵族乱政殃民,遇到日食、地震、山崩、河沸等巨大灾异,也不知警惕,并慨叹自己的无辜遭受迫害。"

袁梅《诗经译注》:"这是周王朝的一个大夫讽刺时政的诗。本诗历数自然灾异的可怕;同时又明确地指出人民的灾难,并不是由于上天造成的,而是人为的,是由于周幽王宠幸褒姒和七个佞臣而又暴虐无道的结果。诗中直接讽刺的是皇父等人,实际也进一步讽刺了他们的总代表周幽王。"

雨无正

浩浩昊天①,不骏其德②。
降丧饥馑,斩伐四国③。
旻天疾威④,弗虑弗图。
舍彼有罪,既伏其辜⑤。
若此无罪,沦胥以铺⑥。

周宗既灭⑦,靡所止戾⑧。
正大夫离居⑨,莫知我勚⑩。
三事大夫⑪,莫肯夙夜⑫。
邦君诸侯,莫肯朝夕。
庶曰式臧⑬,覆出为恶⑭。

如何昊天,辟言不信⑮!
如彼行迈⑯,则靡所臻⑰。
凡百君子,各敬尔身⑱。

胡不相畏，不畏于天！

戎成不退^⑲，饥成不遂^⑳。
曾我暬御^㉑，憯憯日瘁^㉒。
凡百君子，莫肯用讯^㉓。
听言则答^㉔，谮言则退^㉕。

哀哉不能言，匪舌是出^㉖，
维躬是瘁^㉗。哿矣能言^㉘，
巧言如流，俾躬处休^㉙。

维曰予仕^㉚，孔棘且殆^㉛。
云不可使^㉜，得罪于天子。
亦云可使，怨及朋友。

谓尔迁于王都^㉝，曰予未有室家^㉞。
鼠思泣血^㉟，无言不疾^㊱。
昔尔出居^㊲，谁从作尔室？

【题解】

这是讽刺幽王及同僚误国之诗。全诗七章。首章借怨天以刺王。浩浩广大的上天，不广施恩德。它降下死亡饥馑，残害四方诸国。这表面是怨恨上天，而实际上是讽刺幽王不施德政。上天多么暴虐，可是幽王既不考虑也不谋划。有罪的不受惩罚，还替他们隐瞒罪行。无罪的反受牵连，陷于苦难之中。二至四章痛斥诸臣逃避自全。镐京即将破灭，长官大人为了避祸而离开镐京，三公大夫不肯早晚尽忠，国君诸侯也不肯朝夕勤政。当时情势危急，战事已成而不罢退，饥馑已成而不消失，时遭多难，人祸天灾迭生。那百官不肯进谏，是因为幽王对奉承的话就采纳，对批评的话就拒绝之故。五、六章诉做官之难。可悲啊不能讲话的人，不是舌头生疮，而是讲了真话只害己身；可喜啊能讲话的人，花言巧语如水流转，从而使他飞

黄腾达。至于说做官更是困难重重而且危险。说此事使不得,就会得罪天子;说此事使得,就会怨及朋友。末章望离居诸臣迁回王都。诗人劝诸臣迁回王都,然而他们却借口说没有房子。为此诗人忧思万状,泪尽继之以血。诗人气愤地质问道:"当初你们迁出王都,谁随你们去造住房?"篇名《雨无正》不是截取诗中。宋代《韩诗》篇名为《雨无极》。准此,《雨无正》当为《雨无止》之误。"雨无止"与"雨无极"义通,即"淫雨"。诗以此比喻幽王朝政混乱,甚为贴切。

【注释】

①浩浩:广大的样子。昊天:上天。

②骏:长久。

③斩伐:残害。四国:天下四方。

④旻(mín)天:上天。疾威:暴虐。

⑤伏:隐藏。辜:罪。

⑥沦胥:相继,连带。铺:通"痡"。受迫害陷于痛苦中。

⑦周宗:指镐京。

⑧靡所:没有地方。止戾:安居。

⑨正大夫:指长官大夫。离居:离开镐京,居住外地。

⑩勩(yì):劳苦。

⑪三事:三公,居高官者。

⑫夙夜:早晚。

⑬庶:庶几,有幸。臧:行善,从善。

⑭覆:反而。

⑮辟言:合乎法度之善言。

⑯行迈:走路。

⑰靡所臻:毫无目的。

⑱各敬尔身:各自保全其身,即明哲保身。

⑲戎成:敌人侵犯之势已成。

⑳饥成:饥荒已形成。不遂:不安宁。

㉑暬(xiè)御:侍御,周王的近臣。

㉒憯憯(cǎn):忧愁的样子。瘁:憔悴。

㉓用讯:告诫,劝阻。

㉔听言:顺从、逢迎的话。答:进用,采纳。

㉕譖(zèn)言:谮言,批评劝阻的话。

㉖出:通"�"。指病。

㉗躬:自身。

㉘哿(gē):快乐。

㉙俾:使。休:福。

㉚仕:出仕当官。

㉛孔棘:很紧急。殆:危险。

㉜使:顺从,听从。

㉝尔:指离居之正大夫。王都:指镐京。

㉞室家:住室,房舍。

㉟鼠思:忧思。泣血:泪尽继以血。

㊱疾:怨恨。

㊲出居:即离开镐京,到外地居住。

【汇评】

《诗序》:"《雨无正》,大夫刺幽王也。雨自上下者也。众多如雨,而非所以为政也。"

宋朱熹《诗集传》:"元城刘氏曰:尝读韩诗有《雨无极》篇,序云:'雨无极,正大夫刺幽王也。'至其诗之文,则比毛诗篇首多'雨无其极,伤我稼穑'八字。愚按刘说似有理,然第一二章本皆十句。今遽增之,则长短不齐,非诗之例。又此诗实正大夫离居之后,暬御之臣所作,其曰正大夫刺幽王者,亦非是。且其为幽王诗,亦未有所考也。"又曰:"此时饥馑之后,群臣离散,其不去者,作诗以责去者。"

清陈启源《毛诗稽古编》:"朱子因周宗既灭一语疑《雨无正》为东迁后诗。刘瑾又附和之,谓正大夫离居及尔迁于王都之语,似是东迁之际,群臣惧祸离居,不随王迁。若使幽王尚在,不应言周宗既灭;去而挽之,当日还曰归,不应言迁于王都。以证此诗是东迁后作。似矣,而实非也。……如伯阳父史伯论周之亡,皆直言无隐,此亦幽王之时也,何尝以不祥语而不出诸口乎?况周宗者,以周室为天下所宗也。幽王昏乱,诸侯不朝,天下无复有宗周者,谓之既灭亦宜。"

清魏源《诗古微》:"西周未亡之前,镐京已先失,幽王已东徙乎?……

诗正作于其时。羁栖下邑,众叛亲离,不监前车,再败涂地。后此幽王诸雅,其皆东西周之交乎?"

清方玉润《诗经原始》:"其大旨乃嬖御近臣伤国无正人,以匡正王失也。此诗不惟非东迁后诗,且西京未破之作,故望诸臣迁归王都。若西京已破,王室东迁,则勤王又自有人,岂待嬖御相招?且其立言别是一番建功立业气象,断不作'鼠思泣血'等语。"

陈子展《诗经直解》:"《雨无正》,大夫刺幽王昏暴,并刺同僚诸臣自私误国之诗。"

小　旻

旻天疾威①,敷于下土②。
谋犹回遹③,何日斯沮④?
谋臧不从⑤,不臧覆用。
我视谋犹,亦孔之邛⑥!

潝潝訿訿⑦,亦孔之哀。
谋之其臧,则具是违⑧。
谋之不臧,则具是依。
我视谋犹,伊于胡底⑨?

我龟既厌,不我告犹⑩。
谋夫孔多,是用不集⑪。
发言盈庭,谁敢执其咎⑫。
如匪行迈谋⑬,是用不得于道⑭。

哀哉为犹,匪先民是程⑮,
匪大犹是经⑯。

维迩言是听⑰,维迩言是争。

如彼筑室于道谋⑱,是用不溃于成⑲。

国虽靡止⑳,或圣或否㉑。

民虽靡膴㉒,或哲或谋,

或肃或艾㉓。

如彼泉流,无沦胥以败㉔。

不敢暴虎㉕,不敢冯河㉖。

人知其一,莫知其他。

战战兢兢,如临深渊,

如履薄冰。

【题解】

这是评论时局之诗。全诗六章。首二章指出政策的错误。正确的谋略弃而不用,错误的谋略反而采纳。这种错误的政策何时才能得到纠正?当局的政策有很大的毛病,不知要把国家引向何方? 三、四章指出错误政策产生的原因。一是因为当局多谋寡断,不敢负责;二是因为背弃先贤,缺乏远见。五章指出纠正错误政策的方法。对待人们的意见要具体分析,同时根据各人的特长,区别任用各类人才。末章指出时局危险。世人只知道"暴虎"、"冯河"的危险,而不知道时局比"暴虎"、"冯河"还要严重。诗人为此而小心翼翼百倍警惕。

【注释】

①旻(mín)天:上天。喻周幽王。疾威:暴虐。

②敷:布,普照。下土:天下。

③谋犹:谋略,政策。回遹(yù):错误,邪僻。

④沮(jǔ):停止,改变。

⑤臧:善,正确。

⑥孔之邛(qióng):有很大的毛病。

⑦潝潝(xì):相附和,恭维。訿訿(zǐ):相诋毁,攻击。

⑧具:俱。违:违背。

⑨伊:语助词。底:止境,地步。

⑩犹:指吉凶之道。

⑪是用:是以,因此。不集:没有一致的意见。

⑫执其咎:承担责任。

⑬匪:彼。行迈谋:谋于行迈之人,同路人商量。

⑭不得于道:指无所适从。

⑮先民:古圣贤。程:效法、师法。

⑯大犹:正道,长远的谋略。经:遵循。

⑰迩言:浮浅、只顾眼前的议论。

⑱道谋:在道路上与人谋划。

⑲不溃:不遂,不能成功。

⑳靡止:不大。

㉑否:愚笨。

㉒靡肤:不多。

㉓肃:谦恭,端正。艾:治理。

㉔沦胥以败:相率以至于腐败。

㉕暴虎:空手搏猛虎。

㉖冯河:赤足过黄河。

【汇评】

《诗序》:"《小旻》,大夫刺幽王也。"

宋朱熹《诗集传》:"苏氏曰:《小旻》、《小宛》、《小弁》、《小明》四诗皆以小名篇,所以别其为小雅也。其在小雅者谓之小,故其在大雅者谓之《召旻》、《大明》,独宛、弁阙焉,意者孔子删之矣。虽去其大而其小者犹谓之小,盖即用旧也。"又曰:"大夫以王惑于邪谋,不能断以从善,而作此诗。"

清方玉润《诗经原始》:"此必幽王多欲而无制,好谋而弗明,故群小得以邪辟进,王心愈回惑而不辨其是非。虽有一二正直臣,而忠不胜奸,朴不胜巧,亦难力与为争。"

曾运乾《毛诗说》:"《小旻》,刺幽王之任用非人也。"

陈子展《诗经直解》:"《小旻》,大夫刺幽王,谋夫孔多,莫决国是之词。"

程俊英《诗经译注》:"这首诗讽刺幽王任用小人,对决策谋划中的种种错误加以揭露,表现了诗人临深履薄唯恐遭祸的心情。"

小　宛

宛彼鸣鸠^①,翰飞戾天^②。
我心忧伤,念昔先人^③。
明发不寐^④,有怀二人^⑤。

人之齐圣^⑥,饮酒温克^⑦。
彼昏不知,壹醉日富^⑧。
各敬尔仪^⑨,天命不又^⑩,

中原有菽^⑪,庶民采之。
螟蛉有子^⑫,蜾蠃负之^⑬。
教诲尔子,式榖似之^⑭。

题彼脊令^⑮,载飞载鸣。
我日斯迈^⑯,而月斯征^⑰。
夙兴夜寐,无忝尔所生^⑱。

交交桑扈^⑲,率场啄粟^⑳。
哀我填寡^㉑,宜岸宜狱^㉒。
握粟出卜^㉓,自何能榖^㉔?

温温恭人^㉕,如集于木^㉖。
惴惴小心,如临于谷。
战战兢兢,如履薄冰。

这是乱世告诫之诗。全诗六章。首章写追思前辈祖先。眼前动荡的时局，使得诗人满怀忧伤，彻夜难眠。他追思前辈祖先，是为了发扬遗德，继承宏业。二、三章写恳切的告诫。那些有涵养的智者，饮酒都有所节制；那些昏庸愚昧者，狂饮无度，丑态百出。因此告诫说：各人要敬慎威仪，否则上天不会保佑。由酒醉说到天命，可知告诫的对象当是周王及上层统治者。庶民采集豆种，是为了再种植它；细腰蜂背负青虫子，是为了代养它。诗以此告诫周王及上层统治者要教育好下一代，让他们继承前辈的遗德，这才是王权长存的百年大计。四、五章写勤勉王事与哀怜百姓。那三公大夫不肯早晚尽忠，那国君诸侯不肯朝夕勤政。而我和你每天在外奔波，日夜操劳，为的是不辱没先祖及父母。诗人还哀叹苦难中的百姓，还时常陷入牢狱之中。他们在绝望中占卜：从哪里能够得到幸福？可见忧国忧民在这里融为一体。末章写诗人忧惧的心情。这里既有忧伤国事的成分，也有个人惧祸的成分，二者交织在一起。

【注释】

①宛彼：小的样子。鸣鸠：斑鸠。

②翰飞：高飞。戾：上达。

③先人：祖先。

④明发：自夜达旦。

⑤二人：指父母。

⑥齐圣：正派，聪明。

⑦温克：有涵养，能克制。

⑧壹醉：聚饮而沉醉。富：指酒后骄肆自大。

⑨敬：儆，谨慎。尔仪：你的仪态。

⑩又：通"佑"。保佑。

⑪中原：原中，田野。菽：大豆。

⑫螟蛉：小青虫。

⑬蜾蠃：细腰蜂。负：持。

⑭式：语助词。穀：善。似：嗣，继续。

⑮题(dì):小巧。脊令:鹡鸰鸟。喻兄弟。

⑯迈:远行,行役。

⑰而:尔,你。征:行役。

⑱忝:有愧于。尔所生:你的父母、祖先。

⑲交交:往来飞翔的样子。桑扈:一种小鸟。

⑳率:沿着。

㉑填寡:贫穷困苦。

㉒宜:仍。岸:通犴,乡亭的牢房。

㉓握粟出卜:以小米问卜。

㉔自何:从哪里。穀:福,吉利。

㉕温温:温和。恭人:小心恭谨之人。

㉖集于木:处在高树上,怕坠落。

【汇评】

《诗序》:"《小宛》,大夫刺幽王也。"

宋朱熹《诗集传》:"此诗之词最为明白,而意极恳至。说者必欲为刺王之言,故其说穿凿破碎,无理尤甚。"又曰:"此大夫遭时之乱,而兄弟相戒以免祸之诗。"

清陈启源《毛诗稽古编》:"《小宛》刺幽王,解者纷纷。朱传尽扫诸说,定为兄弟相戒之诗,合之诗词,甚为相似,独'天命不又'一语终属难通。……戒其兄弟,可妄称天命乎?下复云时王以酒败德,臣下化之,故首以为戒,仍不能脱刺时义矣。"

清方玉润《诗经原始》:"贤者自箴也。"又曰:"首章欲承先志,次章慨世多嗜酒失仪,三教子,四勖弟,五、六则卜善自警,无非座右铭。"

高亨《诗经今注》:"这首诗的作者当是周王朝的一个小官吏。他生在黑暗时代,为生活而奔忙,但常受到统治者的迫害,因作此诗以自伤,并劝告他的兄弟。"

程俊英《诗经译注》:"这是周王一位同姓者讽刺幽王,并劝戒兄弟如何在乱世免祸的诗。"

小 弁

弁彼鸒斯①，归飞提提②。
民莫不穀③，我独于罹④。
何辜于天⑤，我罪伊何？
心之忧矣，云如之何！

踧踧周道⑥，鞫为茂草⑦。
我心忧伤，惄焉如捣⑧。
假寐永叹⑨，维忧用老⑩。
心之忧矣，疢如疾首⑪！

维桑与梓⑫，必恭敬止。
靡瞻匪父⑬，靡依匪母。
不属于毛⑭，不离于里⑮？
天之生我，我辰安在⑯？

菀彼柳斯⑰，鸣蜩嘒嘒⑱。
有漼者渊⑲，萑苇淠淠⑳。
譬彼舟流，不知所届㉑。
心之忧矣，不遑假寐！

鹿斯之奔㉒，维足伎伎㉓。
雉之朝雊㉔，尚求其雌。
譬彼坏木㉕，疾用无枝㉖。
心之忧矣，宁莫之知！

相彼投兔㉗,尚或先之㉘。
行有死人㉙,尚或墐之㉚。
君子秉心,维其忍之㉛!
心之忧矣,涕既陨之!

君子信谗,如或酬之㉜。
君子不惠,不舒究之㉝。
伐木掎矣㉞,析薪扡矣㉟。
舍彼有罪,予之佗矣㊱!

莫高匪山,莫浚匪泉㊲。
君子无易由言㊳,耳属于垣㊴。
无逝我梁㊵,无发我笱㊶。
我躬不阅㊷,遑恤我后㊸!

【题解】

这是弃妇之诗。全诗八章。首二章写弃妇的忧伤之情。她看到别人的家室和睦美好,唯独自己遭到不幸。自己并无过错,而无故被弃,因而内心无比忧伤。面对这种变故,她心神不宁,坐卧不安,因忧愁而显得憔悴衰老。三、四章写弃妇眷念父母。父母至尊至亲,岂不瞻仰,岂不依仗。可如今父母不在身边,既不著于父亲之皮肉,也不附于母亲之血气。她见到蝉鸣苇茂的景象,更增添了思家之情。现在她的命运就像一只随波漂流的小船,不知将要流向何方。她因忧伤连和衣假寐也睡不着,可见她思亲是何等殷切。五、六章写弃妇斥夫薄情。原野上的野鹿、野鸡正在求偶。而自己就像一棵病树枝叶枯萎。自己的忧伤难道丈夫真的不知道吗?人都有恻隐之心,对于投网之兔、路毙之人都有人同情,为何对自己却如此狠心!末二章写弃妇被弃之因。家庭破裂是因为丈夫听信谗言,而又不加深究,因而错怪了自己。没有高的不是山,没有深的不是泉。诗以此比喻人心之险犹如山川。因此,君子不要轻易发言,因为耳朵就贴在墙外边。那偷听者必然会迎合其心意,并从中挑拨离间。最后她决绝地说道:不要到我的鱼梁上去,不要动我的捕鱼篓。自己现在尚且不见容,怎能顾及身后之事呢?

【注释】

①弁(pán):喜乐。鸒(yù):乌鸦。

②提提(shí):悠闲的样子。

③穀:善,美好。

④罹:遭遇忧患。

⑤何辜:有何罪。

⑥踧踧(dí):平坦。

⑦鞫(jú):尽是,满是。

⑧愵(nì)焉:忧思的样子。捣:敲打。

⑨假寐:不脱衣冠而睡。

⑩用老:因此而衰老。

⑪疢(chèn):发烧。疾首:头痛。

⑫桑、梓:家宅旁常种的两种树。

⑬靡……匪……:否定之否定,表示肯定。瞻:敬仰。

⑭属:连接。毛:外在之形体。

⑮离:附丽,依附。里:内在的气血。

⑯辰:时辰,命运。

⑰菀(yù):茂盛的样子。

⑱嘒嘒:蝉鸣声。

⑲有漼:漼漼,水深的样子。

⑳萑(huán)苇:芦苇。淠淠(pèi):繁茂。

㉑届:至。

㉒奔:觅群,求偶。

㉓伎伎(qí):疾行的样子。

㉔雊(gòu):野鸡叫。

㉕坏木:一作"瘣木",有瘿瘤的树。

㉖用:因。

㉗相:视。投兔:投网之兔。

㉘尚：犹。先之：放开网。

㉙行：道路。

㉚墐（jǐn）：埋葬。

㉛其：何其。忍：狠心。

㉜酬：敬酒。

㉝舒究：仔细考察，研究。

㉞掎：以绳索拉住树身或树梢。

㉟析薪：劈柴。扡（chǐ）：顺着纹理。

㊱予之佗：强加于别人。

㊲浚：深。

㊳无易由言：不要轻易发言。

㊴耳属于垣：将耳贴在墙上偷听。

㊵逝：往。梁：拦鱼的坝。

㊶发：打开。笱：鱼篓。

㊷阅：为人所容。

㊸遑：何。恤：忧虑、顾及。

【汇评】

《孟子》："公孙丑问曰：'高子曰：《小弁》，小人之诗也。'孟子曰：'何以言之？'曰：'怨'。曰：'固哉！高叟之为诗也。小弁之怨，亲亲也。亲亲，仁也。'曰：'《凯风》何以不怨？'曰：'《凯风》，亲之过小者也。《小弁》，亲之过大者也。亲之过大而不怨，是愈疏也。'"

《诗序》："《小弁》，刺幽王也。大子之傅作焉。"

宋朱熹《诗集传》："幽王娶於申，生大子宜臼。后得褒姒而惑之，生子伯服；信其谗，黜申后，逐宜臼，而宜臼作此以自怨。"

清姚际恒《诗经通论》："诗可代作，哀怨出于中情，岂可代乎？况此诗尤哀怨痛切之甚，异於他诗者！"

清王先谦《诗三家义集疏》："《鲁说》曰，《小弁》，小雅之篇，伯奇之诗也。伯奇仁人，而父虐之，故作《小弁》之诗。"

清方玉润《诗经原始》："宜臼自伤被废也。"

袁梅《诗经译注》："此篇为弃妇之词。女歌者的丈夫听信了谗言，遗弃了妻子。这女子在被弃被逐之后，苦诉她的哀伤幽怨之情，涕零如雨，悲怀

403

欲绝。"

程俊英《诗经译注》:"这是一首被父亲放逐的人抒发心中哀怨的诗。前人有说是幽王宠褒姒逐太子宜臼,因而宜臼自作或宜臼的老师代之而作的。有的说是宣王之臣尹吉甫的儿子伯奇,因受父虐待而作的。但都无根据。"

巧 言

悠悠昊天①,曰父母且②。
无罪无辜,乱如此帱③。
昊天已威④,予慎无罪⑤。
昊天泰帱⑥,予慎无辜。

乱之初生,僭始既涵⑦。
乱之又生,君子信谗。
君子如怒⑧,乱庶遄沮⑨。
君子如祉⑩,乱庶遄已。

君子屡盟⑪,乱是用长⑫。
君子信盗⑬,乱是用暴。
盗言孔甘,乱是用馀⑭。
匪其止共⑮,维王之邛⑯。

奕奕寝庙⑰,君子作之。
秩秩大猷⑱,圣人莫之⑲。
他人有心,予忖度之。
跃跃毚兔⑳,遇犬获之。

荏染柔木㉑,君子树之。
往来行言㉒,心焉数之㉓。
蛇蛇硕言㉔,出自口矣,
巧言如簧㉕,颜之厚矣。

彼何人斯? 居河之麋㉖。
无拳无勇㉗,职为乱阶㉘。
既微且尰㉙,尔勇伊何?
为犹将多㉚,尔居徒几何㉛?

【题解】

这是斥责小人以谗言乱政之诗。全诗六章。首章写对谗言深恶痛绝。诗人三呼"昊天",三呼"无罪",表明诗人遭到谗言的中伤,深受其害,因而有切肤之痛。二、三章写小人进谗之因。祸乱初生,谗言始侵;祸乱又生,君子信谗;君子与小人结盟,祸乱四处蔓延;君子相信谗贼,祸乱愈加暴烈。因此,君子如果怒斥谗言,如果信任贤者,祸乱便可很快平定。四、五章写要识破谗言。那雄伟的宫殿宗庙,是先王建造的;国家的典章制度,是圣人制定的。小人想要破坏国家的根基,就应该认真忖度一番。小人好比狡兔,遇上猎犬也会被擒获。君子要重用贤者,要分辨谗言。如此,小人巧言如簧、厚颜无耻的真面目也就暴露无遗了。末章写痛斥小人。那个住在河边的小人,无才又无勇,惯于兴风作浪,招来祸乱。诗人痛斥道:等你烂腿又肿脚,你还有何勇气? 即使你诡计多端,又有几个人跟着你? 这一斥责真是痛快淋漓。

【注释】

①悠悠:广大,遥远。昊天:皇天。

②且(jū):语助词。

③怃(hū):大。

④已威:太暴虐,太可怕。

⑤慎:真、确实。

⑥泰怃:指肆威太甚。

⑦僭:潜、谗言。既涵:开始听取。

⑧怒:指怒责谗言。

⑨庶:庶几。遄(chuán):快。沮:终止。

⑩祉:指信用贤者。

⑪盟:结盟。

⑫是用:因此。

⑬盗:指谗言者如盗贼。

⑭馋(tán):增多。

⑮匪:彼。止共:容貌恭敬。

⑯邛(qióng):病害。

⑰奕奕:高大。寝庙:指宫殿宗庙。

⑱秩秩:宏大。大猷:治国方略、制度。

⑲莫:谟,规划,制定。

⑳跃跃(tì):跳跃。毚(chán)兔:狡兔。

㉑荏(rěn)染:质地细软。柔木:指善木。

㉒往来:口耳相传。行言:流言。

㉓数:盘算,分辨。

㉔蛇蛇(yí):欺罔,夸大。硕言:大话,假话。

㉕簧:笙簧,乐器。

㉖麋(méi):通"湄"。水边。

㉗拳:武力。

㉘职:只,专。乱阶:祸乱之阶梯;祸乱因彼而来。

㉙微:小腿受伤。尰:脚肿。

㉚犹:谋划,指诡计。将多,很多。

㉛居:语助词。

【汇评】

《诗序》:"《巧言》,刺幽王也。大夫伤于谗,故作是诗也。"

汉焦赣《易林》:"辩变白黑,巧言乱国。大人失福,君子迷惑。"

宋朱熹《诗集传》:"大夫伤于谗,无所控告,而诉之于天。"

清胡承珙《毛诗后笺》:"案诗以'悠悠昊天'发端,而取五章之'巧言'名

篇。盖谗人之言非巧不入,诗人所深恶也。大夫伤于谗者,非独一己伤困
于谗,谓大夫伤听谗言之乱政,故其词屡言乱,而深望君子能察而止之。
……盖正言之苦不若盗言之甘故也。是则轻信生于多疑,多疑生于多欲,
诗人历指乱源,一一如越人之视病。承珙谓此条于全诗大旨得之。"

清方玉润《诗经原始》:"此诗大旨因谗致乱,而谗之所以能入与不能
入,则信与不信之故耳。故前三章皆言信谗,而至比谗人以为盗。"

高亨《诗经今注》:"这首诗是周王朝的官吏所作,讽刺周王听信谗言,
酿成乱事;同时斥责谗人厚颜无耻。旧说作于幽王时代,可从。"

程俊英《诗经译注》:"这是讽刺统治者听信谗言因而祸国殃民的诗。
旧说是大夫伤于谗言,刺幽王而作。大夫伤于谗言而作,是可信的;但是否
刺幽王,就很难断定。"

何人斯

彼何人斯,其心孔艰①。
胡逝我梁②,不入我门?
伊谁云从③? 维暴之云④。

二人从行⑤,谁为此祸?
胡逝我梁,不入唁我⑥?
始者不如今,云不我可⑦。

彼何人斯,胡逝我陈⑧。
我闻其声,不见其身?
不愧于人,不畏于天?

彼何人斯,其为飘风⑨。
胡不自北⑩? 胡不自南?
胡逝我梁,只搅我心?

尔之安行⑪，亦不遑舍⑫。
尔之亟行⑬，遑脂尔车⑭。
壹者之来⑮，云何其盱⑯！

尔还而入，我心易也⑰。
还而不入，否难知也⑱。
壹者之来，俾我祇也⑲。

伯氏吹埙⑳，仲氏吹篪㉑。
及尔如贯㉒，谅不我知㉓。
出此三物㉔，以诅尔斯㉕。

为鬼为蜮㉖，则不可得㉗。
有靦面目㉘，视人罔极㉙。
作此好歌㉚，以极反侧㉛。

【题解】

　　这是男女爱情破裂之诗。全诗八章。前四章写男子变心。在此之前，两人相依相随，亲密无间。可现在男子却变了心，多次从她门前走过，也不进门看一眼。这使她痛苦不堪。她暗自想道：他是个什么人呢？心肠这么凶狠。二人感情破裂，究竟是谁的责任？你在人前不觉得羞愧，难道不怕老天爷报应？接着她后悔地说："我跟从了什么人呀，他是那么粗暴无理！"那男子就像一阵狂风，来去无踪，飘忽不定，搅得她心神不宁。中三章写女子痴情。那男子虽变心，但这女子却痴情依旧。她无时无刻不在盼望男子前来，希望与他重新和好。无论你是慢行还是疾行，你都有空闲前来我家。你往日前来不进我门，我是多么忧愁啊，以至使我生病。你如果回来进我家门，我就无比欢欣；你如果回来不进我门，那就难以猜透你心。我俩还是和好吧，就像兄弟吹奏埙篪一样和谐。恐怕你还不了解我，那就摆出三牲祭品，让我们指天盟誓。末章写女子怨愤。是鬼是蜮，面貌难以看清。一张丑陋的面孔,显示出没有准则的品性。于是就写下这首好诗,用以追究他反复无常的过错。

【注释】

①孔艰:很深,难以猜测。

②逝:走过。梁:鱼梁。

③伊:语助词。谁云从:跟从谁。

④暴:粗暴。

⑤二人:指男子及女友。

⑥啍:安慰、慰问。

⑦不我可:不可我,不喜爱我。

⑧陈:堂下至院门的通道。

⑨飘风:暴风,疾风。

⑩自:在。

⑪安行:缓行。

⑫遑:闲暇。舍:停息。

⑬亟行:快速疾行。

⑭脂尔车:给车加油。

⑮壹者:往日。

⑯盱(xū):忧愁。

⑰易:轻松,欢悦。

⑱否:语助词。

⑲俾:使。祇(chí):病。

⑳伯氏:大哥。埙:古代吹奏乐器。

㉑仲氏:老二。篪(chí):古之乐器。

㉒及:与。如贯:连在一起。

㉓谅:诚,真。不我知:不知我。

㉔三物:鸡、犬、豕,盟誓所需。

㉕诅:盟誓,对天发誓。

㉖蜮:一种含沙射影的丑类。

㉗不可得:不可测。

㉘有靦(tiǎn):丑陋。

㉙视:通"示"。罔极:没有准则。

㉚好歌:善意,和好之诗。

㉛极:追究,纠正。反侧:反复无常。

【汇评】

《诗序》:"《何人斯》,苏公刺暴公也。暴公为卿士,而谮苏公焉,故苏公作是诗以绝之。"

宋朱熹《诗集传》:"旧说暴公为卿士,而谮苏公,故苏公作诗以绝之。然不欲直斥暴公,故但指其从行者而言……但旧说于诗无明文可考,未敢信其必然耳。"

清姚际恒《诗经通论》:"小序谓苏公刺暴公,有可疑。其谓暴公者,以诗中'维暴之云'句也。然上篇亦有乱是用暴句矣。苏字,诗则无之。又不言何王之朝。……此篇与上篇同为刺谗,却绝不相似也。"

清胡承珙《毛诗后笺》:"苏氏诗传曰,《何人斯》为刺暴公,而本诗主言何人,盖谮出于暴公,而何人预焉,刺何人正以刺暴公也。虞东学诗曰,何人必苏公素所交好之人而新附暴公者,故以从暴为疑,反覆究诘,至末章责以反侧,其义显矣。"

袁梅《译注》:"本篇似为女子所咏。她的爱人反复无常,行踪莫测,始合终离,不念旧恩。这女子一片赤情,却受到如许创伤,在交织着失望与希望的心情中,'作此好歌'。一面数落那无情无义的男子,一面又敦劝其回心转意,重修琴瑟之好。其情至真,其言良苦。如泣如诉,亦怨亦慕。"

程俊英《译注》:"这是一首讽刺同僚的诗,实际上是一首绝交的诗。据《毛诗》序说,此诗写的是苏公刺暴公的事。苏公和暴公都是周王的卿士,苏暴两地,都在周东都四周的地区内,二人封地犬牙交错,所以发生了矛盾,苏公就写了这首绝交的诗。"

巷 伯

萋兮斐兮①,成是贝锦②。

彼谮人者③,亦已大甚④!

哆兮侈兮⑤，成是南箕⑥。
彼谮人者，谁适与谋⑦？

缉缉翩翩⑧，谋欲谮人。
慎尔言也，谓尔不信。

捷捷幡幡⑨，谋欲谮言。
岂不尔受⑩？既其女迁⑪。

骄人好好⑫，劳人草草⑬。
苍天苍天，视彼骄人，
矜此劳人⑭！

彼谮人者，谁适与谋？
取彼谮人，投畀豺虎⑮！
豺虎不食，投畀有北⑯！
有北不受，投畀有昊⑰！

杨园之道⑱，猗于亩丘⑲，
寺人孟子⑳，作为此诗。
凡百君子，敬而听之㉑。

【题解】

这是寺人孟子遭谗抒愤之诗。全诗七章。首二章写进谗言者的卑鄙伎俩。大凡进谗言者的伎俩不外编造夸大两端。花纹交错，就能织成一段美锦；把口张大，就能组成天上的南箕星。这两个比喻非常奇妙。前者比喻小人编造谗言，以假乱真；后者比喻小人搬弄口舌，夸大其词。那进谗言者也太过分了，他们与谁合谋呢？这里对进谗言者直接加以斥责，表现了诗人愤慨的情绪。三、四章写进谗言者的卑劣行为。这些小人来来往往，附耳私语，想阴谋诬陷别人；这些小人反反复复，叽叽喳喳，想阴谋编造假

411

话。诗人警告道:还是谨慎些吧,人们不会相信你们的。也许会暂时相信你们,但最终祸害会落在你们头上。五、六章写进谗言者应当严惩。进谗言者志得意满,而被谗者则忧愁憔悴。如此对比,发人深思。诗人连呼苍天:看看那些进谗言者吧,同情这些遭谗者吧!对那些进谗言者应当严惩。把他投给豺虎,豺虎也不肯吃;把他投给北极不毛之地,北极不毛之地也不肯收留;那么就把他们投给老天严惩吧。末章写作诗之由。杨园之路,近于亩丘。诗以此兴比贱者之言也有补于君子。于是寺人孟子写了这首诗。旨在儆戒君子不要听信谗言而误伤好人。篇名《巷伯》也非截取诗中。"巷伯"就是宫中的内侍,也就是"寺人孟子",故以此名篇。

【注释】

①萋、斐(fěi):文采相错的样子。

②贝锦:五彩如贝纹的锦缎。

③谮(zèn):诬陷,中伤。

④大甚:太过分。

⑤哆(chǐ):张嘴。哆:大。

⑥南箕:星名。共四星,排列如簸箕。

⑦适:语助词。犹"是"。

⑧缉缉:附耳私语的样子。翩翩:往来的样子。

⑨捷捷:能言善辩的样子。幡幡(fān):反复的样子。

⑩尔受:受尔,相信你。

⑪既:既而。女迁:迁女,祸及于你。

⑫骄人:指进谗言者。好好:志得意满的样子。

⑬劳人:指被谗者。草草:忧愁的样子。

⑭矜(jīn):怜悯;同情。

⑮畀(bì):给予。

⑯有北:北极不毛之地。

⑰有昊:上天。

⑱杨园:园名。低地。

⑲猗:紧靠。亩丘:丘名。高地。

⑳寺人:宫内侍御小臣。孟子:其名。

㉑敬:儆戒。

【汇评】

《诗序》:"《巷伯》,刺幽王也。寺人伤于谗,故作是诗也。巷伯,奄官兮。"

汉郑玄《郑笺》:"谗人谮寺人,寺人又伤其将及巷伯,故以名篇。"

宋朱熹《诗集传》:"时有遭谗而被宫刑为巷伯者,作此诗。"

清方玉润《诗经原始》:"遭谗被宫也。"

高亨《诗经今注》:"这是西周王朝寺人孟子因遭人谗毁,发泄怨愤的诗。巷伯是孟子的官名,所以篇名巷伯。"

袁梅《译注》:"这是有主名的周诗之一。寺人孟子伤谗忧讥,愤世嫉俗,作为此诗,以儆当世。本诗旨归明确,疾恶如仇,以悲愤痛绝、不共戴天之言,畅抒胸臆,对于谗巧奸人,进行了严厉的斥责与无情的鞭挞。"

谷 风

习习谷风①,维风及雨。

将恐将惧②,维予与女③。

将安将乐,女转弃予。

习习谷风,维风及颓④。

将恐将惧,寘予于怀⑤。

将安将乐,弃予如遗⑥。

习习谷风,维山崔嵬⑦。

无草不死,无木不萎。

忘我大德⑧,思我小怨⑨。

【题解】

这是弃妇之诗。每章首二句以暴风骤雨兴比婚姻发生了重大的变故。

413

在困苦忧惧的岁月里,这对夫妻相亲相爱,恩爱无比。可是在安乐幸福的日子里,丈夫却变了心,无情地将妻子抛弃。妻子感觉到草死木枯的寒冬已经降临,处境更加艰难。于是她怨恨丈夫只记得小毛病,而忘了共患难的大功德。

【注释】

①谷风:大风。

②将:且,又。

③与:爱,记挂。

④颓:旋风。

⑤寘(zhì):放置。

⑥遗:遗忘。

⑦崔嵬:山高峻的样子。

⑧大德:指同患难的功德。

⑨小怨:小毛病。

【汇评】

《诗序》:"谷风,刺幽王也。天下俗薄,朋友道绝焉。"

汉王符《潜夫论》:"欢忻久,交情好,旷而不接,则人无故自废疏矣。渐疏,则贱者愈自嫌而日引,贵人逾务党而忘之矣。夫以逾疏之贱,伏於下流,而望日忘之贵,此'谷风'所为内摧伤也。"

宋朱熹《诗集传》:"此朋友相怨之诗。"

清范家相《诗沈》:"习习谷风,因以及雨,恶以渐至也。及颓则转为焚轮矣。维山崔嵬,喻颓风卷地之状,三章祇一意,君道衰,而朋友之义绝,诗人所以深刺也。"

清姚际恒《诗经通论》:"小序谓刺幽王,泛甚。此固朋友相怨之诗,然何以列于雅,而其体亦绝类风? 不可解!"

陈子展《诗经直解》:"《谷风》,朋友相弃相怨之诗。……可与共患难,不可与共安乐。"

高亨《诗经今注》:"这是一个被丈夫抛弃的妇人指责她的丈夫忘恩负义的诗。"

程俊英《译注》:"这是一首弃妇所作的诗。她责备丈夫是个可与共患难,不能与同安乐的人。……旧说此诗刺幽王,其实失之穿凿。"

蓼 莪

蓼蓼者莪①,匪莪伊蒿②。
哀哀父母,生我劬劳③。

蓼蓼者莪,匪莪伊蔚④。
哀哀父母,生我劳瘁。

瓶之罄矣⑤,维罍之耻⑥。
鲜民之生⑦,不如死之久矣!
无父何怙⑧,无母何恃⑨!
出则衔恤⑩,入则靡至⑪。

父兮生我,母兮鞠我⑫。
拊我畜我⑬,长我育我,
顾我复我⑭,出入腹我⑮。
欲报之德⑯,昊天罔极⑰!

南山烈烈⑱,飘风发发⑲。
民莫不穀,我独何害⑳!

南山律律㉑,飘风弗弗㉒。
民莫不穀,我独不卒㉓!

【题解】
    这是孝子悲叹不得终养父母之诗。全诗六章。首二章写自愧无用。
诗以不是莪而是蒿,兴比自己是无用之人。可悲呀父母,生我真辛劳。而

415

自己不得终养父母,深感愧疚。中二章写失去父母的悲痛及父母的养育之恩。诗以小瓶空空使得大坛蒙羞,兴比自己不能赡养父母。父母无人供养,生活维艰,备尝屈辱。孤儿活在世上,还不如早点死去。无父无母,没有依靠,出门含着忧伤,回来也像无家一样。于是诗人情不自禁地想起父母养育之恩。这里连下九个"我"字,几乎一字一泪,感人至深。想报答父母的恩德而不能,诗人怎能不痛苦而呼天呢? 末二章写质问皇天。诗人走在险峻的山间,听着悲风的呼啸,不禁发出痛楚的呼号:皇天啊,人家都能终养父母,你为何将祸乱降在我的身上? 你为何使我不得终养父母? 这是他的质问,也是他的控诉。

【注释】

①蓼(lù):高大。莪:萝蒿。

②匪:非。蒿:指一般的蒿。

③劬劳:辛苦劳累。

④蔚:牡蒿。

⑤罄:尽,空。

⑥罍:一种大容器,酒坛。

⑦鲜民:不幸的人,孤儿。

⑧怙:依靠。

⑨恃:依靠。

⑩衔恤:含着忧愁、悲伤。

⑪靡至:无家之感。

⑫鞠:养育。

⑬拊:抚摸。畜:爱。

⑭顾:看顾。复:反复,不忍离去。

⑮腹:抱。

⑯之德:这个恩德。

⑰罔极:没有定准。

⑱烈烈:山高险的样子。

⑲飘风:暴风。发发:大风呼啸声。

⑳何害:为何遭此祸害。

㉑律律:同"烈烈"。

㉒弗弗:同"发发"。

㉓卒:终养父母。

【汇评】

《诗序》:"《蓼莪》,刺幽王也。民人劳苦,孝子不得终养尔。"

汉郑玄《郑笺》:"不得终养者,二亲病亡之时,时在役所,不得见也。"

宋朱熹《诗集传》:"人民劳苦,孝子不得终养,而作此诗。"

清方玉润《诗经原始》:"此诗为千古孝思绝作,尽人能识。……固不必问其所作何人,所处何世,人人心中皆有此一段至性至情文字在,特其人以妙笔出之,斯成为一代至文耳。"

陈子展《诗经直解》:"《蓼莪》,大夫行役,自伤不得终养父母之诗。"

程俊英《译注》:"这是一首苦于服役,悼念父母的诗。"

大　东

有饛簋飧①,有捄棘匕②。

周道如砥③,其直如矢。

君子所履④,小人所视⑤。

睠言顾之⑥,潸焉出涕⑦。

小东大东⑧,杼柚其空⑨。

纠纠葛屦⑩,可以履霜⑪?

佻佻公子⑫,行彼周行⑬。

既往既来⑭,使我心疚⑮。

有冽氿泉⑯,无浸获薪⑰。

契契寤叹⑱,哀我惮人⑲。

薪是获薪⑳,尚可载也。

哀我惮人,亦可息也。

东人之子,职劳不来㉑。
西人之子㉒,粲粲衣服。
舟人之子㉓,熊罴是裘㉔。
私人之子㉕,百僚是试㉖。

或以其酒,不以其浆㉗。
鞙鞙佩璲㉘,不以其长㉙。
维天有汉㉚,监亦有光㉛。
跂彼织女㉜,终日七襄㉝。

虽则七襄,不成报章㉞。
睆彼牵牛㉟,不以服箱㊱。
东有启明㊲,西有长庚㊳。
有捄天毕㊴,载施之行㊵。

维南有箕㊶,不可以簸扬㊷。
维北有斗㊸,不可以挹酒浆㊹。
维南有箕,载翕其舌㊺。
维北有斗,西柄之揭㊻。

【题解】

这是东人怨刺周室之诗。全诗七章。首二章写东人遭受经济剥削。这满盘满盘的熟食,被枣木匙勺舀取干净。这意味着东人的粮食全部被吞食。那周道平坦而笔直,东人的粮食就是通过它源源不断地运往周朝。不仅如此,东人的织物也被洗荡一空。这怎不使诗人的内心感到痛苦与忧伤。三、四章写东人遭受徭役之苦。我们这些疲病之人,真是可哀可叹。我们这些疲病之人,也该休息休息。东人整天劳累不堪,但从来无人慰问;西人的公子身着鲜艳的服装,却无所事事;西人的公子每天追逐野兽而取乐,东人的小民则要充当各种差役。通过对照描写,显示出东人、西人之间劳逸不均。五章写东人、西人贫富悬殊。西人每天痛饮美酒,而东人连汤也喝不上;西人身系贵重的瑞玉之佩,而东人连最普通的长佩也没有。诗人想到这里,他仰首望天,突发奇想,由人间转到天上,生出以下许多光怪陆离的想象。末二章写众星有名无实。织女星虽周行天际,却不能织布;牵牛星虽明亮,却不能驾车。东有启明星,西有长庚星,还有那弯曲的天网星,在空中排列成行,然而又有何用。南箕星虽形状像簸箕,但不能簸米去糠;北斗星虽形状像斗勺,但不能舀取酒浆。诗以众星有名无实兴比周朝统治者徒具虚名,不能解除东人深重的苦难。不但如此,他们像南箕星内缩舌根吞噬东人的血汗,还像北斗座高扬其柄不停地舀取东人的财物。此诗构思巧妙,想象瑰丽。前四章重在写事,是实写;后三章重在抒情,是虚写。实写与虚写交互生辉,浑然一体。

【注释】

①有饛(méng):装满食物的样子。簋(guǐ):食器。飧(sūn):熟食。

②有捄(qiú):长而曲的样子。匕:匙、勺之类。

③砥:磨刀石。

④君子:指周之官员。履:行走。

⑤小人:指东国的平民。

⑥睠:眷恋。

⑦潸:流泪的样子。

⑧大东:远处的东方诸侯国。小东:较近的东方诸侯国。

⑨杼柚:梭子及转轴,代指织布机。

⑩纠纠:交织的样子。屦(jù):草鞋。

⑪可以:何以,岂可。

⑫佻佻:轻薄、安逸的样子。

⑬周行:即周道。

⑭既:复。

⑮疚:忧伤。

⑯有洌:寒冷。氿(guǐ):侧出的泉水。

⑰获薪:已砍的薪柴。

⑱契契:忧苦的样子。寤叹:难以入眠而叹。

⑲惮:通"瘅"。劳苦疾病。

⑳薪:砍伐取木。是:此,这。

㉑职:只。劳:服劳役。来:通"勑"。慰问。

㉒西人:指周人。

㉓舟人:即周人。

㉔熊罴是裘:猎取熊罴。

㉕私人:指东人而沦为周人之奴仆者。

㉖百僚:各种差役。试:充当。

㉗浆:汤水,薄酒。

㉘鞙鞙(juān):佩玉绶带美而长的样子。璲:瑞玉。

㉙长:长佩。

㉚汉:天河。

㉛监:镜子。

㉜跂:踮起脚。

㉝终日:由旦至暮。七襄:多次更动位置。

㉞报章:经纬交织,指布帛。

㉟睆(huàn):明亮。

㊱服箱:驾车载物。

㊲启明:金星,日出前在东,称启明星。

㊳长庚:日落后金星在西,称长庚星。

㊴天毕:毕星,由八颗星宿组成,状若长柄猎网。

㊵载:则。施(yì):斜行。

㊶箕:箕星星座,形似簸箕。

㊷簸扬:扬米以除糠。

㊸斗:北斗星座,形似斗勺。

㊹挹(yì):以勺舀酒。

㊺翕(xī):向内缩,若用力吸取。

㊻揭:高举。西柄高举,若将取于东。

【汇评】

《诗序》:"《大东》,刺乱也。东国困于役而伤于财,谭大夫作是诗以告病焉。"

　　汉郑玄《郑笺》:"谭国在东,故其大夫尤苦征役之事也。鲁庄公十年,齐师灭谭。"

汉焦赣《易林》:"赋敛重数,政为民贼。杼轴空虚,去其家室。"

清方玉润《诗经原始》:"谭亦东国,诗虽无据,安知其不为谭所作耶?此等考据,可以不必。诗本咏政赋烦重,人民劳苦。入后忽历数天星,豪纵无羁,几不可解。不知此正诗人之情,所谓光焰万丈长也。试思此诗若无后半文字,则东国困敝,纵极写得十分沉痛,亦不过平常歌咏而已,安能如许惊心动魄文字?……四章以上,将东国愁怨与西人骄奢两两相形,正喻夹写,已极难堪。天汉而下,忽仰头见星,不禁有触于怀,呼天自诉。"

陈子展《诗经直解》:"《大东》,东国困于役而伤于财,谭大夫告病刺乱之作。"

程俊英《译注》:"这是东方诸侯国的臣民讽刺周王室只知搜括财物,奴役人民,虽居高位,却不能解除东方人民的苦难的诗。"

四 月

四月维夏①,六月徂暑②。
先祖匪人③,胡宁忍予④?

秋日凄凄,百卉具腓⑤。
乱离瘼矣⑥,爰其适归⑦?

冬日烈烈⑧,飘风发发⑨。
民莫不穀⑩,我独何害⑪!

山有嘉卉,侯栗侯梅⑫。
废为残贼⑬,莫知其尤⑭!

相彼泉水⑮,载清载浊。
我日构祸⑯,曷云能穀⑰?

滔滔江汉,南国之纪⑱。
尽瘁以仕⑲,宁莫我有⑳!

匪鹑匪鸢㉑,翰飞戾天㉒。
匪鳣匪鲔㉓,潜逃于渊。

山有蕨薇㉔,隰有杞桋㉕。
君子作歌,维以告哀㉖。

【题解】

　　这是大夫行役抒怀之诗。全诗八章。这个时代政局混乱,社会动荡,诗人也遭受到多种祸患。因此,诗人的感情十分复杂:归家之思、畏祸之情、伤时之感、退隐之志,在诗中都有所反映。诗人这次行役时间很长。四月已在征途,很快又到了六月盛暑季节,经过百草凋谢的秋天,直到寒风凛冽的严冬,仍然还没有回家。由于长期行役,加上处境凶险,使他的心情特别恶劣。他不断地感叹自己的命运与遭遇:祖先不是外人,我遭祸殃心何忍?因遭乱离而致病,何日才能踏归程?别人生活都平安,为何自己遭不幸?我每天都在遭祸殃,何时才能交好运?诗以佳木被毁,兴比自己遭到摧残;以泉水时清时浊,兴比自己遭祸频繁;以滔滔江汉是南国之纪,兴比自己虽尽力从事但无人善待。于是诗人希望自己像鸟一样高翔云外,像鱼一样潜入深渊,退隐之志隐约可见。最后诗人说:自己写作此诗,是为了倾吐内心的悲哀。

【注释】

①四月:指夏历。维:是。

②徂暑:已到盛夏季节。

③匪:非。

④胡:为何。忍:忍心。

⑤百卉:百草。腓:枯死,凋零。

⑥瘝:病。

⑦爰:于何。适归:往归,返家。

⑧烈烈:冽冽、严寒。

⑨飘风:大风。发发:风呼啸声。

⑩穀:善,指生活平安。

⑪何害:为何蒙受祸害。

⑫侯:维、是。

⑬废:大。残贼:摧残,损伤。

⑭尤:罪过。

⑮相:视。

⑯构祸:遇到祸患。

⑰曷:何。穀:善,好。

⑱纪:纲纪。

⑲尽瘁:尽心竭力而致憔悴。仕:任职。

⑳宁:而。莫我有:莫友我,不肯以亲善之意待我。

㉑鹑、鸢:指雕、鹰等猛禽,善高飞。

㉒翰飞:高飞。戾:至。

㉓鳣、鲔:均为大鱼。

㉔蕨、薇:野菜名。

㉕杞、桋:树名。

㉖告哀:诉说悲哀。

【汇评】

《左传》杜预注:"《四月》之诗,行役逾时,思归祭祀。"

《诗序》:"《四月》,大夫刺幽王也。在位贪残,下国构祸,怨乱并兴焉。"

晋徐干《中论》:"古者行役过时不反,犹作诗怨刺,故《四月》之篇称'先祖匪人,胡宁忍予'?"

宋朱熹《诗集传》:"此亦遭乱自伤之诗。言四月维夏,则六月徂暑矣。我先祖岂非人乎,何忍使我遭此祸。无所归咎之词也。"

清姚际恒《诗经通论》:"此疑大夫之后为仕者遭小人构祸,身历南国而叹其无所容身也。或单主行役言,非。或主思祭祖言,亦凿。"

清方玉润《诗经原始》:"此诗明明逐臣南迁之词,而诸家所解,或主遭乱,或主行役,或主构祸,或主思祭,皆未尝即全诗而一诵之也。……愚谓当时大夫,必有功臣后裔,遭害被逐,远谪江滨者,故于去国之日作诗以志

423

哀云。"

陈子展《诗经直解》:"《四月》,大夫自述行役,一年间自夏历秋至冬、途中见闻,以及忧乱、构祸、尽瘁、思隐,种种复杂心情之诗。"

高亨《诗经今注》:"西周王朝的小官吏,行役到南方去,遭遇变乱,久不得归,写出此诗,来表达自己的痛苦心情。"

蒋立甫《诗经选注》:"考察全诗,似是遭祸被逐之作。其人自称君子,诗中愤愤不平地诉说自己曾为国事操尽了心,并以'南国之纪'的江汉,比喻自己曾是国家的重要角色。可是如今却被放逐江南,有家不能归,受着无穷的灾难。因此他恨自己不是鸟不是鱼,不然就可以上天入渊,逃之夭夭了。"

北　山

陟彼北山^①,言采其杞。
偕偕士子^②,朝夕从事^③。
王事靡盬^④,忧我父母。

溥天之下^⑤,莫非王土。
率土之滨^⑥,莫非王臣。
大夫不均^⑦,我从事独贤^⑧。

四牡彭彭^⑨,王事傍傍^⑩。
嘉我未老^⑪,鲜我方将^⑫。
旅力方刚^⑬,经营四方。

或燕燕居息^⑭,或尽瘁事国^⑮;
或息偃在床^⑯,或不已于行^⑰。

或不知叫号^⑱,或惨惨劬劳^⑲;

或栖迟偃仰㉑,或王事鞅掌㉑。

或湛乐饮酒㉒,或惨惨畏咎㉓;
或出入风议㉔,或靡事不为。

【题解】

这是小臣苦于劳役之诗。全诗六章。前三章写小臣为王事而辛劳。他驾着马车,从早到晚忙忙碌碌,四处奔波。由于王事没完没了,致使父母非常担心。普天之下,没有不是天子的土地;四海之内,没有不是天子的臣民。大夫为政很不公平,唯独我的事务特别繁重。大夫夸奖我青春年少,赞许我血气方刚。还说我体力充沛,正可以奔走四方。后三章写劳逸不均、苦乐不平。这三章连用了十二个"或"字,作了六次对比:有的人悠闲自在安然在家休息,有的人则尽力国事积劳成疾;有的人无所事事高卧在床,有的人则四处奔波不息于道;有的人养尊处优不知饥寒,有的人则惨愁悲凉艰苦备尝;有的人俯仰自如优哉游哉,有的人则王事堆积工作紧张;有的人参与宴会无比荣光,有的人则忧谗畏讥心绪凄凉;有的人出入庙堂高谈阔论,有的人则事无巨细总在忙碌。诗写到这里戛然而止,不另下结语,显得不同凡响。

【注释】

①陟:登。

②偕偕:强壮。士子:作者自称。

③朝夕:从早到晚。

④靡盬(gǔ):不停止。

⑤溥(pǔ):同"普"。

⑥率:沿着。滨:海边。

⑦不均:不公平。

⑧贤:劳累。

⑨四牡:四匹公马。彭彭:不息的样子。

⑩傍傍:忙碌的样子。

⑪嘉:夸奖。

⑫鲜:称道。

⑬旅力:体力。

⑭或:有的,有人。燕燕:安闲的样子。

⑮尽瘁:尽力而致憔悴。

⑯息偃:卧床休息。

⑰不已:不停。行:道路。

⑱叫号:因苦难而呼叫号哭。

⑲惨惨:忧愁。劬(qú)劳:辛劳。

⑳栖迟:游乐。偃仰:安居。

㉑鞅掌:忙碌。

㉒湛(dān)乐:沉醉于享乐。

㉓畏咎:怕犯过失。

㉔风议:发议论。

【汇评】

《诗序》:"《北山》,大夫刺幽王也。役使不均,己劳于从事,而不得养其父母焉。"

南朝宋范晔《后汉书》:"劳逸无别,善恶同流,《北山》之诗所为作。"

清人方玉润《诗经原始》:"幽王之时,役赋不均,岂独一士受其害?然此诗则实士者之作无疑。前三章皆言一己独劳之故,尚属臣子分所应写,故不敢怨。末乃劳逸对举,两两相形,一直到底,不言怨而怨自深矣。"

袁梅《译注》:"此为周之小臣哀苦怨悱之歌。他苦的是劳于王事,无力终养父母;怨的是大夫不均,劳逸悬殊。而这二者的根源在于周王的昏庸暴虐。"

程俊英《译注》:"这是一位士子怨恨大夫分配徭役劳逸不均而作的诗。士属统治阶级之下层,上受天子、诸侯、大夫等的压迫,承担繁重的徭役。这首诗反映了当时统治阶级内部矛盾的尖锐化。"

无将大车

无将大车①,祇自尘兮②。

无思百忧,祇自疧兮③。

无将大车,维尘冥冥④。
无思百忧,不出于颎⑤。

无将大车,维尘雍兮⑥。
无思百忧,祇自重兮⑦。

【题解】

这是排遣忧愁之诗。全诗三章。每章首二句为兴体,每章后二句为本体。不要推那大型车,否则,就会弄得满身灰,就会弄得天地暗,就会弄得尘遮路。诗以此兴比不要想那种忧,否则,就会使自己生疾病,心烦闷,病加重。诗人当是一位行役者。他对推车有深切的体会,于是以之为喻,歌其劳苦,抒其忧思。

【注释】

①将:推,扶。

②祇:只。自尘:自惹尘土。

③疧(qí):病患。

④冥冥:昏暗。

⑤颎(jiǒng):忧伤,烦闷。

⑥雍(yōng):遮蔽。

⑦自重:自招病累。

【汇评】

《荀子·大略》:"君人者不可以不慎取臣,匹夫者不可以不慎取友。取友善人,不可不慎,是德之基也。诗曰:'无将大车,维尘冥冥'。言无与小人处也。"

《诗序》:"《无将大车》,大夫悔将小人也。"

汉郑玄《郑笺》:"周大夫悔将小人。幽王之时,小人众多,贤者与之从事,反见谮,自悔与小人并。"

汉焦赣《易林》:"大舆多尘,小人伤贤。皇父司徒,使君失家。"

427

宋朱熹《诗集传》:"此亦行役劳苦而忧思者之作。"

清姚际恒《诗经通论》:"此诗以'将大车'而起尘兴'思百忧'而自病,故戒其'无'。……自小序误作比意,因大车用'将'字,遂曰'大夫悔将小人',甚迂。《集传》则谓'行役劳苦而忧思之作',观三章'无思百忧'二句,并无行役之意,是必以'将大车'为行役,甚可笑。"

清方玉润《诗经原始》:"此诗人感时伤乱,搔首茫茫,百忧并集,既又知其徒忧无益,祇以自病,故作此旷达,聊以自遣之词。亦极无聊时也。序谓大夫悔将小人,而诗无将小人意。集传又谓行役劳苦而忧思者之作,而诗更无行役语,不知诸儒说诗,何以好为附会也如是?"

陈子展《诗经直解》:"《无将大车》,当是推挽大车者所作。此亦劳者歌其事之一例。"

高亨《诗经今注》:"劳动者推着大车,想起自己的忧患,唱出这个歌。"

袁梅《译注》:"诗人苦于忧患、伤于时弊,在穷极无聊之际,吟此自遣自勉之歌。"

小 明

明明上天,照临下土。
我征徂西①,至于艽野②。
二月初吉③,载离寒暑④。
心之忧矣,其毒大苦⑤。
念彼共人⑥,涕零如雨。
岂不怀归?畏此罪罟⑦。

昔我往矣,日月方除⑧。
曷云其还?岁聿云莫⑨。
念我独兮,我事孔庶⑩。
心之忧矣,惮我不暇⑪。

念彼共人,睠睠怀顾⑫。
岂不怀归? 畏此谴怒。

昔我往矣,日月方奥⑬。
曷云其还? 政事愈蹙⑭。
岁聿云莫,采萧获菽⑮。
心之忧矣,自诒伊戚⑯。
念彼共人,兴言出宿⑰。
岂不怀归? 畏此反覆⑱。

嗟尔君子,无恒安处⑲。
靖共尔位⑳,正直是与㉑。
神之听之,式穀以女㉒。

嗟尔君子,无恒安息。
靖共尔位,好是正直㉓。
神之听之,介尔景福㉔。

【题解】

　　这是大夫行役怀友之诗。全诗五章。前三章写久役的痛苦。这次行役不仅时间久长,而且地点荒远,因而他的内心极为痛苦。三章反复表达的都是忧伤的感情。但一章侧重说行役的痛苦,二章侧重说公务的繁忙,三章侧重说忧愁的深重。在紧张而繁忙的行役生活中,他特别怀念朋友。他因思念而落泪,而回顾,而夜不能寐,表现了他们之间真挚而深厚的情谊。他是多么想归去与亲朋团聚啊! 但是他害怕罪网,害怕谴责,害怕不测之祸,欲归而不能。后二章写劝勉朋友。一是劝勉朋友居安思危,不要贪图安逸。二是劝勉朋友与正直的人交往,互相帮助。这是针对当时士大夫苟且偷安、道德沦丧的现实而提出来的。可见诗人确是一位勤勉而正直的士大夫。

【注释】

①徂:往。

②芁(qiú)野:远方的荒野。

③初吉:上旬之吉日。

④离:经历。寒暑:成年累月。

⑤毒:痛苦,磨难。

⑥共人:恭谨宽厚的人,指后面的君子。

⑦罪罟:法网。

⑧方除:正当除旧岁、迎新春之时。

⑨聿、云:均为语助词。莫:暮。

⑩孔庶:很多。

⑪惮:劳苦。不暇:没有空闲。

⑫睠睠:眷恋。

⑬方奥:转暖。

⑭愈蹙(cù):更加急迫。

⑮萧:艾蒿。菽:大豆。

⑯诒:留。戚:忧伤。

⑰兴:起来。出宿:不得安卧,起立出外。

⑱反覆:指不测之祸。

⑲恒:常。安处:安逸。

⑳靖共:谨慎履行。

㉑与:相助、亲近。

㉒榖:善。女:汝。

㉓好:爱好。

㉔介:赐,助。景福:洪福,大福。

【汇评】

《诗序》:"《小明》,大夫悔仕于乱世也。"

汉郑玄《郑笺》:"名篇曰《小明》者,言幽王日小其明,损其政事,以至于乱。"

宋朱熹《诗集传》:"大夫以二月西征,至于岁莫,而未得归,故呼天而诉之。复念其僚友之处者,且自言其畏罪而不敢归也。"

清方玉润《诗经原始》:"此诗与《北山》相似而实不同。彼刺大夫役使不均,此因己之久役而念友之安居。……故此不独羡人之逸,且勉其不可怀安也。"

吴闿生《诗义会通》:"此诗明为行役怨困之诗,词义甚明。"

陈子展《诗经直解》:《小明》,大夫自述久役、忧时,思友、怀归,种种复杂心情之作。诗由行役而作,与《四月》《北山》两诗同,诗人忧时畏罪,亦复相似也。"

袁梅《译注》:"此为行役征戍之人劳苦怨困、自勉自戒之词。"

程俊英《译注》:"这是个官吏自述久役思归及念友的诗。"

鼓　钟

鼓钟将将①,淮水汤汤②,忧心且伤。
淑人君子,怀允不忘③。

鼓钟喈喈④,淮水湝湝⑤,忧心且悲。
淑人君子,其德不回⑥。

鼓钟伐鼛⑦,淮有三洲,忧心且妯⑧。
淑人君子,其德不犹⑨。

鼓钟钦钦⑩,鼓瑟鼓琴,笙磬同音⑪。
以雅以南⑫,以籥不僭⑬。

【题解】

这是王公举行音乐盛会之诗。全诗四章。在那水势浩大的淮水旁,在那淮水的三洲上,这位王公举行了一场音乐盛会。顿时,擂起了鼓,敲起了钟,鼓起了瑟,弹起了琴,还有那笙磬同声相应。演出的是什么?有都城的雅乐,有南国的曲调,还有持羽吹籥的文舞。好一幅热闹盛大的场面! 诗人参与这种音乐盛会,心情应该是欢乐的。然而他的心中却充满了忧伤。这是为什么呢? 原来诗人想起了古代先王圣贤品德高尚。在怀念先王圣贤的美德之中,就寄托了对眼前这位王公的讽喻和批评。

【注释】

①鼓钟:敲钟。将将:锵锵。

②汤汤:大水奔流的样子。

③怀:思念。允:语助词。

④喈喈:犹"锵锵"。

⑤湝湝:水流动的样子。

⑥不回:正直,不邪曲。

⑦鼛(gāo):大鼓。

⑧妯(chóu):悲悼,伤痛。

⑨不犹:诚实,不欺诈。

⑩钦钦:犹"锵锵"。象声词。

⑪笙:管乐器。磬:打击乐器。

⑫以:为。雅:京都的乐调。南:南国的乐调。

⑬籥:乐器名。僭(jiàn):乱。

【汇评】

《诗序》:"《鼓钟》,刺幽王也。"

《毛传》:"幽王用乐不与德比,会诸侯于淮上,鼓其淫乐以示诸侯,贤者为之忧伤。"

汉郑玄《郑笺》:"为之忧伤者,嘉乐不野合,牺象不出门,今乃于淮水之上作先王之乐,失礼尤甚。"

宋朱熹《诗集传》:"此诗之义未详。王氏曰:幽王鼓钟淮水之上,为流连之乐,久而忘反。闻者忧伤,而思古之君子不能忘也。"

清方玉润《诗经原始》:"此诗循文案义,自是作乐淮上,然不知其为何时、何代、何王、何事? 小序漫谓刺幽王,已属臆断。……夫疑此诗非幽王时诗也可,且并此诗亦疑其非淮上诗也不可。"

袁梅《译注》:"本诗乃刺昏君虽用先王之乐而德不相称,并由此引起诗人对'古圣先贤'的怀思。"

程俊英《译注》:"这是讽刺周王荒乱、伤今思古的诗。过去有说是刺幽王的,有说是昭王时的作品,都无确证。"

楚 茨

楚楚者茨^①,言抽其棘^②。
自昔何为? 我艺黍稷^③。
我黍与与^④,我稷翼翼^⑤。
我仓既盈,我庾维亿^⑥。
以为酒食,以享以祀,
以妥以侑^⑦,以介景福^⑧。

济济跄跄^⑨,洁尔牛羊^⑩,
以往烝尝^⑪。或剥或亨^⑫,
或肆或将^⑬,祝祭于祊^⑭。
祀事孔明^⑮,先祖是皇^⑯,
神保是飨^⑰。孝孙有庆^⑱,
报以介福^⑲,万寿无疆!

执爨踏踏^⑳,为俎孔硕^㉑,
或燔或炙^㉒。君妇莫莫^㉓,
为豆孔庶^㉔,为宾为客。
献酬交错,礼仪卒度^㉕,
笑语卒获^㉘。神保是格^㉗,
报以介福,万寿攸酢^㉘。

我孔熯矣^㉙,式礼莫愆^㉚。

工祝致告㉛，徂赉孝孙㉜。
苾芬孝祀㉝，神嗜饮食。
卜尔百福㉞，如几如式㉟。
既齐既稷㊱，既匡既敕㊲。
永锡尔极㊳，时万时亿㊴。

礼仪既备，钟鼓既戒㊵。
孝孙徂位㊶，工祝致告。
神具醉止㊷，皇尸载起㊸。
鼓钟送尸，神保聿归。
诸宰君妇㊹，废彻不迟㊺。
诸父兄弟，备言燕私。

乐具入奏，以绥后禄㊻。
尔殽既将㊼，莫怨具庆。
既醉既饱，小大稽首㊽。
神嗜饮食，使君寿考。
孔惠孔时㊾，维其尽之。
子子孙孙，勿替引之㊿。

【题解】

这是周王祭祀先祖之诗。全诗六章。首章写农业丰收。黄米长得很旺盛，高粱长得很茂密，呈现出一派丰收景象。农作物收割，粮仓已装满，粮囤已装满。然后做成酒食，用以供神祭祖。二、三章写祭祀盛况。把牛羊洗得干干净净，烹调停当，端上祭席。太祝在宗庙门内致祭，祭典非常堂皇。有的烧烤，有的煎炒，祭品丰盛。司厨麻利，将肥大的肉块置放案上。群妇敬慎，将丰盛的菜肴装满食器。参与祭祀的宾客相互敬酒，仪表笑语均合法度。先祖神灵到来，将赐给孝孙大福与长寿。四、五章写祭祀获福。

太祝传达神灵的话说:你的祭品香喷喷,神灵很爱吃。你的祭祀及时而又符合要求,你的态度严肃而恭谨,神灵将赐给你无穷无尽的幸福。礼仪齐备,钟鼓都已备好,孝孙到了主祭的位置上。太祝又来传话说:先祖神灵已经喝醉了。于是乐队敲钟奏乐,欢送皇尸,神灵也随之归去。诸宰、群妇收拾祭品,家庭私宴即将开始。末章写祭毕私宴。乐器移到后堂演奏,享受祭祀之后的福禄。菜肴又美又香,大家十分满意,毫无怨言。已经喝醉,已经吃饱,大家一齐向周王叩头说道:神灵爱吃你的美食,使你长寿;先祖仁慈善良,将尽量赐福给你。愿你的子孙后代,永远继承发扬,不要废弃美好的传统。

【注释】

①楚楚:丛生的样子。茨:茨藜。

②抽:除掉。棘:刺,茨藜。

③艺:种植。

④与与:茂盛。

⑤翼翼:整齐而茂密。

⑥庾:露天谷堆。亿:满,盈。

⑦妥:安坐。侑:劝进酒食。

⑧介:求,赐。景福:大福。

⑨济济:恭敬,严肃。跄跄:行走有节奏的样子。

⑩洁:使清洁。

⑪烝:冬祭。尝:秋祭。

⑫亨:烹调。

⑬肆:陈设。将:端着。

⑭祝:太祝,掌宗庙祭祀的官员。

⑮孔明:很完备。

⑯皇:往,前来。

⑰神保:先祖之神灵。飨:享受祭祀。

⑱孝孙:主祭者,指周王。

⑲介福:求福,赐福。

⑳执爨(cuàn):司厨,炊事人员。踖踖(jí):敏捷而恭谨。

㉑俎:铜制礼器,以盛肉食。孔硕:很大。

435

㉒燔:烧肉。炙:烤肉。

㉓君妇:群妇。莫莫:恭敬谨慎。

㉔豆:食器名。庶:多。

㉕卒度:完全符合礼仪法度。

㉖卒获:都守规矩。

㉗格:至。

㉘万寿攸酢:酬报以万寿。

㉙孔熯(nǎn):很恭敬。

㉚莫愆:没有差错。

㉛工祝:祝官,太祝。致告:代神致辞。

㉜徂:往。赉:赏赐。

㉝苾(bì)芬:香喷喷。孝祀:祭祀。

㉞卜:赐予。

㉟如几:按时。如式:合乎礼制。

㊱齐:庄重,整齐。稷:敏捷。

㊲匡:端正。敕:严整。

㊳锡:赐。极:好福气。

㊴时:是。

㊵戒:准备。

㊶徂位:回到主祭的位置。

㊷具:俱。

㊸皇尸:装扮祖先之神灵者。

㊹诸宰:指冢宰、家臣之流。

㊺废彻:撤下祭品。

㊻绥:安享。后禄,神赏赐之福。

㊼将:嘉,善。

㊽稽首:叩头跪拜。

㊾惠:仁慈。时:善良。

㊿勿替:不要废弃。引之:长久继续下去。

【汇评】

《诗序》:"《楚茨》,刺幽王也。政烦赋重,田莱多荒,饥馑降丧,民卒流亡,祭祀不飨,故君子思古焉。"

　　宋朱熹《诗集传》:"此诗述公卿有田禄者之于农事,以奉其宗庙之祭。"

　　清姚际恒《诗经通论》:"(《诗序》)唯泥'自昔何为'一句耳,不知此句正唤起下'黍稷'句,以见黍稷之所由来也。其余皆详叙祭祀,自始至终,极其繁盛,无一字刺意。"又曰:"《集传》不用序说,是已。然以为公卿之诗,又非也。"

　　清方玉润《诗经原始》:"自此篇至《大田》四诗,辞气典重,礼仪明备,非盛世明王不足以语此。故序无辞以说之,不得不创为伤今思古之论。然诗实无一语伤今,顾安得谓之思古耶?"

　　清陈奂《毛诗传疏》:"诗先言民事而及神飨获福也。陈古以刺今。"

　　清范家相《诗瀋》:"《楚茨》,天子时祭之乐歌也。"

　　陈子展《诗经直解》:"《楚茨》,当是有关王者秋冬祭祀先祖,祭后私宴同姓诸臣之诗。诗中称我,称孝孙,皆为周王自称,或诗人代称之词。此诗首章说丰收以后之祭祀,故又可以列在西周农事诗一类,被视为所谓《豳雅》之一。"

信南山

信彼南山①,维禹甸之②。
畇畇原隰③,曾孙田之④。
我疆我理⑤,南东其亩⑥。

上天同云⑦,雨雪雰雰。
益之以霡霂⑧,既优既渥⑨。
既霑既足,生我百谷。

疆埸翼翼⑩,黍稷彧彧⑪。
曾孙之穑⑫,以为酒食。
畀我尸宾⑬,寿考万年。

中田有庐⑭,疆場有瓜。
是剥是菹⑮,献之皇祖。
曾孙寿考,受天之祜⑯。

祭以清酒,从以骍牡⑰,
享于祖考。执其鸾刀⑱,
以启其毛,取其血膋⑲。

是烝是享⑳,苾苾芬芬㉑。
祀事孔明,先祖是皇㉒。
报以介福,万寿无疆!

【题解】

　　这是周天子祭祀先祖之诗。全诗六章。首章写治理田亩。绵延的南山,大禹曾治理过。起伏的田地,曾孙曾耕种过。划定田疆,整治田亩,使那田亩成为南向或东向。次章写雨雪及时。上天阴云密布,瑞雪纷纷扬扬。加之连下小雨,雨水已多已厚,已沾已足,百谷长势兴旺。三章写黍稷茂盛。田界整齐,黍稷茂盛。曾孙收割庄稼,用来做成酒食。献给神尸和来宾,神灵将会赠给长寿。四章写菜蔬俱备。田中有萝卜,田畔有菜瓜。于是削它腌它,把它献给皇祖。曾孙获得长寿,受到老天保佑。五章写牺牲肥美。祭祀时供以清酒,还献上一头大红牛,请先祖前来享用。操着那带铃的尖刀,割开红牛身上的皮毛,取出它的鲜血和脂膏。末章写祭祀获福。蒸祭品煮祭品,祭品的香气芬芳扑鼻。祭典非常堂皇,于是先祖神灵到来。先祖赐予洪福,并使周王万寿无疆。

【注释】

　　①信:形容山势起伏绵延。南山:终南山。

　　②甸:治理。

　　③畇畇(yún):平坦而整齐。

　　④曾孙:指周王。

⑤疆、理:划田界,修沟渠。

⑥南东其亩:整理田亩。东西向耕,称东亩;南北向耕,称南亩。

⑦同云:被云遮住。

⑧益:加上。霢霂:小雨。

⑨优:充足。渥:润湿。

⑩疆埸(yì):田界。翼翼:整齐。

⑪彧彧(yù):茂盛。

⑫穑(sè):收获谷物。

⑬畀(bì):献给,给予。尸宾:神灵,宾客。

⑭庐:通"芦"。萝卜。

⑮剥:切开,菹(zū):做菜。

⑯祜(hù):福。

⑰骍牡:毛色赤黄的公牛。

⑱鸾刀:对刀的美称。

⑲膋(liáo):脂膏。

⑳烝:蒸。享:烹,煮。

㉑苾苾芬芬:香气四散。

㉒皇:往,前来。

【汇评】

《诗序》:"《信南山》,刺幽王也。不能修成王之业,疆理天下,以奉禹功,故君子思古焉。"

宋朱熹《诗集传》:"此诗大指与《楚茨》略同。"

清方玉润《诗经原始》:"此诗乃正雅之错脱在此,非幽王时诗,诚有如晦翁之疑矣。而何氏楷亦云:《楚茨》、《信南山》同为一时之作。《楚茨》详于后而略于前;自祭祊以前,但以'祀事孔明'一语该之。《信南山》详于前而略于后;自荐熟以后,但以'祀事孔明'一语该之。是二诗同出一时,则二曾孙均指成王也,讵得谓凡为祭者皆得而称之哉?"

高亨《诗经今注》:"这首诗也是贵族祭祀祖先的乐歌,但也着力描写了农业生产。"

袁梅《译注》:"此篇大旨与《楚茨》略同。不过,本诗专为冬祭之乐歌,《楚茨》则兼秋祭、冬祭之乐歌。"

甫 田

倬彼甫田①，岁取十千②。
我取其陈③，食我农人④，
自古有年⑤。今适南亩，
或耘或耔，黍稷薿薿⑥。
攸介攸止⑦，烝我髦士⑧。

以我齐明⑨，与我牺羊⑩，
以社以方⑪。我田既臧⑫，
农夫之庆。琴瑟击鼓，
以御田祖⑬。以祈甘雨，
以介我稷黍⑭，以穀我士女⑮。

曾孙来止⑯，以其妇子，
馌彼南亩⑰，田畯至喜⑱。
攘其左右⑲，尝其旨否⑳。
禾易长亩㉑，终善且有㉒。
曾孙不怒，农夫克敏㉓。

曾孙之稼，如茨如梁㉔。
曾孙之庾㉕，如坻如京㉖。
乃求千斯仓，乃求万斯箱。
黍稷稻粱，农夫之庆。
报以介福，万寿无疆！

【题解】

这是农事之诗。首二章写周王前往南亩祭祀神灵。那是一片广阔的大田,收获的粮食很多,而且每年都是丰收。周王来到南亩,看到农夫有的锄草有的施肥,各种庄稼长势喜人,心里自然很高兴。在休息的时候,周王召来田畯安排农事。接着祭神仪式开始。陈列丰盛的祭品,演奏优美的音乐,先祭祀土地神和四方神,然后祭祀田神,以祈天降甘雨,黍稷丰收,使百姓得以丰衣足食。三章写田间劳动的情景。周王来到田间,看到农妇和孩子将饭送到田头,田畯非常高兴。周王排开左右,亲尝饭菜好否。庄稼盖满田地,长得既好又稠。周王和悦不怒,农夫干活敏捷。这章描写形象传真,富于生活气息。末章写美好的祝愿。祝愿周王的庄稼,堆得像屋顶像桥头;祝愿周王的粮食,堆得像小丘像高丘。准备"千仓"和"万箱"将各种粮食装满。神灵享用祭祀,将赐以洪福,使周王万寿无疆。

【注释】

①倬(zhuō):广阔。甫:大。

②十千:形容多。

③陈:陈粮。

④食(sì):养。

⑤有年:丰年。

⑥薿薿(nǐ):茂盛。

⑦攸:语助词。介、止:休息。

⑧烝:召之前来。髦士:英俊之士,指田畯等。

⑨齐(zī)明:祭器中装的谷物。

⑩牺羊:祭祀中用的牛羊。

⑪社:祭土地神。方:祭四方之神。

⑫臧:善,好。

⑬御:祀。田祖:农神,指后稷。一说神农。

⑭介:助长。

⑮穀:养育。士女:庶民,人民。

⑯曾孙:指周王。

⑰馌(yè):送饭。

441

⑱田畯:农官。

⑲攘:去除,排开。

⑳旨:味美。

㉑易:禾盛。长:满。

㉒终:既。有:多。

㉓克敏:敏捷,又快又好。

㉔茨:草屋顶。梁:拱桥。

㉕庚:露天的粮囤。

㉖坻:小丘。京:高丘。

【汇评】

《诗序》:"《甫田》,刺幽王也。君子伤今而思古焉。"

汉郑玄《郑笺》:"刺者,刺其仓廪空虚,政烦赋重,农人失职。"

宋朱熹《诗集传》:"此诗述公卿有田禄者力于农事、以奉方社田祖之祭。"

清姚际恒《诗经通论》:"此王者祭方社及田祖,因而省耕也。"

清方玉润《诗经原始》:"此王者祈年因而省耕也。祭方社,祀田祖,皆所以祈甘雨,非报成也。"

高亨《诗经今注》:"这篇是西周农奴主的作品,歌唱他田地的广阔,农奴的劳动,庄稼的茂盛,粮谷的丰收,以及祭祀的情况等。"

程俊英《译注》:"这是周王祭祀土地神、四方神和农神的祈年乐歌。"

大　田

大田多稼,既种既戒①,

既备乃事②。以我覃耜③,

俶载南亩④,播厥百谷。

既庭且硕⑤,曾孙是若⑥。

既方既皂⑦,既坚既好,

不稂不莠⑧。去其螟螣⑨,
及其蟊贼⑩,无害我田稚⑪。
田祖有神⑫,秉畀炎火⑬。

有渰萋萋⑭,兴云祁祁⑮。
雨我公田,遂及我私⑯。
彼有不获稚⑰,此有不敛穧⑱,
彼有遗秉⑲,此有滞穗⑳,
伊寡妇之利。

曾孙来止,以其妇子,
馌彼南亩,田畯至喜。
来方禋祀㉑,以其骍黑㉒,
与其黍稷。以享以祀,
以介景福。

【题解】

　　这是农事之诗。全诗四章。首章写春天的农事。选好种子,修好农具,一切准备停当,然后用那锋利的犁头,到南亩去播种各种谷物。禾苗长势既挺拔又肥大,这顺了曾孙的心愿。二章写夏天的农事。此章描写了谷粒长出到成熟的全过程。谷粒长壳了,丰满了,坚硬了,成熟了。田中没有瘪谷没有杂草。消灭了各种害虫,不许它们伤害我的禾苗。田祖有灵,把这些害虫投到火里都烧尽。三章写雨水及时。天空乌云密布,甘雨徐徐落下。先落到公田,再惠及私田。那里有未割的禾稻,这里有散落的稻穗;那里有遗下的禾把,这里有留下的禾穗。这些"遗秉""滞穗"都是留给寡妇的好处。诗人如此铺张描写,是为了渲染丰收喜悦的气氛。末章写周王巡视。周王来到田间,见到农妇和孩子将饭送到田头,田畯非常高兴。秋收后举行祭天仪式。用那红牛、黑猪以及小米、高粱,祭祀神灵,以求得更大的幸福。

【注释】

①种:选种。戒:械,修理农具。

②既:已经。乃:然后。

③罨(yǎn):锋利。耜(sì):犁。

④俶:开始。载:从事劳作。

⑤庭:挺立。硕:大。

⑥曾孙:指周王。若:顺心。

⑦方:谷粒初成壳。皂(zào):谷始成形,尚未坚实。

⑧稂(láng):谷粒有壳无实。莠(yǒu):禾中的杂草。

⑨螟、螣(tè):害虫。

⑩蟊、贼:害虫。

⑪稚:禾苗。

⑫田祖:农神。

⑬秉畀炎火:投入火中烧死。

⑭有渰(yǎn):云兴起的样子。萋萋:凄凄。

⑮祁祁:徐徐细雨的样子。

⑯我私:我的私田。

⑰不获稚:未成熟的稻禾。

⑱不敛穧:已割而漏收的谷物。

⑲遗秉:失落的禾把。

⑳滞穗:遗留的稻穗。

㉑禋(yīn)祀:祭天的仪式。

㉒骍黑:红牛、黑猪。

【汇评】

《诗序》:"《大田》,刺幽王也。言矜寡不能自存焉。"

汉郑玄《郑笺》:"幽王之时,政烦赋重,而不务农事,虫灾害谷,风雨不时,万民饥馑,矜寡无所取活,故时臣思古以刺之。"

宋朱熹《诗集传》:"此诗为农夫之词,以颂美其上,若以答前篇之意也。"

清姚际恒《诗经通论》:"此王者西成省敛也。《集传》谓农夫答前篇之

444

意,误而又误。且以前篇为公卿,此云'颂美其上',何也? 岂以公卿为上乎!"

清方玉润《诗经原始》:"前篇重在祈年省耕,故从王者一面极力摹写祀事巡典,神则致其诚,民则极其爱,所以尽在上者之心也。此篇重在播种收成,故从农人一面极力摹写春耕秋敛,害必务去尽,利必使有余,所以竭在下者之力也。"

高亨《诗经今注》:"此篇也是西周农奴主作品,主要内容是描写农奴为农奴主种田,消除害虫,雨泽及时,庄稼长得茂盛及农奴主巡视田间,祭祀神灵的情况。"

袁梅《译注》:"这也是周代的一首农事诗。它虽然像《甫田》一样,有祈年、报祭等成份;但是,其主要内容却是写农业生产中的选种、修械、耕种、除草、灭虫、收获等情状。"

瞻彼洛矣

瞻彼洛矣①,维水泱泱②。
君子至止,福禄如茨③。
韎韐有奭④,以作六师⑤。

瞻彼洛矣,维水泱泱。
君子至止,鞞琫有珌⑥。
君子万年,保其家室。

瞻彼洛矣,维水泱泱。
君子至止,福禄既同⑦。
君子万年,保其家邦。

【题解】

这是赞美周王之诗。全诗三章。每章首二句以洛水浩浩荡荡地奔流,兴比周王的千军万马在前进。周王来到洛水旁边。他身着戎装,那皮制的蔽膝闪着红光,他的佩刀鞘上装饰着美玉。他威风凛凛,正在指挥着六师。寥寥几笔,就描绘出一个声势雄壮的场面,使人仿佛看见周王在洛水之滨检阅着他的千军万马。诗中还祝愿周王福禄无量,江山永保。

【注释】

①洛:水名。

②泱泱:水深广的样子。

③如茨:形容堆积之多。

④韎韐(mèi gé):红色的军服。有奭(shì):红艳艳。

⑤作:起,号令。六师:六军。

⑥鞞琫(bǐng běng):玉饰的刀鞘。有珌(bì):饰纹美丽的样子。

⑦同:聚集。

【汇评】

《诗序》:“《瞻彼洛矣》,刺幽王也。思古明王能爵命诸侯,赏善罚恶焉。”

宋朱熹《诗集传》:“此天子会诸侯於东都以讲武事,而诸侯美天子之诗。”

清姚际恒《诗经通论》:“何玄子曰:‘纪东迁也。⋯⋯(郑武公)从诸侯东迎太子宜臼于申,立之,是为平王。王以丰、镐逼近戎狄,乃迁都于洛。’此诗正咏此事。”

清方玉润《诗经原始》:“《集传》云:‘天子会诸侯於东都以讲武事,而诸侯美天子之诗。’循文案义,自如此解。唯此等歌咏必有所纪,非泛泛者。今既求其事而不得,则不如阙疑以俟知者之为愈也。”

陈子展《诗经直解》:“《瞻彼洛矣》,当是周王会诸侯洛水之上,检阅六军之诗。”

袁梅《译注》:“这可能是记述平王东迁洛邑,会诸侯、讲武事之歌,或谓郑武公所咏。”

裳裳者华

裳裳者华①,其叶湑兮②。

我觏之子③,我心写兮④。
我心写兮,是以有誉处兮⑤。

裳裳者华,芸其黄矣⑥。
我觏之子,维其有章矣⑦。
维其有章矣,是以有庆矣。

裳裳者华,或黄或白。
我觏之子,乘其四骆。
乘其四骆,六辔沃若⑧。

左之左之,君子宜之⑨。
右之右之,君子有之⑩。
维其有之,是以似之⑪。

【题解】

　　这是女子爱恋男子之诗。全诗四章。前三章写女子遇见男子时的心理感受。每章首二句均以鲜艳的花朵兴比男子青春貌美。首章说遇见那男子,心中就舒畅,充满了欢乐。二章说遇见那男子,觉得他很有才华,跟他相处,感到愉悦又幸福。三章说遇见那男子,乘坐着马车,手中的缰绳润泽而柔和。末章写赞奖男子。这男子左也合适,右也得体。因为他有德有才,所以形之于外,无不表里相符,富有风度。从赞美男子美丽容貌和出众的才华,夸奖男子驾车的姿态和得体的风度,表现了女子对男子衷心的倾慕。

【注释】

①裳裳:堂堂,明丽。
②湑(xǔ):茂盛。
②觏:见。
④写:通"泻"。舒畅。
⑤誉处:欢乐、安适。

⑥芸:深黄色。

⑦章:文彩,风华。

⑧六辔:古代一车四马,共六条缰绳。沃若:润泽、柔和。

⑨宜:适宜、得体。

⑩有:有才德、有风度。

⑪似之:做什么,像什么,无不适宜。

【汇评】

《诗序》:"《裳裳者华》,刺幽王也。古之仕者世禄。小人在位,则谗谄并进,弃贤者之类,绝功臣之世焉。"

汉郑玄《郑笺》:"士者,古昔明王时也。小人,斥今幽王也。"

宋朱熹《诗集传》:"此天子美诸侯之辞,盖以答《瞻彼洛矣》也。"

清方玉润《诗经原始》:"此诗与前篇互相酬答。上篇既无可考,则此亦当阙疑。唯末章似歌非歌,似谣非谣,理莹笔妙,自是名言,足垂不朽。"

陈子展《诗经直解》:"《裳裳者华》,言周王进用世禄子孙之诗。此大奴隶主妄自颂其分封世禄制之善者也。……诗称我,我,周王。之子,指世禄子孙。君子,指世禄子孙之先人。"

高亨《诗经今注》:"作者当是西周王朝的官吏。他受到一个贵族的扶植,因作此诗,来表示感谢,并歌颂贵族的能干。"

程俊英《译注》:"这是周王赞美诸侯的诗。《毛序》说是刺幽王的,前人已多评论其不足信。"

桑扈

交交桑扈①,有莺其羽②。
君子乐胥③,受天之祜④。

交交桑扈,有莺其领⑤。
君子乐胥,万邦之屏⑥。

之屏之翰⑦,百辟为宪⑧。

不戁不难⑨？受福不那⑩？

兕觥其觩⑪，旨酒思柔⑫。
彼交匪敖⑬，万福来求⑭。

【题解】

　　这是赞美君子之诗。全诗四章。诗以桑扈羽毛美丽，兴比君子仪表华美。诗人祝福他快乐，并祈求上天赐给他幸福，进而称赞他是国家的屏障和栋梁，堪为诸侯的楷模。他既宽和又恭谨，理应得到许多幸福。在宴会上，大家举起弯角酒杯，畅饮醇厚的美酒。这位君子不侮慢，不骄傲，各种幸福一定会降临在他身上。诗言"百辟为宪"，可知这位君子当是周王朝的执政者。

【注释】

①交交：往来飞翔的样子。桑扈：小鸟名。

②有莺：莺莺，鸟羽有文采。

③胥：语助词。

④祜(hù)：福。

⑤领：颈。

⑥屏：屏障。

⑦翰：即"干"。骨干，中坚。

⑧百辟：诸侯国君。宪：榜样。

⑨不：语助词。戁：宽和。难：恭谨。

⑩那：多。

⑪兕觥：酒器。觩：弯曲。

⑫旨酒：美酒。柔：柔和。

⑬匪敖：不骄傲，不侮慢于人。

⑭求：聚集。

【汇评】

《诗序》："《桑扈》，刺幽王也。君臣上下、动无礼文焉。"

汉郑玄《郑笺》："动无礼文，举事而不用先王礼法威仪也。"

宋朱熹《诗集传》:"此亦天子燕诸侯之诗。……颂祷之词也。"

清方玉润《诗经原始》:"此诗词义昭然,的为天子燕诸侯之诗无疑。然颂祷中寓箴规意,非上世君臣交儆,未易有此和平庄雅之音。"

高亨《诗经今注》:"这是一首为'君子'颂德祝福的诗。诗中所谓'君子',是万邦的屏翰,'百辟'的典范,应该是周王朝的执政者。"

程俊英《译注》:"这是周王宴会诸侯的诗。"

鸳 鸯

鸳鸯于飞,毕之罗之①。
君子万年,福禄宜之②。

鸳鸯在梁,戢其左翼③。
君子万年,宜其遐福④。

乘马在厩⑤,摧之秣之⑥。
君子万年,福禄艾之⑦。

乘马在厩,秣之摧之。
君子万年,福禄绥之⑧。

【题解】

这是庆贺新婚之诗。全诗四章。鸳鸯是一种性喜双栖的鸟,据说雌雄从不分开。自古以来,鸳鸯就是美好夫妻的象征。诗以鸳鸯在空中飞翔,用罗网把它罩住,兴比男女相求而为夫妻,以鸳鸯落在鱼梁上,相栖相依,兴比夫妻情笃意厚。接着写四匹马在槽里,用粗精饲料喂饱它。这暗示出男子即将迎娶新娘。在以鸳鸯兴比夫妻,以秣马暗示迎娶之下,诗人反复祝他幸福永存!

【注释】

①毕、罗:捕鸟的网。

②宜:安。

③戢:收敛。

④遐福:长久之福。

⑤厩(jiù):马棚。

⑥摧:喂草。秣:喂粮。

⑦艾:养。

⑧绥:安。

【汇评】

《诗序》:"《鸳鸯》,刺幽王也。思古明王交于万物有道,自奉养有节焉。"

汉郑玄《郑笺》:"交于万物有道,谓顺其性,取之以时,不暴夭也。"

宋朱熹《诗集传》:"此诸侯所以答《桑扈》也。……亦颂祷之词也。"

清姚际恒《诗经通论》:"诗人追美其初昏。"

清方玉润《诗经原始》:"幽王初昏也。又曰:夫鸳鸯匹鸟,当其倦而双栖,一正一倒,戢其左翼以相依于内,舒其右翼以防患于外,有夫妇情而无君臣义焉。故《白华》之诗有感于伉俪之不终,亦引用其语,而下即云'之子无良,二三其德',词意固昭然矣。《白华》为申后被黜之诗,安知此诗不为申后初昏而作?"

陈子展《诗经直解》:"《鸳鸯》,疑是颂祝贵族君子新婚之歌,具有歌谣风格。倘认其与幽王有关,与其说刺幽王废后,毋宁说是美幽王大婚。"

程俊英《译注》:"这是祝贺贵族新婚的诗。鸳鸯是成双成对的鸟,秣马是古代亲迎之礼,诗的起兴都与新婚有关。"

頍　弁

有頍者弁①,实维伊何②?

尔酒既旨,尔殽既嘉。

岂伊异人③，兄弟匪他。
茑与女萝④，施于松柏⑤。
未见君子，忧心奕奕⑥。
既见君子，庶几说怿⑦。

有頍者弁，实维何期⑧？
尔酒既旨，尔殽既时。
岂伊异人，兄弟具来⑨。
茑与女萝，施于松上。
未见君子，忧心恓恓⑩。
既见君子，庶几有臧⑪。

有頍者弁，实维在首。
尔酒既旨，尔殽既阜⑫。
岂伊异人，兄弟甥舅⑬。
如彼雨雪⑭，先集维霰⑮。
死丧无日，无几相见⑯。
乐酒今夕，君子维宴⑰。

【题解】

这是周王宴请兄弟及亲戚之诗。全诗三章。诗首先以那高而圆的皮帽应该戴在头上，兴比王室崇高的地位。接着赞美宴会上的美酒佳肴。酒是醇酒，菜肴既佳美，又时鲜，又丰富。然后强调与宴者与周王亲密的关系。与宴者不是别人，而是周王同姓的兄弟与异姓的甥舅，大家靠血缘联系在一起，不可分离。就好像茑草与松萝依附在松柏树上一样，大家与王室命运相连，生死与共。因此紧接着说没见到周王，我们都心神不定，满怀忧愁；等见到周王，我们的心情就舒畅，充满喜悦之情。最后抒发一种悲凉的心情。当冬天雪花纷纷之前，总要先洒下一阵雪珠。死亡的日子不会远了,再见面的机会也没有几次。在这样的宴会上,还是快乐地喝酒吧! 这是"对酒当歌,人生几何"式的人生叹息呢,还是对王室崩溃有一种不祥的预感呢? 也许这两种感情兼而有之。

【注释】

①有颓(kuǐ):戴帽子的样子。弁(biàn):皮帽。

②实维伊何:是为伊何。

③异人:外人、别人。

④茑(niǎo):一种寄生植物。女萝:松萝,蔓生于树上。

⑤施(yì):延伸。

⑥奕奕:心神不宁的样子。

⑦说怿:喜悦,欢喜。

⑧何期:何其、伊何。

⑨具:俱。

⑩怲怲:满怀忧愁的样子。

⑪臧:善,喜事。

⑫阜:盛多。

⑬甥舅:指异姓的亲戚。

⑭雨雪:落雪。

⑮霰:圆形的小雪珠。

⑯无几:没有多少时日。

⑰宴:安乐地饮酒。

【汇评】

《诗序》:"《颓弁》,诸公刺幽王也。暴戾无亲,不能宴乐同姓,亲睦九族,孤危将亡,故作是诗也。"

宋朱熹《诗集传》:"此亦燕兄弟亲戚之诗。"

清姚际恒《诗经通论》:"'死丧'语固可不忌,然'如彼冰雪'二句确同履霜坚冰之义,则何以云? 又每章有'岂伊异人'语,及云'兄弟匪他',亦非善辞也。"

清方玉润《诗经原始》:"《序》自《节南山》后,无一不以为'刺幽王',此则真刺幽王诗也。但谓'不能宴乐同姓,孤危将亡',则非。诗明言'尔酒'

'尔肴'，又云'乐酒今夕'，何得谓之'不能宴乐同姓'耶？盖王平日亲亲谊薄，虽有宴乐，未能和睦。故同姓诸公借饮酒以讽刺之。"又曰："此虽刺王，而一片忠诚爱君之心溢于言表，固自足存。若《集传》第以为'宴兄弟亲戚之诗'，则此一宴也，不过寻常款洽，何足重轻于其际欤？"

陈子展《诗经直解》："《頍弁》，言西周末年王室宴乐同姓诸臣之诗，当是与宴诸公中之贵族诗人所作。诗云：'死丧无日，无几相见。'可以想见诗人预感王室孤危将亡之悲哀。"

高亨《诗经今注》："贵族请兄弟亲戚吃饭，被请者写出这首诗，表示对贵族的依赖和爱戴。"

程俊英《译注》："这是写周王宴请兄弟亲戚的诗。诗中以寄生草依赖于松柏，比喻贵族依赖于周王。末章反映了西周末年统治集团对国家前途悲观失望和及时行乐的心情。"

车 舝

间关车之舝兮①，思娈季女逝兮②。
匪饥匪渴③，德音来括④。
虽无好友⑤，式燕且喜。

依彼平林⑥，有集维鷮⑦。
辰彼硕女⑧，令德来教⑨。
式燕且誉⑩，好尔无射⑪。

虽无旨酒，式饮庶几⑫。
虽无嘉殽，式食庶几。
虽无德与女⑬，式歌且舞。

陟彼高冈，析其柞薪⑭。
析其柞薪，其叶湑兮⑮。

鲜我觏尔⑯，我心写兮⑰。

高山仰止⑱，景行行止⑲。
四牡骓骓⑳，六辔如琴㉑。
觏尔新昏，以慰我心。

【题解】

　　这是迎亲之诗。全诗五章。每章前四句写迎亲之事。男子远望高山，驾着马车奔驰在大道上。四匹马儿跑个不停，车轮发出"间关"的声响。手中的缰绳非常柔和，如同琴瑟一般。他正前往迎娶美丽的新娘。这位新娘不仅容貌美丽，而且品性端庄。这次婚宴并不丰盛，既无美酒，也无佳肴，但希望客人喝得痛快，吃得香甜。诗还以登山砍薪，象征这对男女已成为夫妻。每章末二句写爱慕之情。男子迎娶了这位貌美德贤的新娘，觉得自己有点儿配不上。他反复地说道：我虽然没有好朋友，但客人宴饮且欢乐；我爱你呀到永远；我虽无美德与你配，但也唱歌把舞跳；我已与你成夫妻，感到舒畅，感到甜蜜和安慰。

【注释】

①间关：车行进中车轴与车辖的摩擦声。舝：同"辖"。车轴上的键。

②思：语助词。娈：美貌。逝：往，前往迎娶。

③匪：非、不再。

④德音：美德、好名声。括：会合，成亲。

⑤好友：好朋友。

⑥依：林木茂盛。平林：平野之林。

⑦集：栖息。鹪(jiāo)：长尾的锦鸡。

⑧辰：贤惠。硕女：美女。

⑨令德来教：教以妇道之美德。

⑩誉：欢乐。

⑪好尔：爱你。无射：不厌，不衰。

⑫式：语助词。庶几：表示希望。

⑬德与女：德行与你相配。

⑭析其柞薪:劈开、砍伐柞树当柴薪。

⑮湑(xǔ):茂盛。

⑯鲜:善,喜事。觏:遇合、娶亲。

⑰写:泻,欢悦、舒畅。

⑱仰:仰望。止:语助词。

⑲景行(háng):大道。

⑳骈骈:马行不止的样子。

㉑如琴:如琴瑟之和谐。

【汇评】

《诗序》:"《车辖》,大夫刺幽王也。褒姒嫉妒无道,并进谗巧败国,德泽不加于民。周人思得贤女以配君子,故作是诗也。"

汉郑玄《郑笺》:"逝,往也。大夫嫉褒姒之为恶,故严车设其辖,思得娈然美好之少女有齐庄之德者,往迎之以配幽王,代褒姒也。既幼而美,又齐庄,庶其当王意。时谗巧败国,下民离散,故大夫汲汲欲迎季女。"

宋朱熹《诗集传》:"此燕乐其新婚之诗。"

清方玉润《诗经原始》:"嘉贤友得淑女为配也。"

高亨《诗经今注》:"作者娶得一个贵族的女儿,作这首诗,抒写他的喜悦并表示对她的挚爱。"

程俊英《译注》:"这是一位诗人在迎娶途中赋的诗。《左传》昭公二十五年:'叔孙婼如宋迎女,赋《车辖》。'可见它确是咏新婚的诗。"

青　蝇

营营青蝇①,止于樊②。

岂弟君子③,无信谗言!

营营青蝇,止于棘④。

谗人罔极⑤,交乱四国⑥!

营营青蝇,止于榛⑦。

谗人罔极,构我二人⑧!

【题解】

这是刺谗之诗。全诗三章。诗以苍蝇比喻小人进谗非常贴切。苍蝇生于污秽之地,处在阴暗角落,专以寻脏逐臭为能事,这正好与奸邪小人在幕后进谗、搬弄是非的丑态相似。苍蝇嗡嗡乱飞,聚群趋污,这正与奸邪小人臭味相投,聚众进谗的丑态暗合。营营不已,驱之不去,暗示小人之多,令人防不胜防。每章首二句为兴体。嗡嗡飞叫的苍蝇,落在篱笆上,落在棘篱上,落在榛篱上。诗以此兴比小人靠拢君子,欲进谗言之态。每章后二句写谗言之危害。先告诫君子不要相信小人的谗言,然后揭露谗言的危害。正是这些谗言,挑起纠纷,乱人视听,将邦国搅得乱七八糟,使人们相互猜疑,使得君臣解体,朋友不和,骨肉相残,手足分离。这从一个侧面反映了西周末年动荡不宁的社会现实。它所表现的痛恨进谗小人的主题应该说超越了那个时代,具有更广泛的意义。

【注释】

①营营:飞鸣声。

②樊:篱笆。

③岂弟:和乐平易。

④棘:荆棘。

⑤罔极:毫无准则。

⑥交乱:挑起矛盾。

⑦榛:灌木名。

⑧构:挑拨离间。二人:指诗人和君子。

【汇评】

《诗序》:"《青蝇》,大夫刺幽王也。"

汉郑玄《郑笺》:"蝇之为虫,污白使黑,污黑使白,喻佞人变乱善恶也。"

汉焦赣《易林》:"青蝇集藩,君子信谗。害贤伤忠,患生妇人。"

宋朱熹《诗集传》:"诗人以王好听谗言,故以青蝇飞声比之,而戒王以勿听也。"

清姚际恒《诗经通论》:"厉、幽二王曾皆无道,而幽王信谗为尤著也。"

457

清方玉润《诗经原始》："大夫伤于谗，因以戒王也。"

高亨《诗经今注》："这首诗痛斥谗人的害人乱国，劝谏统治者不要听信谗言。诗的本事，今不可考。"

袁梅《译注》："这是讽刺周幽王喜听谗言、误国乱政的诗歌。"

宾之初筵

宾之初筵，左右秩秩[①]。
笾豆有楚[②]，肴核维旅[③]。
酒既和旨，饮酒孔偕[④]。
钟鼓既设，举酬逸逸[⑤]。
大侯既抗[⑥]，弓矢斯张。
射夫既同[⑦]，献尔发功[⑧]。
发彼有的[⑨]，以祈尔爵[⑩]。

籥舞笙鼓[⑪]，乐既和奏。
烝衎烈祖[⑫]，以洽百礼[⑬]。
百礼既至，有壬有林[⑭]。
锡尔纯嘏[⑮]，子孙其湛[⑯]。
其湛曰乐，各奏尔能。
宾载手仇[⑰]，室人入又[⑱]。
酌彼康爵[⑲]，以奏尔时[⑳]。

宾之初筵，温温其恭。
其未醉止，威仪反反[㉑]。
曰既醉止，威仪幡幡[㉒]。
舍其坐迁[㉓]，屡舞仙仙[㉔]。

其未醉止，威仪抑抑㉕。
曰既醉止，威仪怭怭㉖。
是曰既醉，不知其秩㉗。

宾既醉止，载号载呶㉘。
乱我笾豆，屡舞僛僛㉙。
是曰既醉，不知其邮㉚。
侧弁之俄㉛，屡舞傞傞㉜。
既醉而出，并受其福。
醉而不出，是谓伐德㉝。
饮酒孔嘉，维其令仪㉞。

凡此饮酒，或醉或否。
既立之监㉟，或佐之史㊱。
彼醉不臧，不醉反耻㊲。
式勿从谓㊳，无俾大怠㊳。
匪言勿言，匪由勿语㊵。
由醉之言㊶，俾出童羖㊷。
三爵不识㊸，矧敢多又㊹！

【题解】

　　这是讽刺贵族酗酒败德之诗。全诗五章。首二章写西周盛世饮酒合礼。首章写射礼之饮。先饮而后射。宾客有秩序地登上筵席，盛满食物的笾豆摆得整整齐齐。酒味醇厚，宾主和谐，钟鼓悠扬，敬酬有序。箭靶既举，弓箭拉开，各找对手，呈献技艺，输者罚酒一杯。场面活跃，而又彬彬有礼。二章写祭祀之饮。先祭而后饮。执籥而舞，笙钟和鸣。敬献先祖，百礼俱备。先祖赐以洪福，子孙充满欢乐。主宾相陪，各逞其能，举起大杯，祝贺胜者。中二章写西周末年饮酒败德。三章言现实中的滥饮。这些人

459

未醉之时，一个个温文尔雅，持重正经；既醉之后，便威仪全失，轻浮孟浪，不能自已。四章言烂醉的种种丑态。宾客喝醉后，真是丑态百出。他们大喊大叫，吵吵嚷嚷；他们打翻食器，扰乱秩序；他们乱蹦乱跳，东倒西歪；他们歪戴帽子，衣冠不整。最后诗人告诫说：饮酒本是件美事，但要讲究礼仪。末章写纠正滥饮颓风的措施。饮酒之时，设立酒监、酒史加以监督；不要与醉者戏语；对醉者的话不要当真；对昏昏然的醉者不要劝饮。此诗善于通过细节描写再现场景和塑造人物形象，从而收到了良好的艺术效果。

【注释】

①秩秩：恭敬有礼。

②笾豆：食器名。有楚：整整齐齐。

③肴、核：鱼肉，果品。旅：排列成行。

④孔偕：很齐一。

⑤举酬：举杯敬酒。逸逸：不间断。

⑥大侯：大箭靶。抗：举起。

⑦同：排齐。

⑧献：表现。发功：射箭之能。

⑨有的：箭靶。

⑩祈尔爵：希望射中，罚对方饮酒。

⑪籥舞：一种文舞，秉籥而舞。

⑫烝：进乐。衎(kàn)：娱乐。烈祖：有光辉业绩的祖先。

⑬洽：配合。百礼：各种礼仪。

⑭有壬：宏大。有林：盛多。

⑮锡：赐。纯嘏：洪福。

⑯湛(dān)：欢乐。

⑰载：则。手仇：选择赛射的对手。

⑱室人：主人。

⑲康爵：大杯。

⑳奏：进酒。时：指射中者。

㉑反反：庄重、谨慎。

㉒幡幡：轻浮之态。

㉓舍其坐迁：离开座位，跑到别处。

460

㉔仙仙:指舞态轻浮。

㉕抑抑:慎重、严谨。

㉖怭怭:轻薄。

㉗秩:规矩、秩序。

㉘呶(náo):喧闹。

㉙傞傞:东歪西倒,站不稳脚。

㉚邮:通"尤"。过失。

㉛侧弁:歪戴帽子。俄:倾斜。

㉜傞傞(suō):醉舞不休止。

㉝伐德:缺德,害人。

㉞令仪:好的仪态。

㉟监:酒监,负责酒宴礼仪。

㊱史:负责酒宴事务,席间的御史。

㊲不醉反耻:醉者以不醉为耻。

㊳从谓:再劝饮酒。

㊴俾:使。大怠:过于懈怠,失礼。

㊵由:理。

㊶由:由于、因为。

㊷俾:使。童羖:无角之公羊。

㊸三爵不识:三杯下肚,则昏昏然。

㊹矧:况且。多又:多劝,多饮酒。

【汇评】

《诗序》:"《宾之初筵》,卫武公刺时也。幽王荒废,媟近小人,饮酒无度,天下化之。君臣上下,沉湎淫液。武公既入,而作是诗也。"

汉焦赣《易林》:"举觞饮酒,未得至口。侧弁醉泴,拔剑斫怒。武公作悔。"

宋朱熹《诗集传》:"卫武公饮酒悔过而作此诗。"又曰:"毛氏序曰,卫武公刺幽王也。韩氏序曰,卫武公饮酒悔过也。今按此诗意,与《大雅》抑戒相类,必武公自悔之作。"

清方玉润《诗经原始》:"诗武公之作无疑,不必过为苛论也。当幽王时,国政荒废,媟近小人,饮酒无度。君臣上下,沉湎淫泆以成风俗者,尚堪问哉？武公初入为王卿士，难免不与其宴。既见其如此无礼，而又未敢直陈君失，只好作悔过用以自警，使王闻之，或以稍正其失，未始非诗之力也。……武公立朝，正己以格君非，虽曰悔过，实以谲谏意耳。"

陈子展《诗经直解》："《宾之初筵》，卫武公入为王朝卿士，眼见君臣上下饮酒无度，陈古以刺今，自儆以刺时之作。《毛序》说'刺时'，《韩诗》说'饮酒悔过'，各自其一面而言之，皆可不谓为误。"

程俊英《诗经译注》："这是讽刺统治者饮酒无度失礼败德的诗。"

鱼 藻

鱼在在藻，有颁其首①。
王在在镐②，岂乐饮酒③。

鱼在在藻，有莘其尾④。
王在在镐，饮酒乐岂⑤。

鱼在在藻，依于其蒲。
王在在镐，有那其居⑥。

【题解】

这是赞美周王饮酒欢乐之诗。全诗三章。周王在镐京有一座宫室。这宫室中有一个池塘，池塘中长有蒲藻，蒲藻中有鱼儿在穿行游动。周王在这座宫室中，饮酒观鱼，优哉游哉。每章首二句是赋而兴。一章说鱼在藻中，它的头硕大；二章说鱼在藻中，它的尾巴修长；三章说鱼在藻中，依附于蒲草下。诗人即景起兴，以鱼儿自由自在兴比周王自得其乐。每章后二句写周王在这环境幽雅的宫室中饮酒，既和乐又安逸。

【注释】

①有颁(fén)：头大的样子。
②镐(hào)：镐京。西周都城。

③岂乐:和乐,岂,同"恺"。

④有莘(shēn):尾长的样子。

⑤乐岂:即"岂乐"。

⑥有那(nuó):安逸的样子。

【汇评】

《诗序》:"《鱼藻》,刺幽王也。言万物失其性,王居镐京,将不能以自乐,故君子思古之武王焉。"

汉郑玄《郑笺》:"藻,水草也。鱼之依水草,犹人之依明王也。明王之时,鱼何所处乎?处于藻。既得其性,则肥充其首颁然。此时人物,皆得其所正……'岂',亦乐也。天下平安,万物得其性。武王何所处乎?处于镐京,乐八音之乐,与群臣饮酒而已。今幽王惑于褒姒,万物失其性,方有危亡之祸,而亦岂乐饮酒于镐京,而无悛心,故以此刺焉。"

宋朱熹《诗集传》:"此天子燕诸侯,而诸侯美天子之诗也。"

清方玉润《诗经原始》:"此镐民私幸周王都镐,而祝其永远在兹之词也。……诗不当别序在此,而序在此者,以其体变故耳。"

陈子展《诗经直解》:"《鱼藻》,盖刺周王高居镐宫饮酒作乐之诗。"

高亨《诗经今注》:"这是一首赞美周王生活安乐的颂歌。"

袁梅《译注》:"这大概是周王燕饮诸侯,诸侯赞美周王的诗。"

采　菽

采菽采菽①,筐之筥之②。

君子来朝,何锡予之?

虽无予之,路车乘马③。

又何予之? 玄衮及黼④。

觱沸槛泉⑤,言采其芹。

君子来朝,言观其旂⑥。

其旂淠淠⑦,鸾声嘒嘒⑧。

载骖载驷⑨,君子所届⑩。

赤芾在股⑪,邪幅在下⑫。
彼交匪纾⑬,天子所予。
乐只君子,天子命之。
乐只君子,福禄申之。

维柞之枝,其叶蓬蓬。
乐只君子,殿天子之邦⑭。
乐只君子,万福攸同。
平平左右⑮,亦是率从。

泛泛杨舟,绋纚维之⑯。
乐只君子,天子葵之⑰。
乐只君子,福禄膍之⑱。
优哉游哉,亦是戾矣⑲。

【题解】

　　这是赞美天子赐命诸侯之诗。全诗五章。首章写天子赏赐诸侯。诗以"采菽"必以"筐"、"筥"盛之,兴比诸侯来朝必以宝物赐之。下六句正是写天子赏赐这位诸侯"大车与四马"、"黑龙衣与绣黼裳"。将一事分作两层写,这颇能传达出天子的厚意。中三章追述诸侯来朝的情景。二章言其将至。诗以"槛泉"之旁有芹菜可采,兴比诸侯来朝也有容仪可观。只见车上龙旗迎风飘扬,但听车上和铃嘒嘒作响。这表明诸侯就要到达朝廷。三章言其往朝。接着,诸侯步入朝堂拜见天子。他胸前系着一个红围裙,腿上绑着一条裹腿布,显得端庄而肃敬。他既不骄傲,也不怠慢,礼恭辞顺兼具,宜为天子所赐予。故天子赐命他为侯伯,赐给他以福禄。四章言其功德。诗以柞树枝叶繁茂,兴比诸侯有贤才之德。他能镇抚天子之国,故万福聚集于其身;他能治理其连属之国,故没有不顺从。末章归美天子。首二句以"杨舟"喻诸侯,以"绋纚维之"喻天子维系诸侯。天子测度诸侯有盛德,故重重地赐福禄于他,并使之优游自安,其乐无穷。天子厚爱诸侯之意溢于辞表。

【注释】

①菽:大豆。

②筥(jǔ):圆形竹器。

③路车:诸侯所乘之车。乘马:四马。

④玄衮:黑色龙衣。黼(fǔ):黑白相间的礼服。

⑤觱沸(bìfèi):涌流的样子。槛:通"滥"。

⑥旐:画龙之旗。

⑦淠淠(pì):飘动的样子。

⑧嘒嘒:铃声。

⑨骖:驾三匹马。驷:驾四匹马。

⑩届:至。

⑪赤芾(fú):红色蔽膝。

⑫邪幅:裹腿。

⑬交:骄傲。纾:怠慢。

⑭殿:镇抚。

⑮平平:辩治。左右:所辖连属之国。

⑯绋纚:大索。维:系住。

⑰葵:通"揆"。测度。

⑱腜(pí):厚。

⑲戾:善。

【汇评】

《诗序》:"《采菽》,刺幽王也。侮慢诸侯。诸侯来朝,不能锡命以礼,数征会之,而无信义,君子见微而思古焉。"

汉郑玄《郑笺》:"幽王征会诸侯为合义兵征讨有罪,既往而无之,是于义事不信也。君子见其如此,知其后必见攻伐,将无救也。"

唐孔颖达《毛诗正义》:"《序》皆反经为义,侮慢诸侯首章上二句是也。不能锡命以礼,首章下四句是也。其馀皆是锡命之事,《序》总而略之,君子

465

见微而思古,叙其作诗之意,于经无所当也。"

宋朱熹《诗集传》:"此天子所以答《鱼藻》也。"

明何楷《诗经世本古义》:"康王即位,召公、毕公为东西二伯,率诸侯来朝,王锡命之。"

清方玉润《诗经原始》:"此固是西周盛王诸侯来朝加以锡命之诗,然非出自朝廷制作,乃草野歌咏其事而已。"

清王先谦《诗三家义集疏》:"案,《鲁》家以为王赐诸侯命服之诗。《齐》《韩》未闻。"

吴闿生《诗义会通》:"此诗明为诸侯来朝,天子嘉之之作。《序》亦以为刺幽王而思古,考其词旨,恺乐雍容,绝非追述之词,《序》言断然不能置信者也。李光地云:此必宣王朝诸侯之诗。"

高亨《诗经今注》:"这首诗当是周天子欢迎来朝诸侯时所奏的乐歌。"

陈子展《诗经直解》:"《采菽》,述诸侯来朝,王赐车马衣服之作。《朱传》以《鱼藻》、《采菽》两篇为天子与诸侯互相颂美赠答之作,臆说可笑也。"

角 弓

骍骍角弓①,翩其反矣②。
兄弟昏姻,无胥远矣③。

尔之远矣,民胥然矣④。
尔之教矣,民胥效矣。

此令兄弟⑤,绰绰有裕⑥。
不令兄弟,交相为瘉⑦。

民之无良,相怨一方。
受爵不让,至于己斯亡⑧。

老马反为驹,不顾其后。

如食宜饇⑨，如酌孔取⑩。

毋教猱升木⑪，如涂涂附⑫。
君子有徽猷⑬，小人与属⑭。

雨雪瀌瀌⑮，见晛曰消⑯。
莫肯下遗⑰，式居娄骄⑱。

雨雪浮浮⑲，见晛曰流⑳。
如蛮如髦㉑，我是用忧㉒。

【题解】

这是刺幽王疏远兄弟亲近小人之诗。全诗八章。前四章刺王疏远兄弟。诗以调和的角弓松弛则向反面弯曲，兴比兄弟亲戚不可疏远。要知道骨肉之亲断断不可疏远。你若疏远，则族人也会与你疏远；你若教人疏远，则族人也会随之而仿效。如果有善良的兄弟，大家相处就会宽厚和睦；如果有不善良的兄弟，彼此之间就会钩心斗角。兄弟要是不善良，就必然会互相指责，抱怨对方。这样的人接受官爵，不肯相让，甚至把仁义忘得精光。后四章刺王亲近小人。由于幽王亲近小人，致使小人得志张狂。这些小人犹如老马，可是反自以为驹，不顾其后能否胜任其职。如同饮食但知遂其饱之欲，喝酒只知多取，乃不知稍加斟量，真可谓贪得无厌。小人之性乐于不善，这如同猿猴善于攀缘，污泥善于涂附，不教自能。故诗人陈善道告诫幽王："如果王有善道，那么小人也会为善相从。"最后以"雨雪"反兴小人骄横莫制。大雪纷飞，见日消融。可是这些小人仍气焰嚣张。他们不肯卑下谦恭，只知高高在上肆意骄横；他们如同"蛮"、"髦"，不知礼义。这一切都是由于幽王不以善政教化小人所致。因此，诗人怀有深忧而不能自解。

【注释】

①骍骍(xīng)：调和。角弓：两端施以兽角的弓。

②翩：向反面的样子。

467

③胥:相。

④胥:副词。皆。

⑤令:善。

⑥绰绰:宽裕。

⑦瘉:病。

⑧亡:通"忘"。

⑨饇(yù):饱。

⑩孔:多。

⑪猱(náo):猿猴。

⑫涂:泥土。涂附:涂泥粘着。

⑬徽猷:善道。

⑭与:从。属:随。

⑮雨雪:下雪。瀌瀌(biāo):雪大的样子。

⑯晛(xiàn):太阳的热气。

⑰下遗:谦虚卑下。

⑱式:语助词。居:指高高在上。娄:通"屡"。

⑲浮浮:义同"瀌瀌"。

⑳流:化水而流。

㉑蛮、髦:皆南方少数民族。

㉒是用:因此。

【汇评】

《诗序》:"《角弓》,父兄刺幽王也。不亲九族而好谗佞,骨肉相怨,故作是诗也。"

汉班固《汉书·刘向传》:"幽厉之际,朝廷不和,转相非怨。诗人刺之曰:'民之无良,相怨一方。'"

宋朱熹《诗集传》:"此刺王不亲九族而好谗佞,使宗族相怨之诗。"

清方玉润《诗经原始》:"刺幽王远骨肉而近金壬也。……特《大序》谓'不亲九族而好谗佞',则诗中无刺谗语,唯疏远兄弟而亲近小人是此诗大旨。"

吴闿生《诗义会通》:"《序》虽望文为训,然大旨不外乎此。"

高亨《诗经今注》:"周王朝的贵族们由于争权夺利,造成兄弟亲戚间的矛盾。"

陈子展《诗经直解》:"《角弓》,盖王室父兄刺王好近谗佞小人,不亲九族,而骨肉相怨之诗。"

菀 柳

有菀者柳①,不尚息焉②?
上帝甚蹈③,无自暱焉④。
俾予靖之⑤,后予极焉⑥。

有菀者柳,不尚愒焉⑦?
上帝甚蹈,无自瘵焉⑧。
俾予靖之,后予迈焉⑨。

有鸟高飞,亦傅于天⑩。
彼人之心,于何其臻⑪?
曷予靖之,居以凶矜⑫!

【题解】

这是被逐朝臣抒怨之诗。全诗三章。前二章写朝臣被逐。诗以枝叶繁茂的柳树谁不想常在它的下面休息,兴比谁不想依附于王室。然而这个周王性情多变,不能跟他亲近。如果跟他亲近,就会自招祸患。想当初周王把治理国家的重任交给他,可是后来却变了卦,不仅重重地惩罚他,而且还把他贬逐到外地。末章写朝臣抒怨。诗以鸟儿高飞至天,兴比朝臣志向远大。因此诗人愤愤地问道:你当初要我治理国家,为何让我居于凶险之地呢?怨愤之情溢于言表。

【注释】

①菀(wǎn):茂盛。

469

②尚:恒久,常。

③蹈:变动。

④暱:亲近。

⑤俾:使。靖:治理国事。

⑥极:诛罚、放逐。

⑦愒(qì):休息。

⑧自瘵(zhài):自招病灾。

⑨迈:放逐。

⑩傅:至,达。

⑪臻:至。

⑫凶矜:凶险之地。

【汇评】

《诗序》:"《菀柳》,刺幽王也。暴虐无亲,而刑罚不中,诸侯皆不欲朝,言王者之不可朝事也。"

宋朱熹《诗集传》:"王者暴虐,诸侯不朝,而作此诗。言彼有菀然茂盛之柳,行路之人岂不庶几欲就止息乎。以比人谁不欲朝事王者、而王甚威神、使人畏之而不敢近耳。使我朝而事之、以靖王室、后必将极其所欲以求于我。盖诸侯皆不朝而己独至、则王必责之无已、如齐威王朝周而后反为所辱也。"

清姚际恒《诗经通论》:"君虽不淑,臣节宜敦,不朝岂可训耶? 大概是王待诸侯不以礼,诸侯相与忧危之诗。"

吴闿生《诗义会通》:"此乃有功获罪之臣,作此以自伤悼,故曰奈何使我治其事而后反穷我也。……子由、朱子最不信《小序》者,而皆笃守来朝之说,是尤可怪者也。"

陈子展《诗经直解》:"《菀柳》,言王者之不可朝,诸侯皆不敢朝之诗。"

高亨《诗经今注》:"这首诗的作者当是周王的大臣,周王命他负政治上的责任,以后又不信任他,撤职办罪。他乃作此诗抒发自己的牢骚。"

程俊英《译注》:"这是一个被周王流放的大臣的怨诗。他曾被周王信任,商议过国政,后被撤职流放。有人说诗中的'上帝'是暗指厉王,有的说指幽王。似以幽王近是。"

470

都人士

彼都人士①,狐裘黄黄。
其容不改,出言有章。
行归于周②,万民所望。

彼都人士,台笠缁撮③。
彼君子女,绸直如发④。
我不见兮,我心不说⑤。

彼都人士,充耳琇实⑥。
彼君子女,谓之尹吉⑦。
我不见兮,我心苑结⑧。

彼都人士,垂带而厉⑨。
彼君子女,卷发如虿⑩。
我不见兮,言从之迈⑪。

匪伊垂之,带则有余。
匪伊卷之,发则有旟⑫。
我不见兮,云何盱矣⑬!

【题解】

这是王室子弟迎亲之诗。全诗五章。诗中有三个人物形象:一是"都人士"(王室子弟),二是"君子女"(贵族少女),三是"我"(诗人自己)。这个王室子弟,既有美好的容貌,又有优雅的风度。他穿着黄色的狐皮袍子,容态自如,出口成章。他迎亲之时,头戴草笠布帽,耳旁挂有宝石,还身系一

471

条长带。通过这些描写,一个华贵、潇洒的男青年形象就出现在读者眼前。这个男青年,就要做新郎了。这个贵族少女,生就一头秀发。她的头发又直又密,高扬的发髻呈卷曲之美,其容貌俊俏可想而知。这个贵族少女就是那尹氏、吉氏高门望族的姑娘。她出嫁来到周京,万民都在仰望。这两句道出了当时的盛况。诗人也在人潮之中,想一睹这对新人的风采。诗人反复地说道:如果没看见这对新人,心里就不欢畅。这进一步烘托出迎亲的热闹场景。

【注释】

①都人士:美人士。

②行归:女子出嫁。

③台笠:莎草编织的草帽。缁撮:布帽。

④绸直如发:发直如绸丝。

⑤说:欢悦。

⑥充耳:耳旁的装饰物。琇实:美石、玉石。

⑦尹吉:尹氏、姞氏,多与王室联姻。

⑧菀结:郁结,心情不快。

⑨厉:带长的样子。

⑩虿(chài):卷发上翘的样子。

⑪从之迈:跟着走。

⑫有旟(yú):向上扬起的样子。

⑬盱(xū):忧伤。

【汇评】

《诗序》:"《都人士》,周人刺衣服无常也。古者长民,衣服不贰,从容有常,以齐其民,则民德归壹,伤今不复见古人也。"

宋朱熹《诗集传》:"乱离之后,人不复见昔日都邑之盛,人物仪容之美,而作此诗以叹惜之也。"

清方玉润《诗经原始》:"诗全篇只咏服饰之美,而其人之风度端凝,仪容秀美自见;即其人之品望优隆与世族之华贵,亦因之而见,故曰'万民所望'也。诗本无甚关系,然存之可以纪一时盛衰之感,而因以见先王化淳俗美之休犹未尽泯于人心云。"

清王先谦《诗三家义集疏》："此诗毛氏五章，三家皆止四章。《孔疏》云:《左》襄十四年传引此诗'行归于周，万民所望'二句，服虔曰:'逸诗也。'《都人士》首章有之。《礼·缁衣》郑注云:'毛诗有之，三家则亡。'今韩诗实无此首章。细味全诗、二、三、四、五章士、女对文，此章单言士，并不及女，其词不类。且首章言'出言有章'，言'行归于周，万民所望'，后四章无一语照应，其义亦不类。是明明逸诗孤章，毛以首二句相类，强装篇首，观其取《缁衣》文作序，亦无谓甚矣。"

陈子展《诗经直解》："《都人士》，平王东迁，周人思西周之盛，不胜今昔盛衰之感而作。此属于乱世之音、亡国之音一类作品。"

程俊英《译注》："这是周都的一首恋歌。诗中有两个形象:一个是都人士，当为诗人自己。一个是君子女，当为诗人所追求的对象。"

采　绿

终朝采绿①，不盈一匊②。
予发曲局③，薄言归沐④。

终朝采蓝⑤，不盈一襜⑥。
五日为期，六日不詹⑦。

之子于狩⑧，言韔其弓⑨。
之子于钓，言纶之绳⑩。

其钓维何？维鲂及鱮。
维鲂及鱮，薄言观者⑪。

【题解】

这是妻子思念丈夫之诗。全诗四章。前二章写妻子盼望丈夫早点归来。她整个早上采摘王刍，竟然装不满一捧;她整个早上采摘蓝草，竟然装不满一围裙。这是何故呢？原来她无心采摘，站在原野上眺望远方，企盼丈夫早点归来。她突然发现自己的头发卷曲蓬乱，于是便急忙回家去洗头梳理。她不知眺望了多少次，但总不见丈夫的归影。她终于忍不住了，便埋怨道："本来约定五日回家，可是第六天还不回来。"她是多么焦急啊！超过归期一天，便如此思念，足见夫妻感情深厚。后二章写妻子想象丈夫归后渔猎之乐。丈夫归来后，如果他去打猎，我就替他装弓箭；如果他去钓鱼，我就替他理钓线。钓的鱼是什么？是鳊鱼和鲢鱼。所钓的鳊鱼和鲢鱼，是何等的多啊！从这些描写中，可以看出她是多么向往着与丈夫共同劳动、亲密共处的快乐生活。

【注释】

①绿：通"菉"。王刍，可制成染料。

②匊：同"掬"。一捧。

③曲局：卷曲，蓬乱。

④薄言：语助词。归沐：回去洗头。

⑤蓝：染青草，可制染料。

⑥襜（chān）：围裙。

⑦詹：至。

⑧之子：指丈夫。狩：打猎。

⑨韔（chàng）：盛弓的袋子。这里用作动词。

⑩纶：整理钓线。

⑪观：多。者：犹"哉"。

【汇评】

《诗序》："《采绿》，刺怨旷也。幽王之时多怨旷者也。"

汉郑玄《郑笺》："怨旷者，君子行役过时之所由也。而刺之者，讥其不但忧思而已，欲从君子于外，非礼也。"

宋朱熹《诗集传》："妇人思其君子，而言终朝采绿而不盈一匊者，思念之深、不专于事也。又念其发之曲局，于是舍之而归沐，以待其君子之还也。"

清方玉润《诗经原始》："幽王之时，政烦赋重，征夫久劳于外，逾时不归，故其室思之如此。……虽无一语及王政，而王政之苦于民者自见诸言外,故曰刺也。"

高亨《诗经今注》:"诗的主人是个妇人,写她殷切地怀念外出的丈夫,并设想在丈夫回来要打猎钓鱼时替他整理工具,陪他钓鱼,反映了她对丈夫真挚的爱。"

程俊英《译注》:"这是一位妇女思念外出的丈夫的诗。丈夫逾期不返,她无心采绿采蓝,也无心打扮。她想象如果丈夫回来,就赶紧洗发欢迎,陪他打猎钓鱼,时刻跟他在一起不相分离。"

黍 苗

芃芃黍苗①,阴雨膏之②。
悠悠南行,召伯劳之③。

我任我辇④,我车我牛。
我行既集⑤,盖云归哉⑥!

我徒我御⑦,我师我旅。
我行既集,盖云归处⑧!

肃肃谢功⑨,召伯营之。
烈烈征师⑩,召伯成之⑪。

原隰既平,泉流既清。
召伯有成⑫,王心则宁。

【题解】

这是赞美召伯之诗。全诗五章。召伯名虎,又称召穆公。他是宣王时的大臣,因负责营建谢邑建有功勋,于是诗人作此诗赞美他。首章写召伯体恤下民。诗以雨露滋润黍苗,兴比召伯体恤下民。长途南行征役的人,召伯关心慰劳他们。这为全诗赞美召伯奠定了基调。中二章写营建谢邑的情景。参加营建谢邑的劳动大军中，有挑担的，有拉车的，有驾车的，有牵牛的，有步行的，有赶车的，有师队的，有旅队的。由于军民共同奋战，这项工程已经完成，马上就可以回家安居。在这字里行间，跳动着活泼、欢乐的情绪。末二章写召伯的功劳。谢邑严正坚固的工程，是召伯负责营建的；威武雄壮的大军，是召伯统帅的。谢邑的原野，高田低地都已修整展，泉水河流都已疏通而变清。召伯大功告成，周王的心里才得以安宁。

【注释】

①芃芃(péng)：繁茂。

②膏：滋润。

③召伯：名虎，封于召，又称召穆公。劳：慰劳。

④我：语助词。下"我"同。任：挑担。辇：人推车、拉车。

⑤集：指任务完成。

⑥盖、云：语助词。

⑦徒：步行者。御：驾车者。

⑧归处：回家安居。

⑨肃肃：坚固。谢功：营建谢邑的工程。

⑩烈烈：威武。征师：指建筑谢邑的大军。

⑪成：统率。

⑫成：成功。

【汇评】

《诗序》："《黍苗》，刺幽王也。不能膏润天下，卿士不能行召伯之职焉。"

汉郑玄《郑笺》："陈宣王之德、召伯之功，以刺幽王及其群臣废此恩泽事业也。"

《国语》韦注："《黍苗》，道召伯述职，劳来诸侯也。"

宋朱熹《诗集传》："宣王封申伯于谢，命召穆公往营城邑，故将徒彼南行，而行者作此。"

清姚际恒《诗经通论》："宣王令召穆公营谢，功成，徒役作此。"

陈子展《诗经直解》："《黍苗》，诗人叙述召穆公营治谢邑之作。与《大雅》之申伯入谢,同时所作,皆宣王全盛时诗。"

高亨《诗经今注》:"周宣王封他的母舅于申,命召伯虎领兵先经理申地,建筑谢城,以为国都。此诗正是叙写这件事,但未述及申伯。《大雅·崧高》也叙写这件事,可参看。"

隰 桑

隰桑有阿^①,其叶有难^②。
既见君子,其乐如何!

隰桑有阿,其叶有沃^③。
既见君子,云何不乐!

隰桑有阿,其叶有幽^④。
既见君子,德音孔胶^⑤。

心乎爱矣,遐不谓矣^⑥?
中心藏之^⑦,何日忘之!

【题解】

这是女子爱慕男子之诗。全诗四章。前三章以桑树起兴。在一片洼地上,长着葱绿的桑树。它的叶子婀娜、柔软、墨绿。诗以此兴比男子相貌堂堂,风度优雅。难怪这女子一见到他就心花怒放,情话不断。末章以赋的手法,直抒主人公的胸臆:既然心里爱着他,为何不明说呢?将这爱深藏在心里,一日也难以忘怀。诗写到这里戛然而止,给人以回想的余味。

【注释】

①隰桑:低湿地的桑树。有阿:婀娜。

②有难(nuó):柔软。

③有沃:沃沃,柔嫩、润泽。

④有幽:黝黝,墨绿色。

⑤德音:情话。孔胶:缠绵不断、牢固。

⑥遐:何。谓:告白。

⑦中心:心中。藏:埋藏。

【汇评】

《诗序》:"《隰桑》,刺幽王也。小人在位,君子在野,思见君子尽心以事之也。"

汉郑玄《郑笺》:"以隰桑兴者,反求此义,则原上之桑枝叶不能然,以刺时小人在位,无德于民。思在野之君子,而得见其在位喜乐无度。"

宋朱熹《诗集传》:"此喜见君子之诗。"

清方玉润《诗经原始》:"思贤人之在野也。"

清陈启源《稽古编》:"《隰桑》,思君子。"

高亨《诗经今注》:"这首诗的作者叙写他得见一个贵族很感愉快,并为贵族颂德,表示愿为他效力。"

袁梅《译注》:"这是女子对爱人倾诉款曲之歌。"

白　华

白华菅兮①,白茅束兮②。

之子之远③,俾我独兮。

英英白云④,露彼菅茅⑤。

天步艰难⑥,之子不犹⑦。

滮池北流⑧,浸彼稻田。

啸歌伤怀,念彼硕人⑨。

樵彼桑薪,卬烘于煁⑩。

维彼硕人,实劳我心。

鼓钟于宫,声闻于外。

念子憔憔⑪,视我迈迈⑫。

有鹜在梁⑬,有鹤在林。

维彼硕人,实劳我心。

鸳鸯在梁,戢其左翼⑭。

之子无良,二三其德。

有扁斯石⑮,履之卑兮⑯。

之子之远,俾我疧兮⑰。

【题解】

　　这是弃妇之诗。全诗八章。此诗不重记事,而重抒情。它多以自然之物起兴,构成精美朦胧的意象,而寓情其中,使人感到无限的幽怨。首二章以白茅捆束白华菅,兴比男女结为夫妻;以天上轻盈洁白的云彩覆盖着地上的菅茅,兴比夫妻应该和美相处。然而丈夫却疏远了我,使我陷于孤独!我的命运不好,碰上一个没良心的人!三、四章就眼前事物而抒情。滮池向北流,灌入那稻田,这是眼前景;砍伐那桑柴,我把炉灶烧,这是眼前事。在这之中寄寓了一种寂寞难堪之情。她时而长啸,时而低歌,然而她依然思念那个人。那个人啊,使我心里真烦恼。这表明她既怨恨又思念的矛盾心理。五、六章以"钟鼓"兴比男子无情于内而形之于外,以"鹜"、"鹤"兴比男子近恶(鹜贪恶)而远善(鹤驯善)。这两个兴体仍是为了抒发内心的悲苦之情。七章以"鸳鸯"兴比夫妻应该亲密和好,忠贞不二,而那个人却不忠实,三心二意。八章以扁石被践踏,兴比自己被离弃而忧伤成病。此诗情调哀婉缠绵,兴象隐约迷离,生动地展现了被弃女子矛盾、痛苦的心境。

【注释】

①菅（jiān）:一种多年生的草,开白花。

②白茅:一种茅草。束:捆。

③远:疏远,离异。

479

④英英:轻盈,明洁。

⑤露:覆盖。

⑥天步:命运。

⑦不犹:不好。

⑧滮(biāo)池:滮水。

⑨硕人:美人。

⑩卬(áng):我。煁(chén):一种可移动的小灶。

⑪懆懆:忧愁的样子。

⑫迈迈:凶狠发怒的样子。

⑬鹙(qiū):一种凶猛的水禽。

⑭戢:收敛,相依靠。

⑮有扁:扁扁。

⑯履:践踏。卑:低下。

⑰痕(qí):忧病。

【汇评】

《诗序》:"《白华》,周人刺幽后也。幽王娶申女以为后,又得褒姒而黜申后,故下国化之,以妾为妻,以孽代宗。而王弗能治,周人为之作是诗也。"

宋朱熹《诗集传》:"之子,斥幽王也。……我,申后自我也。幽王娶申女以为后,又得褒姒而黜申后,故申后作此诗。"

清方玉润《诗经原始》:"此诗情词凄惋,托恨幽深,非外人所能代,故《集传》以为申后作也。……是诗之作,与《小弁》同为千古至文。至今读之,犹令人悲咽不能自已。非至情而能若是乎!"

袁梅《译注》:"一个痴心女子失恋后,咏叹自己内心的幽怨、哀情。歌辞多借喻意透露其正意。寄托深沉,涵容万千,寓怨于爱,表现了这女子的善良、率真、赤诚不渝;也充分数落了那个负心男子的寡情无义。"

程俊英《译注》:"这是一首贵族弃妇的怨诗。……从诗意看,似为申后所作。"

绵 蛮

绵蛮黄鸟^①,止于丘阿^②。
道之云远^③,我劳如何?
饮之食之,教之诲之。
命彼后车^④,谓之载之^⑤。

绵蛮黄鸟,止于丘隅^⑥。
岂敢惮行^⑦? 畏不能趋^⑧。
饮之食之,教之诲之。
命彼后车,谓之载之。

绵蛮黄鸟,止于丘侧。
岂敢惮行? 畏不能极^⑨。
饮之食之,教之诲之。
命彼后车,谓之载之。

【题解】

这是士人自抒心志之诗。全诗三章。诗以黄鸟止于山间,兴比士子处在山野。这位士子心中向往京城,希望服务于朝廷。然而道路遥远?他担心去不了,担心不能到达目的地。因此,他的心里希望有人能提携他,照顾他,教导他,送他到京城去。三章反复表达的就是这个意思。

【注释】

①绵蛮:鸟鸣声。
②丘阿:丘陵拐弯处。
③云:语助词。
④后车:后面的副车。

⑤谓:使。

⑥丘隅:山丘角落。

⑦惮:畏惧。

⑧趋:疾走,快走。

⑨极:到达目的地。

【汇评】

《诗序》:"《绵蛮》,微臣刺乱也。大臣不用仁心,遗忘微贱,不肯饮食、教、载之,故作是诗也。"

汉郑玄《郑笺》:"古者卿大夫出行,士为末介。士之禄薄,或困乏于资财,则当赒赡之。幽王之时国乱,礼废恩薄,大不念小,尊不恤贱,故本其乱而刺之。"

汉王符《潜夫论·班禄》:"行人病而《绵蛮》讽。"

宋朱熹《诗集传》:"此微贱劳苦而思有所托者,为鸟言以自比也。盖曰绵蛮之黄鸟,自言止于丘阿而不能前,盖道远而劳甚矣。当是时也,有能饮之食之、教之诲之、又命后车以载之者乎。"

清姚际恒《诗经通论》:"此疑王命大夫求贤,大夫为此咏此诗。……先言饮食、后言教诲者,先养后教也。'命彼后车载之',称王之命也。"

清方玉润《诗经原始》:"此王者加惠远方人士也。绵蛮黄鸟,音虽可听,而所飞不远。……以喻远方寒士,虽有令闻,无力观光,难宾于王者。故代为之设想曰:'道之云远,我劳如何','岂敢惮行',亦畏不能趋以极所至云耳。然则国家宜何如加惠而体恤之乎?夫亦曰'饮之食之',使内无所忧;'教之诲之',使学有所就;更命后车以载之,使其利用宾王者无所惮其劳,则野无遗贤、而国多俊士矣。"

高亨《诗经今注》:"这首诗叙写一个行役之人,疲劳不堪,又饥又渴,路上遇到阔人的车子,这个阔人给他饮食,教训他,让他坐上车子。全诗以对唱的形式写出。"

袁梅《译注》:"这可能是大夫奉周王之命,为奴隶主阶级罗致人才的诗。"

482

瓠　叶

幡幡瓠叶①,采之亨之②。
君子有酒,酌言尝之③。

有兔斯首④,炮之燔之⑤。
君子有酒,酌言献之。

有兔斯首,燔之炙之。
君子有酒,酌言酢之⑥。

有兔斯首,燔之炮之。
君子有酒,酌言酬之⑦。

【题解】

　　这是宴饮友人之诗。全诗四章。首章说:鲜嫩的瓠叶,是从自家菜园里摘来,然后烹煮成菜。主人有美酒,请客人自酌而品尝吧!后三章说:有一只白头的小兔子,把它杀了,烧成一盘下酒菜。宾主相互酬酢,多饮几杯吧!这次宴会不算丰盛,只有一碗素菜,一盘兔肉。但一只小兔,诗中反复说"炮之"、"燔之"、"炙之",充满了生活情趣。写饮酒,先说"尝之",再说"献之",又说"酢之",最后说"酬之",既表现出主人的热情好客,又表现出主客欢洽和谐的气氛。

【注释】

　　①幡幡(fān):翻卷的样子。
　　②亨:同"烹"。烹煮。
　　③酌:斟酒。
　　④斯首:白头。
　　⑤炮:煨熟。燔(fán):烧烤。

⑥酢:回敬主人酒。

⑦酬:再劝酒。

【汇评】

《诗序》:"《瓠叶》,大夫刺幽王也。上弃礼而不能行,虽有牲牢饔饩不肯用也。故思古之人不以微薄废礼焉。"

汉郑玄《郑笺》:"不肯用者,自养厚而薄于宾客。"

宋朱熹《诗集传》:"此亦燕饮之诗。……盖述主人之谦词,言物虽薄,而必与宾客共之也。"

宋王质《诗总闻》:"当为在野君子相见为礼。"

清方玉润《诗经原始》:"序谓'刺幽王',固凿。《集传》以为'燕饮之诗',亦泛。大抵古人燕宾,情真而意挚,不以丰备而寡情,不以微薄而废礼。"

袁梅《译注》:"此为朋友燕饮之诗。"

渐渐之石

渐渐之石①,维其高矣。
山川悠远,维其劳矣②。
武人东征,不皇朝矣③。

渐渐之石,维其卒矣④。
山川悠远,曷其没矣⑤!
武人东征,不皇出矣⑥。

有豕白蹢⑦,烝涉波矣⑧。
月离于毕⑨,俾滂沱矣⑩。
武人东征,不皇他矣。

【题解】

这是东征将士辛劳之诗。全诗三章。东征将士在崇山峻岭中艰难地行进。他们还要爬高山涉远水,该是多么辛劳! 何时才是个尽头? 晴天还好一点,如果遇上暴雨,日子就更加难熬。三章所写"白蹄猪涉水"、"月亮靠近毕星"正是暴雨欲来的征候。这时将士们的境况就更加困苦了。除了行军外,还有战事。由于军情紧急,时刻戒备,没有一个早上有空闲,没有空闲走出军营,没有空闲顾及他事。此诗表现东征将士行军作战的艰辛,深沉悲壮,具有很强的感染力。

【注释】

①渐渐:山石峻险貌。

②劳:辛劳。

③不皇:没有闲暇。朝:早上。

④卒:通"崒"。山石高险。

⑤曷:何。没:尽头。

⑥出:外出。

⑦蹢(dí):蹄。

⑧烝:众。涉波:渡水。

⑨月离于毕:月亮靠近天毕星,大雨的迹象。

⑩俾:使。滂沱:大雨的样子。

【汇评】

《诗序》:"《渐渐之石》,下国刺幽王也。戎狄叛之,荆舒不至,乃命将率东征,役久病于外,故作是诗也。"

宋朱熹《诗集传》:"将帅出征,经历险远,不堪劳苦,而作此诗也。"

清方玉润《诗经原始》:"此将士东征,劳苦自叹之诗。……又'烝涉波'四句,或以为既雨,或以为将雨,或以为实境,或以为虚拟借以起兴,均非确论。此必当日实事。月离毕而大雨滂沱。虽负涂曳泥之豕,亦烝然涉波而逝,则人民之被水灾而几为鱼鳖者可知。即武人之霑体涂足,冒险东征,而不遑他顾者更可见。"

高亨《诗经今注》:"劳动人民从军出征,隔着远水遥山,慨叹不能回家种田,因而唱出这个歌。"

程俊英《译注》:"这是征人从军,慨叹路上劳苦而作的诗。诗里的'武人',可能是将帅,也可能是士兵,两说旧皆有之,难以确定。"

苕之华

苕之华①,芸其黄矣②。
心之忧矣,维其伤矣。

苕之华,其叶青青③。
知我如此,不如无生④。

牂羊坟首⑤,三星在罶⑥。
人可以食,鲜可以饱⑦!

【题解】

这是叹息年荒人饥之诗。全诗三章。前二章以乐景写哀情。凌霄的花朵金黄灿烂,煞是好看;凌霄的叶子青翠碧绿,一派生机。诗以此反兴人因饥饿而枯瘦。物自盛而人自衰,这种以乐景写哀情的手法非常高明,达到以乐景写哀倍增其哀的艺术效果。经过如此对比,诗人陷入深深的痛苦之中。他绝望地哀叹道:"我的内心多么忧愁,我的内心多么悲伤。早知人生如此困苦,还不如不生在这个世上。"话语之中,饱含着无限的辛酸。末章以哀景写哀情。陆地无草,母羊身体枯瘦,但见它突出的大脑袋;水中无鱼,参星高悬天空,只见它映在捕鱼笼中。这里生动地勾勒出了一幅水陆萧条而凋耗的图景。在这种悲惨的状况中,即使有东西吃的人,也很少能够吃饱。至于一般百姓的命运,就可想而知了。

【注释】

①苕(tiáo):凌霄。华:同"花"。
②芸:黄盛的样子。
③青青:通"菁菁"。茂盛。

④无生：不生下来。

⑤牂(zāng)羊：母羊。坟：大。

⑥三星：参星。罶(liǔ)：捕鱼竹笼。

⑦鲜：少。

【汇评】

《诗序》：“《苕之华》，大夫闵时也。幽王之时，西戎、东夷，交侵中国，师旅并起，因之以饥馑。君子闵周室之将亡，伤己逢之，故作是诗也。”

汉郑玄《郑笺》：“‘师旅并起’者，诸侯或出师，或出旅，以助王距戎与夷也。大夫将师出，见戎、夷之侵周而闵之，今当其难，自伤近危亡也。”

宋朱熹《诗集传》：“诗人自以身逢周室之衰，如苕附物而生，虽荣不久，故以为比，而自言其心之忧伤也。”

清姚际恒《诗经通论》：“此遭时饥乱之作，深悲其不幸而生此时也。”

清方玉润《诗经原始》：“周室衰微，既乱且饥，所谓大兵之后，必有凶年也。人民生当此际，‘不如无生’，盖深悲其不幸而生此凶荒之世耳。”

高亨《诗经今注》：“此篇当是劳动人民所作。作者在统治者的残酷剥削下，过着极端苦难的生活，永远吃不饱饭，生机几乎断绝，因而唱出这个短歌。”

程俊英《译注》：“这是一位饥民自伤不幸的诗。反映了当时荒年饥馑，人自相食的惨象。”

何草不黄

何草不黄！何日不行！
何人不将①！经营四方②。

何草不玄③！何人不矜④！
哀我征夫，独为匪民⑤。

匪兕匪虎⑥，率彼旷野⑦。
哀我征夫，朝夕不暇。

有芃者狐⑧,率彼幽草。
有栈之车⑨,行彼周道。

【题解】

这是征夫苦于行役之诗。全诗四章。首二章以草设喻。诗以"哪一种
草不枯黄"、"哪一种草不发黑",比喻征夫面黄肌瘦,疲病不堪。何以至此?
诗接着就作了交代。这些征夫哪一天不在奔走,哪个人不在行役,为的是
给周王征讨四方。由于长年累月地在野外行役,他们都过着鳏夫般的生
活。他们长叹一声:"可怜我们这些征夫,难道就不是人吗?"从这凄苦的声
音里,我们感到了深深压抑的悲痛和激愤之情。后二章以兽设喻。那些野
牛和老虎在旷野里成群地奔跑,比喻这些征夫日日夜夜没有空闲;那些尾
巴蓬松的狐狸在草丛中急速地穿行,比喻高大的兵车在那大道上奔驰。这
两章将征夫如同野兽般的行役生活形象地描绘了出来,读后令人无比
沉痛。

【注释】

①将:行役。

②经营:征讨。

③玄:赤黑色。

④矜:通"鳏"。成年男子无妻。

⑤匪:非,不。

⑥匪:彼,那。兕(sì):野牛。

⑦率:沿着。

⑧芃(péng):蓬松的样子。

⑨栈(zhàn):高大。

【汇评】

《诗序》:"《何草不黄》,下国刺幽王也。四夷交侵,中国背叛,用兵不
息,视民如禽兽,君子忧之,故作是诗也。"

宋朱熹《诗集传》:"周室将亡,征役不息,行者苦之,故作此诗。"

清方玉润《诗经原始》:"纯是一种阴幽荒凉景象,写来可畏,所谓'亡国
之音哀以思'也。诗境至此,穷厄极矣!"

陈子展《诗经直解》:"《何草不黄》,征役不息,征夫愁怨之作。此属于乱世之音,亡国之音一类作品。"

高亨《诗经今注》:"作者在远方给统治者服徭役,唱出这首歌,叙述自己的痛苦。"

程俊英《译注》:"这是一首征夫苦于行役的怨诗。"

大　雅

文　王

文王在上，於昭于天①。
周虽旧邦，其命维新②。
有周不显③，帝命不时④。
文王陟降，在帝左右。

亹亹文王⑤，令闻不已⑥。
陈锡哉周⑦，侯文王孙子⑧。
文王孙子，本支百世⑨。
凡周之士，不显亦世⑩。

世之不显，厥犹翼翼⑪。
思皇多士⑫，生此王国。
王国克生，维周之桢⑬。
济济多士⑭，文王以宁。

穆穆文王⑮，于缉熙敬止⑯。
假哉天命⑰，有商孙子。
商之孙子，其丽不亿⑱。
上帝既命，侯于周服⑲。

侯服于周，天命靡常。

殷士肤敏㉑,裸将于京㉒。
厥作裸将,常服黼冔㉒。
王之荩臣㉓,无念尔祖㉔。

无念尔祖,聿修厥德。
永言配命,自求多福。
殷之未丧师,克配上帝。
宜鉴于殷,骏命不易㉕。

命之不易,无遏尔躬㉖。
宣昭义问㉗,有虞殷自天㉘。
上天之载㉙,无声无臭。
仪刑文王㉚,万邦作孚㉛。

【题解】

　　这是歌颂文王功德之诗。全诗七章。首章总写文王功德。文王耸立上苍,光耀弥天。正因为文王之德昭明显耀,所以受天命而"维新"。从此岐周前途无限光明,上帝赐命持久不息。文王之神时升时降,无时不紧跟在上帝的身旁,足见文王之德与上天合一。二、三章正面写文王功德。勤勉的文王,其善声美誉流传不衰。他布利赐恩精心培植周邦。文王孙子无论本宗还是支庶皆蒙其福泽,世代相袭。凡周之臣也能世代显贵。而这些贤臣,其谋略都很深远。因而,生此王国的众多嘉美之臣均为周之骨干,文王则赖以安宁。四、五章侧面写文王功德。由于文王之德光明恭谨,而武王又能继之,故伟大的天命,使周得有天下。商之孙子虽有亿万,但也不得不归服周朝。岂止如此,这些美善而敏捷的殷士,还得身着礼服,按时助祭于周。于是向时王敲响了震耳的警钟:这些殷士如今皆为王所进用之臣,难道不念您祖文王功德吗?六、七章写要以殷商为鉴以文王为法。要念您祖,就务必自己修德,永远配合天命,自求多福。殷未丧失天下之时,其德也能配合上帝,故应时刻以殷之亡作为镜子,从而明白天命难保的道理,千万不能使天命在您的身上断绝。为此,要宣扬昭示懿德美誉,要自度殷亡之理取决于天意。而那冥冥的上天"无声无臭",微茫难求,因而唯一的办法就是效法文王之德。只有如此,天下诸侯才会信服。末章正遥应首章文王德配上天作收,章法极为严整。

【注释】

①昭:明。

②维新:乃新,更新。

③不:语助词。显:光耀。

④不:语助词。时:通"持"。持久。

⑤亹亹(wěi):勤勉。

⑥令闻:好声誉。

⑦陈:布。锡:通"赐"。哉:培植。

⑧侯:语助词。

⑨本:本宗。支:支庶。

⑩亦世:累世。

⑪犹:谋。翼翼:深远。

⑫皇:美。

⑬桢:骨干。

⑭济济:众多。

⑮穆穆:容止端庄恭敬。

⑯缉熙:光明。

⑰假:伟大。

⑱丽:数。

⑲服:归服。

⑳肤:美。敏:疾。

㉑祼(guàn):灌祭。将:行。

㉒黼(fǔ):礼服。冔(xǔ):礼帽。

㉓荩(jìn):进用。

㉔无:语助词。

㉕骏:大。

㉖遏:断绝。

㉗宣昭:宣扬昭示。义问:善声美誉。

㉘有:通"又"。虞:度,想。

㉙载:事。

㉚仪刑:效法。

㉛孚:信。

【汇评】

战国吕不韦《吕览·古乐篇》:"周文王处岐,诸侯去殷三淫而翼文王。散宜生曰:'殷可伐也。'文王弗许。周公旦乃作诗曰:'文王在上,……其命维新。'以绳文王之德。"

《诗序》:"《文王》,文王受命作周也。"

汉郑玄《郑笺》:"受天命而王天下,制立周邦。"

晋范晔《后汉书·翼奉传》:"周公作诗深戒成王,以恐失天下。诗曰:'殷之未丧师,……骏命不易。'"

宋朱熹《诗序辨说》:"受命,受天命也。作周,造周室也。文王之德,上当天心,下为天下所归往,三分天下有其二,则已受命而作周矣。武王继之,遂有天下,亦卒文王之功而已。然汉儒惑于谶纬,始有赤雀丹书之说,又谓文王因此遂称王而改元,殊不知所谓天之所以为天者,理而已矣。"

清姚际恒《诗经通论》:"《小序》'谓文王受命作周',非也。文王未尝为王,无受命之说。伪《武成》曰:'文王……诞膺天命,……惟九年,大统未集。'正与此同,皆诬文王也。《吕览》引此诗,以为周公作,近之。《集传》以为'戒成王'则亦可以想见尔。"

清方玉润《诗经原始》:"《小序》谓'文王受命作周',似是而非也。文王未改元,何以云受命?……然愚独怪汉以后儒者,何不信经传而信符谶,不信孔子而信杂家?孔子不云乎:'三分天下有其二,以服事殷。周之德,其可谓至德也已矣。'使受命改元,何以尚云'服事'哉?天下岂有二天子,而可云'服事'者?故知文王并未改元也。'三分有二',亦就人心之向背言之耳。……此诗盖推本文王之德足以配天,故可以肇造周室于奕祀。商之孙子,臣服于周,与殷之多士,亦来助祭,皆武王有天下后事,非谓文王时即如是也。……唯《集传》云'以戒成王',则不必泥。"

吴闿生《诗义会通》:"今案此篇翼奉谓'周公作诗,深戒成王',最得诗旨。"

高亨《诗经今注》:"这是歌颂周文王的诗。"

金启华《诗经全译》:"诗为祭文王而作。"

杨任之《诗经今译今注》:"这是一首歌颂文王'受命'建周的诗,用于祭祀、朝会或两君相见等。等于周的国歌。相传为周公所作,以告诫后世君王明兴亡之理。"

孙作云《诗经与周代社会研究》:"《文王》是祭祀文王之歌,而不是什么'周公追述文王之德,以戒成王'。"

大 明

明明在下①,赫赫在上②。

天难忱斯③,不易维王。

天位殷适④,使不挟四方⑤。

挚仲氏任⑥,自彼殷商。

来嫁于周,曰嫔于京⑦。

乃及王季⑧,维德之行⑨。

大任有身⑩,生此文王。

维此文王,小心翼翼。

昭事上帝⑪,聿怀多福。

厥德不回⑫,以受方国。

天监在下,有命既集。

文王初载⑬,天作之合。

在洽之阳⑭,在渭之涘⑮。

文王嘉止⑯,大邦有子⑰。

大邦有子,伣天之妹⑱。

文定厥祥^⑲，亲迎于渭。
造舟为梁，不显其光。

有命自天，命此文王。
于周于京，缵女维莘^⑳。
长子维行^㉑，笃生武王^㉒。
保右命尔，燮伐大商^㉓。

殷商之旅^㉔，其会如林^㉕。
矢于牧野^㉖，维予侯兴^㉗，
上帝临女^㉘，无贰尔心^㉙。

牧野洋洋^㉚，檀车煌煌^㉛，
驷騵彭彭^㉜。维师尚父^㉝，
时维鹰扬^㉞。凉彼武王^㉟，
肆伐大商^㊱，会朝清明^㊲。

【题解】

　　这是歌颂武王克商功绩之诗。全诗八章。首章写武王克商实乃天意。由于上帝明察显赫，因此上天实不可恃，为君诚然不易。正因为商纣暴虐无道，多行不义，故上天才降立商之劲敌，使之不能保有四方。这为武王伐纣做了铺垫。中五章历叙武王先祖之德。二章写王季、太任之德。这太任配王季，其德等王季。三章写文王之德。文王德贤，盖因圣母太任所生。四章写文王得贤妃。上天监临下土，将天命赐予周邦。当文王自立之年，上天就为他配合佳偶。这佳偶就是莘国长女太姒。五章写文王迎亲。六章写太姒之德。有此圣母生此武王，且又有上天佑助，定能协同诸侯讨伐大商。下文写武王伐纣获胜，正由于周家圣父贤母代代相承所致。末二章写武王伐纣获胜。这二章写得尤为精彩。诗之场面壮阔，人物众多，气势磅礴，真是一幅有声有色的古战图。请看，商之战旗有如森林，兵多将广。

请听,武王誓师,言词坚定:"唯有我方能振兴,上帝正在监视你们,不要畏惧,不要犹豫。"誓师已毕,周师便勇猛出击。在广阔的"牧野"战场上,周之战车坚固辉煌,驰车之声如同雷鸣;周之战马强壮矫健,奔腾之势好似闪电;周之主帅尚父英武镇定,指挥战斗犹如雄鹰奋翅飞扬。他辅佐武王,疾伐大商,结果一朝会战,商军大败,天下清明,武王由此成为开国英雄。

【注释】

①明明:明白。

②赫赫:显赫。

③忱:信。

④位:通"立"。适:通"敌"。

⑤挟:拥有。

⑥挚:国名。仲:次女。任:姓。

⑦嫔:成婚。

⑧及:与。

⑨行:齐等。

⑩有身:怀孕。

⑪昭:明。

⑫回:邪僻。

⑬初载:自立之时。

⑭洽:水名。

⑮涘:水边。

⑯嘉:婚礼。

⑰大邦:莘国。

⑱俔(qiàn):好比。

⑲文:文德。祥:善。

⑳缵:继续。

㉑行:齐等。

㉒笃:语助词。

㉓燮(xiè):协和。

㉔旅:师旅。

㉕会:通"旝"。旌旗。

㉖矢：通"誓"。

㉗侯：乃。

㉘临：临视。

㉙贰心：不坚定。

㉚洋洋：广大貌。

㉛煌煌：闪闪发光。

㉜驷：四马。骚(yuán)：赤毛白腹的马。彭彭：强壮。

㉝尚父：姜子牙。

㉞鹰扬：比喻勇猛。

㉟凉：辅佐。

㊱肆：疾。

㊲会朝：一个早上。

【汇评】

《诗序》："《大明》，文王有明德，故天复命武王也。"

宋朱熹《诗序辨说》："此诗言王季、大任、文王、大姒、武王皆有明德而天命之，非必如《序》说。"

宋朱熹《诗集传》："此亦周公戒成王之诗。"

清姚际恒《诗经通论》："此叙周家二母及文王、武王之事，亦所以告成王欤？"

清方玉润《诗经原始》："《序》谓'……'，直不知诗中命意所在。即《辨说》云'……'，亦甚含囫。盖周家奕世积功累仁，人悉知之。所奇者，历代夫妇皆有盛德以相辅助，并生圣嗣，所以为异。使非'天作之合'，何能圣配相承不爽若是？故诗人命意，即从此着笔，历叙其昏媾天成，有非人力所能为者。"

吴闿生《诗义会通》："今案此篇美文武克商有天下，而推本于母德，故于太任、大姒特详焉。"

陈子展《诗经直解》："诗自文王父母王季太任及文王出生叙起，至武王伐纣胜利为止，重点实在武王，不在王季、太任与文王、太姒。《序》说是也。朱子《辨说》误矣。"

金启华《诗经全译》："诗赞美文王、武王克商而有天下。"

497

绵

绵绵瓜瓞①，民之初生②，
自土沮漆③。古公亶父④，
陶复陶穴⑤，未有家室。

古公亶父，来朝走马⑥。
率西水浒⑦，至于岐下。
爰及姜女⑧，聿来胥宇⑨。

周原膴膴⑩，堇荼如饴⑪。
爰始爰谋，爰契我龟⑫。
曰止曰时⑬，筑室于兹。

乃慰乃止⑭，乃左乃右。
乃疆乃理⑮，乃宣乃亩⑯。
自西徂东，周爰执事⑰。

乃召司空⑱，乃召司徒⑲，
俾立室家。其绳则直，
缩版以载⑳，作庙翼翼㉑。

捄之陾陾㉒，度之薨薨㉓。
筑之登登㉔，削屡冯冯㉕。
百堵皆兴㉖，鼛鼓弗胜㉗。

乃立皋门㉘，皋门有伉㉙。
乃立应门㉚，应门将将㉛。

乃立冢土③②，戎丑攸行③③。

肆不殄厥愠③④，亦不陨厥问③⑤。
柞棫拔矣③⑥，行道兑矣③⑦。
混夷駾矣③⑧，维其喙矣③⑨。

虞芮质厥成④⓪，文王蹶厥生④①。
予曰有疏附④②，予曰有先后④③。
予曰有奔奏④④，予曰有御侮④⑤。

【题解】

这是歌颂太王迁岐创业之诗。全诗九章。前七章详叙太王开基之功。一章写太王初至岐山的情景。太王至岐初造，始居沮、漆二水之间。此时尚无房屋，只好住在土洞之中。二章写太王察看地形。一大清早，太王便驱马巡视，选定宫室地址。三章写太王定居周原。岐山之南有一大片土质肥美的"周原"。太王确定止居于此，在此作室。四章写太王规划田亩。在周原之上，从西到东，人们各执其事，井然有序。五章写太王营建宗庙。太王召司空、司徒各执其事，负责营建宫室。先用绳索划定地基，然后构置筑墙之板。宗庙首先建成，其貌端庄严正。六章写营建宫室的情景。此章写得相当逼真，不但绘形，而且摹声，使人有亲临其境之感。那盛土之声、投土之声、捣土之声、削土之声，交织成一曲雄浑高亢的劳动乐章，就连那用以助兴的大鼓之声也被压了下去。七章写营建门社。营建王都郭门，那郭门高大雄伟；营建王宫正门，那正门庄严堂正；营建祭神大社，那大社是兵众往祭之所。太王由豳迁岐之后，励精图治，开创基业，功绩辉煌。这就为文王兴盛奠定了坚实的基础。后二章略叙文王制胜之功。八章写文王威震混夷。由于文王施行德政，归附日众，混夷见状，心怀畏惧，纷纷逃窜，以致气喘吁吁。九章写文王以德化人。虞国、芮国之君相与争田，争讼久而不决，于是去请文王公断。结果文王之德感动了虞、芮二君，终于平息了这场争田风波。从此，文王又有了各类之臣。不难看出，周族的强盛固然始于文王，而奠基实自太王。

499

【注释】

①绵绵:不绝的样子。瓞(dié):小瓜。

②生:犹"造"。

③自:始。土:居。沮、漆:皆水名。

④古公亶父:即"太王"。文王祖父。

⑤陶:通"掏"。挖。复:通"覆"。地室。穴:地洞。

⑥来:语助词。

⑦率:自。浒:水边。

⑧姜女:太王之妃。

⑨胥:相,视。

⑩肤肤(wǔ):肥沃。

⑪堇、荼:皆苦菜。饴(yí):糖。

⑫契:刻。

⑬时:此。

⑭慰:安。

⑮疆:划分地界。理:整治田垄。

⑯宣:导其沟洫。亩:治其田亩。

⑰周:周地。爰:于。执事:从事工作。

⑱司空:主营建之官。

⑲司徒:主徒役之官。

⑳缩:束。载:用竖木以制约筑墙之板。

㉑翼翼:严正。

㉒捄(jū):盛土。陾陾(réng):盛土声。

㉓度:投土。薨薨:投土声。

㉔筑:捣土。登登:捣土声。

㉕削屡:削平墙土。冯冯:削土声。

㉖堵:墙。

㉗鼛(gāo)鼓:大鼓。

㉘皋门:郭门。

㉙伉:高大。

㉚应门:王宫正门。

500

㉛将将:庄严堂皇。

㉜冢土:大社。

㉝戎丑:兵众。行:往祭之地。

㉞肆:很久以来。殄:消除。愠:怒。

㉟陨:损失。问:声誉。

㊱柞棫:丛木总称。拔:茂密。

㉗兑:畅通。

㊳駾(tuì):受惊逃奔。

㊴喙(huì):喘息。

㊵虞、芮(ruì):皆古国名。质:平断。成:平。

㊶蹶(guì):动。生:即"性"。

㊷疏附:率下亲上之臣。

㊸先后:辅佐导引之臣。

㊹奔奏:奔告四方之臣。

㊺御侮:捍卫国家之臣。

【汇评】

《诗序》:"《緜》,文王之兴,本由大王也。"

唐孔颖达《毛诗正义》:"太王作王业之本,文王得因之以兴。今见文王之兴本其上世之事,所以美太王也。"

宋朱熹《诗集传》:"此亦周公戒成王之诗。"

清姚际恒《诗经通论》:"《小序》谓'文王之兴本由大王',亦是。《集传》谓'周公戒成王之诗',则肛测矣。孙文融曰,'若周公戒成王之诗,岂应称古公耶',是也。"

清方玉润《诗经原始》:"此上三章皆周公述祖德诗也。然三章立义各有不同:《文王》以天德言,……故有天德者必膺天命,此《文王》之旨也。《大明》以人事言,……使非'天作之合',乌能'不显其光'?故人纪肇修者,人心亦附,此《大明》之旨也。此诗以地利言,……使非去邠逾梁,何以臣服戎狄?故地利之美者足以王,是则《緜》诗之旨耳。"

吴闿生《诗义会通》:"此《序》最得诗恉。诗先陈大王创业,而末二章以文王之事终之,其意固应如是。盖亦周公所作以戒成王,告以王业之艰难尔。"

陈子展《诗经直解》:"叙述太王迁岐之诗。"

高亨《诗经今注》:"这首诗就是叙述亶父迁岐的事,也是一首史诗,歌颂了亶父迁国开基的功业。"

陆侃如、冯沅君《中国诗史》:"《緜》是一篇公亶父传。……他是公刘的裔孙,文王的祖父,故诗中连带说及文王。"

棫 朴

芃芃棫朴①,薪之槱之②。
济济辟王③,左右趣之④。

济济辟王,左右奉璋⑤。
奉璋峨峨⑥,髦士攸宜⑦。

淠彼泾舟⑧,烝徒楫之⑨。
周王于迈⑩,六师及之⑪。

倬彼云汉⑫,为章于天⑬。
周王寿考,遐不作人⑭。

追琢其章⑮,金玉其相⑯。
勉勉我王,纲纪四方⑰。

【题解】

这是歌颂文王育贤之诗。全诗五章。前三章写文王贤臣之盛。一章总写文王贤臣之盛。诗以茂密的丛木砍伐它堆积它,兴比文王贤臣之众多。威仪赫赫的文王,贤臣荟萃,济济一堂。二章写文臣之盛。文王祭祀之时,有文臣参与助祭。他们手持璋器,仪态端庄。这些英俊之士才德双全,操办祀事非常周全。三章写武将之盛。诗以众船夫划桨泾流,兴比武将行君军令。文王出征之时,有武将率师跟随。后二章写文王精心育贤。四章写育贤之因。诗言"那明亮的天河,即是上天的文采"。诗以此兴比高龄的文王,德教涵育,岂不造就众多的人才。五章写育贤之精。文王育贤犹如雕琢金玉一般,既琢其章,又美其质,使之文质彬彬,焕发成彩。文王之臣内外皆美,堪称国之精英。正因如此,勤勉的文王能统理四方。文王育贤之效灼然可见。

【注释】

①芃芃(péng):茂密。棫朴:丛木总名。

②薪:砍伐。槱(yǒu):堆积。

③济济:庄严。辟王:指文王。

④左右:指文王左右的大臣。趣:趋向。

⑤奉:捧。璋:玉器。

⑥峨峨:庄严的样子。

⑦髦士:英俊之士。

⑧淠(pì):船行的样子。

⑨烝:众。徒:指船夫。楫:荡桨。

⑩迈:出征。

⑪及:跟随。

⑫倬:明亮。云汉:天河。

⑬章:花纹。

⑭遐:何,怎。作:造就。

⑮追琢:雕琢。

⑯相:质。

⑰纲纪:统理。

【汇评】

《诗序》:"《棫朴》,文王能官人也。"

汉董仲舒《春秋繁露·郊祭篇》:"天子每将兴师,必先郊祭以告天,乃敢征伐,行子之道也。文王受天命而王天下,先郊乃敢行事,而兴师伐崇。其《诗》曰:'芃芃棫朴,……髦士攸宜。'此郊辞也。其下曰:'淠彼泾舟,……六师及之。'此伐辞也。"

宋朱熹《诗集传》:"此亦以咏歌文王之德。"

清姚际恒《诗经通论》:"此言文王能作士也。《小序》谓'文王能官人',差些,盖袭《左传》释《卷耳》之说。"

清方玉润《诗经原始》:"使非不能作士,人孰归之?故此诗亦倒叙法耳。其作人之盛也,既美其质,复琢其璋,故能焕发成采,如'彼云汉'之'为章于天'矣,岂不倬然也哉?及其归心也,莫大乎承祭与征伐。文王承祭,'奉璋峨峨',无非'髦士攸宜',则其作文德之士也可知。文王征伐,六师扈从,有似'烝徒楫'舟,则作武勇之士也又可见。盖非徒能官人而已,又有以作之,使其振兴鼓舞而变化焉。"

清胡承珙《毛诗后笺》:"《大戴礼》、《逸周书》,皆有《文王官人篇》。《荀子》亦云:'文王以官人为能。'并与此《序》语合。毛于首章《传》即以山木茂盛为贤人众多之兴,全诗大旨已明,故下四章但训诂经文而已。"

高亨《诗经今注》:"这是一首歌颂周王及其大臣的诗。"

金启华、袁愈荌《诗经全译》:"歌颂周王仪态端庄,用人得当,治理四方。旧说以为赞美文王能用人,当亦可信。"

孙作云《诗经与周代社会研究》:"此诗亦为祭祀歌。"

旱 麓

瞻彼旱麓①,榛楛济济②。
岂弟君子③,干禄岂弟④。

瑟彼玉瓒⑤,黄流在中。
岂弟君子,福禄攸降。

鸢飞戾天⑥,鱼跃于渊。
岂弟君子,遐不作人。

清酒既载⑦,骍牡既备⑧。
以享以祀,以介景福。

瑟彼柞棫⑨,民所燎矣。
岂弟君子,神所劳矣⑩。

莫莫葛藟,施于条枚⑪。
岂弟君子,求福不回。

【题解】

　　这是歌颂文王祭祀获福之诗。全诗六章。一章写文王求福之自然。诗以旱山脚下林木茂盛,兴比周邦百姓丰乐。正因如此,所以乐易的文王,方得以乐易求福。二章写文王获福之必然。诗以鲜洁的玉器盛上黄色的美酒,兴比文王获福之必然。三章写文王育贤之盛。那蔚蓝的天空,雄鹰奋翅直上云霄;那碧绿的深渊,群鱼摇尾跳跃嬉戏。这"鸢飞"、"鱼跃"的景象正是兴比文王"作人"之盛。四章写文王祭祀获福。文王奉祀,祭品丰备,以求得更大的福禄。五章写文王感神之至深。由于文王精诚格天,故诗言万民保护柞棫而使之茂盛,兴比天神佑助文王而使之获福。六章写文王求福之正。繁盛的葛藟蔓延于树干之上,这是其性使之然;乐易的文王求福纯正不入邪道,也是其性使之然。

【注释】

①旱:山名。麓:山脚。
②榛楛(hù):泛指林木。
③岂弟:乐易。君子:指文王。
④干:求取。
⑤瑟:鲜洁。玉瓒:盛酒器皿。
⑥鸢(yuān):鹰类。戾:至。
⑦载:盛装。
⑧骍牡:红色公牛。
⑨瑟:茂密。
⑩劳:犹"佑助"。
⑩条枚:树的枝干。

505

【汇评】

《诗序》:"《旱麓》,受祖也。周之先祖,世修后稷、公刘之业。大王、王季申以百福干禄焉。"

唐孔颖达《毛诗正义》:"言文王受其祖之功业。"

宋朱熹《诗序辨说》:"《序》大误。其曰百福干禄者,尤不成文理。"

宋朱熹《诗集传》:"此亦以咏歌文王之德。"

清姚际恒《诗经通论》:"愚意,此篇与上篇亦相似,大抵咏其祭祀而获福,因祭祀及其助祭者以见其作人之盛,则为文王为近。"

清方玉润《诗经原始》:"(《序》说)不知作何梦吃!即《集传》以为'咏歌文王之德',亦殊泛泛。此盖指其祭祀受福而言,与上篇绝不相类。上篇言作人,于祭祀见其一端;此篇言祭祀,而作人亦见其极盛。姚氏但见其有'作人'字,遂谓其与上篇大抵相似,胡不即前后文而一咏之耶?"

吴闿生《诗义会通》:"范处女谓'受釐于祖',近之。此乃祭而受福之词,'周之先祖'以下云云,续《序》者附会而失其义者也。此篇与《棫朴》词相近,而前篇以官人为主,此篇以受祚为主,《序》别言之,最能别白诗指。"

陈子展《诗经直解》:"《旱麓》,盖文王受祖之诗。《序》说可不谓误。……愚谓受祖为受釐于祖之意。魏氏《诗古微》云'祭祖受祜',是也。"

高亨《诗经今注》:"这首诗叙写君子祭神求福得福,并赞美君子有德,能培养人才。"

思 齐

思齐大任①,文王之母。
思媚周姜②,京室之妇③。
大姒嗣徽音④,则百斯男。

惠于宗公⑤,神罔时怨⑥,
神罔时恫⑦。刑于寡妻⑧,
至于兄弟,以御于家邦⑨。

雍雍在宫⑩,肃肃在庙,
不显亦临⑪,无射亦保⑫。

肆戎疾不殄⑬,烈假不瑕⑭。
不闻亦式⑮,不谏亦入⑯。

肆成人有德⑰,小子有造⑱。
古之人无斁⑲,誉髦斯士⑳。

【题解】
　　这是歌颂文王美德之诗。全诗五章。首章写文王美德之由成。庄敬的太任是文王的母亲,美好的周姜是太王的媳妇。而文王之妃太姒能兼继太任、周姜之美德,故而生下"百斯男"。诗首言"周室三母",一则以见文王有圣母之教,二则以见文王有贤妃之助。如此说来,文王美德之形成绝非偶然。二章写文王美德之施予。文王美德,施予甚广,事神治人两尽其道。文王孝祀祖庙先公,先公之神无所怨恨。文王示范于正妻,示范于宗族兄弟,示范进及于国家。足见文王之美德流播深广。三章写文王美德之纯粹。文王在宫室和颜悦色,在宗庙肃穆恭敬,这是美德之表征。文王在幽暗处也如同有人在监视,对臣民爱之无厌也要慎重自保,这是美德之内涵。四章写文王美德之见于事。大患难虽然不绝,然而文王功烈伟大无缺点可寻。文王听到善言就采纳,听到批评也欢迎。这足见文王之德的确美盛。五章写文王美德之化人。由于文王德盛,潜移默化,故一时人才蔚起。士大夫皆有德行,青年人也有所造就。文王爱才无厌,故乐于选择这些英俊之士。

【注释】
①齐:庄敬。
②媚:美盛。周姜:太王之妻。
③京室:王室。
④嗣:继承。徽音:德音。
⑤惠:孝顺。宗公:祖庙中的先公。

⑥罔：无。时：所。

⑦恫：痛恨。

⑧刑：通"型"。示范。寡妻：正妻。

⑨御：进而。

⑩雍雍：和悦。

⑪不显：指幽暗处。

⑫无射：无厌倦。

⑬肆：故今。戎疾：大灾难。殄：绝灭。

⑭烈假：功烈伟大。瑕：缺点。

⑮式：用。

⑯入：纳。

⑰成人：指从政者。

⑱小子：指青年人。有造：有所造就。

⑲古之人：指文王。

⑳誉：通"豫"。快乐。髦：选择。

【汇评】

《诗序》："《思齐》，文王所以圣也。"

汉郑玄《郑笺》："言非但天性，德有所由成。"

唐孔颖达《毛诗正义》："言文王所以得圣，由其贤母所生。"

宋朱熹《诗集传》："此诗亦歌文王之德，而推本言之。"

宋严粲《诗缉》："此诗五章皆言文王之所以为圣也，（孔氏所言）止是首章之意。"

清姚际恒《诗经通论》："《小序》谓'文王所以圣也'，是。严氏谓'皆言文王之所以圣；谓文王之所以得圣，由其贤母所生，止是首章之意耳。'按，此诗自以首章为主。首章特言文王之母，则以下言文王之圣即是言其所由以圣也，严说非是。此篇只重大任，其大姜固带言而大姒亦不重。"

清方玉润《诗经原始》："《小序》谓'文王所以圣'，以首章特标'文王之母'句也。姚氏遵之，遂以为一篇眼目在是，全诗只'以首章为主'。殊知此特推原刑于之化所自始耳。诗盖咏歌文王刑于之化也。治化无不本于闺门，由寡妻而兄弟，由兄弟而家邦；乘其机而顺以导之，势甚便也。然非有所本，则其化亦不能如是之神且速。……故此诗当以刑于数语为主。"

508

陈子展《诗经直解》:"此诗先提'周室三母'之德,而后及文王之圣,修身、齐家、治国之事。《序》说不为误。"

杨任之《诗经今译今注》:"这是一首歌颂文王齐家治国的诗。"

皇　矣

皇矣上帝①,临下有赫。
监观四方,求民之莫②。
维此二国③,其政不获④。
维彼四国,爰究爰度⑤。
上帝耆之⑥,憎其式廓⑦。
乃眷西顾,此维与宅⑧。

作之屏之⑨,其菑其翳⑩。
修之平之,其灌其栵⑪。
启之辟之,其柽其椐⑫。
攘之剔之⑬,其檿其柘⑭。
帝迁明德,串夷载路⑮。
天立厥配⑯,受命既固。

帝省其山,柞棫斯拔⑰,
松柏斯兑⑱。帝作邦作对⑲,
自大伯王季。维此王季,
因心则友⑳,则友其兄,
则笃其庆㉑。载锡之光,
受禄无丧,奄有四方㉒。

维此王季,帝度其心,

509

貊其德音㉒。其德克明㉔，
克明克类㉕，克长克君㉖，
王此大邦，克顺克比㉗。
比于文王㉘，其德靡悔㉙。
既受帝祉，施于孙子。

帝谓文王，无然畔援㉚，
无然歆羡㉛，诞先登于岸㉜，
密人不恭㉝，敢距大邦㉞，
侵阮徂共㉟。王赫斯怒，
爰整其旅，以按徂旅㊱，
以笃于周祜㊲，以对于天下㊳。

依其在京㊴，侵自阮疆㊵，
陟我高冈。无矢我陵㊶，
我陵我阿。无饮我泉，
我泉我池。度其鲜原㊷，
居岐之阳，在渭之将㊸。
万邦之方㊹，下民之王。

帝谓文王，予怀明德㊺。
不大声以色㊻，不长夏以革㊼。
不识不知，顺帝之则。
帝谓文王，询尔仇方㊽，
同尔弟兄。以尔钩援㊾，
与尔临冲㊿，以伐崇墉㈤。

临冲闲闲㈥，崇墉言言㈦。

510

执讯连连㉞，攸馘安安㉟。
是类是祃㊱，是致是附㊲，
四方以无侮。临冲茀茀㊳，
崇墉仡仡㊴。是伐是肆㊵，
是绝是忽㊶，四方以无拂㊷。

【题解】

这是歌颂文王伐密伐崇之诗。全诗八章。首二章写太王的功德。商、周二国，其政截然不同。上帝公正，经过一番考虑，决定将岐山赐予太王。二章写太王开发岐山。此章真切地描绘出太王辟草莱，育林木的兴旺景象。上帝迁明德之君于此，混夷便落荒而逃；上帝立他为配天之人，其承受天命固若磐石。中二章写王季的功德。上帝兴周邦，立明君，自太伯、王季相让始。这个王季，生性友爱其兄，故上帝既增厚其福禄，又赐予其荣光。他所受福禄没有丧失，于是广有四方。四章写王季盛德。王季道德非常完美，能明是非，能辨善恶，能作师长，能为人君，统治这个大国，也能上下相亲，慈和顺善。传至文王，其令德不已。既已承受上帝的福禄，还要传给后代子孙。后四章写文王伐密伐崇。五、六章写伐密。密国自傲不恭，竟敢侵犯周邦。文王勃然大怒，立即整顿军队，去阻击密军。文王的这一举动，上可承天意以厚周家之福，下可符民望以答天下之心。这次战争，其果是周师大获全胜。在班师途中，文王登上高冈，豪情荡胸，踌躇满志。征服密国之后，文王以"鲜原"作为周京，使这里成了万国的榜样，人民所归往的地方。七、八章写伐崇。文王遵循上帝的法则，去跟大国商量，去与小国联合。准备好云梯及战车去讨伐崇国。尽管崇国城墙高大，然而也挡不住周军的猛烈攻击。经过多次激战，终于灭掉了崇国，取得了彻底胜利，这样四方之国再也不敢违抗周邦了。

【注释】

①皇：伟大。

②莫：安定。

③二国：指商，周。

④不获:不一样。

⑤究、度:考虑。

⑥耆:致。

⑦憎:通"增"。式廓:疆土。

⑧宅:居。

⑨作:砍伐。屏:去掉。

⑩菑(zī):直立已死之树。翳:通"殪"。倒在地上之树。

⑪灌:灌木丛。栵:斩而复生之木。

⑫柽:河柳。椐:灵寿木。

⑬攘、剔:修剪。

⑭檿(yǎn):山桑。柘(zhè):黄桑。

⑮串夷:即混夷。载路:满路而逃。

⑯配:指配天命者。

⑰拔:茂密。

⑱兑:笔直。

⑲对:指明君。

⑳因心:天性。

㉑笃:厚。

㉒奄:尽。

㉓貊(mò):清明。

㉔克明:能明察是非。

㉕克类:能分善恶。

㉖克长:诲人不倦。克君:能尽君德。

㉗顺:慈和。比:上下相亲。

㉘比于:传及。

㉙悔:通"晦"。尽。

㉚畔援:跋扈。

㉛歆羡:羡慕。

㉜诞:语助词。岸:高位。

㉝密:密须国。

㉞距:即"拒"。

512

㉟阮、共：皆古国名。
㊱按：阻击。
㊲祜：福。
㊳对：遂，安。
㊴依：通“殷”。盛貌。
㊵侵：疑作“寝”。息兵。
㊶矢：陈兵。
㊷鲜原：地名。
㊸将：旁边。
㊹方：法则，榜样。
㊺怀：知。
㊻声：言。色：貌。
㊼不长：不崇尚。夏、革：威力。
㊽询：咨询。仇方：友邦。
㊾钩援：云梯。
㊿临、冲：战车。
(51)崇：古国名。墉：城。
(52)闲闲：熟练。
(53)言言：高大貌。
(54)讯：俘虏。连连：不绝貌。
(55)馘(guó)：敌人的左耳。安安：多貌。
(56)类：祭天。祃：祭马神。
(57)致：归还土地。附：安抚百姓。
(58)茀茀：盛貌。
(59)仡仡：高耸貌。
(60)肆：袭。
(61)忽：义同“绝”。
(62)拂：违背。

【汇评】

《诗序》：“《皇矣》，美周也。天监代殷莫若周，周世世修德莫若文王。”

唐孔颖达《毛诗正义》：“此实文王之诗，而言美周者，周虽至文王而德盛,但其君积世行善不独文王,以经有大伯王季之事,故言周以广之也。"

宋朱熹《诗集传》:"此诗叙大王大伯王季之德,以及文王伐密伐崇之事也。"

清姚际恒《诗经通论》:"《小序》谓'美周',泛混。大抵上篇《思齐》与此篇皆咏文王:《思齐》则述文王之母大任,上及王母大姜,此篇则述文王之祖大王、父王季,皆推原其所生以见其为圣也。"

清方玉润《诗经原始》:"此诗历叙大王以来积功累仁之事,而尤著意摹写王季友爱一段至德。"

吴闿生《诗义会通》:"案此篇盛称文王之武功,详叙伐密伐崇二事。"

陈子展《诗经直解》:"《皇矣》,言王季上承其父太王,下传其子文王,并友于其兄泰伯,全篇实为周人歌颂王季之德而作。《序》说美周,可不谓误;说周世世修德莫若文王,则偏矣。"

高亨《诗经今注》:"这也是一首周人叙述自己祖先开国历史的史诗,先写太王开辟岐山,打退昆夷,次写王季继续发展,最后写文王伐密伐崇的故事。"

陆侃如《中国诗史》:"《皇矣》是一篇文王传,也说及太伯王季。"

灵　台

经始灵台①,经之营之。
庶民攻之②,不日成之。
经始勿亟③,庶民子来④。

王在灵囿⑤,麀鹿攸伏⑥。
麀鹿濯濯⑦,白鸟翯翯⑧。
王在灵沼⑨,於牣鱼跃⑩。

虡业维枞⑪,贲鼓维镛⑫。
於论鼓钟⑬,於乐辟廱⑭。

於论鼓钟，於乐辟廱。
鼍鼓逢逢⑮，矇瞍奏公⑯。

【题解】

这是颂美文王游观之诗。全诗四章。前二章写文王游观台池苑囿。一章写文王游观"灵台"。文王兴建"灵台"，工地一片繁忙，有的在测量地基，有的在设计蓝图，百姓则在尽力劳作，进度极为神速，不几天一座雄伟的"灵台"就宣告建成。由于文王爱惜民力，不欲急于求成，故民情踊跃，反而蜂拥而至。此时，文王站在"灵台"之上，观赏四方风物，心中好不欢悦。诗人见此情景，自然想起文王兴建"灵台"的一幕。二章写文王游观"灵囿"与"灵沼"。文王来到"灵囿"，观赏飞禽走兽。那母鹿体态肥泽，正伏卧于地悠然自得；那白鹤羽毛洁白，正蹒跚地来回踱步。继而文王又来到"灵沼"，观赏游鱼嬉戏。那满池的鱼儿正在跳跃嬉乐。此章着墨不多，但写得很有情趣。这鹿"伏"鱼"跃"的情态，正好烘托出文王游观时的欢乐心情。后二章写文王游观"辟雍"。文王最后来到"辟雍"，欣赏优美的音乐。此时，乐架已经备好，鼓、钟已经挂上。顿时，钟鼓齐鸣，乐音和谐，节拍井然，配以"鼍鼓"嘭嘭之声，使音乐更增添几分壮美的色彩。最后点明演奏者全是盲人乐师。

【注释】

①经：经营。始：通"治"。治理。

②攻：造。

③亟：急。

④子：通"兹"。更。

⑤灵囿(yòu)：园名。

⑥麀(yōu)：母鹿。

⑦濯濯(zhuó)：肥泽。

⑧白鸟：白鹤。翯翯(hè)：洁白。

⑨灵沼：沼名。

⑩牣(rèn)：满。

⑪虡(jù)：悬编钟编磬的木架。业：鼓架。维：和。枞(cōng)：悬大钟

的架。

⑫贲（fén）鼓：大鼓。镛（yōng）：大钟。

⑬论：通"伦"。鼓钟之声有序。

⑭辟廱（pì yōng）：游乐宫。

⑮鼍（tuó）：鳄鱼。逢逢：鼓声。

⑯矇（méng）、瞍（sǒu）：皆盲人。奏公：演奏乐器。

【汇评】

《诗序》："《灵台》，民始附也。文王受命，而民乐其有灵德以及鸟兽昆虫焉。"

汉郑玄《郑笺》："民者，冥也。其见仁道迟，故于是及附也。"

唐孔颖达《毛诗正义》："三分有二，诸侯之君从文王耳。其民从君而来，其心未见灵德，至于作台之日，民心始知，故言始附，谓心附之也，往前则貌附之耳。"

宋朱熹《诗序辨说》："文王作灵台之时，民之归周也久矣，非至此而始附也。其曰有灵德者，亦非命名之本意。"

清姚际恒《诗经通论》："《小序》谓'民始附'，混谬语。文王以前，民不附乎？大王迁岐，何以从之如归市也？《大序》谓'民乐其有灵德以及鸟兽昆虫焉'，规摹《孟子》'乐其有麋鹿鱼鳖'为说，然而遗下二章作乐之义矣。吕氏曰：'前二章乐文王有台、池、鸟、兽之乐也，后二章乐文王有钟、鼓之乐也，皆述民乐之辞也。'予按其分章法是已，其谓'民乐'亦是。孟子推说诗意以告齐王，诗但言'庶民攻之'之速，'子来'之诚，虽未尝不可言同乐，然则无此意也。"

清方玉润《诗经原始》："美游观也。……（辟廱）地近灵台、灵沼、灵囿，与麋鹿、禽鸟、鳞介为邻，更习乐讲学地，盖游观处耳。夫人君游乐，必有园囿。筑台所以望氛祲，察灾祥也；设囿所以域禽兽，备田猎也；至于辟沼，则蓄潜鳞兼资灌溉耳。然有游必有宴，有宴必有乐，此《辟廱》之乐所由名欤？"

金启华、袁愈荌《诗经全译》："文王游观。前二章写其有台池鸟兽之乐，后二章写其有钟鼓之乐。"

高亨《诗经今注》："这首诗叙写周王建筑灵台和他游观灵囿灵沼，在辟雍奏乐自娱的情况。"

下　武

下武维周①，世有哲王。
三后在天②，王配于京③。

王配于京，世德作求④。
永言配命，成王之孚⑤。

成王之孚，下土之式⑥。
永言孝思，孝思维则⑦。

媚兹一人⑧，应侯顺德⑨。
永言孝思，昭哉嗣服⑩。

昭兹来许⑪，绳其祖武⑫。
於万斯年，受天之祜。

受天之祜，四方来贺。
於万斯年，不遐有佐⑬。

【题解】

这是歌颂武王圣德之诗。全诗六章。首章总写武王之德。后人能继先祖者唯周家最盛，故世世代代都有明哲之君。"三后"死后升天，武王又能德配"三后"于镐京。二章写武王善继文德。周家世世积有美德，而武王能继先祖之德。唯如此，才能长配天命，才能成王者之信于天下。三章写武王能奉孝。"孝"是美德的重要标志。由于武王能长久奉孝，并以"孝"作为行动的准则，故能成王者之信，能成为天下的楷模。四章写武王善继武功。天下之民皆爱戴武王一人。这是因为贤明的武王，能顺先人之心，能继祖考之事，完成了天下一统的大业。五章写武王长寿获福。由于武王能继先祖之业,故赞美其寿考"万斯年",永远受天之福。六章写武王坐朝万国诸侯来贺。武王胜殷之后,四方皆来朝贺,呈现出一派升平的景象。

【注释】

①下:后。武:继。

②三后:指太王、王季、文王。

③王:武王。京:镐京。

④作:起。

⑤孚:信。

⑥式:法则,榜样。

⑦则:准则。

⑧媚:爱。兹:此。一人:指武王。

⑨应:当。侯:语助词。

⑩昭:贤明。嗣服:继承先人事业。

⑪来许:后辈。

⑫绳:继。武:迹。

⑬不:语助词。遐:远。佐:助。

【汇评】

《诗序》:"《下武》,继文也。武王有圣德,复受天命,能昭先人之功焉。"

汉郑玄《郑笺》:"继文者,继文王之王业而成之。"

唐孔颖达《毛诗正义》:"大王、王季非开基之主,不足使武王圣人继之。此篇在文王诗后,故诗言继文也。"

宋朱熹《诗集传》:"此章美武王能缵大王、王季、文王之绪而有天下也。"

宋苏辙《诗集传》:"继文者,言继其文德。"

宋范处义《诗补传》:"继文则兼言三后,谓大王、王季、文王皆有文德,而武王继其绪也。"

明何楷《诗经世本古义》:"《下武》,康王祭成王庙,受釐陈戒之诗。"

清姚际恒《诗经通论》:"《小序》谓'继文',是;盖咏武王也。"

清方玉润《诗经原始》:"人几疑其(武王)以武功显,而文德或有愧乎三后。殊不知其所称善继、善述者,乃在文德而不在武功,故诗人特表而咏之,亦可谓深知武王者。以武王之德在'永孝思',孝思之永,在'求世德',以上合乎天理,而下孚乎人心。徐氏光启曰:'武王通先人之节以济天下之变,与先人志意流通。此其心事何等光明正大,故曰'昭哉嗣服',不但以其变侯化国为能阐扬光大而已。'又可谓善说此诗者矣。"

吴闿生《诗义会通》:"此诗歌武王之功归美于文王,嘉其能继文有天下也。武王之功大矣,而诗人推本于三后,但以嗣服绳武为言,所谓孝思也。抑又疑诗虽诵美武功,而以戒后王为主,故云昭哉嗣服,昭兹来许。嗣服来许,皆指后王而言。"

黄焯《诗疏平议》:"今谓诗言'世德作求','应侯顺德',皆尚文德之事。言'三后在天,王配于京',是言武王上配三后,不言独继文王。"

陈子展《诗经直解》:"《下武》,康王即位,诸侯来贺,歌颂先世太王、王季、文武、成王之德,并及康王善继善述之孝而作。"

高亨《诗经今注》:"这首诗先歌颂成王的德,然后歌颂应侯的德,并为应侯祝福。"

金启华《诗经全译》:"颂赞周家代有贤王,着重写武王能继承祖父事业,又有成王为子,代代相承。"

孙作云《诗经与周代社会研究》:"《下武》,是祭祀成王的歌。"

文王有声

文王有声①,遹骏有声②。
遹求厥宁,遹观厥成。
文王烝哉③!

文王受命,有此武功。
既伐于崇,作邑于丰。
文王烝哉!

筑城伊淢④,作丰伊匹⑤。

匪棘其欲⑥，遹追来孝。
王后烝哉！

王公伊濯⑦，维丰之垣⑧。
四方攸同，王后维翰⑨。
王后烝哉！

丰水东注⑩，维禹之绩⑪。
四方攸同，皇王维辟⑫。
皇王烝哉！

镐京辟廱，自西自东，
自南自北，无思不服⑬。
皇王烝哉！

考卜维王⑭，宅是镐京。
维龟正之⑮，武王成之。
武王烝哉！

丰水有芑⑯，武王岂不仕⑰，
诒厥孙谋⑱，以燕翼子⑲。
武王烝哉！

【题解】

这是歌颂文王都丰、武王都镐之诗。全诗八章。前四章写文王都丰。文王有美誉，这美誉不仅被于一方，而且流播于天下。他只求百姓安定，只望天下太平，这道出了都丰之由。文王接受天命，"有此武功"。既已讨伐了邗国、崇国，文王便作都邑于丰。这既点明了文王都丰实乃天意，同时也点明了都丰的时间。筑城墙，挖城池。所作丰邑，其大小与此城、池正相称。文王此举绝非是急于满足一己之欲，而是为了继承先人的美德。丰邑建成,功绩辉煌。四方之国纷纷归服,皆以文王为栋梁。后四章写武王都镐。夏禹治水,使丰水入渭东注入河。这"丰水"实乃丰、镐两京之枢纽。武王都镐,四方之国纷纷归服,皆以武王为君王。镐京建有"辟雍"。这标志着武王文治武备益发隆盛,因而四方之国无不悦服。武王都镐极为慎重。首先卜卦谋居镐京,结果龟兆吉祥,最后武王才建成镐京。武王都镐实为子孙,谋划深远。武王遗其子孙以善谋,以保安翼助其子孙。这足见"诒谋"对后世子孙治国安邦是何等重要。此诗每章末句反复叹美"文王真是个好王"、"武王真是个好王",大大增强了诗的抒情色彩。

【注释】

①声:声誉。

②遹(jù):语助词。骏:大。

③烝:叹词。隆盛。

④伊:为。淢(yù):护城河。

⑤匹:配。

⑥棘:急。

⑦濯:显耀。

⑧垣:墙。

⑨翰:栋梁。

⑩丰水:水名。

⑪绩:通"迹"。

⑫辟:君。

⑬思:语助词。

⑭考:问。

⑮正:定。

⑯芑(qǐ):菜名。

⑰仕:事。

⑱诒:遗留。

⑲燕:安。翼:庇护。

【汇评】

《诗序》:"《文王有声》,继伐也。武王能广文王之声,卒其伐功也。"

汉郑玄《郑笺》："继伐者,文王伐崇而武王伐纣。"

唐孔颖达《毛诗正义》："经八章,上四章言文王之事,下四章言武王继之。"

宋朱熹《诗集传》："此诗言文王迁丰,武王迁镐之事。"

清姚际恒《诗经通论》："《小序》谓'继伐',以诗中'既伐于崇'而言;此诗岂重此句哉!《集传》谓'……',是矣。"

清方玉润《诗经原始》："此诗专以迁都定鼎为言。文王之迁丰也,'匪棘其欲',盖'求厥宁',以'追来孝'耳;然已兆宅镐之先声。武王之迁镐也,岂徒继伐,盖建辟廱以贻孙谋耳,又无非成作丰之素志。……《序》云'继伐',固非诗人意旨;即《集传》所谓'……',又何待言?盖诗人命意必有所在。《大雅》之咏文、武多矣,未有以丰、镐并题者。兹特题之,则必以建置宏谋为缵承大计。说者当从此究心以求两圣心心相印处,乃得此诗要旨。"

吴闿生《诗义会通》："上篇继文,谓文德。此篇继伐,谓武功也。但此篇亦不言武功,但言作丰邑宅镐京二事耳。"

陈子展《诗经直解》："《文王有声》,叙述文王伐崇后都丰,武王灭纣后都镐,周初开国两个英雄人物之两件大事。"

生 民

厥初生民①,时维姜嫄。
生民如何? 克禋克祀②,
以弗无子③。履帝武敏歆④,
攸介攸止⑤,载震载夙⑥,
载生载育,时维后稷。

诞弥厥月⑦,先生如达⑧。
不坼不副⑨,无菑无害⑩。
以赫厥灵,上帝不宁?
不康禋祀,居然生子⑪。

诞寘之隘巷，牛羊腓字之^⑫。
诞寘之平林，会伐平林^⑬。
诞寘之寒冰，鸟覆翼之。
鸟乃去矣，后稷呱矣^⑭。
实覃实讦^⑮，厥声载路。

诞实匍匐^⑯，克岐克嶷^⑰，
以就口食^⑱。艺之荏菽^⑲，
荏菽旆旆^⑳。禾役穟穟^㉑，
麻麦幪幪^㉒，瓜瓞唪唪^㉓。

诞后稷之穑，有相之道^㉔。
茀厥丰草^㉕，种之黄茂^㉖。
实方实苞^㉗，实种实褎^㉘，
实发实秀^㉙，实坚实好，
实颖实栗^㉚。即有邰家室^㉛。

诞降嘉种，维秬维秠^㉜，
维穈维芑^㉝。恒之秬秠^㉞，
是获是亩^㉟，恒之穈芑，
是任是负^㊱，以归肇祀^㊲。

诞我祀如何？或舂或揄^㊳，
或簸或蹂^㊴，释之叟叟^㊵，
烝之浮浮^㊶，载谋载惟^㊷，
取萧祭脂^㊸，取羝以轭^㊹。
载燔载烈，以兴嗣岁。

卬盛于豆^㊺，于豆于登^㊻。

其香始升，上帝居歆⁴⁷，
胡臭亶时⁴⁸。后稷肇祀。
庶无罪悔，以迄于今。

【题解】

这是歌颂周始祖后稷之诗。全诗八章。此诗富有浓郁的神话色彩，诗中所塑造的后稷形象实为一位神化了的英雄。诗以"赫厥灵"为纲，从不同侧面描写后稷的神异。前三章写后稷诞生前后的神异。一章写后稷在母体孕育的神异。姜嫄在郊野祭祀上帝，以消除无子之疾。她踏在上帝足印的拇指处，结果身动如孕。此后，她独自别居止息。胎儿在她的腹中渐渐发育，这就是后稷。二章写后稷诞生的神异。姜嫄怀足了月份，生下头胎非常顺利。衣胞不破不裂，无灾无害。姜嫄以为上帝不安享她的祭祀，才居然生下这么个圆球形的肉体，难怪她惊惧不已。三章写后稷被弃不死的神异。先弃之小巷，谁知有牛羊跑来庇护哺乳；继而弃之树林，谁知又恰逢人们前来砍伐木材；最后弃之寒冰，谁知更有鸟儿飞来用翅膀覆盖。后稷得到鸟伏的暖气，便破胞而出，显出了婴儿的原形。他的哭声又长又大，传满道路，震荡四野。姜嫄得知此情，遂收而养之。中三章写后稷艺农的神异。四章写后稷幼时艺农的神异。后稷刚会匍匐爬行时，就有知有识，聪慧异常，竟会种植庄稼，所种庄稼无不繁茂。五章写后稷成人后艺农的神异。他懂得相地之宜，铲除杂草，精选良种，播上金黄色的谷物。因后稷艺农有功，故受封于邰而立国。六章写后稷率民稼穑的神异。由于上帝佑助后稷，故而降下许多良种。后稷率民遍地种上良种，待到作物成熟，又率民收割，然后回家举行祭祀。末二章写后稷率民祭祀的神异。七章写后稷率民准备祭品。八章写后稷率民举行祭祀。从后稷开始祭祀，世世代代均无过错，以至于今世。

【注释】

①民：人。

②禋祀：祭祀。

③弗：通"祓"。除灾。

④武：迹。敏：拇。歆：动。

⑤介、止:休息。

⑥震:动。夙:息。

⑦弥:满。

⑧先生:初生。达:滑利。

⑨坼(chè)、副(pì):裂开。

⑩菑(zāi):同"灾"。

⑪居然:惊惧。子:卵。

⑫腓(féi):庇护。字:哺乳。

⑬会:适逢。

⑭呱(gū):哭。

⑮覃(tán):长。訏(xū):大。

⑯匍匐(púfú):爬行。

⑰岐:知。嶷:识。

⑱就:成。

⑲艺(yì):种植。荏菽:大豆。

⑳旆旆(pèi):茂盛。

㉑穟穟:禾穗成熟的样子。

㉒幪幪:茂盛的样子。

㉓瓞(dié):小瓜。唪唪(běng):累累。

㉔相:观看。道:方法。

㉕茀(fú):拔除。

㉖黄茂:泛指五谷。

㉗方:始吐芽。苞:含苞。

㉘种:苗短。褎(yòu):苗长。

㉙发:禾茎长。秀:禾穗。

㉚颖:禾穗下垂。栗:谷粒饱满。

㉛邰:地名。

㉜秬(jù):黑黍。秠(pī):双米黍。

㉝穈(mén):赤粱粟。芑:白粱粟。

㉞恒:遍地。

㉟亩:把作物堆在田亩。

525

㊱任:抱。负:背。

㊲肇祀:开始祭祀。

㊳揄(yóu):舀。

㊴蹂:通"揉"。以手揉米使糠米分开。

㊵释:淘米。叟叟:淘米声。

㊶烝:即"蒸"。浮浮:热气上腾。

㊷谋、惟:计划筹谋。

㊸脂:指牛羊等的脂肪。

㊹羝(dī):公羊。祓(bá):祭路神。

㊺卬(áng):我。豆:木盘。

㊻登:瓦器。

㊼歆:享受。

㊽臭(xiù):气味。亶(dǎn):真。时:善。

【汇评】

《诗序》:"《生民》,尊祖也。后稷生于姜嫄,文武之功起于后稷,故推以配天焉。"

宋朱熹《诗集传》:"周公制礼,尊后稷以配天,故作此诗。"

清姚际恒《诗经通论》:"何玄子谓此诗'郊祀后稷以祈谷也',……按诗言'以归肇祀''诞我祀如何'及'以兴嗣岁''上帝居歆'等语,正言后稷种谷成,始修祀事,兴嗣来岁,如后世祈谷之祭然。郑氏以《大序》言郊祀以后稷配天,即解诗中所言为后稷配天事,固纰谬无理,而后人以诗为郊祀后稷以祈谷者,亦取诗义以证此诗之用。按诗语自诗语,诗用自诗用;今将诗语、诗用混而为一,吾未有以见其然也。……此诗,周公述始祖后稷诞生之异以及耕播百谷之功而肇修祀典也。"

清方玉润《诗经原始》:"《小序》曰:'尊祖也。'《大序》曰:'文、武之功起于后稷,故推以配天。'《集传》从之,谓'周公制礼,尊后稷配天,故作诗'。然皆得其半而未明也。后稷配天,已有《思文》一颂,此特推原其故耳,非用以为配天之乐。众说不明,故异论滋生。何玄子谓此诗'郊祀后稷以祈谷',朱晦翁又谓'受釐颁胙之礼',何不即诗辞而一细绎之耶?"

吴闿生《诗义会通》:"此郊祀后稷以配天之诗。前五章盛称后稷功德,而推本于姜嫄。后三章叙郊祀之事。"

陈子展《诗经直解》:"《生民》,叙述周民族始祖后稷事迹之诗。"

高亨《诗经今注》:"这是一首追叙周人始祖后稷的传说的史诗。"

孙作云《诗经与周代社会研究》:"《大雅》中的《生民》,是祭祀后稷的歌——《周颂》中的《思文》。"

行　苇

敦彼行苇①,牛羊勿践履。
方苞方体②,维叶泥泥③。
戚戚兄弟④,莫远具尔⑤。

或肆之筵⑥,或授之几⑦。
肆筵设席,授几有缉御⑧。
或献或酢⑨,洗爵奠斝⑩。

醓醢以荐⑪,或燔或炙。
嘉肴脾臄⑫,或歌或咢⑬。

敦弓既坚⑭,四鍭既钧⑮。
舍矢既均⑯,序宾以贤⑰。

敦弓既句⑱,既挟四鍭⑲。
四鍭如树⑳,序宾以不侮。

曾孙维主㉑,酒醴维醹㉒。
酌以大斗,以祈黄耇㉓。

黄耇台背㉔,以引以翼㉕。
寿考维祺㉖,以介景福㉗。

527

【题解】

这是周王族宴之诗。全诗七章。首章写族宴之缘由。道旁长有一簇一簇的芦苇,牛羊不去践踏它。所以这芦苇能得以含苞长茎,其叶茂盛。诗以此兴比亲爱的同族兄弟,千万不要疏远,而要彼此亲近。二、三章写族宴之隆盛。开宴之前,执事者或铺竹席,或设矮桌。对年幼者,只铺竹席而已,而对年长者,不仅设席授桌,而且还派有专人侍奉。宴会伊始,主人向客人敬酒,客人向主人回敬。之后,主人又洗净酒杯,再次酬客。客人饮毕,便将酒杯置于几上。继而献上肉酱、烧肉、烤肉及牛胃、牛舌,佳肴极为丰盛。为了助兴,有的在合乐歌唱,有的在奋力击鼓,宴会气氛显得十分热烈而和谐。四、五章写较射之精彩。宴礼之中,还兼行射礼。四人一组,轮番较射。那画弓强劲有力,那四支箭完全相同。号令一下,四箭齐发,每箭皆中,射者均贤,难分高下。那画弓拉满有如弯月,那四支箭已紧绷在弦。号令一下,四箭齐发,每箭中的,射者均贤而"不侮"。六、七章写优老之至诚。在较射之时,主人对老者尤为优厚。主人所献酒醴,醇厚清香,酌以大斗,特为老者祝福。而这些老者德高望重,能以善道辅引,故这些吉祥的寿星,能为主人祈求更大的福禄。

【注释】

①敦(tuán):聚集的样子。行:道路。

②方:始。苞:含苞。体:长茎。

③泥泥:茂盛。

④戚戚:亲爱。

⑤尔:通"迩"。亲近。

⑥肆:陈设。筵:席。

⑦几:矮桌。

⑧绁:连续。御:侍候。

⑨酢:回敬。

⑩爵:酒杯。奠:放置。斝(jiǎ):酒杯。

⑪醓醢(tǎn hǎi):有汁的肉酱。

⑫脾:牛胃。臄(jué):牛舌。

⑬咢(è):击鼓而不歌唱。

⑭敦弓:画弓。

⑮镞:箭名。钧:谓箭一样。

⑯均:皆中。

⑰序宾:评定宾客的成绩。贤:射中多者。

⑱句:通"彀"。张弓以上弦。

⑲挟:手持弦矢。

⑳树:立。

㉑曾孙:主席者之称。

㉒醹(yú):醇厚的酒。

㉓黄耇(gǒu):长寿者。

㉔台背:驼背。

㉕引:导引。翼:辅助。

㉖祺:吉祥。

㉗介:求。景:大。

【汇评】

《诗序》:"《行苇》,忠厚也。周家忠厚,仁及草木,故内睦九族,外尊事黄耇,养老乞言,以成其福禄焉。"

唐孔颖达《毛诗正义》:"九族是王近亲,黄耇则及他姓,故言内外以别之。"

宋朱熹《诗序辨说》:"此诗章句,本甚分明,但以说者不知比兴之体,音韵之节,遂不复得全诗之本意而碎读之,逐句自生意义,不暇寻绎血脉,照管前后,但见勿践行苇,便谓仁及草木;但见戚戚兄弟,便谓亲睦九族;但见黄耇台背,便谓养老;但见以祈黄耇,便谓乞言;但见介尔景福,便谓成其福禄。随文生义,无复伦理,诸序之中,此失尤甚,览者详之。"

宋朱熹《诗集传》:"疑此祭毕而燕父兄耆老之诗。"

清姚际恒《诗经通论》:"《小序》谓'忠厚'。按《左传》'《雅》有《行苇》,昭忠信也。'此本之为说。《大序》谓'内睦九族。……以成其福禄焉。'朱仲晦谓'逐句生意,无是伦理',是。盖末章惟言优老,非养老之礼;而'乞言'尤涉附会,诗中无之也。乃其自撰,则谓'疑祭毕而燕父兄、耆老之诗。'邹肇敏曰:'夫孔燠之余,再欲逞破的之技,即少壮者不堪,又可苦求于高年乎!'何玄子曰:'此未免为末章'曾孙'二字所误。燕毛之礼,在祭毕宾兴之

529

后；如《楚茨》之燕，不及异姓；而况篇中又有'舍矢序宾'之事，其非燕毛之礼甚明。'二说驳朱，皆是。然则是诗者，固燕同、异姓父兄、宾客之诗，而酬酢、射礼亦并行之，终之以尊优耆老焉。"

清方玉润《诗经原始》："愚亦以为诗用未详也。何玄子则直以为美公刘之诗矣。……观《诗》引此为兴，未必无因，特以为美公刘则臆测耳。"

清陈奂《诗毛氏传疏》："《笺》云：'周之先王将养老，先与群臣行射礼，以择其可与者以为宾。'郑盖探末二章养老而言。段氏《经韵楼集》云：'天子诸侯先大射，后养老，《行苇》之射必为大射。'"

清胡承珙《毛诗后笺》："此诗章首即言'戚戚兄弟'，自是王与族燕之礼，与凡燕群臣国宾者不同。然所言献酢之仪、殽馔之物、音乐之事，皆与《仪礼·燕礼》有合，则其因燕而射，亦如《燕礼》所云：'若射则大射正为司射'是也。至末言'以祈黄耇'，则又如《文王世子》所谓'公与父兄齿'者，此其与凡燕有别者也。然则此诗祇是族燕一事，而射与养老连类及之。《序》以睦族为内，养老为外，盖由养九族之老而推广言之，以见周家忠厚之至耳。"

清王先谦《诗三家义集疏》："盖公刘举射缴之礼，出行有此故事，诗人美之，因以名篇。《毛序》删之，特以示异于众。"

吴闿生《诗义会通》："《序》诠诗指，大体无误。"

高亨《诗经今注》："这是一首描写贵族和兄弟宴会、较射、祭神、祈福的诗。"

既　醉

既醉以酒，既饱以德。
君子万年，介尔景福。

既醉以酒，尔肴既将[①]。
君子万年，介尔昭明[②]。

昭明有融[③]，高朗令终[④]。

令终有俶⑤,公尸嘉告⑥。

其告维何,笾豆静嘉⑦。
朋友攸摄⑧,摄以威仪。

威仪孔时⑨,君子有孝子。
孝子不匮⑩,永锡尔类⑪。

其类维何,室家之壸⑫。
君子万年,永锡祚胤⑬。

其胤维何,天被尔禄。
君子万年,景命有仆⑭。

其仆维何,釐尔女士⑮。
釐尔女士,从以孙子⑯。

【题解】

　　这是公尸向时王致祝辞之诗。全诗八章。前三章为群臣颂王之词。周王在祭祖之后,照例要举行一次宴会。在宴会上,群臣饮美酒而既醉,食佳肴而情欢。群臣受此恩惠,感激不尽,故祝愿时王享万年之寿,祝愿祖先赐您大福,赐您明德。祖先既赐您光明之德,而这光明之德又能久长,故您的高明之誉定能善始而善终。后五章为公尸祝福词。这几章运用的是设问修辞格。首先设问公尸祝告什么呢? 回答是:食器所盛祭品,清洁而嘉美,以见祭之诚;群臣助祭,威仪显赫,以见祭之敬。不仅如此,主祭时王的威仪也很好,这实在是一个孝子。而孝子的孝是没有穷尽的,所以祖先之神将永远赐给孝子以福禄。其次设问那福禄是什么呢? 回答是:使您的室家日渐光大,永久赐给您的子孙以福禄。接着设问那子孙怎么样呢? 回答是:上天加给您福禄,所赐大命属而不绝,您的子孙也将受大命无穷无尽。最后设问那属而不绝又怎么样呢? 回答是:上天赐给您男女,接着有孙又有子。总之,诗的前三章言德,后五章言福。唯有"昭明"之德,方能受福博大；唯有"令终"之誉，方能受福久长。群臣颂德，公尸祝福，可谓相得益彰。

【注释】

①将：美。

②昭明：光明。

③融：长远。

④高朗：高明。令终：善终。

⑤俶：始。

⑥尸：代祖先受祭的人。嘉告：祝福之辞。

⑦静嘉：食物美好。

⑧摄：佐助。

⑨时：善。

⑩匮：竭。

⑪锡：通"赐"。类：善。

⑫壸（kǔn）：广。

⑬祚：福禄。胤（yìn）：后代。

⑭仆：连续不绝。

⑮厘：赐予。女士：女与男。

⑯从：随。

【汇评】

《诗序》："《既醉》，大平也。醉酒饱德，人有士君子之行焉。"

宋朱熹《诗集传》："此父兄所以答《行苇》之诗。"

宋严粲《诗缉》："此诗成王祭毕而燕群臣也。太平无事，而后君臣可以燕饮相乐，故曰太平也。讲师言醉酒饱德，止章首二语；又言人有士君子之行，非诗意矣。"

清范家相《诗沈》："此正是王与群臣宴毕，饮燕于寝，而群臣颂君之词，非父兄之答《行苇》也。《行苇》但言燕射而不言祭。此篇特言公尸嘉告，笾豆静嘉，明为其祭毕之燕也。"

清魏源《诗序集义》："《既醉》，绎嘏公尸也。武王有天下后，上祀先公天子之礼，旅酬下遍群臣，至于无算爵。乃见十伦之义，而兴嘏祝焉。"

清姚际恒《诗经通论》:"《小序》谓'太平',泛混。《大序》谓'醉酒饱德,人有士君子之行',规摹《孟子》,绝可笑。《集传》谓'父兄所以答《行苇》',《行苇》既未必为祭诗,又何答也?且后数章皆从'公尸嘉告'而衍之,非答之辞也。此祀宗庙礼成,备述神嘏之诗。"

清方玉润《诗经原始》:"此非光明俊伟之君,治化熙洽之世,不克有此祀事,亦不克当此咏歌。故诸家皆以为成王时诗。诚哉,其为成王时诗也。"

林义光《诗经通解》:"此诗为工祝奉尸命以致嘏(祝词)于主人之辞。"

高亨《诗经今注》:"这首诗当是祝官致嘏辞后所唱的歌。"

陈子展《诗经直解》:"《既醉》,叙述西周盛时,王者祭毕飨燕,而公尸祝福之诗。"

凫 鹥

凫鹥在泾^①,公尸来燕来宁。
尔酒既清,尔肴既馨^②。
公尸燕饮,福禄来成^③。

凫鹥在沙^④,公尸来燕来宜^⑤。
尔酒既多,尔肴既嘉。
公尸燕饮,福禄来为^⑥。

凫鹥在渚^⑦,公尸来燕来处^⑧。
尔酒既湑^⑨,尔肴伊脯^⑩。
公尸燕饮,福禄来下^⑪。

凫鹥在潀^⑫,公尸来燕来宗^⑬。
既燕于宗^⑭,福禄攸降。
公尸燕饮,福禄来崇^⑮。

凫鹥在亹⑯,公尸来止熏熏⑰。
旨酒欣欣⑱,燔炙芬芬。
公尸燕饮,无有后艰⑲。

【题解】

这是周王祭毕宴请公尸之诗。全诗五章。每章首句以野鸭、水鸥在某地,兴比公尸在宗庙宴饮。每章次句写公尸宴饮时的心境。公尸宴饮之时,其心境安宁而舒适,快乐而和悦。每章三、四句写宴席之丰盛。宴席之上酒美且多,公尸饮之,心中欢乐;宴席之上佳肴多样,香气浓郁,公尸食之,心中舒畅。每章五、六句写宴饮公尸而获福。由于周王与公尸宴饮,因此祖考降下众多福禄,从此以后再无什么灾难。

【注释】

①凫(fú):野鸭。鹥(yī):水鸥。泾:水中。

②馨:香。

③成:就。

④沙:水边。

⑤宜:乐。

⑥为:加。

⑦渚:水中高地。

⑧处:安谧。

⑨湑:清。

⑩脯:干肉。

⑪下:降下。

⑫潨(cóng):水会合处。

⑬宗:通"悰"。快乐。

⑭宗:宗庙。

⑮崇:增高。

⑯亹(mén):水旁。

⑰熏熏:和悦。

⑱欣欣:香气浓盛。

⑲艰:灾难。

【汇评】

《诗序》:"《凫鹥》,守成也。大平之君子能持盈守成,神祇祖考安乐之。"

宋朱熹《诗集传》:"此祭之明日绎而宾尸之乐。"

宋范处义《诗补传》:"《既醉》、《凫鹥》皆祭毕燕饮之诗,故皆言公尸。然《既醉》乃诗人托公尸告嘏以祷颂,《凫鹥》则诗人专美公尸之燕饮。"

清姚际恒《诗经通论》:"《序》谓'守成',泛混。郑氏于上章下曰,'祭祀既毕,明日又设礼而与尸燕,成王之时尸来燕也',此说可为诗旨。而《集传》本之,因谓'祭之明日绎而宾尸之乐';然又有误。孔氏曰,'燕尸之礼,大夫谓之'宾尸',即用其祭之日;今《有司彻》是其事也。天子、诸侯则谓之'绎',以祭之明日。《春秋·宣八年》言辛巳,有事于大庙;壬午,犹绎,是谓在明日也。'此'公尸燕饮',是绎祭之事,《疏》语分别明了,惜乎其未阅耳。"

清方玉润《诗经原始》:"此绎祭燕尸之乐也。"

清胡承珙《毛诗后笺》:"《既醉》为正祭后燕饮之诗,《凫鹥》为事尸日燕饮之诗。"

吴闿生《诗义会通》:"然朱子说其事,而《序》发其义,其实一也。顾广誉云:'成王遭家多难,至是而太平有象,故于绎祭言诚敬无已之情如此。《序》归之太平君子能持盈守成,其义最渊永。可见神祇祖考安乐格响,都不易承当之事,其为人主儆戒者至微'。"

高亨《诗经今注》:"这首诗正是行宾尸之礼所唱的歌。"

陈子展《诗经直解》:"《凫鹥》,亦为绎祭宴饮公尸之诗。"

假　乐

假乐君子①,显显令德②。

宜民宜人③,受禄于天。

保右命之,自天申之④。

干禄百福⑤,子孙千亿。

穆穆皇皇⑥,宜君宜王。

不愆不忘⑦,率由旧章⑧。

威仪抑抑⑨,德音秩秩⑩。

无怨无恶,率由群匹⑪。

受福无疆,四方之纲。

之纲之纪,燕及朋友⑫。

百辟卿士,媚于天子⑬。

不解于位,民之攸墍⑭。

【题解】

　　这是歌颂成王美德之诗。全诗四章。首章写成王受天之福禄。上天赞美成王有光明的道德,他善于安民,善于用人,从上天那里承受福禄。这上天保安他,佑助他,赐命他,故从天上降下重重福禄。二、三章写成王受福之由。二章写成王能法祖训。成王求禄而得百福,故子孙繁衍以千亿。成王神情肃敬,仪表堂堂,善于为君,善于为王。他没有过错,没有疏漏,一切遵循先王的旧章。三章写成王能通下情。成王立朝,威仪美盛;成王谈吐,言语清朗。他能与群臣商量政事,故天下乐仰其德,毫无一点怨言。正因如此,成王能受福无疆,成为四方的榜样。四章写成王能安民。成王能统理四方,而群臣也赖以安宁。所以诸侯、群臣皆爱戴成王。唯欲成王莫懈于职位,天下百姓方能有所依归。诗至末尾微露戒意,诗人爱王之心甚为至诚。

【注释】

　　①假:嘉、美。

　　②显显:昭明。

　　③宜:善于。

　　④申:引而长。

⑤干:求。

⑥穆穆:肃敬。皇皇:堂皇。

⑦愆:过失。

⑧率:遵循。

⑨抑抑:严肃。

⑩秩秩:有常。

⑪群匹:群臣。

⑫燕:安。朋友:群臣。

⑬媚:爱。

⑭塈(jì):息。

【汇评】

《诗序》:"《假乐》,嘉成王也。"

唐孔颖达《毛诗正义》:"作《假乐》诗者,所以嘉美成王也。"

宋朱熹《诗序辨说》:"假本嘉字,然非为嘉成王也。"

宋朱熹《诗集传》:"疑此即公尸之所以答《凫鹥》者也。"

明何楷《诗经世本古义》:"《假乐》,赞美武王之德,为祭武王之诗。"

清姚际恒《诗经通论》:"《小序》谓'嘉成王',想以'不愆不忘,率由旧章'二语。然何白而嘉之? 义亦疏也。《集传》谓'公尸之所以答《凫鹥》',又涉武断。何玄子谓'赞美武王之德,祭武王之诗';此出时艺作《中庸》'舜其大孝也与'章以武并舜之习说耳,岂可用于此诗! 或是成王之朝,而其所用则不敢强解。"

清方玉润《诗经原始》:"其所用既无考证,诗意亦未显露,故不知其为何王,亦莫定其何用矣。……世虽未详,而以为成王咏者庶几近焉。"

清姜炳璋《诗序广义》:"成王之守成而致太平,其实功实事皆于此篇发之。"

清王闿运《诗经补笺》:"假,嘉,嘉礼也。盖冠词。成王抗世子法,故有冠礼。"

清李黼平《毛诗纨义》:"古者假、嘉一字。首章《传》读假为嘉,非字训也。是以《中庸》引此诗直作嘉乐。《笺》云:'天嘉乐成王有光光之善德',是嘉者天嘉之也。《正义》云云,失《序》意矣。"

清王先谦《诗三家义集疏》:"《论衡·艺增篇》:'《诗》言子孙千亿,美周

537

宣王之德能慎（顺）天地，天地祚之，子孙众多，至于千亿。'是《鲁诗》与《毛序》'嘉成王'不同。《齐》、《韩》未闻。"

吴闿生《诗义会通》："案：词为嘉成王，实乃规之，尤以不愆不忘四句为主，是时制礼作乐，法度大明，而众贤在位，所急者，惟能守法任人而已。是成王之所以为成也。篇末四句，戒百辟卿士之词。因燕及朋友而并及之，藉以收束通篇。盖戒百辟卿士，即所以讽谕王也，此古人用笔妙处。"

高亨《诗经今注》："这是一首为周王颂德祝福的诗。"

陈子展《诗经直解》："《假乐》，嘉美成王能守成功之诗。《诗序》、《孔疏》皆可谓不误。"

公　刘

笃公刘①，匪居匪康②。
迺埸迺疆③，迺积迺仓。
迺裹糇粮④，于橐于囊⑤，
思辑用光⑥。弓矢斯张，
干戈戚扬⑦，爰方启行⑧。

笃公刘，于胥斯原⑨。
既庶既繁⑩，既顺迺宣⑪，
而无永叹⑫。陟则在巘⑬，
复降在原。何以舟之⑭，
维玉及瑶，鞞琫容刀⑮。

笃公刘，逝彼百泉⑯，
瞻彼溥原⑰。迺陟南冈，
乃觏于京⑱。京师之野⑲，
于时处处⑳，于时庐旅㉑，

于时言言㉒,于时语语㉓。

笃公刘,于京斯依㉔。
跄跄济济㉕,俾筵俾几㉖。
既登乃依,乃造其曹㉗。
执豕于牢㉘,酌之用匏㉙。
食之饮之,君之宗之㉚。

笃公刘,既溥既长。
既景迺冈㉛,相其阴阳㉜。
观其流泉。其军三单㉝,
度其隰原㉞,彻田为粮㉟。
度其夕阳㊱,豳居允荒㊲。

笃公刘,于豳斯馆㊳。
涉渭为乱㊳,取厉取锻㊵。
止基乃理㊶,爰众爰有㊷。
夹其皇涧㊸,溯其过涧㊹。
止旅迺密㊺,芮鞫之即㊻。

【题解】

　　这是歌颂公刘由邰迁豳之诗。全诗六章。首章写准备出发。忠厚的公刘,不敢安居。他率民整治田亩,囤积粮食。为供移民途中急需,将干粮盛满口袋;为鼓舞士气,号召周族团结一心从而光大周邦;为防意外,命令士兵肩扛武器。一切准备就绪,于是开始出发。二章写察看平原。一到豳地,公刘便察看平原。随来之民众多,其心归顺,其情舒畅,而无长叹之声。公刘身体力行,不惮操劳,时而登上山顶,时而又下至平原。他身系美玉,腰佩容刀,显得非常英武。三章写安顿百姓。公刘经过视察,选定"京"这个地方。有的在此定居,有的在此寄居,有的在此欢歌,有的在此笑语,民情欢洽,气氛极为活跃。四章写庙成庆典。公刘在"京"首先营建宗庙。宗庙始成,即举行庆典,宴饮群臣。群臣皆有威仪,公刘使之按尊卑次序入席就座。公刘请他们食肉,请他们饮酒;做他们的君王,做他们的宗主。五章写拓垦田亩。已开垦的土地又长又大。为了继续拓垦田亩,公刘又测量日影以定方向,登上高冈以望远方。他察看山北山南,看是否寒暖得宜,以便耕稼;他考察河流泉水,看是否地势适中,以便灌溉。公刘将军队分成三批,轮番服役,去测量地势低注的平原,整治田亩生产粮食。为了扩大耕地,还必须勘测山西面的土地。至此,豳的居地的确广大。六章写营室定居。公刘在豳地修建房舍。为此,用船截流横渡渭水,去取来粗石与砥石。房舍已经建成,百姓更多,财物益足。有的在"皇涧"两岸住着,有的面向"过涧"住着。诗写至此戛然而止,余味无穷。不难见出,公刘之国已初具规模,而且还大有日进无疆之势。公刘真不愧为周朝历史上一位伟大的英雄。

【注释】

①笃:忠厚。

②匪居匪康:匪康居,意为不安居。

③埸(yì):田界。

④糇(hóu)粮:干粮。

⑤橐(tuó):无底口袋。囊:有底口袋。

⑥辑:和睦。光:光大。

⑦戚:斧子。扬:大斧。

⑧方:开始。启行:出发。

⑨胥:察看。

⑩庶、繁:指人物众多。

⑪顺:归顺。宣:舒畅。

⑫永:长。

⑬巘(yǎn):小山。

⑭舟:通"周"。环绕。

⑮鞞琫(bǐng běng):刀鞘上的装饰物。容刀:装饰过的佩刀。

⑯逝:往。

⑰溥:广阔。

⑱觏(gòu):看见。京:地名。

⑲师:京都。

⑳处处:居住。

㉑庐旅:暂居。

㉒言言:畅所欲言。

㉓语语:无所不语。

㉔依:安居。

㉕跄跄济济:群臣威仪端庄肃穆。

㉖俾:摆设。

㉗造:犹"比"。排位。曹:众宾。

㉘牢:猪圈。

㉙匏(páo):用葫芦做的瓢。

㉚君:当君王。宗:当宗主。

㉛景:同"影"。测日影。

㉜阴:山北。阳:山南。

㉝单:通"禅"。轮流代替。

㉞隰:低湿地。

㉟彻:治。

㊱夕阳:山的西面。

㊲允荒:实在大。

㊳馆:建房舍。

㊴乱:横流而断。

㊵厉:磨刀石。锻:锻石。

㊶理:治理。

㊷众:人多。有:财足。

㊸皇涧:水名。

㊹溯:面向。过涧:水名。

㊺旅:寄居。

㊻芮(ruì):水边向内凹处。鞫(jú):水边向外凸处。即:就。

【汇评】

《诗序》:"《公刘》,召康公戒成王也。成王将莅政,戒以民事,美公刘之

541

厚于民而献是诗。"

汉郑玄《郑笺》："公刘者,后稷之曾孙也。夏之始衰,见迫逐,迁于豳,而有居民之道。……召公惧成王尚幼稚,不留意治民之事,故作诗美公刘以深戒之。"

宋朱熹《诗序辨说》："然此诗未有以见其为康公之作,其传授或有自来耳。"

宋朱熹《诗集传》："旧说,召康公以成王将涖政,当戒以民事,故咏公刘之事以告之。"

清姚际恒《诗经通论》："《小序》谓'召康公戒成王'。按诗无戒辞,召康公亦未有据。《集传》漫从之,何耶? 金仁山谓《七月》及《笃公刘》皆豳之遗诗,其言曰:'……《生民》之诗,述后稷之事也,而终之曰'以迄于今'。《緜》之诗述古公之事也,而系之文王之事。此皆后人之作也。若《笃公刘》之诗,极道冈阜、佩服、物用、里居之详,……安有去之七百岁而言情、状物如此之详,若身亲见之者? 又其末无一语追述之意。吾是以知决为豳之旧诗也。'案,此说深为有理,然则此诗者固当日豳民咏公刘之旧诗,而周、召之徒传之以陈于嗣王欤?"

清方玉润《诗经原始》："首尾六章,开国宏规,迁居琐务,无不备具。使非亲睹其事而胸有条理者,未见其如是之觊缕无遗。又况千百载下人,能执笔摹而为之也哉? 金氏之言大有见也。"

吴闿生《诗义会通》："此与周公之陈《七月》同意。皆欲其法祖以勤民,则骄淫之萌无自而生,古大臣陈善闭邪之道固如此。"

高亨《诗经今注》："此诗乃是叙述公刘迁豳的故事,……也是一首史诗。"

陈子展《诗经直解》："《公刘》,叙述公刘去邰迁豳之诗。"

泂 酌

泂酌彼行潦[1],挹彼注兹[2],可以餴饎[3]。
岂弟君子,民之父母。

洄酌彼行潦,挹彼注兹,可以濯罍④。
岂弟君子,民之攸归。

洄酌彼行潦,挹彼注兹,可以濯溉⑤。
岂弟君子,民之攸墍⑥。

【题解】

这是歌颂时王功德之诗。全诗三章。每章前三句为兴体。远远地取那沟中的活水,盛之于大器而注之于小器,便可用来蒸米饭、洗酒器及洗漆器。诗以此兴比时王有惠于民。每章后二句歌颂时王。由于这位和乐的时王爱民如子,故百姓乐于归往,并赖以栖息。

【注释】

①洄(jiǒng):远。行:通"洐"。水沟。潦:积水。

②挹(yì):舀。

③饙(fēn):蒸。饎(xī):饮食。

④濯:洗涤。罍(léi):酒器。

⑤溉:盛酒的漆器。

⑥墍(xì):息。

【汇评】

《诗序》:"《洄酌》,召康公戒成王也。言皇天亲有德,飨有道也。"

汉扬雄《博士箴》:"公刘挹行潦,而浊乱斯清,官操其业,士执其经。"

明何楷《诗经世本古义》:"《洄酌》,召康公教成王以岂弟化庶殷也。"

清姚际恒《诗经通论》:"《小序》谓'召康公戒成王',未有以见其必然。《大序》谓'皇天亲有德,飨有道也',依仿《左传·隐三年》'周郑交质'中语,盖鄙浅。诗之取兴,多有微微相关者,不必执泥求之。《集传》曰:'言远酌彼行潦,挹之于彼而注之于此,尚可以饙饎,况岂弟君子,岂不为民之父母乎?'只此意亦足。或讥其以行潦比君子为不伦,取苏氏之说曰,'流潦,水之薄也,然苟挹而注之,则可饙饎,言物无不可用者。是以君子之于人未尝有所弃,犹父母之无弃子也。'或又曰,'虽行潦污贱之水苟挹之于彼而注之于此,则遂可以饙饎。'孟子曰,'虽有恶人,斋戒、沐浴则可以事上帝。'按此

543

二说曲合兴义，未免迂滞。"

清方玉润《诗经原始》："《小序》谓'召康公戒成王'，未知其何所据。然相传既久，亦姑从之。"

清王先谦《诗三家义集疏》："愚案：三家以诗为公刘作。盖以戎狄浊乱之区而公刘居之，譬如行潦可谓浊矣，公刘挹而注之，则浊者不浊，清者自清。由公刘居豳之后，别田而养，立学以教，法度简易，人民相安，故亲之如父母。"

吴闿生《诗义会通》："顾广誉云：'依《序》纯是惟命不于常，得民斯得天之意。若反言之，非以岂弟之德为民父母，则虽牲牷礼乐备仪备物，天亦有所不飨矣。特出之以婉导耳。以戒冲主，最切。'"

高亨《诗经今注》："这是一首为周王或诸侯颂德的诗，集中歌颂他能爱人民，得到人民的拥护。"

陈子展《诗经直解》："《泂酌》，当是奴隶被迫自远地汲水者所作。此非奴才诗人之歌颂，而似奴隶歌手之讽刺。……《序》说，《泂酌》召康公戒成王。疑其非所自作，而取自奴隶歌手之歌谣也。"

金启华《诗经全译》："赞美贤君。以活水之于民有利以取喻，妥帖生动。"

孙作云《诗经与周代社会研究》："《泂酌》——在这里讲'泂酌彼行潦'之水，用以'馇饎'、'濯罍'，皆与祭祀有关。《毛传》：'罍，祭器。'"

卷　阿

有卷者阿①，飘风自南②。
岂弟君子③，来游来歌，
以矢其音④。

伴奂尔游矣⑤，优游尔休矣⑥。
岂弟君子，俾尔弥尔性⑦，
似先公酋矣⑧。

尔土宇昄章⑨，亦孔之厚矣⑩。
岂弟君子，俾尔弥尔性，
百神尔主矣。

尔受命长矣，茀禄尔康矣⑪。
岂弟君子，俾尔弥尔性，
纯嘏尔常矣⑫。

有冯有翼⑬，有孝有德，
以引以翼⑭。岂弟君子，
四方为则。

颙颙卬卬⑮，如圭如璋⑯，
令闻令望。岂弟君子，
四方为纲。

凤凰于飞，翙翙其羽⑰，
亦集爰止⑱，蔼蔼王多吉士⑲，
维君子使，媚于天子⑳。

凤凰于飞，翙翙其羽，
亦傅于天㉑。蔼蔼王多吉人，
维君子命，媚于庶人。

凤凰鸣矣，于彼高冈。
梧桐生矣，于彼朝阳㉒，
菶菶萋萋㉓，雝雝喈喈㉔。

君子之车，既庶且多㉕。
君子之马，既闲且驰㉖。

545

矢诗不多^㉗，维以遂歌^㉘。

【题解】

　　这是召康公从成王出游之诗。全诗十章。首章写作诗之由。蜿蜒曲折的山陵，旋风从南边吹来。这里风光秀美，凉爽宜人。和乐平易的成王，一边游览，一边唱歌，好不欢悦。由于成王唱出了他的歌声，故召康公借游陈词，作此诗以答成王。二至六章歌颂成王之德。前三章写德之内蕴。三章言善继。成王潇洒地游览，悠闲地休憩。和乐平易的成王，能充足其性，善继先公之业。二章言奉祀。周之疆宇版图，辽阔无边。和乐平易的成王，能充足其性，为百神之祭主。四章言获福。成王受天命而久长，获福禄而安康。和乐平易的成王，永享千秋之大福。这"似先公"、"主百神"、"常纯嘏"正是歌颂成王德之内蕴。后二章写德之外著。五章言"为则"。成王忠诚满于内，威仪盛于外。正因为成王有美德，故其威仪端庄肃敬。成王的威仪可成为四方的准则。六章言"为纲"。成王神情肃敬，器宇轩昂，其德如圭璋般圣洁可贵，其善声美誉流播于四海。成王的盛德可成为四方的纪纲。这"为则"、"为纲"正是歌颂成王德之外著。七至九章歌颂贤臣之盛。七章言贤臣忠君。凤凰展翅飞翔，其羽"翙翙"作响，纷纷集于所止之处。诗以此兴比成王贤臣济济一堂。这些贤臣为王驱使，奉职尽力，无不爱戴天子。八章写贤臣爱民。凤凰展翅飞翔，其羽"翙翙"作响，纷纷向上直薄云天。诗以此兴比贤臣奋发有为。这些贤臣听王使命，不失其职，无不爱护百姓。九章写贤臣之盛。在那高冈之上，凤凰正在鸣叫，其声悦耳动听；在那山的东面，梧桐巍峨高耸，其貌青葱繁茂。此章全为喻体，寓意深长。"梧桐生"喻明君出，"菶菶萋萋"喻君德盛。"凤凰鸣"喻贤臣众，"雝雝喈喈"喻贤臣和。凤凰毕集于梧桐，正暗喻贤臣咸附于明君。末章歌颂车马之盛。成王之车，既众多又堂皇；成王之马，既熟练又轻快。此与首章"游"字正遥相呼应。召康公自谓：陈诗不多，唯以此诗作为进献君王之歌。此照应首章"以矢其音"作收，章法极为严谨。

【注释】

　　①卷：曲。阿：山陵。

　　②飘风：旋风。

546

③岂弟:乐易。

④矢:陈述。

⑤伴奂:盘桓。

⑥优游:闲暇。

⑦俾:使。弥:充足。

⑧似:通"嗣"。继承。酋:通"猷",谋,即事业。

⑨土宇:疆域。畈(bǎn)章:版图。

⑩孔:很。

⑪茀:通"福"。

⑫纯嘏(gǔ):大福。

⑬冯:满。翼:盛。

⑭引:通"寅"。敬。翼:义同"引"。

⑮颙颙(yóng):肃敬。卬卬:器宇轩昂。

⑯圭、璋:皆礼器。

⑰翙翙(huì):鸟飞声。

⑱爰:犹"而"。

⑲蔼蔼:犹"济济"。吉士:贤臣。

⑳媚:爱。

㉑傅:至。

㉒朝阳:山的东面。

㉓菶菶(běng)、萋萋:皆茂盛的样子。

㉔雝雝、喈喈:皆鸟鸣声。

㉕庶:众,多,通"侈"。富丽堂皇。

㉖闲:熟练。

㉗矢:陈述,陈列。

㉘遂:进。

【汇评】

《诗序》:"《卷阿》,召康公戒成王也。言求贤用吉士也。"

宋朱熹《诗序辨说》:"求贤用吉士,本用诗文而言,固为不切。然亦未必分为两事,后之说者,既误认岂弟君子为贤人,遂分贤人吉士为两等,弥失之矣。夫《洞酌》之岂弟君子,方为成王,而此诗遽为所求之贤人,何哉!"

547

宋朱熹《诗集传》："此诗旧说亦召康公作。疑公从成王游歌于卷阿之上，因王之歌，而作此以为戒。"

清姚际恒《诗经通论》："《小序》谓'召康公戒成王'，未见其必然。……或引《竹书纪年》，以为'成王三十三年，游于卷阿，召康公从'，政附会此而云，不足信。《大序》谓'求贤用吉士'，无意义，且亦只说得后半。"

清方玉润《诗经原始》："召康公从游，歌以献王也。"

清王先谦《诗三家义集疏》："此诗据《易林》《齐》说，为召公避暑曲阿，凤凰来集，因而作诗。"

吴闿生《诗义会通》："全诗大旨，重在用贤，《序》以求贤用吉士为言，实已括其大要，朱子讥之，过也。"

陈子展《诗经直解》："《卷阿》，当是召康公扈从成王避暑卷阿，颂德答歌而作。古文《序》说可不谓误，今文《齐说》似亦有合，惟皆有未明确处。"

孙作云《诗经与周代社会研究》："我以为这首诗原来是两首诗（自第一章至第六章为一诗；自第七章至第十章为一诗），后来误合为一首诗。……细味这一首诗是说时王出游，其从臣或地方诸侯献诗颂美之。"

高亨《诗经今注》："这首诗疑本是两首诗。前六章为一篇，篇名卷阿，是作者为诸侯颂德祝福的诗；后四章为一篇，篇名凤凰，是作者因凤凰出现，因而歌颂群臣拥护周王，有似百鸟朝凤。"

民　劳

民亦劳止！汔可小康①。
惠此中国②，以绥四方③。
无纵诡随④，以谨无良⑤。
式遏寇虐⑥，憯不畏明⑦。
柔远能迩⑧，以定我王。

民亦劳止！汔可小休。
惠此中国，以为民逑⑨。

无纵诡随,以谨惽怓⑩。

式遏寇虐,无俾民忧。

无弃尔劳⑪,以为王休⑫。

民亦劳止! 汔可小息。

惠此京师,以绥四国。

无纵诡随,以谨罔极⑬。

式遏寇虐,无俾作慝⑭。

敬慎威仪,以近有德。

民亦劳止! 汔可小愒⑮。

惠此中国,俾民忧泄。

无纵诡随,以谨丑厉⑯。

式遏寇虐,无俾正败⑰。

戎虽小子⑱,而式弘大⑲。

民亦劳止! 汔可小安。

惠此中国,国无有残。

无纵诡随,以谨缱绻⑳。

式遏寇虐,无俾正反。

王欲玉女㉑,是用大谏。

【题解】

这是召穆公谏厉王之诗。全诗五章。周厉王是一位贪暴之君。他重用小人,钳制言论,滥杀无辜。结果导致国家大乱,诸侯离心,国人反叛,最后厉王只落得"流于彘"的可悲下场。《民劳》、《板》、《荡》、《桑柔》诸篇均是在这种历史背景下产生的。每章前四句谏王安民。百姓已劳瘁不堪了,庶几可望稍事安息。因此,爱护京城百姓,便可安抚四方;爱护京城百姓,便可聚集天下之民;爱护京城百姓,便可安定四方之国;爱护京城百姓,便可使民排除忧愁;爱护京城百姓,便可使国家不致遭到败亡。京城为国之心脏,"惠中国"以安天下实乃良策。每章中四句谏王防奸。不要放纵"诡随"之人,要谨防他居心不良,谨防他喧嚣胡言,谨防他无恶不作,谨防他丑态多端,谨防他反复纠缠。唯有"无纵"、"以谨",方可用以遏止"寇虐"。这样便可出现一个好的政治局面:使小人知畏明法,使百姓没有忧愁,使小人不敢作恶,使政治不致败坏,使是非不会颠倒。每章末二句谏王修德。要悦近怀远,以定王室;无弃前功,以成其美;敬慎威仪,接近有德。您虽年轻,作用甚大,关系天下安危,民生休戚,故德不可不修。最后倾吐忠言:"君王啊,我衷心热爱您,故作此诗来规劝。"诗旨至此而大明。

【注释】

①汔(qì):庶几。

②中国:京师。

③绥:安。

④诡随:欺诈。

⑤谨:谨防。

⑥式:用。遏:制止。寇虐:残害。

⑦憯(cǎn):曾,乃。

⑧柔:安抚。迩:近。

⑨逑:聚合。

⑩惛怓(hūn náo):喧哗。

⑪劳:功劳。

⑫休:美。

⑬罔极:无法纪。

⑭慝(tè):邪恶。

⑮愒(qì):休息。

⑯丑厉:丑态。

⑰正:正道。

⑱戎:你。

⑲式:用。弘:大。

⑳缱绻(qiǎn quǎn):固结不解。

㉑玉：爱。

【汇评】

《诗序》："《劳民》，召穆公刺厉王也。"

汉郑玄《郑笺》："厉王，成王七世孙也。时赋敛重数，繇役繁多。人民劳苦，轻为奸宄。强陵弱，众暴寡，作寇害。故穆公以刺之。"

宋朱熹《诗集传》："以今考之，乃同列相戒之辞耳。未必专为刺王而发。"

清姚际恒《诗经通论》："《小序》谓'召穆公刺厉王也'。《集传》谓'乃同列相戒之辞'，亦是；但云'同列相戒'，稍宽泛。合两家之说，当云'召穆公刺厉王用事小人以戒王也'。"

清方玉润《诗经原始》："召穆公警同列以戒王也。"

吴闿生《诗义会通》："今案：词旨显为告戒执政而作，然谆谆如此，则其时之将乱可知。故《序》以为刺厉王。盖探立言之意而言之。"

陈子展《诗经直解》："《民劳》，召穆公大谏厉王之作。《序》说是也。"

孙作云《诗经与周代社会研究》："《大雅·民劳》，是召穆公（召虎）谏厉王诗。"

板

上帝板板①，下民卒瘅②。
出话不然③，为犹不远④。
靡圣管管⑤，不实于亶⑥。
犹之未远，是用大谏。

天之方难，无然宪宪⑦。
天之方蹶⑧，无然泄泄⑨。
辞之辑矣⑩，民之洽矣⑪。
辞之怿矣⑫，民之莫矣⑬。

我虽异事⑭,及尔同寮⑮。
我即尔谋⑯,听我嚣嚣⑰。
我言维服⑱,勿以为笑。
先民有言,询于刍荛⑲。

天之方虐,无然谑谑⑳。
老夫灌灌㉑,小子蹻蹻㉒。
匪我言耄㉓,尔用忧谑㉔。
多将熇熇㉕,不可救药。

天之方懠㉖,无为夸毗㉗。
威仪卒迷㉘,善人载尸。
民之方殿屎㉙,则莫我敢葵㉚。
丧乱蔑资㉛,曾莫惠我师㉜。

天之牖民㉝,如埙如篪㉞,
如璋如圭,如取如携。
携无曰益㉟,牖民孔易。
民之多辟㊱,无自立辟㊲。

价人维藩㊳,大师维垣㊴。
大邦维屏㊵,大宗维翰㊶。
怀德维宁,宗子维城㊷。
无俾城坏,无独斯畏。

敬天之怒,无敢戏豫㊸。
敬天之渝㊹,无敢驰驱。
昊天曰明,及尔出王㊺。
昊天曰旦㊻,及尔游衍㊼。

552

这是凡伯刺厉王之诗。全诗八章。一、二章斥王慢天违圣。上帝乖戾,使百姓劳瘁不堪。这是轻慢上天所造成的恶果。厉王出言不合情理,为谋也不远长;漠视先圣,言行不一;目光短浅,"是用大谏"。上帝正在降灾,而您还如此欣喜;上帝正在作乱,而您还如此夸耀。若政教宽缓,则百姓和谐;若政教败坏,则百姓疾苦。这二章造语犀利,促人猛醒。三、四章斥王不听善言。您是君,我是臣,虽然职事不同,但同治天下则无异。我竭力出谋献策,而您却高傲自大,充耳不闻。我的话句句实在,不要以为是谈笑。古人说过:"樵夫之言尚可询。"上帝正在暴虐,您不要如此喜乐。我诚恳忠告,而您却趾高气扬。不要以为我老昏而妄言,将我的话当作儿戏。您如行恶如炽盛之烈火,那将真正不可救药。这二章针砭入髓,意欲厉王猛醒。五、六章斥王不恤民情。如今百姓正在痛苦中呻吟,也没有谁敢庇护我。时遭丧乱,财用匮竭,乃不能救济苍生。其实上天诱民极其容易。如今百姓之所以多行邪僻之事,是因为厉王擅自制定了不合理的法律。七、八章谏王修德敬天。掌军权者是天下的藩篱,掌政权者是天下的围墙,天子之邦是天下的屏障,天子之宗是天下的栋梁。天子若怀明德,则天下太平。所以天子实乃天下的城墙。千万不能使城墙毁坏。若"城"坏,则"藩"、"垣"、"屏"、"翰"也就随之而坏。于是规劝厉王务必修德,不要成为孤家寡人,独居而可畏。诗人见微知著,可谓有识。至于天变,尤当敬畏。要敬畏上天的盛怒,不敢嬉戏游乐;要敬畏上天的变异,不敢驾马驱车。上天明察秋毫,实在可畏。您出行、游逛,上天无时无刻不在监视。若要回天。务必敬天,此言此语,足以唤得人醒。厉王若还执迷不悟,那只能说是咎由自取。

【注释】

①板板:乖戾。

②卒瘅(dàn):劳瘁病苦。

③不然:不对。

④犹:谋。

⑤靡圣:目无圣人。管管:无所依据的样子。

⑥亶(dǎn):诚信。

⑦宪宪:通"欣欣"。喜悦。

⑧蹶(guì):动。

⑨泄泄:喋喋不休。

⑩辞:政令之辞。辑:缓和。

⑪洽:和谐。

⑫怿(yì):通"殬"。败坏。

⑬莫:通"瘼"。病。

⑭异事:职务不同。

⑮同寮:即"同僚"。

⑯即:就。

⑰嚣嚣:不肯受言的样子。

⑱服:用。

⑲询:问。刍荛:樵夫。

⑳谑谑(xuè):喜乐。

㉑灌灌:诚恳。

㉒蹻蹻:骄傲。

㉓耄(mào):老人。

㉔忧谑:嬉戏。

㉕熇熇(hè):炽盛。

㉖怀(qí):愤怒。

㉗夸毗(pí):说大话。

㉘迷:乱。

㉙殿屎:呻吟。

㉚葵:庇护。

㉛蔑资:无财物。

㉜惠:体恤。师:民众。

㉝牖(yǒu):诱导。

㉞埙(xūn):土制乐器。篪(chí):竹管乐器。

㉟益:通"隘"。阻碍。

㊱辟:邪僻。

㊲辟:法。

554

㊳价人:指卿士掌军事者。藩:篱笆。

㊴大师:最高的执政者。垣:墙。

㊵大邦:周邦。屏:屏障。

㊶大宗:周宗。翰:栋梁。

㊷宗子:周天子。

㊸戏:嬉戏。豫:通"娱"。快乐。

㊹渝:变,灾异。

㊺王:通"往"。

㊻旦:明。

㊼游衍:游逛。

【汇评】

《诗序》:"《板》,凡伯刺厉王也。"

汉郑玄《郑笺》:"凡伯,周同姓,周公之胤也,入为王卿士。"

宋朱熹《诗集传》:"今考其意,亦与前篇相类,但责之益深切耳。"

清姚际恒《诗经通论》:"《小序》谓'凡伯刺厉王'。按厉王时唯召穆公,凡伯为老臣,故分上篇为召穆公,此篇为凡伯,亦臆度之见。此盖刺厉王用事小人而其旨归于谏王也。"

清方玉润《诗经原始》:"此篇与前篇不但相类,且出一手。前警同列以戒王,此亦规同僚以警王。……且前着意诡随、寇虐,故多从人心上说;此着意违圣、慢天,故多从天命言。立义虽各不同,而实可参观。然则何以分属之凡伯、召公耶?盖厉王时,唯此二公为国勋旧,故借重二公名耳。然非二公俦,亦不能为此诗,即以之分属二公,奚不可者?"

吴闿生《诗义会通》:"案诗明云'及尔同僚',其为戒同列之作,词意显然。而冤愤迫切,若大祸之将至者,足以征世变矣。措意在第七章,言之最为切尽,盖虽戒同列,亦所以喻王也。"

高亨《诗经今注》:"这是周王朝一个大臣所作的讽刺诗,讽刺掌权者荒淫昏愦、邪僻骄妄,使人民陷于灾难,同时也讽刺了周王。"

孙作云《诗经与周代社会研究》:"《大雅·板》,是凡伯谏厉王时太师之诗。"

荡

荡荡上帝①，下民之辟②。
疾威上帝③，其命多辟④。
天生烝民⑤，其命匪谌⑥。
靡不有初，鲜克有终。

文王曰咨⑦，咨女殷商。
曾是强御⑧，曾是掊克⑨，
曾是在位，曾是在服⑩。
天降慆德⑪，女兴是力⑫，

文王曰咨，咨女殷商。
而秉义类⑬，强御多怼⑭。
流言以对⑮，寇攘式内⑯。
侯作侯祝⑰，靡届靡究⑱。

文王曰咨，咨女殷商。
女炰烋于中国⑲，敛怨以为德⑳。
不明尔德㉑，时无背无侧㉒。
尔德不明，以无陪无卿㉓。

文王曰咨，咨女殷商。
天不湎尔以酒㉔，不义从式㉕。
既愆尔止㉖，靡明靡晦㉗。
式号式呼，俾昼作夜。

文王曰咨，咨女殷商。
如蜩如螗㉘，如沸如羹。
小大近丧，人尚乎由行㉙。
内奰于中国㉚，覃及鬼方㉛。

文王曰咨，咨女殷商。
匪上帝不时㉜，殷不用旧㉝。
虽无老成人，尚有典刑㉞。
曾是莫听，大命以倾。

文王曰咨，咨女殷商。
人亦有言，颠沛之揭㉟，
枝叶未有害，本实先拨㊱。
殷鉴不远，在夏后之世。

【题解】

这是召穆公刺厉王之诗。全诗八章。此诗格局尤奇，除首章直斥厉王外，其余各章均为文王叹殷之词。这种奇特的格局，在《雅》诗中实属罕见。这是因为厉王之恶类似商纣，所以文王嗟叹商纣，即等于诗人讽刺厉王。这种托古讽今、指桑骂槐的手法，颇为别致。首章斥王失德慢天。上帝反复无常，是由厉王失德慢天所致。上天生下众民，其命难以相信，正是因为厉王不能以善道自终。二章斥王贪婪暴戾。厉王所用皆强暴之人，皆聚敛之辈。上天降下这些缺德之人，而您竟助之为恶。三章斥王任用小人。厉王所用皆邪恶小人。强暴者鱼肉百姓，故多遭怨恨；柔恶者爱进谗言，故贼寇滋生。对此，百姓只有诅咒，且无穷无尽。四章斥王善恶不明。厉王骄横咆哮，不但不以积怨为恶，反而以之为德，真是昏聩至极。他善恶不明，良莠不辨。明有"背仄"之小人，厉王谓之"无"而加以重用；明有"陪卿"之贤人，厉王谓之"无"而加以摒弃，这岂不昏庸透顶。五章斥王沉湎于酒。上天不让沉湎于酒，可是厉王不畏天命，偏偏纵酒逸乐，荒淫无度。他饮酒败仪,无时不醉,叫号狂呼,"俾昼作夜",昏昏沉沉真是到了无以复加的地步。六章斥王怙恶不悛。朝政无论大小皆临近丧亡。因此民情激愤,怨声载道。这怨叹之声如蝉之鸣,如羹之沸,整个中国无静之时,无宁之所。开始不过内怒于中国,继而延及鬼方。远近皆怨,如火蔓延,岂可扑灭。七章斥王废弃旧典。旧典乃治国之宝,可是厉王却弃而不用。国中虽无"老成人",但还有"典刑"可资效法。您怎么这样置若罔闻,不肯听从。既然如此,那国家的命运必将倾覆。八章斥王败坏本根。道德是国君的本根。厉王失德,根本已坏,若不修德,国之必亡。结尾规谏厉王改图,莫蹈纣王覆辙。这一告诫何其深切。

【注释】

①荡荡:广大。

②辟:君。

③疾威:暴虐。

④辟:邪僻。

⑤烝:众。

⑥匪谌(chén):不信。

⑦咨:叹词。

⑧强御:暴虐。

⑨掊(póu)克:横征暴敛。

⑩服:政事。

⑪慆(tāo)德:无德。

⑫兴:助。

⑬义类:邪曲。

⑭怼(duì):怨恨。

⑮对:应答。

⑯攘:盗。

⑰侯:语助词。作、祝:诅咒。

⑱届:极。究:穷。

⑲炰烋(páo xiāo):同"咆哮"。

⑳敛怨:积怨。

㉑不明:昏暗。

558

㉒时:是。背、侧:指恶人。

㉓陪、卿:指善人。

㉔湎:沉溺。

㉕式:法。

㉖愆(qiān):过错。止:举止。

㉗晦:指黑夜。

㉘蜩(tiáo):蝉。螗:蝉的一种。

㉙尚:还。

㉚嘦(bì):盛怒。

㉛覃(tán):延。鬼方:远方。

㉜时:善。

㉝旧:指旧有的典章制度。

㉞典刑:即典型。

㉟颠沛:倒下。揭:树根翘起的样子。

㊱本:树根或主干。拨:断绝,败坏。

【汇评】

《诗序》:"《荡》,召穆公伤周室大坏也。厉王无道,天下荡荡然无纲纪文章,故作是诗也。"

宋朱熹《诗序辨说》:"苏氏曰,《荡》之名篇,以首句有荡荡上帝耳。《序》说云云,非诗之本意也。"

明邹肇敏《诗传阐》:"通篇托之文王叹商,危言不讳,而卒不能启王之聪。故异时彘之乱,国人围之宫。召公曰,昔吾骤谏王,王不从,以及此难。骤谏者,非独《春秋外传》所载谏监谤数语,盖《荡》之诗尤最危焉。"

清魏源《诗序集义》:"厉恶类纣,故屡托殷商以陈刺。"

清姚际恒《诗经通论》:"严氏曰:'臣子作诗皆发于忧国之忠,欲以感悟其君,虽敝坏已极,犹几其改图,君臣之义无所逃于天地之间也。'此诗托言文王叹商,特借殷为喻耳。"

清方玉润《诗经原始》:"此诗自二章以下,皆托言文王叹商以刺厉王。"

吴闿生《诗义会通》:"案此诗格局最奇,本是伤时之作,而忽幻作文王咨殷之语。通篇无一语及于当世,但于末二语微词见意,而仍纳入文王界中。词意超妙,旷古所无。"

高亨《诗经今注》："这是一首讽刺周王的诗,除第一章直写外,其余七章全以文王口气指责殷纣王,乃是托古讽今,指桑骂槐的手法,别具风格。"

抑

抑抑威仪①,维德之隅②。
人亦有言,靡哲不愚。
庶人之愚,亦职维疾③。
哲人之愚,亦维斯戾④。

无竞维人⑤,四方其训之⑥。
有觉德行⑦,四国顺之⑧。
讦谟定命⑨,远犹辰告⑩。
敬慎威仪,维民之则。

其在于今,兴迷乱于政⑪。
颠覆其德,荒湛于酒。
女虽湛乐从,弗念厥绍⑫。
罔敷求先王⑬,克共明刑⑭。

肆皇天弗尚⑮,如彼泉流,
无沦胥以亡⑯。夙兴夜寐,
洒扫廷内,维民之章。
修尔车马,弓矢戎兵⑰。
用戒戎作⑱,用遏蛮方⑲。

质尔人民⑳,谨尔侯度㉑,
用戒不虞㉒。慎尔出话,

敬尔威仪,无不柔嘉㉓。
白圭之玷㉔,尚可磨也。
斯言之玷,不可为也。

无易由言㉕,无曰苟矣㉖。
莫扪朕舌㉗,言不可逝矣㉘。
无言不雠㉙,无德不报。
惠于朋友,庶民小子。
子孙绳绳㉚,万民靡不承㉛。

视尔友君子,辑柔尔颜㉜,
不遐有愆㉝。相在尔室,
尚不愧于屋漏㉞。无曰不显,
莫予云觏㉟,神之格思㊱,
不可度思,矧可射思㊲。

辟尔为德㊳,俾臧俾嘉㊳。
淑慎尔止㊴,不愆于仪。
不僭不贼㊶,鲜不为则。
投我以桃,报之以李。
彼童而角㊷,实虹小子㊸。

荏染柔木㊹,言缗之丝㊺。
温温恭人,维德之基。
其维哲人,告之话言㊻,
顺德之行。其维愚人,
覆谓我僭㊼,民各有心。

於乎小子,未知臧否。

匪手携之，言示之事⑱。

匪面命之，言提其耳。

借曰未知，亦既抱子。

民之靡盈⑲，谁夙知而莫成⑳。

昊天孔昭㉑，我生靡乐。

视尔梦梦㉒，我心惨惨㉓。

诲尔谆谆，听我藐藐㉔。

匪用为教㉕，覆用为虐㉖。

借曰未知，亦聿既耄㉗。

於乎小子，告尔旧止㉘。

听用我谋，庶无大悔㉙。

天方艰难，曰丧厥国。

取譬不远，昊天不忒㉚。

回遹其德㉛，俾民大棘㉜。

【题解】

这是卫武公告诫周平王之诗。全诗十二章。前八章写德之当修。一章言仪、德要相符。缜密的威仪是德的表征。表里皆美，仪、德才能相符。二章言有德必有应。人君德行正大光明，则四国都会顺从他。要制定宏图大略，没有光明的德行断然不成。三章言不要逸乐怠政。如今小人皆迷乱政事，败坏道德、沉溺于酒。而您也唯"湛乐"是从，既不思念继承先人之业，也不广求先王之道，这岂能推行光明的法度？四章言修内以治外。您要勤勉修内，做人民的表率。您要整顿军队，用以制止战争，用以驱逐蛮邦。五、六章言说话要谨慎。说话要谨慎，态度要恭敬。白玉上的污点，还可以磨掉。这言语上的毛病，那就不可改变。因此，不要轻易说话，更不要随便允诺。凡话皆有反响，凡德皆有影响。要施恩于朋友及广大民众。如此，您的子孙将连绵不断，万民无不顺从。七章言要修谨独之功。对待朋友要和颜悦色,这就不会有什么过错。尤其是要看一人在室中,于黑暗角落也无有惭愧。切莫说这里不明亮,没有谁能看见我。殊不知神灵降临,不可揣度,岂可厌倦而不修德。八章言要修德行。您要修明德行,使之日臻完美;您要谨慎举止,不要损害威仪。只要无过错,无伤害,就很少不为人所效法。后四章写要听善言。九章说:若是一个聪明人,告诉他善言就会顺着正道行;若是一个愚蠢人,反而诬我是欺妄。这真是人心各不相同。十章说:您这小子,还不知道好与坏。不但要用手携着他,还要用事指示他;不但要当面告诫他,还要提着耳朵警醒他。不要托言年幼无知,须知您已抱上了儿子。要是不自满自盈,哪里会早知而晚成? 十一章说:我诚恳地教诲您,您却充耳不闻。您不用善言来施教,反而用它开玩笑。您借口说年幼无知,反谓我老迈昏庸不用我言。十二章说:您这小子,告诉您先王旧礼。若听从我的主张,就不会有什么懊丧。上天正在降下灾殃,说不定国家就会灭亡。这里以天将丧国示警,这足以感悟时主要及早修德。

【注释】

①抑抑:缜密。

②隅:方正。

③职:主,常。疾:毛病。

④戾:善。

⑤无竞:莫强。

⑥训:效法。

⑦觉:正直。

⑧顺:服从。

⑨訏:大。谟:谋略。定命:确定政令。

⑩远犹:远大计谋。辰告:按时宣告。

⑪兴:皆,都。

⑫绍:继。

⑬敷:广。

⑭克:能。共:通"拱"。执行。明刑:英明的法典。

⑮肆:如今。尚:保佑。

⑯沦胥:沉没。

⑰戎兵:指武器。

⑱戒：警戒。戎：战争。作：兴。

⑲遏(tì)：驱除。

⑳质：告诫。

㉑度：法度。

㉒不虞：意外之变。

㉓柔：安。嘉：善。

㉔玷(diàn)：斑点。

㉕无易：不要轻易。

㉖苟：随便。

㉗扪(mén)：按住。朕：我。

㉘逝：追。

㉙雠：应答。

㉚绳绳：连绵不断。

㉛承：顺。

㉜辑：和。

㉝遏：通"何"。愆：过错。

㉞屋漏：室之深暗处。

㉟云：语气词。觏：看见。

㊱格：至。

㊲矧(shěn)：况且。射：通"致"。厌倦。

㊳辟：彰明。

㊴臧、嘉：皆善。

㊵止：行为，举止。

㊶僭：潜。贼：残害。

㊷童：秃。

㊸虹：惑乱。

㊹荏染：柔弱。

㊺缗：安上弦。

㊻话言：善言。

㊼覆：反。僭：欺妄。

㊽示：告示。

㊾盈:满。

(50)莫:即"暮"。晚上。

(51)昭:明察。

(52)梦梦:不明。

(53)惨惨:忧闷。

(54)藐藐:轻视。

(55)用:以。

(56)虐:戏谑。

(57)耄(mào):老。

(58)旧止:指先王的礼法。

(59)悔:过失。

(60)忒(tè):差错。

(61)回遹(yù):邪僻。

(62)棘:急难。

【汇评】

《国语·楚语》:"(卫武公)作《懿戒》以自儆也。"韦昭注:"昭谓《懿》诗,《大雅·抑》之篇也。懿读曰抑。"

《诗序》:"《抑》,卫武公刺厉王,亦以自警也。"

汉郑玄《郑笺》:"自警者,'如彼泉流,无沦胥以亡。'"

唐孔颖达《诗经正义》:"侯包亦云:'卫武公刺王室,亦以自戒。计年九十有五,犹使人日诵是诗而不离于其侧。'(见《韩诗翼要》)其意亦取《楚语》,与韦昭小异。"

宋朱熹《诗序辨说》:"此诗之《序》有得有失。……以诗考之,则其曰刺厉王者失之,而曰自警者得之也。"

宋朱熹《诗集传》:"卫武公作此诗,使人日诵于其侧以自警。"

清魏源《诗古微》:"《抑》,卫武公作于为平王卿士之时,距幽王没三十余载,距厉王没八十余载。尔、女、小子,皆武公自儆之词,而刺王室在其中矣。备尔车马,弓矢戎兵。冀复镐京之旧,而慨平王不能也。"

清姚际恒《诗经通论》:"此刺厉王之诗,不知何人所作也。"

清方玉润《诗经原始》:"卫武公自儆也。"

清陈奂《诗毛氏传疏》:"(卫武公)入相于周,断在平王之世,入相而作

《宾之初筵》刺幽王,作《抑》刺厉王,两诗皆作于平王之世。"

吴闿生《诗义会通》:"诗实主自警,与刺时无涉。独其在于今数语,似有讥时政之意,然亦不当以刺厉王。朱子之说,不可易也。此诗千古箴铭之祖。"

陈子展《诗经直解》:"卫武公自儆之诗。虽云自儆,实亦兼寓刺王之意,当是刺平王。"

金启华《诗经全译》:"大臣自警。"

桑 柔

菀彼桑柔①,其下侯旬②。
捋采其刘③,瘼此下民④。
不殄心忧⑤,仓兄填兮⑥。
倬彼昊天⑦,宁不我矜⑧。

四牡骙骙⑨,旟旐有翩⑩。
乱生不夷⑪,靡国不泯⑫。
民靡有黎⑬,具祸以烬⑭。
於乎有哀,国步斯频⑮。

国步蔑资⑯,天不我将⑰。
靡所止疑⑱,云徂何往。
君子实维⑲,秉心无竞⑳。
谁生厉阶,至今为梗。

忧心殷殷㉑,念我土宇。
我生不辰,逢天僤怒㉒。
自西徂东,靡所定处。

多我觏痻㉓，孔棘我圉㉔。

为谋为毖㉕，乱况斯削。
告尔忧恤㉖，诲尔序爵㉗。
谁能执热㉘，逝不以濯㉙。
其何能淑㉚，载胥及溺㉛。

如彼溯风㉜，亦孔之僾㉝。
民有肃心㉞，荓云不逮㉟。
好是稼穑，力民代食㊱。
稼穑维宝，代食维好。

天降丧乱，灭我立王㊲。
降此蟊贼㊳，稼穑卒痒㊴。
哀恫中国，具赘卒荒㊵。
靡有旅力㊶，以念穹苍。

维此惠君，民人所瞻。
秉心宣犹㊷，考慎其相㊸。
维彼不顺，自独俾臧㊹。
自有肺肠㊺，俾民卒狂。

瞻彼中林，甡甡其鹿㊻。
朋友已谮㊼，不胥以穀㊽。
人亦有言，进退维谷。

维此圣人，瞻言百里。
维彼愚人，覆狂以喜。
匪言不能，胡斯畏忌㊾。

维此良人，弗求弗迪^⑤。
维此忍心，是顾是复^⑤。
民之贪乱，宁为荼毒^⑤。

大风有隧^⑤，有空大谷。
维此良人，作为式榖^⑤。
维彼不顺，征以中垢^⑤。

大风有隧，贪人败类^⑤。
听言则对^⑤，诵言如醉^⑤。
匪用其良，覆俾我悖^⑤。

嗟尔朋友，予岂不知而作^⑥。
如彼飞虫，时亦弋获^⑥。
既之阴女^⑥，反予来赫^⑥。

民之罔极^⑥，职凉善背^⑥。
为民不利，如云不克^⑥。
民之回遹^⑥，职竞用力^⑥。

民之未戾^⑥，职盗为寇。
凉曰不可^⑦，覆背善詈^⑦。
虽曰匪予^⑦，既作尔歌。

【题解】

　　这是芮伯刺厉王之诗。全诗十六章。此诗当作于厉王奔彘之后。由于厉王无道，变更周法，推行暴政，弄得民不聊生，终于在公元前 842 年爆发了一次震撼一代的国人大暴动。厉王闻风逃到彘（今山西霍县）后，起义的怒火仍在各地蔓延。此诗正生动地再现了这一段历史。首章写国家大乱之由。诗以柔桑采摘过甚而枝叶剥落,兴比百姓病困是由于厉王残酷盘剥所致。这道出国家大乱的根本原因。二至四章写贵族逃散的情景。义军攻克镐京之后,起义的怒火仍在四方蔓延。京城附近君国的贵族们无不纷纷逃窜。乱子一旦发生就不会立即平静,没有哪一个国家不处于动乱之中。百姓都在起义,贵族们俱为祸乱所毁。国家的前途异常危殆,四方皆乱,逃无归所。诗人所见,乱象环生;诗人所感,悲怆凄苦。厉王往日的所作所为顿时涌上心头。五至十四章写厉王的种种政治弊端。五章斥王为政不公。六章斥王好利贪财。七章斥王重用小人。八章斥王不用贤者。九章斥王离群索居。十章斥王目光短浅。十一章斥王善恶不明。十二章斥王怙恶不悛。十三章斥王不讷善言。十四章斥王滥施威力。末二章写百姓作乱之因。百姓作乱,其因有二:一是因为厉王暴虐,二是因为厉王聚敛。我曾说这样不可,你反而在背地骂我。尽管你如此诽谤我,我终于作了这首歌。

【注释】

①菀(yù):茂盛。

②旬:荫浓。

③捋采:摘取。刘:剥落。

④瘼:病。

⑤殄(tiǎn):绝。

⑥仓兄(kuàng):即"怆怳"。悲怆。填:久。

⑦倬:明亮。

⑧宁:乃。矜:哀怜。

⑨骙骙(kuí):马驰不息的样子。

⑩旟旐(yú zhào):旗子。翩:飞扬的样子。

⑪夷:平。

⑫泯:乱。

⑬黎:众多。

⑭烬:灰烬。

⑮国步:国家的前途。频:危殆。

⑯蔑资:无依靠。

⑰将:助。

⑱疑:定。

⑲维:思。

⑳秉心:持心。无竞:无争。

㉑殷殷:忧甚的样子。

㉒僤(dàn)怒:盛怒。

㉓瘝(mín):痛苦。

㉔棘:急。圉(yǔ):边疆。

㉕毖:谨慎。

㉖忧恤:忧患。

㉗序爵:依贤能安排官位。

㉘执热:热病。

㉙濯:洗。

㉚淑:善。

㉛胥:皆。

㉜溯风:逆风。

㉝僾(ài):呃住。

㉞肃:进。

㉟荓(pīng):使。逮:及。

㊱力民:田畯。代食:代蚀。

㊲立:位。

㊳蟊贼:吃庄稼的害虫。

㊴卒:尽。痒(yáng):病。

㊵赘:连属。荒:荒芜。

㊶旅力:体力。

㊷宣犹:明哲。

㊸相:辅佐之人。

㊹臧:善。

㊺肺肠:心肠。

㊻甡甡(shēn):众多。

㊼潛:不信。

㊽穀:善。

(49)胡:大。畏忌:害怕。

(50)迪:进用。

(51)顾:照顾。复:通“覆”。包庇。

(52)荼毒:毒害。

(53)隧:迅疾。

(54)式:法。穀:善。

(55)征:行。中垢:指坏事。

(56)类:善。

(57)听言:好听之话。对:应对。

(58)诵言:谏言。

(59)悖:通“沛”。颠沛。

(60)作:为。

(61)弋(yì)获:用箭射得。

(62)阴:覆盖。

(63)赫:威吓。

(64)罔极:没有法则。

(65)职:主。凉:刻薄。善背:善于欺违。

(66)克:胜。

(67)回遹(yù):邪僻。

(68)力:暴力。

(69)戾:定。

(70)曰:说。

(71)詈(lì):骂。

(72)匪:通“诽”。诽谤。

【汇评】

《诗序》:“《桑柔》,芮伯刺厉王也。”

汉郑玄《郑笺》:“芮伯,畿内诸侯王卿士也。字良夫。”

汉王符《潜夫论·遏利篇》:“昔周厉王好专利,芮良夫谏而不入,退赋《桑柔》之诗以讽。言是大风也必将有遂,是贪民也必将败类。王又不悟,故遂流死于彘。”

宋朱熹《诗集传》:“旧说此为芮伯刺厉王而作。《春秋传》亦曰芮良夫之诗。则其说是也。”

　　清姚际恒《诗经通论》：“何玄子曰：‘篇中不敢斥言王，而但斥当时执政者信用非人，贪利生事，以致祸乱。’大抵为荣夷公辈发也。”

　　清方玉润《诗经原始》：“芮伯哀厉王也。……凡诗中所言，无非追究同朝不能匡救君恶，以至危亡，并恨己无大力拯民水火，可以挽回天意。此作诗大旨也。”

　　吴闿生《诗义会通》：“今考诗明言‘天降丧乱，灭我立王’，必非无故而为此危悚之词。其为厉王流彘后作甚明。其时天下已乱，芮伯盖忧乱亡之至，而追原祸本，作为此诗。”

　　高亨《诗经今注》：“这首诗是周厉王的臣子芮良夫所作。厉王暴虐，人民起义赶走厉王，镐京大乱。芮良夫逃难东去，作此诗以指斥执政大臣、讽刺周王，对当时黑暗腐败的政治有所揭露。”

　　孙作云《诗经与周代社会研究》：“《大雅·桑柔》是周厉王、周宣王时代芮国诸侯芮良夫所作。作这首诗的时间是在842年大起义最炽烈时期之后，而且正是在他的国家内也在起义的时候。以当时人、当事人记当时事，所言自属可信；可以认为是有关这一次大起义的最珍贵的第一手史料。”

云　汉

倬彼云汉①，昭回于天②。
王曰於乎，何辜今之人③。
天降丧乱，饥馑荐臻④。
靡神不举⑤，靡爱斯牲⑥。
圭璧既卒⑦，宁莫我听。

旱既大甚，蕴隆虫虫⑧。
不殄禋祀⑨，自郊徂宫。
上下奠瘗⑩，靡神不宗⑪。
后稷不克⑫，上帝不临⑬。

耗斁下土⑭，宁丁我躬⑮。

旱既大甚，则不可推⑯。
兢兢业业⑰，如霆如雷。
周余黎民，靡有孑遗⑱。
昊天上帝，则不我遗⑲。
胡不相畏，先祖于摧⑳。

旱既大甚，则不可沮㉑。
赫赫炎炎，云我无所。
大命近止，靡瞻靡顾。
群公先正㉒，则不我助。
父母先祖，胡宁忍予㉓。

旱既大甚，涤涤山川㉔。
旱魃为虐㉕，如惔如焚㉖。
我心惮暑㉗，忧心如熏。
群公先正，则不我闻㉘。
昊天上帝，宁俾我遁㉙。

旱既大甚，黾勉畏去㉚。
胡宁瘨我以旱㉛，憯不知其故㉜。
祈年孔夙，方社不莫㉝。
昊天上帝，则不我虞㉞。
恭敬明神，宜无悔怒。

旱既大甚，散无友纪㉟。
鞫哉庶正㊱，疚哉冢宰㊲。
趣马师氏㊳，膳夫左右㊴。

靡人不周^⑩,无不能止。
瞻卬昊天,云如何里^⑪。

瞻卬昊天,有嘒其星^⑫。
大夫君子,昭假无赢^⑬。
大命近止,无弃尔成^⑭。
何求为我,以戾庶正^⑮。
瞻卬昊天,曷惠其宁^⑯。

【题解】

　　这是歌颂宣王禳灾之诗。全诗八章。宣王之世,连年发生严重的旱灾。当时整个中国赤地千里,土焦金流,哀鸿遍野,呈现出一种悲惨的景象。为此,宣王忧心如焚,食不甘味,睡不安寝。在一个晴朗的夜晚,宣王向上天祈祷,为民禳灾。此诗言旱甚,喋喋不休;言求神,反复致意;言心忧,反反复复。可见宣王忧国恤民之至诚。首章写宣王晴夜向上天祈祷。二章写宣王祭祖祀神。三章写宣王求先祖救灾。四章写宣王求群公先正救灾。五章写宣王求上帝消灾。六章写宣王责怨上帝。七章写宣王望群臣合力救灾。八章写宣王大夫君子通力救灾。不难见出,此诗充满浓郁的迷信色彩,且将饥荒仅仅归咎于上天,这显然有其历史的局限性。但诗中真实地描绘出了旱灾严重的实况,可补史书记载的不足。同时诗中体现出的宣王忧国恤民的思想也具有一定的进步性。因而此诗仍不失为一篇佳作。

【注释】

　　①倬:明亮。云汉:天河。
　　②昭:阳光。回:旋转。
　　③辜:罪。
　　④荐:重。臻:至。
　　⑤举:指祭祀。
　　⑥牲:牺牲。指祭祀时所用的牛羊等。

⑦卒:尽。

⑧蕴隆:暑气郁积而隆盛。虫虫:热气蒸熏的样子。

⑨殄(tiǎn):绝。

⑩奠:陈列祭品以祭天。瘗(yì):埋玉于地以祭地。

⑪宗:尊敬。

⑫克:能。

⑬临:降临。

⑭耗致(dù):损失,败坏。

⑮丁:当,遭遇。

⑯推:排除。

⑰兢兢:恐惧。业业:危险。

⑱孑遗:剩余。

⑲遗:恤问。

⑳摧:至。

㉑沮:止。

㉒群公:先代诸公。先正:先代的公卿大夫。

㉓忍:忍心。

㉔涤涤:光秃的样子。

㉕魃(bá):旱神。

㉖惔(tán):燎。

㉗惮:怕。

㉘闻:恤问。

㉙遁:逃。

㉚黾勉:勉力事神。

㉛瘨(diān):害。

㉜憯(cǎn):曾。

㉝方:祭四方之神。社:祭土神。莫:即"暮"。晚。

㉞虞:助。

㉟友:通"有"。

㊱鞫:穷。庶正:六官之长。

㊲疚:忧虑。冢宰:相当于后世的丞相。

575

㊳趣马:掌马之官。师氏:掌兵守王城者。

㊴膳夫:掌王宫饮食。

㊵周:通"赒"。拯救。

㊶里:通"已"。止。

㊷嘒:明亮。

㊸昭假:祷告。无赢:无差错。

㊹成:通"诚"。

㊺戾:安定。庶正:庶民百官。

㊻曷:何时。惠:赐。

【汇评】

《诗序》:"《云汉》,仍叔美宣王也。宣王承厉王之烈,内有拨乱之志,遇灾而惧,侧身修行,欲销去之。天下喜于王化复行。百姓见忧,故作是诗也。"

汉郑玄《郑笺》:"仍叔,周大夫也。《春秋·鲁桓公五年》:'夏,天王使仍叔之子来聘。'烈,馀也。"

清姚际恒《诗经通论》:"此述宣王忧旱之诗。《小序》谓'仍叔美宣王',未有考也。"

清方玉润《诗经原始》:"此一篇禳旱文也。而《序》谓'仍叔美宣王',姚氏讥其'未有考'。然使其实有所考,而篇中所言亦非美王意,乃王自祷词耳。"

吴闿生《诗义会通》:"自'王曰於乎'以下至篇末,皆借王口中出之,以见其忧民之诚,不烦更赘一语,亦一奇格。"

陈子展《诗经直解》:"《云汉》,《韩说》以为周宣王遭旱仰天词。"

高亨《诗经今注》:"周宣王时,连年发生严重的旱灾。周王作这首诗求神祈雨,抒写他为旱灾而愁苦的心情。"

杨任之《诗经今译今注》:"这是一首周大夫仍叔赞美宣王抗旱救灾祈雨的诗。"

崧 高

崧高维岳①,骏极于天②。
维岳降神,生甫及申③。
维申及甫,维周之翰④。
四国于蕃⑤,四方于宣⑥。

亹亹申伯⑦,王缵之事⑧。
于邑于谢⑨,南国是式⑩。
王命召伯⑪,定申伯之宅。
登是南邦⑫,世执其功⑬。

王命申伯,式是南邦。
因是谢人⑭,以作尔庸⑮。
王命召伯,彻申伯土田⑯。
王命傅御⑰,迁其私人。

申伯之功,召伯是营。
有俶其城⑱,寝庙既成,
既成藐藐⑲。王锡申伯,
四牡蹻蹻⑳,钩膺濯濯㉑。

王遣申伯,路车乘马㉒。
我图尔居,莫如南土。
锡尔介圭㉓,以作尔宝。
往迋王舅㉔,南土是保。

577

申伯信迈㉕，王饯于郿㉖。
申伯还南，谢于诚归。
王命召伯，彻申伯土疆。
以峙其粻㉗，式遄其行㉘。

申伯番番㉙，既入于谢。
徒御啴啴㉚，周邦咸喜，
戎有良翰㉛。不显申伯，
王之元舅㉜，文武是宪㉝。

申伯之德，柔惠且直。
揉此万邦㉞，闻于四国。
吉甫作诵，其诗孔硕，
其风肆好㉟，以赠申伯。

【题解】

　　这是尹吉甫送申伯就封于谢之诗。全诗八章。申伯是宣王之舅，原为申国之君。因贤，后入为周之卿士。继而宣王又命他为牧伯，总理南国政事。就在宣王为申伯饯行之时，尹吉甫作此诗以送之。首章写申伯德才之盛。四岳大山，高耸云天。这四岳降下神灵，生下仲山甫及申伯。这"申"与"甫"均为周之栋梁。他俩足可捍患难于四国，宣德泽于四方。可见此章实为申伯封谢而张本。中四章写申伯受封。二章言封谢之意。勤勉的申伯，宣王任命他统理南国政事。在"谢"地建城邑，做那南国的榜样。宣王命召伯前往谢地"定宅"，以安申伯之居。三章言封谢之命。宣王赐命申伯，做那南国的榜样。并赐命申伯就用那谢人建筑谢城。接着宣王命召伯前往谢地治理田亩，以为申伯久居之粮。四章言封国建成。申伯的工程，是召伯负责经营。谢邑既成，其城壮美；宗庙既成，其貌深广。就国之前，宣王赏赐有加。五章言申伯即将就国。宣王遣送申伯就国，赐给他大车与四马。宣王宽慰申伯说："我谋划你居处，都不如谢邑好。"接着又赐给申伯一枚大圭玉,以作为传世珍宝。最后宣王说:"去吧,舅父,保卫好那南方的国土。"话语之中寄托着殷切的期望。六、七章写申伯就国。六章言宣王饯行。申伯果然起程,于是宣王在郿县设宴饯行。申伯转向南行,确实向谢邑归往。七章言申伯入谢。申伯勇武,已进入谢邑。遍国之人皆大欢喜,相互祝贺。并赞颂申伯文武兼备,文臣武将皆效法申伯。末章写作诗之由。申伯德行温柔慈惠而又耿直。他安定了天下万邦,其声誉传播于四方。于是尹吉甫作诗加以颂扬,这诗意味深长,曲调优美,特用以赠给申伯以壮行色。古人作诗就已经知道自己欣赏如此。

【注释】

①崧:高大。岳:四岳。

②骏:高大。极:至。

③甫:仲山甫。申:申伯。

④翰:栋梁。

⑤蕃:屏障。

⑥宣:宣导。

⑦亹亹(wěi):勤勉。

⑧缵(zuǎn):任用。

⑨谢:地名。在今河南南阳市。

⑩式:法。

⑪召伯:召虎,即召穆公。

⑫登:升。

⑬功:政事。

⑭因:用。

⑮庸:城。

⑯彻:治。

⑰傅御:申伯家臣之长。

⑱俶(chù):壮美。

⑲藐藐:高大。

⑳蹻蹻(jiǎo):强壮。

㉑钩膺:即樊缨,马颈腹上的带饰。濯濯(zhuó):明亮。

㉒路车:即"辂车",诸侯乘坐之车。乘马:四马。

㉓介圭：大圭。

㉔迄（jì）：语助词。

㉕信：的确。

㉖饯（jiàn）：摆酒送行。郿：地名。

㉗峙（zhì）：聚积。粻（zhāng）：粮食。

㉘遄（chuán）：迅速。

㉙番番：英俊。

㉚啴啴（tān）：人多的样子。

㉛戎：你。

㉜元：大。

㉝宪：效法。

㉞揉：安。

㉟风：曲调。肆好：极好。

【汇评】

《诗序》："《崧高》，尹吉甫美宣王也。天下复平，能建国亲诸侯，褒赏申伯焉。"

汉郑玄《郑笺》："尹吉甫、申伯，皆周之卿士也。尹，官氏。申，国名。"

宋朱熹《诗序辨说》："此尹吉甫送申伯之诗，因可以见宣王中兴之业耳，非专为美宣王而作也。"

宋朱熹《诗集传》："宣王之舅申伯出封于谢，而尹吉甫作诗以送之。"

清姚际恒《诗经通论》："《集传》较是。或驳之，以为如朋友送行之诗，不当列于《大雅》，非也。王之元舅出封于谢，何等大事，赠送之篇可无录耶！"

清方玉润《诗经原始》："送申伯就封于谢，用式南邦也。"

吴闿生《诗义会通》："案《崧高》、《烝民》二诗，微指略同。皆讥宣王疏远贤臣，不能引以自辅，语虽褒美，而意指具在言外，所以为微文深意。《序》皆未能发其义。"

金启华《诗经全译》："宣王之舅申伯出封于谢，赏赐有加，王复为他饯行嘉勉。吉甫作此诗以送之。"

烝 民

天生烝民①，有物有则。
民之秉彝②，好是懿德③。
天监有周④，昭假于下⑤。
保兹天子，生仲山甫。

仲山甫之德，柔嘉维则。
令仪令色⑥，小心翼翼。
古训是式⑦，威仪是力⑧。
天子是若⑨，明命使赋⑩。

王命仲山甫，式是百辟⑪。
缵戎祖考⑫，王躬是保。
出纳王命⑬，王之喉舌。
赋政于外⑭，四方爰发⑮。

肃肃王命，仲山甫将之⑯。
邦国若否，仲山甫明之。
既明且哲，以保其身。
夙夜匪解，以事一人。

人亦有言，柔则茹之⑰，
刚则吐之。维仲山甫，
柔亦不茹，刚亦不吐。
不侮矜寡，不畏强御。

人亦有言,德輶如毛⑱,
民鲜克举之。我仪图之⑲,
维仲山甫举之,爱莫助之。
衮职有阙⑳,维仲山甫补之。

仲山甫出祖㉑,四牡业业㉒。
征夫捷捷㉓,每怀靡及。
四牡彭彭㉔,八鸾锵锵㉕。
王命仲山甫,城彼东方㉖。

四牡骙骙㉗,八鸾喈喈㉘。
仲山甫徂齐㉙,式遄其归㉚。
吉甫作诵,穆如清风㉛。
仲山甫永怀,以慰其心。

【题解】

这是尹吉甫送仲山甫城齐之诗。全诗八章。首章写仲山甫出生非凡。天生众民,有事物就必有法则。百姓赋有常性,皆喜欢美好的德行。上天监察周邦,以昭明之德施及下土。由于上天宠爱这宣王,故而生下贤相仲山甫。中五章写仲山甫德职相称。二章言德。仲山甫之德以"柔嘉"为准则。他仪容端庄,面色和善,持身谨慎,从政谦恭,表里皆美。他效法故言遗训,学问精湛,勤修威仪,举止有度。于是宣王选择他担当重任,将"明命"使之布于四方。三章言职。他外则做"百辟"的榜样,内则保卫天子一身;入则总领王室政令,出则布政于外。仲山甫能担当"外"、"内"、"入"、"出"诸职,足见其才德兼备。四章言尽职。庄严的王命,仲山甫去奉行它;国事的好坏,仲山甫去明辨它。他既明于理,又察于事,因而他能顺理以守身,不致造成过失。他早晚不懈,事奉宣王。五、六章再言德。他不欺鳏寡,不畏强暴,其德可谓纯正。德轻有如鸿毛,但人们少能举起它,唯仲山甫能够举起它。至于王职有过失,也唯有仲山甫能够匡正。末二章写仲山甫城齐及作诗之由。前面言德职相称为城齐之命必副张本。仲山甫出往东方,四马高大强壮,随从步履迅疾。尽管如此,仲山甫还唯恐不及于事。于是又催马扬鞭,兼程前进,筑城于东方。诗人深知,仲山甫虽奉命城齐,然而他的心仍系王室,必有所怀思,故作诗以安慰其心。

【注释】

①烝:众。

②秉:赋有。彝(yí):常。

③懿(yì):美。

④监:视。

⑤昭:明。假(gé):至。

⑥令:美好。

⑦古训:先王的遗典。式:效法。

⑧力:勤修。

⑨若:选择。

⑩赋:颁布。

⑪式:法。辟(bì):诸侯。

⑫缵(zuǎn):继承。戎:你。

⑬出纳:总揽。

⑭赋政:颁布政令。

⑮发:施行。

⑯将:奉行。

⑰茹:食,吞。

⑱輶(yǒu):轻。

⑲仪图:揣度。

⑳衮(gǔn)职:王职。阙:通“缺”。过失。

㉑祖:通“徂”。行。

㉒业业:马高大。

㉓捷捷:敏捷。

㉔彭彭:马奔驰的样子。

㉕鸾:车铃。锵锵:铃声。

㉖城:筑城。东方:指齐国。

㉗騤騤(kuí)：马奔驰的样子。

㉘喈喈：铃声。

㉙徂：往。

㉚遄(chuán)：急。

㉛穆：和美。

【汇评】

《诗序》："《烝民》，尹吉甫美宣王也。任贤使能，周室中兴焉。"

宋朱熹《诗集传》："宣王命樊侯仲山甫筑城于齐，而尹吉甫作诗以送之。"

清姚际恒《诗经通论》："宣王命樊侯仲山甫筑城于齐，尹吉甫作诗美之。《集传》谓'作诗以送之'。按'美'与'送'所争亦无多。郝仲舆佞《序》，必谓'美宣王'；驳《集传》，谓傲友相送，非关献纳，何登于《雅》：真腐儒之见。诗末句明言'仲山甫永怀，以慰其心'，并不及'美宣王'之意；何缘不读诗乎？"

清方玉润《诗经原始》："郝论甚正大，未可厚非。然自是诗外意，非诗中旨也。"

吴闿生《诗义会通》："今案此诗见宣王失德之由，周室所以终于不振也。意旨隐约，溢于词表，而作《序》者漫无所见，但循例以为美宣王之作，可谓陋矣。"

高亨《诗经今注》："周宣王的大臣尹吉甫作这首诗，赠给仲山甫，大力赞扬仲山甫的美德及其辅佐宣王的忠直，并描述了仲山甫往东方去筑城的事迹。"

韩　奕

奕奕梁山①，维禹甸之②。

有倬其道③，韩侯受命。

王亲命之："缵戎祖考，

无废朕命。夙夜匪解，

虔共尔位④。朕命不易⑤，
干不庭方⑥，以佐戎辟⑦。"

四牡奕奕，孔修且张⑧。
韩侯入觐⑨，以其介圭⑩，
入觐于王。王锡韩侯，
淑旂绥章⑪，簟茀错衡⑫，
玄衮赤舄⑬，钩膺镂锡⑭，
鞹鞃浅幭⑮，鞗革金厄⑯。

韩侯出祖，出宿于屠⑰。
显父饯之⑱，清酒百壶。
其肴维何？炰鳖鲜鱼⑲。
其蔌维何⑳？维笋及蒲㉑。
其赠维何？乘马路车。
笾豆有且㉒，侯氏燕胥㉓。

韩侯取妻，汾王之甥㉔，
蹶父之子㉕。韩侯迎止，
于蹶之里㉖。百两彭彭，
八鸾锵锵，不显其光。
诸娣从之㉗，祁祁如云㉘。
韩侯顾之，烂其盈门。

蹶父孔武，靡国不到。
为韩姞相攸㉙，莫如韩乐。
孔乐韩土，川泽訏訏㉚，
鲂鱮甫甫㉛，麀鹿噳噳㉜，

有熊有罴，有猫有虎。
庆既令居㉝，韩姞燕誉㉞。

溥彼韩城㉟，燕师所完㊱。
以先祖受命，因时百蛮㊲。
王锡韩侯，其追其貊㊳。
奄受北国，因以其伯㊴。
实墉实壑㊵，实亩实籍㊶。
献其貔皮㊷，赤豹黄罴。

【题解】

这是赞美韩侯入朝受命之诗。全诗六章。首章写韩侯受命。诗以禹治梁山除水患比喻宣王平大乱命诸侯。宣王的命令简洁而庄严：你要继承先祖之业，不要背弃我的命令。早晚不要懈怠，而要竭尽全力供职。我的命令不会改变，定要纠正那些背叛不朝之国，以期辅佐天子。二章写韩侯受赐。韩侯乘坐马车，手持大圭入朝拜见宣王。宣王既赐命他为侯伯，又赏之以诸种珍贵之物。三章写韩侯返国。韩侯出行在道，歇息在"屠"。宣王特派卿士"显父"为他设宴饯行。这次宴会极为丰盛。在京未去之诸侯皆来与宴，这更见饯行之殷勤。四章写韩侯娶妻。韩侯之妻是厉王的外甥女，是蹶父的姑娘，出身高贵。韩侯迎亲，婚礼隆盛。诸侯侄娣陪出嫁，簇拥韩姞如云彩，此时韩侯一回顾，满门生辉多灿烂。五章写蹶父择婿。蹶父其人非常勇武，他为周之卿士，奉王命出使四方无国不到。他为女儿选择对象，都不如韩国的好。这快乐的韩土，河湖广阔，物产丰富。特庆贺韩姞居住在这美好的国土，并祝愿她永远安适而快乐。六章写韩侯政绩。那广大的韩城，是燕国之民筑就。因韩侯先祖曾受王命做"百蛮"之长，故宣王又赐予"追"、"貊"之国，并享有北土，仍作侯伯。为了不负王命，韩侯广修内政。他高筑城墙，深挖壕沟，整治田亩，征收赋税。这实乃治理北方之良策。末以贡献方物作收，足见韩侯忠于朝廷之心。

586

【注释】

①奕奕:高大貌。

②甸:治理。

③倬:明貌。

④虔:敬。共:奉。

⑤易:更改。

⑥干:正。不庭:不朝。

⑦辟:君王。

⑧修:长。张:大。

⑨觐:诸侯秋朝天子曰觐。

⑩介:大。

⑪淑旂:画龙之旗。绥章:文章斐然。

⑫簟(diàn)茀:遮蔽车厢的竹席。错衡:饰以花纹的车辕前的横木。

⑬玄:黑色。赤舄:红色的鞋。

⑭钩膺:马颈腹上的带饰。镂:刻。钖(yáng):马额头上的金色装饰物。

⑮鞹(kuò):去毛的兽皮。鞃(hóng):轼上所蒙兽革或漆布。浅:浅毛虎。幭(miè):轼上的覆盖物。

⑯鞗(tiáo):马缰绳。金厄:黄金色的轭头。

⑰屠:地名。

⑱显父:人名。

⑲炰(páo):烹煮。

⑳蔌(sù):蔬菜。

㉑蒲:香蒲。

㉒且:多貌。

㉓燕:即"宴"。胥:语助词。

㉔汾王:厉王。

㉕蹶(guì)父:周王卿士。

㉖里:里邑。

㉗娣:同夫之妾。

㉘祁祁:多貌。

587

㉙韩姞:韩侯之妻。相攸:视所。

㉚讦(xù)讦:广阔貌。

㉛甫甫:多貌。

㉜麀(yōu):母鹿。噳(yǔ)噳:鹿群相聚貌。

㉝庆:庆贺。令:美好。

㉞燕誉:安乐。

㉟溥:广阔貌。

㊱燕师:燕国的民众。完:筑完。

㊲因:凭借。

㊳追、貊:皆夷狄国名。

㊴以:为。伯:长。

㊵实:是。墉:筑城。壑:挖沟。

㊶亩:治田亩。籍:订立税收。

㊷貔(pí):猛兽。

【汇评】

《诗序》:"《韩奕》,尹吉甫美宣王也。能锡命诸侯。"

宋朱熹《诗序辨说》:"其曰尹吉甫者,未有据。下二篇同。其曰能锡命诸侯,则尤浅陋无理矣。既为天子,锡命诸侯,自是常事。春秋战国之时,犹有能行之者,亦何足为美哉?"

宋朱熹《诗集传》:"韩侯初立来朝,始受王命而归,诗人作此以送之。"

清姚际恒《诗经通论》:"此韩侯初立,入觐宣王,遣其归国,显父饯之,诗人美之作。"

清方玉润《诗经原始》:"送韩侯入觐归娶,为国北卫也。"

吴闿生《诗义会通》:"今案:诗盖因韩侯来朝,因以赠之。首述王命之尊严,锡予之优渥,中记出祖取妻二事,以为波澜,尤于取妻一节叙出精采,而文字精神则专注末章,望其能控制北方,不辱王命。此全篇意旨所寄也。"

陈子展《诗经直解》:"《韩奕》,叙述宣王锡命韩侯之作。"

杨任之《诗经今译今注》:"这是尹吉甫赞美韩侯,借以歌颂宣王之诗。"

江 汉

江汉浮浮①,武夫滔滔②。
匪安匪游,淮夷来求③。
既出我车,既设我旟④。
匪安匪舒,淮夷来铺⑤。

江汉汤汤,武夫洸洸⑥。
经营四方,告成于王。
四方既平,王国庶定⑦。
时靡有争,王心载宁。

江汉之浒,王命召虎⑧:
式辟四方⑨,彻我疆土⑩。
匪疚匪棘⑪,工国来极⑫。
于疆于理⑬,至于南海。

王命召虎:来旬来宣⑭;
文武受命,召公维翰⑮。
无曰予小子,召公是似⑯。
肇敏戎公⑰,用锡尔祉⑱。

釐尔圭瓒⑲,秬鬯一卣⑳。
告于文人㉑,锡山土田。
于周受命,自召祖命㉒。
虎拜稽首㉓,天子万年。

虎拜稽首,对扬王休㉔。
作召公考㉕,天子万寿。
明明天子,令闻不已。
矢其文德㉖,洽此四国㉗。

【题解】

　　这是召虎所记簋铭之诗。全诗六章。首二章写宣王命召虎征讨淮夷。"江汉"一泻千里,奔腾不息;王师浩浩荡荡,威武雄壮。召虎率师出征,不敢安逸,不敢游览,日夜兼程前进,去讨伐淮夷。兵车已经出动,战旗已经树起。如此军队出征,定然是大获全胜。自此,天下已经清平,王国幸而安定。这就再没有战争,宣王之心就可安宁。中三章写宣王的命词。三章命召虎善后安民。平定淮夷之后,宣王命召虎从江汉之边去开辟四方,整理疆界。但不要病之以急切之政,只是使其以王国为准则。于是召虎前往叛国,治其田亩,一直延至南海之滨。四章命召虎再立新功。宣王命召虎广泛地宣布王政。往昔文王、武王受命,以召康公为骨干。如今天下清平,不要说此功是我的,实乃你能继承你祖召康公而敏捷迅速成其大功。我将论功行赏,赐你福禄。五章言宣王赏赐召虎。宣王赏赐召虎勺儿玉柄以及香酒一樽,用以告祭有文德之祖。宣王又赏赐召虎山川土田,以广其居。宣王为尊显召虎,特令召虎到岐周受命,并用其祖召康公受封之礼。为此,召虎感激不已,立即叩头拜谢,祝福天子长寿。末章写召虎作器铭恩。召虎再次叩头拜谢,报答称扬宣王的美意。为了铭恩记荣,召虎制成召公簋,以刻宣王册命之词,并祝福天子长寿,颂美天子"令闻不已",布施美德,协和天下。

【注释】

①浮浮:水盛的样子。

②滔滔:众强的样子。

③来:语助词。无义。求:征讨。

④旟(yú):军旗。

⑤铺:讨伐。

⑥洸洸(guāng):威武。

⑦庶:幸而。

⑧召虎:召穆公。

⑨式:语助词。辟:开辟。

⑩彻:整治。

⑪疚(jiù):病。棘:急。

⑫极:准则。

⑬疆:修治边疆。理:整治土地。

⑭来:语助词。旬:周遍。宣:宣布。

⑮召公:召康公,名奭,召虎之祖。翰(hàn):骨干。

⑯似:继承。

⑰肇敏:迅速敏捷。戎:大。公:功。

⑱祉:福。

⑲釐(lí):赐予。圭瓒(zàn):玉勺。

⑳秬鬯(jù chàng):香酒。卣(yǒu):酒器。

㉑文人:德行美好之人。

㉒自:用。祖命:祖业。

㉓稽首:叩头。

㉔对:答。扬:赞扬。休:美。

㉕考:即"簋(guǐ)"。古食器。

㉖矢:施。

㉗洽:协和。

【汇评】

《诗序》:"《江汉》,尹吉甫美宣王也。能兴衰拨乱,命召公平淮夷。"

宋朱熹《诗集传》:"宣王命召穆公平淮南之夷,诗人美之。"

清方玉润《诗经原始》:"召穆公平淮铭器也。……《序》以为'……',不知作何梦呓。《集传》以为'诗人美之'者,亦非。盖自铭其器耳。"

郭沫若《西周金文辞大系考释·召伯虎殷》:"《大雅·江汉》之篇,与存世《召伯虎簋铭》之一,所记乃同时事。……考乃簋之假借字。是则《江汉》之诗,实亦簋铭之一也。"

高亨《诗经今注》:"这首诗是西周王朝的文人所作,叙写周宣王命召虎

591

领兵征伐淮夷,取得胜利,因而册命召虎,赏赐他土地及圭瓒秬鬯等,酬答他的功劳。召虎乃作簋,铭记其事。"

　　杨任之《诗经今译今注》:"这是赞美召公平淮夷之诗。借以歌颂宣王知人善用。相传为尹吉甫所作,后为出土文物所证实,乃召公所记的簋铭之一。"

常　武

赫赫明明①,王命卿士②,
南仲大祖③,大师皇父④:
"整我六师⑤,以修我戎⑥。
既敬既戒⑦,惠此南国⑧。"

王谓尹氏⑨,命程伯休父⑩:
"左右陈行⑪,戒我师旅⑫。
率彼淮浦⑬,省此徐土⑭。
不留不处⑮,三事就绪⑯。"

赫赫业业⑰,有严天子⑱。
王舒保作⑲,匪绍匪游⑳。
徐方绎骚㉑,震惊徐方。
如雷如霆,徐方震惊。

王奋厥武,如震如怒。
进厥虎臣,阚如虓虎㉒。
铺敦淮濆㉓,仍执丑虏㉔。
截彼淮浦㉕,王师之所。

王师啴啴㉖，如飞如翰㉗。

如江如汉，如山之苞㉘。

如川之流，緜緜翼翼㉙。

不测不克㉚，濯征徐国㉛。

王犹允塞㉜，徐方既来。

徐方既同㉝，天子之功。

四方既平，徐方来庭㉞。

徐方不回㉟，王曰还归。

【题解】

　　这是歌颂宣王亲征淮徐之诗。全诗六章。首二章写宣王命将出征。一章命主将。宣王威武而明察。出征前，他在太祖庙命卿士南仲为主将，又命皇父监抚众军。宣王接着命令：要整顿好六军，要修理好武器。既已警惕，又已戒备，就去施惠于南国。二章命副将。宣王使近臣尹氏命程伯休父为副将。接着部署部队左右陈列，并命令军队沿着淮水边进发，去视察徐土。不要停留，不要安处，现在六军之三帅已安排就绪，于是就开始出征。中三章写宣王亲征淮徐。三章言宣王亲征。宣王威风凛凛，率师亲征，镇定自若，循序安行，不敢继以遨游。由于宣王以重兵压境，徐方诸夷闻风丧胆，相继而骚动。王师声威如雷如霆，徐方见而惊恐，先声早已夺人。四章言宣王亲征淮夷。宣王奋扬其威，勃然大怒。宣王遣虎臣开道，呼啸前进有如猛虎怒吼，势不可挡。不多时，王师就一举拿下淮夷，以重兵屯守淮水岸边，并抓获淮虏无数。此时，整个淮河岸边成了王师驻扎之所。五章言宣王亲征徐国。此章描写军势之盛尤为精彩。王师之盛，疾如飞鸟，众如江汉，稳如山岳，固如川流，连绵不绝，井然有序，不可测度，不可战胜。如此军队出征，定能洗净徐国，不留后患。末章写宣王凯旋。宣王的谋略的确坚实。由于宣王命将得当，用兵得法，故很快平定了淮、徐。徐方已经投降，徐方已经归顺，这是天子亲征之功。四方已经清平，徐方来到朝廷，徐方再不敢反叛，于是宣王下令：班师回朝。这里一连用了四个"徐方"

字样,充分体现出了胜利后的喜悦之情。篇名《常武》不是截自诗中。"常"通"尚"。"常武"即"崇尚武力"之谓。这与此诗颂美宣王炫耀武力,平治淮徐之功正相吻合。

【注释】

①赫赫:威武。明明:明察。

②卿士:执政大臣。

③南仲:人名。大祖:指太祖庙。

④大师:即太师,主管军事。皇父:人名。

⑤六师:泛指军队。

⑥戎:武器。

⑦敬:警觉。戒:戒备。

⑧惠:加恩。

⑨尹氏:大臣。

⑩程伯休父:人名,大司马。

⑪陈行:列队操练。

⑫戒:告诫。

⑬率:沿着。淮浦:淮水之边。

⑭省:视察。

⑮不留:不停留。不处:不安处。

⑯三事:主六师的三帅。

⑰业业:勤勉。

⑱严:威严。

⑲舒:徐缓。保:安。作:行。

⑳绍:继。游:遨游。

㉑绎:续。骚:骚动。

㉒阚(hǎn):虎叫声。虓(xiāo):虎怒吼。

㉓铺敦:陈兵屯集。濆:水边。

㉔丑:众。

㉕截彼:整齐。

㉖啴啴(tān):众盛的样子。

㉗翰:凶猛之鸟。

㉘苞:本。

㉙緜緜:不断。翼翼:有序。

㉚测:测度。克:胜。

㉛濯:洗。

㉜犹:谋略。允:的确。塞:坚实。

㉝同:归顺。

㉞来庭:来王庭朝王。

㉟回:违。

【汇评】

《诗序》:"《常武》,召穆公美宣王也。有常德以立武事,因以为戒然。"

宋朱熹《诗集传》:"宣王自将以伐淮北之夷。"

清姚际恒《诗经通论》:"《小序》谓'召穆公美宣王也。'此臆说。《大序》谓'有常德以立武事,因以为戒然。'按此尤属影响之论。诗起句无'常武'字,必因其'赫赫明明',皆为双字,故不可用,名为常武耳。'武'字是已;'常'字,作者之意则不可知。《大序》谓'有常德以立武事,因以为戒然。'按诗中极夸美王之武功,无戒其黩武意。毛郑亦无戒王之说。然则作《序》者其为腐儒之见明矣。……此宣王自将以伐徐夷,命皇父统六军以平之,诗人美之,作此诗。"

清方玉润《诗经原始》:"周之世武功最著者二:曰武王,曰宣王。武王克商,乐曰《大武》;宣王中兴,诗曰《常武》,盖诗即乐也。此名'常武'者,其宣王之乐欤?殆将以示后世子孙,不可以武为常,而又不可暂忘武备,必如宣王之武而后为武之常。"

吴闿生《诗义会通》:"今案此诗极陈王师之神武矣,而其归以文德为主。"

陈子展《诗经直解》:"《常武》,周宣王亲征淮夷、徐方凯旋之歌。"

高亨《诗经今注》:"周宣王时,徐国叛乱,宣王派大将领兵征伐,取得胜利,平服徐国。这首诗就是叙写这件事,对于宣王和王师,大力加以赞扬。"

瞻卬

瞻卬昊天①,则不我惠②。
孔填不宁③,降此大厉④。
邦靡有定,士民其瘵⑤。
蟊贼蟊疾⑥,靡有夷届⑦。
罪罟不收⑧,靡有夷瘳⑨。

人有土田,女反有之⑩。
人有民人,女复夺之。
此宜无罪,女反收之。
彼宜有罪,女复说之⑪。

哲夫成城⑫,哲妇倾城⑬。
懿厥哲妇⑭,为枭为鸱⑮。
妇有长舌,维厉之阶⑯。
乱匪降自天,生自妇人。
匪教匪诲,时维妇寺⑰。

鞫人忮忒⑱? 谮始竟背⑲。
岂曰不极⑳,伊胡为慝㉑。
如贾三倍㉒,君子是识。
妇无公事,休其蚕织㉓。

天何以刺㉔,何神不富㉕。
舍尔介狄㉖,维予胥忌㉗。
不吊不祥㉘,威仪不类㉙。

596

人之云亡，邦国殄瘁㉚。

天之降罔㉛，维其优矣㉜。
人之云亡，心之忧矣。
天之降罔，维其几矣㉝。
人之云亡，心之悲矣。

觱沸槛泉㉞，维其深矣。
心之忧矣，宁自今矣。
不自我先，不自我后。
藐藐昊天㉟，无不克巩㊱。
无忝皇祖㊲，式救尔后㊳。

【题解】

这是刺幽王宠爱褒姒致乱之诗。全诗七章。幽王是一个荒淫无道的昏君。据史料记载，幽王亲近小人虢石父，特别宠爱褒姒。为了博取褒姒的欢心竟然废弃申后及太子宜臼，更立褒姒，并立褒姒子伯服为太子。结果酿成大乱，申侯、缯侯联络犬戎向周室进攻，遂杀幽王于骊山之下，俘虏褒姒，尽取周赂而去，西周从此灭亡。首二章斥责弊政。幽王即位之后，政治极端黑暗。诗人无所归咎，只好仰天呼诉：老天不爱我们。由于幽王倒行逆施，致使祸乱不已。当时，社会动荡，大祸迭至；国无宁日，"士民"劳病。幽王害民如同蟊虫残害禾稼一样无休无止。幽王还撒下刑网，拘捕无辜，并张而不敛，无有止息。更有甚者，他还侵占别人的"土田"，抢夺别人的"民人"，这真是无法无天。这人无罪，他反而拘捕；那人有罪，他反而宽赦，这真是善恶不明。幽王如此行政，必然造成诸侯离心，百姓怨恨。三、四章追溯祸源。幽王推行苛政，是由于褒姒干政所致。聪明的男子则成国，聪明的女子则败国。通过这样鲜明的对比，更突出了"哲妇"干政的危害性。那"哲妇"褒姒，就是不祥鸟，就是猫头鹰。这个长舌妇善为谗言，正是祸乱的根源。因此，乱子并非降自上天，而是生于妇人。没有谁教王为恶,这是亲近妇人之故。正因为幽王如此宠爱褒姒,她才有恃无恐,胡作非为。她害人诡计多端,手段毒辣,始则谗毁,终则背弃,无所不用其极。难道说这还不够吗?为何还要继续为恶?她为恶至极,如同商贾索利三倍,凡君子皆知之。妇人本无"公事",然而她却停止蚕织,去干预朝政。如此,国家岂不败坏!五、六章哀朝无贤。王无过恶,老天何以责备你?神灵何以不佑你?弄得天怒神怨,盖由幽王行恶政之故。遭此凶灾,还不思修德,反而废弃大道远虑,唯贤者是忌。既"不吊不祥",又不修威仪,"望之不似人君"。眼下朝中没有贤人,国家将要败亡,这岂不悲哉!天降罗网,又宽又密,这实在可畏!朝中没有贤人,国家难以挽回,这实在可悲!末章写望王改悔。诗以"槛泉"之深喻心之忧非常贴切。诗人慨叹自己生不逢时。尽管祸乱至极,但高远的上天可以控制。故诗人期望幽王能改过自新,挽回天意。如此,既不辱没祖先,又可救其子孙。但幽王不听忠告,最后只落得身死国亡的可悲下场。

【注释】

①卬(yáng):同"仰"。

②惠:爱。

③孔填(chén):很久。

④厉:灾祸。

⑦瘵(zhài):病。

⑥蟊(máo)贼:害虫残害。蟊疾:义同"蟊贼"。

⑦夷届:终极。

⑧罪罟(gǔ):罪恶之网。

⑨瘳(chōu):病愈。

⑩有:占有。

⑪说:通"脱"。开脱。

⑫哲夫:聪明的男子。

⑬哲妇:特指褒姒。

⑭懿:叹息之声。

⑮枭:恶鸟。鸱(chī):猫头鹰。

⑯阶:阶梯,根源。

⑰寺:亲近。

⑱鞠(jū)：奸。忮(zhì)：巧。忒(tè)：恶。

⑲潛(zèn)：谗毁。竟：终。

⑳极：甚。

㉑胡：什么。慝(tè)：邪恶。

㉒贾(gǔ)：商人。

㉓休：止。

㉔刺：责备。

㉕富：通"福"。

㉖舍：丢掉。介狄：大道远虑。

㉗胥：相。忌：恨。

㉘吊、祥：皆善。

㉙类：善。

㉚珍(tiǎn)瘁：病困。

㉛罔：网。

㉜优：宽大。

㉝几：细密。

㉞觱(bì)沸：泉水涌出的样子。槛泉：四溢的泉水。

㉟藐藐：高远。

㊱巩：控制。

㊲忝(tiǎn)：有愧。皇祖：祖先。

㊳后：后代子孙。

【汇评】

《诗序》："《瞻卬》，凡伯刺幽王大坏也。"

唐孔颖达《诗经正义》："幽王承父宣王中兴之后，以行恶政之故，而令周道废坏，故刺之也。经七章所陈皆刺大坏之事。"

宋朱熹《诗集传》："此刺幽王嬖褒姒任奄人以致乱之诗。"

清陈奂《诗毛氏传疏》："《瞻卬》《召旻》皆凡伯刺幽王诗，与刺厉王不是一人。盖畿内之伯世为王官，若郑武公、庄公相继为卿士也。"

清姚际恒《诗经通论》："此刺幽王宠褒姒致乱之诗。《小序》谓凡伯作，未见其然。《集传》谓'刺幽王嬖褒姒，任奄人，以致乱之诗'。以诗中有'寺'字，故为此说。按褒姒实有其人，实由以致乱，寺则史无其文。诗以

599

'妇寺'连言者,大抵内有女宠,寺人密迩,自必因缘为奸,不过带言之,非所重也。今实以奄人,与褒姒并举为言,然则何人乎?周以前未闻有寺人之祸,自秦皇用赵高始有之。诗人因'妇'及'寺',亦可谓有先见之明矣。《集传》又于三章下引'欧阳公尝言宦者之祸甚于女宠,其言尤为深切,有国家者可不戒哉!'按此自论后世事,与诗旨无涉,皆题外闲文;且以客为主,尤无谓。"

清方玉润《诗经原始》:"今褒姒既有其人,而奄人不过虚以对之,其可乎哉?且诗极言女祸之害,以为乱自妇人,匪由天降。曰'倾城',曰'长舌',曰'厉阶',可谓穷形尽相,不遗余力矣。而奄寺则末句偶一及之,岂可据以为言邪?又诗之尤为痛切者,在'人之云亡,邦国殄瘁'二语,而诸家多易忽之,真不可解!夫贤人君子,国之栋梁;耆旧老成,邦之元气。今元气已损,栋梁将倾,此何如时耶?……倘使其人无足重轻,虽曰'云亡',又何足殄人邦国也耶?惜乎无可考耳,然而痛矣!"

陈子展《诗经直解》:"《瞻卬》,刺幽王宠褒姒,将致大乱亡国而作。"

高亨《诗经今注》:"这是一首讥刺周幽王乱政亡国的诗。幽王宠幸褒姒,信用奸邪,斥逐忠良,种种倒行逆施,弄得天怒人怨,终至亡国。作者也是个受迫害者,因作此诗,讽刺幽王等人,并悲叹自己的不幸。"

召 旻

旻天疾威①,天笃降丧②。
瘨我饥馑③,民卒流亡④。
我居圉卒荒⑤。

天降罪罟⑥,蟊贼内讧⑦,
昏椓靡共⑧,溃溃回遹⑨,
实靖夷我邦⑩。

皋皋訿訿⑪,曾不知其玷⑫。

兢兢业业^⑬,孔填不宁^⑭,
我位孔贬^⑮。

如彼岁旱,草不溃茂^⑯,
如彼栖苴^⑰,我相此邦^⑱,
无不溃止^⑲。

维昔之富不如时^⑳,维今之疚不如兹^㉑。
彼疏斯粺^㉒,胡不自替^㉓?
职兄斯引^㉔。

池之竭矣,不云自频^㉕。
泉之竭矣,不云自中^㉖。
溥斯害矣^㉗,职兄斯弘^㉘,
不栽我躬^㉙。

昔先王受命,有如召公^㉚,
日辟国百里^㉛,今也日蹙国百里^㉜。
於乎哀哉,维今之人,
不尚有旧^㉝。

【题解】

这是刺幽王任用小人致乱之诗。全诗七章。首章写上天降灾。上天暴戾,屡降灾祸。上天降饥饿病困于下民,故百姓流亡,饿殍遍野,从国中到边疆一片荒凉。这是上天对幽王的警告。二、三章写群小为恶。由于幽王失道,放逐贤臣,任用小人,故上天降下罪网予以惩罚。幽王任用的小人为数不少。他们如同蟊贼在朝中竞相为恶,极尽昏乱谗毁之能事。他们荒废职守,唯邪是行,这实是图谋诛灭国家。这些小人气焰极为嚣张,成天干着欺骗诽谤的勾当,竟然不知自己的污点。为此,诗人深感恐惧与危殆,好久不得安宁,自己的地位还有贬低的危险。四至六章写国之将倾。那旱岁之草,不能茂盛;那木上之草,萎黄枯败。诗以比喻国之将倾既形象又深刻。故诗人发出"我相此邦"无不溃乱的慨叹。事实正是如此,往日之富未尝如今日之贫,今日之贫未有如此之甚。造成这种国困民疲的局面,就是因为这些小人从中作梗的缘故。那小人如同糙米,这君子如同精米,君子与小人精粗之不同极为分明,为何小人还不自废替? 依然如此延长祸乱!矛头所向直刺幽王不该任用这些小人。要知道,那池之竭是由外之不入,那泉之竭是由内之不出。国家祸乱之兴也如池泉枯竭一样有其原因。若不革除弊政,这普遍的祸害还会扩大延伸。这国家大厦一旦覆倾,岂不殃及我身! 末章写望王改图。往日宣王受命中兴,任贤臣召虎,每日辟国百里之遥。今则不然,幽王任用小人,每日失国百里之远。两相比较,岂不令人悲哀。如今这些人中,还有故旧老臣。惜乎幽王弃而不用。结果招致国灭身亡之灾,可悲可叹。

【注释】

①旻(mín)天:上天。疾威:暴虐。

②笃:厚。

③瘨(diàn):病。

④卒:尽。

⑤圉(yǔ):边区。荒:空。

⑥罟(gǔ):网。

⑦蟊(máo)贼:吃庄稼的害虫,喻危害国家的上层权贵。讧(hòng):争乱。

⑧昏椓(zhuó):昏乱谗毁。靡共:指不供职事。

⑨溃溃:昏乱。回遹(yù):邪僻。

⑩靖:图谋。夷:诛灭。

⑪皋皋:欺骗。**訿訿**:诽谤。

⑫玷(diàn):污点。

⑬兢兢:恐惧。业业:危险。

⑭孔填:很久。

⑮贬:低落。

⑯溃:茂盛。

⑰栖苴：枯草。

⑱相：视。

⑲溃：崩溃。

⑳时：是、此。

㉑疚：穷困。

㉒疏：糙米。粺：精米。

㉓替：废退。

㉔职：此。兄：通“况”。情况。引：延长。

㉕频：水边。

㉖中：地中。

㉗溥：普遍。

㉘弘：扩大。

㉙烖：同“灾”。

㉚召公：指召穆公。

㉛辟：开辟。

㉜蹙：收缩。

㉝尚：尊重。旧：指元老旧臣。

【汇评】

《诗序》：“《召旻》，凡伯刺幽王大坏也。旻，闵也。闵天下无如召公之臣也。”

唐孔颖达《诗经正义》：“《召旻》诗者，周卿士凡国之伯所作以刺幽王大坏也。又解名篇之义是闵伤当时天下无如文武之世召康公，以时无贤臣，深可痛伤，故以《召旻》名篇，其叙大坏之意。”

宋朱熹《诗集传》：“此刺幽王任用小人以致饥馑侵削之诗。”

清姚际恒《诗经通论》：“此刺幽王之诗。《集传》谓‘刺幽王任用小人。’按此诗仍指褒姒为主。‘蟊贼’，指褒姒也，故曰‘内讧’，谓‘任用小人’，涉泛，无着落。”

清方玉润《诗经原始》：“然‘昏椓’以下，有曰‘实靖夷我邦’，又似非专主褒姒为言。大凡朝政之乱，无不出内以及外。况幽王嬖宠褒姒，而褒姒又工于谗谮，为厉之阶。则一时小人‘皋皋訿訿’，因缘倖进，乘隙而弄国家之柄者，又岂少哉？故上章‘哲妇倾城’已明刺褒姒，则此章之‘昏椓’‘回通'者,不定指褒姒左右也,然亦未有不由内讧而成者。'蟊贼'句特溯其原耳,岂可执是以为主耶?"

吴闿生《诗义会通》:"《序》亦以为凡伯刺幽王之作。察其词气,与上篇相似,理或然也。二诗皆忧乱之将至,哀痛迫切之音。贤者遭乱世,蒿目伤心,无可告愬,繁冤抑郁之情,《离骚》《九章》所自出也。陈氏栎曰:前诗望其改过而无忝皇祖,此诗望其改图而擢用旧人,审如是,则否犹可泰,危犹可安也,何至有犬戎之祸哉?"

高亨《诗经今注》:"这首诗是幽王时一个官吏所作,指责幽王昏暴,信用奸邪,政治黑暗。慨叹天灾严重,犬戎犯边,深恐王朝即将覆亡。"

杨任之《诗经今译今注》:"这是凡伯刺幽王任用小人以致危亡的诗。"

金启华《诗经全译》:"刺幽王任用小人,造成天灾民病。诗人忧心如焚,希望他改图,擢用旧人。"

颂

周　颂

清　庙

於穆清庙^①,肃雍显相^②。
济济多士^③,秉文之德^④。
对越在天^⑤,骏奔走在庙^⑥。
不显不承^⑦,无射于人斯^⑧。

【题解】

这是祭祀文王之诗。全诗一章八句。首句写庙,辞清意美。多美啊,清静之庙。一个"清"字尽见精神,它可谓对文王之德作了最好的概括。中五句写祭祀时庄严肃穆的气氛。前来助祭的诸侯,一个个神情肃静,仪态雍和;参与祭祀的执事,一个个也是威仪赫赫,无不奉行高尚的道德。唯有如此,这些"多士"方能报答文王在天之灵,而"骏奔走在庙"。"骏奔走"二字极为传神,它将"多士"操持祀事尽心竭力,无限虔诚,周旋趋跄尚恐不及的情态活画了出来。末二句承上总言。"显"是说文王之德清明,昭显不昧;"承"是说继承文王之德,永勿废替。最后以对文王之德乐之无厌作收,诗意隽永,余味无穷。

【注释】

①於(wū):叹词。穆:美。清:清静。

②肃:敬。雍(yōng):和。显相:指助祭诸侯。

③济济:威仪赫赫貌。

④秉:奉行。文:美好,高尚。

⑤对:报答。越:于。

⑥骏:迅疾。

⑦不:通"丕"。大。显:昭明。承:继承。

607

⑧射:通"致(yì)"。厌倦。

【汇评】

《诗序》:"《清庙》,祀文王也。周公既成洛邑,朝诸侯,率以祀文王焉。"

宋朱熹《诗集传》:"书称王在新邑,烝祭岁文王骍牛一,武王骍牛一,实周公摄政七年,而此其升歌之辞也。"

清姚际恒《诗经通论》:"小序谓'祀文王',是。大序谓'周公既成洛邑,朝诸侯,率以祀文王焉',谬也。按《洛诰》曰,'则禋于文王、武王',又曰,'文王骍牛一,武王骍牛一',是洛邑既成,兼祀文、武,此诗专祀文王,岂可通乎?"

清方玉润《诗经原始》:"然此自祀文王之乐歌,不必执泥洛成告庙之言。且诗中亦无此意,安见其必为洛邑祭乎?"

清戴震《毛郑诗考正》:"据《洛诰》,是为成王七年(壬辰岁)周正之十二月戊辰在新邑烝祭文、武之诗。周公相成王朝诸侯后,故咸至庙助祭。诗中'丕显'颂文王,'丕承'颂武王,甚明。……此诗先言助祭者之致敬,而推本先王之丕显于前,丕承于后,是以人心自无或厌倦。《书》曰:'丕显哉,文王谟!丕承哉,武王烈!'与诗通。"

吴闿生《诗义会通》:"《序》:'……。'此为祀文王之诗当矣。周公既成洛邑云云,皆诗中所无之意,则续《序》附会《洛诰》而妄益之者也。周公祭文王,何止在洛一举?况洛邑之祭,并祀文武,此诗不及武王,其非在洛明矣。"

陈子展《诗经直解》:"《清庙》最初作为祀文王之乐章。"

高亨《诗经今注》:"这篇是周王祭祀宗庙祖先所唱的乐歌。"

金启华《诗经全译》:"祭祀文王的乐章。"

杨任之《诗经今译今注》:"这是祭祀文王于清庙的诗。据说,为周公或洛邑居摄五年时所作。"

维天之命

维天之命①,於穆不已②。

於乎不显^③,文王之德之纯^④。

假以溢我^⑤,我其收之^⑥。

骏惠我文王^⑦,曾孙笃之^⑧。

【题解】

这也是祭祀文王之诗。全诗一章八句。前四句写文王之德可配天命。那上天之命,不但深远,而且恒久不息。正因为文王之德昭明显耀,博大精深,故足可承受天命。后四句写文王之德泽及子孙。文王以嘉美之德赐予我们,我们则将它接受下来。唯有如此,方能兴周,光大王业。因此,要大顺我文王之德,曾孙永远笃厚之。

【注释】

①命:旨意。

②穆:深远。不已:不息。

③显:光明。

④纯:纯粹。

⑤假:嘉美。溢:赐予。

⑥收:接受。

⑦惠:顺从。

⑧曾孙:主祭者自称。也泛指后王。笃:厚。

【汇评】

《诗序》:"《维天之命》,大平告文王也。"

汉郑玄《郑笺》:"命犹道也。天之道於乎美哉!动而不止,行而不已也。"又云:"纯亦不已也。溢,盈溢之言也。於乎不光明与,文王之施德教之无倦已,美其与天同功也。"

宋朱熹《诗集传》:"此亦祭文王之诗。言天道无穷,而文王之德,纯一不杂,与天无间,以赞文王之德之盛也。子思子曰:维天之命,於穆不已,盖曰天之所以为天也;於乎不显,文王之德之纯,盖曰文王之所以为文也,纯亦不已。"

清姚际恒《诗经通论》:"此亦祀文王之诗。小序谓'太平告文王',乃赘语,盖欲切合'六年,周公制礼作乐'之说也。凡祀告文王诸诗,孰非告太平乎!"

清方玉润《诗经原始》:"此诗解者又如聚讼。序谓'太平告文王'之非,固不足辩。《集传》与《郑笺》本《中庸》以说理释《诗》,义既非诗之本旨。"

吴闿生《诗义会通》:"盖此告祭文王之诗,而其意则周公颂美文王之德以勖勉成王。且以戒后王也。"

陈子展《诗经直解》:"《维天之命》,周公摄政,辅成王致太平,祭告文王之乐歌。"

金启华《诗经全译》:"祭文王,颂文德,勉后人。"

维　清

维清缉熙①,文王之典②。
肇禋③,迄用有成④,
维周之祯⑤。

【题解】

这也是祭祀文王之诗。全诗一章五句。首二句颂美文王之典。文王的法典,清明、长久而广大。因文王圣德寓于法典之中,故这"典"也就兼具"清"、"缉"、"熙"的品性了。后三句颂美文王之典可以戡乱而政治。"典"的内涵固然很多,但在这里专指祭典则无疑。"肇禋"一句正是对"文王之典"的申补。正因为"文王之典"清明、长久而广大,武王继之,得有天下,永清大定。无怪乎诗之结尾要咏叹"文王之典"实为周家之吉祥了。

【注释】

①清:清明。缉:长久。熙:广大。
②典:法典。
③肇:开始。禋:祭祀。
④迄:至。有成:即有天下。
⑤祯:吉祥。

【汇评】

《诗序》:"《维清》,奏《象舞》也。"

唐孔颖达《诗经正义》:"《维清》诗者,奏《象舞》之乐歌也。……周公成王之时用而奏之于庙。诗人以今太平由彼五伐睹其奏而思其本,故述之为此歌焉。"

宋朱熹《集诗传》:"此亦祭文王之诗。言所当清明而缉熙者,文王之典也。故自始祀至今有成,实维周之祯祥也。"

清姚际恒《诗经通论》:"小序谓'奏象舞',妄也。"

胡承珙《后笺》:"成王、周公作《维清》之诗以为《象舞》之节,歌以奏之。"

吴闿生《诗义会通》:"《象》,文王乐名。《象》有舞,故云《象舞》。此篇以合《象舞》之节奏也。其意则重在文王之典一句。……钱澄之云:'孔子曰:升歌《清庙》示德也。下而管《象》,示事也。故以典为言,典所以载事功者也。'"

高亨《诗经今注》:"这篇也是周王祭祀周文王的乐歌。"

金启华《诗经全译》:"祭文王,赞文典。"

陈子展《诗经直解》:"《维清》,祀文王奏《象舞》之所歌。"

烈　文

烈文辟公^①,锡兹祉福^②。

惠我无疆^③,子孙保之。

无封靡于尔邦^④,维王其崇之。

念兹戎功^⑤,继序其皇之^⑥。

无竞维人^⑦,四方其训之^⑧。

不显维德,百辟其刑之^⑨。

於乎前王不忘^⑩。

这是成王戒勉助祭诸侯之诗。全诗一章十三句。首四句写烈祖赐予洪福。成王对助祭诸侯说:"你们这些有功有德的诸侯,烈祖既赐予这洪福,而且对我们的恩惠无穷无尽,子子孙孙要保住它。"中四句写成王戒勉助祭诸侯。戒则戒助祭诸侯在国内不要犯大罪,要尊重王室。勉则勉助祭诸侯要牢记佐定天下之功,要继续发扬光大。末五句写成王以前王治国之道教示助祭诸侯。前王的治国之道有两条:一是得贤人,二是修明德。能得贤人,四方就会效法;能修明德,百君就会模仿。对此前王念念而不忘。成王在这里打出祖宗"前王"的旗号教示助祭诸侯是很有说服力的。成王讲这番话语,意在期冀助祭诸侯能用贤修德,成为"四方"、"百辟"的楷模。

【注释】

①烈:功。文:德。

②锡:通"赐"。赐给。兹:此。祉:福。

③惠:恩惠。

④封靡:大罪。

⑤戎:大。

⑥继序:继承。皇:光大。

⑦无竞:莫强。

⑧训:效法。

⑨刑:模仿。

⑩前王:先王。

【汇评】

《诗序》:"《烈文》,成王即政,诸侯助祭也。"

唐孔颖达《毛诗正义》:"《烈文》诗者,成王即政,诸侯助祭之乐歌也。"

宋朱熹《诗集传》:"此祭于宗庙,而献助祭诸侯之乐歌。"

清姚际恒《诗经通论》:"小序谓'成王即政,诸侯助祭。'按谓成王则可,但不必即政耳。《集传》谓'祭于宗庙而献诸侯助祭之乐歌'。按'四方其训'、'百辟其刑',不类告诸侯语。又诏诸侯以不忘前王,亦不类。故欧阳氏分两章:以'继序其皇之'以上为君敕其臣之辞;'无竞维人'以下为臣戒其君之辞。然以一诗作两人语,未免武断。诗当是周公作,以为献助祭诸侯之乐歌,而末因以勉王也。"

清方玉润《诗经原始》:"夫一诗不可作两人语,而一诗又岂可勉两人乎?且祭礼宾三献尸之后,主人酌酒献宾,因以有歌。此时之歌自当以主人为主,主人为谁?成王也。成王既为祭主,又何烦周公代为献宾而因以勉王耶?此皆不通之论也。……以此互相敦勉,盖不唯有望诸列辟,亦将以自勖耳。此君臣交徽之意,而岂一诗两语,又岂一诗两勉之说乎?"

吴闿生《诗义会通》:"词意盖因诸侯来助祭,为此诗勉之,即借以勉成王。"

陈子展《诗经直解》:"《烈文》,成王亲政告祖,诸侯助祭,祭毕敕戒诸侯之词。"

金启华《诗经全译》:"献给助祭诸侯的乐歌,末因以勉周王。"

天 作

天作高山①,大王荒之②。
彼作矣③,文王康之④。
彼徂矣⑤,岐有夷之行⑥。
子孙保之。

【题解】

这是祭祀岐山之诗。全诗一章七句。岐山,在陕西省岐山县境内。它是周族的发祥之地,故后王祭祀岐山完全可能。前三句写太王赖岐山以开基。"天作高山",造语雄峻。这"高山"似乎非自然形成,乃由上天造作。这不仅点明了祭祀的对象,而且还给岐山蒙上一层神秘的色彩。"大王荒之",笔墨凝练。太王由豳迁岐,励精图治,开山创业,功勋卓著。诗仅用一个"荒"字便将太王开创周族基业之功囊括无遗。"彼作矣"是过渡之句。意思是说"太王率领百姓营建宫室"。百姓定居,周业已创,这就为周族的兴旺奠定了基础。中三句写文王赖岐山以致盛。诗由"彼作矣"陡接"文王康之",行文一波三折,跌宕顿挫。这是说百姓已经定居,文王则能安定他们。正因如此,岐山有平坦之道,四方百姓无不向往而归附之。末句"子孙保之"戒勉后王永保周业,其意深长。总之,此诗写太王光前开基,文王裕后致盛,皆赖岐山之灵秀,祭祀岐山之意于此可见。此诗环环入扣,真可谓"峰峦起伏,绵亘万里,绝世奇文"。

【注释】

①作:生。高山:指岐山。

②大王:即太王。文王的祖父古公亶父。荒:治理。

③作:兴建。

④康:安定。

⑤徂(cú):往。

⑥夷:平坦。行:道理。

【汇评】

《诗序》:"《天作》,祀先王先公也。"

唐孔颖达《诗经正义》:"《天作》诗者,祀先王先公之乐歌也。"

宋朱熹《诗集传》:"此祭大王之诗。"

清姚际恒《诗经通论》:"小序谓'祀先王先公',诗中何以无先公?《集传》祀大王,诗中何以又有文王? 皆非也。季明德曰,'窃意此盖祀岐山之乐歌。按《易·升卦》六四爻曰,"王用亨于岐山",则周本有岐山之祭'。此说可存。邹肇敏本之为说曰:'天子为百神主。岐山王气所钟,岂容无祭? 祭岂容无乐章? 不言及王季者,以所重在岐山,故止挈首、尾二君言之也。'又为之覈实如此。"

清方玉润《诗经原始》:"此诗首四句特题大王、文王,其意盖以大王迁岐为王业之基,文王治岐为王业之盛,光前裕后,二君为大。故《序》以为'祀先王先公',似矣。然何以下仍接云'彼徂矣岐,有夷之行;子孙保之',则又似专重在,岐而非'祀先王先公'之谓也。"

陈子展《诗经直解》:"《天作》,当是成王祀岐山之乐歌。"

金启华《诗经全译》:"颂大王、文王创业功绩。"

高亨《诗经今注》:"这是周王祭祀岐山所唱的乐歌。"

杨任之《诗经今译今注》:"这是一首祭祀岐山的乐歌。岐山,为周之发祥地,太王、王季始迁于此,故祭祀之。"

昊天有成命

昊天有成命^①,二后受之^②。

成王不敢康^③,夙夜基命宥密^④。

於缉熙^⑤,单厥心^⑥。

肆其靖之^⑦。

【题解】

这是颂美成王功德之诗。全诗一章七句。首二句颂美成王谦让的品德。上天早有定命,文王、武王接受了它。诗不言成王接受天命,正好体现出成王谦让的品德。中二句颂美成王勤勉的精神。成王深知,开创王业不易,固守王业更难。所以成王不敢安逸。于是成王日夜奉持天命,勤勉不懈,继承文王、武王之业。末三句颂美成王辉煌的功绩。文王有大德而功未就,武王有大功而治未成,而这治理天下的大任就由成王来完成。成王能继承并光大王业,能竭尽全力平治天下,因而治国有成。这"靖之"二字正隐含着西周初年的政治局势。武王死后,成王嗣位,因为年幼,周公摄政。不久,管叔、蔡叔发难,淮夷背叛,局势动荡。于是周公东征,历时三年,终于平息了这场叛乱。自此之后,天下清平,为成康之治奠定了基础。成王的功绩可谓卓著。

【注释】

①昊(hào)天:上天。成命:定命。

②二后:指文王、武王。

③康:安乐。

④夙夜:日夜。基命:奉持天命。宥(yòu):通"有"。密:通"勉"。勤勉,努力。

⑤缉:继承。熙:光大。

⑥单(dàn):尽。厥:其。

⑦肆:故,所以。靖:平定。

【汇评】

《诗序》:"《昊天有成命》,郊祀天地也。"

唐孔颖达《诗经正义》:"《昊天有成命》诗者,郊祀天地之乐歌也。"

清姚际恒《诗经通论》:"小序谓'郊祀天地',妄也。……此诗'成王',自是为王之成王。"

宋朱熹《诗集传》:"此诗多道成王之德,疑祀成王之诗也。"

清方玉润《诗经原始》:"《序》谓'郊祀天地',不知何所取义?……《集传》本欧说,援引《国语》以为祀成王之诗。盖依经为解,辞无纤曲。其说较正,姚氏亦从之而不肯明言。"

吴闿生《诗义会通》:"其不为祀天地而为祀成王之诗无可疑者。"

陈子展《诗经直解》:"《昊天有成命》,郊祀天地之所歌。"

高亨《诗经今注》:"这篇是周王祭祀成王所唱的乐歌。"

金启华《诗经全译》:"歌颂成王之功德。"

我　将

我将我享①,维羊维牛。

维天其右之②。

仪式刑文王之典③,日靖四方④。

伊嘏文王⑤,既右飨之⑥。

我其夙夜,畏天之威,于时保之⑦。

【题解】

　　这是祭祀上帝以文王配享之诗。全诗一章十句。首三句写祭祀上帝。我们奉献牛羊,请上帝享用这丰盛的祭品。中四句写祭祀文王。效法文王的法典,每日平定天下。伟大的文王,也请您享用这丰盛的祭品。末三句写祭者本旨。我将日夜小心谨慎,敬畏上帝的威严,于是按时祭祀上帝,不敢有半点懈怠。

【注释】

①将：奉。享：献。

②右：享用。

③仪式刑：效法。典：法典。

④靖：平定。

⑤嘏（gǔ）：通"假"。伟大。

⑥右飨：享用。

⑦于时：于是。

【汇评】

《诗序》："《我将》，祀文王于明堂。"

唐孔颖达《诗经正义》："《祭法》云：'祖文王而宗武王。'则明堂之祀，武王亦配之矣。此唯言祀文王者，诗人虽因祀明堂而作，其辞主说文王，故《序》达其意，唯言文王耳。"

宋朱熹《诗集传》："此宗祀文王于明堂，以配上帝之乐歌。"

清姚际恒《诗经通论》："小序谓'祀文王于明堂'，本《孝经》'宗祀文王于明堂以配上帝'，盖当时为此说云。"

清方玉润《诗经原始》："然诗以祀帝为主，文王配焉；自当云'祀帝于明堂，而以文王配之也'。若《序》言，是专祀文王，而无所谓配天之说矣。"

吴闿生《诗义会通》："朱子云：为坛而祭，故谓之天。祭于屋下而以神祇祭之，故谓之帝。案此祀明堂之诗亦止称天，《思文》为后稷配天之诗，而其词称帝，知后儒纷纷曲说，古人所无有也。通篇注意在末三句，所以戒成王也。"

陈子展《诗经直解》："《我将》，宗祀文王于明堂以配上帝之乐歌。《孝经》与《序》说合。配上帝义同配天。"

高亨《诗经今注》："《我将》是《大武》舞曲的第一章，叙写武王在出兵伐殷时，祭祀上帝和文王，祈求他们保佑。"

杨任之《诗经今译今注》："这是《大武》舞曲中的第一章，武王出兵时祭祀上帝和文王祈求保佑的乐章。"

时　迈

时迈其邦①，昊天其子之②，
实右序有周③。薄言震之④，
莫不震叠⑤。怀柔百神⑥，
及河乔岳⑦。允王维后⑧。
明昭有周⑨，式序在位⑩。
载戢干戈⑪，载櫜弓矢⑫。
我求懿德⑬，肆于时夏⑭。
允王保之。

【题解】

　　这是武王巡狩祭祀山川百神之诗。首五句写武王巡狩之事。武王克商之后，按时巡狩诸侯各国。上天以武王为儿子，这确实是上天在佑助我周邦。武王巡狩之时，动之以威，声势极其显赫。为此，天下诸侯无不慑服此威。由此可以想见，当年之武王是何等威严！中四句写武王祭祀山川百神。武王在巡狩途中，祭祀安抚百神以及大河高山。诚哉武王为天下之君！末七句写武王政教并修。上天明显地告示我周朝，要赏罚分明，安排好天下诸侯；要偃武修文，收藏干戈，储藏弓矢；还要施行美德，并将它散布到中国各个地方去。以上之善声美政，诚然是武王保守天命之道。此诗以武王巡狩邦国为主线，以武王受天命而做天子，敬天命而祀百神，保天命而修政教为核心，结构严谨，整然有序，确不失为一首好诗。

【注释】

　　①时：按时。迈：行。邦：国。
　　②子之：以武王为子。
　　③右序：佑助。
　　④薄言：语助词。震：动。

⑤莫：没有谁。叠：惧怕。

⑥怀柔：安抚。

⑦乔岳：高山。

⑧后：君。

⑨明昭：明白告示。

⑩序：安排。

⑪戢(jí)：收藏。

⑫櫜(gāo)：盛盔甲、弓矢之囊。此用作动词，即储藏。

⑬懿：美。

⑭肆：陈。时：是，此。夏：中国。

【汇评】

《诗序》："《时迈》，巡守告祭柴望也。"

宋朱熹《诗集传》："此巡守而朝会祭告之乐歌也。"

清姚际恒《诗经通论》："此武王克商后，告祭柴望，朝会之乐歌。"

清方玉润《诗经原始》："此诗自宜从《序》为是。"

吴闿生《诗义会通》："欧阳公云：'《时迈》者，武王灭纣，已定天下，以时巡守告祭柴望之乐歌也。'朱子云：'《外传》又云：金奏《肆夏》、《樊》、《遏》、《渠》，天子以飨元侯也。'韦昭注云：《肆夏》，一名《樊》，《韶夏》一名《遏》，《纳夏》一名《渠》，即《周礼》九夏之三。吕叔玉云：《肆夏》，《时迈》也。《樊遏》，《执竞》也。《渠》，《思文》也。今案诸说不同，盖儒者各以意测之而已。又案：《韩诗》以为美成王，其说略殊。今以文义考之，武王时作者为是。"

陈子展《诗经直解》："《时迈》，《序》说'巡守告祭柴望'之诗，是也。"

高亨《诗经今注》："这篇是周王望祭山川时所唱的乐歌。"

金启华《诗经全译》："武王克商后巡守四方，祭祀山川，偃武修文，诗以颂之。"

杨任之《诗经今译今注》："这是武王巡守祭天的乐歌。"

执　竞

执竞武王①，无竞维烈②。

不显成康③，上帝是皇④。

自彼成康，奄有四方⑤。

斤斤其明⑥，钟鼓喤喤⑦。

磬筦将将⑧，降福穰穰⑨。

降福简简⑩，威仪反反⑪。

既醉既饱，福禄来反⑫。

【题解】

　　这是祭祀武王之诗。全诗一章十四句。前七句颂美武王功勋。勇猛强悍的武王，他的功勋真是无法估量。武王的功勋非同一般，可谓无与伦比。武王的功勋辉煌显耀，他成就了王业，安定了天下。自那成王业安天下之后，尽有四方。不难见出，武王开国创业之功烈，真可谓明著无已。后七句写祭祀获福。在祭祀之时，不仅供有丰洁的祭品，而且还伴有优美动听的音乐。请听，钟鼓之声和谐而洪亮，磬管之声幽雅而悠扬。真是不祭则已，祭必获福。请看，降福众多而且无疆。降福愈是硕大无朋，祭者的威仪愈益谨重。这样，受祭之神欣然享用祭品，既醉以酒又饱以食，将会以福禄源源不断地报答后王。这一节诗意回环反复，且一层深似一层，道尽了主祭者的款款心曲。

【注释】

①执：通"鸷"。勇猛。竞：通"勍"。强悍。

②无竞：无疆。烈：功勋。

③成康：成功安定。

④皇：赞美。

⑤奄：尽。

⑥斤斤：明著。明：成就。

⑦喤喤：钟鼓合鸣声。

⑧磬(qìng)：打击乐器。管：管乐器。将将：磬管和鸣声。

⑨穰穰(ráng)：众多。

⑩简简：大。

⑪反反:秩序有度。

⑫反:同"返"。报答。

【汇评】

《诗序》:"《执竞》,祀武王也。"

唐孔颖达《诗经正义》:"《执竞》诗者,祀武王之乐歌也。"

宋朱熹《诗集传》:"此祭武王、成王、康王之诗。"

宋王应麟《困学纪闻》:"欧阳公《时世论》曰:《执竞》,不显成康。所谓成康者,成王、康王也。当是昭王已后之诗。……范蜀公《正书》曰:自彼成康,奄有四方,祀武王而述成、康,见子孙之善继也。"

清姚际恒《诗经通论》:"小序谓'祀武王',固非。《集传》谓'祀武王、成王、康王',是已。……主祭武王之说者,范景仁曰:'祀武王而述成、康,见子孙之善继也。'吕泾野曰:'自成、康以来,其功能崇天下,其德能和敬奉祭祀,武王以其必享之。'然则祀武王之诗,周公岂不曾作,而直待昭王之臣作乎? 主祭成、康之说者,朱郁仪曰:'祀成王、康王而推本于武王也。'案祭礼或分或合,昭王独祀成、康二王,此何说也? 季明德曰:'此盖昭王时以成、康二王祫食于武王庙之诗也。'又曰:'但不知何故而举此祭耳。'案时祭不当祫,祫祭只一尸,其辞在己亦疑之,何待人驳乎? 何玄子曰:此即所谓日祭之诗也。'案'日祭'虽出《国语》,……然耶否耶?"

清方玉润《诗经原始》:"诗发端特题'武王',势极严重。下二句历言其功德之著。'不'读作丕,大也。'显',明也。'成',武成也。'康',康定也。一字一义。……而因成为无竞之烈,虽上帝亦不能不以君人之道望之也。故自其成功康定,'奄有四方'以来,明无不照,知无不周,故曰'斤斤其明'也。所以不祭则已,祭必降福。……此非专祭武王之诗乎?"

清戴震《毛郑诗考正》:"'成'即成王事之谓,'康'如《易》称康侯治安之谓也。言丕显乎! 成王事,安国家,为上帝之所皇大。自彼既成既安,以覆有四方,功烈斤斤然且明著无已。彼指其时。若以'成''康'字为成王康王,则颂武王止云'执竞',云'无竞维烈,',而颂成康之'丕显'上帝'皇大'之辞过于武,又直似武王尚未克定四方,自彼成康而于是乎奄有,亦难通晓。以祭礼考之,时祭各于其庙,祫祭皆在太庙。周家既定礼典,后必无合祭武王成康而上不及文王者矣。"

吴闿生《诗义会通》:"今案其词,'无竞维烈'一语,文义未足。'不显成

621

康'以下,当仍为颂武王之词。"

孙作云《从读史的方面谈谈"诗经"的时代和地域性》:"《执竞》这首诗是周昭王初年祭祀武王、成王、康王的歌。"(见《诗经研究论文集》)

高亨《诗经今注》:"这篇是周王合祭武王、成王、康王时所唱的乐歌。"

金启华《诗经全译》:"颂扬武王的功业兼美成、康能继承之。"

思　文

思文后稷①,克配彼天②。
立我烝民③,莫匪尔极④。
贻我来牟⑤,帝命率育⑥。
无此疆尔界,陈常于时夏⑦。

【题解】

　　这是郊祀后稷以配天之诗。全诗一章八句。首二句盛赞后稷美德。这两句文词虽简直,但含蕴却丰厚。怀有文德的后稷,他能配享上天。这"配天"一语正含后稷、上天并祭之意。中六句极言后稷之功。后稷之功可用"养民"二字括之。后稷使我众民得有食粮,普天之下无不以你后稷为准则。上帝赐瑞麦于周族,命令后稷普遍养育下民。末二句为主祭者的诫勉之词。上帝"率育"之命不可违,要一视同仁,不分时地,凡民皆养;后稷艺农之典不可废,要把它推广到中国各地去,使农业得到普遍发展。后稷其人,既有文德,又有丰功。此德此功,足以配天。

【注释】

　　①思:语助词。文:指文德。后稷:周的始祖。

　　②克:能。

　　③立:通"粒"。谷粒。烝:众。

　　④莫:没有谁。匪:非,不。极:准则。

　　⑤贻(yí):遗留。来:小麦。牟(móu):大麦。

⑥率：皆，普遍。育：养育。

⑦陈：布施。常：典。此指种田方法。于时：于是，在此。夏：中国。

【汇评】

《诗序》："《思文》，后稷配天也。"

唐孔颖达《诗经正义》："《思文》诗者，后稷配天之乐歌也。"

宋朱熹《诗集传》："言后稷之德，真可配天。"

清姚际恒《诗经通论》："此郊祀后稷配天之乐歌，周公作也。……郊祀有二：一冬至之郊，一祈谷之郊；此祈谷之郊也。《小序》谓'后稷配天'，此诗中语，是已。《集传》犹不之信，但曰'言后稷之德真可配天'，意以无祀天之文也。古人作颂从简，岂同雅体铺张其辞乎！可谓稚见矣。"

清方玉润《诗经原始》："《小序》云'后稷配天'，是也。而经无祀天之文，故《集传》疑之，不言'郊祀'，但云'后稷之德真可配天'而已。"

吴闿生《诗义会通》："此郊祀后稷以配天之乐歌。"

高亨《诗经今注》："这篇是周王祭祀上帝和后稷，祈祷年谷丰收所唱的乐歌。"

陈子展《诗经直解》："《思文》，后稷配天之乐歌。"

臣 工

嗟嗟臣工①，敬尔在公。

王釐尔成②，来咨来茹③。

嗟嗟保介④，维莫之春⑤，

亦又何求⑥？如何新畬⑦？

于皇来牟⑧，将受厥明⑨。

明昭上帝⑩，迄用康年⑪。

命我众人⑫，庤乃钱镈⑬。

奄观铚艾⑭。

这是成王举行耨礼之诗。此诗一章十五句。首四句为周公诫群臣百官之词。你们要恭敬地筹办好耨草典礼,要遵循周王赐给你们的成法行事,若有不明之处,便要询问请示。中八句为周公与农官的问答之词。周公问道:"现在正是暮春时,你于农事还有什么要求?田里的麦苗生长得如何?"足见周公对农事是何等关切。农官答道:"麦苗生长得非常旺盛,再过些时就要抽穗了。光明显著的上帝,又将以一个好年景赐予我们。"这期间正是锄草的时令,周王在此时举行耨礼,劝农之用心显而易见。末三句为周公告诫农官之词。你去命令众农奴,赶快准备好铲子与锄头,不久周王又将视察挥镰割麦哩!"命众人","庤钱镈",正与耨礼合。至于"奄观铚艾"为顺及之语,它只是预示着在挥镰割麦时,周王还要举行收割典礼。

【注释】

①嗟嗟:叹词。臣工:群臣百官。

②釐(lí):赐。成:成法。

③来:语助词。咨:询问。茹:度量。

④保介:农官。

⑤莫:同"暮"。

⑥又:通"有"。

⑦新:耕过两年的田。畬(yú):耕过三年的田。

⑧皇:美好。

⑨受:通"抽"。明:通"芒"。

⑩明昭:光明显著。

⑪迄:通"乞"。赐。用:以。

⑫众人:农夫。

⑬庤(zhì):准备。钱:铲子。镈(bó):锄头。

⑭奄:忽而,不久。铚(zhì):镰刀。艾:通"刈(yì)"。镰刀。

【汇评】

《诗序》:"《臣工》,诸侯助祭遣于庙也。"

唐孔颖达《诗经正义》:"《臣工》诗者,诸侯助祭遣于庙之乐歌也。谓周公、成王之时,诸侯以礼春朝,因助天子之祭。事毕将归,天子戒敕而遣之于庙,诗人述其事而作此歌焉。"

宋朱熹《诗集传》:"此戒农官之诗。"

清魏源《诗古微》:"《臣工》,成王耕籍后,受釐畋祝也。《月令》:孟春之月,天子乃以元日祈谷于上帝,亲载耒耜,措之于参保介之御间,躬耕帝籍。反执爵于太庙,公卿诸侯大夫皆御,名曰劳酒。此诗盖执爵劳酒受釐时所歌。首四句,戒公卿诸侯大夫;保介以下,戒百吏庶民;将受厥明以下,则受釐畋祝词也。《毛序》以为遣祭诸侯,与容保介不合。保介,当作保界。见《韩诗外传》及《章句》,盖遂人职,保经界。非车右副官也。"

清姚际恒《诗经通论》:"邹肇敏曰:'明堂朝觐,则《我将》、《载见》诸诗是已。至耕籍岂容无诗!'嗟臣工',正指公、卿,大夫之属。至'嗟保介',则义益显然。其为耕籍而戒农官,益可据矣。'其说近是。今以耕籍之义解之。'在公',公家之事,即耕籍之礼也。'茹',度也。来谋来度,即戒从耕籍以起下文也。"

郭沫若《由周代农事诗论到周代社会》:"这诗的时代不敢定,大约和《噫嘻》相差不远,因为风格相同,没有韵脚。诗中的王亲自来催耕,和卜辞中的王亲自去'观黍'和'受禾'的情形完全相同。……《吕氏春秋·孟春纪》注:'保介,副也',也没有说明什么官职之副。朱熹补充之,解为'农官之副'。但看情形应该就是后来的'田畯',也就是田官。介者界之省,保介者保护田界之人。"(见《青铜时代》)

陈子展《诗经直解》:"《臣工》,盖王者暮春省耕之诗。"

孙作云《诗经与周代社会研究》:"《臣工》是周成王到耤田里观麦,举行典礼时,乐工们所唱歌。"又注云:"此典礼即'耨礼'。'耨'为锄草,即在锄草时,周成王来视察,举行典礼。"

憩之《〈周颂·臣工〉篇发微》:"现在我受了诸先进的启发,反复追求,觉得是周公到成周之后为麦收督造农具的诗。"又说:"本篇诗是暮春时节给农业的生产奴隶准备农具的诗。……全篇的口气不出于成王与保介,而是出于第三者。说是周公对臣工与保介的饬戒,倒是十分相似。然而诗歌不等于直接诰命,所以我们把它认为是史官体会周公'明农'的政策而作的颂歌,倒还正确些。"(见《文学遗产》增刊四辑,作家出版社)

噫 嘻

噫嘻成王^①,既昭假尔^②。
率时农夫^③,播厥百谷^④。
骏发尔私^⑤,终三十里^⑥。
亦服尔耕^⑦,十千维耦^⑧。

【题解】

这是周成王举行籍田典礼之诗。所谓"籍田",就是天子借用民力以耕种公田。全诗一章八句。全诗均为周公向农官传达成王的命令之词。啊啊成王,既已明白告谕你们这些农官。你们要率领这些农夫,去播种那各种谷物。赶快颁发耕具,将三十里田亩耕完。还要从事自己的督耕工作,要在一万张犁杖上都装上两个犁头。不用说,这完全是为了提高生产效率,能尽快将三十里田亩耕完。这"十千维耦"正描写出在"三十里"田野上大规模集体生产的盛况。

【注释】

①噫嘻:赞叹声。

②昭假:明白告谕。尔:指农官。

②时:此,这些。

④厥:其,那。

⑤骏:迅疾。发:分发。私:"耜"字之误。即农具。

⑥终:耕完。

⑦服:从事。

⑧耦:两个犁头。

【汇评】

《诗序》:"《噫嘻》,春夏祈谷于上帝也。"

宋朱熹《诗集传》:"此连上篇亦戒农官之辞。……盖成王始置田官,而尝戒命之也。"

明何楷《诗世本古义》:"康王春祈谷也,既得卜于祢庙,因戒农官之诗。"

清姚际恒《诗经通论》:"愚以此诗章首有成王昭格之语,是此诗作于康王之世,乃主作龟祢宫而言。"

清方玉润《诗经原始》:"《小序》谓'春夏祈谷于上帝',是也。……唯《集传》以为'戒农官之诗',则非。'戒农官'何必祷及成王?此易辨者。乃又云'成王始置田官',则尤谬。季明德曰:'农事,古人所急。治农之官,自古有之。况武所重者民食,岂待成王而始置哉?'……诗意云:王既已政教光明如是,犹能敬重农事,率是典田之官。今之教民耕田,各极其望,'终三十里'而遥,万夫齐力,及时务功,以大发其私。故地无遗利,人无遗力,丰穰可望,要非王之惠不及此。其不言公田者,为民祈故耳。"

清陈奂《诗毛氏传疏》:"诗言藉田也。……《周语》宣王不耤千亩,虢文公述古者藉田之制,云:'王耕一发,班三之,庶人终于千亩'。"

吴闿生《诗义会通》:"又诗云成王既昭假尔,当是祭成王庙而告戒助祭诸侯勉以农事之词。"

郭沫若《由周代农事诗论到周代社会》:"'骏发尔私'的'私'注家均称为'私田',这是所谓'增字解经',其实只是指各人所有的家私道具,而且可能就是'耜'字的错误,照诗的层次上说来,是应该这样解释的。照着我这样解释,这首诗便成为了研究周代农业的极可宝贵的一项史料,可以作为一个标准点。诗明是作于周成王时,周初的农业情形表现得异常明白。农业生产的督率是王者所躬亲的要政之一;土地是国家的所有,作着大规模的耕耘;耕田者的农夫是有王家官吏管率着的,这情形和殷代卜辞里面所见的别无二致。"(见《青铜时代》)

胡毓寰《从诗经噫嘻篇的一些词义说到西周社会性质》:"《噫嘻》这一篇可能就是康王禘祭太庙时申戒农官之词。它假托成王神灵之意,复述成王生前惯常告戒农官之言,命令农官们怎样去管理奴隶耕种,同时也带有恭颂成王对农官们臣下们怎样仁慈爱护的盛意。"(见《诗经研究论文集》,人民文学出版社)

孙作云《诗经与周代社会研究》:"这首歌是成王举行耕田典礼时乐工们所唱的歌。"

高亨《诗经今注》:"这篇是周成王时举行亲耕籍田之礼在宴会上所唱的乐歌,歌辞是告戒农官。"

振 鹭

振鹭于飞①,于彼西雍②。
我客戾止③,亦有斯容④。
在彼无恶⑤,在此无斁⑥。
庶几夙夜⑦,以永终誉⑧。

【题解】

这是宋公微子朝周助祭之诗。全诗一章八句。前四句美微子之仪容。鹭是一种水鸟,它栖息水边,善于捕鱼,羽毛洁白,可为舞仪。"西雍"即"辟雍"。这"辟雍"正是白鹭所集之所,同时也是祭祀之地。诗人就地取景,以白鹭在"辟雍"上面展翅飞翔,兴比"我客"微子前来助祭"亦有斯容"。鹭羽洁白,喻微子身着白服;"鹭于飞",喻微子仪态万千,楚楚动人。这真可谓妙喻解颐。后四句告诫微子永葆美德。你在国内要勤政修德,不要被国人怨恨;在周朝要心服忠顺,不要被周人讨厌;并要早晚谨慎,永葆美好之声誉。

【注释】

①振:群飞的样子。鹭:白鹭。于:语助词。

②雍(yōng):即"辟雍"。大池。

③戾:至。

④斯:指白鹭。

⑤彼:指宋国。恶:怨恨。

⑥此:指周朝。斁(yì):讨厌。

⑦庶几:差不多。夙夜:早晚。

⑧永终:长葆。誉:美好的声誉。

628

【汇评】

《诗序》:"《振鹭》,二王之后来助祭也。"

《诗正义》:"《振鹭》诗者,二王之后来助祭之乐歌也。谓周公成王之时,已致太平,诸侯助祭,二王之后亦在其中,能尽礼备仪,尊崇王室,故诗人述其事而为此歌焉。"

《诗诗传》:"此二王之后来助祭之诗。"

清姚际恒《诗经通论》:"《小序》谓'二王之后来助祭';宋人悉从之,无异说。自季明德始不从,曰:'……窃意此诗必专为武庚而发,盖武庚庸愚,不知天命,故使之观乐辟雝以养德,庶几其能忠顺耳。'邹肇敏踵其意而为说曰:'武王西雝之客,盖指禄父,而复之后不与。何者?鹭,白鸟也,殷人尚白,武王立受子禄父为殷公,以抚殷馀民,而不改其色,故'亦有斯容'与'亦白其马'皆不改其色之证也。'何玄子又踵两家之意而别为说曰:'周成王时,微子来助祭于祖庙,周人作诗美之。……《书序》曰:'成王既黜殷命,杀武庚,命微子启,作《微子之命》。'是则微子之封宋自成王始命之,此以知微子在成王时来助祭也。'愚按,《微子之命》篇语乃伪古文,不足据。……以今揆之,微子之说较优于武庚;且有《左传》以证。《左传》皇武子曰:'宋,先代之后,于周为客:天子有事,膰焉;有丧,拜焉。'"

清方玉润《诗经原始》:"愚谓诗前四语虽似赞,后四语乃戒辞:在武庚则勉其令终,在微子则令其鉴往。故曰'庶几',曰'以永终',二者均有可通。若夏王后同来,则断断不出此也。况诗明言容似白鹭,则客仅商客而无夏客也可知。但武庚被诛,虽有诗亦当删黜;微子嗣封,纵能贤尤应箴规,此指微子较优于武庚之说也。"

清王先谦《三家诗义集疏》:"《鲁说》曰,《振鹭》二王之后来助祭之所歌也。蔡邕《独断》《汉书》匡衡议曰,王者存二王之后,所以尊其先王而存三统也。是《齐诗》亦有此说,韩义盖同。"

吴闿生《诗义会通》:"'在彼无恶,在此无斁',乃誉客之词。彼,谓其国。此,谓王朝。末二句勉之以令终也。"

高亨《诗经今注》:"这篇是周王设宴招待来朝的诸侯时所唱的乐歌。"

金启华《诗经全译》:"赞扬宾客。旧说以为商之后人微子来周助祭,可供参考。"

丰　年

丰年多黍多稌①,亦有高廪②,

万亿及秭③。为酒为醴④,

烝畀祖妣⑤。以洽百礼⑥,

降福孔皆⑦。

【题解】

这是周王丰收后祭祖祀神之诗。全诗一章七句。前三句写丰收景象。丰年黍多稻多。盛粮之廪可以说是高大无比。这高廪绝非只有一座,定是座座并耸,鳞次栉比。不然,那"万亿及秭"的粮食岂能盛装得下? 后四句写祭祖祀神。农业丰收了,周王自然不会忘记祖宗与百神。于是用新谷酿成清酒,酿成甜酒,用来祭祖宗,祀百神。末句点明祭祀缘由。即报功今年,且祈福来岁。秋祭主要是酬报神助,而祭祖之意不重,只不过是配以祀百神而已。

【注释】

①黍:小米。稌(tú):稻谷。

②廪:粮仓。

③秭(zǐ):十亿。

④醴:甜酒。

⑤烝:献。畀(bì):给予。祖妣:历代男女祖先。

⑥洽:合。

⑦孔:甚,很。皆:普遍。

【汇评】

《诗序》:"《丰年》,秋冬报也。"

《正义》:"经言'烝畀祖妣',则是祭于宗庙。但作者主美其报,故不言祀庙耳。"

宋朱熹《诗集传》："此秋冬报赛田事之乐歌。盖祀田祖先农方社之属也。"

清姚际恒《诗经通论》："《小序》谓'秋冬报',不言其所祭,亦是阙疑之意。"

清方玉润《诗经原始》："《汇纂》曰:'《丰年》《序》以为秋冬报也。《笺》以秋冬报为尝烝,王安石以丰年属天地之功,故以此诗为祭上帝。陈祥道引《丰年》以证《礼》,谓秋报者,季秋之于明堂也。吕祖谦谓以祈为郊,则季秋大飨明堂,安知不并歌《丰年》之诗以为报欤?曹粹中谓秋冬大飨,及祭四方八蜡,天地百神,无所不报,同歌是诗。汉、唐、宋诸儒之说,大约如是。……考祀典,秋冬大报,上自天地,以至方蜡,靡祀不举,祀则有乐。是诗概为报祭之乐章,故《序》不明斥所祭为何神也。'案,《序》不言祭何神,但云'秋冬报',故后多疑议。若云'大报',则其义自明矣。"

吴闿生《诗义会通》："春夏祈谷,秋冬报祭,此报祭之乐歌。"

郭沫若《由周代农事诗论到周代社会》："这首诗没有什么可以解释的,时代要晚些。辞句多与《载芟》相同,已经在采用韵脚了。'万亿及秭'的情形同样表示着土地国有的大规模耕作,决不是所谓小有产或大有产的个人地主所能企及的。"

黄焯《诗疏平议》："此《序》及《传》皆不明言所报之神。《正义》申《笺》以为诗言'烝畀祖妣',则是祭于祖庙。宋以后诸儒多非之。然其说又各不同。王介甫以为祭上帝,然范氏《补传》谓考之祀典,上帝有祈而无报。朱子谓是祭田祖先农方社之属。而胡氏承珙谓报祭正歌《良耜》,不当又用《丰年》。故与陈氏奂皆主曹放斋说,以为季秋大飨明堂,秋祭四方,冬祭八蜡,天地百神无所不报,而同歌是诗,故不言其所报。而汪氏龙、顾氏广誉则主苏子由说,谓秋祭四方,冬祭八蜡。要之以曹氏说为得《序》意。"

高亨《诗经今注》："这篇是周王烝祭宗庙时所唱的乐歌。冬初,粮谷已经入仓。周王用新米的饭、新酿的酒等祭祀祖先,这种祭祀叫做烝。"

陈子展《诗经直解》："《丰年》,盖百谷报成之祭所歌。此秋冬报祭,从祖妣以至上帝百神,皆歌此诗。"又说:"今以郭沫若先生从西周奴隶制社会史释此诗,为最合诗旨。"

金启华《诗经全译》："丰收后,祭祖先。"

杨任之《诗经今译今注》："这是秋冬二季在宗庙祭祀祖先所用的乐歌。"

有　瞽

有瞽有瞽①,在周之庭②。
设业设虡③,崇牙树羽④。
应田县鼓⑤,鞉磬柷圉⑥。
既备乃奏,箫管备举⑦。
喤喤厥声⑧,肃雝和鸣⑨,
先祖是听。我客戾止⑩,
永观厥成⑪。

【题解】

　　这是周王大合乐于宗庙祭祀祖先之诗。全诗一章十三句。首二句总
叙其事。双眼失明的乐师,在周朝的庙庭里。这预示着一场合奏乐曲祭祀
祖先的音乐盛会即拉开帷幕。中九句为诗之主体。首言置备乐器。悬挂
乐器的木架显得十分典雅,所备乐器品类繁多,应有尽有。凡乐必有器,一
器不备难成乐。次言演奏乐章。现在乐器已备齐,演奏就要开始。顿时,
钟鼓齐鸣,箫管并奏。这乐声清脆而洪亮,和谐而悦耳。它不仅在庙庭中
回旋飘荡,而且上达于天庭。于是先祖之灵闻之欣然,纷纷倾听这优美的
乐曲。末二句写请客观乐。参与合乐助祭者当有公卿诸侯之属。这里的
"我客"当指殷后微子。请客观乐,用意尤深。请客观乐,意在施行教戒,使
"客"深感和乐,走上正道,终无过错,永远忠顺周朝。在"永观乐曲奏成"的
话语之中,正包含着教戒"我客"永不萌生图谋复辟的异志。

　　【注释】

　　①瞽:双目失明的乐官。
　　②庭:庙庭。
　　③设:陈列。业:悬鼓的木架。虡(jù):悬编钟编磬的木架。
　　④崇牙:锯齿,用以悬挂乐器。树羽:插上五彩羽毛。

⑤应：小鼓。田：大鼓。县鼓：周鼓。

⑥鞉(táo)：摇鼓。磬：用玉石制作的乐器。柷(zhù)：木制敲击乐器，用以引乐。圉(yǔ)：木制状似伏虎的乐器，用以止乐。

⑦箫：类似今之排箫。

⑧喤喤：乐声清脆洪亮。

⑨肃雝：乐声幽雅悦耳。

⑩戾：至。

⑪成：乐曲终结。

【汇评】

《诗序》："《有瞽》，始作乐而合乎祖也。"

汉郑玄《郑笺》："王者治定制礼，功成作乐。合者，大合诸乐而奏之。"

唐孔颖达《诗经正义》："《有瞽》诗者，始作乐而合于太祖之乐歌也。谓周公摄政六年制礼作乐，一代之乐功成而合诸乐器于太祖之庙奏之，告神以知善否，诗人述其事而为此诗焉。"

明何楷《诗经世本古义》："《有瞽》，成王大祫也。合诸乐于太庙奏之，微子以客礼来助祭，诗人纪述其事。"

清姚际恒《诗经通论》："《小序》谓'始作乐而平祖'，近是。'祖'文王也；成王祭也。何玄子因以为'大祫'，祫亦合也。又曰，《序》意谓成王至是始行合祖之礼，大奏诸乐云尔，非谓以新乐始成之故合乎祖也。'又曰：'我客戾止'，虽或有他王之后在，然自以微子为重。《书》亦曰'虞宾在位'，重先代后也。"

清方玉润《诗经原始》："诸家多以乐初成而荐之祖考为言，乐初成而荐之祖考，何劳'我客戾止'？今'先祖是听'，我客亦止，则必举祫祭大典可知。……'我客'而与'先祖'并题亦犹舜之虞宾在位，其所以尊之者为何如哉！谢氏枋得曰：'舜作乐而曰，虞宾在位，祖考来格；成王合乐而曰，先祖是听，我客戾止，以先代之后与先祖并言，尊之至也。'《书》曰'崇德家贤'，统承先王修其礼物，非尊其后，尊圣帝明王也。"

高亨《诗经今注》："这篇是周王大合乐于宗庙所唱的乐歌。大合乐于宗庙是把各种乐器会合一起奏给先祖听，为祖先开个盛大的音乐会。周王和群臣也来听。据《礼记·月令》，每年三月举行一次。"

金启华《诗经全译》："奏乐祭祖。旧说以为合诸乐奏之以祀祖，似亦

633

可信。"

杨任之《诗经今译今注》:"这是周天子大合乐于宗庙所作的乐歌。"

潜

猗与漆沮①,潜有多鱼②。
有鳣有鲔③,鲦鲿鰋鲤④。
以享以祀⑤,以介景福⑥。

【题解】

这是周王用鱼祭祀祖先之诗。全诗一章六句。前四句写鱼之品类繁多。漆、沮二水流经岐周地段均设"潜"。这"潜"中有很多鱼。诗一共列举了名鱼六种:有鳣鱼,有鲔鱼,有鲦鱼,有鲿鱼,有鰋鱼,有鲤鱼。后二句写用鱼祭祖。祭品既已备齐,祭祖即将开始。用鱼祭祀祖先,以求更大的福禄。这种用鱼祭祖的礼俗,历代沿用不衰。直到今天,有些地区祭祖之时仍在香案上供着鱼,想必就是周礼的沿袭吧。

【注释】

①猗与:叹词。漆沮(jū):岐周二水名。在陕西省境内。

②潜:通"椮"。水中积柴以养鱼。

③鳣(shān):大鲤鱼。鲔(wěi):似鲤。

④鲦(tiáo):白条鱼。鲿:黄颡鱼。鰋(yǎn):鲇鱼。

⑤享:献。

⑥介:求。景:大。

【汇评】

《诗序》:"《潜》,冬荐鱼,春献鲔也。"

汉郑玄《郑笺》:"冬鱼之性定,春鲔新来,荐献之者,谓于宗庙也。"

唐孔颖达《诗经正义》:"《潜》诗者,季冬荐鱼春献鲔之乐歌也。周公成王太平时,季冬荐鱼于宗庙,至春又献鲔,泽及潜逃,鱼皆肥美,献之先祖神明降福,作者述其事而为此歌焉。"

宋朱熹《诗集传》:"《月令》:季冬渔师始渔。天子亲往,乃尝鱼,先荐寝庙。季春荐鲔于寝庙。此其乐歌也。"

《毛诗李黄集解》:"王氏(王安石)则以为:荐礼薄,献礼厚。"

清姚际恒《诗经通论》:"此周王荐鱼于宗庙之乐歌。《小序》谓'季冬荐鱼,春献鲔。'按《月令》,季冬曰:'乃命渔师始渔。天子亲往,乃尝鱼,先荐寝庙。'又季春曰:'荐鲔于寝庙。'《序》全袭之为说,则知作《小序》者汉人也。以秦《月令》释周诗,谬一。一诗当冬春两用,谬二。上云'多鱼',下二句以六鱼实之,'鲔'在六鱼之内,而云'春献鲔',谬三。"

清方玉润《诗经原始》:"《小序》云'季冬荐鱼,春献鲔',鱼是总名,鲔乃下六鱼之一,何以冬则总荐鱼,春则单荐鲔?且单荐鲔,则文当言鲔;何以仍用总鱼名?周庭纵极不文,亦不难别作乐歌以荐之,何至用此不通之文以献诸祖考前乎?……孔氏曰:'冬则众鱼皆可荐,故总称鱼,春惟献鲔而已。'又曰:'冬月既寒,鱼不行,乃性定而肥充,故冬荐之也。'然则鱼本二季皆可荐,而诗云'潜有多鱼',下并举六鱼以实之者,是冬令鱼潜不行而肥美,凡鱼皆可荐之时也。故总举六鱼,随荐皆可,用以为乐。若季春,鲔始出而浮,阳鱼之先至者也,故单荐鲔。此诗非其乐矣。《序》乃统言之,《集传》亦不敢有异说,岂深知文义者乎?"

陈子展《诗经直解》:"《潜》,专用鱼类献祭宗庙之诗。"

高亨《诗经今注》:"这篇是周王专用鱼祭祀宗庙时所唱的乐歌。"

雍

有来雍雍①,至止肃肃②。

相维辟公③,天子穆穆④。

於荐广牡⑤,相予肆祀⑥。

假哉皇考⑦,绥予孝子⑧。

宣哲维人⑨,文武维后⑩。

燕及皇天⑪,克昌厥后。

绥我眉寿⑫,介以繁祉⑬。
既右烈考⑭,亦右文母⑮。

【题解】

这是武王祭祀文王之诗。全诗一章十六句。首四句写祭者之容。助祭诸侯来时仪态柔和,到宗庙时神情肃敬,主祭者武王容止庄严而肃穆。次四句写祭品之丰。助祭诸侯献上硕大肥腯的雄牲以助武王祭祀。而伟大的文王享用这丰洁的祭品,以安抚孝子武王之心。下四句写文王功德。文王为人不仅明智,而且德才兼备。他既能安及上帝,又能光大其后。末四句写祭祖获福。文王赐武王以长寿,助武王以多福。故武王"既请文王尝尝祭品,也请太姒尝尝祭品"。由"既……亦……"句式可知此诗主要是祭祀文王,而以文王妃太姒配享。

【注释】

①雍雍:和睦。

②肃肃:肃敬。

③辟公:诸侯。

④穆穆:庄严肃穆。

⑤於:叹词。荐:进献。广牡:肥大的雄兽。

⑥相:助。肆:陈列。

⑦假:伟大。皇考:指文王。

⑧绥:安。

⑨宣哲:明智。

⑩后:君。

⑪燕:安。

⑫绥:赐。眉寿:长寿。

⑬介:助。祉:福。

⑭右:通"侑"。义同"飨"。烈考:指文王。

⑮文母:指文王妃太姒。

【汇评】

《诗序》:"《雝》,禘大祖也。"

汉郑玄《郑笺》:"禘,大祭也。大于四时而小于祫。大祖谓文王。"

唐孔颖达《诗经正义》:"《雝》者,禘大祖之乐歌也。谓周公成王太平之时,禘祭大祖之庙,诗人以今之太平由此大祖,故因其祭述其事而为此歌焉。"

宋朱熹《诗序辨说》:"《祭法》:'周人禘喾。'又曰'天子七庙,三昭三穆及大祖之庙而七。周之大祖即后稷也。禘喾于后稷之庙,而以后稷配之。所谓禘其祖之所自出,以其祖配之者也。'《祭法》又曰,'周祖文王',而春秋家说三年丧毕,致新死者之主于庙,亦谓之吉禘。是祖一号而二庙,禘一名而二祭也。令《序》云'禘大祖',则宜为禘喾于后稷之庙矣,而其诗之词无及于喾、稷者;若以为吉禘于文王,则与《序》已不协,而诗文亦无此意,恐《序》之误也。此诗但为武王祭徽俎之诗,而后通用于他庙耳。"

宋朱熹《诗集传》:"此武王祭文王之诗。"

清姚际恒《诗经通论》:"《小序》谓'禘大祖',谬。周之大祖,后稷也。据礼,'禘其祖之所自出,而以其祖配之'。后稷所自出为喾,诗无及喾、稷,前人已辨之。今按篇末曰'烈考、文母',于禘义尤万里。此武王祭文王徽时之乐歌。孔子曰,'以《雍》徽'可证。《集传》亦援《论语》,而又引《周礼·钟师》'及徽,率学士而歌徽'之文,颇为蛇足。此时徽时用,岂名'徽'乎!《周礼》之妄也。"

清方玉润《诗经原始》:"案,此说(指《诗序辨说》)颇为明晰,可无疑义矣。若如《笺》《疏》以为成王禘祭文王之诗,则诗中'烈考'、'皇考'之称既不可通,即文母之祭亦与禘义无涉,故不若从《集传》之为当也。"

吴闿生《诗义会通》:"此但为武王祭文王徽俎之诗,而后通于他庙耳。案朱子之说至明。诗云'假哉皇考,绥予孝子',又曰'既右烈考,亦右文母'。为武王祭文王之词无疑。诸儒不从朱子而曲徇《序》者,皆不可通。刘向封事曰:'文王既没,武王周公继政,朝臣和于内,万国欢于外,故尽得其欢心,以事其先祖。其诗曰,有来雝雝,至止肃肃。相维辟公,天子穆穆。言四方皆以和来也。'亦以此诗为作于武王之世。"

陈子展《诗经直解》:"禘天于圆丘,禘地于方丘,禘祖于宗庙。《序》说禘大祖,自是宗庙之义。此亦有二禘:即吉禘,终王大禘;与时禘,四时大禘。此《序》当谓时禘，非吉禘也。……据《洛诰》'烈考武王'之文，知此诗确作于成王之世。诗中云'假哉皇考！'诗尾云，'既右烈考，亦右文母。'当谓皇考既右烈考，亦右文母。即谓文王既右其在位之子武王，又右其尚存之妃太姒也。先云武王，后云太姒者，倘非趁韵，即如《汉书·杜邺传》所云：'《礼》明三从之义，虽有文母之德必系之于子'之意也。"

高亨《诗经今注》："这篇是周王祭祀宗庙后撤去祭品祭器所唱的乐歌。"

金启华《诗经全译》："武王祭文王之乐章。"

载　见

载见辟王^①，曰求厥章^②。
龙旂阳阳^③，和铃央央^④。
鞗革有鸧^⑤，休有烈光^⑥。
率见昭考^⑦，以孝以享。
以介眉寿，永言保之。
思皇多祜^⑧，烈文辟公^⑨。
绥以多福，俾缉熙于纯嘏^⑩。

【题解】

这是成王率领来朝诸侯祭祀武王之诗。诸侯来朝拜见成王，意在咨询典章制度。这些有功有德的诸侯，正端坐在华美的车上向周京急驰。只见车上龙旗色彩鲜明，随风飘扬；但听轼前衡上的铃铛，随着车的行进发出叮当叮当的声响。那缰绳之上缀以宝石，随着马的奔驰玉石相击玱玱有声，而且闪闪发光。诸侯们盛饰车服，纷纷朝周，大有"葵藿倾太阳"的升平气象。后八句写成王率领诸侯祭祀武王。成王率领诸侯至武王之庙，开始祭祀武王。成王祭祀武王，是为了祈求长寿，永保先王无穷之业，从而获得更大更多之福。诸侯祭祀武王，是为祈求赐以多福，并使之前程光明远大。

①载:始。辟王:指成王。

②章:典章法度。

③阳阳:鲜明。

④和:车轼上的铃。铃:车衡上的铃。央央:铃声。

⑤鞗(tiáo)革:马缰绳。鸧:通"玱"。玉石相击声。

⑥休:美。烈:明亮。

⑦率:领。昭考:指武王。

⑧皇:大。祐:福。

⑨烈文:有功有德。

⑩俾:使。缉熙:光明。纯:大。嘏(gǔ):福。

【汇评】

《诗序》:"《载见》,诸侯始见乎武王庙也。"

唐孔颖达《诗经正义》:"《载见》诗者,诸侯始见武王庙之乐歌也。谓周公居摄七年而归政成王,成王即政,诸侯来朝,于是率之以祭武王之庙,诗人述其事而为此歌焉。"

宋朱熹《诗集传》:"此乃言王率诸侯以祭武王庙也。"

明何楷《诗经世本古义》:"大抵宗庙祭祀多以诸侯助祭为重。观此及《清庙》、《雝诗》可见。"

明郝敬《毛诗原解》:"武王年九十三崩。《礼记》成王年十三即位。(《公羊传·正义》引《古尚书》说)此诗乃初见诸侯,率之以祭武王庙之乐歌也。孔氏惑于《明堂位》七年即政之说,以此为七年后成王即政作。盖(亦)据《洛诰》周公诞保文武受命惟七年。彼谓成王七年周公留洛耳。(依孔氏《书经》)非谓七年前成王非亲政也。十三年即位而又七年,则二十矣,乃始朝见诸侯乎?"

清黄中松《诗疑辨证》:"此当与《闵予小子》一时之诗,成王免丧,诸侯来朝,即率以见于昭庙。此则诗人述祭时事,《闵予小子》乃成王自述之词也。"

清姜炳璋《诗序广义》:"按,《诗》曰,载见辟王。则其为成王免丧,诸侯初见可知。曰,率见昭考,则成王率之以祭武王可知。成王免丧在即位之三四年,而《竹书纪年》遂云,成王四年正月成王免丧,初朝于庙,亦想当然耳。"

清魏源《诗古微》:"盖成王免丧,武王初入祢庙时诗。"

清陈奂《诗毛氏传疏》:"成王之世,武王庙为祢庙。武王主,丧毕入祢庙,而诸侯于是乎始见之。此其乐歌也。"

清姚际恒《诗经通论》:"当云成王朝诸侯,始来助祭乎武王庙之诗也。"

清方玉润《诗经原始》:"《汇纂》亦曰:'成王新政,率是百辟见于昭庙,以隆孝享。一以显耆定之大烈弥光,一以彰万国之欢心如一。有丕承王业,畏怀天下气象,故曰始也。若泛言诸侯助祭,则烈祖有功德之庙多矣,何独诣武王一庙而作此歌手?'案:此乃作诗大旨,亦存诗者之微意也。而《集传》必欲训载为发语辞者,何哉?朱氏善曰:'诸侯之来朝,将以禀受法度也。而我乃率之以祀武王,何也?盖先王者,法度之所从出;而宗庙者,又礼法之所由施也。'此又读书别有所见,亦实诗中要义,不可不参观而并详焉者也。"

高亨《诗经今注》:"这篇是诸侯来朝,并助祭周武王庙时所唱的乐歌。作于成王时代。"

陈子展《诗经直解》:"前节六句,言见武王,先习礼仪。后节八句,言祭武王,所愿君臣并受多福。"

金启华《诗经全译》:"诸侯朝见成王,并助祭于武王庙。"

有　客

有客有客,亦白其马。

有萋有且^①,敦琢其旅^②。

有客宿宿^③,有客信信^④。

言授之絷^⑤,以絷其马^⑥。

薄言追之^⑦,左右绥之^⑧。

既有淫威^⑨,降福孔夷^⑩。

【题解】

这是颂美宋公微子朝周助祭之诗。全诗一章十二句。首四句写客至。据史书记载,殷人尚白。由此可知那骑着白马的"有客"定是宋公微子。在微子的身旁还有众多随从。这些随从一个个威仪隆盛,彬彬有礼。中四句写留客。由于微子大贤,周王惧其离云,故而挽留再三。微子一行已住了一夜二夜,已住了三夜四夜,但周王还唯恐微子猝然离去,依然盛意相留。这"授绳绊马"的细节非常生动,非常典型。它不仅衬托出微子德贤,而且还描绘出了周王厚爱微子的挚情。末四句写送客。周王设宴为微子饯行。微子即将离去之际,周王之臣又安抚微子,还以美好的祝词"你既有大德,将获大福"赠给微子。

【注释】

①萋、且:隆盛。

②敦琢:治玉之名。喻彬彬有礼。

③宿宿:住两夜。

④信信:住四夜。

⑤絷:绳索。

⑥絷:用绳索绊住。

⑦薄言:语助词。追:送。

⑧绥:安。

⑨淫威:大德。

⑩孔夷:很大。

【汇评】

《诗序》:"《有客》,微子来见祖庙也。"

汉郑玄《郑笺》:"成王既黜殷命,杀武庚,命微子代殷后,既受命,来朝而见也。"

唐孔颖达《诗经正义》:"《有客》诗者,微子来见于祖庙之乐歌也。谓周公摄政二年杀武庚,命微子代为殷后,乃来朝而见于周之祖庙,诗人因其来见,述其美德而为此歌焉。"

宋朱熹《诗集传》:"客,微子也。周既灭商,封微子于宋,以祀其先王,而以客礼待之,不敢臣也。……此微子来见祖庙之诗。"

明何楷《诗经世本古义》:"《有客》,微子助祭于周,事毕而归,王使人燕饯之,而作此诗。"

清姚际恒《诗经通论》:"《小序》谓'微子来见祖庙',向来从之。惟邹肇敏曰,'愚以为箕子也。《书》载武王十三祀,王访于箕子,乃陈《洪范》。此诗之作,其因来朝而见庙乎?'淫威、降福',亦即就《箕畴》中"响用五福,威用六极",遂用其意,言前之非常之凶祸,今当酬以莫大之福缮,盖祝之也。'此说甚新。以'威、福'合《洪范》,尤巧而确,存之。盖谓微子则当为成王之朝,谓箕子则当为武王之朝,故此说与《序》说皆可通。"

清方玉润《诗经原始》:"愚谓此诗之切合箕子,并不在'威、福'字有符《洪范》,盖'絷马''追绥'等句,非箕子不足以当武王之眷顾如是也。盖武王之访于箕子者为道,箕子之来见武王者亦为道,两圣相投,自有来之不能不来,亦即有去之不容即去者。故一宿不已,必曰'信宿';信宿不已,欲絷其马而不使之去;即使或去,亦必追还而安留之。果何为哉?凡以为此《洪范》之道故耳。岂区区'威福'字偶合《范》言,遂足据以为证哉?若微子纵极贤德,不过宠以封赐,俾承殷祀足矣,何必眷顾羁留若是?且前惩武庚之祸,后尤当警以戒词,乃为得体。故《振鹭》愚信其为微子发,此诗愚尤信其为箕子咏也。盖此乃千古之公论,非一人之佞言。知言者其亦有以谅之也夫!"

吴闿生《诗义会通》:"据《白虎通义》,则《鲁诗》亦以为微子朝周,与《毛诗》同。薄言追之,左右绥之,言爱客之心无已也。方望溪云:'微子大贤,以先祀之重,不得已而臣周,故《振鹭》二诗,无一语及助祭,惧伤贤者之心也。'说既善矣,唯既有淫威,则明指革命之事而言,说者乃皆避之,《毛传》至以淫威为大法,迂曲难通。自古岂有目大法为淫威者哉?什方张氏曰:'凡吾之威福,非苟而已。'其说亦误。淫威者犹云奇祸,谓天降之灾,非谓周人之作威福也。今人有被灾祸者,其亲戚相慰藉,必曰,子之祸甚酷矣,自今以往其安泰矣。此噢咻深切之词,毋庸为讳,且正以见亲厚之至意,不明此理,则诗之微指胥失之矣。"

高亨《诗经今注》:"这篇是诸侯或其大臣来朝,将要回国,周王设宴饯行时所唱的乐歌。"

金启华《诗经全译》:"待宾之辞。旧有以为写诸侯朝成王,助祭事者,可参考。"

642

武

於皇武王①,无竞维烈②。
允文文王③,克开厥后④。
嗣武受之⑤,胜殷遏刘⑥。
耆定尔功⑦。

【题解】

　　这是歌颂武王伐纣获胜之诗。全诗一章七句。啊,伟大的武王,其功勋无法估量!这并非虚语。武王克商之举,合乎民心,顺乎潮流,故八方诸侯如响之应,如影之从。武王率师亲征,大战牧野,会朝清明。武王的功勋可谓卓著。然而,武王克商兴周之业实由文王奠定。饮水思源,岂能忘怀文王开创之功。文王受命之后,便积极准备伐商,相继灭掉了一些商之属国,为武王伐商扫清了道路。所以诗中横插"确有文德的文王,能为其后代开创基业"一笔,盛赞文王辉煌的功业。这一基业由嗣继武王按受了下来。武王继承父志,恭行天讨,吊民伐罪,牧野一战,终于战胜了商纣,止住了杀戮。这确是一项伟大的事业,它对于推动历史向前发展具有重大的意义。诗的结尾庄严宣告:"武王完成了您(指文王)的事业。"胜利的喜悦溢于言表。

【注释】

①於(wū):叹词。皇:伟大。

②无竞:无疆。烈:功勋。

③允:的确。文:文德。

④厥:其。

⑤嗣:继承。之:指代文王的功业。

⑥遏:止住。刘:杀戮。

⑦耆(zhǐ):致,达到。定:实现。尔:指代文王。功:事业。

643

《左传·宣公十二年》："武王克商,作《武》。"

《诗序》："《武》,奏《大武》也。"

汉郑玄《郑笺》："《大武》,周公作乐所为舞也。"

唐孔颖达《诗经正义》："周公作《大武》之乐既成,而于庙奏之、诗人睹其奏而思武功,故述其事而作此歌焉。"

宋朱熹《诗集传》："周公象武王武功之舞,歌此诗以奏之。……然《传》以此诗为武王所作,则篇内已有武王之谥,而其说误矣。"

清姚际恒《诗经通论》："小序谓'奏大武',是。即名大武,亦名象武。……凡《礼记》诸篇所云'下管象',或云'下管象武',即此诗也。"

清方玉润《诗经原始》："此诗即《大武》可无疑矣。"

清胡承珙《后笺》："此与《维清》《序》皆言奏,奏者,进也,明用此舞即歌此诗。"

吴闿生《诗义会通》："《大武》者,武王之乐。而《国语》引此,以为周文公之颂。且诗中明称武王,则武王没后周公之所作矣。"

陈子展《诗经直解》："《武》,即《大武》,或即《武宿夜》。疑是武王伐纣前夕,士卒群众集体创作之军歌。"

高亨《诗经今注》："《武》是《大武》舞曲的第二章,叙写武王伐殷,取得胜利。"

闵予小子

闵予小子①,遭家不造②,嬛嬛在疚③。
於乎皇考④,永世克孝⑤。
念兹皇祖⑥,陟降庭止⑦。
维予小子,夙夜敬止⑧。
於乎皇王⑨,继序思不忘⑩。

这是成王居丧朝庙之诗。全诗一章十一句。首三句写成王悲痛之情。我是多么忧伤啊,遭到父王崩殂凶丧之事。因而他深感孤独,成天处于忧病之中。中四句写成王不忘先王之德。成王虽幼,但很有志向,不以居丧而忘先王之德。前二句为成王念武王之词。诗言"啊,父亲武王,一生能行孝道。"言下之意,自己也要像父亲那样奉行孝道。后二句为成王念文王之词。诗言"想念祖父周文王,上上下下行直道",言下之意,自己也要像祖父那样事天治民以直道。末四句写成王矢志不忘先王之业。成王日夜谨慎,不敢懈怠,始终奉守善道,矢志不忘继承祖考之王业。成王当年还是一位幼冲小子,竟能如此深谋远虑,后来成为圣世明王就绝非偶然了。

【注释】

①闵(mǐn):忧伤。小子:成王自称。

②不造:不幸。

③嬛嬛(qióng):孤独无依的样子。疚:忧病。

④於乎:叹词。皇考:指武王。

⑤永世:终生。克:能。

⑥兹:此。皇祖:指文王。

⑦陟降:上下。庭:直。

⑧敬:谨慎。

⑨皇王:指文王和武王。

⑩序:绪,事业。

【汇评】

《诗序》:"《闵予小子》,嗣王朝于庙也。"

汉郑玄《郑笺》:"嗣王者,谓成王也。除武王之丧,将始即政,朝于庙也。"

唐孔颖达《诗经正义》:"此朝庙早晚,毛无其说。毛无避居之事,此朝庙事,武王崩之明年,周公即已摄政,成王未得朝庙,且又无政可谋,此欲夙夜敬慎,继续先绪,必非居摄之年也。王肃以此篇为周公致政,成王嗣位,始朝于庙之乐歌,毛意或当然也。"

宋朱熹《诗集传》:"成王免丧,始朝于先王之庙,而作此诗也。"

清陈奂《诗毛氏传疏》:"曰嗣王,新辟(君)之词也。曰朝于庙,免丧之词也。曰谋,曰进戒,曰求助,遭变之词也。此及《小毖》四篇皆事周公居摄三年,于后六年作乐,乃追叙而歌之。"

清胡承珙《毛诗后笺》:"《烈文·序》云:'成王即政,诸侯助祭。'彼《疏》云:'《烈文》勑戒诸侯,以赏罚为己任,非复丧中之辞,故知是致政后年之事。'然则《闵予小于·序》变成王言嗣王,又但云'朝于庙',其为免丧后始朝于庙可知。"

清姚际恒《诗经通论》:"《小序》谓'嗣王朝于庙',然不言何时。何玄子引殷大白《副墨》曰,'武王既葬而祔主于庙',似为得之。盖以首三句为方在丧之辞,曰'嬛嬛在疚'也。郑氏曰,'除武王之丧,将始即政,朝于庙也。'《集传》本之,曰,'成王免丧,始朝于先王之庙而作此诗'。按首二句必非除丧之辞。"

清方玉润《诗经原始》:"盖首三句方在丧中,下又将有事朝政,故知其为既葬而祔主于庙之时耳。然诗似祝辞,非颂体,而亦列之《颂》者,《颂》之变也。周家圣圣相承,家学渊源不外一敬字。……故每于对越在天之时,常若其'陟降庭止',不以丧中而忘道德也,此当为成王冲幼第一章诗,而其志向已如此,无怪其能缵承文武大业,为圣世明王,夫岂无因而致此哉?"

黄焯《诗疏平议》:"焯谓《曲礼》'天子在丧曰予小子',兹更系之以闵,若已免丧即吉,无缘过作哀苦之辞。匡衡既言'丧毕思慕,意未能平',朱之旧说亦谓'既其辞知其哀未忘',则王肃谓为周公致政之诗,必非《传》意。"

陈子展《诗经直解》:"此王肃述毛,而《孔疏》申之,以为此诗作在成王七年,周公致政以后。误已。今观诗语凄怆而有余哀,明为嗣王免丧朝庙之词。"

高亨《诗经今注》:"《闵予小子》、《访落》、《敬之》、《小毖》四篇,似是一篇的四章,是周成王所作的悔过诗。"

金启华《诗经全译》:"成王遭武王之丧,思慕祖父,警惕自己。"

杨任之《诗经今译今注》:"这是成王免丧即政,朝于宗庙之诗。"

访 落

访予落止[①],率时昭考[②]。

646

於乎悠哉③,朕未有艾④。
将予就之⑤,继犹判涣⑥。
维予小子,未堪家多难⑦。
绍庭上下⑨,陟降厥家⑨。
休矣皇考⑩,以保明其身⑪。

【题解】

这是成王谋政群臣于武王庙之诗。全诗一章十二句。成王开始谋政群臣于武王之庙,立志追随英明的父王。然而追随武王又谈何容易。武王之道"巍巍乎高远不可及",方值幼冲之成王,岂能一蹴而就。追随父王之道,"我未有竟止之期",正表露出成王意欲追慕而恐不及的这种心境。正因为武王之道悠远难终,故成王才延访群臣于庙,并期冀群臣竭力扶助,以便尽快靠近武王之道,永远继承武王之道。尤其是在这多事之秋,成王仰慕父王善道之情更显得急切。一句"未堪家多难"该倾吐出多少忧虑与苦衷。由"未堪"转化为"可堪",唯一的法宝就是要效法武王继承直道于上下,陟降俯仰于其家。只有如此,才能像武王那样保其身无危亡之忧,明其身无昏塞之患。这样,庶几能涉过深渊,渡过难关,然后再图大业。

【注释】

①访:商议。落:开始。

②率:遵循。时:是,此。昭考:武王。

③悠:远大。

④艾:尽。

⑤将:扶。就:靠近。

⑥犹:谋略。判涣:舒展不尽。

⑦多难:众多患难。

⑧绍:继承。庭:直。

⑨陟降:俯仰。

⑩休:美。

⑪明:察。

【汇评】

《诗序》：“《访落》，嗣王谋于庙也。”

汉郑玄《郑笺》：“谋者，谋政事也。”

唐孔颖达《诗经正义》：“《访落》诗者，嗣王谋于庙之乐歌也。谓成王既朝庙而与群臣谋事，诗人述之而为此歌焉。”

宋朱熹《诗集传》：“成王既朝于庙，因作此诗，以道延访群臣之意。”

清王先谦《诗三家义集疏》：“鲁说曰：‘《访落》，成王谋政于庙之所歌也。’（蔡邕《独断》）黄山云：‘谋政于庙’，即谋之武王庙也。盖斯时成王虽未即政，而周公在外，家难未平，故预访群臣而谋之。”

清姚际恒《诗经通论》：“此成王既除丧，将始即政而朝于庙，以咨群臣之诗。……何玄子曰，‘此诗虽对群臣而作，以延访发端，而意止属望昭考；至《小毖》篇始道其延访群臣之意耳。’如此读诗，细甚。”

清方玉润《诗经原始》：“此诗诸家所言大略相同，盖成王初即政而朝于庙，以延访群臣之诗。名虽延访，而意实属望昭考，盖家学原有素也。故‘於乎’以下，一往追维皇皇如有所求而弗获之心，所谓学如不及，犹恐失之者，其慕道而谓切矣。至‘维予小子’而下，忽觉焄蒿凄怆，若或见之，则又孝思之感动不能自已。此初告庙时景象。末乃以保身收住，仍归重学术上。言三代圣君治道本乎学术，事业始自宫廷，不于此益信然哉？”

吴闿生《诗义会通》：“李迂仲曰：‘成王始访即政之事，欲率循武王之道，巍巍乎高远不可及，而方幼冲，未有所经历，将勉强以就之，犹恐判涣而不合。’张文潜疑‘成王之时当无复判涣之事’，非也。自访落至此，皆是仰武王之盛德，叹藐躬之凉薄，苦前哲之高远耳。王介甫曰：保其身无危亡之忧，明其身无昏塞之患。”

高亨《诗经今注》：“这篇也是周成王所作的悔过告庙的诗。”

金启华《诗经全译》：“成王即政告庙，咨谋群臣，追念皇考。”

陈子展《诗经直解》：“庙乃武王新主入祀之祢庙。盖与上篇《闵予小子》同时之作。”

敬　之

敬之敬之[①]**，天维显思**[②]**。**

命不易哉③,无曰高高在上④。

陟降厥士⑤,日监在兹⑥。

维予小子,不聪敬止⑦。

日就月将⑧,学有缉熙于光明⑨。

佛时仔肩⑩,示我显德行⑪。

【题解】

这是成王自戒之诗。全诗一章十二句。前六句写成王敬畏天命。周家圣圣相传,唯在奉行一个"敬"字。诗以"敬之"发端,其意甚为警切。因为上天显赫明察,天命不易保有。如果稍有懈怠,天命就有可能得而复失,"殷鉴不远",岂不警戒!成王深知此理,彻悟此道,于是警戒自己:切莫说上天高高在上,离人甚远而不敬畏,其实上天无时不在升降其事,无日不在监临下土,主宰人间的一切。正因如此,为人君者不可不敬啊!后六句写成王戒勉自己。成王自谓性既不聪,行又不敬,但愿奋发学习。只要日积月累,学习渐进而广大,便可达到光明的境界。然而要实现这一宏愿,尚赖群臣辅助担当重任,并指示以光明的德行。只有如此,才能使自己"聪"而"敬",从而永保上天之"命"。不难看出,诗之上下两节前后呼应,意相连续,浑然一体,确为成王敬天勉己之词。值得一提的是,诗中"日就月将,学有缉熙于光明"之语,可谓《三百篇》言'学'之始。后世文人墨客引以劝学者颇多,它成为激励后人勤奋学习的座右铭。

【注释】

①敬:谨慎。

②显:明察。

③易:容易。

④无曰:不要说。

⑤士:事。

⑥监:察。

⑦聪:明。

⑧就、将:积累。

⑨缉熙：积渐广大。

⑩佛：通"弼"。辅助。仔肩：重任。

⑪示：指示。

【汇评】

《诗序》："《敬之》，群臣进戒嗣王也。"

唐孔颖达《诗经正义》："《敬之》诗者，群臣进戒嗣王之乐歌也。谓成王朝庙与群臣谋事，群臣因在庙而进戒嗣王，诗人述其事而作此歌焉。"

宋朱熹《诗集传》："成王受群臣之戒而述其言。"（上节）"此乃自为答之之言。"（下节）

清姚际恒《诗经通论》："此群臣答《访落》之意而成王又答之也。《小序》谓'群臣进戒嗣王'，只说得上半。《集传》于上章云'成王受群臣之戒而述其言'；于下章云'此乃自为答之之言'。愚向者亦不敢以一诗硬作两人语，惟此篇则宛肖。上章先以'敬之'直陈，意甚警切，下皆规戒之辞，下章则纯乎成王语，故敢定为此说。今皆以为成王谓其既受群臣之戒而述其言，又述其自答之言，岂不迂而且拙乎！且凡颂诗岂必王者自作，大抵皆臣工述之耳。'日就月将，学有缉熙于光明'，此《三百篇》言'学'之始。"

清陈启源《毛诗稽古编》："《敬之篇》述成王君臣相告语之言，皆旁人代为之词。"

清胡承珙《毛诗后笺》："《敬之》前六句皆群臣进戒之词，忽接以维予小子，嫌于群臣自称，故特为发《传》，其精析如此。"

清方玉润《诗经原始》："此诗本一气呵成，人多读作两截，真不可解。《小序》谓'群臣进戒嗣王'，只说得上半截文意。《集传》于上截云，'成王受群臣之戒而述其言'，于下截云，'此乃自为答之之言'。姚氏曰：'愚向者亦不敢以一诗硬作两人语，惟此篇则宛肖。上章先以'敬之'直陈，意甚警切，下皆规戒之辞；下章则纯乎成王语'，故敢定为群臣答《访落》之意而成王又答之也。然与《集传》所言何以异？是皆未察文义之过耳。盖此诗乃一呼一应，如自问自答之意；并非两人语也。一起直呼'敬之敬之'至'日监在兹'，先立一案：见天道甚明，命不易保，无谓其高而不吾察，当知其聪明畏，常若陟降于吾之所为，而无日不临监于此者。盖一俯仰间而如或见诸目前也。'维予小子'，性既不聪，行又弗敬，不能体天命于无形，则唯有'日就月将'，勉强而行，庶几积续以至于光明耳。然心赖群臣辅助我所担荷之

650

任,而示我显明之德行,乃可追吾所见而能及也。故'维予小子'以下,亦即紧承上文,相应而下,机神一片,何容分作两截,并谓二人语耶?此亦寻常文格,非成王奇创,诸儒何至迷惑若是?"

吴闿生《诗义会通》:"今案《闵予》以下四诗,皆作成王语气,此《序》以为群臣进戒嗣王,乃臆说也。彼但见篇首敬之敬之,遂以为群臣戒词,独不思维予小子,非群臣所得言乎?《郑笺》乃曰群臣进戒,故王承之以谦,以一诗断作两方问答之词,全诗中并无此例,皆由曲徇《序》说之误也。顾广誉云:上二诗敬祖考,此诗敬天嗣王,大法备矣。"

高亨《诗经今注》:"这也是周成王所作的悔过告庙的诗。"

杨任之《诗经今译今注》:"这是群臣在宗庙进戒成王的乐歌,或谓成王自箴的诗。"

金启华《诗经全译》:"成王自箴,敬天勉己。"

小　毖

予其惩^①,而毖后患^②。
莫予荓蜂^③,自求辛螫^④。
肇允彼桃虫^⑤,拚飞维鸟^⑥。
未堪家多难,予又集于蓼^⑦。

【题解】

这是成王惩管、蔡之乱而自儆之诗。全诗一章八句。"惩"、"毖"二字为全诗主脑。成语"惩前毖后"就是由此演变而成。成王"惩"些什么呢?首先是惩不要自讨苦吃。往日之事没有谁牵引我,而是自求苦事。由于成王误信流言,怀疑周公,为此周公一度避嫌居东,从而致使管叔、蔡叔之辈得意张狂。这实乃酿成后来大祸之根由,教训深刻,不可不戒。其次是惩不要忽略小患。桃虫始小而终大,这与俗语所说"向为鼠,后为虎"之意正同。这一比喻深刻说明小事不慎终成大祸。事实正是如此。当初管、蔡流言,武庚"小腆(殷之余孽)",只是犹如"桃虫"之小。可是对流言而未慎思,对武庚而未提防,曾几何时,武庚恃管、蔡反叛,结果酿成大祸,恰如桃虫翻飞终成大鸟。这一血的教训,岂可不戒。末二句蕴含"毖后"之意。成王自谓:正不堪家难,继而又处苦境(指淮夷反叛),真是祸患迭至。鉴此,为"毖后思"而切望群臣助己。此意虽未明言,但已溢于言表,诗之含蓄于此可见。此诗情致缠绵,哀音动人,文词古奥,设喻奇巧,堪称《颂》之佳品。

【注释】

①惩:惩戒。

②毖:谨慎。

③莫:没有谁。莗(pēng)蜂:联绵词。牵引。

④辛螫(shì):辛苦之事。

⑤肇:始。允:信。桃虫:即"鹪鹩"。小鸟。

⑥拚(fān):通"翻"。飞翔。

⑦集:会。蓼(liǎo):苦菜。比喻困境。

【汇评】

《诗序》:"《小毖》,嗣王求助也。"

汉郑玄《郑笺》:"毖,慎也。天下之事当慎其小,小时而不慎,后为祸大,故成王求忠臣辅助己为政,以救患难。"

唐孔颖达《诗经正义》:"《小毖》诗者,嗣王求助之乐歌也。谓周公归政之后,成王初始嗣位,因祭于庙而求群臣助己,诗人述其事而作此歌焉。"

宋朱熹《诗集传》:"此亦《访落》之意。"

清魏源《诗序集义》:"《小毖》,成王即政,尝麦于太祖,求助群臣也。

清毛奇龄《毛诗写官记》:"《小毖》者,自惩也。莫予云者,惩己之使管蔡也。《大诰》云,是我国有疵也。肇允云者,则惩己之轻武庚也。《大诰》云,殷小腆耳,乃大敢言继叙也。故曰予其惩而毖之也哉! 当其初也,莫有使蜂螫予者,予自求之。若曰予惩乎管蔡之使而不及也。桃虫者,鹪鹩也。然而鹪鹩不化鵰。其云鸟者,则鹪鹩本鸟也。故鹪鹩鸟也,人但以其名为虫而忽之,而不知其拚飞之本为鸟。此比武庚,而不知武庚实胜国后,得为患。故曰始以武庚为可轻,而不可轻也。予遭家不造久矣,乃复靓此事。"

清胡承珙《毛诗后笺》:"篇中桃虫飞鸟之喻,多难集蓼之言,是方当武庚作乱,国家不靖之时急求辅助,故其词危迫。……《小毖》之作,似正值周公东征。诗曰'予其惩'者,惩戒往日之误信流言,致疑周公。《史记》所谓'推己惩艾,悲彼家难'也;曰'毖后患'者,谓祸难未已,当日慎一日。"

清姚际恒《诗经通论》:"《小序》谓'嗣王求助',《集传》谓'亦《访落》之意',皆近混。此为成王既诛管、蔡之后自惩以求助群臣之诗。"

清方玉润《诗经原始》:"此诗名虽'小毖',意实大戒,盖深自惩也。故开口即言惩患,不知如何自徵而后可免于祸,虑之深则惕之至耳。'荓蜂'二句,本无毒于予,而自取其毒者。管、蔡之变,谁为之? 昝非自取欤?'桃虫'二句向以为小物竟成大祸者。武庚之叛,人不及防,岂所料哉? 凡此皆非常祸乱,而予方冲幼,未堪多难,偏又集于辛苦之地,如尝蓼而不堪其味也,奈之何哉?"

吴闿生《诗义会通》:"案此篇与上三诗不同。上三诗皆即位初作,此则管蔡难后之词,与上非一时也。上三篇疑皆周公所为,此当为成王所自作。察其词气可以决之。方望溪曰:以上诸诗,高微深密,恐非成王初年所及,必周公代作以答天下之望,而又使日诵以自警。其说甚善。独此首决其不然者,莫予荓蜂自求辛螫,乃痛自惩艾之词,非周公所代言也。"

高亨《诗经今注》:"这也是周成王所作的悔过告庙的诗。"

金启华《诗经全译》:"成王自警,莫自寻苦恼,当防患于小。"

杨任之《诗经今译今注》:"这是成王惩管蔡之乱而自儆的诗。"

载 芟

载芟载柞①,其耕泽泽②。
千耦其耘③,徂隰徂畛④。
侯主侯伯⑤,侯亚侯旅⑥,
侯强侯以⑦。有嗿其馌⑧。
思媚其妇⑨,有依其士⑩。
有略其耜⑪,俶载南亩⑫。
播厥百谷,实函斯活⑬。

653

驿驿其达⑭,有厌其杰⑮。

厌厌其苗⑯,绵绵其麃⑰。

载获济济⑱,有实其积⑲,

万亿及秭。为酒为醴,

烝畀祖妣,以洽百礼。

有飶其香⑳,邦家之光。

有椒其馨㉑,胡考之宁㉒。

匪且有且㉓,匪今斯今㉔。

振古如兹㉕。

【题解】

　　这是周王举行籍田典礼或祭祖祀神之诗。全诗一章三十一句。这是《周颂》中最长的一首诗。前二十一句写一年的农政。首先写垦荒耕地的情景。为辟新田,农夫们正在除草砍木,深耕土地,清除耕过的土壤中残存的草木根株。由"耕"至"耘",表明耕作更为精细。参加耕作者有天子,有公卿,有大夫,有士,有强劳力,有弱劳力。这与籍田典礼合。时至中午,农妇们将饭送到田头。农夫们吃起饭来"喷喷"有声,觉得格外香甜,并倍感其妇温柔可爱。这虽是一段小插曲,但很富有生活情趣。午饭刚过,农夫们又开始深耕南亩的成田。其次写播种、耘草、收获的情景。南田已经耕毕,播种即将开始。撒播在酥松土壤中的种子,饱含生气,很快发芽,那禾苗长势喜人。锄草之人小心翼翼,仔细精密。由于田间管理得法,故喜获丰收。后十句写祭祖祀神。为祈求神灵佑助,周王用新谷酿成清酒,酿成甜酒,先到宗庙祭先祖,后到郊外祀百神。所进酒醴香气芬芳,为我们邦家增添荣光;所奉酒醴香气浓郁,请赐予我们长寿与安康。这种祭祀自古有之,非自今始,因此要长保享祀,永勿废替,以祈求更大的福禄。

　　【注释】

　　①芟(shān):除草。柞(zhà):砍树。

　　②泽泽:通"释释"。起土声。

③耘:清除残存的草木根株。

④徂:往。隰(xí):新开田。畛(zhěn):田间小路。

⑤侯:语助词。主:天子。伯:公卿。

⑥亚:大夫。旅:士。

⑦强:强劳力。以:弱劳力。

⑧噉(tǎn):众人饮食之声。馌(yè):田间吃饭。

⑨媚:美。

⑩依:通"殷"。盛壮。

⑪略:锋利。

⑫俶:始。载:从事。

⑬实:种子。函:含。

⑭驿驿:苗出土的样子。达:破土之苗。

⑮厌:美好。杰:先出之苗。

⑯厌厌:整齐。

⑰绵绵:仔细精密。麃(biāo):除苗间杂草。

⑱济济:众多。

⑲实:充满。

⑳馣:通"苾"。芬芳。

㉑椒:通"淑"。浓郁。馨:香。

㉒胡考:长寿。

㉓匪:通"非"。且:此。

㉔斯:语助词。

㉕振古:自古。

【汇评】

《诗序》:"《载芟》,春籍田而祈社稷也。"

汉郑玄《郑笺》:"藉田,甸师氏所掌,王载耒耜所耕之田,天子千亩,诸侯百亩。'藉'之言'借'也,借民力治之,故谓之'藉田'。"

《南齐书·乐志》:"玄武司马班固奏用《周颂·载芟》以祈先农。"

唐孔颖达《诗经正义》:"《载芟》诗者,春籍田而祈社稷之乐歌也。谓周公成王太平之时,王者于春时亲耕籍田以劝农业,又祈求社稷使获其年丰岁稔,诗人述其丰熟之事而为此歌焉。"

宋朱熹《诗集传》:"此诗未详所用。然辞意与《丰年》相似,其应用亦不殊。"

清魏源《诗序集义》:"《载芟》,腊先祖五祀也。《月令》:腊先祖五祀,劳农以休息之。及《党正》《地官》以礼属民饮酒,正其齿位。故有烝祖妣、宁胡考之语。亦《豳颂》乐章,非春藉田而祈社稷之诗。"

清姚际恒《诗经通论》:"《小序》谓'春藉田而祈社稷',今按诗无耕籍,亦未见有祈意也。刘公瑾谓'秋成之祭,荐新于宗庙而歌此',亦第以诗中'烝畀祖妣'一语耳。何玄子谓'孟冬腊先祖五祀',本《月令》文,以秦世事释周世诗,当乎? 否乎? 总不若《集传》谓'此诗未详所用',阙疑之为得也。然又曰,'然辞意与《丰年》相似,其用应亦不殊',盖以'万、亿'四句与《丰年》同。然彼简此详,亦不得执彼以例此。"

清方玉润《诗经原始》:"今案诗辞果如二家(指朱熹、姚际恒)所云,然下篇《良耜》有曰'杀时犉牡',是秋报无疑矣,且王者之报社稷亦无疑矣。此诗与之同,序且居其前,下篇云报,不应此篇又云报也。似《序》所言,或有所本,唯不必定耕籍耳。……古人文字简质,不似后人曲折分明。此等诗歌又不得以后世文法相拘。且《噫嘻》春祈,亦无甚祈意,不能不以之为祈谷用,则此诗之用于春祈社稷也,亦何疑哉?"

清黄中松《诗疑辨证》:"此诗既歌于耕籍时,又歌以祭社祭稷,是周公制作之际才华已竭,如此通套乐章开后人圆机活法之径耶?"

吴闿生《诗义会通》:"顾广誉云:诗陈民之尽力于农,以祈神之佑助,故篇首祗举耕耘而不及获。至载获以下,则颛其丰收,将以祀祖妣,燕宾客,以养耆老,则胡考之所以安也。"

杨公骥《中国文学》:"由《载芟》、《良耜》的作品内容看来,这两篇诗是周灭商之前周族居留豳地时古祭歌。"

高亨《诗经今注》:"这篇是周王在秋收以后,用新谷祭祀宗庙时所唱的乐歌。"

良 耜

畟畟良耜①,俶载南亩。

播厥百谷,实函斯活。

或来瞻女②,载筐及筥③。

其饟伊黍④,其笠伊纠⑤。

其镈斯赵⑥,以薅荼蓼⑦。

荼蓼朽止,黍稷茂止⑧。

获之挃挃⑨,积之栗栗⑩。

其崇如墉⑪,其比如栉⑫。

以开百室,百室盈止,

妇子宁止。杀时犉牡⑬,

有捄其角⑭。以似以续⑮,

续古之人⑯。

【题解】

　　这是周王秋报社稷之诗。全诗一章二十三句。前十九句写一年农政。首言耕播。农夫们推起锋利的犁头,开始深耕南亩。南亩已经耕毕,便播下那各种谷物。种子播入土中,吸收了水分,饱含生气,很快发芽。时全中午,农妇们提着筐篓,将饭送到田头,头上戴着纠状草笠很是别致。次言耘草。午饭过后,农夫们又手挥锋利的锄头,铲除杂草。杂草铲除后,腐烂变成肥料,以助庄稼生长,故黍稷长得非常茂盛。末言秋收。收割的声音喊喊嚓嚓,堆积的粮食密密麻麻。粮垛高得像城墙,密得像竹篦。脱粒归仓,百室盈满,后妃与王子非常喜悦。后四句写报社稷。为了酬答神灵的佑助,周王宰杀角儿弯曲的大黄牡,以祀社稷之神。这种祭祀古已有之,非自今始,因此要继承古人报祭社稷之举。

【注释】

①畟畟(cè):锋利。

②或:有。瞻:探视。女:通"汝"。指农夫。

③筥(jǔ):圆竹器。

④其:将。饟(xiǎng):同"饷"。送来的食物。黍:黄米饭。

⑤纠:编织的样子。

⑥镈(bó):锄具。赵:通"削"。锋利。

⑦荼蓼(tú liǎo):杂草。

⑧黍稷:泛指庄稼。

⑨挃挃(dié):收割庄稼的声音。

⑩栗栗:众多。

⑪墉(yōng):城墙。

⑫比:排列。枇:今名篦子。

⑬时:是。犉(chún):大黄牛。牡(mǔ):雄兽。

⑭捄(qiú):弯曲。

⑮似:嗣续。继承。

⑯续古之人:这种祭祀是继续古人的做法。

【汇评】

《诗序》:"《良耜》,秋报社稷也。"

唐孔颖达《诗经正义》:"《良耜》诗者,秋报社稷之乐歌也。谓周公成王太平之时,年谷丰稔,以为由社稷之所佑,故于秋物既成,王者乃祭社稷之神以报生长之功,诗人述其事而作此歌焉。"

宋朱熹《诗集传》:"或疑《思文》、《臣工》、《噫嘻》、《丰年》、《载芟》、《良耜》等篇,即所谓豳颂者。……亦未知其是否也。"

清姚际恒《诗经通论》:"《小序》谓'秋报社稷',近是。诗云'杀时犉牡',是王者以大牢祭也。严氏曰:'此诗为报社稷,必陈农功之本末,故当秋时而追述春耕,预言冬获也。'"

清方玉润《诗经原始》:"盖二诗皆举农工本末而言。此杀犉牡,彼言谈香,并云'邦家之光',非王者之祭而谁祭哉?"

清陈奂《诗毛氏传疏》:"此秋报社稷之乐歌也。《白虎通义》云,岁再祭之,何? 春求秋报之义也。故《月令》仲春之月,择元日,命民社。《援神契》曰,仲秋获,报社祭稷。"

吴闿生《诗义会通》:"李迂仲云:祈之时,则详耕种之事。报之诗,则详收成之事。《载芟》言'以洽百礼',愿其年丰而百神之祀无阙也。《良耜》言'杀时犉牡',则专主社稷而言。二诗之意亦明矣。顾广誉云:子由谓'圣人为诗,道耕耨播种之勤,而述其岁终仓廪丰实,妇人喜乐之际,以感动其意',是固然矣。颂体简严,而于二诗特详者,兼令王者主祭隐然动其稼穑艰难之感焉。"

高亨《诗经今注》:"这篇是周王在秋收以后,用新谷祭祀社(土神)稷(谷神)所唱的乐歌。"

金启华《诗经全译》:"诗写农家耕种、丰收,妻儿欢聚。杀牛祭祀神灵。"

杨任之《诗经今译今注》:"这是秋收后祀神的乐歌。"

丝 衣

丝衣其纻^①,载弁俅俅^②。
自堂徂基^③,自羊徂牛^④。
鼐鼎及鼒^⑤,兕觥其觓^⑥。
旨酒思柔^⑦,不吴不敖^⑧。
胡考之休^⑨。

【题解】

这是周王祭祀之诗。全诗一章九句。前二句写助祭者的服饰。他们身着鲜洁的祭服,头戴端庄的圆帽,足见其敬慎不苟之容。中六句写备礼与祭祀。助祭者从堂上到墙根来回奔忙。祭器有大鼎和小鼎,祭品有壮牛和肥羊,还备有状如兕牛的酒杯,里面盛满味道醇正柔和的美酒。祭祀时,气氛肃然,既不大声喧哗,又不傲慢无礼,显得非常虔诚。末句写祭将获长寿之福,点明祭祀缘由。

【注释】

①丝衣:祭服。纻(fóu):鲜洁。
②载:戴。弁(biàn):圆顶帽子。俅俅:端庄。
③基:墙根。
④徂:到。

⑤鼐(nài)：大鼎。鼒(zī)：小鼎。

⑥兕觥(sì gōng)：状似兕牛的酒器。觩(qiú)：弯曲。

⑦柔：酒味柔和。

⑧吴：喧哗。敖：傲慢。

⑨胡考：长寿。休：美。

【汇评】

《诗序》："《丝衣》，绎宾尸也。高子曰，灵星之尸也。"

汉郑玄《郑笺》："绎，又祭也。天子诸侯曰绎，以祭之明日。卿大夫曰宾尸，与祭同日。周曰绎，商谓之肜。"

唐孔颖达《诗经正义》："经之所陈，皆绎祭始末之事。子夏作《序》，则唯此一句而已。后世有高子者，别论他事，云灵星之尸。言祭灵星之时，以人为尸。后人以高子言灵星尚有尸，宗庙之祭有尸必矣。故引高子之言以证宾尸之事。"

宋朱熹《诗集传》："此亦祭而饮酒之诗。"

清王先谦《诗三家义集疏》："陈乔枞云：'刘向《五经通义》亦以"丝衣其紑"为言王者祭灵星公尸所服之衣，与高子说合，知鲁、毛义同。胡承珙曰：'《史记·封禅书》：汉兴八年，或曰周兴而邑郏，立后稷之祠，至今血食天下。于是高祖召御史：其令郡国县立灵星祠，常以岁时祠以牛。'张晏注：'龙星左角曰天田，则农祥也，晨见而祭之。'……黄山云：'灵星所祭者天田，天田为龙左角之星，非即龙也。龙主雨，天田主稷，惟其主稷，故为祈报社稷绎尸之诗。……周以后稷配天，非时不敢祭，故别立灵星以为常祀，旱涝虫蝗盖皆祷之，岂专为求雨设哉？'"

清姚际恒《诗经通论》："《小序》谓'绎宾尸'，其非有三。……《集传》不用'绎宾尸'之说，是已。但谓祭而饮酒之诗，甚混。邹肇敏主蜡祭，亦臆测。故且阙疑。"又曰"《序》下有高子曰'灵星之尸也'。按其言'尸'与《序》同，其言'灵星'与《序》大异。古祭天地、日月、星辰、山川之属无尸，其谓有尸者，妄也。"

清方玉润《诗经原始》："此诗为绎祭不难辨，唯《序》既曰，'绎宾尸'，又曰，'高子曰，灵星之尸也'，则不可解。……《集传》既知其误，而又云，'此亦祭而饮酒之诗'。案诗云绎祭详矣，饮酒则无一语及之，又何必沾沾必饮酒为言也。姚氏曰，'且阙疑'，愚亦曰，且阙疑也！"

清陈奂《诗毛氏传疏》:"此绎祭宾尸之乐歌也。……《丝衣》乃为天子宾尸之诗。绎祭以宾礼事尸,谓之宾尸。……周家旧祠本有灵星,古者祭必有尸,故有灵星之尸,祀亦歌《丝衣》。"

黄焯《诗疏平议》:"《续序》引高子语,正以《序》言宾尸,不明何祭之尸,故特援其说以证之。揆高子之意,以此诗非宗庙绎祭宾尸,乃宾灵星之尸。与《载芟》《良耜》为祈报社稷,以类相从。"

高亨《诗经今注》:"这篇是周王举行养老之礼所唱的乐歌。周王每年设宴请贵族和士阶层的老人吃一次,叫做养老。"

酌

於铄王师①,遵养时晦②。
时纯熙矣③,是用大介④。
我龙受之⑤,蹻蹻王之造⑥。
载用有嗣⑦,实维尔公⑧,
允师⑨。

【题解】

这是武王准备伐纣之诗。全诗一章九句。发端盛赞文王之师:"啊,强盛的文王军队!"这赞语出自武王之口,足见其内心充满着必胜的信念。然而,在当时商强周弱的情势下,武王还不敢贸然一试,只得韬光养晦,等待时机。此后,武王经过几年充分的准备,觉得时机已经成熟,光明的时刻已到来,于是便将王师全副武装起来,准备出征伐纣。此时此刻,武王的心情异常激动,他仰对文王之灵,好像是在默默地念道:"英武的文王之师,我恭敬地接受了他们。现在我就用于出征伐纣,这实在是师法您的武功。"结尾"允师"一句再次盛赞文王之师,这与首句正好呼应。由此可见,此诗实为武王伐纣的前奏曲。篇名《酌》不是截自诗中。"酌"含"酌时宜"之意,它与此诗的内容正密合无间。

【注释】

①铄(shuò):强盛。

②遵养:保养实力。时晦:黑暗时代。

③纯熙:光明。

④大介:大发甲兵。

⑤龙:通"宠"。恭敬。

⑥蹻蹻:英武。造:通"曹"。众多将士。

⑦载用:乃用于。有嗣:指武王。

⑧尔:指文王。公:通"功"。

⑨允:信,的确。

【汇评】

《诗序》:"《酌》,告成《大武》也。言能酌先祖之道,以养天下也。"

汉郑玄《郑笺》:"周公居摄六年,制礼作乐,归政成王,乃后祭于庙而奏之。其始成,告之而已。"

唐孔颖达《诗经正义》:"谓周公摄政六年象武王之事作《大武》之乐。既成而告于庙。"

宋朱熹《诗序辨说》:"诗中无酌字,未见酌先祖之道以养天下之意。"

宋朱熹《诗集传》:"此亦颂武王之诗。"又说:"《酌》,即《勺》也。《内则》十三舞《勺》。即以此诗为节而舞也。"

清姚际恒《诗经通论》:"按《左》宣十二年,隋武子曰:'《汋》曰,於铄王师,遵养时晦。《武》曰,无竞维烈,明《酌》之与《武》,不得以此诗为《大武》也。"

清方玉润《诗经原始》:"此诗虽不用诗中字,而以《酌》名篇,其所言皆颂武王能酌时宜之意,义旨极明。不知《序》何以谓'能酌先祖之道以养天下也。'诗本云养晦待时,而《序》偏云'养天下';诗本云酌时措之宜,《序》偏云'酌先祖之道',语语相反,何以解经?"

清陈奂《诗毛诗传疏》:"《维天之命》礼成,告文王;此乐成,告武王。乐莫大于《大武》,故云告成《大武》也。《仪礼》《礼记》皆言舞《勺》,则乐有舞矣。酌与勺同。"

吴闿生《诗义会通》:"旧说养晦为取昧,本诸左氏。然按之词旨,未能

662

适合,故欧公朱子皆不用其说。欧公云:'遵养时晦,大意谓有师而不用其威。时纯熙矣二句,言时至而后动。'……文义明白,胜旧说多矣。"

孙作云《诗经与周代社会研究》:"我认为《周颂》的《酌》(灼),是《大武乐章》的第一篇。"

高亨《诗经今注》:"《酌》是《大武》舞曲的第五章,叙写周公召公领兵伐殷,取得胜利的事。"

桓

绥万邦①,娄丰年②。
天命匪解③。桓桓武王④,
保有厥士⑤,于以四方⑥,
克定厥家⑦。於昭于天⑧,
皇以间之⑨。

【题解】

这是武王克商后呈现太平景象之诗。全诗一章九句。首二句写太平景象。"绥万邦",是说安定了天下;"娄万年",是说连连获得丰收。仅一个"绥"字、一个"娄"字,便将武王功德描绘了出来。中五句写呈现太平景象之因。"天命匪解"一句至关重要。正因为天命之于周,久而不厌,故武王保有将士,用于征讨四方,于是才奠定了王业,呈现出这种太平景象。末二句以赞语总收。武王之德昭著于天,故天以武王代纣。诗意由表及里,层层深入,寥寥几笔,道尽了武王的圣德及武功。

【注释】

①绥:安定。

②娄:通"屡"。

③解:同"懈"。

④桓桓:威武。

⑤士：指将士。

⑥以：用。

⑦家：即"国"。

⑧昭：明。

⑨皇：天。间：代。

【汇评】

《诗序》："《桓》，讲武类祃也。桓，武志也。"

唐孔颖达《诗经正义》："谓武王将欲伐殷，陈列六军，讲习武事。又为类祭于上帝，为祃祭于所征之地。治兵祭神，然后克纣。至周公、成王太平之时，诗人追述其事而为此歌焉。《序》又说名篇之意，桓者，威武之志。言讲武之时军师皆武，故取桓字名篇也。"

宋朱熹《诗集传》："此亦颂武王之功。"又说："《春秋传》以此为《大武》之六章。……又篇内已有武王之谥，则其谓武王时作者，亦误矣。《序》以为讲武类祃之诗，岂后世取其义而用之于其事也欤？"

清姚际恒《诗经通论》："《小序》谓'讲武·类祃'纯乎杜撰。又云，'桓，武志也'，亦泛混。似亦因楚子以此篇为《武》之六章而云。"

清方玉润《诗经原始》："《小序》谓'讲武类祃'，亦未尽非，但不若邹肇敏云'祀武王于明堂'之说为较切耳。"

吴闿生《诗义会通》："今案，绥万邦二语，疑本为《武》之六章，其后周公本其词而增益之，以作此篇，因别题为《桓》也。"

孙作云《诗经与周代社会研究》："《桓》，大武舞六成，舞者'复缀，以崇天子'之歌。"

高亨《诗经今注》："《桓》是《大武》舞曲的第六章，叙写武王灭殷平南后班师还朝的太平景象。"

赉

文王既勤止①，我应受之。

敷时绎思②，我徂维求定③。

时周之命,於绎思。

【题解】

这是武王经营南国之诗。全诗一章六句。首句颂美文王经营南国之功。诗言"既勤止",正表明文王已经营过南国。文王遗留下来的这份基业极其宝贵,所以武王无限感激地说道:"我应当继承下来。"不仅如此,武王还决心使文王的事业连续不绝,发扬光大。武王经营南国,其目的非常明确,就是为了求得天下安定。当时,东方仍为殷孽武庚的势力范围。唯恐武庚心不诚服,于是武王便着手巩固南方。只有如此,方能震慑东方,以防有变,从而求得天下安定。不难看出,武王的谋略可谓深远。诗的结尾以"天命"作收余味无穷。武王深知,得天下靠的是"天命",这安天下靠的也是"天命"。正是基于这种观念,故而才发出"这周所受的天命,永无止境"的咏叹。"天命"之于周既然永无止境,那么周朝定能长治久安。篇名《赉》不是截自诗中。"赉"即"赐"意,意谓"上天赐命武王"。这与此诗的内容正相吻合。

【注释】

①勤:劳。

②敷:布。时:是,此。绎:连续不断。

③徂:往。

【汇评】

《诗序》:"《赉》,大封于庙也。赉,予也。言所以赐予善人也。"

汉郑玄《郑笺》:"大封,武王伐纣时,封诸臣有功者。"

唐孔颖达《诗经正义》:"《古文尚书·武成》篇说武王克殷而反,祀于周庙,'列爵惟五,分土惟三,大赉于四海,而万民悦服',皆是武王大封之事。"

宋朱熹《诗集传》:"此颂文武之功,而言其大封功臣之意也。"

宋吕祖谦《吕氏家塾读诗记》:"王氏(安石)曰:大赉善人,封建以为诸侯,与共天下,则所以求天下定也。"

清陈奂《诗毛氏传疏》:"《论语·尧曰》篇云:'周有大赉,善人是富。'《书·序》云:'武王既胜殷,邦诸侯,班宗彝,作分器。'《史记·殷本纪》作'封诸侯'。古邦封通也。"

清姚际恒《诗经通论》："《小序》谓'大封于庙'，此因篇名'赉'字而为言也。按此等篇名实不知何人作，亦不知其意指所在，千载后人岂能测之，乃据此以释诗，可乎！诗中无大封之义也。又曰，'赉，予也，言所以赐予善人也'，则直本《论语》'周有大赉，善人是富'为辞矣，则愚谓其依篇名说诗何疑乎！《集传》曰，'此颂文武之功，而言其大封功臣之意。'其言'大封功臣'，固不能出《序》之范围，而云'颂文武之功'，尤谬。此篇与下《般》诗皆武王初有天下之辞，二篇皆无'武王'字，故知为武王：又以诗中皆曰'时周之命'，是武王语气也。此篇上言'文王'，下言'我'者，武王自我也。若谓颂文武之功，则必作于成王，诗即无'武王'字，其云'我应受之'及'我徂维求定，时周之命'，岂成王语气耶！……此武王初克商，归祀文王庙，大告诸侯所以得天下之意也。"

　　清方玉润《诗经原始》："此诗既不从序说，当以姚氏说为当。"

　　吴闿生《诗义会通》："案此诗言文王既勤止，我应受之'，则为武王所作甚明。'我徂维求定'，亦是武王之词。言所以诛伐纣者，止求天下之安定而已。"

　　陈子展《诗经直解》："《赉》，武王伐殷克纣以后，宣布膺受先业，并大封诸侯于庙之诗。"

　　孙作云《诗经与周代社会研究》："《大武舞》'四成而南国是疆'，言经营南国之事，我以为其歌词即《周颂》之《赉》。"

般

於皇时周①，陟其高山。
嶞山乔岳②，允犹翕河③。
敷天之下④，裒时之对⑤，
时周之命。

【题解】

这是武王克商后班师回朝之诗。前四句写班师途中所见之景。发端总赞周土山川之美:"啊,这伟大的周国!"武王登上高山,便脱口发出这一赞语,真是"登山则情满于山"。武王站立山巅,放眼四顾,那狭长的小山,那巍峨的大山,那奔腾的黄河,尽收眼底。这三句写尽了周土的山川形胜。读者可以想象,一条宽广的黄河横贯周土的东西,那西边的岍山、岐山,那东边的华岳、秦岭皆连接着黄河,这该是一幅多么壮美的图画。不用说,这众山皆合于河的壮观,正好衬托出武王班师回朝时的那种豪情。后三句写回镐后万国朝贺的情景。武王奏凯回镐之后,定要举行一次庆功祝捷盛会。此时,普天之下,万国诸侯皆聚集于镐京,以报答称扬武王所受的天命。可见,周之开国,其气象甚为隆盛。篇名《般》也非截自诗中。"般"有"还"义,这正好揭示了此诗的主题。

【注释】

①皇:伟大。

②隋(duò):小山。乔岳:大山。

③允犹:诚又。翕(xī):合。

④敷:通"普"。

⑤裒(póu)时:聚此。之对:以答。

【汇评】

《诗序》:"《般》,巡守而祀四岳河海也。般,乐也。"

唐孔颖达《诗经正义》:"谓武王既定天下,巡行诸侯所守之土,祭祀四岳河海之神,神皆餐其祭祀,降之福助,至周公成王太平之时,诗人述其事而作此歌焉。"

清胡承珙《毛诗后笺》:"《时迈》告祭天,《般》则维祀山川。"

清姚际恒《诗经通论》:"《小序》谓'巡守而祀四岳河海',近是。此亦武王之诗。《时迈》亦武王巡守。意彼之巡守,封赏诸侯;此则初克商,巡守柴望岳、渎,告所以得天下之意。"

陈子展《诗经直解》:"《般篇》,有关王者巡守祭祀之诗。未知其王为何王也。与《时迈篇》同。"

高亨《诗经今注》:"《般》是《大武》舞曲的第四章,叙写武王平服南国后大一统的景象。"

孙作云《诗经与周代社会研究》:"《般》,《大武》舞'三成而南'之歌。"

鲁 颂

驷

驷驷牡马①,在坰之野②。
薄言驷者:有骃有皇③,
有骊有黄④,以车彭彭⑤。
思无疆⑥,思马斯臧⑦。

驷驷牡马,在坰之野。
薄言驷者:有骓有骔⑧,
有驿有骐⑨,以车伾伾⑩。
思无期⑪,思马斯才⑫。

驷驷牡马,在坰之野。
薄言驷者:有骍有骆⑬,
有骊有雒⑭,以车绎绎⑮。
思无斁⑯,思马斯作⑰。

驷驷牡马,在坰之野。
薄言驷者:有骃有騢⑱,
有驔有鱼⑲,以车祛祛⑳。
思无邪㉑,思马斯徂㉒。

【题解】

这是颂美鲁僖公牧马蕃盛之诗。全诗四章。每章首二句总写马之蕃盛。茫茫原野,水草丰茂。成群的壮马,或饮或食,或戏或逐,生气盎然。仅此二句便勾勒出一幅壮美的牧马画图。每章中四句写马之精良。这里一共描写了十六种毛色各异的良马。这十六种马膘肥体壮,拉起车来有力有容,勇猛矫健,迅疾如飞,气力充足。每章末二句颂美僖公牧马之功。由于僖公思虑深远,思虑远长,思虑详审,思虑纯正,故马儿皆美好,皆灵活,皆娴熟,皆肥壮。总之,由于僖公重视马政,因此牧马兴旺。

【注释】

①驹驹(jiōng):马肥壮。牡:指壮大之马。

②坰(jiōng):遥远。

③骓(yù):腹胯间有黑毛的白马。皇:黄白兼有的马。

④骊(lí):纯黑色的马。黄:黄色马。

⑤以:驾,拉。彭彭:形容有力有容。

⑥无疆:无限。

⑦臧:美好。

⑧骓(zhuī):毛色苍白相杂的马。驱(pī):毛色黄白相杂的马。

⑨骍(xīn):赤色马。骐:青黑马。

⑩伾伾(pī):形容勇猛矫健。

⑪无期:义同"无疆"。

⑫才:灵活。

⑬骓(tuó):有鳞状黑斑纹的青毛马。骆:白身黑鬣的马。

⑭骝(liú):赤身黑鬣的马。雒(luò):黑身白鬣的马。

⑮绎绎:疾驰的样子。

⑯无斁:不厌倦。

⑰作:娴熟。

⑱骃(yīn):浅黑带白的杂毛马。騢(xiá):赤白色的杂毛马。

⑲驔(diàn):白豪脚杆马。鱼:双眼发白的马。

⑳祛祛(qú):形容气力充足。

㉑无邪:不邪曲。

669

㉒徂：通"駔"。马壮大。

【汇评】

《诗序》："《駉》，颂僖公也。僖公能遵伯禽之法，俭以足用，宽以爱民，务农重谷，牧于坰野，鲁人尊之，于是季孙行父请命于周，而史克作是颂。"

唐孔颖达《诗经正义》："作《駉》诗者，颂僖公也。僖公能遵伯禽之法。伯禽者，鲁之始封贤君。其法可传于后，僖公以前莫能遵用，至于僖公乃遵奉行之。故能性自节俭以足其用，情又宽恕以爱于民，务勤农业，贵重田谷，牧其马于坰远之野，使不害民田，其为美政如此。故既薨之后，鲁国之人慕而尊之，于是卿有季孙氏名行父者请于周，言鲁为天子所优，不陈其诗，不得作风，今僖公身有盛德，诗为作颂。既为天子所许，而史官名克者，作是《駉》诗之颂，以颂僖公也。"

宋朱熹《诗序辨说》："此《序》事实皆无可考，诗中亦未见务农重谷之意，《序》说凿矣。"

宋朱熹《诗集传》："此诗言僖公牧马之盛。"

清王鸿绪《诗经传说汇纂》："朱公迁云：'问国君之富，数马以对。故诗人以之颂美其君如此。'朱谋玮云：'鲁政多矣，独举考牧一事，军国之所重也。'沈万钶云：'孔子曰：鲁卫之政兄弟也。盖闵其衰乱之相似也。夫闵其衰乱之相似，则岂不喜其兴复之相牟乎？是故鲁之駉牡扬于《颂》，卫之骙牝褒于《风》。'"

清姚际恒《诗经通论》："《小序》谓'颂僖公'。黄东发力辨僖公非贤君；而季明德本之，以此诗为美伯禽牧马之盛，然亦无所据也。若《大序》谓'季孙行父请命于周，而史克作颂'，更无稽。"

清方玉润《诗经原始》："此诸家皆谓'颂僖公牧马之盛'，愚独以为喻鲁育贤之众，盖借马以比贤人君子耳。……窃意伯禽初封，人才必众，故诗人假牧马以颂育贤，为一国开基盛事。……或谓'颂僖公'，或谓'美伯禽'，都无所考，焉有定论？"

清陈奂《诗毛氏传疏》："初，伯禽就封鲁，本大国，至春秋时为次国。闵公又遭庆父之乱，宗国颠覆。齐桓公救而存之，遂立僖公。僖公从伯主讨淮夷，能复伯禽之业，如大国之制。鲁人尊其教，于是有大夫季孙行父者，往周请命，谓请命（锡命僖公），非谓请作颂也。行父请命，与史克作颂是两事。史克作颂，谓作《駉篇》，非谓作《鲁颂》四篇也。"

吴闿生《诗义会通》："《黄氏日钞》曰:《明堂位》言'成王赐伯禽以天子之礼乐,使世世以祀周公',审如此,亦未必使之郊天,行天子之事也。况《吕览》明言'鲁惠公请郊礼于平王,而史角往鲁',不韦周人,说较可信。然自伯禽至庄公,十七世未闻有郊天者。僖公三十一年始卜郊,是郊礼实行于僖公时。李光地曰:鲁用天子礼乐,其所用盖即《周颂·清庙》之类,其国固不得私作也。故鲁人欲为僖公作颂,而行父请于周而为之。"

高亨《诗经今注》:"这是鲁僖公的大臣所作的养马歌,描写公家马的盛壮,并警告养马的官吏和奴隶要好好地养马。"

金启华《诗经全译》:"颂马辞。赞美各色各样的马,都善于拉车。"

杨任之《诗经今译今注》:"这是歌颂鲁僖公的诗,借养马以喻人才之盛。"

有 駜

有駜有駜①,駜彼乘黄②。
夙夜在公③,在公明明④。
振振鹭⑤,鹭于下。
鼓咽咽⑥,醉言舞⑦。
于胥乐兮⑧!

有駜有駜,駜彼乘牡⑨。
夙夜在公,在公饮酒。
振振鹭,鹭于飞。
鼓咽咽,醉言归。
于胥乐兮!

有駜有駜,駜彼乘骃⑩。
夙夜在公,在公载燕⑪。

自今以始，岁其有⑫。

君子有穀⑬，诒孙子⑭。

于胥乐兮！

【题解】

这是鲁国君臣宴饮公室庆贺丰年之诗。全诗三章。每章首二句写群臣乘坐马车上朝的情景。每章中六句写君臣宴饮庆贺丰年。群臣早兴夜寐侍奉国君，在公府尽力操办公事。这天，国君在公府宴请群臣。宴会伊始，舞师们手持鹭羽，和着"咽咽"的鼓声，跳着欢快的乐舞。他们时而俯仰上下，时而如鹭飞翔，以助其兴。酒过数爵，君臣陶醉宴乐之中，为尽其欢，便起而醉舞。本有醉意，参与舞蹈，真不知手之舞之，足之蹈之。酒既足饭既饱，欢既尽乐既极，最后才醉而归。为何如此狂欢呢？原来是在庆贺丰年。更为可贺的是，国君有美德留给后代子孙。唯如此，才能永保"岁其有"。每章结尾反复咏叹君臣同乐之情，有力地渲染了宴会的热烈气氛。

【注释】

①駜(bì)：马肥壮。

②乘：四马曰乘。黄：指黄毛马。

③公：办公之所。

④明明：通"勉勉"。勤勉。

⑤振振：群飞的样子。鹭：指鹭羽。

⑥咽咽：鼓声。

⑦言：犹"而"。

⑧于：语助词。胥：皆。

⑨牡：公马。

⑩骃(xuān)：青黑色的马。

⑪载：则。燕：通"宴"。宴饮。

⑫有：丰年。

⑬穀：善。

⑭诒：留给。

《诗序》:"《有駜》,颂僖公君臣之有道也。"

汉郑玄《郑笺》:"'有道'者,以礼义相与之谓也。"

唐孔颖达《诗经正义》:"君以恩惠及臣,臣则尽忠事君,君臣相与皆有礼矣,是君臣有道也。经三章皆陈君能禄食其臣,臣能忧念事君,夙夜在公,是有道之事也。"

宋朱熹《诗序辨说》:"此但燕饮之诗,未见君臣有道之意。"

宋朱熹《诗集传》:"此燕饮而颂祷之辞。"

明何楷《诗经世本古义》:"此诗疑为僖公饮酒泮宫而作,以振振鹭,鹭于下,意之。……又疑为喜丰年而作,以自今以始岁其有,意之。"

清范家相《诗沈》:"李迂仲曰,僖公贤臣惟季友、臧文仲而已。季友不死子般之难,文仲有三不仁、三不知,安得为有道乎?按三章俱君臣燕乐之词,亦不见称其有道意。"

清姚际恒《诗经通论》:"《小序》谓'颂僖公君臣之有道',云'僖公'未有据;云'君臣之有道',尤不切合。……季明德以为美伯禽君臣,说见上篇。"

清方玉润《诗经原始》:"燕饮不忘在公,颂祷专称岁有,既无怠政,又勿忘本,君臣同乐,所谓'有道'。……愚谓此诗因饮酒而称颂,又开后世柏梁燕饮、赋诗献颂之渐,与前虚颂良马喻材者,别为一体。故亦不可不存。唯颂何公,因何饮酒,则皆不可考。"

吴闿生《诗义会通》:"邓元锡曰:'《有駜》有小雅慈惠之心焉,上下交则和而安。'案邓说是也。但言燕饮之乐,而君臣有道之义自见言外。"

高亨《诗经今注》:"这是描写贵族官僚办事与宴饮的生活,有颂德祝福的意味。"

金启华《诗经全译》:"诗写贵族宴会,以舞助兴。庆丰收,祝吉祥。"

泮 水

思乐泮水①,薄采其芹②。
鲁侯戾止③,言观其旂④。

其旂茷茷⑤,鸾声哕哕⑥。
无小无大⑦,从公于迈。

思乐泮水,薄采其藻⑧。
鲁侯戾止,其马蹻蹻⑨。
其马蹻蹻,其音昭昭⑩。
载色载笑⑪,匪怒伊教⑫。

思乐泮水,薄采其茆⑬。
鲁侯戾止,在泮饮酒。
既饮旨酒,永锡难老⑭。
顺彼长道⑮,屈此群丑⑯。

穆穆鲁侯⑰,敬明其德。
敬慎威仪,维民之则⑱。
允文允武,昭假烈祖⑲。
靡有不孝⑳,自求伊祜㉑。

明明鲁侯㉒,克明其德。
既作泮宫㉓,淮夷攸服㉔。
矫矫虎臣㉕,在泮献馘㉖。
淑问如皋陶㉗,在泮献囚。

济济多士㉘,克广德心。
桓桓于征㉙,狄彼东南㉚。
烝烝皇皇㉛,不吴不扬㉜。
不告于讻㉝,在泮献功。

角弓其觩㉞,束矢其搜㉟。

674

戎车孔博㊱，徒御无斁㊲。
既克淮夷，孔淑不逆㊳。
式固尔犹㊳，淮夷卒获。

翩彼飞鸮㊵，集于泮林。
食我桑黮㊶，怀我好音㊷。
憬彼淮夷㊸，来献其琛㊹。
元龟象齿㊺，大赂南金㊻。

【题解】

这是颂美鲁僖公修泮宫平淮夷之诗。全诗八章。前三章写僖公举行"泮宫"落成庆典。每章首二句以采摘美菜兴比僖公取善政于烈祖。修复"泮宫"正属善政之一端。首章写僖公前往泮宫的情景。僖公乘坐华美的马车，国之群臣，不分尊卑，皆簇拥僖公前往。次章写僖公来到泮宫的情景。僖公话音洪亮，面色温润，且带笑容，从不发怒，总是谆谆教诲。寥寥几笔的勾勒，一位贤君的形象便跃然纸上。三章写僖公举行庆典。僖公高举酒杯，与群臣畅饮美酒，庆贺泮宫修复，祈祷"难老"长寿，谋划平淮之策。中四章写僖公平治淮夷大获全胜。四章写僖公能明其德，能效其祖。僖公表里皆美，堪称民之楷模。他能文能武，故内能治国，外能克敌。他事事效法先祖，自己求得福禄。五章写僖公能以德服人。僖公能修文德以怀来远人。他"作泮宫"之举，淮夷闻之而慑服。勇武的"虎臣"，时而"献馘"于宫，时而"献囚"于宫，并如狱官皋陶审讯战俘。这表明初战告捷。六章写僖公将士勇猛无敌。他们出征斗志高昂，军容肃整，纪律严明。如此军队出征，定然是再战告捷："在泮献功"。七章写僖公武器精良，士卒耐战。士卒拉满弓弦，箭矢如飞。战车滚滚急驰，士卒毫无倦容。如此军队出征，必然是大获全胜。末章写淮夷来献宝物。诗以"飞鸮""集林"兴比淮夷归服；以"飞鸮""食桑黮"、"怀好音"兴比淮夷被感化而报恩。于是觉悟了的淮夷前来奉献珍宝：大龟、象牙、大璐与黄金。此章收得堂皇典重，雍容大雅，充分体现出战胜国坐受方物的豪迈气象。

【注释】

①思：语助词。乐：通"铄"。美，清澈。

②芹：水菜。

③鲁侯：指僖公。戾：至。

④言：语助词。旂：旗。

⑤茷茷(pèi)：旗飘动的样子。

⑥鸾：车铃。哕哕(huì)：铃声。

⑦小：指小官。大：指大官。

⑧藻：水藻。

⑨骄骄：马强壮。

⑩昭昭：洪亮。

⑪载：则。色：和颜悦色。

⑫伊：是。教：教导。

⑬茆(máo)：水草。

⑭锡：赐。难老：长寿。

⑮顺：沿着。

⑯屈：征服。丑：指淮夷。

⑰穆穆：肃敬。

⑱则：榜样。

⑲昭假：明白告谕。

⑳孝：效法。

㉑祜：福。

㉒明明：通"勉勉"。勤勉。

㉓作：修复。泮宫：泮水之宫。

㉔攸：犹"乃"。

㉕矫矫：勇武。

㉖馘(guó)：指敌尸左耳。

㉗淑：善。问：审问俘虏。皋陶(yáo)：尧舜时的狱官。

㉘济济：众多。

㉙桓桓：威武。

㉚狄：通"剔"。除。

676

㉛烝烝皇皇:美盛。

㉜吴、扬:大声。

㉝告:通"嗥"。呼叫。于:与。讻:通"匈"。喧哗。

㉞觩(qiú):弯曲。

㉟搜:矢疾。

㊱孔博:很多。

㊲斁:厌倦。

㊳孔淑:甚善。不逆:顺利。

㊴式:乃。尔:指僖公。犹:谋。

㊵翩:飞的样子。鸮(xiāo):猫头鹰。

㊶桑黮(shèn):桑实。

㊷怀:赠。

㊸憬(jǐng):觉悟。

㊹琛:珍宝。

㊺元龟:大龟。象齿:象牙。

㊻大赂:赂,"璐"。大玉。南金:南方之金。

【汇评】

《诗序》:"《泮水》,颂僖公能修泮宫也。"

唐孔颖达《诗经正义》:"作《泮水》者,颂僖公能修泮宫也。泮宫学名。能修其宫,又修其化,经八章言民思往泮水,乐见僖公。至于克服淮夷,恶人感化,皆修泮宫所致。"

宋朱熹《诗集传》:"此饮于泮宫而颂祷之辞。"又曰:"盖古者出兵,受成于学。及其反也,释奠于学,而以讯馘告。故诗人因鲁侯在泮,而愿其有是功也。"

清姚际恒《诗经通论》:"'泮宫',宋戴仲培、明杨用修皆以为泮水之宫,非学宫。其说诚然。按《通典》载'鲁郡泗水县,泮水出焉',泮为水名可证。鲁侯新作宫于其上,其水有芹藻之属,故诗人作颂,因以采芹藻为兴,谓既作泮宫而淮夷攸服,言其成宫之发祥而获吉也。故饮酒于是,献馘于是,献囚于是,献功于是。末章乃盼泮水之前有林,而林上有飞鸮集之,因托以比淮夷之献琛。通篇意旨如此。"

清方玉润《诗经原始》:"愚案:是诗以为'颂伯禽'者,近是。至泮宫为

677

学之说,未可尽非,当日作宫泮水,未必有意于学也;后世振兴学校,或即其地以开讲堂,遂至相沿以为典制,更袭其名而不能改者,大都如是。……诗前半皆饮酒落成新宫,后半乃威服丑夷,故中间云'既作泮宫,淮夷攸服',诗旨甚明。何《小序》仅释前半文义,而《集传》又以献馘实事为颂祷虚词,岂不谬哉?"

清戴震《毛郑诗考正》:"《谷梁春秋》云:'作,为也,有加其度也。'此'作泮宫',盖亦增益更治耳。鲁有泮水,作宫其上,故他国绝不闻有泮宫,独鲁有之。泮宫也者,其鲁人于此祀后稷乎?鲁有文王庙称周庙,而郊祀后稷,因作宫于都南泮水上,尤非诸侯庙制所得及。宫即水为名,称泮宫。《采蘩篇·传》云:'宫,庙也。'是'宫'与'庙'异名同实,《礼器》曰'鲁人将有事于上帝,必先有事于颊宫',郑注云:'告后稷也。告之者,将以配天。'然则《诗》曰'从公于迈',曰'昭假烈祖,靡有不孝',明在国都之外祀后稷之地。曰'献馘'、'献囚'、'献功',盖鲁于祀后稷之地时,亦就之赏有功也。《王制篇》之言作于汉文帝时,多涉傅会,未足据证。"

陈子展《诗经直解》:"《泮水》,颂美鲁僖公,既作泮宫,淮夷攸服之作。"

閟　宫

閟宫有侐①,实实枚枚②。
赫赫姜嫄③,其德不回④。
上帝是依⑤,无灾无害。
弥月不迟⑥,是生后稷,
降之百福。黍稷重穋⑦,
稙穉菽麦⑧。奄有下国⑨,
俾民稼穑。有稷有黍,
有稻有秬⑩。奄有下土,
缵禹之绪⑪。

后稷之孙，实维大王⑫。
居岐之阳⑬，实始翦商⑭。
至于文武，缵大王之绪，
致天之届⑮，于牧之野。
无贰无虞⑯，上帝临女⑰。
敦商之旅⑱，克咸厥功⑲。
王曰：叔父⑳，建尔元子㉑，
俾侯于鲁。大启尔宇㉒，
为周室辅。

乃命鲁公，俾侯于东。
锡之山川，土田附庸㉓。
周公之孙，庄公之子。
龙旂承祀㉔，六辔耳耳㉕。
春秋匪解㉖，享祀不忒㉗。
皇皇后帝㉘，皇祖后稷，
享以骍牺㉙，是飨是宜㉚，
降福孔多。周公皇祖，
亦其福女㉛。

秋而载尝㉜，夏而楅衡㉝。
白牡骍刚㉞，牺尊将将㉟。
毛炰胾羹㊱，笾豆大房㊲。
万舞洋洋，孝孙有庆㊳。
俾尔炽而昌㊴，俾尔寿而臧㊵。
保彼东方，鲁邦是常㊶。
不亏不崩㊷，不震不腾㊸。

三寿作朋㊺，如冈如陵。

公车千乘，朱英绿縢㊻，
二矛重弓㊼。公徒三万，
贝胄朱綅㊽，烝徒增增㊾。
戎狄是膺㊿，荆舒是惩(51)，
则莫我敢承(52)，俾尔昌而炽，
俾尔寿而富。黄发台背(53)，
寿胥与试(54)。俾尔昌而大，
俾尔耆而艾(55)。万有千岁，
眉寿无有害。

泰山岩岩(56)，鲁邦所詹(57)。
奄有龟蒙(58)，遂荒大东(59)。
至于海邦，淮夷来同(60)。
莫不率从(61)，鲁侯之功。
保有凫绎(62)，遂荒徐宅(63)，
至于海邦。淮夷蛮貊(64)，
乃彼南夷(65)，莫不率从。
莫敢不诺(66)，鲁侯是若(67)。

天锡公纯嘏(68)，眉寿保鲁。
居常与许(69)，复周公之宇。
鲁侯燕喜(70)，令妻寿母(71)。
宜大夫庶士(72)，邦国是有。
既多受祉(73)，黄发儿齿。

徂来之松(74)，新甫之柏(75)。

是断是度⑦⑥,是寻是尺⑦⑦。
松桷有舄⑦⑧,路寝孔硕⑦⑨,
新庙奕奕⑧⑩。奚斯所作⑧①,
孔曼且硕⑧②,万民是若⑧③。

【题解】

这是颂美僖公修庙之诗。全诗八章,凡一百二十句,是《诗经》中最长的一首诗。首三章历叙僖公之远祖。一章写姜嫄生后稷。后稷继承夏禹之业,尽有天下,并教民稼穑,种植百谷,从而使周族得以繁衍兴旺。这姜嫄、后稷正是僖公之始祖。二章写太王、文王、和武王的兴周之功。三章写鲁之立国及僖公祭祀而获福。中四章详叙僖公祭祀而获多福。四章写僖公祭祀的情景。这一章为下三章写获多福做了铺垫。五章写僖公出征而获胜。六章写僖公保鲁土而永固。七章写僖公收土而复宇。末章写僖公修庙之事及奚斯作诗之因。松柏良木取自“徂徕”、“新甫”之山。工匠按“寻”“尺”标准锯成木料以备修庙之用。“閟宫”修成,方形松椽长大,增益之正寝非常空阔,经过修葺的姜嫄“新庙”重放异彩。这与首章“閟宫有侐,实实枚枚”一句正遥相呼应。修复“閟宫”于鲁国来说确实一件盛事。于是奚斯作此长诗,颂美僖公修庙功德,以顺万民之望,以合万民之心。

【注释】

①閟(bì)宫:姜嫄庙。侐(xù):清静。

②实实:广大。枚枚:细密。

③赫赫:显赫。姜嫄:后稷之母。

④回:邪。

⑤依:眷顾。是:指代姜嫄。

⑥弥月:满月。

⑦重:通“穜”。先种后熟的农作物。穋(lù):后种先熟的农作物。

⑧稙:早种的谷类。稚:晚种的谷类。

⑨奄:尽。

⑩秬(jù):黑黍。⑪缵:继续。绪:事业。

⑫大王:即太王古公亶父,为后稷十二代孙。

⑬岐:岐山。阳:山的南面。

⑭翦:除掉。

⑮致:执行。届:诛罚。

⑯贰:三心二意。虞:畏惧。

⑰临:注视。女:指战士。

⑱敦:攻击。旅:军队。

⑲克:能。咸:犹"成"。

⑳王:成王。叔父:周公。

㉑建:立。元子:长子伯禽。

㉒启:开创。宇:疆域。

㉓附庸:城郭。

㉔承祀:继承祭祀先祖之礼。

㉕绋:缰绳。耳耳:华美。

㉖解:通"懈"。怠惰。

㉗忒(tè):差误。

㉘后帝:上帝。

㉙骍(xīn)牺:赤色的牲畜。

㉚飨:以饮食献神。宜:以肉类献神。

㉛女:指代僖公。

㉜载:则。尝:秋祭名。

㉝楅(bì)衡:把横木缚在牛角上,以免牛角碰坏。

㉞白牡:白色公牛。骍刚:赤色公牛。

㉟牺尊:铜质牛形酒器。将将:碰杯之声。

㊱毛炰(bāo):带毛烧熟的猪。菹(zì)羹:肉汤。

㊲笾、豆:皆盛器。大房:盛大块肉的木格。

㊳万舞:大舞,包括文舞和武舞。洋洋:盛大。

㊴孝孙:指僖公。

㊵炽:盛。

㊶臧:善,健康。

㊷常:守。

㊸亏、崩：皆毁坏。
㊹震：动荡。腾：沸腾。
㊺三寿：上寿九十，中寿八十，下寿七十。作朋：做僖公的朋友。
㊻朱英：红缨。绿縢：绿绳。
㊼重弓：两张弓。
㊽贝胄：饰以贝壳的头盔。朱綅：红线。
㊾烝：众。增增：犹层层。
㊿膺：击。
(51)惩：罚。
(52)承：抵挡。
(53)台背：驼背。
(54)胥：相。试：比。
(55)耆：老。艾：久。
(56)岩岩：高峻。
(57)詹：至。
(58)龟：山名。在今山东新泰市西南。蒙：山名。在今山东蒙阴县南。
(59)荒：至。大东：极东之地。
(60)同：朝会。
(61)率从：相继服从。
(62)凫（fú）：山名。在今山东邹县西南。绎：山名。在今山东邹县东南。
(63)徐宅：徐国。
(64)蛮貊（mò）：南方或北方的少数民族。
(65)南夷：南方少数民族。
(66)诺：应诺。
(67)若：顺从。
(68)纯嘏（gú）：大福。
(69)常：地名。在今山东蒙阴县西北。许：地名。在今山东临沂县西。
(70)燕：安。
(71)令：善，贤。
(72)宜：善待。
(73)祉：福。

⑭徂徕：山名。在今山东泰安县东南。

⑮新甫：山名。在今山东新泰市西北。

⑯度：通"剫"。伐木。

⑰寻：八尺。尺：一尺。寻、尺在此用作动词，谓锯成八尺或一尺长的木料。

⑱桷(jié)：方形椽子。舄(xì)：大的样子。

⑲路寝：正寝。孔硕：很大。

⑳新庙：即"閟宫"。奕奕：高大美盛的样子。

㉑奚斯：大夫公子鱼。所作：指作《閟宫》诗。

㉒曼：长。

㉓是：指代此诗。若：善。此句意谓"万民以为惬意。"

【汇评】

《诗序》："《閟宫》，颂僖公能复周公之宇也。"

唐孔颖达《诗经正义》："谓复周公之时土地居处也。《明堂位》曰：'成王以周公为有勋劳于天下，是以封周公于曲阜，地方七百里，革车千乘。'是周公之时土境特大，异于其余诸侯也。伯禽之后，君德渐衰，邻国侵削，境界狭小，至今僖公有德，更能复之，故作诗以颂之也。"

宋朱熹《诗序辨说》："此诗言庄公之子，又言新庙奕奕，则为僖公修庙之诗明矣。"

宋朱熹《诗集传》："时盖修之，诗人歌咏其事，以为颂祷之辞。"

清姚际恒《诗经通论》："《小序》谓'颂僖公能复周公之宇也。'……予谓此即用诗中语，亦未为非也。《集传》曰："……。"影响阙疑，要亦自可，然谓修閟宫则非也。……盖'閟宫'，即'新庙'，《集传》未喻斯旨，遂使诗之首尾不相贯通，成为两截。……此诗当为僖公祀祢庙，而史臣作颂以夸大褒美之。"

清方玉润《诗经原始》："诗首尾以庙言，是《颂》为庙祀作也，复土宇仅诗中一端，何以能赅全诗耶？'閟宫'、'新庙'当是一事，但不知为鲁何庙。"

吴闿生《诗义会通》："王荆公云，'《周颂》之词约，约所以为严，盛德故也。《鲁颂》之词侈，侈所以为夸，德不足故也。'斯说信矣。然僖公尝从齐桓有攘楚之功，诗专于此着眼，亦可谓能见其大矣。"

陈子展《诗经直解》："《毛序》朱说(指朱熹《辨说》)各得诗旨一半。此颂美僖公保卫疆土,修建寝庙之诗。……诗五六两章明美其保鲁之功,不独七章颂其复周公之宇也。首发端云:'閟宫有侐,实实枚枚。'结尾有云:'路寝孔硕,新庙奕奕。'首尾正相呼应,又足以见有着重所在。"

高亨《诗经今注》:"这也是一首歌颂鲁僖公的诗。鲁僖公派兵伐淮夷,取得胜利。依古礼以其战功告祭祖庙。鲁臣作此乐歌,在告祭时唱之。"

杨任之《诗经今译今注》:"这是一首赞颂鲁僖公的诗。诗中叙述了周的兴起,鲁的建国及僖公的功勋和建设宗庙等。"

商　颂

那

猗与那与^①，置我鞉鼓^②。
奏鼓简简^③，衎我烈祖^④。
汤孙奏假^⑤，绥我思成^⑥。
鞉鼓渊渊^⑦，嘒嘒管声^⑧。
既和且平，依我磬声^⑨。
於赫汤孙^⑩，穆穆厥声^⑪。
庸鼓有斁^⑫，万舞有奕^⑬。
我有嘉客，亦不夷怿^⑭。
自古在昔，先民有作^⑮。
温恭朝夕，执事有恪^⑯。
顾予烝尝^⑰，汤孙之将^⑱。

【题解】

这是祭祀成汤之诗。全诗一章二十二句。一层四句写将祭。一声"猗"、"那"，抒发了赞叹音乐美盛之情。将祭之时，乐师们手持摇鼓准备引奏。顿时，摇鼓齐奏，鼓声雍和。这是为了娱乐"烈祖"成汤。二层四句写方祭。时王"汤孙"向烈祖祈祷，请求赐予福禄。此时摇鼓之声"渊渊"而远闻，箫管之声"嘒嘒"而细长。正式祭祀业已开始。三层八句写正祭。摇鼓、箫管之声既协调又和平，还与清柔玉磬之声相依合拍。显赫的汤孙，所奏乐音是多么优美！继而，大钟大鼓在交响，节奏明朗而和谐。舞师们和着钟鼓的节拍,跳起了大型的"万舞"。前来助祭的"嘉客"观之无不欢悦异常。四层四句写传恭。早在古代,先民便作了此乐。祭时终日恭敬,"执事"荐馔敬慎。先王传恭,时王受之,不言而喻。五层二句写冀享。这二句有如后世乐曲的和声,也是当时祭祀的套语。期冀"烈祖"光顾我们的祭祀,欣享"汤孙"奉献的祭品。

【注释】

①猗、那:美盛。

②置:通"持"。握。鞉(táo)鼓:摇鼓。

③简简:鼓声。

④衎(kàn):乐。

⑤汤孙:主祭时王。奏假:祈祷。

⑥绥:通"遗"。赐予。思:语助词。成:犹"福"。

⑦渊渊:鼓声。

⑧嘒嘒:箫管之声。

⑨依:依随。

⑩於:叹词。赫:显赫。

⑪穆穆:美。

⑫庸:大钟。致:音乐美盛。

⑬奕:舞态美盛。

⑭亦不:即"不亦"的倒语。夷怿:喜悦。

⑮作:指作乐。

⑯恪(kè):敬谨。

⑰顾:光顾。烝、尝:时祭名。

⑱将:奉献。

【汇评】

《诗序》:"《那》,祀成汤也。"

《毛传》:"烈祖,汤有功烈之祖也。"又说:"於赫汤孙,盛矣汤为人子孙也。"

汉郑玄《郑笺》:"烈祖,汤也。汤孙,太甲也。"

宋朱熹《诗集传》:"旧说以此为祀成汤之乐也。"

清姚际恒《诗经通论》："《小序》谓'祀成汤'，是矣；但不知何人祀。郑氏以为太甲，金爁氏以为武丁，皆揣摩之论。"

清方玉润《诗经原始》："然诗虽祀汤，而不言汤之功德，独举鞉鼓管磬庸鼓之声与《万舞》之奕者，则又何故？说者谓商人尚声，声之盛是德之盛也。汤之功德，自有《大濩》之乐，此所谓声，即《大濩》之声耳。"

吴闿生《诗义会通》："汤孙，《传》云'汤为人子孙'，说近迂曲。欧公易为时王之主祭者。按之'於赫汤孙'二句，亦似未合。窃疑自太甲以下，皆可谓之汤孙，汤孙仍谓所祀之祖，非主祭时王也。末云'汤孙之将'，将者，盛大之意，亦推崇之词，若曰今日之祭祀，乃祖宗之功烈所庇荫也。若谓汤孙奉祭，则语浅而无味矣。"

郑觐文《中国音乐史》："《那》祀成汤，按此为祭祀用乐之始。"

陈子展《诗经直解》："《序》说祀成汤，自是成汤子孙祀成汤，非如《疏》申《传》说：'美成汤之祭先祖'。"

高亨《诗经今注》："这篇是宋君祭祀祖先通用的乐歌。"

金启华《诗经全译》："祀成汤之辞。"

烈　祖

嗟嗟烈祖①，有秩斯祜②。
申锡无疆③，及尔斯所④。
既载清酤⑤，赉我思成⑥。
亦有和羹⑦，既戒既平⑧。
鬷假无言⑨，时靡有争⑩。
绥我眉寿⑪，黄耇无疆⑫。
约軧错衡⑬，八鸾鸧鸧⑭。
以假以享⑮，我受命溥将⑯。
自天降康⑰，丰年穰穰⑱。
来假来飨⑲，降福无疆。

顾予烝尝,汤孙之将。

【题解】

　　这是祭祀成汤之诗。全诗一章二十二句。一层四句写奉祭之由。发端"嗟嗟",抒发了深深的赞美之情。这"烈祖"、"成汤"犹如大河的源头,蓄积着博大的福禄。他源源不断地将福禄赐予后代没有期限,现降及主祭时王的身上。对先祖的这种无穷恩德,岂可忘怀而不常祀? 这正点了奉祭之由。二层八句写奉祭获福。既献上清酒,以祈求先祖赐予福禄;又献上和羹,其五味兼备,先祖食之定会欢欣。祭祀之时,主祭时王默默地祷告,人皆肃敬;一切乐器都停止演奏,寂然无声。这二句极为传神,它不仅渲染了一种静谧的氛围,同时还描绘出主祭时王端庄肃穆的仪态神情。主祭时王如此虔诚地奉祭,默默地祷告,原来是为了祈求先祖赐予长寿,返老还童。三层四句追叙时王前往奉祭。时王所乘之车,轴端缠有红皮,轭头饰以花纹,显得雍容华贵。随着四马八鸾的"鸧鸧"铃声,时王来到宗庙。一到宗庙,时王便迎神,便奉享,为的是承受天命广大而久长。四层四句再写奉祭获福。从天上降下安乐之福,连连喜获丰收。先祖之灵飘然降下,欣享祭品,从而又赐福无疆。五层二句写冀享。其文词与《那》篇结尾全同,故这里不复赘述。

　　【注释】

　　①嗟嗟:叹美之词。

　　②秩:大。祜:福。

　　③申:重,一次又一次。

　　④尔:指主祭时王。斯所:此处。

　　⑤清酤:清酒。

　　⑥赉(lài):赐予。成:犹福。

　　⑦和羹:调好的肉汤。

　　⑧戒:备。平:成。

　　⑨鬷(zōng)假:犹"奏假"。祷告。

　　⑩争:通"铮"。乐器之声。

　　⑪绥:赐。

⑫黄耇(gǒu)：长寿。

⑬约：用革缠束。軝(qí)：车轴两端伸出轮外的部分。错：花纹。衡：驾马轭头。

⑭鸾：铃。鸧鸧：铃声。

⑮假：至。享：献。

⑯溥：广。将：大。

⑰康：幸福。

⑱穰穰：谷多。

⑲假：指神至。享：指神享祭。

【汇评】

《诗序》："《烈祖》，祀中宗也。"

汉郑玄《郑笺》："中宗，殷王大戊，汤之玄孙也，有桑谷之异，惧而修德，殷道复兴。故表显之，号为中宗。"

唐孔颖达《诗经正义》："《本纪》又云，大戊立，亳有祥桑谷共生于朝，一暮大拱。大戊惧，问伊陟。伊陟曰，帝之政其有阙与？帝其修德。大戊从之，而祥桑谷枯死。殷复兴，诸侯归之，故称中宗。是表显立号之事也。"

宋朱熹《诗序辨说》："详此诗未见其为祀中宗。而未言汤孙，则亦祭成汤之诗耳。《序》但不欲连篇重出，又以中宗商之贤君，不欲遗之耳。"

宋朱熹《诗集传》："此亦祀成汤之乐。"

清姚际恒《诗经通论》："《小序》谓'祀中宗'，本无据，第取别于上篇，又以下篇皆而及之耳。然此与上篇皆云'汤孙之将'，疑同为祀成汤，故《集传》云然。然一祭两诗何所分别？辅广氏曰：'《那》与《烈祖》皆祀成汤之诗，然《那》诗专言乐声，至《烈祖》则及于酒馔焉。商人尚声，岂始作乐之时则歌《那》，既祭而后歌《烈祖》欤？'此说似有文理。"

清方玉润《诗经原始》："愚案，周制，大享先王凡九献；商制虽无考，要亦大略相同。每献有乐则有歌，纵不能尽皆有歌，其一献降神，四献、五献酌醴、荐熟，以及九献祭毕，诸大节目，均不能无辞。特诗难悉载，且多残阙耳。前诗专言声，当一献降神之曲；此诗兼言清酤和羹，其五献荐熟之章欤？不然，何以一诗专言声，一诗则兼言酒与馔耶？此可以知其各有专用，同为一祭之乐，无疑也。"

吴闿生《诗义会通》："案朱子之说亦拘，汤为开国之祖，故后世皆可称汤孙,何必祀成汤始用之乎?"

陈子展《诗经直解》:"《烈祖》与《那篇》相次,疑是汤孙祀烈祖成汤同时所用之乐歌。一用在迎牲之前,故言及乐声;一用在杀牲之后,故言及臭味。(清酤、和羹之类。)"

金启华《诗经全译》:"祭成汤,铺写酒肴之美,得福之多。"

杨任之《诗经今译今注》:"这是祭祀中宗的乐歌"。

玄 鸟

天命玄鸟①,降而生商②,
宅殷土芒芒③。古帝命武汤④,
正域彼四方⑤。方命厥后⑥,
奄有九有⑦。商之先后,
受命不殆⑧,在武丁孙子⑨。
武丁孙子,武王靡不胜⑩。
龙旂十乘,大糦是承⑪。
邦畿千里⑫,维民所止⑬。
肇域彼四海⑭,四海来假⑮。
来假祁祁⑯,景员维河⑰。
殷受命咸宜,百禄是何⑱。

【题解】

这是合祭先祖之诗。全诗一章二十二句。一层三句写契祖诞生。契祖诞生具有神话色彩。上天命令燕子降下卵来,契母简狄得而含之,误而吞之,于是生契。后来契为尧的司徒,因有功而封于商。这商地范围宽广,为商族的勃兴奠定了基础。二层七句写成汤立国。成汤为商之始祖十四代孙。成汤之时,夏朝政治腐败,夏桀为人残暴。当此之际,上帝赐命成

691

汤,去征讨无道,结果据有四方。成汤立国之后,普遍册封各地诸侯,因而尽有九州国土,从而商朝始兴。商之先王,受天命而不息,因有武丁这样的孙子存在。三层十句写武丁中兴。武丁为商之始祖二十二代孙,为商之一代贤君。有武丁这样的孙子存在,无不胜任"武王"成汤之业。武丁负荷汤业,复兴商朝,似有三举。一是承祭祀。武丁建有"龙旂十乘",驱车前往祭祀,向先祖供奉酒食。二是拓疆土。武丁驱逐了鬼方,国境千里,又始有那四海之地,恢复了汤的旧土,从而使商朝得以复兴。三是朝诸侯。武丁讨伐了鬼方,从此声威大振,天下慑服,四海诸侯无不纷纷前来商都"景"地朝会贡奉。四层二句写本其天意。殷王受天命处处适合,承受福禄无穷无尽。由此看来,这是一首合祭契、成汤及高宗之诗。

【注释】

①玄鸟:燕子。

②商:指契(xié)。

③宅:定居。

④古帝:上帝。武汤:成汤。

⑤正:通"征"。征伐。域:有。

⑥方:遍。后:诸侯。

⑦奄:尽。九有:九州。

⑧殆:通"怠"。懈怠。

⑨武丁:高宗。

⑩靡:无。

⑪糦:同"饎"。酒食。承:供奉。

⑫畿(jī):边境。

⑬止:居。

⑭肇:始。域:有。

⑮假:至。

⑯祁祁:众多。

⑰景:山名。商都之地。员:四周。

⑱何:通"荷"。蒙受。

【汇评】

《诗序》："《玄鸟》,祀高宗也。"

汉郑玄《郑笺》："祀当为禘。禘,合也。高宗,殷王武丁,中宗玄孙之孙也。有雉雊之异,又惧而修德,殷道复兴,故亦表显之,号为高宗云。崩而始合祭于契之庙,歌是诗焉。古者君丧三年,既毕,禘于其庙,而后祫祭于太祖。明年春,禘于群庙。自此之后,五年而再殷祭一禘一祫,《春秋》谓之大事。"

唐孔颖达《诗经正义》："知此祀当为禘者,以经之所陈乃上述玄鸟生商及成汤受命。若是四时常祀,不应远颂上祖。《殷武》与此皆云祀,《殷武》所陈高宗身事而已,则知此与彼殊,宜当为禘也。"

宋朱熹《诗序辨说》："诗有武丁孙子之句。故《序》得以为据。虽未必然,然必是高宗以后之诗矣。"

宋朱熹《诗集传》："此亦祭祀宗庙之乐。"

明何楷《诗经世本古义》："断为高宗报祀上甲微确有典据。"

清姚际恒《诗经通论》："诗明言'武丁孙子','孙子'者,对汤而言。上曰'商之先后',是商也。《集传》犹不之信,第为泛说,何耶?其解'武丁孙子'若谓武丁之孙子然,属祭者自谓;于是以'武王靡不胜',亦为自赞之辞,绝非理。"

清方玉润《诗经原始》："然诗前半追述汤之'奄有九有',后半归重武丁之中兴,能'肇域彼四海',以复成汤之旧,辞意俱极显然,尚何疑哉?若泛言祭宗庙,而'武丁孙子'又将谁属?殷至武丁后,别无显王可当斯《颂》。所谓'孙子'者,武丁也;对汤言,故曰'孙子'。如必泥孙子为主祭时王,则'武王靡不胜'之言,未有自祭而自赞之理。故诸儒多是《序》而非朱者,此也。"

清王先谦《诗三家义集疏》："案,《序》云'祀高宗',《笺》改'祀'为'禘',以避下《殷武》《序》同也。然人君免丧,禘于太祖之庙,是以太祖为主,不当云'禘高宗'。况三家以《商颂》为宋诗,则此篇即为宋公祀中宗之乐歌,明系烝尝时祭之所用,乃曰'崩而始合祭于契之庙',其说固不可用矣。"

吴闿生《诗义会通》："今案诗既以武丁孙子为言,则为祀高宗之诗无可疑者。"

金启华《诗经全译》："诗写商之始祖诞生,具有神话色彩,又写成汤、武丁建国、拓疆情况，具有历史意义。"

长 发

濬哲维商^①，长发其祥^②。
洪水芒芒，禹敷下土方^③。
外大国是疆^④，幅陨既长^⑤。
有娀方将^⑥，帝立子生商。

玄王桓拨^⑦，受小国是达^⑧，
受大国是达。率履不越^⑨，
遂视既发^⑩，相土烈烈^⑪，
海外有截^⑫。

帝命不违，至于汤齐^⑬。
汤降不迟^⑭，圣敬日跻^⑮。
昭假迟迟^⑯，上帝是祗^⑰。
帝命式于九围^⑱。

受小球大球^⑲，为下国缀旒^⑳。
何天之休^㉑，不竞不絿^㉒，
不刚不柔。敷政优优^㉓，
百禄是遒^㉔。

受小共大共^㉕，为下国骏厖^㉖。
何天之龙^㉗，敷奏其勇^㉘。
不震不动，不戁不竦^㉙，
百禄是总。

694

武王载斾③,有虔秉钺㉛。
如火烈烈,则莫我敢曷㉜。
苞有三蘖㉝,莫遂莫达㉞,
九有有截㉟。韦顾既伐㊱,
昆吾夏桀㊲。

昔在中叶㊳,有震有业㊴。
允也天子㊵,降予卿士㊶。
实维阿衡㊷,实左右商王㊸。

【题解】

这是大禘之诗。全诗七章。首章写契祖封商。契祖明哲,故商早有为王的吉兆。他佐禹治水建有大功,他实乃天之骄子,难怪他如此灵异而贤能。二章写相土显威。契非常英明,受封小国、大国都能通达其教令。因此,百姓无不依礼而行,不敢越轨一步。契遍视其国,教令尽皆施行。契孙相土,绳其祖武,入为伯长,出领诸侯,威风凛凛,四海之外皆归从而服帖。中四章写成汤立国。三章总写成汤受命立国。契之子孙不敢有违帝令,至于成汤终成大业。汤之降生不迟不早,恰当其时。由于成汤德智日进,虔诚敬奉上帝,祷告久而不息,因此上帝命成汤为九州的榜样。四、五章分写成汤治国之法。成汤从上帝那儿接受各种法规章程,以此作为下国的表率,作为下国的庇荫。这是承受上天所赐的美德,承受上天赐予的荣光。他的治国之法是恩威并施,刚柔相济。这一切为灭夏桀在政治上做了充分的准备。六章写成汤的武功。成汤手握大斧,挂旗出征,其势如火之猛,谁也不敢阻挡。他先砍树权,不让它萌发;后砍树本,不让它生长。从此,九州同心归顺了商朝。既灭了韦国和顾国,又灭掉了昆吾与夏桀,这正反映了成汤先砍"三蘖"后砍"苞"的战略部署。末章写伊尹佐汤。在汤之前世,由于有君衰微,因而有过一段震危时期。在这震威之秋,成汤的确为天所爱,于是降下贤佐伊尹以辅佐成汤。正是在伊尹的辅佐下,成汤灭夏之举才得以成功。

【注释】

①濬(ruì)哲:明哲。商:指契。

②祥:吉兆。

③敷:治。

④外:王畿以外。

⑤幅陨:版图。

⑥有娀:指有娀氏之女简狄。将:壮。

⑦玄王:指契。桓拨:英明。

⑧达:通达。

⑨率:循。履:通"礼"。

⑩发:行。

⑪相土:契孙。烈烈:威武。

⑫截:整齐。

⑬齐:通"济"。成。

⑭不迟:恰当其时。

⑮圣:通达。敬:谨慎。跻:升。

⑯昭假:祷告。迟迟:不息。

⑰祗:敬。

⑱式:法。九围:九州。

⑲球:指法度。

⑳缀旒(liú):表率。

㉑何:通"荷"。承受。休:美德。

㉒竞:争。絿:急躁。

㉓敷政:施政。优优:宽和。

㉔遒:聚集。

㉕共:也指法度。

㉖骏厖:庇荫。

㉗龙:即厖。

㉘敷奏:施展。

㉙戁(nǎn):恐。竦(sǒng):惧。

㉚武王:指汤。旆:大旗。

㉛虔:威猛。钺:大斧。

㉜曷:通"遏"。阻止。

㉝苞:本。喻夏桀。蘗:旁生新芽。喻韦、顾、昆吾。

㉞遂:生。达:长。

㉟九有:九州。

㊱韦:国名。顾:国名。

㊲昆吾:国名。

㊳中叶:指汤的前世。

㊴业:危险。

㊵允:诚然。

㊶卿士:指伊尹。

㊷阿衡:即伊尹。

㊸左右:通"佐佑"。辅佐。

【汇评】

《诗序》:"《长发》,大禘也。"

汉郑玄《郑笺》:"大禘,郊祭天也。《礼记》曰:'王者禘其祖之所自出,以其祖配之。'是谓也。"

宋朱熹《诗集传》:"今按,大禘不及群庙之主,此宜为祫祭之诗。"

清姚际恒《诗经通论》:"今惟言契而不言契之所自出,似非禘矣。《集传》谓……。彼意似谓禘不及群庙之主,惟祫及之;然诗中未尝有及群庙之主语。相土未为王,无庙也,岂认相土为庙耶? 更难晓。愚按祫祭之说更不如禘,抑或商之禘不必所自出耶?"

清方玉润《诗经原始》:"诗明言'有娀方将,帝立子生商。'娀子者,契也。契所自出者,娀氏女也。言娀女即言帝喾也。诗固有意到而笔不到者,此类是已。……若至篇末,兼颂功臣,实维阿衡。《书·盘庚》篇曰:'兹予大享于先王,尔祖其从与享之。'此非大禘证乎? 何至疑为祫祭也与郊祭天也耶?《序》曰'大禘',可无疑矣。"

清汪梧凤《诗学女为》:"此大享成汤而以伊尹配之之诗。"

清王先谦《诗三家义集疏》:"愚案,此或亦祀成汤之诗。黄山云:'诗本亦主祀汤而以伊尹从祀,其历述先世,著汤业所由开,非皆祀之。'"

吴闿生《诗义会通》:"苏子由曰:大禘之祭所及者远,故其诗历言商之先后，又及卿士伊尹，盖与祭于禘者也。"

陈子展《诗经直解》："《长发》，当是大享成汤，以伊尹从祀之乐歌。"

高亨《诗经今注》："这是宋君祭成汤及其以前先公先王的诗。"

张公骥《中国文学》："《商颂·长发》是具有史诗因素的颂歌。"

殷　武

挞彼殷武①，奋伐荆楚②。
罙入其阻③，裒荆之旅④。
有截其所⑤，汤孙之绪⑥。

维女荆楚，居国南乡。
昔有成汤，自彼氐羌⑦。
莫敢不来享⑧，莫敢不来王⑨，
曰商是常⑩。

天命多辟⑪，设都于禹之绩⑫。
岁事来辟⑬，勿予祸适⑭，
稼穑匪解⑮。

天命降监⑯，下民有严⑰。
不僭不滥⑱，不敢怠遑⑲。
命于下国，封建厥福⑳，

商邑翼翼㉑，四方之极㉒。
赫赫厥声㉓，濯濯厥灵㉔。
寿考且宁，以保我后生㉕。

陟彼景山㉖，松柏丸丸㉗。

是断是迁,方斲是虔㉘。
松桷有梴㉙,旅楹有闲㉚。
寝成孔安㉛。

【题解】

　　这是立庙祭祀高宗之诗。全诗六章。首章写伐楚之功。高宗即位之后,这位勇武的殷王,便奋扬其威讨伐荆楚。王师英勇无畏,深入险阻,攻城略地,所向披靡,俘虏荆楚士兵无数。所征之地无不服帖,从而成就了汤孙高宗的事业。二章写戒楚之义。荆楚居中国之南,距殷邑不远,义不当背叛。往时成汤之时,连西方的远夷氐羌也诚服于殷,以时朝拜贡奉,并崇尚商朝。这是告诫荆楚不要再犯龙颜。三章写诸侯来朝。高宗讨伐荆楚,声威大振,于是诸侯纷纷来朝。借此机会,高宗打出"天命"的旗号安抚诸侯。众多诸侯设都于夏禹治水之所,这是"天命",理应悦服于商,不得有违。只要按时来朝以尽其忠,劝民稼穑以尽其职,殷王就不会责备你们。四章写中兴之故。上天监察,下民肃敬。高宗施政,赏不过分,罚不过严,酌情适中,不敢懈怠。故上天赐命下国并大降其福。五章写中兴之盛。商之都邑异常繁盛。商邑地处国之中央,可作为四方的准则,从而构成众星拱月之势。高宗之政教极其显赫,高宗之威望极为隆盛,足可引以自豪,高宗既长寿又安宁,以此保佑我后世子孙。末章写立庙安神。景山松柏粗壮笔直,时王指派工匠伐它搬它,砍它削它,用以修建新庙。寝庙落成,非常壮观。松木椽子又长又大,横梁立柱浑圆光滑。末以"寝庙建成很安宁"作收,点明立庙安神祭祀之旨。

【注释】

　　①挞(tà):勇武。殷武:指高宗武丁。
　　②荆楚:荆州之楚国。
　　③罙:即"深"。
　　④袤(póu):俘获。旅:众。
　　⑤截:齐一。所:处。
　　⑥汤孙:指高宗。绪:业。
　　⑦氐(dǐ)、羌:西方少数民族。

⑧享:献。

⑨王:朝见。

⑩常:通"尚"。崇尚。

⑪多辟:众诸侯。

⑫绩:通"迹"。地方。

⑬辟:朝见。

⑭予:施行。适:谴责。

⑮匪解:不懈怠。

⑯监:注视。

⑰严:通"俨"。肃敬。

⑱僭:过分。滥:过度。

⑲遑:暇。

⑳封:大。建:立。

㉑翼翼:繁盛。

㉒极:准则。

㉓声:政声。

㉔濯濯:隆盛。灵:威望。

㉕后生:后人。

㉖陟:登。景山:山名。

㉗丸丸:直。

㉘方:犹"是"。斫:砍。虔:削。

㉙桷:方形椽子。梴(chān):长大。

㉚旅:通"梠"。楣。楹:柱。闲:大。

㉛寝:寝庙。

【汇评】

《诗序》:"《殷武》,祀高宗也。"

唐孔颖达《诗经正义》:"高宗前世,殷道中衰,宫室不修,荆楚背叛。高宗有德,中兴殷道,伐荆楚,修宫室。既崩之后,子孙美之,追述其功,而歌此诗也。"

宋朱熹《诗集传》:"旧说以此为祀高宗之乐。"

清姚际恒《诗经通论》:"《小序》谓'祀高宗'。按鬼方在荆州之地,即今贵州。《易》称'高宗伐鬼方',固自无疑。此盖后世特为高宗立不迁之庙，祫而祭之之诗也。"

清方玉润《诗经原始》："今观诗词，首章称高宗伐楚为中兴显烈，二章则述戒楚之词，三章诸侯来朝，四章所受命中兴之故，五章极言其盛，六章乃作庙以安其灵。然则此固高宗百世不迁之庙耳。庙既落成，故祫其主而祭之，与《玄鸟》又异也。"

清陈奂《诗毛氏传疏》："诗中始终叙高宗法成汤之事功，亦祀高宗之乐歌也。"

清王先谦《诗三家义集疏》："魏源云：《春秋·僖四年》：'公会齐侯宋公伐楚。'此诗与《鲁颂》荆舒是惩，皆侈召陵攘楚之伐，同时同事同词，故宋襄作颂以美其父。'愚案：魏说为此诗定论，《毛序》之伪不足辨也。"

吴闿生《诗义会通》："《鲁诗说》谓此当帝乙之世，武丁亲尽当祧，以其功高，特立高宗不毁之庙。此说是也。苏子由云：学者本《史记》《韩诗》，以襄公伐楚之事当之。考《商颂》五篇，皆盛德之事，非宋之所宜有。"

陈子展《诗经直解》："《殷武》，殷人立庙以祀高宗之乐歌。《序》言祀不言庙。"

高亨《诗经今注》："这是宋君祭祀宋武公的乐歌。宋为殷后，故称殷武。宋武公立于周宣王六年，在春秋前。正考父辅佐过宋武公。"

图书在版编目（ＣＩＰ）数据

　　诗经 ：汇校汇注汇评 / 杨合鸣编著． -- 武汉 ： 崇
文书局， 2016.4（2022.11 重印）
　　ISBN 978-7-5403-3139-9

　　Ⅰ．①诗… Ⅱ．①杨… Ⅲ．①古体诗－诗集－中国－
春秋时代②《诗经》－译文③《诗经》－注释 Ⅳ．
① I222.2

　　中国版本图书馆CIP 数据核字（2016）第 047580 号

诗经　　汇校汇注汇评

责任编辑　王重阳　程可嘉
责任校对　万山红
责任印刷　李佳超
出版发行　长江出版传媒　崇文书局
地　　址　武汉市雄楚大街 268 号 C 座 11 层
电　　话　(027)87677133　邮政编码　430070
印　　刷　中印南方印刷有限公司
开　　本　880mm×1230mm　　1/32
印　　张　22.625
字　　数　550 千字
版　　次　2016 年 4 月第 1 版
印　　次　2022 年 11 月第 4 次印刷
定　　价　59.80 元
（如发现印装质量问题，影响阅读，由本社负责调换）